U0905309

长篇纪实小说

红樱花

——安东丰子和她的战友们

彭晓立◎著

线装书局

图书在版编目（CIP）数据

红樱花：安东丰子和她的战友们/彭晓立著.--北京：线装书局，2013.12

ISBN 978-7-5120-1228-8

Ⅰ.①红… Ⅱ.①彭… Ⅲ.①纪实小说－中国－当代 Ⅳ.①I247.5

中国版本图书馆CIP数据核字（2013）第318522号

红樱花——安东丰子和她的战友们

作　　者： 彭晓立
责任编辑： 李　琳
装帧设计： 祥昀时代
出版发行： 线装书局
　　地　址：北京市西城区鼓楼西大街41号（100009）
　　电　话：010-64045283　64041012
　　网　址：www.xzhbc.com
经　　销： 新华书店
印　　制： 北京华正印刷有限公司
开　　本： 890mm×1240mm　1/16
印　　张： 31
字　　数： 310千字
版　　次： 2014年4月第1版第1次印刷

定　　价： 58.00元

谨以此书，献给数千名参加中国人民抗日战争和解放战争的八路军、新四军与解放军的日本籍官兵。

我们很感激一部分日本人，他们在解放战争时期，作为医生、护士、技术员参加了解放战争，这些更增强了我们与日本人民缔结友好关系的信心。日本的军国主义确实是残酷的，但协助我们的日本人民有很多。

——周恩来

周恩来在1956年接见日本代表团时的讲话

摘自《中国人民解放军第四野战军战史》1998年版第141页

二十多年前，在中国的电视银屏上，人们认识了一位叫阿信的日本妇女，好多中国人，被她的坎坷而成功的故事所打动。阿信的苦难和成功经历、不屈不挠的个性；勤劳而勇敢的工作、奋斗精神；她的善良，她在战争中的命运和态度，让中国人认识了另一个日本。

而安东丰子，这个在中国人民解放军服役八年的前女军官、今日日本成功的女企业家，她的传奇故事和奋斗生涯，也足以称为红色阿信。

——作者题记

学生时代的丰子

摄于中国东北满铁工作时期的山田丰子

山田丰子在满铁工作时期

山田丰子和中国战友在解放战争时期

安东丰子摄于 1992 年

47 军原日侨官兵，回国后成立“回想四野会”，他们胸戴解放军军功章合影

原 42 军卫生部手术组的日籍医护人员（1950 年 6 月）

原四野 29 后方医院日侨官兵，回国后成立“长白会”，这是东京总会集会合影

湖南省对外友协庞力平副会长（左一）陪同日侨解放军访问团在长沙晓园（摄于 2002 年）

她是一个日本人，却参加了中国的军队；她是一个日本女孩，却在中国长沙完婚；她回归日本白手创业，却凭借在中国人民解放军部队中养成的刚毅作风，一跃而为日本的亿万富翁……

一位日本老人的长沙情缘

安东丰子（前排左四）上世纪80年代初回长沙时和部分战友合影。

年届八旬的日本老人安东丰子对长沙记忆犹新，她欣然收下了湖南星沙湘绣城赠送给她的礼物——双面异绣《猫戏蝶》。

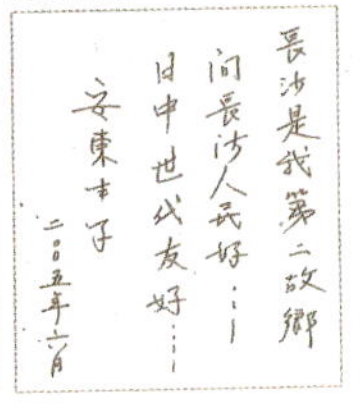

本报记者　詹春华　赵文健

今年6月下旬的一天，本报编辑部收到了一封来自日本的信笺："长沙是我的第二故乡，问长沙人民好，日中世代友好。"信笺的落款为"安东丰子"。

安东丰子到底是何许人？这位日本人与长沙到底有着怎样的故乡情缘？

解放军中一小丫

在长沙，安东丰子当年的重要知情人、年过八旬的孙贵向记者回忆起尘封的往事……

现在已年届八旬的安东丰子，原名叫山田丰子。山田丰子还是一个少女的时候，就随家人从日本来到中国东北谋生，并找到了一份统计员的工作。1945年"8·15"日本无条件投降后，山田丰子与日本的一切联系都断绝了。当年11月的一天，她得知八路军医院正在招募一批有文化、有技术的日本人，便报名成为我军中的一员。

1949年春天，时为郑州某部队后方医院医务科长的孙贵，遇到了在医务科当统计员的山田丰子。

在孙贵的眼中，山田丰子天性乐观，行军打仗累了，枕着马粪不到一分钟便能沉沉入睡。她高超的骑马功夫让包括孙贵在内的很多男性战友都甘拜下风。

田丰子则南下长沙。"烽火岁月，挥手作别，能否再见，我们当时根本没有想过。"回忆至此，年过八旬的孙老感慨万千。

第二故乡结情缘

自此之后，两人30多年没有见面，安东丰子如何与长沙又有情缘？孙贵自然无从知晓。

记者电话辗转长沙、北京、南京等城市，终于在南京找到了安东丰子当年在湖南省军区卫生部的一位同事——王红。

王红老太太虽也年近八旬，而且时隔半个世纪的往事有些模糊，但她对聪明朴实的"山田"仍记忆如昨。

1950年初，王红与山田丰子同在湖南省军区卫生部医政处共事，并同住一个宿舍，是无话不说的闺中密友。

一天，山田丰子给王红塞上一把糖，一脸羞涩地宣布："我结婚了。"这时王红才知道，山田丰子的新郎是同在湖南省军区工作的日本籍军医安东秀夫，并改名为安东丰子。

尽管当时住房非常紧张，组织上仍给新婚的安东夫妇腾出了一个单间。1953年前后，适值在我军工作的数千名日籍人员集体转业，安东夫妇双双回国。

下转A2版②

2005年《长沙晚报》

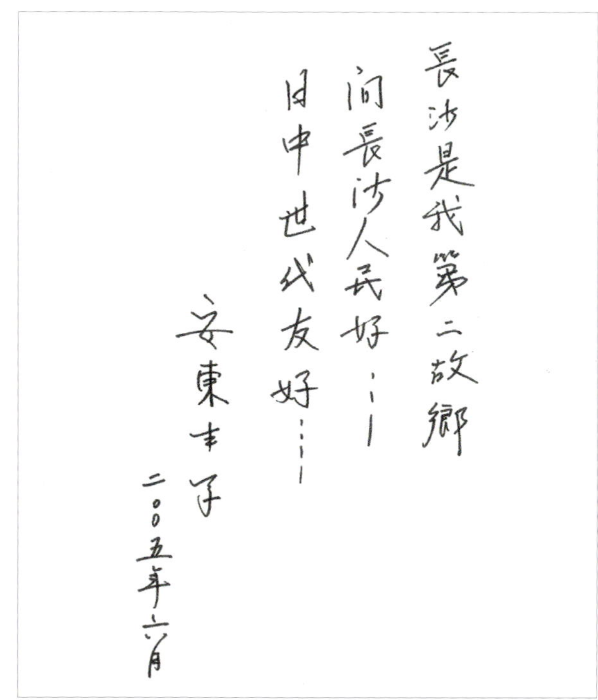

安东丰子2005年为《长沙晚报》题词

安东丰子和战友们 80 年代在长沙湘江宾馆

为日中友好奔波

——记安东夫人

1942年，16岁的日本少女山田丰子随家人到中国东北谋生，这片肥沃的黑土地成为她和数以万计日本侨民的“新大陆”。然而时隔3年，他们还未及实现各自的梦想，历史又掀开了新篇章——日本战败了。顷刻间，沦为殖民地10余年的“满洲国”土崩瓦解。当时，许多日侨妇女为保全自己，草率嫁给了庄稼汉、车把式，有的甚至做了国民党军官的姨太太……。而山田丰子却选择了另外一条道路。她凭着有文化和在“南满铁路株式会社”当过统计员的经历，应招进了八路军（后为解放军）的伤兵医院，担任医务统计员。从此，她的命运与中国人民的解放事业紧紧地联系在一起。作为革命部队的一员，她参加解放东北，随第四野战军进关、南下，经郑州、武汉，直打到桂林。此后，到1952年回日本之前，她先后在中南军区第三陆军医院、衡阳军分区后勤部卫生科，在广西、海南、湖南等地工作过。其间，她与祖籍同是日本大分县的军医安东秀夫结为伉俪。

在自视为“儒教圈文化”的日本，当女人出嫁随夫姓后，就把一心操持家务、终生做贤妻良母当作一种美德。乘“安兴丸”登上阔别多年的故土仅半小时，安东丰子就做了妈妈。在这以后的五六年里，安东夫人靠丈夫一人在外挣钱，一直实践着这种美德。然而在1958年，当孩子稍大一点，从不甘受命运摆布的安东丰子与丈夫一起向银行贷款，开办了仅有3张病床的“安东诊疗所”。经过多年苦心经营，小小的诊疗所终于发展成一座拥有150张床位的现代化综合医院，医学博士安东秀夫任院长。而安东夫人已成为“丰瑞株式会社”的社长兼董事长。如今，安东企业不仅拥有医院，还拥有一栋现代化老人服务中心和一个专为电视台制作节目的“静珠摄影株式会社”。安东企业的发展与安东夫人的社交能力不无关系。现在，安东夫人是日本上层社会颇有名气的人物，凡是与她打过交道的人，不管是朋友还是对手，无不佩服安东夫人的社交辞令。就在交谈中，一个设想、一笔生意，及其对时局的看法，都可使人领略到她超群的风度、敏锐的思维与洞察力。

身为亿万富豪的安东夫人从未忘记培育过她并被她视为“第二故乡”的中国。中国实行改革开放以来，她穿梭般来往于中国大陆与日本列岛之间，为日中交流做了大量工作。她为长春白求恩医科大学提供过成套医疗和科研设备，在北京、广州、广西等地投资建立了食品加工、时装制作、广告制作等合资企业。多年来，经她建议和说服，许多日本企业家也纷纷到中国考察、投资。安东夫人每年还要接待好几个来自中国的访日代表团，为两国的交流牵线搭桥。

为日中两国人民友好事业的发展，安东夫人在留日中国学生的培养方面做了大量工作。她为留学生建起一栋三层楼的宿舍，由她接待的中国留学生，不仅免学费和食宿费，每月还发零用钱。她深知留学生生活不易，便经常在假日请他们到饭店用餐，她让大家敞开肚子吃，点什么菜都可以，但有一点，不许剩！席间，她与学生们谈在日本的学习和生活，还常常讲起战争年代的峥嵘和艰苦生活。留学生们既领略到安东夫人的风度，又受到革命传统的教育。安东夫人尽力为留学生创造各种锻炼机会，她曾带一位从事贸易工作的留学生参加重要社交活动，将其引荐给国会议员，令这位学生感动不已。几年来，她花费上千万日元，培养了数十名留学生，多数已学成回国，为改革开放发挥着作用。

1991年安东夫人作为副团长，随以国会众议院议员古贺一成为首的日本经济代表团赴内蒙古访问，途经北京时受到张百发副市长会见。左起：安东秀夫、古贺一成、古贺利夫、译员、张百发、安东丰子、吕远（[illegible]）。

↖ 在中国人民解放军的档案库里，有一份纸色已变黄的功臣名单，“三等功臣……副连级山田丰子……”。图为安东丰子（右）与战友合影。

← 安东企业所属老人服务中心。不少年逾古稀的老人在此安度晚年。

↙ 3月3日是日本传统的女儿节（也称偶人节），人们习惯在这天将玩偶陈列出来。安东夫人与小孙女在家中的玩偶前合影。

年逾古稀而风度不减。

← 安东夫妇在节假日里喜欢领着两个可爱的小孙女到郊外游玩或去参拜神社。

在新年宴会上

周小玲　夏白桦　文并供稿

25

世界知识画报

安东病院

安东病院人员合影（前左 3、4 为安东夫妇）

松本杉子（原型）、平野小枝（原型）、安东丰子和作者 2006 年在东京

安东丰子全家 60 年代在日本

安东丰子 1991 年在长城

安东丰子和她相伴了一生的解放军搪瓷缸

2005 年，安东丰子、作者在日本和华侨留学生见面。右一为中野利子（原型）

前面的话

节延华同志打电话来，说是有一个在湖南省军区转业的彭晓立，你认识的，写了一本和部队题材有关的书，要我在前面写几句话，我问，说什么呢？

延华同志是广州军区原创作组主任，写过很多有影响的作品，他推荐的作品，我当然要看一看。

见了彭晓立，我才知道他的书是写日本籍解放军参加解放战争和他们从事中日友好事业的事。他特别给我看了原42军日侨解放军老战士战争年代时的合影，勾起了我的许多回忆。我在42军工作了18年，对老部队很有感情，也听部队老领导说过这段历史；而且小彭说，这本书的主人公，日侨解放军老战士安东丰子的夫妇，原来都还是湖南省军区机关的干部，最后是从衡阳军分区转业的，我这就觉得，我更应该看下这本书，说几句话。

看了书，书中日侨解放军在战争年代为中国革命流血流汗的故事让我惊讶、感动；他们1953年集体转业返回日本后，所受的歧视、面对生活的艰难而做的奋斗更是鲜为人知；更让我吃惊的是她们终生热爱新中国，在任何困难的情况下都从事中日友好事业。她们真是一个白求恩式的群体，是我们人民军队的骄傲。对此，周恩来总理等老一辈革命家都作过高度评价。

一开始，我对这本书在目前这个中日关系敏感的时间能出来深感困惑。看完书后，我倒觉得这本书出得正逢其时。理由有这么几点：一是看完之后让人感觉更加痛恨日本侵略战争。日本在侵华战争中，裹胁了这么近百万的日本青年男女，移民中国东北来搞什么满洲开发。战争一失败，丢下就不管了，也管不了了。书中描写的战败后的日侨难民真是凄惨无比，人不人，鬼不鬼。日本侵华战争给中国人民带来巨大灾难，也让日本人民深受其害。我们中日两国人民应该永远反对侵略战争。

第二，我们人民军队真是仁义之师。我们党的伟大值得骄傲。那个时候，国共双方都在争夺东北战场，你共产党不收编日伪的医院，国民党就要来收编。我们当然要壮大自己。可是收编了，又打仗又死人的，条件这么艰苦，怎么让这些异国的技术人员留下来？靠什么？靠政治工作。靠三大纪律八项注意。我们军队就是靠这个，征服民心和人心，打天下。这些日侨解放军老战士直到今天还在讲，官兵一致，打下大城市睡在马路上，这样的军队天下无双。我做了一辈子军队政治工作，我看了这本书，也一直在想，这几千名日侨解放军老战士，在战场为中国革命拼命奋斗，和平时期也有一颗向往新中国的心。生生死死，都热爱解放军，热爱新中国，这真是一个人间奇迹。这个奇迹的发生，就是我们军队政治工作好，党的领导好。我们党，我们军队的这个精神，不就正是我们时代发展的正能量么！那时的党风，军队纪律，多好！历史就如一面镜子，我们时常照一照，才知道今天的不足。所以，我们今天弘扬中国梦，发展市场经济，也决不能丢了党的作风、政治工作这两个法宝。

第三，历史是公正的。作为中日两国人民，都是善良的人民。我们从这本书上，可以看到战后普通中国人的善良、宽容的天性；也可以看到日侨解放军老兵在和平时期对中国人的友好情谊。人民从内心都是期望中日和平友好的。我们有这么好的民间友好工作基础，就不怕一小撮否定历史的日本政客破坏两国人民的感情。作为历史，这本书也真实反映了日本战败后日本侨民生活中不可或缺的一页；也描写了中日友好事业蓬勃向上的生命力，值得一读。

彭晓立同志是我的晚辈，他的家庭和我也有渊源。他是在我们湘潭长大成人的。入伍当兵也在湘潭军分区，后来才调到省军区后勤部工作。他岳父巫海清同志是新四军老战士，曾任湘潭军分区司令员，后任湖南省军区副司令员；他父亲彭铁干，曾在湘潭地委工作时任华国锋同志秘书。我在湘潭军分区政委任上时，我是市委常委，彭铁干同志任湘潭市委常委、宣传部部长。我们是一个班子的成员。彭晓立同志是我们部队培养的业余创作骨干，也写过不少作品。转业以后，大都从事经济工作。能写出这本书，恐怕也少不了家庭的耳濡目染吧！

所以，当他给我打电话，告诉我他写了这本书时，我就说：好哇！你写了书，就证明我们事业后继有人呀！

衷心祝贺他！

黄祖示

（作者系湖南省军区原副政委、少将）

难以忘却的友情

庞力平

在我们湖南省对外友协准备筹划纪念中日邦交正常化四十周年活动前夕，我在湖南省军区时的战友彭晓立同志将他撰写的长篇纪实小说《红樱花》（初稿）送到了我的案头，并建议共同策划将这一小说的出版作为湖南省对外友协纪念中日邦交正常化四十周年民间友好交流活动的一部分。由于国际形势及其他原因，延时一年多的时间，现在终于出版了。

长篇纪实小说《红樱花》以真实的人物和历史背景为线索，描写了二十世纪四五十年代以安东丰子为代表的，原中国人民解放军第四野战军日本籍战士，投身于中国人民的解放事业，在人民军队中不断成长，为中国人民的解放事业英勇奋斗的经历，以及他们回到日本后，倍受歧视，在艰难条件下创业和始终不渝的从事日中友好事业的故事。

小说主人公安东丰子是日籍解放军战士群体中的典型人物之一。她出生于一个殷实的旅馆主家庭。1944年，为了躲避美国飞机轰炸，也由于战争需要，她和数十万日本青年一样，受日本政府欺骗参加日本开拓满洲的活动，加入了满铁株式会社。日本投降后，由于无法返回日本以及生活所迫，加入了人民解放军。在人民解放军这所的大熔炉里，八年的战斗生涯，她和她的日侨战友们，目睹和感受到了中国共产党及人民军队为了实现国家独立，民族解放英勇奋斗的精神和与人民群众同呼吸共命运的可贵品质。他们经历了东北战场最初的失败、撤退、胜利反攻，以及解放全中国的战斗历程。她与大多数日侨战士一样，对中国人民解放事业经历了怀疑、徬徨，到自觉而奋不顾身地投入其中，真正成为中国人民解放事业的一员，并终身将自己的命运和中国人民紧紧相连。小说主人公安东丰子经历过战争艰苦环境的考验，战斗中，她曾被国民党军俘虏，并受到严刑拷打，但她以坚定的革命信念维护了一个革命战士的尊严。由于她工作认真，作战勇敢，多次荣立三等功。她与数千名在中国人民解放军中的日籍战士一样，用自己青春的热血为中国人民的解放事业书写了光辉的一页。1953年，安东丰子以湖南省军区后勤部正连职干部职务转业返回日本。安东丰子与千百万日本人民一样，因为日本军国主义发动的侵略战争而流离失所，家破人亡，感受到了战争的痛苦。目睹了无辜的中国人民和日本人民经历的战争创伤，以致她终生热爱中国，热爱中国人民，期望和平，期望中日两国人民世代友好，并始终为中日人民间的友好事业而努力奋斗。

我在民间外交工作岗位上工作了二十余年，曾经多次接待过日本"回想四野会"等日本民间团体的代表团。大约在1990年，我曾在我国发行的《世界知识》杂志上看到过介绍安东丰子的文章。文章中刊有安东丰子穿解放军军装的照片，并介绍她在湖南省军区工作的情况，故这一报道引起了我的注意。为广泛的结交国外朋友，为国交友，我给她写去一封信。当年，我随中国青年友好代表团访日时与安东丰子在东京通过电话。由于日程安排太紧，我又是25分团团长，需率团访问湖南的友好城市滋贺县，故未能与其见面。谁知20多年后又策划出版描述她的纪实小说《红樱花》。

看了《红樱花》，它勾起了我在这二十多年的民间对外交往中两次难以忘怀的接待。1999年6月12日至18日，以桥本一郎为团长的日本"长白山会"原中国人民解放军老战士代表团一行，来湖南祭拜在湘西剿匪战斗中两名牺牲的老战友，寻觅他们的战斗足迹。桥本一郎等在沅陵剿匪革命烈士陵园与当地青少年一道举行了隆重的纪念仪式，并捐款10万日元作为革命烈士塔的维修费用。代表团还参拜了辰溪剿匪胜利纪念塔、长沙烈士公园纪念塔，向革命烈士敬献了花篮，并与省相关部门联系，希望能将两位在湘西剿匪战斗中捐躯的日籍烈士名字刻在沅陵县烈士名录上。

2002年9月29日，是中日邦交正常化30周年，为纪念这一具有历史意义的日子，应湖南省人民对外友好协会的邀请，"原第四野战军日本籍儿女第六次回娘家访问团"来湘访问他们曾经生活、战斗过的地方。代表团是从武汉乘火车抵达长沙市的。一下火车，他们立刻展开"原第四野战军日本籍儿女第六次回娘家访问团”的旗帜，胸前挂满了原在中国人民解放军时荣获的军功章，列队走过火车站广场，他们的举动引起广场旅客和行人的驻足观赏，他们的豪迈之情也溢于言表。10月2日，我们安排了十多位在长沙的原四野军队老战士与其座谈、联欢。中日老战士们共同回忆了战争年代出生入死的战斗生活和中日战士之间的战友之情，表达了中日两国人民间的深厚友谊。原四野47军140师宣传队的女宣传队队员李凤均借交流机会，向日本战友讲述了自己在东北负伤时几位抢救自己的生命的日籍医生，和给她打针换药、端屎端尿、无微不至护理她的日籍女护士，请他们帮忙寻找并转达她在心中积蓄多年感激之情。没想到，抢救过她生命的医生就是回想四野会的第一任会长中村义光，照顾她的女护士就是此次代表团团长中村义光已去世的夫人。李凤均同志的亲身经历感动了在场的每一个人，一个个硬汉子都流下了眼泪。中日战友激动得共同高歌《解放军进行曲》、《三大纪律八项注意》、《大刀向鬼子们的头上砍去》等军队歌曲。

长篇纪实小说《红樱花》以安东丰子人生轨迹为线索，第一次生动翔实地记录了人民解放军中的这一日本籍战士群体，一支白求恩式的国际主义革命战士群体。全书约为40万字，附有日本籍解放军战士在解放战争、在日本的各类照片、图片，是进行对外民间友好教育工作的好读物。

（作者系湖南省人民对外友好协会原专职副会长）

2013年12月18日于长沙

目录

创业篇

友好篇

楔子

2005年春天，日本东京，西早稻田。

日本东京的五月街头，分外喧哗、热闹。

四月的樱花，刚刚才层层叠叠、绚丽灿烂地铺过整个日本列岛。但是，这个城市一刻也没有沉寂。因为从太平洋吹来的初夏的风，已经把大地吹得暖和和、生气十足了。

马路边的行人，密密麻麻站了一群。人人都对大街上风驰而过的汽车长龙视而不见，而一有绿灯信号，就一大片、急匆匆地涌过斑马线，朝前走去。

前面，是闻名遐迩的早稻田大学。美丽的校园篱笆旁，一簇簇各色的小花，密密地从树丛中伸出头来，迎着朝阳摇曳。

在分外夺目的闹市中，校区这一片街道出奇地安静。

不远处，绿荫丛丛的校园山坡旁，就是东京都西早稻田区熙熙攘攘的闹市。

那儿，一栋又一栋的高楼亮光光地毗邻比肩，在东京都拥挤的天空展现它的雄姿。

闹市的街道旁，有一座别致的小楼。赭红色的墙，远看，也和早稻田大学周边一样，十分恬静。近了，才看见墙上的红砖每一块都只有半截。砖头被砍截过的那一面统统朝外，凹凸不平而显出粗糙的墙体，极自然地形成了不规则的墙面。像现代派的画。

门口有一块白木牌，上面写有隽永的黑色汉字：丰瑞株式会社中国部。

这是 2005 年，日本的初夏，一个温暖而湿润的早晨。

一长溜小旗帜，是爱知世博会的广告旗，五颜六色的，在高高街灯架的两旁，猎猎地飘起，一扫这岛国春夏之时多有的沉闷气息，让天气格外的晴朗、热烈、多彩。

人流中，有几个人走进了西早稻田路边这座小楼。

透过丰瑞会社巨大的玻璃窗，他们看见一个年纪很轻的女职员飞步上前，很快地迎了上来。

原来，看到他们时而走走，时而问问路人，全然不似匆匆路过的日本人。女职员在玻璃窗里早就注意上他们了。

是湖南省的客人吗？她问他们。

女职员一口流利的汉语，让来人一下子轻松下来。

来人的确是来自中国湖南省，他们是来拜访这座小楼的主人安东丰子。

他们是一直问路问过来的，直到看到小楼门口的招牌。那上面写的“丰瑞株式会社”字样的汉字，让他们倍感亲切。

得知安东夫人早有安排，几个人松下一口气来。原本，他们是来日本参加爱知世博会。但是，今天是专程前来邀请安东丰子社长去湖南长沙参加嘉宾活动的。

曾经在长沙生活过的解放军老战士安东丰子，现时的日本丰瑞集团的总裁，在湖南省，在长沙，经媒体多方报道，早已是闻名遐迩的人物。

女职员端上茶来，告诉他们，安东社长正在参加每年一度的日本解放军战友聚会，还要一点时间才能过来，她已经吩咐过了，说湖南省的客人会来，让我们招呼一下，并请大家等她一下。

可这几个从中国来的年轻人，听说在日本有日本籍解放军聚会这类活动，都想去看一看热闹。

可以呀！女职员笑了笑。因为她自己走不开，就领他们出来，往对面一指：

在那边，我们公司的大楼下附近……

对面的高楼丛中，有栋数十层高的大楼。那上面高高的电视信号发射塔格外醒目。

那儿是丰瑞集团的总部。楼顶上有几个鲜红的大字清晰可见：安东大厦。

大厦前坪的广场下，几级阶梯走下去，是一个地下广场。

地下广场里，笑语欢歌，人头攒动，歌声飞扬。

几个醒目的横幅，让路人注目。

大的一幅红色横幅上书有汉字：日中友好东方文化节。

还有几个小横幅，有白色，有黄色，都是各个团体的横幅：回想四野战友会，小林子头战友会，长城会，长白山战友会……令人目不暇接。

更令这几个人惊奇的是，竟还会有“耒阳战友会”的旗帜。

耒阳，这应该是耒阳县吧！这可不过是湖南的一个小县城呀！

这让来自湖南省的客人高兴起来了。

广场上下热闹异常。音乐放起来了，人们鼓掌欢呼起来。先是围上一大圈，大家跳起舞来。是类似日本民俗的摆手舞，加入者有小孩、青年，但更多的是两鬓染霜的老人。

更有趣的是，还有好几位穿着旧灰布军装、戴着解放军军帽的男人女人，在舞动的人堆中格外起劲。

其中有一位老人的帽子上还别有红五星。

歌声更让来自中国的客人大吃一惊。

生涩的中国话，却明明白白：

……

革命军人个个要牢记，

三大纪律八项注意！

……

这歌词好似和这日本东京的地域并不协调，只是这热烈而熟悉的旋律让这几个中国客人格外亲切、兴奋！

又过了一会儿，文化节最后一个节目开始了。气氛顿时更加热烈起来，许多人争先恐后冲进场内，腰系红绸，有的人脸上抹了红，涂了绿，手里还拿上了红色大折扇。欢快的中国锣鼓声、唢呐声响了起来，人们自动排成首尾相连的队，长龙转圈地扭起了东北大秧歌！

这东京街头的中国秧歌！

亮丽、抢眼的东北大秧歌，吸引了无数路人的目光。

在人们的指引下，他们找到了坐在一堆座椅旁的安东丰子。听说来了中国朋友，这个受到湖南老乡们托付来看望的前解放军老兵，一脸灿烂的笑。

坐在轮椅上的她精神十足，她请中国朋友稍等一下。她解释说，这个聚会是她们在日本的解放军官兵的年会。非要参加完这个战友的聚会才肯离去。

回到公司里坐下来，才开始相互介绍。虽然是初次见面，她仍然没有一丝矜持。她坐在轮椅里，看不出她的身高。但是她握手有力，一双眼睛炯炯有神，让人印象很深。

接受他们的湘绣礼品、寒暄、照相……她好像很习惯这些。

话题又转回街头秧歌舞。

我们每年战友聚会都跳，只是人越来越少，我也跳不了啦。安东丰子遗憾地摇摇头。她的中国话讲得很慢，客人听得懂。

讲多了以后，她还是讲日语，让女职员翻译。

你们稍坐，我要进去一下，等一会儿我陪你们吃饭。她头弯了一下，算是抱歉。只和中国客人坐了二十分钟的她，又起身去会客厅外的办公室了。

这就是在中国留日学生界享有名望的安东夫人，丰瑞集团总裁安东丰子。已年近八旬的她，听说还是一天工作十几个小时，而且还精力十足。

不亲眼见真的令人不能相信。

门缝里可以看见办公室里面。

五月，是日本企业的半年决算日。今天，各分公司审查报表都堆于桌上，刚从会客厅进到办公室的她，仍是不慌不忙，一张张地审看，神情一丝不苟。她居然老花镜都不戴。下属们多是四五十岁的盛年男子，一个个腰杆笔直，一袭西服地站立在旁。

她笑的时候真灿烂。这是在看报表，可不是看湘绣，企业的数字仿佛成了一件艺术品，被她端详、品味。她笑了，仿佛回到了青春时期的中国。

在日本那个男人至上的世界，她是如何创造那个神话般的企业王国？这一切，让中国来的客人难以理解。

她从中国回到日本时，的确是一无所有。五十年后，她的丰瑞企业集团独资拥有了规模庞大的医院、商业中心、现代化的老年疗养院、私营电视台、建筑公司及众多海内外企业。

她是日本的亿万富商。

最后，安东丰子社长面对湖南客人的盛情，如同面对很多的中国朋友一样，还是表示难以成行中国。

这其中的一个原因，是她从去年开始坐轮椅。因为不方便，便不太想出远门。另一个原因是她的企业，她的工作让她这一段暂时走不开。

其实我真想还去长沙看看，第二故乡嘛，她笑眯眯地对湖南客人说。

战争篇

羁旅草间宿，谁家一丈夫，已忘君国事，更不念家乎。

日本·《万叶集》

1.1　1941 年，日本名古屋，岐阜县

安东丰子少女时代名字是叫山田丰子。

山田家的血统，有着不安分与善于经营的两种特质。

山田家的老家是日本名古屋市岐阜县。在记忆里，她幼年时的家，是一个被山川秀美的田园环抱的美丽小镇。

早晨，爷爷最喜欢背她上学去。爷爷喜欢走田埂上的路。远处，薄薄的晨雾，轻轻地，一点点从那翠绿的山峦边飘过来，和着山口的风，缕缕袅袅升上天去。

转过大路，就可以看见相邻的富士县的五筒山了。

和富士山一样，五筒山也是顶部终年有积雪，就像山两边的山民茅屋顶。

不知是当地的风俗，还是人们几千年以来从山水中感染了五筒山壮丽而冷峻的气质，岐阜县和富士县两县边界山两边的山民，多少年以来，都把房屋建成独具一格的屋顶，形状有点像人的合掌状，又仿佛像一个尖耸的三角形。

屋顶上灰色的茅苇，就取自山边延绵不尽的山坡。一个个灰色的屋顶合掌，点缀在终年翠绿的茂密山村。

要是在秋天，柿子熟了，绵亘几十里的柿子林，一路蜿蜒爬上山去，红红绿绿的柿子树丛，像彩色飘带，和傍晚的薄雾一起，缠绕在一个个灰色屋顶旁，恍如人间梦境。

人们把这些古风的村落叫合掌造村落。

这些自日本中古代时期以来就驰名日本的大茅屋顶，以后便以合掌造村落这个名称和形象而闻名于世界，战前和战后，游客总是蜂拥而至。

1994 年，日本就为这个合掌造村落的大茅屋顶成功向联合国教科文组织申报，列为世界文化遗产。

小镇上的人们，多少年来就是以这些个茅屋顶为自豪。以此为荣的他

们，自然很早便以此发展旅游观光业。

山田的祖父，继承了从祖上就开始经营的旅馆业。他也在小镇上开了一家名为“山田旅舍”的小旅馆，自己经营旅馆，接待日本及世界各地来大茅屋顶参观的游客。

到战前时，山田家的旅馆业已有了相当地发展，不论是经营口碑，还是土地和房产的规模，在当地都已有了名气。

少女时代，山田丰子就是一个大胆、有主见的女孩，她以敢闯、敢干有名。她的父亲只生了两个女儿，而且还把妹妹过继给了别人，于是她便成了家里的独生女。

只是丰子可不让爷爷省心。爷爷坚持每天自己去送孙女上学，而放学时，就让奶奶去接。要是一不留神，丰子就和孩子们溜到镇上去了，一直要玩到浑身是灰土才回来。

丰子的祖父，这个喜欢认真经营旅馆的老山田是个个子不高、不苟言笑但很善于思索的日本老头儿，他不太喜欢爱幻想同时也爱玩的儿子。

倒是一看见这个天不怕地不怕的小孙女，老山田就会把眼睛笑成一条缝，恨不得成天把这个掌上明珠捧在手上，走到哪儿带到哪儿。

可是小孙女也没少给他添麻烦，一见面，不是恶作剧地把他最在意的库房钥匙藏起来了，就是稍不留神，便把他的宝贝账本用毛笔涂鸦，涂个一塌糊涂。

奇怪的是老山田一碰上这些糗事居然只会哈哈大笑，还把一脸一手涂鸦墨黑的宝贝孙女丰子一把抱起。

有一天，丰子的奶奶又没接回上学的丰子。这天孙女回家倒十分安静，早早地便睡觉了。

可是晚上，镇上清水寺的主持找上门来。

原来，寺里丢了一块供神的神牌。因为，下午是寺里进了一大帮学生才丢的。因而寺里主持一个一个地登门，逐一问了几个进寺的学生，都说要问山田丰子，他才来山田家的。

学校一直有个传言，让不少学生传说。说是为了让每一次考试过关，必须拿一块寺院的神牌埋在山顶上。

可是男孩子们从寺里偷出神牌后，众人都不敢去埋，说是埋了神物怕遭雷电劈。

于是，众人就都怂恿着让平时胆大、而此时在一旁观看的山田丰子，让她去找个地方埋。

他们哄她说，干这个，女孩子是不会有事的。

让人惊奇的是，丰子马上就抱着神牌到山上去了。

于是，爷爷带着寺里的主持，举着火把，在山顶上的一棵大树下，挖出了用布包着的神牌。

哎呀……瘦削的寺院的主持，年过八十了，一双手抖抖的，抱着失而复得的神牌，快哭出来了。他不停地鞠躬，感谢爷爷。

如果他找不回这个有几百年历史的镇寺之宝，他都会活不下去了。

爷爷顺手拿了根树枝做鞭子，回头去找丰子，想抽她两下。

只是藏在老山田爷爷身后，带路前来的小孙女丰子早就不见人了。

可是爷爷又有些令人费解。

有一天，他非常奇怪地突然召集全家开会。他板着脸宣布了一个决定：他决定把他名下的旅馆连同土地，全部登记到山田丰子的名下。

也就是说老山田要选择孙女作为家族事业的继承人。

全家人和老山田的儿子一样，有点吃惊但沉默着。最终，儿子只是抬头望了一眼。煞有其事、认真的爷爷，端坐在那儿，依旧不出声，儿子开始一个劲儿地抽烟。

儿子兴许是有忧郁的艺术气质，天性喜爱自由无拘，即便是结了婚，生了女儿，也同年轻时一样，喜欢一个人独自上街，远远地望着小镇上的世界文化财——那一片茅屋顶发呆。

一到晚上，他又不见了，是去看远来的能剧和歌舞伎班子。戏班子里有好多好看的白脸少男少女，一天到晚为游客演出。

少女们的折扇，白天在舞台上如蝴蝶飞动；少男们的纸灯笼，夜里在街巷屋场一溜溜闪烁，都好迷人！

如果回来时身上有一丝酒气，就会被父亲大骂：你看你这酒鬼……

死老头子呵，你不也喝酒吗！丰子的奶奶嚷了起来。

儿子年纪再大，在母亲眼里总是孩子。母亲无论何时，总是要护儿子的。

我那可是应酬，应酬客户！不是瞎混！老山田大声地嚷着。

可儿子早已给丰子的奶奶拖开了。

莫看只是一个称雄在小镇上的旅馆，这可是老山田的命根子。

看来把旅馆业交给儿子是不行了。老山田骂完了，一个人边默默想，边不停地念叨。

儿子不出门时，闷头干活也挺好，细致、细腻。只是，画一个旅馆的表格，他也要费好多时间，错出一点也要重来过。虽然精致，却好不合算！

在这一点上，老山田挺欣赏丰子的大大咧咧。看到别人家姑娘穿西式裙，丰子便也要穿。上名古屋，看到有好多女孩子骑自行车，也非要买。结果是名古屋的外祖父给买了，托人送过来。

这下好了，镇上的人们，天天都看见这个衣着精致的小姑娘，一天到晚，骑着这辆从名古屋弄来的、崭新的自行车，在街头穿来穿去。

哗哗哗，她有时趁人一不注意，爬上柜台，把算盘扒的乱七八糟，还头脑歪歪地问爷爷，这么多小珠子是干吗的呀？

爷爷还在解释，她刚刚还睁大眼睛在听，一眨眼，又从柜台下跑掉了。

丰子的爷爷，对胆子超大的丰子很欣赏。在他看来，作为一个商人，胆魄和精明是同样重要的。

原来是期待儿子为自己添个男丁的，抱个白胖大孙子多好！可是这个不争气的儿子任你怎么骂，也只生下俩姐妹。

不过打丰子长大一些，显出了事事好奇的兴致，又有了这一股子天不怕地不怕的脾气，老山田倒真的格外欣赏这个小孙女起来。

所以，人家都以为这个老山田像着了魔，他也不和任何人商量，是突然在一天的晚饭后宣布的，要将家庭的财产继承权给予小丰子。

他做决策就是在一刹那。

本来，他在岐阜县城的山田旅舍办得挺红火。从他的父亲那一代开始，岐阜县城的人，没有人不知道山田旅舍的。

可是，他听说很多旅客都在五筒山的风景区合掌村落周围租房子住时，突发奇想，坚持要到靠近村落的白川乡的镇子上，又盖一座山田旅舍。

为此，还把全家从县城都迁到这儿来了。

他有时挺精明，有时也像脑袋灌了水。不过，他最大的特点便是说干便干，从不后悔。宣布决定后，没过几天，他便到地契所把土地转名的文件办完了。

从此以后家族的财产便是山田丰子的了。

丰子的妹妹，已过继给爷爷一个远房亲戚了。说起来家里也是只有丰子这一个独生女了。

喜爱小孙女是一个理由，怕让心肠软而又心地善良的儿子败掉家产，是第二个理由；还有另一个理由，只有老山田本人才知道：日本的税太重。为此可以免去二次遗产税。要不，山田家的财产，一万日元传到丰子手中，除去税，最后连三千块也剩不到。

要说三个理由中有哪个更重要，在老山田心中，恐怕第三个更甚。

为了让他和小孙女共同享受这个时刻，纪念这个时刻，这个精明的商人独自带着丰子，在那个著名的日本世界文化财的大茅屋顶下，祖孙俩拍摄了一个合影。

这一年山田丰子十三岁。

1.2 1944年，日本，名古屋市，荣街

本来，山田丰子的人生已经确定了。

在岐阜县著名的合掌造村落大茅屋顶旅游区，她将继承祖业，成为一名旅馆老板。凭她的天赋，她的机敏，以及她的家族的支持，她将会在此地将祖业发扬光大。当然，还有读大学、结婚、生子，成为一个名扬本地的酒店业老板。

但战争把这一切全部改变了。

山田家和千百个日本家庭一样，是听着广播、上街摇动着日本国旗、看着战争一天天扩大的。可是令他们不解的是，天皇的圣战竟然越打离家门口越近。而且不可思议的是，美国飞机天天来轰炸日本列岛了。

美国飞机像长了眼，专门炸日本的工厂、城市。工业化中心东京、名古屋首当其冲。没日没夜的轰炸，让繁华的街道全部变成了瓦砾。

在日本轰炸珍珠港大获成功的那一天夜晚，日本每一座城市都万人空巷，彻夜游行。

丰子吃了晚饭，提了灯笼，要去学校参加胜利大游行，被爷爷一把拉住了。

不要去，去了会遭报应，爷爷的神态很认真。

丰子记得，爷爷告诉过她很多美国的事，他年轻时游历过美国。他悄悄地和丰子说过，日本要追上美国，还要一百年。

但是，他们军队要打，天皇也发了诏书，没办法呀，爷爷边叹气边喝着闷酒。

老头子，别乱说，要杀头的，奶奶边说边关上了大门。

可是令大家迷惑不解的是，事情真让爷爷说中了。珍珠港战役后，没有几年，日本在中途岛一败涂地。

成天的轰炸、火光，满玻璃窗户的米字纸条。昨日繁华而熟悉的街头，

一眨眼变成了废墟，满街断墙残壁，一天到晚黑烟直冒。

名古屋，自小便是丰子的天堂，那儿是妈妈的娘家。

小时候，妈妈过一段就要带丰子到名古屋去。一想起名古屋街上的喧闹与繁华，小丰子每次都乐不可支。

可以说是从岐阜县乡下来的小山田，第一次看着名古屋高大而漂亮的百货店，被吓坏了。她大半天都东张西望，一声不敢吭。

在窗明几净、一尘不染的百货店内，外祖父却大咧咧抱着她进去，一屁股坐下来，豪气十足地说是要为她买双新皮鞋，随她挑。

试穿的那双皮鞋又新又亮，鞋头方方的，还缀有一个小小的蝴蝶结。丰子心里很中意。

不过刚开始时，不知是因为小镇子人的虚荣心作怪，还是其他原因，反正小山田心里很想要，嘴上竟撒谎跟外祖父说，皮鞋太小，也不好看，会打破脚跟的。

那就换一个鞋店吧，外祖父毫不犹豫地起身了。作为生意人，外祖父早已习惯了不厌其烦。他哈哈大笑地领她看了一家又一家鞋店，试了好多双鞋，小丰子都不满意。

结果还是回到第一个店，买了那双丰子称心的鞋。

穿上新鞋以后回到岐阜，满镇上大街的孩子都来看她这双皮鞋。

那个光景，小山田记忆了很久。

丰子外公外婆，就居住在名古屋的荣街。

外公家也是生意人。

关西人世代以经商为荣。因为他们的成功、勤劳，使关西的名古屋人、大阪人，几百年都瞧不起江户的乡下佬。别看今天江户叫东京了，会经商的关西人仍然认为关西人才是真正的日本商人。

穿上了那双鞋子，外公还不停地给她讲故事。

外公说，他的祖上家在长崎。在长崎，他们宫本的姓是大姓。在明治年代以前好几百年前，那时好多日本人还没有姓氏和名字的时候，他们宫本家就是拥有姓氏的大族了。

长崎是日本最先和外国人做生意的地方。那时长崎街上住满了做生意的中国人和荷兰人。宫本家祖上有好几百年的传说，在长崎很有名。

说的是长崎有一个家族的长老，开始是个漂流过海来日本的中国水手，怎么来长崎的谁也不知道。那时候中国船叫唐船，长崎港一年四季挤满了密密麻麻的外国船。有唐船，有荷兰船，还有暹罗船，不过最多的还是唐船。唐船运来了精美的瓷器，还运来了日本人从未见过的大象。还听老人们说，唐船上最受欢迎的是中国的书籍。

而这个有传说的中国水手，开始是给船主做杂工，由于不会日语，很沉默，一天到晚只埋头干活，不爱说话，但大家都知道他干活身手好，驾船驾得飞快。

有一次，一个浪人把吃过饭的盆子，在众人的嬉笑中扣在他头上，谁知，他顺手就拿过一张板凳，“叭”地一下甩在那个浪人头上。

这下他在长崎街上出了名了。

那时候，唐船入长崎港都要拿令牌。所以，唐船上的人入港取令牌都找他。他办法多，受人信任，能取到令牌。

从此，船主就很喜欢带他出海了。因为他肯吃苦，胆大心细，又懂得走中国航线，让船主很放心。而且他板凳打浪人的故事都传开了，大家就知道了这个船主的船上，有一个打起架来不要命的水手。

后来他会一些日语了，船主年纪也大了，他就买下了船主的船，自己跑买卖。他长期往返于中国和日本的航线上，贩卖海货到中国，赚了大钱。由于他讲信誉、肯出力、敢冒险，中国和日本的客户都很信任他。

由于他一来日本就住在日本人的货栈里，一来一去，那个和他合作的日本货栈老板的女儿，看上了这个豪爽而强壮的水手。在一个海风惊天的夜晚，姑娘躲在他的船舱中，迎着风浪跟着水手偷偷离开了长崎。

但是，船走到半途，姑娘又心疼爹娘，好说歹说地劝，他俩把船驶回了长崎港。从此，他就和姑娘成了家，落户在了长崎。

哦，是我们宫本家的吗？丰子的外公是姓宫本。

也说不大清。明治之前，日本人大都搞不清楚姓氏这回事的。长崎有说是宫本家的，也有说是山崎家的……也许只是个传说的故事吧……

哦……听了外公讲的这段祖上口口相传、似真似幻的长崎传说，山田丰子惊异了半天。

真的有这么回事吗？她傻乎乎地问外公。

不知道传言是不是真的，也有可能吧，我也将信将疑。不过，我年轻时去过中国，中国人可真会做生意。外公用肯定的口气，结束了和她的谈话。

外公是个中国迷。

他在中国跑过生意，去过中国许多地方，去过北平、上海，也去过内蒙古草原。在家里时，他就坐在榻榻米上，翻看他的那些中国书。他有一书架的中国书。

这书好看吗？丰子拿起一本尽是汉字的书，书名是《论语》。她翻了翻，一脸的迷惑。

不看中国的《论语》，就不会做生意。不去看中国的长城，就不知道天下的雄伟。有机会你要能去中国，一定要去看看那些地方。

打下南京那一天，上头通知，家家户户要在门口挂白灯笼，庆祝日本军队的胜利。

那一天丰子恰好去了外公家。她是随学校参加了名古屋胜利大游行后，来到外公家看外公的。

外公家门口的灯笼不太亮，灯光一闪一闪的，好似有点不情愿的样子。

可是，进门后她吃了一惊，家里很安静，没有一点喜庆的样子。外婆示意她不要喧闹。

她走进了外公的书房。房里没开灯，外公一个人端坐在榻榻米上，看见丰子进来，叹了一口气。

那本外公天天翻看叫《论语》的书，在黑暗中远远地躺在榻榻米上，不响一声，像个小小的弃婴。

中国，大老师呵，外公莫名其妙地说了这么一句。

窗外的欢呼声，还在远远地一声声传来。

可是，一阵阵美国炸弹，把这一切全炸毁了。漂亮的街道，满街的花车、人流；节日和神社的美食摊、杂物担，还有那些美丽的传言……这一切全变成了废墟和青烟。

本来暑假里丰子要去名古屋的，可外公家捎信来，名古屋天天在轰炸，暂时不要来名古屋了。

流言比瘟疫传得还快。

有的人说皇军已经占领了大半个中国，又有的人说，太平洋上丢了好多岛屿，美国的军舰已经包围了日本列岛。

听说只有京都、奈良的学生幸运。美国飞机为保护文物建筑，而不轰炸京都、奈良；而日本的古都奈良、京都怕都有上千座寺庙。当局把老人、孩子全搬进寺庙，躲了起来。

山田丰子已不上学了。学校已关门了。

由于战争，旅游地已没有游客前来，已经没有人记得大茅屋顶了。

有一天晚上，爷爷从县城回来，一言不发地喝闷酒。他原本是每月最少跑一趟县城，去收他的旅舍租金。

收到租金了么？奶奶问他。

再也收不到了，他头也不抬地回答。

为什么？奶奶一脸的不解。因为精明的老头子去收房租，从未空手回过。

没了，炸没了。老头子低沉的话语，说得倒很平静。

原来，老头子去看自家的房子，可县城里硝烟阵阵，爆炸连连，他远远地看见飞机掠过自家屋顶，刹那间，在如雷的爆炸声中，升起一团浓烟。

完了，他心想着，心跳到嗓子口。

一个女人撕心裂肺地跪在自家房子前叫。他看到了，是自家的房子倒了，连那个租户的全家，还有好多住店的客人，在一阵炸弹气浪后，全被倒塌的房子掩埋了。

只有那块写有“山田旅舍”的木牌，还歪歪斜斜地挂在路旁的树上。

那一天，一大群美国飞机是在炸名古屋。返回的时候，把邻近名古屋的岐阜县城，也炸了个底朝天。

连在县城上学的丰子，也联络不上了。

防空警报没日没夜地叫，街上常常空无一人。岐阜县城的旅馆，家家都门庭紧闭，冷冷清清。最要命的是天天有美国飞机掠过天空，到处轰炸。

因此，人们都不敢出门，白天只能躲在防空洞里。

只有爷爷很冷静。他在防空洞里，由于不能抽烟就十分烦恼，一个劲的骂人。因为怕人听到，就在丰子耳边悄悄地说，人就是要量力而行，知道么，我早说过，美国人招惹不得，以后，自己做生意也是这样呵，要量力而行。他摸着丰子的头，叹了一口气。

爷爷闭着眼躺在防空洞里，成天这么喃喃自语。他已经做不了生意了，可他还在想他的生意经。

这时候传来了满洲开拓团征集铁路职员的消息。

丰子永远记得，她和许多同学，都是躲在白天黑夜全部是防空警报世界之下的防空洞内，和满洞子的人一块儿看圣战片。

在放映《啊，海军》时，人们都少有地尖叫起来，整个防空洞被欢呼的声浪震得快倒了下去。

丰子本来和一个女孩子在讲悄悄话，被洞内的震吼声吓了一大跳。

可是，一放《啊，满洲》的片子，防空洞里便安静了下来。静静的电影里，满洲一望无垠的黑土地，让山田丰子一下子着了迷。

放映完了，银幕上打出了满铁公司征招铁路职员的公告。

生性倔强的丰子立马要去报名。

去满洲也不是什么新鲜事。战前，就常有人去满洲。常常有征集去满洲的海报，当局天天在喊口号，什么要奋勇进军新大陆啦，云云。

有一个宣传口号，刷满了大街上一堵又一堵的墙壁，几乎人人都知道：

移民五百万，建设新满洲！

这个口号让压抑中的丰子胸口怦怦直跳。

一般的人，都不把这个口号放在心上。

其实，家境好的日本人，对去满洲实在没什么兴趣。

漂过日本海，又要经过朝鲜。去了，还是屯垦土地。听说也挺乱，住在日本移民屯里，还时不时和中国的满洲人有冲突，时时要提防打仗。因此尽管当局和陆军军部拼命宣传，去的人也不多。

可现在丰子不这么想了。

与其天天跑防空洞，或是躲到更远的乏味的乡下去，丰子觉得去满洲更有意思。

是啊，虽说那儿不会像征集海报上讲得那么美好，不会是天堂，不过，至少会有饭吃，也没有满天扔炸弹的美国飞机。

说穿了丰子就是不喜欢现在这个样子：不能出门，不能读书，也不能工作，天天要躲防空洞……天天头上顶着美国飞机和炸弹，说不定哪天出门会碰上。

从爷爷到妈妈，对丰子的想法有点哭笑不得。

一听说丰子要去满洲，一家人眼珠子都快掉下来了。妈妈一天到晚苦着副脸，直抹眼泪。

可一听丰子把理由一讲，真是没有一个人能说出什么反驳的意见来。

爷爷也只能摇摇头，苦笑。

是呵，他们全家是那么相信天皇与政府，为了国家，他们几乎贡献了一切。可战争打了这么多年，家里唯一的这个宝贝丫头感觉最安全的地方，竟是中国的满洲。

好在满洲已经去了好几十万日本移民，那是满蒙开拓团。

好多镇上的人，都有亲友在满洲开拓团工作。山田家里，就有个远房的亲戚在满洲。

1.3　1944 年，日本岐阜县，山田丰子家

战争年代难得的送别宴，是有点凄凉的味道。

桌上，是一大堆的爷爷不知哪儿弄来的白米和面食，还有好久也没有见过的牛肉，实在是香气扑鼻。可一家人都吃不下去，都瞪着眼，直看着丰子一个人吃。

多吃点，多吃点……爷爷不停地为她添菜。丰子搞不清楚，为何大家都不端碗。

十六岁的丰子已完全长成个大姑娘了，大眼睛、粗辫子，出落得精致而漂亮。她活泼、好动，胆子也大极了。自从爷爷把她从县城接回家后，她照样天天出门玩。她在县城里已习惯了天天有飞机来空袭。

她在县城也一样，天天出门，还骑着自行车满街乱窜。

去了满洲好啊，至少有大米吃，没有飞机炸。爷爷一边为丰子添饭，一边还在自言自语的唠叨。

好像是安慰，又好像是爱怜。爷爷一边抽烟，一边拍着丰子的头。

捧着政府寄来的征用通知书，爷爷一边看，一边流泪了。满铁辛劳报国队，就是去报效天皇呵！

爷爷朝东京的方向，把丰子的通知书举过头顶，跪了下来。

好好干，丫头。爷爷一边看她吃饭，一边不时地翻翻她的征用通知书，细细地看。

很早就难找到大米了。战时物资少，又实行配给。丰子印象中，连过年吃饭也没有这样丰盛。

我会寄大米和钱回家的。丰子一边抹嘴巴，一边自信地对爷爷说。

她回头对爷爷笑了，十六岁的大眼睛里满是天真。

只要平安就好，平安就好，爷爷又像念叨又像自言自语。

在昏暗的灯下，丰子看不到家人一丝笑脸。

妈妈和奶奶也不吃饭，一个劲儿抽泣。

小丫头已送给静冈乡下亲友了，本来家里只剩下大丫头丰子一个人了呀！呜呜。

妈妈好像哭着在念叨……一个姑娘家去满洲，她才十六岁呀，到处兵荒马乱呀……妈妈开始还只轻轻抽泣，知道这是无奈，但最后还是忍不住了，一个人大哭起来。

哭什么哭！丰子是山田家的骄傲！成天哭，你们不怕晦气！爷爷对着女人们吼叫起来！

妈妈平时不是爱哭的人。

这个从名古屋嫁过来的商人的女儿，本是个有满脑子想法的人。

当姑娘的时候，应是个又任性又浪漫，而且喜欢自作主张的女孩。

由于不想参加班级的修学毕业旅行，一个人只身来到这个著名的风景地，又不想太早回家去，就只好天天入迷、痴痴地看着这些全日本有名的白川乡和五筒山的灰灰的茅屋顶。

这就注定了一个浪漫故事的开始。

恰好她是住在山田旅舍。

天天出门，都是去看五筒山的白雪和村落的茅屋顶，憩静万分之余，有一日，在旅舍内忽然听见一曲优美的牧笛传来，少女的心不免萌动起来。

少年有一张温柔的白脸，又是旅舍老板的少东家，风流倜傥。一个是孤身女游子，一个是翩翩美少年，在花前月下一来一去，就不免酿出了爱情的美酒。

听到了女儿久久不归的故事，名古屋姑娘家人勃然大怒。

少年一听就慌了，和妈妈一商量，想带着这个多情的女子远走高飞了事。

老山田为此也犯了难，他一个人闷着头喝了大半天的酒。

不过，他想出的对策正好相反，他干脆一不做二不休，自己到名古屋去，到姑娘家里，上门摊牌。

在名古屋未来亲家豪华的住所里，他瞪大着眼睛，望着那两个对他惊异不已的夫妇，把一大堆房产证、银行簿，一张张掏出来，从从容容地摆在榻榻米上。他还从容地点燃了一根烟，充分显出了他虽居乡间，却富甲一地的气派。

他还用乡下人的狡黠，一边笑着一边威胁着说，现在生米煮成了熟饭，如果他们不成婚，这样的姑娘可不好回家嫁人，云云。

他一直唠叨到未来的亲家不出声为止。

不过一嫁过来后，有了孩子，这对少男少女生活的浪漫，便一天天消褪尽了。

也许是名古屋商人的基因复活了，也许是生活的新鲜感一过去便开始平淡无奇，还也许是人的心里是想有点波澜的。

反正，丰子的妈妈脾气变了许多了。

看到这个山田家大事小事都是老公公大权独揽，自己的老公只会逆来顺受，这气早就不打一处来，所以，她常常为此和丈夫吵架。

在丰子的印象中，白天全家总是相安无事：父母看见爷爷时，总是低着个头，可是一关上门，妈妈便开始唠叨，说着说着便动起手来，而且往往是母亲先动手。

善良的父亲总是爱抱着她。一出门去，就给她买糖，还买在风里呼呼作响的风铃。高兴时，还对着丰子一个人，让她坐下来做观众，自己手舞足蹈地唱起歌来。

她好喜欢父亲抱她上街玩。

那一年丰子只有七岁，她已经睡觉了，可是被父母的吵闹惊醒。一看母亲又要动手，她爬起来横在妈妈面前，张开双手拦住她。

走开！一边去。妈妈轻轻地吼着，她怕门外的公婆听见。

妈妈，你要打人，我就去叫爷爷。她一板一眼，狠狠地说。

妈妈被女儿眼睛里刺人的光亮吓了一跳，扬起的手放下来了。

可是妈妈从来不打她。

即便如此，丰子也不喜欢啰啰唆唆又神经质的妈妈。

相比懦弱的父亲而言，丰子又更喜欢爷爷。

爷爷是个万事不怕的人。他一年三百六十五天，都在很有心计地经营旅馆。他的勤奋，他对困难坚韧的耐心，为人的果敢、大气，都让丰子一生印象深刻。

爷爷的胆识是大得出奇的。

那一年，爷爷和他的父亲——丰子的老爷爷还在岐阜县城开旅馆。

一天晚上，县知事来找老爷爷有事相求。

原来，大清国有几个革命党人，本来住名古屋，不知为何，让清国东京使馆发现了，一边向日本政府抗议，一边成天派些个不三不四的人，老是盯着他们。

名古屋的知事颇为头痛，想让他们悄悄地转到邻近的岐阜县来住。县知事马上想到了为人可靠的山田父子俩。

只有一天，山田旅舍就腾出了房间。

一大帮中国人住了进来。让山田父子奇怪的是，他们的发式和日本人一模一样，都不像清国男人那样背上拖着个长辫子。

从他们入住开始，老爷爷就叫上小山田，也就是丰子的爷爷，那时他还是十岁左右的孩子，每天在门外放哨。

那一天，来了两个有长辫子的男子，老远地向人打听，而且到山田旅舍门口来了。只有十来岁的小山田一边拦住他们，一边大叫门房关门。

客人连夜搬走了。

第二天早上，这些中国朋友派了一个人，过来送给老山田老板一幅汉字书法条幅，上书着两个粗大隽永的汉字：革命。署名是孙文。

来送条幅的是个年轻的中国人，另外，他还顺手给了站在一旁的小山田两个清国的银钱，以作留念。

让丰子奇怪的是，爷爷很少讲这个故事。

街坊有个叫桥本的中年男子，是个做布匹生意的商人，虽是个跛足，但生意做得挺好。脸上总是一堆浅浅的笑，常跑来和丰子的爷爷一起喝酒。

也不时介绍朋友来旅馆住宿。讲好了，他的朋友可以不预交钱，由他

担保。

可谁知有一天，他介绍的一个旅客，真的不结账走了。

爷爷找上了街坊的桥本，问他怎么办。因为客人是他介绍的，而且应该有生意往来，可想不到这位街坊朋友这回打马虎眼了，支支吾吾的不出声。

爷爷走上前去，把他家柜台上的布匹抱一匹便走。

他叫了起来，但没办法，只好代朋友付住宿费。

这一次，孙女丰子要去满洲，爷爷可关心了。他已率全家一起去过神社了，是祷求天照大神保佑丰子一路平安，也保佑他们全家。

该做的都做了。

昨天丰子不在时，爷爷召集全家在客厅开了会。讲好了，怕影响丰子，明天送行时，谁也不许哭。

父亲一言不发，板着脸坐在桌边。桌上的酒杯是空的，街上的商铺早关门了，没处卖酒了。

可到今天奶奶和妈妈还是哭了，弄得一屋子的人心里都慌起来了。

有什么好哭的！去满洲是效忠天皇，是好事！爷爷大喝一声，仰头喝下一口茶，好似用这个当送行酒了。

好在丰子姑娘独自埋头猛吃，她倒不像去出远门似的。

坦率地讲，她对读书不十分感兴趣，成绩平平，倒是和男孩子一样满街追着打打闹闹，她一点也不怯男孩子。

参加军训和体育，丰子也矫健如燕。个子小小的她，跑得比男孩子还快。

爷爷偷偷地一个人跑去操场看过丰子上体育课，因而他一点也不担心这个女孩子去满洲会吃亏。

况且她已经是山田家的继承人了。

继承山田家的人，不去外面摔打摔打，怎么行呢。爷爷大声地吆喝，好似对去满洲满不在乎似的。

可是真的到了丰子要出远门的这一天，爷爷怎么也高兴不起来。

不行便回来呵。爷爷一边嘱咐她，一边塞给丰子一个布包。一摸，小小的似乎有一个人形图案。

看丰子去打开，爷爷喝住了她。

上车再看，爷爷神秘地对丰子眨眨眼睛，天皇的征用通知书和天照大神像都在里边，能保佑你哦。

还有，能找到那个叫孙文的手下的人就好，听说孙文后来做了首相哩，不过是哪一个，我不认得……爷爷看着她，轻轻地说。丰子第一次看见爷爷眼里这么慈祥，这么温柔。

听说爷爷前些天很懊恼，岐阜县城的山田旅舍，让美国飞机炸了，那个叫孙文的人写的汉字条幅，也一股脑儿被大火烧没了。

只是爷爷与父母和丰子想的太不一样。大家想的是孩子的安全，而小丫头想的是自由，可以不躲飞机，而且自食其力地工作。

一想到能工作，山田丰子一身都是劲。

1.4　1944 年，中国满洲

列车通过朝鲜，迈向鸭绿江上的铁桥。车上有人喊：满洲到了。

四周是黑乎乎的。虽是已近初春，空中仍是寒风阵阵。满洲给她的第一印象，便是雪原茫茫、风大如斗，荒凉而压抑。

工作之前，先有集中的训练。

远离城镇，在一片山冈上训练。眼前，根本看不到天边，只有一望无垠的黑土地，向前无限地伸展。

一大堆大姑娘和另一大堆男子汉一样，集中睡在木板房。什么都要排队，早操、上课、吃饭、上课，周而复始的技能培训，乏味又枯燥。

吃饭的哨子吹起时，最让人揪心。

让男女学生们日复一日地重复从没有受过的操练和培训，一天下来，大家饭量大增，加之又很少看见鱼和肉，更让人感到总是很饥饿。

所以，大家总是挤在饭锅边，先满满地装一大碗饭，匆匆地吃完头一碗

饭后，必须飞快地去盛第二碗饭。

可往往是在去盛第二碗饭时，饭锅已经底朝天了。

让丰子奇怪的是，几个带学生们训练的军士们总能吃得很饱。

他们总是最后几个离席，慢吞吞地扒着饭，一个个地吃得很惬意。

喂，教官，请告诉我们一下能吃饱饭的诀窍……晚饭后，丰子领着没有吃饱的几个女学生，走到刚走出食堂门的几个军士面前，也顾不得羞怯，直奔主题。

这个嘛，也不能白教你们……军士们轻松地笑了起来，还用坏坏的眼神看了看这些个好似发育不良的黄毛丫头。

女学生们一个个头发枯萎得发黄，不太合身的宽大制服下，扁平的胸脯和臀部，没有丝毫的女性吸引力。

这是给你们的……丰子从口袋里掏出两包香烟，很镇静地说。

哦……军士们这下子笑了。

不过，条件是不能告诉臭小子们……一个年长一点的军士接过香烟，反复地上下端详、认真地对丰子说。

一定做到，您放心。丰子点点头。

说破不值一文钱。

原来，所谓诀窍，再简单不过了。不过是在大家拼命装满第一碗饭时，你只装大半碗或小半碗，这样，待你先于别人吃完第一碗饭时，又可以从容地去装第二碗饭。这个第二碗，你可以装得堆成小山。

一切远没有山田丰子在名古屋想得那么惬意，除去餐餐有饭吃这一点还凑合外。当然，天上没有美国飞机，不用天天躲防空洞，也让人开心一些。

其他的，其实比老家还要糟糕。

总是沉闷的可怕。

没有人能讲几句话，战争不顺利，尽是坏消息，大家都没什么开心事，所以上司总是骂人，哪怕你天天训练、工作十几个小时也没有用。

更不要说有人唱歌了。

当初召集开拓团的人，为了吸引年轻人，唱的那些欢歌，尽是美好的樱花与舞蹈。可这个像兵营一般的训练基地，连花的影子也没有。

现在这些歌，也和那些喋喋不休的开拓团召集人一样，消失得无影无踪了。

来满洲之前，队伍集合起来看电影。有时，一天全是天皇和皇族在皇宫的惬意生活，看得让学生们屏住了呼吸。有时，一整天就是日本军队在战场的胜利新闻片，让人看得热血沸腾。

还有父送子、妻送夫的电影场景，让放映场上叫喊声不绝于耳。

少男少女的辛劳报国队员们，上面一边看电影，下面一片呜咽声。

那一边是入伍的高等学校学生团，有人激昂地唱起来：——向大海出征，海洋就是我们的墓场！向山岳进军，让草木掩埋我们的尸体……

满是稚气的脸上，尽是汗珠也无人去拭。

防空洞外炸弹声轰隆隆响，伴着这诀别的歌，好似天皇就在头顶。

每个人的血好似要从血管中喷出来。好多人狂喊、狂叫，还有一个头上扎着布条的高年级学生，一边拼命地叫喊着，一边跑出防空洞了。防空洞外，飞啸的美国飞机如蝗虫一般。这个青年一出门，轰隆一声，就给飞机上的炸弹气浪扑倒了。

后面跟着一个也狂叫着直追的女老师。

喊声哭声歌声让人喘不过气来。

山田丰子是因为要逃离这一切才去满洲的。爷爷与父母的本意，并不是让她学家政和烹调。丰子已是山田家的继承人了，她可不是为了牺牲才来满洲的。爷爷的本意就是让她躲开炸弹，也不要由于战争耽误学习和工作了。

所以她不叫，也不哭，在看电影时还吃零食，为此还被男教师训斥。同学们对这个小个子女生好生奇怪。

她好似天生就出奇地冷静。她不像其他同学为战争而发疯般狂热，她只想找一份工作，早一点工作，她不想再读书了。

记得列车白天驶过朝鲜时，看车窗外的风景，不知是不是因为战争，田野里看不见什么东西，印象最深的是朝鲜妇女的白裙白衣，几乎人人相同。

还有一座座茅屋顶上都铺满了红辣椒。一座座房，家家相同。长溜溜一片，红红的蔚为壮观。

停车时细看，才发觉有些屋顶上的红辣椒已经晒干了。而车站上朝鲜人的脸，也像被晒得干枯干枯的。

来满铁是由于有亲友介绍，可是一过去，这亲戚连人也不见了，对爷爷讲的什么要常常照顾丰子云云的承诺，早顾不上了。

因为人手不够，男人们都征调去边境的警备部队了，这是这个亲友连个招呼也没打便不见了的原因，是自顾不暇。自己本人都调到边境上去了，怎么照顾别人呵。而且他人一去边境再没回来，也没有再回日本，连信也没见一封。

来这里的人要返回日本可不容易了。

严格地讲满洲是战时体制。虽然没有打大仗，但从繁忙的铁路看，军队及物资调动日夜不停，一派临战的气氛。

丰子在铁路的工作职务上是统计员。

几个女孩子平时没事，主要是守电话总机。但说是守总机，其实是副班。

丰子主要工作是做物资统计工作，但平时，铁路车站上什么活都叫干，也常常在夜里被叫起来去清点铁路物资和人员，因为沿途被劫的物资很多，有时整个车皮不见了。

还有铁路上的其他方面的统计工作，她也要干。

不过她年龄虽小，动作倒快，个子小小的挺灵便，于是站里上下，不管是上班下班，别人总爱抓她的差。

——丰子，去买包烟。挥信号旗的大叔叫山田纠夫，远远地看见丰子，便又招手又悄悄地叫。这个山田大叔说，他也是名古屋人，不过不是在岐阜县。

问他到底是哪儿人，他总是笑一笑，不说。

管他是哪儿！丰子挺喜欢大叔。面目慈祥的山田老头儿视丰子如女儿一般。

丰子，过来！山田大叔又叫她了。跑过去一看，他用饭盒给她留了半根香肠，丰子差点叫起来，这可是少有的美味。

有时候是煮玉米、盐花生。反正是隔几天，大叔会给她留好吃的。

所以丰子总盼望着见到大叔。

而大叔也总叫丰子。他工作时在站台老走不开，所以总叫丰子去买烟。他老婆在东京，不肯跟他来满洲，他一个人怕是愁闷吧，烟抽得很凶。他还关心新闻，天天要看报纸，说穿了是只关心美国人轰炸东京，是在担心老婆孩子。

下了班，喝了点酒后，山田大叔还好赌两把。有时输得烟钱也没有了，买烟都让丰子垫钱。不过人挺讲信誉，有了钱立马还上，还钱时还捎上一包糖果。

而那个留一撮仁丹胡子，名叫水口的军曹，一看见丰子，就掏出钱包，命令似的：去……买包烟。

丰子，也给我带一包……票房的几个人也在嚷着。

其实买香烟的铺子又不远。

大家都把这个留着小辫子的女见习职员，十六岁的山田丰子，当成是个勤务兵。

哪天和丰子同一天休息时，老信号员山田纠夫会叫上丰子，一同去车站外不远的山边水塘钓鱼，这对于生性好动好玩的丰子，是最开心的事了。

扛着渔竿，走到山边，车站还依稀可见。田野里风直面吹来，水里气味带一股泥土腥味，又清新又凉爽。

远处的山峦，就如家乡的山，也有几缕白云轻绕在山腰。

这一刻才有些乡愁泛起，丰子已好久没接到爷爷的信了。

爷爷上封信讲，家里很好，让她安心在满铁工作，但细致的丰子隐隐觉得爷爷信上也有不能言说的事。

丰子，买烟！……呵呵，老信号员一摸口袋，这才记起人没在车站，于是笑起来了。他一见丰子就想到买烟，已习惯了，他忘记这是在山里边了。

——好呀！丰子应了一声。她转了个身变戏法一般，从口袋中摸出两包烟来，脸上眯眯地笑。

好丫头！老信号员山田大叔高兴地大笑起来，他就是喜欢丰子的机灵。

他一边垂钓一边和丰子说，战争时期，很危险，很乱，一个女孩子，最好不要独自离开车站。即便离开，也要在可以望见车站哨兵的地方止步。

他还告诉丰子，这四周的村子哪些个是日本移民的屯子。还有，不开口讲日本话，怎么识别日本开拓团的村子。那儿，对日本人会安全些。

丰子头垫着背包，望着蓝天，耳里听山田大叔慢悠悠地说着，像听歌一样舒服，不一会儿，便睡着了。

不过，有一次发生的事，让丰子再也不愿为别人买烟了。

事情是这样的。

平时，站里对职员赌博是睁只眼闭只眼的。可是，那天满铁总公司来了个检查的上司，是个课长。他路过一个工房，发现里面有人打牌、喝酒。

水口军曹一下子噔噔跑过去了。不一会儿，揪住山田纠夫大叔过来了。还有另外几个赌博的人，都是站台周围的日本开拓团移民的混混，一见有人抓，鸟兽散一般跑了，只抓住了山田大叔一个。

山田纠夫当天正好轮休，正在桌上，摸一把牌，想试试手气。

水口完全可以不揪山田纠夫，只要他向上回复站里说，玩牌的全部是日本开拓团的年轻人，事情便可完结了。

结果山田大叔从站长室出来，头垂得低低的。可能挨了耳光，脸肿肿的尽是血印。被公开向全站宣布处罚，低着头，在员工室立正罚站了一整天。而且被罚值一个月的夜班，这个月只发半个月工资。

在站里谁都不想值晚班。仗打成这样，越来越乱。偷器材的、打冷枪的都挑在晚上来。所以，犯了错的，就罚值夜班。

大家都对水口有看法，认为他公报私仇。

原来，有那么一天，有一个中国老头儿路过车站，不知为何惹了水口副站长，上去一顿拳脚，还把老头儿踢到站台下的铁道上躺了很久。别人听说是水口副站长打中国人，也没人敢管。听说这个人抬回去，伤太重，死了。

麻烦的是这个老头儿的儿子，是满洲国一个警备大队大队长，火了，要为老子报仇；扬言要带枪带队伍，来车站拼命。事情闹到关东军军部了，上头怪罪下来，还来了人调查，最后只好撤了水口的副站长，让他去当军曹。

而山田大叔那天正好在站台值班，是目击者之一，上头调查时他自然也被叫了上去，被问了些什么，谁也不知道。

为此，水口军曹嘴上不说，心里头一直是恨恨的。

从此，山田大叔就老值夜班了。白天，再也没时间给丰子打饭、留菜，也没空带丰子去钓鱼了。

好在山田大叔不怕，他告诉丰子，他下个月就满六十岁了，很快要退休，可以回日本去了。

这一天，清晨，雾蒙蒙的。

早上上班的时候，办公室有人说出事了，有人喊过去看看。丰子噔噔跑过去时，已围了一大堆人。

有一个人躺在地下，用白布蒙着，离站台不太远。

躺在地下那个人的鞋让人有些眼熟，丰子心一沉，仔细一看，认清了，是山田大叔的鞋。这双鞋大叔让她拎去补过好几次，一双鞋，两个鞋掌子是分开补的，一边大一边小。

呜的一声，丰子哭着跑开了。

果然是他。

后来才知道，快半夜时，四周开始有些雾气弥漫，可能哨兵睡意重重，有些疏忽，车站上来了抗联的游击队，他们都有枪，但没有开枪，只是背着枪在飞快地搬运车站的物资，一包包扛着到他们的大马车上。

但是，黑夜里没有日本人敢乱走出去，宪兵队把机枪架了起来，对着纷乱的远处人群扫了过去，游击队和大车队呼地一下全散去了。可是，山田大叔是刚交完晚班，往回走出门不远时，一下子被机枪打倒了。

没有了天天买烟的纠夫大叔，丰子变得更加沉默。一走路，眼前老晃动着大叔那双从白布下露出的一双鞋。她虽然只有十七岁，但仿佛一夜之间长大了。

那天，水口碰上她，又像要叫她，她装着没看见，一闪便过去了。从此不论是谁，她再也不为他们买烟。

她开始有点恨周围这些人，是这些人让下个月就要回家的山田大叔再也回不去了。恨这些人其实还不是全部，她开始怀疑自己为什么会来这儿。

一夜一夜的，她总是一个人翻来复去地想。突然，她明白了。她起身，去找那张东西。是的，她是恨那张让她来满洲的通知书。

她到处又翻又找，找了出来，以前她一直放在爷爷给的那个包里。

她看也不看，就把这纸片扯碎，又划了根火柴，烧了。

这天晚上睡觉时，她才敢蒙着被子哭起来，是为山田大叔，也为自己。

好在她是个工作狂，只要有工作，她便忘记了这些。她一工作便精神百倍。因为她承诺了寄大米和钱回家，所以她埋头工作，起早摸黑只为这个。

倒霉的是邮路不大可靠，寄信还可以，邮东西可常常收不到。也时常可以利用守总机之便，打电话回家。可只通过一两次，便再也通不了了。战争中嘛，也只能这样了。

这一段站里天天开早会了，常常是一两个小时讲话，什么要注意预防袭击啦、不能单独外出啦……好多，听起来让人烦。

夜里，车站周围打冷枪越来越频繁，隔一两天便有人打，好似在好远的山上，只是枪声在夜里格外清脆，啪啪的一声声又凄凉又可怕。

山田丰子一到夜里便想爷爷、想家。没有法子，也就只好用被子蒙着头。

睡不着便看一下爷爷给的小布包，布包天天贴身带着，暖暖的。

布包里有一个天照大神的绣像，绣得很精致。另外是两个中国银币，一叠日币。

爷爷后来写信告诉她，天照大神是保佑她的神。钱无论如何不要动用，混不下去了，就用这钱坐船回日本。

满洲的地平线，又黑又绵长，一眼看不到尽头。

又黑又绵长，如这满洲的夜。

这风啸啸的满洲的黑夜，如同海一般的愁闷。

过了一会儿，再看一下小布包，听着远处响一两声枪儿，又过了一会儿，便睡着了。

1.5 1945 年 8 月，中国东北

快天亮时，已经有七点多了，四周仍静寂无声。

在床上的丰子早已合不上眼了。她很奇怪今天没有空袭警报。这个从日本的名古屋就开始日夜伴随她的、让她惊慌的空中恶魔，老是挥之不去。

是因为在日本本土，到处有着没日没夜吼叫着的也没有规律声的警报器。为躲开这些，她才到满洲的。

可谁会想到过不了多久，满洲也是警报器日日夜夜、不停地突然地狂叫着。

这一切着实让她惊恐不安了。

只有推窗看着东北方远处的山峦，有一抹乳白色的朝雾，才让人感觉着片刻的宁静。

那一天早上，可真安静。没有火车，也没有电话。

八月的天空像个蒸笼，让人透不过气来。更让人透不过气来的，是这四周的气氛。

从前些天开始，丰子上街去，已经天天可以看到拿着大包小包、来自边境屯垦团的日本难民，他们如蚁群一般，铺天盖地拼命地涌进车站，挤上南下的火车。已经坐满了人的火车货车厢，再也装不下新上车的侨民。

丰子和日本铁路员工们，已经很麻木地看着人们一群一群离去。

广播里，传说苏联的军队已经离这儿越来越近。

街上到处堆起了街垒。前段，还不断有零星的铁路和移民团的日本男子，头上扎着白布条或者毛巾，手持着铁铲和镐头，一堆一堆的人，密密麻麻地涌到对面山上，一边挖战壕，一边哇哇叫。不过，这几天，好像山上也没有多少人了。

这一天，早晨的酷热是少见的。

丰子和车站的日本人，都集中在车站的会议室。由于通知是有重要事宜宣布，来的人不少。在嘈杂的吵闹声平静下来后，并没有长官出来给大家讲话，只是众人都慢慢地围在了播放广播的收音机旁边。

不过，广播中听到的竟如晴天霹雳般，是天皇有气无力的、宣布无条件投降的声音。

在那一刻，刚才还在喧骂的男人们，一下子脸都变得灰白，一个个都沮丧地慢慢地垂下了头。有的男人嘴里嘀咕着什么，竟跪了下去。好多妇女们都抽泣起来。

丰子朝四周看去，尽是忧虑的眼睛。一下子人们无声无息地散开了。

那一天是1945年8月15日。

一眨眼的工夫，四周的日本军队和企业都解散光了。平时神气十足的官佐们，突然之间跑得没有影了。她的边境小站太偏僻，消息不通，明天的工作都无人通知他们了。

总之，所有的日本人区域，突然没人管了。

好像是早就有点迹象。

前几天，站里就让丰子她们几个人集中到统计室，开始烧资料，整整烧了好几天。稀里糊涂的小山田天天被上司使唤着，今天去搬统计室资料烧，明天又去仓库找来一些账簿，烧得乌烟瘴气。由于烧了好几天，和她一样，几个女职员的眼睛都被烟熏得睁不开了。

在此之前大家早已惶惶不可终日。

那天，早晨刚起床，驻车站的军曹、少佐们拿出一张张纸，逼着员工们都写遗书。还要求大家同时剪下的一缕头发，连同存折以及遗书，一人封作一大包，写上姓名和家庭住址，全部交给水口、前田几位军曹少佐集中保管。于是，大家都给家里写了遗书。

站上的几个小姑娘们哪里见过这个阵式，听到宣布纪律要写遗书时，站在队列中就开始抽泣。

山田丰子一言不发地躲进屋里，一边写，一边咬紧牙齿。心里明白这些东西已不可能寄回日本。

报纸上天天是打败仗的消息。还有人传说，美国在广岛、长崎投下了恐怖巨型炸弹，全日本都已是焦土一片，天皇还要一亿人玉碎，云云。

不知爷爷、父母如何了，给家里的通信早就断断续续，最后邮路干脆不通了。

存折上有些钱，是预备寄回家的。但还是只能听从上司之命，上交统一管理。对于这个丰子倒无所谓，反正日本银行在投降后也会倒闭，日币会变成一堆废纸。

记得之前不久，那一天，集合了好多军人和职员、家属，坐了好长时间的车，去一个机场为特攻队送行。

丰子和车站的高木庆子坐在车上，摇摇晃晃地说话。

老乡庆子什么都和丰子说。她很兴奋，叽叽喳喳说个不停，她神秘地一边描绘一边压低声音：……特攻队就是神风特攻队呢。我去沈阳机场看过，一溜战机，好几十架。特攻队员都头扎毛巾，飞行服上有天皇皇室的菊花徽，好精神呢。听说他们去了，美国航空母舰准会全部被击沉。

丰子笑笑不语。

在车上，每个人发了一面日本国旗。

而庆子有点兴奋过头，不仅叽叽喳喳讲个不停，还摇头晃脑地哼着歌儿。她是报了名的，要代表大家上前去给特攻队员献花、敬酒的。

丰子可不愿意去，所以她只能随大队伍，远远地看。

远处欢呼声越来越大。庆子她们开始献花、敬酒了。这边的队伍中，有欢呼声，也有哭叫声，已乱成一团了。

听哭着回来的庆子讲，一人一杯壮行酒，他们毫不犹豫一咕噜喝了便上飞机。好多飞行员才是十几岁的孩子，奔向没有起落架的飞机头也不回……

丰子和满机场人一样，目送着这些再也不会回来的飞机飞向天空。

可是，还是战败了……

一夜之间，她们无乎是流落街头。车站是不能待了，天天有当地人来车站，旁若无人地砸门窗、抢东西。

撤离也不明白去何方，因为战乱太突然。听说撤退回日本的海船，已延误了时间，停开了。离开，既无人通知，也无人组织。所有没走的日本人都躲了起来，大家也不知明天会有什么灾难。

不管是夜里还是白天，街上都是溃散的日本难民，满街乱窜。

终于，传来了日本侨民晚上要集体逃亡的消息。

一大群日本侨民，黑压压一片的队伍，老的老，小的小。背着包或提着桶，在天快黑的时候，在小镇的广场上集中了一下，有人喊了一声，队伍便漫无目的一般，朝着前方逃亡。听说，朝东边方向的大海边离日本近，兴许那儿有日本政府来接日本侨民的船。

丰子是庆子过来找她才知道消息的。庆子还带来了一个脸庞瘦瘦、怯生生的女孩同行。

我叫菅直叶子……庆子在四下里张望，那个叫菅直的女孩向丰子打了个招呼。

丰子匆匆点了下头。匆忙中她只拿上了几件随身衣物，还顺手拿了一个搪瓷茶缸。她想这个茶缸又可以吃饭又能喝水，应该好用。

不过后来的事实证明她的预感是对的。

一大群人刚开始时谁也没有预计有什么风险。

可是一大群人几天都没有吃的，抗不住了，一停下来，就一散而开到道路边的庄稼地采苞谷棒子和高粱花子吃。那些生高粱花子、苞谷粒子又硬又涩，饿极了的人们拿起来就朝口里塞。

不能吃，不能吃……有人叫了起来。

青烟冒了起来，有人在用秸秆点火烧苞谷棒子。一堆一堆的难民，都围在火边，点火烧苞谷棒子。

有怪怪的声音从天空传来，呜呜的越叫越近。

苏联飞机！……散开！隐蔽！有人大叫了起来。

徐徐升上的青烟招来了苏联飞机，飞机上炸弹扔了一大串下来，炸开的气浪把烧焦的土壤、玉米棒子和烧火的人都一一抛向空中。

没有人大声哭，有不少人在轻轻抽泣。大家一个个望着烟火发呆。地下，一地的高粱穗子和玉米棒子随着难民的行李撒的到处都是。

从此人群中没人敢生火了。

生苞谷粒子和高粱花子一样，又硬又涩，吃了生苞谷粒子后人口干舌燥。饿极了的人们顾不了那么多，一边吃一边吐。生苞谷粒子吃了就口渴，一个个都变成了快渴死了的人，一看见路边有个水塘，趴下去就喝。

不几天，像传染似的，一个个都拉起肚子来。

庆子、丰子都感觉有点不对了。她们开始是几个小时拉一次，后来，一个小时就要跑到路旁的玉米地蹲下去。

而只有菅直坚持白天不吃不喝。在晚上，走开去，找点柴火，用丰子的搪瓷缸烧开水喝。

要喝开水……她把热开水递给丰子和庆子。

热乎乎的水喝到肚子里，人就真的有了力气。

由于菅直一直坚持喝开水，白天也不吃饭，晚上烧水时，把玉米棒子在水中煮熟再吃。所以，三个人中，只有她不拉肚子。

最难为情的是，作为一个姑娘，老拉肚子太不方便了。

开始还三个姑娘相互关照一下，一个人蹲下去时，另外两个人一前一后挡一挡，后来几乎走一段路就要蹲下去一会儿。

几乎所有人都在拉肚子。为这件事，老老少少的日侨逃亡者一个个真是狼狈无比。

到后来，好多人几乎是十几分钟拉上一次，有的人都便血了。人累得倒下去便起不来，谁也管不了谁了。

逃亡的日侨人群，没有吃的也没喝的，凄惨无比。老弱妇孺一大群，谁也不敢离开逃亡的人群。只不过，人群越走越少。

更让三个姑娘吃惊的是，几乎所有的人，为了生存，已没有男女之别、羞耻之心；又没有吃又没有喝，路都不想多走一步。为了方便，好多人已顾不上有人，也因为没有走动的力气了，要拉肚子了，扯下裤子就蹲下去。

到后来，人群走着走着，大家一个一个的，不管男女老少，随便找个地方，就蹲下去解手。

这也是叫人吗？看着一个个女孩子都摇摇晃晃的，在众人面前扯下裤子就解手，丰子心里时常在想。

人们实在太孱弱了，太无奈了。丰子亲眼看见，好多年纪大一点的日侨，就这样一蹲下去，就再没有起来。

最可恨的是，好多人把孩子都丢弃了，自己消失了。

那天夜里菅直在烧开水，放了一截玉米棒的搪瓷缸里，发出了香味。

妈妈……两个小女孩，大约只有五六岁，蓬头垢发，怯生生地在一旁叫菅直。

妈妈呢？菅直叹了口气，把小玉米棒折断，递给两个小女孩。

妈妈没有了，妈妈不见了……大一点那个女孩，狼吞虎咽地吃着玉米棒，呜呜地哭了起来。

看到菅直一手牵一个小女孩回来，庆子大吃一惊。

这行吗？庆子把菅直叫到一边，一边打量这两个小女孩，直埋怨她，她们的妈妈都不要她们了。

丰子对那个小一点的女孩子笑了笑。小女孩一直在哭。别哭了，妈妈在那边，丰子一把把小女孩抱在怀里。

管一天算一天吧，菅直一边把衣服铺开，垫在身边准备让大家睡觉，头也不抬。

叫什么名字？菅直问那个大点的女孩。雅子。大点的女孩指着妹妹：她叫桥子。

小的那个女孩已经睡着了。

八天以后，丰子和庆子终于到了庆子姑姑的小镇上。

本来丰子还想随大队伍去海边，她想乘船回日本，可是又饿又热，男女老少沿途都喝了生水，一个个都直拉稀，她实在走不动了，只好随同本车站的高木庆子，躲到小镇街上她姑妈家。

姑妈家早已撤走了，房屋内外到处是一片凌乱。家里的日用什物到处乱丢乱扔，好似家里有贼来过。

菅直能找到这儿来么？庆子问她。

谁知道呢。丰子有气无力地答应了一声。由于拉肚子拉了好多天，她话都不想说了，想休息一下。她看见庆子在烧水，她真想喝一口开水，不过，昏沉沉一下子睡过去了。

两个姑娘也没有心情收拾，又不敢出门，天天在家里，饿了就胡乱找点吃的，累了倒头便睡觉。有时好奇时，不敢开门，两个人扒着门缝，看大街的战乱情景。这情景多少年了，回忆起来，都让人毛骨悚然。

庆子家门口有口井，是口旱井，不管是什么时候，一有难民路过，都过去张望一下，好像是找水喝。

一到晚上，就听见井里扑通扑通地掉东西，扑扑响。还奇怪，时不时有人哭泣。白天跑过去一看，两个姑娘大吃一惊，里面的人全死了，尽是小孩子，都是逃难日侨小孩的尸体。

战争期间，人的人性怎么会这样呢。跑不动了，就把孩子扔掉？多少年过去了，丰子对这个情景都百思不得其解。

有的孩子还没死，脚一蹬一蹬的还在动。搬起来一看，马上没气息了，原来是临断气前的抽搐。两个姑娘没办法，只好把小尸体又丢回井里去。

这孩子小脚临死前的抽搐，让丰子一辈子也不能忘。

那天，丰子和庆子亲眼看到一个日侨难民妇女，背着一个孩子，牵着一个孩子匆匆地艰难行走，另一只手还提着东西。那个妇女似是累极了，先是走过去伸头往井口看了看，突然一转身，把背上睡着的孩子扔进井里。

丰子和庆子正准备开门出去时，突然，奇怪的事情发生了。

那个熟睡的孩子，一下子从井口站了起来。大叫：

——妈妈，我能走路，别扔下我！

这是个女孩，还穿着海军蓝的学校制服。她双手伸向妈妈的方向，凌乱的长头发，和着海军蓝制服的后披，一起被风吹起来，煞是好看。

那个妈妈飞快地跑过来，她停了一下，突然一俯身，疯了一般，分明是在拼命用手推孩子，她还是要把孩子推回到井里去。可推了半天，怎么也推不下去。一看，原来井里已堆满了被遗弃的孩子的尸体。

妈妈一屁股在大街上坐下来，大哭起来。

看见庆子丰子跑过去，那个妈妈竟不顾孩子的啼哭，飞似的跑开了。

庆子与丰子，一边抱着这个被妈妈遗弃的女儿，一边大叫那个渐渐不见踪影的妈妈。一会儿那妇人便看不见了。

这个刚从死人堆爬出来的女孩惊魂未定，吓得浑身直抖，直哭直叫妈妈，可是吓得浑身发软，走不动路了。

两个姑娘还是仔细地去看了那口井。

井应该有十几米深，看不见下边了。下边全是孩子的尸体，只是有人掩上了一些杂物在上面。但直蹬蹬朝天的死孩子脚上的鞋，依稀可见。

这个可怜的女孩子才四五岁，模样挺俊，也不开口，只会一边哭一边喊妈妈。可狠心的妈妈已弃她而去。

只好带孩子回去洗头洗澡，这个事对丰子好似不难。女孩好像好多天没洗澡了，一口气换了好几盆水，还是脏脏的。

换下的海军蓝学生服上，有一个缝好的布条，上面有一个名字：铃木幸子。这应该是女孩的父母给她留下的印记了。

庆子出门去买小孩衣物和吃的了。女孩还是不停地哭，哭累了才睡着了。

从此，每天庆子或丰子，都隔一段时间就带孩子上街看一下。她们也不停地在旱井周围转，期望孩子的妈妈会回来接她。

菅直叶子就是因为照看那两个由妈妈遗弃的孩子，才和她俩分开的。

和菅直那两个孩子一样，这个女孩子的妈妈应该也不会出现了。

留在家中的丰子，就开始特别注意难民队伍中的孩子。

平时是不开门的。因为门外难民太多、太乱。一开门，就有人伸上手来。都是一群无人看管的日侨难民儿童，一看见人便乱叫阿姨，我要吃饭。

日本是回不去了。满街都是土匪、伪满乱兵，也有看见日本人就查询的苏俄军队。听说好多回不了日本的女子都胡乱嫁了人，为的是逃避战乱。

就是回日本，听说也是炸得满目焦土，也没饭吃，好不到哪儿去。

过了十几天，还没看见孩子的妈妈回来。兴许女孩的妈妈已铁了心，与其被两个小孩子拖死，不如试一下，能不能带好一个孩子去活命。又看到有两个讲日本话的女人出来了，就索性顺其自然，让女孩听天由命了。

山田和庆子找了十几天，快死心了。她们每天也只好上街，买点东西，再不出门。

出门时，丰子和庆子也听从了日本人自治会的劝告：穿男装，束胸，戴帽子。她亲眼看见几个乱军背着枪，把几个日本妇女抓上车去。

好多日本妇女都在相互之间传递安全躲避的方法。好些人都搞到了氰化钾，用小瓶子装了，随身带。万一被抓了，就吃下去。这样，比受糟蹋后再死去兴许好些。

上街时，看到中国人对投降的日本人都冷眼相对，也有一堆堆人，围着躺在地上饿极了的日本兵，扔石头、吐口水。

日子对于投降了的日本人来说，真如地狱一般。

1.6 1945年，中国东北

天快亮的时候，菅直叶子发现她们几个人和大队伍失散了。

丰子和庆子也没影子了。

刚才空袭之前，大队伍在山坡上休息时，她正好去了一趟村里，一手牵一个孩子。

不远处的一户农家还有灯。这一带玉米地都收完棒子了，她想找点吃的，已经两天没找到吃的了。

门敲了好久才敲开。菅直看到昏暗的灯光里，走出来一个头发花白的老爷爷。

菅直只会简单的汉语。她把搪瓷缸子举过头顶，弯下腰去。

老爷爷叹了一口气，摇摇头转身要回屋。

妈妈，妈妈，我饿。两个女孩子一下子从身后钻出来，一把抱住菅直的腿。

老爷爷停下来，回头看了看两个孩子，推开了门。进来吧，他对菅直说。

这个东北农户进门就看得见厨房和火灶，几条板凳，一张小四方桌就摆在门口。老爷爷拿出一个瓦罐、几个瓷碗。菅直正好渴了，她给两个女孩子一人倒了一碗水，自己也倒了一大碗，一仰头一口气喝了下来。

一个头上扎着头巾的老太太慢慢地走过来，把一碗红薯放在桌上。

两个女孩子一人抓了两个，大吃起来。菅直也抓了一个红薯咬了一口，红薯是微微热的，吞下去又香又甜，菅直觉得那真是天下最好的美食。

一眨眼一碗红薯三个人都吃完了，菅直又喝了一大碗水。厨房的火灶烧得屋子里暖和和的，两个孩子不知什么时候伏在桌边睡着了。

忽然，不远处咣咣地响起了爆炸声，好似是飞机投下了炸弹。

啊……四下的荒野里，应是日侨逃亡的队伍中不少人奔跑着，一边离开了人群，一边四散地胡乱分开，在很远处狂叫了起来。

天空中隆隆作响，飞机又飞过来了，这是苏联的飞机，可能是日侨点的

火堆太大，引来了飞机。

菅直一下子钻到了柴火堆里，仿佛这柴火堆是防空洞。

这儿真舒服呵……屋里，红薯香味还未消失，而柴火堆又松又软。这暖和的房间和柴火堆让菅直昏昏欲睡。老爷爷对菅直摆摆手，她明白了，这意思是飞机不会炸这屋子，让她不要怕。

老两口进里屋去了。菅直把两个孩子一个个地抱到火灶边的柴火堆上，她想让孩子睡一睡。

睡死了的孩子一动也不动任由菅直搬来搬去。

一个念头突然从菅直头脑中冒了出来。她想起来了，刚才过来，就是想把孩子留在这儿。孩子没吃没喝，在逃亡中一定会被拖死。

再说带了几天孩子，她也精疲力竭，实在没有精力再来管她们。

她从怀中摸出一张纸，想写下孩子的姓名，她这时才发觉自己还不知道孩子的全名。她咬了咬牙，写下了几个汉字：菅直雅子（姐姐）、菅直桥子。

她径直去敲老两口里屋的门。

开门的老爷爷吃了一惊，因为菅直一进门就跪下了。菅直在情急中，满口的日本话他也不明白。拿着菅直递给他看的纸条，他也看不懂，他不识字。

从菅直急促的比画中，一边说一边指着孩子，他有点明白了，菅直怕是想把孩子留下来。

他急忙去叫在里屋炕上睡觉的老太太。

外屋只有菅直一个人时，菅直突然清醒了。她伸手去胸前贴身衬衫口袋里，摸出一张一百日元的钞票，还有一个银戒指，这是丈夫见面时给她的。她本来带了几张一百日元的钞票，但跑来跑去也不知丢哪儿了。她犹豫了一下，把微带体温的戒指也放在钞票上。突然，她开门飞快地跑了出去。

跑了几百步，她停了下来。泪流满面的她，回头看着那有着微光泛出的小屋，弯了腰下去，深深地鞠了一躬。

小屋里，没有人追出来。孩子是睡着了，可老两口，善良的老两口，没

完全听懂她的老两口，或许已知道她的本意，也或许以为她还会返回去；要么是同意了收留这俩姐妹？

但无论如何，这两个孩子，终于有一个安身之地了。想到这儿，一边走一边哭的菅直心里还是很欣慰。

可一走到刚才日侨人群宿营的地方，菅直傻了眼。火堆旁，到处是丢弃的行李，炸熄了的火堆冒着烟，好几十具尸体被炸得血肉满地，还有不少血流满身的伤员，有人大叫，有人直呻吟，可累极了饿极了的人，都坐在地下，没有人有力气上去救人。

还有人在边哭边叫唤亲人的名字。

火光，四处的青烟，尸体，大喊大叫的伤员。她只离开了一会儿，这儿就成了人间地狱。

昨天早上动身的时候，丰子拉菅直去看一个地方。走到路边，看到高粱秆盖着什么，一掀开，看见一个小男孩的尸体。

看起来，这小男孩应该还只有一岁多一点点。

丰子告诉菅直，这是昨天夜里他母亲把他捂死的。

菅直这下记起来了，晚上在宿营地，听到天上飞机的轰鸣声，大家自然都不敢出声了。可一两岁的幼童，什么也不明白，反倒被天上的飞机吓哭了。

捂住，掐死他！

掐死孩子！

四处都是人绝望的叫声。

的确，不掐死孩子，哭声引来飞机炸弹，所有的大人、小孩都要死。

飞机飞的极低。菅直已可以看见飞机上亮着灯，飞行员的脸清晰可见。一到这时，菅直就会把两个孩子压在身下。别出声，她嘱咐她们。

那个小男孩子也许是那时给掐死的。

可是，队伍还是让飞机发觉了。炸弹下来，炸了个灰飞烟灭。

在那一刻开始，菅直就在想，要找个农户把孩子留下来。

丰子和庆子也已不见人了。

人群叽叽喳喳的，又朝前移动了。逃亡的人们告诉菅直，刚才苏军轰炸，没受伤的都逃走了，只有受伤或死了亲属的人，还留在这儿救人。也许怕苏军的飞机还会返回，也看是伤员死者都没什么指望了，大伙儿就又哭又喊地沿着大道又匆匆赶路了。

菅直现在剩下了一个人。

她本是一个开拓团的大陆嫁娘。

她是去年十月才从名古屋来满洲的。她在名古屋十六医护职业技术高中女生部毕业，当年就在名古屋庆应医院上班了，可是上班没几个月，美国人的飞机就炸毁了她上班的医院。

这时，回老家休息的菅直叶子，就遇上了村里动员去满洲开拓团。

讲实话，菅直心里头并不是喜欢农业，而是喜欢上了宣传电影上的满洲那一望无际的黑土地。政府的招收文告上，讲的是开拓团员每人最少能分 20 垧地，有些地方一户还能分到 70 垧土地。政府的人说，那土地都黑得流油呀，去了就是地主，就能发财呀。

而且政府的政策是一个村去一半人口，组成一个开拓团的村子和日本的原村庄对应。在满洲的村子，也保留日本村庄的名称，这样，让在日本和去满洲的人和村庄，亲友和邻里之间，隔着海也能相互照应。

父母年龄大了，不想离开日本。正好兵荒马乱，从小青梅竹马的未婚夫也是同一个村的人。他在城里也正没有工作，想回家务农。他早就和菅直商量想结婚了，两家这下正好一拍即合，都一同催着菅直结婚了。

菅直心想干脆去满洲干农业也不错，就匆匆和丈夫结了婚，报名到了满洲开拓团。

到了满洲，才明白宣传海报是瞎吹。熟地早就让先来的日本移民占完了，当局还想让日本移民多屯垦，所以菅直她们后来的移民，不仅分不了几垧熟地，还尽是山坡、河滩的荒地，要靠自己开垦。

战事吃紧，十五岁以上的男人都当兵去了。开拓团里，全剩下了女人、孩子和老人。丈夫来了满洲不到十天，也被关东军征兵站拉走了。去的时候

说是先去军营培训一下，没过几天就说已参军服役了。这时候，离菅直结婚还不到一个月。

她几乎就是一个人在满洲开始了她的农地生涯。

好在她本是一个农民的女儿，会种地，也会养马、养牛。不过，令人讨厌的是，开拓团生活白天还安全，到了晚上，就不能出屯子。每到夜里，到处听到有人打冷枪。静静的夜里，子弹嗖嗖飞过的声音很吓人。

丈夫再也没了音信。

劳累了一天，入睡的时候有点想念丈夫。不到一个月，叶子还未尝尽新婚的甜蜜，丈夫就从军了。分手的前一夜，她和丈夫相互搂着，要命的亲热，一夜未眠。

分手之后，菅直一直在回忆新婚的甜蜜。这短暂新婚的日日夜夜里，他们天天在纵情。只是丈夫突然不在了，她才想到，能怀上丈夫的孩子就好了。有时候一呕吐，心里就欣喜，总希望自己是怀孕了。可是半年过后，她死心了。

她的心到了这满洲后，原是死了一大半，随着关东军一溃败，开拓团人们开始逃亡了，丈夫仍没影子，她的心彻底死了。

这就是在逃亡路上她为何这样关心这两个女孩子的原因。她原本已经以为，她这一辈子恐怕再也见不到丈夫，她再也不会有孩子了。可一看这两个女孩，她心里的母性萌动了，她实在是当自己的孩子一样在带雅子和桥子。

又走了一天，近初秋的夜，这山野的风还是有些凉了。逃亡的人群又开始宿营了，这时菅直也在挂念那两个小女孩，她们还好么？

一想到她们睡在老两口屋内的柴火堆上，菅直心里很内疚，她将她们留下，是没有办法带上她们，心里实为无奈。因为，在逃亡路上她们也不一定会更安全。

呵，天亮了！

是松花江么？

听到有人在议论，睡着了的菅直抬起身，果然看到远处缓缓流动的松

花江。

除了那天吃了个红薯，这几天菅直就再也没吃过东西。太阳也出来了，照在身上很暖和。她实在没有力气了，一动也不想动了。她闭上了眼睛，想养养神。

卖麻花，卖麻花！远远的地方，传来一阵清朗的中国东北口音，让大家听了为之一振。

菅直抬头看了看，江堤上走来了一个卖麻花的老人。他左右两边肩上一边挎了一筐麻花，径直朝躺在地上的这一群人走了过来。

卖麻花，卖麻花！麻花的香味儿随着他的吆喝，传遍了整个江堤上下，人人蠢蠢欲动起来。

菅直闻着麻花的香味儿，就感到很舒服。可是，她浑身上下没有一分钱了，没办法买麻花，她又倒头睡了下去。

过来一下。有人喊老人，声音已极微弱。

都是好多天没吃东西的人，连叫唤同伴的力气都没有了。可是听有人卖麻花，终于能喊出声了。

卖麻花的老人这才走到人群中来，麻花扑鼻的香味儿让菅直坐了起来。

卖麻花，卖麻花！老人又吆喝起来。

叫了半天没看到一个人买麻花。菅直明白，大家不是不想买，实在是没有一分钱。

不过，菅直看到，有个小个子中年人站了起来，朝老人走了过去。老人满是皱纹的脸黑黑的布满风霜。他咧开嘴朝菅直笑着，菅直看见他门牙都缺了一颗。

突然，那个站着的小个子，飞快地从老人左边的筐拿走了一根麻花。他没有付钱，就跑开了。

老人朝左边扭过头，对着跑开的小个子嘟哝了一声：不行呵。

可是，老人右边又突然冒出来一个妇女，一眨眼的工夫也从筐内拿出一个麻花，一边走一边低头大嚼起来。她吃得好快。菅直想，她可能真的饿坏了。

不行呵。老人对右边的妇女，也喊了一声。

可是，这四周饥饿的日本人已顾不上了，一拥而上，七手八脚个个都伸手去筐里拿麻花。让菅直生气的是，好些人，像那个小个子中年人，拿了一个吃完了，又去拿一个。

菅直也不知哪儿来的劲，飞快地爬了起来，走过去从筐里拿了一个麻花就吃了起来。麻花好香呵，又香又脆又甜。我不会死了！那一刻菅直在想。她眼泪流了出来。

老人看到大家一下子拿光了筐里的麻花，也只是一个劲地喊：不行呵，不行呵。他也不跑开，只是徒劳地护着他的空筐子。

最后，他挎着的麻花筐，真真的变成空筐了，两大筐麻花都让这些饿极了的日本人拿走了，一会儿工夫就吃光了。

可是，当菅直内疚地看他时，挎着空筐子的这个中国老头竟咧开嘴，对着自己在笑呢。他笑着露出了缺了门牙的嘴唇，似哭似笑。

老头笑了一会儿，对着摊坐了一地、身无半文的日本难民们也没有办法。他摇了摇头，扭转身，背着两个空筐，上了江堤，走了。

看着老人佝偻的背影慢慢地消失在江堤的尽头，菅直心里有说不出的滋味，眼泪一滴一滴涌了出来。

吃了麻花的逃亡人群，仿佛来了劲了。一群人一个一个地爬了起来，一群人你扶我帮地，一呼啦就走上了江堤。在很远就看到了渡江进城用的小江轮，大家欢呼起来。谁都明白，进了城，他们就得救了。

过了江，就有一大排的草棚子搭着。有人吆喝：是日本侨民的，过来。菅直和大伙不由自主地走了过去，那边一大排的铁锅煮着米粥，四周香喷喷的。

米粥每人只供应一碗，喝过米粥的都排到码头四周和广场边坐下。

不一会儿又一艘江轮来了，又是一大群日侨上了岸，照例有人领去喝米粥。过不了多久又来了江轮，日本侨民仿佛潮水一般，四处涌来了。

一直到晚上，又有人拖了车子过来，为坐在码头四周的日侨们供应米粥。听大家传说，日侨们回国还要转船。何时走，要等通知。

第二天早上，有几个穿军装的男人女人，在找日侨的人交涉。接着就广播了，会中文或会医护技能的人到码头办公室来。

一下子挤过去一百多人，大家以为是优先归国什么的。

可是，市政当局的人宣布，因为战争和难民多，医院需要熟练人手，是请大家随民主联军医院帮助工作三个月。三个月后，会安排大家归国。有小孩的、体弱的可以不去。

听说要去部队医院工作，哄地一下，不少人马上溜开了。

最后，让同意去工作的日侨一个一个自愿举手，愿意去的，有二十几个人。菅直想，待在这儿也不知哪天能登上去日本的船。去那儿待三个月也好，最起码会有米饭吃，有地方睡觉吧！她也举起了手。

菅直现在最大的愿望，就是想饱饱地吃上一顿米饭。

1.7 1945 年，中国东北某小镇

天气照样又热又闷。

一到晚上，孩子又吵又闹叫妈妈，丰子和庆子只好悄悄地轮流出门，偷偷地敲打着日侨小杂货店的门。

其实，她们也没有钱。只是为了孩子，也顾不了那么多了。只不过，平日里热闹非凡的日侨小店，要么是没人开门，要么是开了门也是空空如也。

天亮时孩子饿了，闹得更凶，无奈之中，丰子又喂了一杯开水，可是几天未进食的孩子哭得更厉害了。

自己也几天没吃东西，又饿，又累。庆子一坐下去便不起来了。拍了她半天，也不答应，怕是睡着了。

丰子叹了口气，一个人哄着孩子。孩子哭累了，也睡着了。

她们真的是焦头烂额了。

商量来商量去，丰子和庆子还是下了决心，要去找小孩的妈妈。

那天，庆子照例又带孩子出门去了，还是想找到孩子的妈妈。

因为毕竟她们是两个女孩子，又没有干过带小孩子的事，一天到晚，又要为小孩子做吃的，又要为孩子洗衣洗澡；这个没娘的女儿还一天到晚哭个不停，庆子和丰子为这个心里烦透了。

窗外，没有一丝风。

九月里，满洲的天又燥热，又沉闷。乱兵和土匪都到处乱窜，接收日本军营、设施、企业的队伍稀奇古怪。到处是乱哄哄的，炮火连天，兵荒马乱。

一不留神，就有可能遇上抢劫和乱兵。

而庆子和丰子，只想早点把这个小丫头打发出去，她们就利利索索了，也好再想别的办法，早日返回日本。

快中午了，庆子还没有回，丰子一个人在做饭，老听着门。

好像远处有年轻女子在喊叫，声音似乎越来越近。

丰子刚开开门，突然听到远处踏踏的脚步声一阵阵传来，还有一堆人大吼大叫。

丰子正准备关门，身边呼地一下冲来了两个二十岁上下的日本女子，她们穿着医院的护士服，是突然一下子冲进屋的。

一边进屋，一边大声地哇哇直叫：有人追！有人追！让我躲一躲！

满头大汗的脸上，是一双惊恐的双眼，让平时很沉着的丰子也吓了一大跳。

丰子想了想，带她们到了后屋，刚拉开了屋内大衣柜，两人忽地一下便钻进去了。

几个端着步枪的士兵，一眨眼进屋来了。

丰子看了一眼，他们是几个中国士兵，穿着灰色军装，外表臃肿，但手脚还是非常利索。虽然浑身是尘土，一个个人的眼睛，却十分精神。

不一会儿，士兵们就把躲在大衣柜里的两个日本女子搜出来了，还用刺刀对着她们，怪吓人的。

为首的像个头头的人物把手向丰子摆了摆。

丰子看见他臂章上有“八路”两个汉字。

其他士兵好像没有注意到丰子，还在四处寻找着什么。

这才让丰子看清楚了，他们几个人衣服的颜色也不一样。军服有黄色的，也有灰色的。也有的人还穿着便服，只不过也戴了顶军帽。

这五颜六色的装扮，乍看还有点破旧样。

只是他们手臂上，都有那个写有“八路”汉字的小臂章。

怕是遇上土匪了？丰子心里一惊。

但士兵们面容里却没有凶杀气。为首的那位头头样的人物，眼光中还透出和蔼来。

不要紧张，他朝丰子摆摆手。

有人还在说着各种话语，有点急切，又像是吵架。但这几句中国话像是柔和的，能让人放下心来。

至少这不是苏俄的军队。

听说遇上苏俄军队，都会叫日本人排成排，一个一个地用手摸胸部。分清楚是女人的，都挑出来，十有八九都拖去旁边的小房子里去关起来。你剪了头，脸上抹了烟灰，穿上男人的衣服也没有用。

而抓到日本的男人，则是一个去向：马上被押送去西伯利亚，做苦力。

好多人死在西伯利亚。

西伯利亚的严寒、饥饿是日本战俘的噩梦，几十万几百万的各国战俘都被集中在那儿做苦役。从西伯利亚能活着回家的日本人，不知有没有十分之三四。

战后的日本，一谈到关押战俘的西伯利亚，都不寒而栗。

所以，那个时候，日本人一看见黄头发的苏俄兵，马上就会想办法躲开、跑掉。

到这一天才知道，战败国的人，连狗都不如。

丰子早已认定这一天要来，只是怎么个来法，不知道。

虽然言语不通，但显然他们是叫山田丰子也和他们一道走。

两个日本女子，都穿着医院的护士服，吓得抱着头，蹲在地下，瑟瑟发抖。

怎么办呢，不走也得走。再说，车站的人也跑光了。丰子她们既没有人来管，也没有人还惦记她们。

更要命的是，她和庆子也早就没有钱吃饭了。

要么饿死，要么被抓去做苦役，或者是去西伯利亚，反正横竖都一样。

丰子想到这里，咬了咬嘴唇，心里倒冷静下来。

我收拾一下吧，她用日语慢慢地讲。也不知那几个八路士兵听明白没有。

接下来，她开始从容地收拾东西。她想拖一下时间，最好能等到庆子和那个女孩回来。等庆子回来，交代一下再走才好。

那两个日本女子开始吓得直叫，过了一会儿，竟呜呜地大声哭起来。

那几个八路军士兵好似不耐烦起来，不断地催丰子。最后，一个士兵把丰子收拾好的包袱提起来，塞给了她。

只是庆子和孩子该怎么办呢。丰子想了想，也没想出好办法。

突然，丰子扔下包袱，捂着肚子蹲了下去。

哎哟，好似有点肚子疼。我去……丰子用手比画着，吃力地讲着生硬的汉语单词，径直朝茅房走去了。本来，她前段拉肚子是还未痊愈，当然，最主要的是，她还想多待一会儿，还想见一下庆子，哪怕半会儿也好呀！

还有菅直，也不见了，也不知道菅直拖着两个孩子在哪儿。现在一同出发的三个人，变成一个人了。

在茅房里蹲了半天，丰子也没想出好办法来。门口，士兵们倒是没催，只是走来走去的声音让人揪心万分。

肚子疼就去医院看看吧……门口，竟有一个女护士在敲门，怯生生地对丰子说。

快走吧，又要点名了。这好似是这个头头对她们说的话。

让丰子惊异的是，这几个中国士兵并没有像日本士兵那样凶狠，也没有传说中的那么可怕，自始至终都很有耐心地端着枪，没有使用武力。

就这样稀里糊涂的，丰子她们三个日本女子，被几个八路士兵带回医院了。

1.8 1945 年，中国东北，满铁医院

平野小枝和松本杉子被八路军抓回满铁医院，以为要受什么刑罚。可是，一回来，连同一道带回的山田丰子，八路军都给放了。

只是交代了，杉子先带着丰子去供给处领一些用品，也一同回护士宿舍去。

当然，带队的那个像军官模样的人，反复对她们三个人讲了，从现在开始，没有上司批准，谁也不准出医院的大门。

医院大门外，已有了一个哨亭，出入的人，都要查验证件。

一进屋里，三个姑娘出了一口长气。

这肯定走不了了。小枝看到门外的哨亭，沮丧地皱起了眉头。

姑姑她们肯定走了……回不去了，呜呜……杉子一想到再也见不到姑姑，也回不了日本，忍不住哭了起来。

对不起呀，连累你了。小枝对丰子摇了摇头。

没事，有东西吃么，我饿坏了。丰子坐了下去。

杉子不知从何处找出一个馒头，丰子一接过去，大大地咬了一口。

有东西吃就好……丰子一边吃一边心里想。

完了，丰子也躺在了床上，听她们两个把医院的情形讲给自己听。

离 8 月 15 日日本投降日只过了几天，人生存的感觉就完全不一样了。按杉子和小枝对丰子讲的，这医院的日子，这几天好似过了好几年似的。

坐在屋里，丰子这才看清这两个女孩：个头小一些的小枝，是圆圆的脸，眼睛很大，充满生气。而高个子的杉子却很胆怯，一天到晚低个头，总

是为跑不出去而叹气。

好像离开医院越来越难了。

先是对面山岗和医院大楼上日本太阳旗不见了，刚被换上的鲜红的苏联国旗让人心里害怕。

医院的人好多女人在传言，听外面的日侨讲，要是被苏联军队接收了，女人少不了被侮辱。所以，天一麻黑，大家马上回家关上门。还有多心的女人悄悄上药房里，弄了些药放在贴身的衣服里，做了防万一的准备。

不知又是什么时候，一天早上起来，众人又发现，大楼顶上又换上了中国国民政府的青天白日旗了。

又过了几天，不知为何，旗帜又换成了一面新的红旗，只不过这面红旗上，已没有了苏联国旗的斧头镰刀标志。

几乎是隔两天就要换一种旗子。这上上下下的旗子，也像这医院的日本人的心，成天七上八下，定不下来。

实际上，医院已成了一个无人管理的地方。

因为医院已经没什么病人，上班也是三天打鱼两天晒网。

抢劫和骚乱也不期而至。连平时守秩序的日本人，也因为分配生活物资又挤又打乱成一团。让人哭笑不得的是，中国人和朝鲜人职员一个个倒像没事一样，三三两两在看日侨们打架。

而日本人不知是谁先带头，反正一个个的，最后人人都做了一个国民党的党徽挂在胸前，就如同日本统治时期中国人戴的良民证一般滑稽。

一周之后，终于传来了八路军将要进驻医院的消息。

这是临时成立的小镇工人保安队员传来的话。

日本投降后的几天，就看到有人来医院巡夜。起因是从那之后，开始是附近有人晚上翻墙到医院各处随意拿东西。医院的人去制止时，发生了斗殴事件，还将医院一个中国人门卫打破了头，流了一地的血，黑暗中还有人试图抢劫医院的仓库。

这才有人到小镇上找到了煤矿的志愿保安队。

这些保安队员身穿杂色衣服，白天黑夜里，三三两两地在医院内外背着棍棒、黑着脸在巡逻，有时还有队员背着枪和消防斧子。

他们的头头是一个瘦削的中年人，据说是一个被俘的八路军的营长，八路军战俘矿工都叫他刘营长。

在这些混乱的日子里，日本人完全处于无人管理的状态。就是开个小商店，摆个小摊，由于城市管理当局没有人管这事，也找到煤矿的志愿保安队。他们说让刘营长批一下就行了。

若是有人在商店、小摊上闹事、打架，一叫煤矿的志愿保安队过来，就平息了。

杉子喜欢看热闹，她和日侨们一个个地，三三两两地上街，好奇地看着志愿保安队认真地巡逻。

在观察到他们一脸的沉着后，日侨们自己似乎才慢慢放下心来。在太阳大的日子里，杉子也会和一些年龄大的日侨一起，陪着几个无家可归的病友，坐在路边晒太阳。

据说志愿保安队大都是附近煤矿的工人，这些工人不是普通的工人，他们本来大部分是抗联部队或是八路军战俘，有的人甚至还是从关内拖过来补充煤矿苦力的工人，平日里他们都在日军的刺刀逼迫下为煤矿挖煤。日本军队解散后，他们自动组织起来，维持小镇的市面秩序。自他们巡逻后，再没有打架和抢劫了。

听说，他们在煤矿的日本人鸟兽散之后，先是志愿组织起来保卫煤矿，等待中国政府接收，后来，小镇上的日常秩序，也是他们在日夜自愿地维护。

从这一点讲，杉子和满铁医院的日本人还真感谢他们。

八月底的一个日子，大约上午九时左右，医院的人被通知早早地起来了。杉子、小枝和大多数日本人一样，三三两两地站着观看八路军进驻医院。

在前方的街上，远远地已听到了部队很响的口令和跑步号子声。不过进入医院后有点让观看的人失望，除开前面几排是穿灰蓝色军装的人背有几件武器外，后面好多人则穿着各种颜色的便服，杂乱提着一些似乎是医院的什么东西，有的人还穿着白大褂。

还有一些工人模样的人，背枪的手上、身上，还有泥土污迹。那个刘营长，也穿着八路军军服，跟着队伍来医院了。

只不过整个队伍人人都很精神，眼睛放亮；还唱起歌来，声音也挺嘹亮。如果去掉这一点看，真的不太像一支军队。

革命军人个个要牢记，

三大纪律，八项注意

……

挺奇怪的，这嘹亮的歌声一响起，太阳也仿佛更加明亮起来。

第二天上午，有人就将整个医院的人集合起来了。

一个干部模样的人站在一个土台上，对整个医院的人讲话。医院里的原日本人院长今川板树也目无表情地站在土台上。

医院里有懂得中国话的满洲人职员，悄悄地翻译给站着的护士们听，大意是说：普通日本人也是战争受难者，八路军不会在日本人艰难的时期为难他们。听了这些，惊恐的日本人总算是安静了下来。

原煤矿的志愿保安队的刘营长也讲了话，他一会儿用不太流利、断断续续的日语说话，一会儿又讲中文。他一上讲台，日本人马上有点安心的感觉。他说，上级让他来医院当协理员，希望大家支持。现在国民党军在东北已经开始攻击八路军，也接收了好多日本人的设施。这个医院如果八路军不接收，就会落在国民党军手里，成为反人民的工具，由此希望大家理解。

……

刘营长就这样很自然地讲完了日侨们心中的话。

大家心里还是隐隐有些怀疑，不过，由于刘营长在本地的威信，日侨们很相信他的话。他最后还宣布：今川板树继续担任医院的院长……

听了这一句后，下面有一些稀疏的掌声从日本侨民的人群中响了起来。

医院的新院长今川板树，今天让大家吃了一惊。因为走上台时，也穿了一身八路军的军服。他咳了一声，匆匆忙忙地讲了几句。他讲话的大意是说经和上级有关市政当局沟通，因为战乱开始了，安全没有保证，撤离日侨的工作已无法再进行……所以，撤离日侨的工作已告一段落。已经确定大家短期内无法返回日本，日本人作为本医院的留用人员，要在此工作一段时间……台下日侨的人群骚动起来。

要工作多久呀……

那不行呵，我们想回家去……

松本杉子被人拥得直挤到台前。

当时，台下的杉子一看见身穿八路军军服的院长今川板树，心里头马上一惊，哦，看这样子又要打仗了。

今川讲完话以后，接着台上的八路军干部话锋一转，说现在为了需要，经和临时市政当局商量，八路军要接收医院，医院里所有的人都不能离开。

他说现在国民党军在东北已经开始攻击八路军，医院马上要准备接收伤员，而且医院会保证大家的生活。战争时期很乱，日本人如果离开医院，生命安全都会有危险，得不到保障。

他宣布，所有的人离开医院一定要报告。

杉子这下子明白了，短时间内回不了日本了。

这时杉子她们才看到，会场不远都站满了八路军的警卫战士。每个人都背着枪，表情严肃。而且好像今天大部分人都穿上了灰土色的新军装。

昨天晚上，杉子的姑姑还来过医院了。姑姑和一大帮日本人准备逃难去海边的城市，看能不能弄到回日本的船票，姑姑问杉子愿不愿意同行。

这下杉子马上想到姑姑了，她只想马上找到姑姑。

照姑姑的讲法，杉子她是一个倒霉鬼，倒霉倒透了顶。

她本只是一个奈良女子中等学校的学生。

突然，有一天，在平日里安静的女子中学的课堂上，学生们接受了政府和校方的战时特别动员。在放了一段满洲青年义勇队的纪录影片后，那个来自满蒙开拓团的官员，在台上把满洲当歌一样唱了起来。

可是，接下来的事让女孩子们吓傻了，一幅横幅猛然挂在了教室中央，让松本杉子和全班同学大吃一惊。

到满洲去，当青年义勇队的大陆新娘！

所谓大陆新娘，就是新大陆的新娘。校长振振有词地说，嫁给青年义勇军，就是嫁给满洲新大陆！

日本太小，只是一个盆子，你们是竹子，竹子在盆子里是不可能茂盛的。满洲新大陆遍地流油，你们将在那儿和义勇队的小伙子们一起，变成无边无际的竹海，将满洲长长地连接到日本列岛！

校长和官员轮流上台演讲，个个泪流满面，慷慨激昂。

回家以后，妈妈大哭起来。孩子才十六岁，当什么大陆新娘，不去！

父亲一个劲儿抽烟。

不去不行呵，乡下的屯子里，动员要移民去满洲，一个屯子去了一半的人。开始谁也不想去，没办法，要去。纯子一家都去了。蹲在地下的爷爷，也哭泣起来。

纯子是杉子的姑姑。

家里好久就似断了口粮一样，有一顿没一顿的。杉子想，也好，去满洲，黑土地这么肥沃，少不了白米饭吧！至于嫁人，反正是要嫁的。

第二天到学校更是啼笑皆非。

几个班的女孩子，排着队，一个一个对着满墙的义勇队队员的相片，挑选未来的丈夫。

墙上的小伙子，一个个满脸稚气，每张相片上，标有年龄、籍贯、身高体重以及毕业学校等。让女孩子们自己挑，挑上了就是她自己的新郎。

杉子随便看了看，一个清秀的小伙子进入她眼帘：三浦次郎，十八岁，和歌山县人，农技毕业。就是他了。她挑选他，是因为他家乡离她家乡奈良很近，彼此兴许会有话讲，杉子是这样想的。

她到了满洲，三个月了，也没见到三浦次郎，以后永远也没有见到。

她倒见到了中野小枝，小枝和她有讲不完的话。这个矮胖而活泼的女孩永远精力十足，她是静冈人，随家人来满洲有一年多了。

中野小枝大松本杉子两岁，十八岁，也是花季少女，也是在初中毕业时，由日本政府在当地开拓团学校里动员当了花嫁女，也是准备嫁给青年义勇队队员。命运相同的她们，只是名称不同，从日本过来的，叫大陆新娘；在满洲本地日本学生中挑出的，叫花嫁女。

还有更加相同的东西。

在训导所里学习了三个月后，课程都是些新娘技艺：如厨艺、农务、家政、护理，等等。在一个夜里，集合起来，在几百个人的队伍中，报出了七八十个人的名字。

杉子和小枝也是被叫出列来的人。

当局的人干巴巴地说，她们各位的那个由天皇钦定的未婚夫，已在战场上光荣地战殁。现在她们将继承丈夫的遗志，加入大日本皇军与政府的各个战斗或后勤单位。

啊……有人尖叫起来。

而杉子和小枝，则如在梦里一样，上了车，稀里糊涂地被拉到了满铁医院。

从此杉子不再相信当局的话。

连日本当局都不相信，更不用说中国当局了。

那天，她瞅了个空，走出了医院的队伍，哨兵挡住了她。

她解释了半天，汉语也不好，哨兵直摇头，不让她离开操场。

幸好，对面来了一个人，是在医院里见过面有些脸熟的人，他是一个懂一些日语的煤矿保安队员。她通过这个保安队员解释了半天，站岗的哨兵这才终于相信她是上厕所。

这些懂一些日语的煤矿保安队员，后来和医院的日本护士们混熟了，才告诉她们：原来他们开始时自发地保护医院，也是共产党、八路军的组织从上面安排的。

哦！这是杉子第一次听说八路军。

他们有时也来医院要一些药或绷带什么的，杉子几乎天天可以和他们见面。医院的人都认为他们是一些好人，平时也是和颜悦色的。在来来往往当中，杉子她们和保安队员们彼此之间，因而也混了个脸熟。

打心里来讲，杉子倒不讨厌这些自称是八路军队伍的人们。只不过，让她去参加八路军，而且回不了日本，她可不干了。

在厕所里她碰上了同病相怜的小枝。小枝也在这儿来回乱转，很焦急。平时小枝就比松本胆子大、主意多，也是正在寻思逃离这儿的办法。小枝很惊奇杉子也敢跑出来，她们两个人决定一起行动。

门外没有哨兵，她俩飞快地一转身，从厕所旁的一个小门走出去，顺着医院的墙直朝后面走，杉子记得后墙上有一个断墙，是倒垃圾的通道。

可是一出断墙，杉子和小枝都倒抽一口气。她俩迎面碰上另一个煤矿保安队的哨兵，和一个穿着八路军灰布军装的人一起，躲在不远处的树荫下站岗。

这两个人，她们都不认识。

而他们一看到穿护士服的松本杉子和小枝，就大叫了一声，那意思是让她们站住。

而再看到两个女护士在拼命地朝医院外墙的方向奔跑起来后，他们就吹起报警的哨子来。

1.9　2006年4月，日本琦玉县

安东丰子的小院内，今年樱花开得格外好。

红灿灿一大片，压在枝头，很有活力地从院墙上伸出头，朝街边四周怒放。

今天是周日，有个中国朋友要来看安东社长，于是她今天约了三个昔日

的解放军战友姐妹，来见个面。反正，平常时节，每年樱花开的时候，她们都要一起赏樱。

看到樱花，就想到姐妹们年轻时彼此灿烂的笑脸。

她们三个人见面都哈哈大笑。都是八十岁左右的人了，一见了面，无论何时，都有说不完的话。

山本杉子、小山小枝、安东丰子；她们三个人是在六十一年前在同一天参加八路军的。只是那个参军的方式，到今天依然令人捧腹大笑。

日本投降了，八路军部队急需技术人员。在八路军接收日本满铁医院时，全体列队，由接收的八路军首长训话。

在队列中，山本和小山（那时她们分别姓松本和平野）两个人都听明白了，是要她们全体参加八路军。

大部分的人不出声。胆小的，已站在队列中抽泣起来。

松本总盯着别人，可是没有一个人理她。

她越听越害怕，在上厕所的时候，小枝鼓励了她。

她万万想不到，平时胆小如鼠的她，敢于偷偷从队伍里溜了出来。

实话说，她不想参加八路军，也不想参加任何军队。战败了，乱得一塌糊涂，她只想回日本去。

顺着医院的围墙，只跑了几百米，后面的哨子声和追兵的喊叫声此起彼伏，让人心里发颤，实在是有些慌不择路。

一拐弯跑了一段路，鬼使神差地就推开了丰子她们小院的门。

她们逃进了山田丰子的大衣柜没几分钟，就给搜了出来。看到一脸严肃的士兵，松本和小枝都被吓哭了。

八路军当然不会让这两个技术娴熟的日本女护士逃入兵荒马乱的乱世，况且她们的行为有违八路军接收医院的军纪，所以士兵们受命，一定要追回来这两个女护士，才能以正全院官兵视听。

部队当即派人追赶了过来，这一追，还把用大衣柜藏人的山田丰子也带回了部队。

人算不如天算。

她们哪里会知道，加入了八路军的医院，天天有饭吃，穿得暖和，不挨打骂，还可以随意哼日本民谣。

当然，更令她们没想到的是，她们三个人先是参加八路军，后来是叫东北民主联军，最后改叫为解放军，在战火纷飞的中国解放战争战场和战后，一干都干了八九上十年哩。

最后，她们都在解放军里，依据自己的喜好，找了日本籍的男友，然后在中国结婚，又同在二十世纪五十年代先后回到日本。

这一切想来，如同梦境一般。

六十年后的今天，她们的丈夫，三位前中国人民解放军的军官：安东秀夫、山本英夫、小山昌成，已先后在日本辞世。但她们三位老姐妹却每年都要相聚。

唱个歌吧，小枝提议。

唱个中国歌。当着中国朋友的面，丰子平静地说。

向前，向前，向前！

我们的队伍向太阳！

轻轻的，已不太熟练的汉语，和着口琴，在日本琦玉县，在这个开满红灿灿樱花的小院，变成一支熟悉的旋律，坚定地向远处飘去。

在日本列岛上，天上人间，散布着她们几千名解放军战友；她们至死都不忘这个旋律。因为，这首军歌的旋律，也揉进了他们的青春和生命。

不知道中国朋友相信不，我们还记得好多中国歌……丰子一边给客人斟茶，一边微笑地轻轻和着小枝和松本在歌唱。

你们经常唱？每年都唱？客人好奇地问。

只要在一起聚会就会唱。小枝自豪地说。

是的，今天，在日本的琦玉，在这个她们工作了几十年的地方，她们禁不住在哼唱心中的这首歌。

不，应该是在全日本的土地上。她们相信，只要有前解放军官兵归国者的地方，他们都会常常唱这首歌。

这一群人唱这首歌已成为了一种仪式。

这些歌已超越了民族和国家的界限，它成为这个特殊集体的一种精神。一唱起来，丰子她们就觉得，好像有一股气息随着这歌声飘上天去，云朵也像有几千朵似的，在蓝蓝的天上冉冉上升，一会儿散开来，一会儿又聚拢去，直到远远的天边。

那是她们共同的魂。丰子常这样说。

青春的回忆是永恒的。

她们一见面，就回忆在解放军的日子。

如果不在医院里，到了医院外边，即便是在安东丰子家，她们从来都是有说有笑，像姐妹一样。

这个时候她们三个，完全是三个战友。

三个姐妹各自有特点。

小枝调皮而热情，松本木讷但可靠，山田不太言语，但是主意多。

三个人在一个解放军医院待了好几年，然后又分别到过不同的部队。回到日本，也先后同样在安东病院一道工作，几乎在一起干了一辈子。

小枝在部队医院时，就像个大炮。

不过有一回，小枝批评来实习的中国籍护士战友，太过火了一点，出了很麻烦的状况。

这位中国战友文化不高，又不懂日语，手脚也不麻利，接受训练是慢一点。但小枝却瞪起眼睛，半批评半骂，太认真了，也不留情面，使得这个实习的中国女护士大哭起来。

为这个，小枝让科里的教导员叫过去，大骂了一顿。

你知道吗，她可是个八路军老兵，战斗英雄。她是烈士的遗孤，十五岁就参军了，打过仗，从战场的死人堆里救过多少伤员！看不起战斗英雄，是政治态度问题，知道吗……

小枝当时便委屈得哭了。她完全不明白，这只是护士业务培训，怎么会和政治态度扯上了关系？

日本籍的科主任田原，也找她聊了好久。

小枝还怕出早操点名时挨批，第二天，假装病了，没去出早操。山田替她打圆场，给小枝请假，说她昨天夜里发了点烧，起不了床。

那个中国籍护士，很朴实，很大度，听说小枝为她挨了批评，还病倒了，特意来看她，来的路上还采了一束野花，插在小枝床头。

这事让她们笑了小枝好多年。

松本的注射打针打得最好，是全院有名的。

只是她平时傻乎乎的，不观言察色，又不爱和人说话，倒喜欢在没事时一个人哼歌。因而，银铃般的嗓子和她打的针一样，同样在医院有名。

有个住院的中国籍伤号，黑黑瘦瘦的，挺精干的，眼睛特有神。住院还跟了个警卫员，一打听，是野战部队的一个师首长，是个没结婚的单身汉。

他一直住松本这个科里，天天望着松本，笑呵呵的。最后出院了，他像是开玩笑似的对科里教导员说，明天他要到分部去找分部首长开调令，要调松本去他们师医院，说是专门为当师长的他打针。

他一板一眼，说得煞有其事。

几个姑娘哈哈大笑了起来，都说这个师长一定是看上松本了。

也有可能是开玩笑吧。丰子听了小枝的话，摇摇头。

只是这个师长怕有三十大几了，还一脸的大胡子，这不是要嫁个大叔么，哈……小枝真是个大嘴巴，她什么话都敢讲。

吓得松本当真了。

一下班，就找山田哭了起来。嫁给了中国的师长，年纪大不说，又要去野战部队，而且，今后还怎么回日本呀！

哭声还惊动了院里的民族干事。

结果是虚惊一场。那个师长是说着玩，逗她的。看这个日本小护士认真、老实，打针、护理一丝不苟，加之长得也挺可爱，存心拿她开下心。

这个师长自出院后，再没任何音信。

不过这个事，倒是成了三个姐妹下班饭后的绝好谈资。

丰子的麻烦事也不少。

入伍的时间一周不到，晚上突然紧急集合，一点名，少了山田丰子一个人。一问，谁都不知道去哪儿了。

以为又有逃兵了，医院的大胡子政委急了，对着集合起来的日侨女兵大声吼起来，他让和丰子同住一屋的杉子站出队列。

山田去哪儿了，说不说，不说，查出来枪毙！

政委的声音在黑夜的寂静之中有些吓人。

杉子胆小一点，吓得哇的一声哭了。

丰子是偷偷去庆子那儿了。

去之前是告诉了松本一声，看她嘴巴紧，以为可以保密些。谁知这个松本人老实，胆子小，一吓唬，哭了，马上招供出来。

得知丰子只是回家找庆子，院里领导才稍稍放下心来。过了一会儿，考虑到外面太乱，医院还是派了两个兵，带上枪，找丰子去了。

丰子其实是怕庆子和孩子没有吃的。

于是，她白天在厨房藏了十几个馒头，晚上送过去了。这是第二次去找了，头一次去，没见到庆子和孩子。

医院的人，一晚上也没找着丰子。到下半夜，丰子自己回来了。

松本悄悄和丰子说了点名的事。不一会儿，民族干事与教导员也来了。

得知不是逃跑，倒没有什么大批评。念是初犯（丰子没承认这是第二次外出），也不关禁闭了。但要在全院早操时做检讨，以警示日籍战士们。

丰子回来一倒下便睡了。

晚上，松本听她睡不着，推了她一下，问看到孩子和庆子么。

丰子叹了口气，摇摇头，说：睡吧！

丰子两次找不到人，已灰心了。心里在想，庆子怕是以为她遭了不测，自己带孩子走了吧。

从此，丰子每到一个地方，总是一个人独自到处去找庆子，可是没有人知道庆子到底去何处了。

丰子其实想动员庆子也来参军。参了军，她和孩子都会有饭吃呵。就是

不知八路军里让不让带孩子。

慢慢便习惯了军队的生活与纪律。

一点一滴她们可是天天看在眼里的。

天下没见过这样的军队，真的。丰子又像讲故事给中国客人听，又像自己一个人自言自语。

那一次，是去参加一次收复城市的战役，医院紧急拉上去做战役准备。行军了一天的医院官兵，来到了一个大屯子，分散住到了农民家。干部们一户一户地落实，非让农民和伤员睡在炕上，官兵和日侨战士们都睡在地下。

农民们给地下铺着厚厚的草，丰子她们也睡得很暖和。

那天夜里，马蹄嗒嗒，来了不少袭击的土匪，他们骑一色彪悍的马，嘶嘶地乱叫乱嚷，人马四处又吼又叫着来回跑。

四下里枪声大作。

不过，惊慌中的丰子，从门缝里看见四周的墙角有不少医院警卫连的士兵，很沉着地趴在地上，用枪声朝黑暗中反击，她的心也安定下来了。

警卫部队的机枪清脆地响了起来，机枪的火力强，加之部队有战斗经验。土匪人虽然不少，也只敢远远地冲几下，无法攻进屯子里来。

土匪如果来了，你们快撤，我来掩护，我们有这个，一个伤员举起了手榴弹。他从炕上支起了身子，他是一个伤了腿的轻伤员。

对，你们女同志快撤。好几个伤员都嚷了起来。我们走不了了，只能和狗日的拼了!

我们不会离开你们的，坐在门口的丰子头都不抬。在黑暗中，松本和另一个护士，一声不吭地在盘点绷带。

不要出声，不要点灯，他们打不过来。门口的一个警卫战士轻轻喊了几声。过了一会儿，他还走了进来。山里屯子的墙壁很厚，不怕子弹。声音大了怕他们扔火把，火把点燃茅屋顶，烧起来就完了，他很镇定地交代大家。门外，间或闪过的火光映出了他瘦削而坚毅的脸。看得出，他很有战斗经验。

他交代了一下，又猫着腰出门了，一眨眼就消失在枪弹交织的黑暗之中了。

黑暗中，有这些战士在就好，他们是拼命也要保护老百姓和伤员的。丰子心里想。

待主力部队赶来时，已是第二天早上。枪声沉寂后，各单位归建，只有医院警卫连有伤亡，还牺牲了几位中国籍战士。

日侨姑娘和伤员、农民一个也没受伤，丰子她们心里依然很沉重。

第二天，她们医院走上了大路。

公路上，一长溜首尾相连的农民送粮大军，不知从哪儿冒出来的，把她们惊呆了。淳朴的农民们挑着担子，脖子上挂着旱烟袋，从从容容地推着车子，在往前线部队送粮，队伍前头后尾绵延十几里。

她们在路边默默地看，姐妹们彼此对视了一下，心里都叹了口气。难怪这样呀，她们不在八路军，怎么能看到这些？和八路军作战的日本的军队，更不知道了。

六十年了，她们还记得行军路上那些中国农村老大娘，笑眯眯的直往日侨战士们口袋里装鸡蛋、花生的情景。

她们都住过农民家。当初的中国农民家里，可是穷得什么也没有呵。可哪来的那么多鸡蛋、花生呢？

要回日本的时候，大家彼此都舍不得，抱着中国战友哭呵。松本回忆说。

小枝看见过一个日本战友，在海滩集中时，面对返回日本的海轮号啕大哭，跳下汽车，飞快地跑了，他再也没有返回日本。

小枝认识那位男战友，曾在一个部队呆过，是个机械师。

夫人，中国客人来了。秘书过来传话了。

她们三个姐妹，这才停止了嬉笑。

几个战友在一起相处，安东是不太出声的，她此时好像也不是什么社长。松本也是很安静。三个人中只听见小枝叽叽喳喳地讲个不停。

1.10 2006年4月，日本琦玉县，安东丰子家

这个中国客人是安东社长多年的朋友。

刚参加八路军时，小枝十九岁，安东十八岁，松本才十七岁。

而今天，小枝已八十岁，安东七十九岁，松本也七十八岁了。

从十九岁到二十八岁，把最好的青春留驻在中国军队里，她们能忘记这些吗？

我们欢迎你一下，唱个歌！衣着整齐的小枝一看到中国朋友，就喜欢这样吆喝。

大家鼓起掌来。

革命军人个个要牢记，

三大纪律，八项注意。

其实她们三个人刚刚唱过另一首中国军歌。

不过，来了中国朋友，好似唱哪一首军歌都开心。连中国朋友也被她们感染，一同唱了起来。

这个中国朋友对安东她们姐妹们的日本籍解放军的生活很有兴趣。他一五一十地问，而安东她们三个也就一五一十地说了起来。

而且，一唱这解放军的歌，她们的回忆便如江水一般，缓缓地流动起来。

八路军接收医院后，供应很快改善了。由于进院八路军官兵的和蔼态度，让日本人都放下心来。

和日本人想象的不一样，八路军官兵对日侨医护人员都是很谦和的样

子，特别对女护士们，更是不同寻常的小心对待。

过了一段时间，作战前线送来了一批又一批伤员。这些伤员中，因为有的和日军作战过，又由于刚负伤，心情不好时，甚至拒绝让日侨姑娘看护。

那天早上，松本去给一个伤员打针。

给我叫个中国护士。他喊道。

松本没听明白，又走上去，被一把推开。

听到报告的医院八路军李院长马上赶过来了。

以下是他和伤员的对话。

叫中国护士打针，要等三天，中国护士都去分部培训去了，你能等吗？

不知道。

她们是我们的同志，小鬼，松本打针很好，她是我们医院最好的护士。

我不打！

三大纪律八项注意，第一条是什么？

第一，一切行动听指挥。

好！听命令，打！

李院长说完，对松本一挥手，走了。

松本的这一段故事，下班时讲给她们听，大家都忍不住哈哈大笑。

这也很让这几个新加入八路军的日侨姑娘们又高兴又惊异，对八路军印象一下子改变了很多。

让人新奇的还有更多。

每天清晨，房顶上会吹起八路军悦耳的军号。

这是起床的号令。之后，医院警卫连的中国籍战士们，会喊着一、二、三、四的口令，他们的军服不太齐整，但步子却是很整齐，唰唰唰地跑过门口大坪。

军号声把姑娘们从梦中唤醒。开始大家不太习惯。

以后，每天小鸟喳喳一叫，姑娘们便醒了，望一眼窗外尚未升起的晨曦，眯着眼睛，懒懒地躺在床上，等待着军号响起。

第一次出早操，让丰子大开眼界。她看到警卫战士们一排排站着，唱着像西方军队一样旋律的进行曲。

三大纪律个个要做到，

八项注意切莫忘记了。

奇怪的是他们天天出操后，都要大声合唱着列队或是行进，日复一日，战士们唱的虽然是相同的歌，但是每天却依旧非常认真。

松本告诉丰子，这个歌名叫作《三大纪律八项注意》。他们从第一天开始时，就是唱着这首歌进驻满铁医院的。

多年以后，丰子她们参军多少年了，这才明白过来，当年这个医院里，警卫战士们天天唱着的歌子，才真正是这支军队无敌的根本。

回日本六十多年了，经历了无数生活创业艰辛的安东丰子，真是看过了万千的人和事！但丰子、松本与小枝，只要见面小聚，一高兴起来，一定会唱这首解放军军歌，好似一唱就有一股又咸又甜的东西涌上心头来。

这成了她们聚会的保留节目。

咳，你们说，日本军队和八路军与解放军的纪律比，谁的更好？来看望她们几个人的中国客人，有来收集日籍解放军故事的记者，有意想考她们一下，而且让她们各自说一个例子。

快嘴小枝平时嘴都快，今天又赏樱，心情就更好，她不假思索地说：这还用问，八路军、解放军纪律天下第一，世界上任何军队也赶不上。

她一条条列举开来：买卖公平，爱护农田，不仅不抢老百姓，连俘虏兵也管吃管喝管治伤。她们医院就抢救过不少国民党军俘虏兵。

是呵，社长，我们打进了北平、武汉，都是睡在屋檐下哩。松本也接上话来。她在哪儿都不太爱讲话，不过今天对中国朋友很爽快地讲了。

丰子谈的，是对解放军军队内部的民主至今很深的记忆。

她回忆起来，眯着眼看着窗外的樱花，娓娓地说开了。

作战之前，医院干部战士一般会一起开会，还开过忆苦思甜会。大家都记得，中国籍的战士们讲到自己受地主、土匪压迫吃的苦时，日侨护士们也会为之感染而流泪。

小枝马上补充地描绘起来。开过忆苦会，部队情绪由此变得很激昂，中国籍的干部还会很民主的和战士讲作战的意义和部署，所以战士们因此明白为谁作战，怎么作战，这就是解放军参战既踊跃又勇猛如虎的原因。

战斗结束了，还开会总结。战士犯了错，干部从来不打骂体罚。总之，一个部队就像一个家。丰子又平静地补充了这一段。

这在日本军队是根本不可能的，小枝抢过来说。

她看到过驻车站的日本军人，日本军队讲的是对长官绝对服从，士兵一有过错，被打被踢如家常便饭。

她们也是这样，回到了日本，几十年都同在一个医院工作，把医院当部队当家一样，大家很平和地一起工作，又努力又开心。就算是姐妹们退休了，年年都要相聚。

丰子很喜欢这个工作气氛。

我们社长是把解放军的纪律都搬来医院了哩！松本看着惊讶的中国朋友，认真地说。

安东社长也告诉他们，最多时，有十几个解放军战友在医院和会社工作。现在有的去世了，有的退休了，但她们三个姐妹是又长寿，又常聚。

我年纪大了，要不我今天要穿解放军军装来。年老的老顽童小枝递给中国朋友一张她的戎装照。

照片中的小枝，正值二十芳龄，穿着解放军军服，扎一根皮带，留着小辫子，一副英姿飒爽的模样。

唉，小枝突然叹了一口气。

中国朋友看她有什么事似的，鼓励她大胆说。

原来，小枝去中国旅游，心里一激动，想让大家惊喜一下，回到房间换了一身她当年在中国穿的解放军军服去赴宴会，竟让所有接待她们的官员目瞪口呆。

一同去的日本人，还摸了摸小枝的额头，以为她发高烧，烧昏了头。

小枝去中国旅行五次，接待她们的旅行团的导游小姑娘小伙子们，没有一个人知道还有日本籍中国人民解放军这回事。这个倒好理解，年轻人嘛。可有一次，叫来了市旅游局长，快五十岁了吧，也是闻所未闻。

什么，什么？日本籍中国人民解放军？不会搞错吧，从没有叫说过呵。局长的眼睛瞪得老大。

小枝一讲起来直叹气。

是呵，她们那么多人当解放军，流血流汗，有的战友还牺牲在中国了，怎么中国人都不知道呀！调皮的小枝一边说，一边做鬼脸。

不过，也难怪，你们回日本时他们还没出生呀！

安东到底是社长，出来为中国朋友打圆场。

日本的报纸还说中国有好多贪官，我不相信，我还和他们争哩。解放军里是不会有贪官的呵，木讷的松本又认真又疑惑地问中国朋友。

贪官在哪儿都有呵，日本不也是有许多因为经济贿赂牵连下台的高官么，又是安东丰子说话了。

战斗篇

向前，向前，向前！
我们的队伍向太阳。

——中国人民解放军军歌

东北民主联军……卫生干部和技术人员来自五个方面：……三是留用待遣送回国的日籍医护人员数千人。其中有一些专家、学者、教授……为了救治伤病员，他们忘我工作，不少人立功受奖，有的担任了所长、主治医师、护理部主任、护士长等职务。

（摘自《中国人民解放军第四野战军战史》1998年版）

2.1 1946年，中国东北，鸭绿江边

刚参加八路军时，部队光打胜仗。后来不久，部队改称东北民主联军。不过，医院里事情也还是不太多。

山田丰子入伍后，也开始学护理。由于医院里日侨护士众多，众姐妹都帮她，加之山田读过高中，文化高，学起来也快。

不久，医院里为培养东北民主联军其他医院的中国护理员办了培训班，山田也一道听课，一道实习。好在山田胆子也大，老师又都是日侨，没语言障碍，没过多久，连打针也学会了。

她还瞒着护士长和医生，偷偷地为姐妹代班。刚开始是小枝和松本带她，慢慢地她自己也能独立做了，这在日本医院可是不许可的。但这是中国东北民主联军的野战医院，又是战争期间，人手不够，可以将就点。

丰子就靠这些额外的努力，很快便可以独立上岗了。

可是突然间，伤员越来越多，小消息也是一个又一个，而且都不是好消息。

春天，说是撤离了沈阳，五月，又传说新京（长春）也丢了。入冬以来，通化、安东都炮声隆隆。

接到命令便转移，说走就要走。有时天天要走不同的地方。开始，伤员和护士可以乘卡车。有一天，山田她们这辆车抛锚后，再开行时，走错了路，没想到走到一个小山丘的拐弯处，从山林中冲出几个土匪，对着车叭叭地便开枪。日侨女卫生员们都没枪，只好蒙着头躲好。好在土匪只是抢走了车上的行李和背包，并没有对车上的人怎么样。

可这架势让大家虚惊一场。

后来，车子坏了，汽油也没有了，只好抬担架，步行。

走到哪，天黑了，部队便睡到哪。伤员能有房屋住进去，就不错了。医

院的官兵不论男女，都只能在野外宿营。

部队灰乎乎地一大片，一下子要撤出城市了。刚撤出了大城市，没几天，又撤出了小城市，已经撤到鸭绿江边了。

潮水般的伤员，风起的坏消息，变成一种郁闷，在医院的日本人中弥漫开来。

医院开始动员，为安全考虑，医院以及伤病员，还有不少后勤单位，都要撤到对岸北朝鲜去。

有的日本人惊慌起来，私下在悄悄地议论着，心里直打鼓：这共产党的东北民主联军，在东北能待下去吗？

医院的政委，一个满脸胡子、矮个子南方人，不时地站在台上，站在行军的路边，叉着腰做演讲：……蒋介石不可能打败我们！1935 年长征，过草地爬雪山我们都没被打败，今天更不可能！我们今天是要过鸭绿江，但总有一天，我们会打过长江去！

打过长江去？日侨女战士们都一脸疑惑，彼此望了一下，有人轻轻摇摇头。

好似他说的太远，如江那边的山一样，遥不可及。

政委的南方口音也不太好懂。但分明是字正腔圆，很响亮，也很有力。

听说政委是老红军。丰子一看见手臂吊着的刘协理员走了过来，随口问了一句：什么叫老红军？

老红军？老红军就是长征干部呗。刘协理员背着小半袋米在左肩上，不紧不慢地回答她。

中国籍的战友们都很尊敬这个老红军政委。他那一脸的无畏，让大家无比钦佩。说来奇怪，听了演讲后，丰子心里镇定多了。

什么叫红军呢，刚开始日侨们弄不明白，后来才知道，八路军的前身就是红军。

听过政治报告会，说起中国工农红军长征，日侨战士们真感觉不可思议。红军南征北战，行军走了二万五千里路。听说还有爬雪山、过草地，天天打仗行军，前有堵截，后有追兵。头顶着敌人的飞机，身边响着大炮……这样的队伍呵！

可眼前这个当过红军的政委，好像也不是三头六臂，黑瘦黑瘦，说和东北话大不相同的话语，但是任何时候都是双目炯炯有神。

他一走过来，仿佛人们立即有了精神。

扔掉，扔掉！政委看着日侨战士们背的一大包一大箱的行李、书籍，实在背不动了，大声地指挥大家轻装。

堆了一地的行李和书籍，还有被褥、用具，政委亲自去点火，都烧了起来。

坚壁清野，轻装转移，这是转移时的动员口号。看着日侨战士们依依不舍的眼神，政委大声在路边吆喝起来：不要紧，我们将来一定会打回城里去，要什么有什么！

政委讲话好似吹口气那么轻松。

他说完后头也不回地大步踏踏走了，留下一大帮抽泣着的日侨姑娘们。

走到拐弯处，大家又看到政委黑瘦瘦的身子，又精神十足地站在大道的山崖边。他大声叫着：同志们，我们别垂头丧气，我们要让敌人看到我们的士气！我们唱个歌：

向前，向前，向前！
我们的队伍向太阳，
脚踏着祖国的大地，
背负着民族的希望！
……

丰子和日侨男女战士们，都跟着政委的歌声唱了起来。

政委的发音有点平直，五音不全，但他那声音中的激情让人热血澎湃！

我们是一支不可战胜的力量！
我们是工农的子弟，
我们是人民的武装！

决不屈服

……

丰子看见小枝张开嘴，拼命地大声地唱着，脸上流淌着热泪。她背着背包，还拎了一个大桶，脚步却飞似的轻快。丰子心里一热，泪水也盈满眼眶。

医院、部队渡江已渡了几天了。先遣组过去后，开始运伤员，伤员也运了好多天。但是，好多医用器材都装不下了，带不过去，只好边走边扔。

看着扔器材、扔东西，山田真心痛。山田丰子天性就舍不得浪费，总是趁人不注意，挑着扔在地下的东西，又往车里搬。

山田和松本是最后一船过江的。本来是夜里过江，但天已经亮了，掩护的部队已经开始撤了。可是，船到了江心，划不动了。船上东西太多，水流湍急，冲的超重的船直打转。

冲到江边的敌人发现了医院的木船，在江边架起机枪，几梭子扫了过来，打中了一个护士的手臂。

快扔船上的东西！有人大声叫起来。

几个人这才又七手八脚，把船上高高堆起的东西扔下去不少。扔下东西后，船轻便起来。

哎哟！被流弹打中的日侨女护士，叫了一声，倒在船上了。

血溅在船帮上，红红的几点。江水漫上船边，血渍一会儿便不见了。

呜呜呜……有人哭了起来。丰子回头一看，是松本被吓哭了，她趴在船帮上，都不敢抬起身子来了。

在医院当护士天天见血，好像没什么，可亲眼看见这枪子儿打出人的鲜血来，山田还是头一回。好奇怪，枪一响，见血了，山田腿都软了。

在这之后，山田丰子伏在船帮上，一动都不敢动，心里怦怦直跳。

砰！砰！又有人抛下去不少东西，船才更轻一点，船速快了。

秋天里的鸭绿江水，已经挺凉了，搅起的秋风也不停地吹，虽然脸上在发烫，但心里却揪的慌。

爷爷，保佑我啊！山田丰子冲着不停地呼啸的子弹，头也不敢抬，手放在胸口那个布包的位置，在心里不停地念。

2.2 1946年，朝鲜楚山，鸭绿江边

冬天，江面已经封冻了。

不宽的江面，在冬日雾蒙蒙的早晨，能偶尔看见对岸换防的哨兵队列。

已经封冻的江面，不再是天堑。国民党军如果要进攻，他们可以很快打过来。

医院的各个卫生队之间运输物资给养都用爬犁，有时为省路，都用爬犁在江面的冰上，沿着朝鲜一侧的江岸，开来开去。听着咔咔的冰面的闷响，大家心里明白，冰面上开大卡车上来，都已没问题了。

其实，秋去冬来，鸭绿江从来不是天堑。

秋冬里，水季干枯之时，江中的洲子，从浅水里冒出尖尖来，一条又一条的，把懒洋洋的江水，缓缓地分开。大胆的野狗子，从对面远远的岸边，游不了多远，跳几步，便登上江边江心的洲子，又游一段水，一会儿就从对岸泅游过来了。

只是，由于北朝鲜是在苏联红军控制下，国民党军已经不能打过来了。

山田丰子所在的部队，新名称是东北民主联军辽东军区第六后方医院。这是由于部队过江，建制打乱了，辽东军区第一和第三、四后方医院各一部分合并而成的新医院，就驻在北朝鲜靠江边不远的楚山、满浦一带。

到了春天，局势安定了些，但朝鲜老乡腾出的房子不够用，医院帐篷就在江边，躲在树荫下，一字儿搭开了好几个。

春天的鸭绿江水，真是碧绿见底。

只是每天除开休息，无事可干。

风就贴着江面吹，江水让人懒洋洋的。

江岸上有一大片的野花丛，被风吹落了一点点落英，红红的、紫紫的，顺江缓缓地飘了下去。

就连原来上游湍急而浅绿的江水，到这儿来仿佛也越来越平缓。丢一个手扎的纸船在水上漂，令人愁闷地直打转，半天也不远去。

医院的中国警卫同志，有时闲得发慌，心里也郁闷。站岗的时候，看到对岸的敌人哨兵，有时候就展开对骂。

粗鲁的对骂顺江风传得很远。

你妈拉个巴子！白匪军！叫你妈的 X！

共军小叫化子，投降吧！过来有肉吃……

实在地说，部队从中国撤过来时，的确是狼狈至极。开始为了进入朝鲜，队伍都摘去了臂章、帽徽；为了在雪地便于隐蔽，棉衣反穿，从头到脚都脏兮兮的。加之伤员伤手断腿的多，伤兵成营的医院，走在道上是十分难看。

只是部队建制还在，山田所在的第一野战卫生所在楚山，另外几个所在水丰、满浦的方向。

有一天，上级突然将医院的日本同志集中起来，大讲部队战略转移问题，一连讲了几天。山田听明白了，上级无非是来稳定大伙的心。

晚上约十时的光景，快熄灯了，院部来人说是来了新同志，要去接一下。一问，是从兄弟部队医院调来一个女护士，放在了山田同一个科。

山田看她拎着行李进门来，低着个头。大家互相介绍后，她才抬起头，丰子这才看见她清秀而苍白的脸。

我叫长迟菱子，请多关照。她再次对丰子欠了欠身。

丰子也回应地点了一下头。

这一次，虽然是在昏暗的灯光下，丰子也看清了，长迟清秀的脸上，让人印象深刻的是她那双大大的眼睛中的忧郁。

晚上，科主任和日本人民族干事山本都过来了，找山田宿舍的中国籍护士孙云宿舍长谈了好久的话，孙云一转身，也叫上了山田。

夜里的山路上，孤零零的月亮悬在冰冷的夜空。

丰子跟着孙云，在黑暗中深一脚浅一脚地走着。只要有孙大姐在，丰子心里就踏实，她不时看看前面快步如飞的孙云。

孙云看了丰子一眼，一边走一边悄悄地把情况告诉丰子。

原来，这个叫长迟菱子的护士，是辽东军区别的医院的日侨护士，刚刚从逃跑的路上抓回来的。长迟被医院安排在这个宿舍住，是让孙云和山田多做她的工作。同时科主任又反复交代了孙云和山田，要多注意，别让她又跑了。

领导千嘱咐万嘱咐后走了。

后来才知道，由于部队越来越艰苦，辽东军区其他兄弟医院，好多单位都有一些日侨官兵逃跑离队了。长迟所在的医院，有十几个日本籍男女战士，有伙夫，有医生、护士，结伙分好几帮，晚上偷偷地开小差，从医院逃跑了。跑了好多天，想从南朝鲜溜回日本，结果，过三八分界线时，给抓回来了。

长迟菱子就是其中的一个。

长迟来丰子这个宿舍后，山本次郎也常来这儿了。

本院的民族干事山本次郎，是在沈阳中国人学校上的高中，汉语好，和中国同志、日本同志都讲得来。他入伍也有些日子了。听说他来医院前，是在有名的东北解放航校航空队当民族干事，而且在这之前，山本还去过延安。

他时常如讲故事一样讲自已的经历。

山本是和八路军数万名干部一道，是直接由延安步行到东北的。他原计划是从大连乘船回日本，后来，东北航校的日本人多，需要民主联军派民族干事，问到他，他一口就答应去。

后来，又调他来医院工作。

他的经历让人钦佩。

模样英俊、能说会道的山本干事很受姑娘们欢迎。他也很勤快，常常过来到科室或是宿舍，和愁闷的日侨姑娘们聊天。他鼓励大家要看长远些，要深信共产党领导的民主联军会取得最后的胜利。

他和孙云最聊得来。有时，孙云常常专门叫山本干事过来，孙云和山本，还变戏法似的，搞来了大米和紫菜、生菜，让山本带姑娘们做饭团日本菜，而孙云就做中国菜。

完了大家一起吃饭。吃完了，还不时一起唱起家乡的歌来。大伙一见面，就玩得高高兴兴。弄得医院里的有些日侨姑娘，喜欢三天两头往山本的小屋跑。

他倒是每次都瞪大了眼睛，装傻，顺便说些笑话，让姑娘们哈哈大笑。

他不知为何这么乐观，成天有话说，也不知和姑娘们都说些啥。他能让好些日侨姑娘开口唱歌哩！

来，吃米糕。他每次把一些老乡送来的米糕让姑娘们吃。朝鲜的米糕挺好吃，味道可以……他很有耐心地，手脚不停，一个人一个人地，把米糕递给大家。

孙云在一旁笑着。她听不大懂日本话。

你们应该感谢孙大姐呢！山本一边带大家吃米糕，一边叫了起来。

大家都对孙云鼓起掌来。

不过，好像大家没胃口似的。

日侨姑娘们是有些思乡了。

山田丰子听了这些也不言语，其他时候任务也不多，每天只埋头和医院的日侨姑娘们一起洗绷带。洗好了，晾在江边，和着一长溜白床单，晒太阳。

江风吹来，绿的山边，碧波见底的鸭绿江畔，金黄色的野花点点相缀。

风吹动，太阳下的一长溜白床单，洁白一大片随风飘动，煞是好看。

有人唱起思乡的日语歌来。

……

小诸古城边，

白云游子悲。

绿菜未萌芽，

嫩草不忍籍。

……

看见教导员李瑞祥远远地走过来，大家都停了下来，不敢唱了。

唱啊，我是代表伤员同志们来感谢你们的。他们在病房里也能听到你们唱歌呢……多唱一首，多唱一首！粗犷的山东汉子李瑞祥，此时双手朝姑娘们直扬起来。

日本姑娘们这才哈哈大笑。清清声，又齐声唱起《千曲川旅情歌》来。

春霭尚蒙眬，

麦色微吐青。

几群行旅人，

地中行路急。

好听！李教导员听不明歌词，却鼓起掌来，他听着曲调开朗、悠长，挺好听，也被姑娘们的笑脸和这份开心感染了。

山田去江边洗衣服常邀上松本，有时也有意叫上长迟。洗衣洗到天快黑了，按日本的习惯，偷偷地泡在浅浅的江边洗澡。因为按医院的纪律，没有上级的批准，是不能下水游泳的。

全身泡在水里，人就轻松多了。人放松的时候，心里有话都能相互讲。

哦，好个美人胚子！松本惊叫了一声。

丰子看见长迟从容地脱下了军服，一步步走下江岸。她腿很修长，一下子下到水里，她一把脱了贴身的内衣，把长头发在水面上摇了一下，又倒入水中，身子仰躺在水上，少女丰满的胸脯高耸着，慢慢地一点点没入江水中。

呃……长迟叫了一声，朝江心游去。

别走远了，长迟……

松本看见快到江心的长迟，又返回来了，高兴地直鼓掌。

你说，八路军怎么样？山田舒服了，就挑了一个话题问松本。

虽然上面已经通知，规范了部队建制，都称为东北民主联军，但日侨中间，仍习惯用八路军的称呼。

松本笑了笑，半天不语。

当初拒绝入伍的松本，到了八路军接收的医院没几天，就认可八路军了。

那一天行军中，走不动了，松本刚要休息一下，一不注意，背包就被别人从地上抢走了。

天黑，抢松本背包的人又不讲话，松本跑步追了上去，追了一阵才追上，是个警卫连的男战士，他全副武装，还背了两个背包。因为听不懂松本的日本话，直摇头，不肯把背包还给松本。

不要出声！有干部在后面警告，行军是要保持安静的。

警卫排的中国籍男战士们，基本上不和日侨姑娘们说话，这一方面是因为语言，另一方面是部队有纪律。不过他们总是默默地给予姑娘们帮助。住宿，只要有房间，一定是让伤员和日侨姑娘们住，他们都在野外露宿。

战士们从来不和老百姓争吵，行军也好，买卖也好。但只要枪一响，打起仗来个个不要命，拼命地大喊大叫，掩护日侨姑娘们。

憨厚、羞怯、勇猛、守纪律，这就是本院中国籍男士兵们给日侨姑娘们的印象。

好似有纪律规定，除去领导以外，医院的中国籍男士兵从来不和日侨姑娘们主动说话。你要和他们说话，他们准闹个大红脸。

医院的日侨们，都是技术人员居多，而中国籍官兵除开领导和少数的医护人员，大都是警卫部队。开始有一个警卫连，后来改为警卫排，因为在医院转移时，把其他警卫战士们都分散配置到各个科室去，负责保卫工作了。

有一天，夜里行军，小枝闹肚子，走一段要找一下方便的地方。丰子跟着她，帮她在找方便处时背东西。走了半夜，被大队伍拉下一大截了。

哎哟……突然，小枝坐在地上哼叫起来了。

怎么了？丰子问她。

我扭了脚了，痛死我了。小枝带着哭腔，起都起不来了。

这一次，小枝是进到路边山洼太久，待她从树丛中钻出来时，已听不到前面部队的脚步声了。一急，踏空到沟边，扭伤脚了。

不要急，干脆等他们来。丰子安慰着小枝。

出发时讲好，掉队时在原路不要动，警卫排会来收容。

四周已黑透了。东北的山林，风很大很冷，快速行军中，由于走路走热了，倒不觉得冷，可人一停下来，棉衣里都有点湿了。一身是汗的和着衣服，好似有什么粘在身上，风灌进去，又冷又难受。

隐隐地听，远处还好像有狼嚎。嗷，嗷嗷，撕裂一般的叫，一声长，一声短，怪吓人的。

大约是野狼嗅到了人的气味，寻过来了。

丰子记得，听中国籍同志说过，顺风时，狼在几里外也能闻到人味，如果它在饥饿中，不管多远，它也会拼命追来。想到这儿，背上一阵阵寒意。

大约过了有一个时辰吧，听见有人踏踏的过来了。丰子和小枝大气也不敢出，仍猫在树丛中不敢动。

清清脆脆的，有人在击掌。一下，又两下。听出来了，这是医院行军约定的联络信号。她们行军前已宣布过规定：掉队时，听到本部的联络信号，等同于口令，才能出来和联络的人见面。

是山田吗？这是丰子第一次听见警卫排长向她问话。她平时看警卫排操练，排长带着部队行走在路上时，从不正眼看她们一下，而她总觉得这个排长黑黑的，严肃的让人害怕，因而她们平时彼此都不打招呼。

可今天，一听到他的声音，眼泪一下子从眼中涌出来了。

排长的方脸膛，此刻又威严，又可靠，格外亲切。

问清了情况，排长把小枝的背包递给同行的警卫排两个战士，自已不由分说，一把背上小枝便走。

男人的汗味和呼吸从肩头飘过来，一阵体温从胸脯上传到全身，浑身舒坦。身前这个大男人，让小枝又兴奋又害臊。她挣扎地想下来，只是病后的身子极不争气的软软的，人怎么也下不来。

小枝在排长的背上呜呜哭了起来。

还哭，不要命了啊！排长转过头，低沉地吼了一声。

有一点点月光的夜里，茂密的树林大多是漆黑的，只是穿过树林的间隙

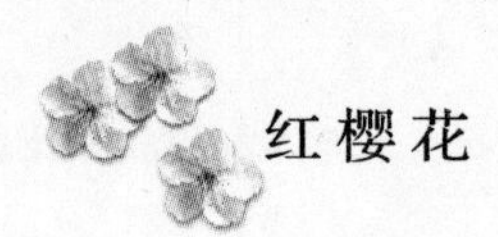

时，才看到依稀的光亮。间或，一只只被惊吓的小兽或是野鸟，忽地一下穿过身边，把丰子惊得叫出声来。

走了一大段路，排长又叫两个战士隔一段换一个人，轮流着背小枝走，而丰子和小枝也再不敢讲话。

走了大半夜，才追上医院。归队的时候，小枝很顺从地伏在排长肩上睡着了，丰子叫了半天她才醒。

一会儿，排长把小枝放在一棵大树旁，他们便走开了。小枝很后悔，连那两个战士叫什么名字也没搞清楚。

第二天白天，丰子和小枝去警卫排，向排长和那两个战士致谢。到这时，她们才知道排长姓吴，山东人。

吴排长只笑笑，不说话，到最后也没告诉小枝昨天是哪两个士兵背她的。

这样的军队怎么不好呀！松木杉子瞪大了眼睛。淳朴的她，好多事搞不明白。

为什么要跑呵，回日本也没饭吃呀。躺在江水里，难得的惬意，松本悄悄问长迟。

我也不知道呵，只是想回日本呗。我们有五个姐妹呀，一起走的。领头的大姐叫有枝美子，是我们护士长。长迟菱子说到这儿低下头去，看来她不想细说。

那个有枝美子，给弄到别的医院了。

听说医院那一次有十几个人离队，这些个逃跑的医生、护士，都被分散到好几个单位了。

看到松本她们疑惑的眼神，长迟解释起来。因为在医院里生活太差，又没有吃的，而且听说又要转移，日本人在一起都议论，老是转移，转移，转移，仗怕是打不赢了，都没信心了。再说，过了朝鲜便是日本了。我们都想家。

长迟叹了一口气，说出了心里话。

长迟只给关了一天禁闭便放了。但是一个人调到这边医院来了。

八路军好啊！松本听了长迟的反复解说，还是搞不懂长迟为什么要跑。

好是好，可为什么老打不过人家呀？长迟又在问。

会的。你看吧，要不了多久，会打过江那边去的。山田这下说话了。

山田是个不太爱说话的人，但她好像对这一点比好多人都坚定。

2.3 1946年，中国东北，某日本矿山医院

长迟菱子并不是个怕死的人。

她并不是为了逃避战斗才脱离医院的。

但是，对于跑回日本去，在她所在的第五医院中，实际是医院一部分日本人之间的一个半公开的决议。她只是作为一个医院的日侨决议的拥护者，跟着一堆子人，集体朝着三八线走去的。

长迟菱子来自辽东军区第五后方医院。她对那边发生的一切，至今记忆深刻。

她是和大家一道在三月末的时候，随医院从本溪匆匆撤离至安东的。

宣布转移的当天，由民主联军上级派来的王院长和主持院里满系（伪满洲）人员的林主任大吵了一番，好像也是为转移的事。随后，好些本地的满洲籍医生、护士，第二天都没有来医院上班了。

人员一下子少了好多。

已经宣布了要调离医院的八路军于政委，负责和日本人井上副院长洽谈，谈话结束后清点各科人数。除开本地人，日本人中间，也有内科的梅田和外科的管原、京木等几个医护人员不辞而别。

他们逃跑了！不干革命了，少了他们革命照样胜利！嗓门特大的于政委，个子高高大大，脸庞红红的，是个典型的中国北方大汉子。他一边清查名单，一边大声地愤愤地嚷着。

这个负责集合的头头，就是马上要调离医院的于政委，听说他原是一个八

路军的医生。他站在集合起来的队伍前训话，表情严肃。不过倒是他一副认真而不屈不挠、满不在乎的样子，让医院留下来的人们一下子又鼓起了干劲。

不过可惜的是他马上要调走了。

他身边站着准备接替他的人，是一个黑黑瘦瘦的、沉默的中年人。

新政委开口介绍自己，很简短，只说他姓林，以后大家有事可以找他。

他的口音比日侨们常听到的中国话要柔和一些，听说他是河南人。接着，让人没想到的是，他口里蹦出一句流畅的日语：请多关照！

日侨队伍中，一下子安静得无一人出声。不一会儿，哗地一下，大家鼓起掌来。

林政委是刚从八路军机关调来这个接收的日本侨民医院的。他来的同时，还带来一批八路军的医护人员，七八个人排着队，男男女女都又黑又瘦，大都沉默寡言，都穿着布质的八路军军服，虽然旧点，但是很整洁、精神，一个个眼光炯炯有神的，和日系人员形成鲜明对照。队伍一散，他们一下子都分到各个科室了。

我们过去叫八路军，现在叫民主联军，好了，干活！列队讲话时，林政委讲得很简短，又很有感染力。

特别让日侨们惊异的是，一同来的民主联军队伍中还有一个女日侨，她也穿着民主联军的肥大军服。一开口介绍，一口纯正的日语又让大家吃了一惊：请多关照，我叫菅直叶子，我也是日本人。

菅直瘦瘦的，有时和同来的政委讲几句话。看得出，中文也不太好。

闲时和菅直聊天，才知道菅直其实也才参军二十几天。因为她懂医务，又会一些中文，在培训班上临时抽调到她，和林政委他们一道来接收和转移矿山医院。

因为是马上要转移，准备工作千头万绪，特别是要转运如 X 光机等医疗设备等，真是又多又繁杂，院里也没有能力安排多余的人手去寻找离队不归的人了。

还有不少住院的伤员，有的要就地安置，有的要随医院转移。好多本地籍的伤员又吵又闹不想随队转移。事务之多，的确让几个院领导头痛。

幸好刚解放的伪满县医院，有几十个刚招收的中国籍男女青年，他们刚刚完成了护理培训，经过动员，这些人员也很高兴地并入八路军医院建制。

由于他们年轻有热情，工作积极性高，又是本地人，无忧无虑。医院也正是希望安排他们这些体力充沛的年轻人，去照顾从前线下来的伤员。

每天，医院按照八路军的习惯，吹起了起床的军号。这军号犹如清晨第一缕阳光，一下子让人心底明亮起来。

刚入院的本地的学生小伙子姑娘们，一大早，便一个个地从散落的操场很急切地加入到八路军晨操的队伍后面，和战士们一起，一边喊着口令，一边跑着步子。

好多日侨医护人员，开始也是慢慢地在一旁观看，不知什么时候，一大帮日侨青年也和这些刚入院的中国青年一起，跟着八路军晨操的队列跑起步来。

不过经验不足的本地青年们，马上显出了刚出校门的稚嫩，他们光有一腔热情，简单的护理也刚刚开始学。他们自己不会使用日本医院的设施，甚至不会教伤病员使用马桶。他们独立上岗只有一天工夫，由于疏于护理，好几个病房卫生间，光溢出的脏水就流淌了一地。有几个楼梯上都流下了污水，从三层溢到了二层。

这也造成了几个科室显出杂乱无章的状态。

乱弹琴！来巡房的有枝护士长看到，大声惊叫起来。快来人啦！众人慌乱的叫喊，让飞奔而来的林政委以为有情况，一边跑一边掏出枪来了。莫慌！协理员！林政委也叫开了人。来了！应和声中，一大群人跑过来了。

准备搬家转移的日侨女护士回到病房，看到各个厕所里污水四处浸漫到楼下，也都不觉大叫起来。又恰好大楼内正逢医院转移，到处搬东西，她们无从下手打扫，都找到井上院长处，一齐叫起苦来。

井上院长也过来了，气得大声斥骂，吓得这些小青年跑得四散去了。

真是一片混乱不堪。

不过，大家看到，陆续来了几个穿八路军军服的医护人员，他们看到一地脏水后，一言不发地飞快地拿起扫把在四处清扫。屋里内外很快干干净净了。

他们和其他人员不一样，哪怕在医院上班，也成天打着绑腿。这样平时看不出好处，不过一动起手干活时，就显出来他们很利索很干练的样子。

从八路军里陆续又不停地充实过来不少医务人员，有二十几个人了。他们来自前线部队，医疗技术上是粗糙一点，但是看得出，有野战医疗经验，动作敏捷；而且个个能吃苦，又守纪律。

让各个科室的日本人不明白的是，除开科主任，各个科还有了个教导员。

长迟发现，看到各个楼层污秽漫流时，新来的八路军女护士，个个留着精干的短发，满不在乎似的，一点也不似日本护士一样不时地尖叫，连日本人菅直也和林政委一同来了，和其他八路军医护人员一样卷起袖子，默默无声地打扫起来。

这个事让习惯各司其职的日侨医务人员有点不习惯。

此时，经历过无数战争场面的他们，对转移似乎司空见惯。他们把医院的器材、用具等，不慌不忙逐一整理、打包，还是和平时一样，有条不紊。对由于转移而骂个喋喋不休的个别伤员，也能耐心地做说服工作。

他们临危不惧的神态，也感染了日本籍同志。所以各个科室的人，都在认真地做着各种转移的准备工作。

都回科室去干活吧！井上院长招呼大家。

好！大家都回科室！有枝护士长也应和着。

说实在的，虽然时间不长，不过长迟菱子和日本侨民医护人员，对这些来到医院工作的八路军医护人员的确很钦佩。

他们无论任何时候都拼命工作，丝毫也不讲价钱地执行院里的命令。这一点真叫我佩服。井上一边走，一边对有枝说。

和日本军比，也是不差多少。有枝嘀咕了一句。

日本军还有军饷，可他们什么也没有。这一次，井上院长一边拍拍手上的灰尘，一边坚决地表明了自己的赞赏。

有枝这下不出声了。

长迟也跟在后面，听井上和有枝讲话。

也许，这就是这个医院临到要转移了，每一天还都能运转良好的重要原因吧！长迟一边走一边想。

不远处，那一队天天早上跑步出操、晚上站哨巡逻的警卫排士兵，更是一个个无所畏惧，精神抖擞地在操练。他们的脸上，仿佛每天都艳阳高照。

不知不觉中，他们好像成了这个医院存在的中坚哩。长迟在想。

经过转移途中不断的行军，医院来到了边境城市安东。

春季的安东，还算安静。

在安东待了有一两个月。这中间，长迟菱子和有枝护士长，随井上裕院长和安东秀夫医生，去邻近的第七后方医院做过几回手术。

回来的时候，每一次都要一同去逛集镇。

集镇熙熙攘攘，长迟看到老乡都朝自己张望。她朝一个注视她的小孩子笑了笑，小孩子吓得直往妈妈身后躲。

大家因为穿着八路军军装，还有一个警卫战士背着枪，在川流不息的人流中很显眼。不过，长迟和大家都感到，被众人注目的感觉的确很奇特。

在集镇上逛了好久后，几个人蹲下来，和中国与朝鲜的老乡讨价还价，最后买回来的鲜鱼，便宜的难以置信。

因为他们都穿了八路军军装，当地的老百姓似乎对他们很友好。每当要付钱时，老乡们总是摆摆手，不太好意思。

中间出了个插曲，让营直和长迟很不好意思。

医院的司务长，一天到晚一身油渍渍的东跑西颠。又瘦又黑的脸从来也没见他笑过，听说是从新四军调来东北的，一口中国南方口音，没几个人听得懂。

那天，是司务长让帮厨的营直和长迟出去采购物品的。

回来时长迟发现了一个鲜鱼摊，鱼贩一吆喝，她们停了下来。因为也不太懂鲜鱼的行情，只是有点想买。给了两个铜钱，就发现身上没有现金了。由于天快黑了，她们有点不知所措，又把鱼丢下鱼池去。

卖鱼的朝鲜老乡看她们两个女兵买东西不怎么内行，也笑了，完了就摇摇手，意思让她们拿走。鬼使神差地，她们也就把几条鲜鱼提回来了。

晚上报账时，司务长发现多买了两条鱼后，马上说这个单价不对。司务长说少给了老乡八个铜板的菜金，不同意报账，还把那两条鱼挑了出来，让她们提着鱼去找老乡。

要么退货，要么补钱给人家。司务长干巴巴地说。他瘦削的脸，照例无一丝笑容。

天已经完全黑了，集市早已散了。菅直和长迟提着两条大鱼跑遍了集市每一个角落，也没找到卖鱼的老乡。

回来的时候，看见司务长和林政委都在厨房坐着。

司务长看到她们手中的鱼，没有言语，转身拿来一个木桶，放了半桶水，让她们把鱼放入桶内。

先吃饭，明天再去找老乡……今天这事不能怪你们，这是医院管理的问题。林政委很和蔼的话让菅直心里一下放松下来。

第二天一大早，菅直看到伙房门外的墙上贴了一张布告，一大堆的日侨围着在看。

大家在吃饭时，林政委拍了拍手：大家听我讲几句。关于集市上买东西，或是任何时候买老乡的东西，一定要公平交易。这是我们八路军，不，我们民主联军和任何一支军队的区别。我们是为天下穷苦百姓打天下的军队，这就是我们和国民党军队的根本区别。过去我们没强调这一点，是我们领导的责任。今后，望大家谨记。

菅直翻译了大半天，结结巴巴的，大家总算听明白了。

这下大家议论起来。这就是说，医院里已经正式用布告方式告知了大家，要在集市中公平交易。所以，今后哪怕再费些周折，日侨战士们就会知道了，上集市，再忙也要打听好每类物品的价格，把买东西的钱交给老乡。

对于菅直和长迟买的两条鱼，安东秀夫想了个办法，他让菅直和长迟退还了司务长的菜金，他以个人名义向司务长保证，由他负责找到老乡，会支付全额购鱼款。

他把那两条鱼从司务长那儿拿回来了。

安东一边闷头往回走，一边对长迟挤了挤眼睛，悄悄地告诉在发愣的长迟，说决定自己吃掉这两条鱼。

长迟一直以为安东是开玩笑，可赶集回来，安东医生晚上让长迟叫上有枝、菅直去吃饭时，让她俩大吃一惊。因为长迟她们买的那两条鲜鱼，从司务长那儿拿来不到几个小时，就被安东医生做出了久违的烤鱼和生鱼片。

让人想不到的是，安东秀夫医生居然还会做饭。

哇，有生鱼片呀。长迟尖叫了一声后，姑娘们全叫起来了。

2.4 中朝边境，水丰，辽东军区第五后方医院

五月的时候，医院又撤离转移，到了鸭绿江上游的水丰水库附近。

刚到驻地不久，医院还在修建做病员区的木板房，前线的伤病员就马上送过来了。不过当地木材充足，加上施工的警卫战士们很卖力，木板房施工很快，只有几天，就建成了手术室、药房，病员区也逐步盖好了。

那时大家都以为，民主联军再怎么撤退，这个中朝边境的小镇应该还是安全的。所以，医院的木板房都是临时运来结实的木板盖的。X 光机等医疗设备，也开箱重新安装起来。

井上院长对设施和医院管理的要求也比较高，他尽可能地按照医院转移前的要求来安排医院事务，在新来的民族干事岗村陪同下，还不停地和日侨医护人员谈话，用以稳定人心。所以医院的一切，也在不知不觉中慢慢地显得井井有条起来。

作为一个偏远的后方医院，人员和设施虽然都还完备，属于战时运转较好的医院，但伤病员的入出院很繁忙，负责出院检查工作的井上院长和安东秀夫医生有着很大的压力。伤员稍微恢复的差不多，院里就督促他们必须返回前线。这样既补充了前线战斗力，又腾出了入院床位。

而且一有新床位，前线的新伤员马上连夜送来了。

这一切说明了战事很吃紧。

王院长总是在医疗第一线。因为军区卫生部只找他，收伤员也好，派野战医疗队也好。向上面要药品、补给和钱，也只有他去了才灵光。

和日侨医护人员打交道常常是政委。

新来的林政委黑瘦而矮小。和先前的医生出身、高大的于政委不同，他的日语是令人吃惊的流利，但给人的感觉，似乎在业务上不太自信；和王院长、井上副院长打交道时，一谈到医务工作，他便不吱声了。

开政治会议时，也要等王院长到了才开始。

弄得王院长一到会场便哇哇直叫，也不管会场上有人没人，在会上直接就开口说，什么工作有分工，政委应大胆工作啦，以后医院政治工作上的事，比如学习呀、教育啦，就不要找他了。

气氛一时让人觉得很沉闷，让人觉得林政委有点下不了台。

听中国籍医护人员议论，好像林政委是农民家庭的孩子，小学教员出身。并不是和王院长一样是医生出身，不十分懂医务，来以前只是师卫生部的一个副科长。

不知不觉又过了有几个月，在这期间发生了一次事故。有一天晚上，突然降了一场暴雨，造成了房屋渗水，从而导致X光机设备浸水，不能使用了。

这时候，不仅不能对骨伤科伤病员诊断，连日本医护人员中怀疑出现的几例肺结核预约的拍片都不能进行，病情也无法诊断。

傍晚的时候，天气有点闷。长迟正在吃饭，安东秀夫医生匆匆朝病房跑过去，一边跑一边叫：快！长迟，到急诊室来。

长迟跑过去时，看到躺在床上的宫本美野眼睛紧闭，嘴边尽是血迹，地上是一地的血水污渍。

长迟用手捂住了嘴。天哪！只有一天哪！

宫本咳嗽有半个月了。晚上躺在长迟旁边的宫本天天在咳，她也习以为常了。早上，第一次让长迟吃了一惊：长迟看到了宫本手绢上尽是血。

去看看病，长迟不由分说拉宫本去了安东医生处。

听了一下，安东眉头皱了起来。

住院！这么严重呢！安东不由分说吩咐叫担架。

前几天宫本就开了X光诊断单，可是机器坏了，当时谁也没在意。

谁知只几天宫本就吐血了。

听说了宫本的事，王院长去看了宫本后就直接来X光室了。

看到王院长来了，大家更不出声了。由于缺少配件而束手无策的修理技师，忙个不停也无济于事，再看到一旁几个待诊的病患和医护人员都是一副无助的样子，的确让人十分沮丧。

负责X光机使用的是安东秀夫医生、藤田医生，还有护士长有枝、护士长迟。这一次，四个人被直接叫到王院长办公室，由民族干事岗村做翻译，劈头盖脸给臭骂了一顿。

有枝含着泪分辩说，她们只负责使用设备，也不知道房子会漏雨，不应该承担设备损坏的责任。

对呀，昨晚下班时，机子好好的，长迟也忍不住嘀咕了一句。

那责任在我们医院喽，是我们没盖好房子？王院长几乎咆哮起来。

院长，慢点，请您慢点！岗村直招呼院长，他翻译都翻不过来了。

X光机就是发给你们的枪！打仗时，枪坏了，是要丢命的。战士的枪坏了，是归连长负责的吗？一大串话，如连珠炮。

安东秀夫不出一声，他越听越觉得王院长发火在情理之中。

他直后悔昨天晚上下班时，细心点就好了。如果盖上一块油布在机子上，或是下大雨了去一趟机房，也许不是这个结局。

清晨的时候，下起了绵绵小雨，传来了宫本美野去世的消息。

长迟听到了宿舍里有人轻轻抽泣。

三个人一道去了井上院长处，都默默地坐着，无话可说。

井上一个人踱步到窗前，一副很烦躁的样子。

又要转移了。他轻轻地说。

呵，要去哪里呢？安东秀夫问他。

去对岸吧，晚上开始动员。井上仍然很平静。

要去朝鲜啦！有枝惊叫一声。

然后是久久的沉默。只有井上一个人一根接一根地抽烟。

三个人在无语中离开了井上院长，心里都很沉重。医院要转移去朝鲜，说明前线战事很不顺利。

转移到朝鲜后的野战医院，实话说有些狼狈。

一些体积大一些的，不便运输的设备、器材被放弃了。而且，能用的设备设施少，只是伤员全部运过来了。

更要命的是，供应一落千丈。没有药品和敷料，不要说治疗，伤员的生存、生活都成了问题。

不知什么时候，日侨官兵都时不时每天像上课一般，自觉不自觉地聚合到了井上住的房子里。

昨天，林政委告诉井上，为了解决住宿问题，一部分日侨医护人员又将要沿江北上，随同重伤员一道，转移到住宿条件更好的营区安置地。医院也要暂时一分为二，分成一所、二所，不过两地相距不过十几公里。

王院长和药房主任野口，还有岗村，一同去江对岸了。他们是去向军区卫生部申请供应物资，还没有回来。

所以，林政委先行将转移计划告诉井上院长了。

井上院长听了以后半天都不语。

停顿了一下后，他还是和林政委表明了态度。

他说，日侨中有不少人患了肺结核，医院也无药医治。还有些年老体弱，如果都在一个地方，能互相照应，还好说一些。如果还要转移一部分人走，不知道日侨中间有什么反应，不过他会尽力做工作。

林政委说，这是上级的安排和决定，他作为医院领导，只能无条件执行。

这样来看，两人的谈话变成了各说己词，不欢而散。

晚上，在一间日侨居住的大房子里，井上院长把医院要转移的计划告诉了大家。

先是一阵沉默，继而有一个人嚷了起来，怪声怪气地说开了：还要撤退？说明共产党应该是已经打败了，民主联军也回不去中国了。这个时候，大家倒不如此时从朝鲜返回日本去好了。

对呀，回家去！除开少数人不语外，大多数人都附和着说好。

这时，又有人站起来说，驻朝鲜的苏军司令部，能为有意返日本的老弱病残者发放归国证件。这个消息更让人们兴奋起来。

不过，让人吃惊的是，井上院长站起来，扶了扶眼镜，也表明了不平常的态度和决心。

他说，他作为日本矿山医院的一个成员已好多年了，不仅仅是出于感情，而是作为院长的职责，即使不作为今天八路军的医院人员而言，他身为副院长，也是有责任的。所以，只要医院存在一天，他是决不会离开医院的。

不过他也补充说，他同情日侨的个人状况，对于能拿到归国证件的日侨，他会负责去和医院领导协商。

他这一说，好些个犹犹豫豫的日侨不吱声了。他们为井上的沉着和职责所感染，也叫了起来。

是呵，不能离开医院呢。一个叫原田的医生嘀咕了一句。

还有好多病人和伤员呢。黑暗中，也有人小声地说出心里的话。长迟听着声音有点像菅直。

是菅直姐么？长迟问了一声。

对，是我。菅直在那边，忽地站了起来，大声地说。

谁要留谁自己留，我们是要走的。有人断然反驳着说。

对，让他们留，我们回家，在这儿还不走，没希望走了。主张要走的人，吵吵嚷嚷的声音挺大。

在要走的和不想离开医院的日侨中，自然分成了两派。

井上院长一个人先走了。

会议在郁闷的气氛中吵吵嚷嚷地散了。

在那天日侨私下开会以后的第三天晚上，有枝叫上了长迟，告诉她，已经有一个年老的日侨医生弄到了归国证件，她们有几个人准备和他一同去三八分界线试试运气。听说只要是日本人，又有患病证明，都可以过境。而且今晚就要走，问长迟去不去。

井上院长知道吗？长迟问有枝。

会知道吧。有枝迟疑了一下，点了点头。呵，还有，不要告诉菅直呵。有枝又嘱咐了一句。

大约凌晨五点的时候，急促的哨子声吹得揪心。井上院长披着衣服出来时，看到医院的四周火把通明。警卫排的士兵们，一个个全副武装，表情严肃地匆匆走过。医院的中国籍干部和医护人员，也武装起来，三三两两地，随同平时不常在一起的护理班的中国籍学生们一起，都拿着武器，在营区巡逻。

安东秀夫和满头大汗的菅直一起，步伐匆匆地跑过来告诉井上，说所有的日本人都被集中在一个旧礼堂里，在等待他前去。

去干什么？井上刚开口，被身后的菅直扯了一下衣袖。

此时，井上才注意到，安东秀夫的身后，寸步不离地跟着一个满脸严肃、背着步枪的警卫战士。

从睡梦中惊醒的日侨们，看见井上院长，一下子涌了上来。不过，井上一下子知道今天为什么紧急集合的原因了。

旧礼堂边的小屋子里，黑黑的，也站满了全副武装的人。在人堆中坐着的林政委一副黑沉沉的脸。看见井上和安东秀夫过来，也不起身，只递给他一张纸，井上一看，上面是日本人的名单，有十四名。

他们逃跑了，你知道吗？林政委今天没有一点客气，直奔主题。

哦，我不知道。如果知道，我会制止的。井上扶了一下眼镜，从容地说。

井上听了这个情况，神情上的确是很困惑的样子。迟疑了一会儿，他又向政委解释说：他们有的人身体太孱弱，不想再转移。而且，他们中间有的人，可能去了苏联军司令部，搞到了归国的合法证件。

井上看见林政委脸上堆满了他从没有见过的那种颜色，黑沉沉的，犹如煤炭一般。

井上现在有点后悔了。他本来是想等王院长和岗村回来之后，再和大家一块报告一下，一起议一议这个事。他本意并不想隐瞒有日本人想归国这件事。

有证件拿来看呀！林政委突然站起来，冲着井上大声嚷起来。

我不管你什么苏军证件！你是民主联军的士兵，没人同意，就这么跑了，这不是当逃兵了么？我问你，大家都走了，这一大堆伤病员怎么办？难道能丢下他们不管。医护人员走了，伤病员能活下去么？我告诉你，这儿不是商场，想来便来，想走便走，这是军队，这是战场！在战场上当逃兵可是要枪毙的！

林政委终于把他的底牌亮出来了。

火把下，一支支上了刺刀的步枪，被一群警戒的士兵斜托在肩上，发着冷冷的光。

安东秀夫扯了扯井上的衣服，不让井上作声了。

林政委也让持枪的士兵走了出去。

井上低头不语。大家都在想让场面先缓和下来。

林政委告诉井上，他们已将医院的情况连同逃离人员的名单，通知了上级相关部门，搜查通知已发到所有的检查站，也告之了苏军当局。所有本医院的人，不论有没有通行证件，都不可能通过边境。人扣留后，都会先遣返回医院。

我要为医院几百个伤病员负责！林政委一字一句，言语冷静而坚定。

事实当然清楚，如果失去治疗，这几百名伤病员中，有很多人会失去生命。这一点井上其实比林政委更清楚。

他们的治疗我可以负责！井上也不含糊，做出了保证。

您作为日本人副院长，能这么表态，我表示感谢。林政委也点了一下头。

气氛终于冷静下来了。

井上叫人端上两杯水，他喝了一口，也递了一杯给林政委。

最后，双方经过讨论，达成统一的认识。在这之前，本医院获得苏军当局归国证件的日本人，只要的确属于老、弱、病、残者，林政委基本允诺可以离开。而这次因没有证件而离开医院的人，身体健康可以工作的日侨人员，林政委也同意只会调离本单位工作或学习，不会做其他任何惩罚和处理。

不过，条件是井上院长必须保证，留下来的日侨医护人员，不再要求离开医院，也不能再去苏军司令部申请证件。

为了让井上安心，林政委还补充说，马上会调一批中国籍医护人员来医院工作。各科室的人手，不会像过去那么紧张。

安东秀夫陪同井上走出小屋时，身上一阵轻松。陪同他们一同出来的林政委，脸上也泛出一丝淡淡的笑容来。

2.5 1947 年，中国东北，小林子头，辽东军区第六医院

胜利来临的时候，好似春水泛滥，一发而不可收。

虽然在朝鲜边境的江边，但是天天要学习，时事还是清楚。大会小会上，好消息时时有，月月有。知道了东北民主联军部队北满军区的战友，为了支援南满战场，从冰封的松花江北反攻了过来，痛痛快快地打完了漂亮的三下江南、四保临江的战役。

从收治的伤员口里，也了解战局已起了很多有利变化。在夏季攻势过后，部队到处已经是兴高采烈了。上上下下开过几次会以后，医院上下也在收拾行装，准备渡过鸭绿江，返回中国东北南满根据地了。

东北民主联军辽东军区第六医院的驻地，在浑江市以东十几公里的一个小火车站，小林子头。在这里，部队一边整休，一边搞新式整军。

第六医院是为了提供部队战役保障而合编的。由于合编是由原辽东军区三医院一部分、第一医院三所、四医院的一所集中编成的，一下子，医院的中国籍战友多了许多。

入伍两年的山田丰子，和所有的日本籍战友一样，第一次读到了马克思、列宁、毛泽东的著作。虽然不是日文版，但是有一种心底的东西，经过

了上课的民族干部和政工干部的讲解，与自己的近一年的战争和战斗经历一道，混和着，像在心底燃烧。

突然间，人也似乎在一天天成熟。渐渐地，对民主联军部队的生活，感到了一种温暖、理解和喜爱。

看到那些中国籍战友的认真学习与讨论，以及他们在忆苦会上的动人发言，山田丰子和日侨姑娘们，这才更多地了解到了中国人民的军队和士兵，明白了他们为人民服务的本质来自何处。

这些大多来自中国农村的中国籍战士，善良，淳朴，作战勇敢，但是谈起他们家乡的事情来，却让人流泪。

那一天的忆苦会上，上去了一个大个子。

丰子推了一旁的小枝，你看……

小枝笑了起来，脸有点红。

是警卫排的吴排长。上台的他，今天的脸有点阴沉。

台上的吴排长和平时的他判若两人。

原来他老家是山东的，闯关东后全家到了东北，一家人开始是种了地主家的地，每年秋后，地主来他家催租时，都收走他家全部的稻谷。

他父亲一气之下，带一家人到江边自己垦荒，辛辛苦苦地干了两年，把一大片江滩变成了二十来垧熟地。可是，日本人来了，那个昔日的地主，当上了满洲国的小官，带了一大帮狗腿子来，说是日本开拓团要来了，日满亲善，要买他家的地。

多好的地呀，说是一块满洲票一垧地，明明一垧地能卖二三十块大洋，这哪是买，这是带日本人是来抢呵。

吴排长在台上声泪俱下。

后来，他父亲至死不从，地主带上一伙人打死了他父亲。

闻讯从外面赶回来的他，黑夜里过去，一把火烧了地主家大院，拿着刀的他，一直看到地主家没跑出一个人，才赶快跑到好远去，到了没有人烟的大山上，参加了抗联游击队。

真看不出他身上会有这么多故事。丰子叹了一口气。

我们不恨普通的日本人，他们是被欺骗来中国的。我们要把仗算在日本军国主义的头上……吴排长最后慷慨陈词地结束了讲话。

会场上，大家都被吴排长的讲述和真诚打动了，啪啪地鼓起掌来。丰子看着兴奋的小枝，发觉她一直在向吴排长微笑。

自那次夜里在树林中来寻找丰子和小枝后，丰子和小枝和吴排长成了朋友，小枝还登上门去专门致谢。

有一天上午，小枝她也没预告，一个人冲进空无一人的警卫排宿舍，一下子洗完了十几床被单被子，让训练回来的警卫战士高兴不已。

为这事，吴排长又还让丰子和小枝去排里吃饭，说是朝鲜老乡打了一条狗，让大家打牙祭吃炖狗肉，搞得丰子和小枝直摆手，因为值班走不开。结果是吴排长让人送了一大盆炖好的狗肉过来。

那狗肉的确很香，是一个朝鲜族战士烧的。

狗肉能吃，在日本人看来是不可思议的。可是，在这常常是饥肠辘辘的战场上，这诱人的香味让从来未尝过狗肉的日侨姑娘们顾不上了。多日未闻肉香的男女日侨战士，一拥而上，大快朵颐，吃了个痛快。

白天，训练、生产；晚上，上课、开会；战友相互谈心。打了胜仗，部队有了根据地，人心明显地稳了下来。医院的山坡上下，木头搭建的营房，像雨后的蘑菇一样一瞬间就冒了出来。

休整就是修整。官兵还自己动手，养了几十只半大的架子猪，准备养肥了吃。还在房前屋后开了几块菜地，种上了菜；供应显然好多了，每隔几天都有肉吃。条件好了，而且最让日侨姑娘们开心的是，天天可以烧水洗热水澡。与行军与打仗的日子相比，林子头真像日侨姑娘们的天堂。

傍晚，东北大地的晚霞红红的照着一抹地平线，第六医院营区的山坡上，玉米穗金黄黄的，白菜地一片青灿灿。

丰子和松本、小枝，也常在傍晚时到山坡上散步、读书、唱歌。

有时候，也叫上孙云。一年多的战友生活，让丰子和孙云有了讲不完的话。

可是生活注定了并不总是和歌一样。

这一天晚上，丰子当晚班。

早上，准备交班的她正出门去汲水，突然，远远地听有人大喊大叫，一看，望见医院住房起火了。房子是木头盖的，火势被秋风一吹，越烧越大。

丰子提着水桶，和好多人一样，拼命朝火堆浇水，也无济于事。

她看见接班的孙云，也是一脸熏得漆黑，浑身是水洗了一般。

眼看着整个野战医院的药品仓库，还有一部分器材、被服，全被这一把火烧没了。

好多日侨姑娘急得哭了起来。

从屋子跑出来的教导员李瑞祥，只穿个单裤，也没戴军帽，哇哇直叫，急得直跳，他慌慌地到处找水桶。

火把他烧急了，张口便骂：妈拉个巴子，我 × 你娘的 ×……

大家明白，这些药品要救多少人的命啊。从朝鲜到南满时，院里什么药都没有，说是野战医院，其实只有红汞了，而且只有重伤员才用。这些药是刚从敌人处缴获补充来的，比金子还贵重呵。

那时，南满刚打跑敌军，部队周围还有很多特务、土匪，这医院又日本人成堆。总之，情况让人生疑。

不多久，辽东军区保卫部也来了工作组。当天值夜班的丰子和野口首当其冲。不过，审来审去，审了半天也没发现别的情况，罪名充其量也是玩忽职守了。

来接班的孙云，不管工作组如何找她谈话，也一口咬定，是仓库大火起来后，才看见丰子和野口从屋子里跑出来。

面对如此的后果，李瑞祥只好铁青着脸宣布：对当晚值班的丰子和野口，分别给予关禁闭的处分。

关在小屋里，丰子心里倒宽了下来。因为，这证明部队的事故调查已下了结论，事情也将告一段落了。

入夜，入秋的东北山野里已起了寒气，禁闭室里一个人，更是冷飕飕的。

到了夜里，不知是野狼，还是山风，整个一夜里，呼呼的直叫个不断，一阵一阵叫人毛骨悚然。丰子只好隔一阵，有事无事地叫一下在禁闭室外站岗的中国籍小战士，说几句无关紧要的话，以排遣寒冷与害怕。

她认出来了，她给这个小战士做过护理。那一次，这个小战士发高烧在住院。

我有点饿，能找点东西吃吗？丰子叫他。

你等我一下。小战士背着枪跑开了，枪托在他屁股两边拍来拍去，啪啪的响声在夜里传得很远。

听那脚步的轻快，他应该还不是太紧张。毕竟他明白，丰子又不是放火的敌特，关几天，又要放出来在医院上班的。

过了一会儿，门缝里塞进来一把东西。拿着，他对丰子说。

是孙护士长做的。她让我告诉你，要好好保重身体。

土豆捧在手上是热的。他告诉她，是他偷偷地给她在伙房抓来的。本来土豆是生土豆没烧熟，值班的孙云护士长听说是丰子要吃，忙替他在炉火中煨熟的。

一股暖流，从心底涌了上来

煨热的土豆，丰子一口气吃了几个。土豆一吞下肚，在这寒冷的秋夜她一身都热了。

又有人过来了。

丰子……有人叫她，是日语，一看，原来是小枝，她手里拿着一个纸包，递给了丰子。

吃吧，牛肉饭。小枝一边四下看，一边直摸口袋找筷子。筷子可能是奔跑时丢失了，半天也没找到。丰子见状，也不管了，用手抓起来就吃。

远处好似有灯光闪烁，像院里查哨的灯笼。

快走，有人来了。躲在黑暗处还有一个人，一晃的时候丰子看清了，是吴排长。他一把拖着小枝很快跑开了。

前两天，小枝告诉山田，吴排长约她晚上去山坡后见面，她不敢去。

呵呵……丰子听了捂着嘴笑。

你说，到底去不去呀！小枝急得要哭。

去就去呗，他能吃了你？丰子板起脸说。

我还是怕。小枝不像平时的小枝了，说一句话，就回头四顾地看。

那他见面会说什么哩，你说。末了，小枝还傻乎乎地问丰子。

他会要像上次一样，把你背到背上去。哈哈哈！丰子说了这一句，抿起了嘴巴。

呵，不会吧！小枝吓得叫了一声，一脸地惊讶。

丰子看到小枝的狼狈样，哈哈大笑起来。

我发现啦，平时你不太梳头打扮的，现在天天早上在照镜子哩！那天，临分手她还调侃了小枝一句。

讨厌哩，你！这下小枝脸上飞起红云，跑开了。

她没想到，是她坐禁闭促成了小枝和吴排长晚上见面。不过这见面的内容，他们是冒险来看自己的，这让丰子心里还是涌上一阵温暖。

小枝告诉丰子，昨天夜里，刘协理员挎着他那只残废的手臂来了宿舍，他找了好几个日侨分别谈话。虽然他日语不很好，但从他紧皱的眉头下那满是鱼尾纹的眼角里，看得出他的担心。

刘协理员，日本人是不会有人放火的……小枝嘴快，而且在煤矿区的医院就认识刘协理员，她也无所顾忌。

协理员知道的……不太言语的菅直，小声地说。

医院是让刘协理员拿出调查报告，他也是很小心地来做调查的。

不是有意的，只是事故。别担心，相信领导……他拍拍丰子的肩膀。丰子有点惊恐，有点发抖。

呜……呜……丰子忍不住哭了。

一股暖流从心底漫了出来。

东北山坡上的秋风，刷刷的吹过。山田在心里直唱，真希望这风儿一直吹，把山田对家里的念叨，一直传过日本海那边去。

吃得又暖又饱的山田丰子终于睡着了。

梦里，山田居然笑了。因为，真正的当事人终于可以过关了。

昨天开大会时，看到院长政委在台上，还介绍辽东军区保卫部的人，个个都铁青个脸，坐在台上，干巴巴听保卫部的人在讲防事故、防敌特……全院的官兵都坐在台下。

台下的日侨鸦雀无声。

因为烧了药品仓库，大家都很紧张，听他们老一点的日本人讲，如果战时在日本陆军，不管是什么原因，这种事的当事人，不给枪决也会挨刑罚，不知今天怎么处理，大家都忐忑不安地盯着坐在前排的山田和野口。

她俩一说出真相，可会了不得。

因为事实上，药房和宿舍着火，那是一个叫前田的年过五旬的日本老司药，夜里一个人烧火取暖，不慎把火种散落在衣服堆上引发大火的。一宿舍人都救火，也没能制止火势的漫延。

日本人之间都明白是他不小心，可是要闹到上级去，反映到军区，而且还惊动了神经过敏的保卫部门，谁能担保不演变成别的事情?

说不定把老司药当敌特抓起来枪崩了也难说。

所以，当山田和野口两个人在台上低着头，听着领导宣布禁闭的处分时，好些明白真相的日本人在台下都哭泣起来。

山田一个人在关禁闭的小屋睡不着。

来中国两三年了，也无法和家人通信。她这时特别想念爷爷，平时遇上这类事时，爷爷要是在身边的话，一定可以为自己想出好办法，至少可以安慰自己一下，自己是这样努力地在工作呵……

在那一次山田和野口都严守这个秘密，实在也是无奈之选择。要不然，殃及一些人，还不知会出现什么后果。

过了六十多年，安东丰子一直不为这个禁闭后悔。

2.6 1986年，日本琦玉县，安东住宅

分不清这是老教导员李瑞祥来日本后第几次喝酒了，只是今天是在安东丰子的住宅，也只有安东夫妇家人和李瑞祥家两口子，大家比较随便。

来，教导员，我敬你一杯酒。

安东丰子和秀夫同时端起了酒杯。

一起喝完，我学一句中国话，你为我纠正。安东丰子怕也多喝了两杯，一边端杯一边在眼里显出天真的笑意来。

大伙一仰头一饮而尽，都注视着安东丰子。

妈拉个巴子！

安东丰子说完这句，调皮的把头一低，把嘴唇抿紧了，双眼不停地朝李瑞祥直看，继而哈哈大笑起来。

安东秀夫听着老婆讲出这句汉语，惊诧了一下。

哈哈！哈哈！好你个山田！竟敢辱骂长官，老规矩……来，来，罚酒一杯！罚酒一杯！李瑞祥先是愣了一下，后来听清了，也和山田一起大笑开来。起了身，走到安东丰子旁边，非灌她酒不可。

老头子，你喝醉了吧！以为是你在部队打扑克啊……李瑞祥的老伴老于推了他一把。

于大姐，我是还礼给教导员的。当年在小林子头，他每天要骂我们几十上百次。安东丰子一边拉上于大姐挡住李瑞祥，一边也笑了起来。

开头我们还问过好多中国同志，开始他们都不肯说哩。为他们洗了好多衣服，送过好多好吃的，才告诉我们答案的呀。丰子一边推开李瑞祥的酒杯，一边为自己找台阶下。

哎呀，战争年代，今天也不知道明天啦，天天可能光荣，所以情绪不好。李瑞祥摸摸头顶，又像在回忆，又像在为自己的粗口辩护。

没直接骂过你吧！李瑞祥对安东丰子笑着说。说真的，李瑞祥也记不大清了。

骂过！仓库起火那天，你双脚一抖，妈拉个巴子，老子毙了你们……安东丰子笑得抿着嘴巴，一副得理不饶人的样子。

呵，是吗？不记得了。来，喝酒，喝酒！从战场的枪林弹雨中爬过来的李瑞祥，笑容像个十几岁的小伙子一样淳朴。但是，眼睛里还是有点狡黠地、左右相顾望了大家一眼，把酒一饮而尽。

他也对自己好笑，他怎么会不记得那一天骂山田她们呢。说实在的，当年那些个药品器械烧了，就像烧他的心。山田她们要是他女儿，早一个大巴掌打过去了！

唉，山田，你不知道，那次烧了药品仓库，我好大的压力，军区保卫部要我以党性担保，否则就要把你们几个当班的日侨女兵抓起来，一个一个审讯。

我几个晚上没睡觉呵。后来我想通了，你们在撤往朝鲜时，那么艰苦都不搞破坏，好多医院都有日侨官兵往南朝鲜边境跑，可是我们医院，没有一个日侨离开部队。你还是我们民族工作的骨干，当时还帮助医院做被抓回来的长迟菱子的工作哩……到了小林子头，条件变好了，还来搞破坏干吗，所以我不相信……

李瑞祥低头喝了一口水。

所以，第二天，刘协理员给了我调查报告，我更放心了。那天，我给军区保卫部讲，我可以以党性担保你们几个不是坏人……我还专门找了孙院长，让他也和我一起向保卫部做工作……

谢谢！谢谢教导员！来，干杯……安东秀夫听了这一段，高兴得不行。他过去只知道老婆坐过禁闭，不知道还有这么个插曲。原来，表面凶凶的李教导员，对日侨姑娘们而言，是个观音大菩萨哩！

还不敬教导员，安东秀夫边端起酒杯边招呼夫人。

是呵，山田，你要真是特务，我就完了！好在不是。哈哈……来，干杯！

李瑞祥又端起杯子。

好了，不要讲了，尽是陈芝麻烂谷子的。老于大姐拉了拉李瑞祥，他觉得老伴喝酒已有点喝过头了。

那个刘协理员呢，他在哪儿……丰子永远记得那天晚上，是刘协理员挎着那受伤的胳膊和自己谈话。

耽误了治疗，胳膊剧掉了……他想去战斗部队，去不了了，就留在后勤分部当战勤科长了……听说，在辽沈战役时牺牲了，多好的同志！……

李瑞祥头都直往下垂了。

丰子心里一震。

不好的事，没和你们说……

安东秀夫朝丰子眯眯眼，又举起杯来。

安东丰子又在倒酒了，心里又想发笑又像涌上了苦水。刘协理员那个满是鱼尾纹的眼角，又浮现在眼前。

什么刘协理员？秀夫凑过来问。

我们医院的，他是一个八路军的营长，被俘后送到东北日本人的煤矿当苦力，挖了好几年煤，会点日语。因为当过镇上临时当局头头，很受日侨们的信赖，接收医院后领导安排他在医院当协理员，协助医院的工作。

哦……

他是哪儿人？……在煤矿吃了不少苦吧。

安东丰子又在倒酒了，摇了摇头。她想到了刘协理员，好像刘协理员也是北方人，也能喝点酒。有一次，在食堂一边喝一边还告诉丰子，酒能御寒，是好东西。

想到这儿，丰子心里真不舒服。脸上在笑着，心里却在发抖。

不知道，没听他说过。不过手臂受伤应该是矿井塌方压的……

安东秀夫不吱声了。

来，我遥敬刘协理员一杯。老首长……丰子一仰头喝下去一杯。

我代老刘营长谢你……李瑞祥也一口喝光一杯酒。

教导员是喜欢喝酒的。而且，她还记得，李瑞祥怎么喝好似也喝不醉。

八路军刚接收医院时，李瑞祥是协理员。

接收医院没几天的工夫，就让丰子吃了一惊。

一天中午，八路军把医院中的日本人院长、医生、护士请了二十多个人过去，大家一看，呵，桌子上堆满了丰盛的中国菜，中国白酒和日本清酒也放了好多在桌上。

因为有跟别人不同的入伍经历，别人是接收而参军的，而丰子是阴差阳错抓来的。和别人不一样，让人印象深些。

所以会议的名单上也有了山田丰子。

新来的院长和政委都是南方人，没说几句他们就都坐下来了。而李瑞祥协理员的北方话，日侨们通过翻译听懂了一大半。

他说，日本人民是我们八路军的朋友，你们和我们一样是日本法西斯战争的受害者。因为战争，你们才背井离乡来中国，现在参加八路军了，就是中国人民的好朋友。中国好多方面，包括八路军的医务工作，还很落后，非常希望你们大力协助。

翻译一股脑儿翻出他这些话，可让日本人大吃了一惊。大家交头接耳，开始总以为自己耳朵听错了。

可一点没错的是，李协理员讲完了，还在上面鼓掌。

刚开始接收医院时，医院里日本人的情绪并不明朗，也不乐观。

今天来原以为是通知什么事，或是为了执行上面什么指示，座谈一下。虽然没有人押解，但日本人进屋时，以为无非又是政委要上政治课一类什么的。

日侨们几乎个个低着头鱼贯着进来。有的一进门便慌忙坐下，有意离酒席很远。他们不知道刚接收的八路军又要训示什么。

事后，有日本人讲，一进去看到桌上的酒菜，马上想起了鸿门宴。所以好多日本人一进门都靠墙站着，不敢坐到酒席边上去。

一听到李协理员这一番话后，有人带头，一下子所有的日本人不由自主地鼓起掌来。

那天，李协理员一个一个地给日本人敬酒，一口一个同志好。丰子悄悄问了翻译，知道中国语的“同志”就是战友的意思，突然觉得心里很温暖。

她奇怪的是，怎么李协理员喝了那么多酒也不醉。那个不太善言谈，又不太会喝酒的政委敬大家酒时，也是他代喝。

最后，好几个日本人都是扶着出门的。

在收拾桌子时，丰子注意到了，李协理员招呼大家一个一个相互分别离席后，依然四处张罗。除开安排另外几个人陪喝多了的日本人离席外，自己依旧还在那儿，陪不走的人继续喝。

在朝鲜的时候，李瑞祥也令人印象深刻。

部队刚过朝鲜时，伙房里伙食愈来愈不好。主要是朝鲜战后生活物资不丰富，再则部队离开了南满根据地，后勤供应也有些问题。

伙房里，天天一日三餐只有高粱楂和泡菜。医务人员还好说，有些心情不好的伤病员，把送去的饭菜哗地一下倒在地上。

为此院里专门开会，让各单位大家自己想办法。

这时医院已整编过，好几个医疗单位编为一个医院。分为一、二、三、四所。李瑞祥是一所教导员，丰子也恰好分到了一所。

李瑞祥开完会，就和所里石所长分了工。他说这段时间就不过问医院的医疗和思想工作了，他的思想工作就是伙房工作。

说干就干，他第二天就领着所里一些男兵，白天黑夜里去江边捕鱼、钓鱼了。

深秋的时节江边已经很凉了，但男兵们一去几天都不回来，伙食都是送过去的。他们一回来便一身泥的样子，让女护士咯咯笑个不停。

好奇心挺重的丰子总想去江边看看。

日本籍的伙夫村木丹，听了丰子的问询，答应带她去看，条件是不能出声。因为李教导员说了，如让医院二所、三所那帮小子知道了，都会学咱们。几个所都来江边搞鱼，会影响很大，万一朝鲜老乡知道后有意见，上级不让搞，便白忙了。

去了才看到李瑞祥带他们男兵在挑土。还在离江水不远处筑起了一道土坎。退去了很多水的江滩上，好多人还在挖着土，过了一个时辰，水坑现出来了。

突然，李瑞祥一锄头挖开了江边的土坎，水汩汩地涌了过去，刹那间出现了一湾水洼。

会有鱼么？丰子傻乎乎的发问。

看运气哪！李教导员看见来送水的丰子，望着江水笑起来了。

听男兵们讲，白天让水灌进水洼，这时鱼儿会随水一道进入水洼。黎明的时候，再用装满土的麻袋把缺口堵上，就只等淘干水洼的水抓鱼了。

后来果然他们担回来几担鲜鱼，还让人给医院领导送过去一大筐。

鲜鱼吃了个够，而且一连好多天，伙房里天天是用大盆煮鲜鱼吃。李教导员还让人去朝鲜老乡家，用鲜鱼换回了烧酒。

还用行军大铁锅腌了几大锅咸鱼，过了几天，挂在树枝上让风吹干。一条条腌得金黄的鱼，让空气中溢满了清香。

有了大盆鲜鱼，还有了和日本清酒差不多的朝鲜烧酒，每天的晚餐，让日侨男女们非常期待。

第二天，正好是中国的中秋节，也是真高兴，一大堆日本同志轮着和李教导员喝，丰子正好当天在伙房帮厨，进门去送东西，吓了她一跳！好似一大土炕的人都喝的倒下去，躺在炕上了。唯独李教导员，还在若无其事的独自陪一个叫本田的日本人科主任在喝酒。

算来这都是四十多年前的事了。

她今天本来想说一下当年仓库着火的原委，可是教导员喝酒喝过头了，没法和他说话。她专门通知了当年引发火灾的前田司药的叔侄，让他们明天来琦玉接李瑞祥去大阪看一看，到时再给他惊奇了。

今天，安东丰子专门去外面的中国酒楼，买来了中国的茅台酒。因为，来日本好几天了，喝了好多天的啤酒和日本清酒，李瑞祥老嚷嚷酒的度数太低，不过瘾。这下子，高度的茅台酒，让从来喝不倒的教导员倒下去了。

恐怕是年龄不饶人了吧！丰子想。

妈拉个巴子！安东丰子学着李瑞祥的粗话，微笑着，又对秀夫和于大姐嘀咕了一句，还把头俯下去，望了一下李瑞祥。她惊奇地看到，教导员这一次好似真的喝醉了，她更加开心了，大胆地开起玩笑来。

我罚你，小山田！小新兵蛋子……李瑞祥抬起醉眼，也对着丰子嘀咕了一句，头垂得更低了。

一屋子人都哈哈大笑起来。

2.7 1947年初，中国东北，第二后方医院

果然如林政委等中国同志所料，民主联军很快便要打回鸭绿江对岸去了。

第五后方医院分出来的一所、二所，只在新址待了三个多月，就奉命返回中国东北。他们把部分医护人员以及所有的伤病员留在对岸后，队伍改名为第二后方医院，成建制地返回了南满根据地，准备接受新的任务。

这一回，是沿着鸭绿江一直北上。

冰天雪地里，从早到晚的行军。晚上，有时是一堆堆的人，挤在老百姓的炕上。有时候，又是不分男女，睡在没有暖气的小学教室。中间，烧着的煤炉到夜里熄灭了，又没有煤可以添了，没办法，大家只好就那么半醒着，在冰冷的被窝里挨到天明。

白天，一睁眼，就是没有尽头的冰雪，没有尽头的行军。

井上院长第一次坐在农民的土炕上，一边啃苞米面饼子时，一边苦涩地开玩笑，问安东秀夫，让他估计一下，这每天是苞米面和高粱米来回倒换的民主联军口粮，到底要吃多久？

安东秀夫也只是苦笑一下，没有回答。

安东的确没办法答上来。

吃的高粱糙和玉米太多了，天气又干燥，安东秀夫觉得自己连上厕所都困难，大便都拉不出来。

以致开饭时，一端上高粱糙子，胃就反了上来。哇的一声，有的女同志快吐了，都跑出门外去了。

门外，是漫天的北风，夹着雪粒的北风，像能钻进人的身子骨那样，一下子就把人仅存的一点热量吸走了。

北风是逆吹过来，像刀子一样割在脸上。女同志一不留心被风吹倒在雪地里，也是常有的事。

刚出发是一个队列，走不了几里地，人们就三三两两地相互搀扶。

林政委一直站在队列的最后，带着警卫排的中国籍战士去收容，看到一个掉队的日侨官兵，就分配一个士兵前去帮助。以至于最后大家发现，几乎是中国籍同志人手一个地搀扶着一个日本同志。

而前行的队伍中，大部分的物品和器材，王院长都安排中国籍的同志背在身上。

在经历了朝鲜水丰的那次日侨人员离队风波后，很奇怪的，竟有一种东西让中国籍战友和日侨更亲近起来。

在转移时期寄住在对岸的日子，困难实质上是个供应问题。不仅药品不够，而且工作人员加上伤病员，好几百号人，连吃的东西都是大问题。

刚开始，日侨这边，还和伤病员灶一样，在菜汤中能看见一两块骨头；一个月的伙食尾子，伤病员两个人有一个鸡蛋，日侨还能一伙人分几个鸡蛋，打打牙祭。可到两三个月后，就只剩下玉米糊糊或是高粱米，菜也就是千篇一律的朝鲜泡菜。

还有几天，伙房干脆就供应高粱楂和盐开水汤。

搞得喜欢吃米饭的日侨官兵一进食堂，一看见高粱楂便想吐出来。

不可否认，除开思乡和对民主联军失去信心，这个糟透了的伙食也对这些逃离医院的日侨，起了不少的催化作用。

这也叫冰冻三尺，非一日之寒吧。

井上知道的是，自从发生日侨逃离事件之后，医院日侨的生活有了很多改善。每过半个月，王院长和林政委都会召集全体日侨人员，以安排个什么名目，或者是开会，或者是医疗例会，完了以后便搞一次聚餐，改善一下生活。

而且这次聚餐完了，王院长往往又会叫人返回过岸，或是亲自去附近朝鲜老乡那儿弄来一点狗肉和腌熏鱼，准备下一次聚会用。

有一次，又是集中日侨干部开会，会后吃饭时又加了菜，虽然只是一大

盆青菜头里加上了一些肉，日侨们却是吃得像过新年一样高兴。

吃饭时，井上专门叫安东秀夫去大食堂看了一下。

让秀夫大吃一惊的是，连王院长在内，这些中国籍同志仍然是和平时一样，一人一大碗高粱楂饭，一碟朝鲜泡菜。

听了这个以后，井上马上放下了碗，他不想吃饭了。

为此，井上专门叫上安东，找王院长和林政委谈了一次。

他很激烈地表明自己的态度，认为日侨不应该搞特殊。而且下次开会便是专门开会，不应变为聚餐。

而且针对上次聚餐会上吃的东西，听说比伤病员还好，觉得不应该。

最后井上声言，如果下次聚餐或加菜，没有中国籍和朝鲜籍同志的份，日本籍同志就会拒绝参加。

林政委听了井上的言语，也没解释，只是笑了笑。

让井上院长不可思议的是，自那以后，林政委也没有做出什么防止日侨人士离队的纪律措施，而日侨官兵的情绪明显的放松。自那天晚上的逃离事件后，再也没有任何日侨要求离队。

晚上睡觉时，井上还在吸烟。他平时不吸烟，只在饭后和睡觉时吸一支。

你说，林政委人怎么样？井上问安东秀夫。

人还可以吧！秀夫觉得怎么回答都难以完整表述，就含糊地回答了一下院长。

中国人时常不一样哩！……看来井上还要扯这个话题。

他又不是代表他一个人，他代表民主联军。秀夫嘀咕了一句，不想搭讪了。明天还要行军，他很累了，想睡觉。

那民主联军又代表谁呢？井上问。

代表共产党呀，秀夫笑了，这好像是医院常常上政治课讲的。

共产党又是谁呀？毛泽东是他们八路军的天皇吗？这些个中国人好似把共产党毛泽东当他们的爹娘似的哩。井上又推了一把已躺在床上的秀夫，仿佛是想问个究竟。

井上这时候像个孩子，一边叹息，一边摇头。

井上的问题让秀夫好笑，只是他笑不出来。井上也许上政治课太少，而且中文也不太好，看不了宣传材料才这样吧。秀夫在想。

你明天去看政治学习材料吧，我要睡了。秀夫回答了这一句，马上倒了下去。他困得不行，一下子睡过去了。

我又看不懂中文……弄不大明白……井上看见秀夫一倒下便睡了，嘴里便埋怨似的嘀咕起来。

经过将近二十天的行军，终于到达了一个小镇。在十几间原伪满部队废弃的房子里，开设了手术室、药房、门诊所等。伤员陆续送来了，伤员的部队番号也很杂。送伤员也不同，有老乡抬的，也有卡车拉来的。由此看得出这一带的部队人数很多，战斗也很有规模。

闷着头做手术时，井上院长一句多余的话也不说。由于分了一部分人手和器材在对岸，实施起手术来，没有平时那么顺手。

因为轻装没带那么多器械，中国籍同志都没上手术台，大家轮流在医疗岗位上帮忙做杂务，连王院长和林政委也常常来手术室帮帮忙。

初春的时光，屋外还是很冷。但医院在晚上集中起来开转移工作总结会时，场面却非常热烈。

雪亮的煤气灯，把屋子照得炽白。桌子上摆满了红枣和花生，有长长的排烟筒的煤炉子烧得屋子里暖烘烘的。大水壶吱吱地叫，白白的水蒸气直直地冲上屋顶。大家兴致勃勃地一边聊天一边吃东西。

王院长讲完话以后，突然提议，由井上副院长谈一下自己对医院这段工作的看法和感受最深的事。

大家都鼓起掌来。

井上站了起来，他谈得很慢，也谈得很简单，他只说，这次战斗转移，承蒙领导关心，大家努力，任务完成得很好。他作为一个日本人院长，感受很多。特别感动的是行军中中国同志对日本同志的关心。他们的帮助是由衷的，发自内心的，在此致谢！

说到这儿，井上真的向全场鞠了一躬。

这一次，场内响起了更热烈的掌声。

讲完了，井上拍拍手掌，让菅直叶子去招呼台下一帮日侨女同志上来，让她们唱一支日本歌，对中国籍同志表示谢意。

第二天晚上，还像庆功会一样，中日同志和地方老百姓大联欢，大家一起表演节目。

日本同志表演的是话剧。一边演，一边由民族干事岗村做口头翻译，中日战友都看得哈哈大笑。

安东秀夫坐在井上旁边，看到井上脸上泛着红光，一边口里随台上的日本曲调在唱和，一边手掌还随着节奏在悄悄地上下舞动。

安东忍不住凑过去，低声地对井上说：呵，院长您今天真开心呵！

井上也放低声，悄悄告诉安东秀夫：我今天是开心……

睡觉的时候，两个人余兴未尽，还聊了一会儿天。

井上长叹一口气。其实，安东，我是非常钦佩共产党和民主联军呢……

他告诉安东，过去作为医院人员，他在日本陆军实习医助工作时，也来过这一带，也同样有过雪地行军的经历，不过没这么愉快。都是日本人，关东军士兵却拿枪押着我们，怕我受不了苦而逃跑。而且，不论行军和住宿时，到处都有人打冷枪，听说是藏在山上的抗联游击队。那时候一天到晚处于战斗状态，没办法休息，让人又紧张又烦恼……

呵呵，难怪。这么看，在民主联军的经历比在日本陆军中要有趣得多……安东秀夫听着，也发笑了，问了井上一句。

我是这么感觉的。井上轻轻地但肯定地说。

这么说您进步啦……我去报告林政委……安东秀夫歪歪头，抿着嘴，笑着说了出来。

可别！井上急得坐了起来。

哈哈哈！秀夫忍不住大笑起来。

第二天，王院长一大早就过来找井上，一副很踌躇的表情，半天也没出声，只不停地抽烟。

原来，军区卫生机关来询问，后方医院能不能派医生去前线巡视。

原来还有许多伤员，因为受伤住在老百姓家中，无法后送已经很长一段时间了，而且现在的野战医院也没有床位可以容纳他们。

在农民家的治疗条件，可想而知了。

考虑到医院里日本同志这段时间一直没有好好休息，王院长一直在犹豫这事怎么开口讲。

没问题！我们日本同志累不垮。井上拍拍王院长的肩，一口答应下来。

安东秀夫和井上院长等十几名日本同志，乘一辆卡车，走了三十余里，一个村子一个村子巡诊。

分散在前线的伤员的确治疗条件不好。

在老乡的炕上，伤病员就躺在麦秸中。看到井上和其他日本籍医生们，开始没什么反应，不过看到井上院长在为他们检查时，使用了他们从来没有见过的反射镜来检查伤口，都很开心的样子。

这些战士们误以为反射镜是治疗仪。被检查过后还长吁了一口气，好似是完成了一次治疗似的。

快要离开之时，有人追上来，说是他们病房还没检查。

检查了呀！同行的中国籍医生说。

没有用这个，战士们指着井上的反射镜说。

这个对你们没有什么用的。

有用，好多人说有用……

弄得井上和医护人员个个哭笑不得。

井上也真的返了回去，去满足这几个伤员的要求。

井上在治疗中很耐心，他已经很热心为这些士兵们服务了。对于这些大多来自农村的民主联军战士们淳朴而可爱的要求，他一般会乐意为他们做的。

他返回去，直接用反射镜，为那几个伤员逐一检查了一下。

那天，其中有一个伤员，在检查过后还合起双手，朝井上作了一个揖。搞得信奉佛教的井上高兴得快跳起来。

东北的农村，屋子里有地炕，也不冷。在村子里看了一天的病，走东家出西家，井上忙得头上直出汗。

完成最后一个伤员的诊视，一出门，天已近傍晚，这个时候的风，是冷飕飕的。可是井上还很兴奋，不肯穿脱了的棉衣，直嚷嚷很高兴。

安东秀夫量了一下室外，发觉有零下二十多度，赶快死活为井上套上了棉军衣。

2.8　1948 年，中国东北，锦州前线途中

移防的命令很快下达了。

命令是下午到的，晚上就出发。连山坡上的玉米穗子也顾不上摘。

先是坐上闷罐子火车，咣咣地一直坐了一天。只知道是北上，经过通化、四平、沈阳等的地名，丰子还记在笔记本上了。

下火车后又换乘大车装医院器材，人员只能步行了。

都是白天睡觉，晚上行军。前头好远处，炮火如雷鸣电闪。飞机在白天、夜间都隆隆飞过。

还出了一件事，至今都让丰子难过。

日侨们那时都没有防空的经验，又刚经历了战前动员，战斗情绪很高。飞机一临空，好多女护士还直望着天上。好似飞机也总是叫一下乱扫一通又飞走了，没有什么损失，人都麻痹起来，有时来了飞机也不躲。

这天，丰子和本所的护士立田花子，一前一后地走着。飞机一来，丰子马上跳下路边的田埂，伏在地上。

这几天，老有飞机来。开始，每天是立田不停地笑丰子胆子小，到后来，立田就干脆头也不回地走在路上。

立田也是名古屋人，又是和丰子同一个科，因此行军时和丰子常走在一起。她是个爽朗的直性子，因为父母是鱼贩的家庭背景，她很小便常常去市场

帮进货的父母看贩鱼摊，和各式各样的客人都交往的经历，让她胆子很大。

丰子突然听到孙云和前面树下的几个中国同志在大声地朝立田喊，卧倒，卧倒，有几个人还朝她飞快地冲了过去。

丰子稍稍一抬头，看到飞机俯冲下了，飞机上机关枪哒哒地朝立田扫了过去。

那几个冲过去的中国同志，一个个扑地倒下去了，他们本是过去救立田的。

过了一会儿，丰子看不到立田了。仿佛有一个印象，立田先是一个人仰头朝后倒了下去。尔后，又有两个人压在了立田身上。

等敌机飞走，抢救的人跑过去时，看到人堆上最上面的这个中国同志已断了气，他头上和胸脯上都是血糊糊一大片。

让丰子惊奇的是，这个浑身是血的人是吴排长。外科的龟田主任，只看了他被机枪射的尽是鲜血的胸脯后，就摇摇手，不再抢救他。

被丰子叫过来的小枝，一下扑在吴排长身上大哭起来，弄得浑身是血。众人都去抢救伤员，只有丰子陪着她，无奈地一边哭泣，一边为吴排长已经灰白的脸上擦拭。

吴排长的身下，是紧抱着立田的孙云。扯开孙云时，看见她满脸和全身都是血。不过，检查之后无大碍。她身上的血，其实是吴排长的血，她自己只是伤了一下手臂。

孙云倒是命大，上下两个人，都命悬一线，而她，只手臂上擦了一点皮，是轻伤。

立田却一动也不动，满身是血。她是被飞机上的机枪击中了腹部。

手术室的人员，只好在路边不远的一个老乡家里，在一个无罩的昏暗的灯光下，为昏迷的立田紧急实施手术。切开腹部的情形让大家大吃一惊，发现子弹已经穿透了肠子，并进入脾脏下部，情况相当糟糕。

手术实施了两个多小时。为取出子弹，手术组的人员想了很多办法，终于还是取出了子弹。

在手术台旁帮忙的丰子被满身是血的立田吓坏了。

术后经过输血并注射了吗啡的立田安静地睡了。

医院已经先行走了，手术组也必须前进了。而立田她由于伤情不能坐担架，因而不能随部队同行，只能留在老百姓家了。

孙云吊着左臂，动作不方便，不过仍在一旁麻利地收拾手术室的东西。由于几天没休息，她脸上很疲惫。

周围的人来了不少，尽是村子里的中国老乡。这里已是解放区，乡亲们对解放军还是很热情的。

虽然很快叫来了当地村公所的干部，他们也承诺会照顾她。可是大家想到，当立田醒过来时，由于语言原因，一定是无法和他们交流的。

到那时，她一个日本女子，该多么孤独，想到这儿丰子流下了眼泪。

留下来主持手术的医院李副院长和村公所的人在说话，一道留下来的孙云护士长，也还在和老乡房东讨论什么，大概是在为立田留下来治疗作安排。

对丰子和另外几个日侨护士哭着要求留下来照顾立田的请求，李副院长始终是铁青着脸，只摇头，没有答应。他让手术组留下了不少药品和敷料，还拿出几个银圆给老乡，并且立即开具了立田花子的部队身份证明。

这就是说，他决计把立田留在这所农舍了。

离开时，下起了小雨。李副院长招呼所有的日侨医生、护士，先到屋边吴排长的新坟旁，鞠了一躬。吴排长是为抢救立田而死的，年轻的他将永远留在这片冰冷的土地上。

一直在为吴排长擦洗遗体，又张罗吴排长后事的小枝，突然坐在地上，号啕大哭起来。丰子和孙云一起过去拉她起来，拉也拉不动。

看到战士们把白布裹着的吴排长抬起来放到屋后的土坑时，丰子、孙云也和小枝一起站起来，目送着大家为吴排长的坟头不停地添土。

丰子不觉也哭了起来。

天气暗了下来，房屋周围变得麻麻地黑，这让丰子突然想起那天黑夜里，她和小枝掉队了，小枝由于是严重腹泻，又扭伤了脚，再也走不动了。这以后，就是小枝伏在吴排长肩头的情景，禁不住自己的眼睛也潮湿起来。

大家被小枝的哭泣感染，又想到要一个人孤独地留在老乡家的立田，也都一个个哭了起来。之后，在李副院长的命令声中，大家默默地和出门送行的老乡分手告别。

表情严肃的李副院长和孙云一起，不停地催大家坐上等候她们的大车。

医院的大队已经走了几个小时了，大家要赶路了。

在大车上，孙云告诉大家，医院是去执行野战任务，人手不够，当然院里不会同意非战斗减员。她也交代了村公所人员，让他们尽快把立田移交给后面的部队收容机构。

淅淅的雨把大家淋得透湿。

但由于太劳累了，几个日侨女兵一边哭，一边竟在大车的颠簸下倒头睡着了。

小枝还在哭。

还在想吴排长么？丰子问她。

呜……呜……他昨天刚给我的……让我补充点营养，我不想要，还没还给他。小枝递了过来，是一块银圆，还带着温暖的体温。

哦……丰子试图想起吴排长小心翼翼悄悄递过银圆的样子，又想起他那张有点模糊了的脸。她轻轻抱过哭泣的小枝来。

丰子也是一样，连续几天行军，人很累，昨天又一宿未睡，冷雨吹来，她打了个冷战。回头看看，烟雨蒙蒙的清晨里，躺着立田花子的那个小屋早就看不见了。

从此再也没有立田花子的准确消息了。

后来偶尔听到过立田又被后方医院收治了的传闻，据说又做了多次手术，但是终于未能挽回她的生命。这个日本姑娘成了山田丰子印象之中本医院日侨同志的头一个不归之客。

而且，更让人伤感的是，她到底牺牲于何时何地，最终在哪个医院不治的，又埋葬在什么地方，谁也不知道了。

到了战地，才知道为何领导不让大家留下来照顾立田。

医院到了大山沟，早已设起了野战卫生所，源源不断的伤员来了后，才知道这儿是锦州前线。打完了这仗，才知道是辽沈战役。

再也没有白天黑夜。伤员漫山遍野。一百七十多人的卫生所，每天要收治、处理上千名伤员。只有敌人轰炸机过来，才躲进草丛打个盹儿。敌机走了，又去收治伤员。

有的救下来，没多久就死了；有的死在手术台上。太大的手术，要后送。

抢救起来没日没夜，有个日侨医生在手术台旁站了一天一夜，倒了。是累晕倒的。

输血也是常有的事。血浆不够，绷带也不够。O型血的松本、丰子隔几天去输一次血，一边输一边哭。松本是手术护士，眼睁睁看到有时伤员就在手术台上死了，是因为没有血浆。

人手不够，总找不着人。

开始是就地掩埋烈士。到后来，死的太多，只好就堆在坪里。过了一夜，松本把窗户打开，大吃一惊，外面看不见四周了，全部是烈士遗体堆在那儿，变成好几个大垛子堆着，都有窗户一般高。

中国东北的天气好冷，冻了一夜，遗体都冻得硬邦邦的。

孙云用绷带吊着手臂，叫上丰子、松本和被派去的几个男战士，为烈士挖一个集体墓地。在不远的山脚下，女战士们一边挖坑，一边有偶尔的哭泣。要埋这么多人，她们生平第一次见这个阵势，又怕又伤心。

人手太少，只好叫来了好多老百姓，一道擦拭遗体。好多烈士的衣服和遗体都被血浆、泥浆冻住了。硬邦邦的绷带、衣服都脱不下来，只好用热水擦下脸和手脚，就盖上白布。

有一个烈士，上级交代下来，是一个团长，要好好殓容，这件事专门交给细心的松本去做。

遗体是衣服血肉模糊冻在一起，实在看不过去，松本去打了一盆热水，一点点淋上去。淋了好半天了，遗体还是不软。松本只好叫人在热水中泡了好几条毛巾，轮换着用热毛巾擦拭，慢慢地，热毛巾热水将遗体暖软了点，这才脱得下血衣，松本擦拭好了这个团长的遗体，还给他换上一套新军服。

搬运遗体的时候，整个医院都去了。因为怕空袭，到天快黑才开始朝墓地搬。

孙云的样子很吓人，她一个人，用一只手扶着，吃力地背着一个烈士的遗体，遗体用白布蒙着，又长又大。

怕吗？孙云背了一趟，一头大汗下来，悄悄地问丰子。

小枝一点也不怕，和一个日侨男担架兵一起，用一个担架，抬了一趟又一趟。但可能太累了，见了松本和山田也不吱声，只停下来，摇摇头。

松本和山田抬着一副遗体，有点吃力。看到小枝他们在前面走，一下子便不见了，一急之下，拼命地追赶。

一转弯，是个斜坡，地形吓了松本一跳，她叫了一声，腿一软倒了下去。

前面的松本一倒，躺着遗体的担架一翻，压在丰子身上了。丰子被压得头昏昏的，也倒下去。遗体正好倒下来，硬硬地从丰子身上滚下坡去。

遗体冰冷的面颊，在丰子手背上压了一下，比冰还凉。她把遗体搬上来时，很吃力。遗体并不高大，可出奇的沉重。她和松本用了全身的力气，才把遗体从斜坡上搬上来。就近的时候，她们都看见了烈士那张脸，又苍白，又年轻，好像只十七八岁。

那一刻，不约而同，她们对望了一下，没有出声。

丰子心里一惊，呵，年龄这么小，要永远地躺在这片冰冷的墓土里了……

没事吧？孙云在后面叫了起来。她仍然背着一个白布蒙着的遗体，被压得气吁吁的。看见丰子她们坐在一旁，也停了下来。

不怕……丰子她们一看见孙云，就觉得什么也顾不上怕了。孙云的个子比丰子大不了多少，可丰子觉得奇怪，好似她一个人背一具遗体丝毫也不吃力，而且她手臂上个月还受了点伤呀。

休息一下，大家喝口水。孙云招呼大家。

烈士们都是战友，都是阶级兄弟，不怕。来，唱个我们辽东独立二师的歌，为他们送行，孙云站起来，低声唱了起来：

……

1947年呀，战场要转变！消灭敌人，越过山顶，三次下江南！

同志们，烈士们，冲锋前进，你们身先士卒！

小枝的声音又高又尖。丰子看见她泪流满面。

而松本却低着头，一字一句地和着孙云唱。

……

烈士流血为人民有功劳有战功，我们二师全体同志为你们复仇！

同志们呀，牺牲的烈士，是革命英雄人民功臣英名万古传。

……

在山谷里，日侨姑娘们跟着孙云一边哼唱，一边搬运烈士的遗体。

晚上在值班时，松本抱着山田的脚睡了十几分钟，还做梦了，吓得直叫。

睡梦里，有人推她们。

想吃点什么？好心的管理员问山田，手里捧着一筐白面馒头。

机灵的山田常到伙房帮忙，还帮管理员外出买菜，管理员因此挺关照她。

大叔，我只想洗个澡，热水澡！山田看见他，像对老爸一样挺自在的。

仗打了快一个月，连脸也没洗上一个好的。

哦，好吧……管理员答应了。不过叫她先等一下。

外面偶尔还有冷炮打过来，在正蒙蒙黑的黄昏划过道道光亮。

咣！冷炮都让人不知道怕了。

山田和松本等几个日本姑娘坐着睡着了。

一个时辰后，管理员来叫她了。她叫上松本，还有孙云，三个人痛痛快快地在伙房的小屋里洗了个热水澡。盆太浅，水也不够，尝试了几次，丰子也没办法像日本那样泡澡，有点遗憾。

出门时，看见管理员在那抽烟，为她们看着门，看着四周呢。

辽沈战役后，管理员年纪大了，有五六十岁了吧，留在后方，不南下了。山田只记得他姓王，也是山东胶东人。

满是皱纹的脸，在黑漆漆的夜里被抽烟的火光映亮了一点点。这个镜头让山田永远也无法忘记。

2.9 1948年，辽沈战役前线，东线野战军34医院

仔细算来，辽沈战役开始，医院里收治经治的伤员，已经有三千多人了。

由于战役需要，医院又进行了扩编。医院新名称已改为东线野战军34医院。由于驻地分散，作为医务处统计员的山田丰子，每天要在这十几个村子中打一个来回，已经累得不行了。但是，她还要把各个所和休养连的情况，每天报告院领导。

这天，听汇报的有孙华院长和日本人今川副院长。

……二所休养连，十二个人，收治了四百零六名伤员，连长要求增编五至八人，要不然，有人会垮掉。

……朝阳、北票一带还有大批伤员滞留在对面老乡家，敌人炮火封锁，道路不通，无法上送。一所已就近零星收治轻伤员，近几天已收治三百零五人，但已无床位，也无药品，急需补充……

……好，今川院长十几天没休息了，今天到这儿吧！孙华院长看到今川都累得歪倒在桌边了，对山田丰子扬扬手，示意工作汇报结束，他合上了笔记本。

哦，山田，石膏粉的情况怎么样了？今川副院长听说要散会，倒下去睡了一会儿醒了，忙问丰子。

原来，手术中需要的石膏粉断档了，已经影响做手术了。

而一所驻地那个村子里，有个染坊，已经废弃好久了，不过在那附近有许多仓库里弄来的石膏，只是要想办法弄成石膏粉才好。

今川听说后，昨天就在电话中已安排了一所，让他们组织几个日侨医护，在那儿试验自制石膏粉。

晚上我必须要过去看看，手术室明天已经没有石膏粉了，手术要停。今川副院长边说边去脱手术服，刚脱下来，在桌子旁一坐下去，又睡着了。

因为今川副院长手术一直没停，所以孙院长说各所的当天情况汇报会在手术室开。整个医院十几个村子里只有这一排瓦房有水泥地，所以院手术室设在了这里。白炽汽灯高吊着，吱吱作响。瓦房靠墙有一排热火炕，烧得屋内暖烘烘的。

众人都呆住了。

今川院长太累了……孙院长给今川披上棉大衣，回头对山田丰子说，你连夜去一趟一所，务必带些石膏粉回来。

今川院长，他不会有事吧？丰子临出门时，焦急地问孙院长。

老实讲，日侨姑娘们把今川副院长早当成了一个大叔。

不会的，是因为缺少睡眠，今天早上开始一直在做手术。半个月了，每天都这样连续十几个小时了，铁人也受不啊……孙院长轻轻地说。

好吧，我去一趟。丰子向院长敬礼。

等等！孙院长叫住她。

骑上我的马，叫通信员和你一块儿去。孙院长看天黑了，不放心，因此另外作了安排。

马蹄声踏踏地响起来，在北方阴沉沉的夜里，安静的山坡上一声一声的格外清脆。去的道路马儿也熟悉，开始是一路小跑，可是一过山边，突然间马儿嘶叫着，停了下来，不肯走近前头的山口。

山口的风吹得呼呼响。

间或，从呼呼的山风中，听出野兽撕心裂肺的嘶叫声来。

是狼群，不要怕。矮墩墩的通信员满脸泛着红光，一摘下军帽，头上也冒出热气来。看得出，他是个有经验的老兵，这让丰子心里很踏实。

他牵马和丰子并排站住，取下冲锋枪，哗地一下，拉开了枪栓。

小灯似的亮点，在前面积聚着。

嗷，嗷，凄厉的叫声突然从身后也冒出来。

看来是让狼群前后包围了。

马儿战栗起来，碎步四周打着转，不肯前行。

冲过去！突然，通信员低沉地叫了一声。他猛地打开了手电筒，黑暗中的白光很刺眼，如剑光一般刺开夜幕，狼群呼地四散开来。

通信员叭地甩了一下马鞭，马儿向黑暗中狂猛地冲了过去。丰子也随着他，叭叭地直狂奔，一下子便冲过了山口。

过了山口，看见老乡人家的门口都堆着篝火。不用说，这是用来驱狼的。

此时的山田丰子和通信员都是大汗淋漓了。山野上的风一吹来，丰子浑身上下打了一个寒战。

快进屋，进屋！……大家连忙把他俩迎进去，屋内暖和的空气扑面而来。

医院一所的宫本医生、平野小枝等几个日侨，正在热气腾腾的一间染坊的屋子里，有的蹲在地下，有的在桌边，一屋子的人，忙乎了有好几天了。

忙是忙，都在反复想法子，想把石膏弄成粉，可是，怎么也不成。

热情的小枝看见丰子来了，很高兴，偷偷扯了丰子衣服一下。

一眨眼间她拿来了两杯水，两个烤玉米。

丰子也不客气，拿起来就吃，还给同来的通信员也递了一个烤玉米去，边吃边听宫本医生谈情况。

原来，他们从老乡家里借来脱谷的臼，已经把石膏碾得很碎了，但碾碎后的石膏粒仍然颗粒很大，而且又粘连，他们无法用手工碾成手术用的粉末。

今川院长讲，能不能想办法加热一下。丰子掏出一张今川院长写给宫本医生的条子，把今川院长的想法告诉大家。

他们都凑到油灯下去看这张纸条。

大家又讨论了一下，决定按今川副院长建议的方法试一下。

有人找来了个空石油桶，架起来烧热。石膏块就放在里面，闷烧了一两个时辰后，听到里面有叭叭炸响的声音。

打开桶盖，宫本用个铲子挑了一些出来，热风把石膏粉末扬了开来。

好像行了，宫本轻轻地说。他用手捏了一下石膏粉末，终于笑了。

众人欢叫起来。

你包一些给今川院长看看，宫本对丰子吩咐道。他早已找好了一个小布袋，放在一旁。交代让人等石膏粉凉一点后，马上装袋。

村干部还为丰子和通信员准备了好几个火把，告诉他们一定不能让火把熄灭。

事后丰子才知道，一所那个村子的山上，是个有名的狼窝。有一个当地的年轻村干部，开会在夜里回村，背了一支猎枪，点燃了一个火把，他以为没事，谁知道突遇下雨天，淋湿了火把和猎枪。结果，包围他的狼群硬是把他吃掉了。第二天上午村里人找到他，只剩下一堆骨头。

这种土办法制作石膏粉的方法，连同医院两种打石膏绷带的技术革新方法，后来被东线卫生部发了一个简报上报后，由东北野战军总卫生部推广到整个东北野战军部队。

今川、宫本、山田、小枝的这个医院命名的石膏技术革新小组，由此还集体记三等功一次。

十二月中旬的时候，中午是地方政府来医院慰问，接下来是会餐。好多老百姓是扭着秧歌来部队联欢的。

今川副院长来到丰子和小枝这一桌敬酒。他今天挺高兴，问了问日侨女战士们对今天的联欢有什么感想。

小枝说，东北解放了，我们要回国了吧！

对！我们想回国！丰子、松本等一大帮人，都附和着叫起来。

呵呵！快新年了，想家了吧！今川副院长作为领导，好似不便正面回答。不过，总有一天要让我们回国的。快了吧！他略有所思的望了望山田丰子，自己一个劲儿地嘀嘀咕咕。

会餐以后的第三天，丰子所在的野战医院就接到了命令。上级命他们将收治的两千多伤员全部就地移交后方医院，医院将作为野战医院准备入关作战。

这个消息让丰子可吃了一大惊。

而今川副院长却一语不发，忙着开会啦、检查啦，和其他院领导一起，分头在各个科室布置医院入关的准备事宜。

让分布在十几个村子的伤员都移交给后方医院，真不是一件容易的事，这可让丰子跑了好几天。

还有一件事，是丰子跑去和田苗告别。

田苗是个抗日战争中入伍的老兵。

医院里重伤员太多，但由于要转移了，很多人情绪不稳定。于是医院政治处掀起了人人上医护第一线的活动。具体的做法，是要求每一个非医护科室人员，每个人业余负责帮助科室，对口照顾五名重伤员。主要是从精神上关心他们，思想工作方面，配合科室的治疗。

丰子主动要求去了重症科室，而田苗是科室分配给丰子的五个重症病人之一。

听重症科室介绍，田苗从部队上受伤后来医院，怨气很大，对谁也不理，而且拒绝日本护士为他治疗，如打针等。

第一天，丰子叫了他有好几声，他躺在床上也不理。

第二天还是这样。因为病房都设在老百姓家，所以，让看到了这一切的房东大嫂直笑了起来。

一个中国籍的男护士看不过去了，上前说了他几句，他只好低下头，气鼓鼓地哼了一声。

第二天丰子又去了，他也没起身。丰子放下两个苹果，就走了。

等再下一次去时，丰子要为他打针。他坐了起来，极其生硬地对丰子说：你出去，和你们日本小姐没什么可说的。

但是，见到丰子不气不恼，依旧为他端水吃药，他就没有再拒绝了。

又过了几天，丰子在老乡的屋场上，看见他扶着拐杖走路了。

他看见丰子，突然主动跟她打招呼，你看，我的腿好多了。

过了一会儿，他低下头，又问丰子，我并不认识你，可你为什么要给我买苹果吃？

丰子平静地说，因为你我都是同志呀！虽然我是日本人……

这样呵……他略有所思的样子，直点头。

以后，丰子去看他，他都会和丰子说话。遇到治疗方案要他配合时，所里科室也让人专门去叫丰子。

第二次开刀时，田苗让人叫丰子过来。原来，他怕自己在手术台上下不来，等也要等到丰子来了才同意手术。也就是说，手术前非要和她说一句话。

他在病床上，头一次握了丰子的手，慢慢地说：山田同志，我爷爷父亲姐姐都是日本鬼子杀死的。我是为杀鬼子才参军的，我恨日本鬼子。不过，现在，我才知道日本人中间也有好人，而且你是我的战友，我不恨你了……

他朴实无华的一番话，让丰子感动得直点头。

可是他的伤太重，而且还有别的病，身体太虚弱，这次手术不久，他便去世了。

埋葬他的时候，二所的重症科室也特意让人叫来丰子。

村子周围山边的坟地，摆满了白挽条的新坟密密地排列着，这些都是部队烈士的新坟。

丰子去的时候，由于临时送一个资料去所里，晚了一些时辰，没有赶上重症科室约定的下葬时间。

等她赶到时，田苗已经下葬了。她找了好久，终于找到了写有田苗名字墓碑的新坟。她在坟墓的木牌旁放了一束自己扎的野花。

今天夜里，部队就要南下了。至于去何处，部队里谁也不知道。丰子就想在医院移交工作完了之后，最后去一趟山上，再看一下田苗的坟。

这一次，也许是和他长久地告别。

丰子弯下腰鞠了一躬，她把花束放在墓碑边时，感到自己眼眶潮湿了。

2.10　1948年，辽沈战役战场，第二后方医院

大反攻开始后，井上的心情有点说不出的复杂了。

因为从医院返回东北之后，井上就觉得自己心理上有点儿被孤立的感觉。

首先，是民族干事岗村组织日侨官兵参加政治学习时，井上都有意无意的不去参加。他的理由是，医生只管治病，参加政治学习只是自愿。

安东秀夫也看出来井上副院长莫名的烦躁了。

过去，由于井上是旧制的日本矿山医院的院长，日侨医护人员对他是绝对服从的。医院集体参加解放军之后，虽然说从接收开始，就有了新医院院长，还有政委，但是在日侨人员的心里，井上副院长的领导威信还是不可动摇的。

但是，第二后方医院转移到朝鲜后，那天日侨们在讨论是否同意再次转移时，就出现了不和谐音。井上和安东发现，像医疗科的伊吹医生，内科的藤田护士长等好几个医护人员，立场已明显发生了变化。

有的沉默不语，有的借故溜走了。

而且更让井上心里不舒服的是，且不论日侨逃离医院的行为是否得当，如果没有日侨内部的人举报，林政委他们是不会在天亮之前便知晓有一小批日侨逃离医院的。弄得他这个日侨副院长，居然在事发后，还要让安东秀夫陪一个林政委派来的士兵去叫他，才知道有日侨跑了。

井上有一天去政委的办公室，居然看到岗村、菅直都坐在那儿，手上都拿着本子。

哦，有事呀……井上想退回去。

没事，我们在学中文……岗村说我中文太差，呵呵……菅直站了起来。

过去，民族干事岗村在医院几乎没有什么日本人和他交往，你看，她们开口就是岗村。现在，甚至连安东秀夫开口闭口也是岗村如何说，云云。

一看到岗村和日侨们在一起有说有笑，井上这火气就不打一处来。井上顾不上和林政委说话，转身便走了。

伊吹，你的医疗科设备好像出了点问题，你过来一下……

还有，藤田你去叫安东秀夫来我办公室一下……

不管有没有事，潜意识里，井上一看到有人和岗村聚在一起谈话，总要找个什么借口，把他们支开去。

不过，岗村也不会生气。

好！走了呵……他招呼了一声，又笑呵呵地去别的科室了。他很少在办公室，有事无事的，他喜欢到各个科室走一走。

岗村的优点，在于他总是一副笑脸。他不管是对院长、政委这些领导，还是对一般的医护人员，都是还没讲话便先眯着眼笑开了。

开始时，这个在井上和一些日侨医护人员看来又黑又瘦的岗村，是在延安给八路军洗过脑的，大家都对他避之不及。

不过，在那次事件，也就是经历了在朝鲜水丰一些日侨逃离事件后，大家明显地感到岗村的善良和机智。

出事那天，他不在。第二天他回来了，发现日侨同志情绪很低落。晚饭后他去伊吹医生处想下盘棋，伊吹已铺开了被子准备睡觉了。

一向对他友好的伊吹，一看见他，居然不理不睬，一边脱衣上床，一边阴阳怪气地说风凉话。

民族干事同志，我睡觉了，总不会逃跑吧……说完倒下去便睡了。

岗村看着睡下去的伊吹，仍是一副微笑。

找周围的人一问，了解到原来是因为从出事那天开始，奉上级指示，医院在驻地四周增加了很多岗哨，而且是双人岗，科室不少中国籍同志都要排班执勤。而日侨同志，则晚上不能离开营区一步。

他听说后，马上去林政委办公室了。

因为他的力争和安排，晚上的站岗，由过去完全是中国籍的同志执勤，改为由中日同志混合执勤，这让日侨同志们很高兴。大家虽然白天要上班，晚上隔几天还要站一班岗，但由此知道了，这哨兵是为全院的安全而设立的。自己在站岗中虽然辛苦，不过由此而感觉到医院的信任，还是非常高兴和乐意的。

不过作为日本人民族干事的岗村，几乎是每天，都要在夜里陪值班的院领导去哨位上查哨。

这每天晚上都要和不同的日侨见面，问寒问暖，当然就很快地和大家相熟起来。

而且，岗村也有事无事的，常常到井上办公处来坐一坐。

彼此交谈久了，井上这才知道，原来岗村过去是个日本陆军军需仓库的助理，后来在战斗中做了八路军的俘虏。在前线时，岗村被俘时持枪抵抗，受了伤，一直治不好。为了给他治伤，后来才转到延安治疗。

在转移的过程中遇到了日军，战斗中，弹雨纷飞。为掩护这几十个伤员的担架队，有人用身子盖在担架上，为他挡弹片。这次战斗结束时，牺牲了好几名八路军士兵。

他躺在担架上，看着八路军士兵把牺牲的伙伴就埋在路边。

离开的时候，大家不停地回头看那几个埋有战友的坟堆。不知不觉中，他和八路军的士兵一起哭了。

伤愈后，他入了延安日本工农学校，一待就是两年。

延安怎么样？井上问他。

挺好！从总司令到普通士兵，人人平等。岗村毫不犹豫地说。

他告诉井上，他可是延安有名的人物。

怎么个有名？……进来听他讲话的安东秀夫问岗村。

我组织了延安第一个棒球队呀……不过是用羊皮灌上棉花的棒球，还挺好打……岗村眯上了眼睛，好似回忆初恋一样幸福。

抗战胜利后，八路军安排日本工农学校的二百多日本人，准备从东北乘船回日本，遇上了内战。一个晚上就被告之，因为没有船只，无法回日本了，而且还要分到各个部队去。

岗村是第二天便到教导队报到，学习了一周，便到井上他们医院来了。

在医院我什么也不懂，只有一腔热情，以后要请您多多关照。第一天到医院，岗村对着井上，认真地鞠了一躬，接着立刻起身，准备去病房走走。

他又起身了，他要去工作了。

井上看着面前的岗村，岗村脸上诚恳地笑着。不过井上发觉，这张脸仍是日本人的脸：认真、执着、忠诚。不过，他的脑子里，装着的却完全是八路军、共产党的事了。

林政委隔三岔五地找井上过去谈话，有时在井上做手术时，不时地也进来看一看，有时甚至做一些术前术后的帮忙，比如安心地坐在一旁，做些卷石膏绷带的工作。

不过从他隐约的话语中，井上却有一丝感觉，仿佛林政委心里有一种误解：从本溪的梅木医生到水丰的有枝护士长等十几个人的擅自离队，他井上院长应该一直是知情的。

另外，井上认为政治学习是多余的态度，也应该一直让这个出身贫农的政委不悦。不过出于民族工作的要求，林政委的态度是很克制的，他从来不和井上正面冲突。

菅直学中文，是林政委主动让她去学的。

你和岗村中文还要加强些，要不然翻译会太吃力。我来当教员……那一天在开会后，林政委很认真的和菅直说。

可是，您这么忙……菅直有点不安。

我晚上十点后，如果不开会，就有时间，你和岗村互相通知一下，争取每天上一堂课。林政委很平静地说。

从此以后，菅直和岗村，常常在晚上去林政委办公室上中文课。

那一天岗村外出了，菅直还是去了。

林政委对于菅直要求高些，所以布置的作业也不一样……你必须多上课，每天多学三个生字，也要一年的工夫才能赶上岗村……

林政委在煤油灯下笑了起来，露出了白牙齿。

你日语在学校学的吗？菅直问林政委。

对呀。我从关内到东北上学不久，关东军就占了沈阳，之后不久，东北的学校都开了日语课。林政委告诉她。

哦，难怪。菅直不出声了。

因为我会日语呀，要不然不会让我来医院工作。林政委说。

一阵寒风从屋檐上吹来，煤油灯的火光闪忽忽的，菅直不由自主打了个寒战。

晚了，休息吧。

好！菅直转过身，准备出门时，突然，有一件大衣从背后披在了身上。大衣上还微微的有政委的体温。

外面冷，披披可以防寒，别感冒了……

哦……谢谢了……菅直感觉很突然，她觉得有一股暖流，霎时从肩头上冒出来，直涌上心口窝。

那一天，直到闭上眼睛，菅直看到的都尽是林政委的影子。

在这之前，菅直简直都感到自己不是女人了。

从那些折腾人的日本投降日开始，经历了逃难、参军；之后是无穷无尽的行军、战斗……让菅直惊异的是，自己有一件事有点庆幸，那就是例假都没有了……没有这个女人的麻烦事，对战争中的女人而言可是太好了。她可以天天精神百倍的工作，白天黑夜刮风下雨都和男人一样……可是，今天披着这件有着男性味道的大衣，菅直好似心里有点热热的东西，又在体内涌动起来。

好似从此后，菅直不知不觉地，关注起林政委来了。

她记起来了，就是在朝鲜水丰那次，有十几个日侨离队的事件之后，林政委除了在当天晚上作为医院最高负责人为了稳定部队，进行了必要的果断处置外，到第二天，他仍然很冷静地与井上相处。

还有那一次……1947 年的五月，樱花开了的时候，民主联军举行了大反攻的庆功大会。王院长和林政委都要求井上院长上台，代表日侨讲几句话。

本来应该是团结喜庆的时刻，可能是多喝了两杯，井上院长也就趁着酒还尚在肚中发热的劲，在台上讲了一大通和庆典气氛不太相符的内容，比如中日战友的评功有差别啦，有人不照顾日本人的生活习惯啦，等等。

菅直听着不对，她马上去叫来了民族干事岗村。岗村赶来听到后，又马上叫上了安东秀夫，让他把井上从台上扯了下来。

那几天，菅直去上中文课，看见林政委脸上阴沉沉的。

上课时，岗村悄悄告诉菅直，开完庆功会几天后，林政委出面通知岗村，让他叫上井上、安东秀夫，还叫来了王院长，几个人认真谈了一次话。

由于要菅直来做会议记录，这个激烈的谈话局面让菅直有些惊异。

井上同志，你好像有些情绪。林政委的谈话是单刀直入。

由于有王院长在，林政委是一下讲中文，一下讲日文，这让岗村很吃惊。但他有时还是翻译一下，尽量的缓和一些。

由于林政委是从机关来的干部，在日侨们的印象中他像个书生。平日里，大家都认为他为人很客气，很少大声讲话。

没有。我作为医疗副院长和一名医生，只不过是就医疗上的评功讲一点个人意见。

井上讲完了，半天没人出声。因井上讲的话有许多方言，安东秀夫怕林政委听不完全，就把井上的话翻成中文。

还有别的意见么？林政委问。

医生就是医生，护士就是护士，政治学习再多，技术不好也没有用。井上副院长一字一句，硬邦邦的。

可我们是共产党的军队，是人民的军队，必须要明白为人民作战的道理……林政委今天也不含糊。

我不是共产党，我只知道医生的天职是救死扶伤……井上口气仍很生硬。

好，你慢慢讲，讲完。林政委显然不想升级矛盾，口气缓和一些了。

我认为，日本人护士、医生，下了班以后参加你们的阶级斗争会不妥。你们斗地主、斗伪满警察，捆起来跪在地下，既不人道，还让什么也弄不明白的日本人护士、医生和你们一道举手喊打倒、打倒……我认为不恰当！……

井上终于把心里话讲了出来。

下了班，不管是日本人还是中国人，多学习业务比多学习政治更有用……另外，还有……井上有点犹豫。

你说吧。林政委看井上还有话讲，就鼓励井上说完。

不要紧，说吧。王院长也轻轻地说。

我认为部队评功评奖好像是骗小孩子的玩意儿，没有什么意思……井上说完了，仰头喝下一大口水。

井上看见林政委和岗村在笔记本上写，很认真的样子，也消了气，不想讲了。不过既然林政委一定要他讲，他也一股脑儿讲出来了。

林政委合上笔记本，认真地说：好，井上副院长的意见，我向上级报告一下。至于政治教育和学习……他抬高了声调……我们当然不会放弃。我可以认真地和诸位讲，我们中国共产党的军队，从一成立到现在，除了政治思想教育这一条，我们什么也没有。我们是赤手空拳和国民党打，和日本法西斯打，打到今天，我们也只有这个独家宝贝，我们是不会放弃的。

安东秀夫看了井上一眼。井上的嘴巴抿得很紧，脸色涨红，在低着头认真听岗村的翻译。岗村也很紧张，安东秀夫听出他尽量在翻译得平和些。

三个日本同志没有想到井上一番话，引出政委这一大通激烈的东西来。

不过在日本同志中怎么搞政治教育学习，我们可以研究一下。关于日本同志的评功评奖，我们也会再研究。林政委平静地讲完了他的话。

他起了身，甚至连对王院长、岗村和菅直也没有打招呼，一个人出门去了。

林政委那天是气呼呼地走了。

看到政委离去以后，井上仿佛出了一口长气。

安东在一旁，半天也没出声。看政委走了，也忍不住地劝井上，说这样和政委相处不行。

碍于王院长在，安东只讲日语。

我不怕，大不了我不做副院长，只做医生。井上一副不在乎的样子。

那可不行，井上院长！安东秀夫叫了起来。

不行。岗村接过话来了。井上裕同志，实话说，不仅是日本同志，所有的中国同志都希望您做副院长。在朝鲜整编时，上级机关是想将您调整为医务主任，是王院长、林政委坚持要求您留任副院长哩！说您是医院老院长，熟悉情况，医术好，在日侨中威信高……

岗村讲的是事实，林政委和我也说过这事……安东也马上接上岗村的话，滔滔不绝地做开了井上的工作。

井上听了安东和岗村这一席话，半天没有吱声。

王院长拍拍井上的肩，先休息吧……他说了这句后也走了。

安东秀夫这时看了岗村一眼，看到岗村的眼睛里，尽是平日里很难发现的东西。

2.11 1948 年，平津战役之前，某野战医院

六月的时光，在 1948 年中国东北的大地上格外让人振奋和充满回忆。

为了迎接大战役的到来，第二后方医院编成了野战军的第二野战医院。主要的任务是为辽沈战役承担该野战军的战场野战手术任务。

建制有所扩大，医院并进了两个医疗卫生所，变成了四个所，可以同时展开十个野战手术队。

但是，王院长被调走，院长变成了由军后勤部陈然副部长兼任。林政委和井上副院长继续留用任上。

在中国东北难得有的暖和的阳光下，原野绿绿的一望无际。

井上今天心情不错，很高兴地请安东秀夫去地坪里喝茶。茶的清香很轻很淡地弥漫在屋场的空气里，让人心旷神怡。

喂，医院要讲解剖课了，又要辛苦你了。井上大声地对安东说。

哦，好哇！我会配合您的。安东说。

大战之前短暂的医院休整，没有像往常一样天天开动员会，而是变成了战地训练课。

讲课之前，陈院长先讲了开场白，他表扬了井上院长，说他建议多做技术培训的想法是好的。

接下来，井上院长劲头十足的，袖子卷得老高，给来自各个医疗所和野战卫生队的几十名中国籍医生、护士长上课。上课是由安东秀夫和一名分配来医院的一个医学院中国籍大学生轮流为学员做翻译。

课程上，井上除安排讲授了一般战场创伤处理，重点讲了伤贯伤、弹片伤等，应护士长们的要求，还讲了输血方法和骨伤的紧急救护和处理。

井上看了听课的人员一眼，发现岗村居然也坐在下面。

岗村与井上对视的时候，两人笑了一下。

不知为何，井上看着岗村，心里一阵亲切。他招呼岗村坐到前面来，他想，如果安东秀夫翻译时需要休息，他就让岗村顶替一下。

为了做解剖示范，井上拿来了一只羊，在打了麻醉针的羊的躯体之上，井上一边动手一边教大家实施腹部切开，还做了肠胃切除、吻合手术示范。要求大家回去以后，每个人可以尝试用老鼠做解剖试验。

北方的夏季也是炎热的。

解剖课就在野外的山坡旁边上。由于认真授课，井上头上冒出了汗珠，一个日本人护士长走上前，就像井上平时做手术一样为他揩干额头上的汗珠。

远处吹来了山风，一阵凉爽。已近夕阳的山坡上，狗尾巴草迎风摇曳。偶尔一两只蜻蜓飞起来，在大家头上掠过时，引起小憩中的女学员们一阵阵惊呼。

您辛苦了。井上下来后，陈院长笑眯眯地给他递过茶杯去。

没有，陈院长，时间太短了吧。井上问。

不短。部队作战繁忙，训练也只能见缝插针。小练集大成呀！多搞训练，还是您的建议好呀！陈院长大笑着说。

怎么是我呢？井上一脸的不解。

林政委把您的意见转告给了大家，我们都同意你关于医院要多做训练的意见。这不，今天就实施啦……陈院长终于说出了原委。

是这样呵……听陈院长一说，是林政委提出的医疗训练建议，井上真的感到很意外，他低下头扶了扶眼镜，心里还是感觉一阵温暖。

吃饭的时候，大家很开心。井上还拿出了他在农户里买来的半瓶高粱酒，虽然每个人只抿了两口，但气氛也随之热烈起来，开始七嘴八舌地天南海北。

井上副院长就着兴头，试探性地询问了一下陈院长，并向他表示了日本同志对即将展开的大战役的一些疑惑。

……陈部长，听说，解放军目前和国民党军人数差不多，装备上也有差距，而且国民党军还占有大城市，拥有空军和海军的支援。我军有把握打赢这一仗吗？

安东秀夫一边翻译，一边低下头笑了一下。

井上实际上是想了解一下战场的进展，所以他改变了平时的称呼，不叫陈院长而叫部长了。

陈部长也很爽快地，尽他的可能向井上说明了我军的态势。他说共产党的军队没有装备优势，但是拥有民心优势。解放军只有在运动中调动敌人，让敌人的优势丧失才能大量歼灭敌人。

那具体运用什么战术呢？比如目前敌人在长春、沈阳是被包围了，可要吃掉他也不容易呀……井上还想问的更细一些。

目前，就是在长春和沈阳的敌我阵地之间，反复地佯攻，又退却，又攻击，让敌人来来往往的很累，也摸不清我军的真实意图。等到拖来拖去，逮到了一个好的机会时，再把国民党军迅速包围起来。再分割开，狠狠地消灭掉。啪！就这样……陈院长用手做了一个刀砍的姿势作了讲述的结束。

呵，这样呀！井上听得兴奋起来，双手都搓了起来。

是呀！院长，用不了几年解放军就能胜利，我们就可以回日本了吧！安东秀夫也听得高兴，加入了这个谈话的行列。

是呵，陈部长，你看这仗，在东北还有多少年打呀？在全中国的革命胜利，也用不了多久了吧！井上听安东秀夫一说，也扯上这个让日侨战士们兴奋的话题了。

这个，你可要去问毛主席、朱总司令去！陈院长笑了一笑。

你说呢？井上可抓住陈部长不放了。

我说呀，三年以外，五年以内吧！

呵！五年呵！我都会成老头儿了，会走不动啦！井上苦涩地一笑，似乎对陈部长的评论有些失望。

过了好几天，听到了野战军主力部队在锦州和国民党军发生了激烈的战斗，不过奇怪的是却没有伤员送过来。

那天晚上，陈院长把井上叫去，告诉他，前线的伤员无法下送，但是，医院除今晚要接收一些伤员外，还要准备抽调一部分医护人员，组成野战医疗队上前线。说完递给井上一份名单。

哦，也就是说，医院要一分为二了。井上想。

井上看了看，把名单中的日侨女护士名单都划掉，加上了自己和安东秀夫的名子。

哦，你挺爱护妇女呵。听说日本同志一般的人大男子主义挺强的呀！陈部长半开玩笑地说。

过了一会儿，他又严肃地说，井上同志，做野战手术没有女护士行吗？

怎么不行呢，我保证。说完井上拍了拍自己的胸脯。

这一下，陈院长还有赶过来的林政委都笑了，同意了井上的意见。

野战医疗队火速朝东向前线挺进。一路上尽是战争的痕迹。烧焦的村庄，丢弃的牲畜的尸体，沿途的房子尽是断墙残壁。

晚上，在老百姓家宿营。一个老大娘，抱着孙子，在厨房为大家烧洗脚水烫脚。灶内的柴火映着她一张严肃的脸。

看到井上和安东过来，她立即站起来，直朝他们桶里舀水，一边舀，一边说多放些水，洗得会舒服些。

井上和安东秀夫烫完脚，看见陈院长带着管理员走了过来，拿了一块银圆给大娘递过去。

大娘推辞不要，还激动地说个不停：国民党军又抢我们的东西，又调戏

大姑娘，又烧我们房子，比日本鬼子还坏。解放军同志在我这儿吃点饭、喝点水还给钱，我不能要。

她可能压根儿没想到，这一堆解放军中还会有日本人。

安东秀夫一听到这儿，赶快拉上井上走了。

井上问秀夫，她是说日本鬼子吧？

井上对中文大都听不懂，不过对“日本鬼子”这四个字，因为听得多，已弄明白了。

安东秀夫点点头。

两个人都不再说话。

他们明白，这个老大娘是不会讲假话的。她一定不知道他们两人是日本人，她只是将她心底的话随口而出。不过，从一个普通的老大娘口中听到这样的话，可以想象日本军队的形象，在老百姓心底里是如何的了。

这时两人的心底仿佛是一个五味瓶打翻了，看到老大娘慈祥而信任的眼神，心里既有作为人民解放军一员的骄傲；但听到对日本军的评价后，作为日本人，心里也有一阵阵说不上滋味儿的羞愧。

医疗队的大车，在北方的山路上飞快地行进，一整夜都在行军。部队的前方，时而升起一两颗照明弹，把大地照得雪亮。整个夜晚都可以听到枪声和远处的人群喊叫。被炸坏的汽车和修筑工事用的器材甩满遍地，道路上拥挤不堪。

临时做野战医疗手术室的房子设在大路旁，主要是为了伤员的运入转出方便。陈院长和井上、安东秀夫各主持一个手术台。

但手术中由于没有电力供应，都是白天使用太阳自然光，晚上使用油灯。这次战场救护手术一共进行了一周左右。

2.12　1948年冬，北平前线途中，第34野战医院

部队终于进关了。

先是坐上闷罐子火车，后来又换上了卡车，一路坐到了山海关附近。在停车休息时，女战士们叽叽喳喳地，飞快地钻进路边的树丛中方便。

突然，有人站起身时，却猛然看到了远处蜿蜒的长城。月光下，青灰色的长城一直默默而坚定地朝对面大山顶上延伸过去。

看到日侨官兵不断地对长城惊叹与欢呼，人流也慢了下来。于是部队下命原地休息。

丰子和小枝一道，随着众多的日侨爬上高高的长城。登上长城后只看到长城如长龙般朝更高的山上爬去。

真壮观呀！终于看到长城了！今川副院长也一步一喘地，爬上山来看长城，他手拍着长城的城垛，长长地吸了一口气，赞叹不已。

没白来中国呵，不来是无法感受长城的呀。今川一边说一边张开口直出气。

丰子听见大家小声地议论。还有三三两两的日侨，向山顶更远的长城登了上去。丰子这时突然想起了外祖父，心里一热，难怪他一直念叨长城呵，丰子觉得自己眼睛都热了。

众人都被长城的气势镇住了。

长城的城门下，兄弟部队一队又一队的人流马不停蹄地通过长城的关口，洪水一般地涌进关内。

十一月中旬的时候，日侨战士们都很轻松了，因为东北全境都解放了。

日侨男女们自由多了，常常可以三三两两地出门去逛逛街，甚至喝上一杯。虽然天气已经很冷，但心里还是热乎乎的。

小枝问丰子，明年春天可以回日本了吧。

我也想呵。小枝一席话，让丰子已经想家的心更强烈了。

可是，部队开始动员了。

上级领导在动员会上作报告，号召人人作好思想准备，东北部队马上要进关，要参加解放北平、天津的战役，还要解放全中国。

部队的东北籍战士都不想进关。他们听说关内夏天炎热，生活习惯相差甚远。而且，一下子要离开刚解放的故土和乡亲，思想上转不过弯来。

日侨战士也议论纷纷。有个一所的叫清木的日本医生，开完辽沈战役的庆功会，就向今川院长表达了想回日本的想法。听说又要入关，立马病倒在床上了。

第二天，医院召开了入关动员暨誓师会。

誓师会主席台的对面，四个方正汉字写有“满员入关”的大幅标语，气势颇为壮观。还有好多红旗、条幅，烘托的会场极其喜庆。医院驻地十几个村子的全院的中、日医护骨干，今天一大早，都来参加这个誓师会。

首先是一个中国东北籍男护士代表讲话，他进行了忆苦思甜。他说，他们家进行了土改，分了五垧地，可以说是有了好生活。俗话说，十亩地加一头牛，老婆孩子热炕头是农民做梦都想的好生活。但是，关内还有蒋匪军，还有千百万农民没有土地。所以，我决心随部队打进关内，让所有的中国农民和我一样分上田，过上好日子。

一个伤员代表也在会上表示，他胳膊上的伤还有一些未好，但是为了不耽误入关，他申请明天返回部队。

日本籍战友的代表也登台了，让丰子吃惊的是，她是平野小枝。她说出了连丰子过去相处了这么久也没听她说过的事。

原来小枝热情的生活外表下，也有苦涩的一面。

她是来自开拓团的移民家庭，父母在战争中死在中国，哥哥和弟妹都回日本了，生死不明，是八路军让她战乱后没有饿死。她从过去不喜欢中国军队生活，到有了很多中国朋友，已经离不开了。还有，我的命是中国战友救的。为救立田和我们，吴排长都牺牲了。

她说着说着站在台上呜呜地哭了起来。

好哇！好哇！

台下的日侨官兵都叫起来，丰子拼命地拍起手来。

孙院长走上台，扬扬手，大声地说：好！我们要帮每一个同志克服困难，坚决执行上级指示，让部队满员入关！

满员入关！有个战士站起来向大家呼叫。

满员入关！满员入关！台下此起彼伏地呼喊起来。

满员入关！民族干事山本也突然站起来用日语喊着。

满员入关！日侨战士们也用日语大声回应。

整个会场都对日侨战士们鼓起了掌，暴风雨般的掌声足足响了十几分钟。

医院向前来接收的第十五后方医院办了移交后，为了隐蔽行动，全体同志当夜便步行到县城，乘上火车，连夜向山海关进发。

部队的情绪相当高。丰子看到小枝简直是满怀喜悦，一边走路一边哼歌。

几天以后，部队就到了北平的郊外，在香河县的一个小镇上，医院官兵受到了两旁村民的欢迎。好多人家在门前挂上红色或黄色的灯笼，手拿小小的红绿旗帜站在门口欢迎。

队伍中的今川和小枝都感慨万分。

怎么了？丰子看见小枝好似眼中有泪花闪烁，忙去问她。

三年前，是我们拿小旗子欢迎八路军，今天，是老乡拿小旗欢迎我们。小枝边和丰子悄悄说话，边去摸一个迎面走过来的小孩的头。

小孩子也在摇着一面小红旗，边叫边跳地牵着小枝的手。

怎么，有什么感想？今川副院长从后面过来，听到小枝和丰子的对话，也从马匹上跳下来，笑着问她们。

我们如今可是兵强马壮了，今川开心地笑了。听了她们的谈话，他也回忆起三年前的情景，那时有谁会想到今日呢。

好，打下了北平，你们也去缴获一匹马骑一骑！今川大声地说。

他骑上马走了。平时严肃的今川副院长，今天心情不错，爽朗的声音在

很远处还很响很响的。

今川副院长表情总是很平稳，像是个爸爸级的人。日侨官兵们都很信任他。他不太善言谈，可是很用心地照顾大家。他性格沉稳，医术又高，接受新事物还很快，深得领导的信任，日侨女兵们有什么事，都爱找他说一说。

今川也爱关心大家的事。

有一次开了个日侨会。

这是日侨中间出了男女间的事。医院的一对日侨男女青年，有二十大几了，可能暗恋了很多日子了，有一个突然要调离医院，去分部仓库工作。

第二天便要走，分手时实在忍不住，两个人偷偷跑到山坡上去约会，躲在一个草堆中，一下子便脱光了衣服，就抱在一起。因为在夜晚，弄得动静太大，被巡逻的警卫战士发现后，光溜溜地抓了起来，然后报告院部了。

大家都低头不语，因为违反纪律必须要处理，所以院里指示连夜开大会。

日侨中的干部都躲在一旁，连民族干事也不在。只有今川副院长一个人坐在台上，纪律纪律的讲个不停。医院的新政委是刚由上级派来医院报到的，刚来便让他处理这个棘手的事，所以铁青着脸坐那儿。

过了一会儿，新政委忽然说有事，出门去了。

今川副院长左右看了一下，看到大家太紧张，有意让大家放松一些。咳嗽了一声，竟用日语说起一个笑话来。这个日本民间笑话的意思是，青年男女一旦长大了，一不小心便会犯一些错误。

好久没有听见的日本俚语，让丰子和日侨女兵们都笑出声来了。屋子里顿时轻松起来。

实在地讲，日本人的有些习俗，在中国人看来仿佛是不可思议。中国人的想法，日本人也觉得奇怪。可是人生活在外国，又是在部队，当然是有许多不尽如人意的。

那一次的处理，也不过是和往常一样，将犯错的日本男女同志各自调离到另外一个部队，不再留在医院，仅此而已。

听说，这是今川副院长千说万说的结果。

要是中国同志，处理就会严多啦。今川有一天聊起此事，还很感慨。

怎么个严法？丰子问今川。

干部撤职，战士会开除党籍。今川肯定地说。

真的吗？丰子大吃一惊。

是真的。小枝在她身后说了一句。

怎么，吴排长告诉你的喽。丰子轻轻说了一句。

是的，他真是个好人哩。小枝一边说一边眯起眼睛，脸上都显出了红晕，好似吴排长就在跟前似的。他说了，打完仗了，他就要公开我们的关系。他带我回他胶东老家去生活。他说那儿临海，说是从那儿坐船去日本也很近。

呵，他真是个好人哩。丰子也想起吴排长来了，叹了一口气。

小枝不吱声了。丰子的无意之言，真的勾起她对吴排长的思念来。

在丰子被关禁闭的那天夜里，她和吴排长看过坐禁闭的丰子，因为看到查哨的干部来，两个人慌得一下子拐到路边，看到一大片玉米地，就躲进去了。

别怕。吴排长在她耳边说。

晚上风很凉，她不知不觉地靠紧了身边的这个男人。她对这体温似有点熟悉，她记起来那天她和丰子在树林里迷路的那个夜里，她是靠在吴排长的身上的，那时，她是生平第一次那样靠近一个陌生男性的身体。她又慌又臊，心跳得好快。

她仰起头，看见吴排长也在头顶上盯着自己。月光下，吴排长的眼光格外热灼。她情不自禁地就眯起了眼睛，只是这熟悉的温暖，慢慢地又到了脸上、嘴边。她感觉到了男人沉重的呼吸和热气，慌乱中，她不知不觉地张开了嘴唇。

衣襟被解开后，小枝竟一点也没察觉，小枝全身都开始发软发麻。

她的手，分别是抓着他的胳膊在推，但心里却似乎在期望什么。她觉得她身子直朝下坠，自己伸手想抓住什么似的。

不要呵，我怕。她用了好大的劲，才睁开有点迷惑的眼睛，她最后还是喊了这一声。再后来她就一阵痉挛，什么也不知道了。

……

喂，做什么春梦呀！山田推了她一把。

呵……被推了一把，小枝才知道，自已好像睡着了。

不要开小会了，山田、小枝，坐前面来。今川叫了起来。

不过，这种在异国紧张的部队生活中，由于有了今川院长，而给大家带来的轻松感，让丰子久久不能忘怀。

2.13　1948年冬，南下行军之前，某部第二野战医院

井上今天很高兴。

因为昨天的事让人很开心，今天又过得很惬意。

辽沈战役对于医院的直接成果，是由从国民党军中的解放人员中，补充来了三个军医。这些人和解放军有明显的气质区别。

和解放军臃肿的棉军衣不一样，他们开始在部队发的臃肿的棉军衣里边，都依旧穿着紧身的美式呢军装。和井上他们日本籍医生一见面介绍，也是开口嘣出几个洋浜腔英文称呼来。

搞得井上也挺不自在。

不过，由于他们是参加缅甸远征军的军人，和日军在缅甸和印度次大陆都有交战，所以，和井上他们日本籍医生时常有话题。

有时候，工作之后井上也和其中几个原国民党军医生去喝酒，多喝了几杯后，彼此讨论一些问题。

不过，当井上问起为什么美械的国民党军打不过持步枪的解放军时，观点还是有出入的。

是共产党军队不讲战术。一位穿着很讲究的孙姓医生，快人快语，不服气地说。众人听了笑了起来。

民众喜欢听解放军的宣传。也有人这么附和。

不对，是国民党太腐败，未争取到民心……是吗，井上先生……王医生

世故一些，慢条斯理。

我是日本人，我搞不明白。井上一听政治问题，就摇起头来。

吃过饭以后，有两位医生邀请井上去镇上的澡堂洗澡。由于要离开驻地几里路，井上想了一下，还是专门去林政委处问了一下，经过商量后，他们听从了林政委的意见，为安全考虑，又去医院叫上了安东秀夫，一道去。

在澡堂一同换衣服时，王医生刚发的解放军棉军衣衣袖内，咣地掉下来几根金条，有一根滚到安东秀夫的脚下。

大家都看到了，安东秀夫和井上交换了一下眼色，没有出声。

回来的时候，由于洗完澡很舒服，忍不住又去小饭馆吃了晚饭。这一次，是王医生主动要大家去的，而且吃完后，他马上跑过去付了账。

不要说金条的事呵！拜托。还有，也告诉井上院长。他轻轻地嘱咐安东秀夫。

我不会说的，他也不会。安东点点头。

零星有些伤员送来时，井上有意安排他们几个人都轮流上了上手术台。无论是王医生还是孙医生，一上了手术都变了个人，动作敏捷、技术娴熟而且处理果断。这一下子，可以看出他们可都是手术台上的强手。

又过了几天，部队已准备开拔南下了，王医生又一次过来，还是请井上和安东秀夫去小饭馆吃饭。并说他可能会去另一个医院工作，务必请赏光，等等。

吃了一阵菜，也喝了几杯酒了，他叹了一口气，告诉他们一件事。

原来，他衣服中缝有金条的事，不知为何让林政委知道了。他正在惶恐之中时，林政委找他谈话了。可奇怪的是，林政委一见面便说，让他好好收好金条。

我都呆住了……不可思议……王医生摇摇头说。林政委告诉他，他是个医生，留过学，又没上过战场，而且没有证据证明他的金条来历不明，因此，他可以收藏好他的财产。

他说完后，一副高兴的样子，显得很开心。

不过，这一次，他们几个人，又为金条引出话题来。

是井上院长先开口说的。

你说下看，如果共产党的解放军干部，身藏金条被俘了，被国民党军知道了，会有什么结果？井上一边笑，一边慢吞吞地问王医生。

哦，这个嘛……会处罚吧！会被没收的。王医生回答说。

谁来没收呢？井上又问。

肯定是长官……不过，给士兵发觉了，也会被抢走的。王医生肯定地说。

过了一阵儿，王医生见大家都沉默下来，又笑了一下，问井上，如果同样的事放在日本军队呢？比如说，中国军队的战俘，私带金条被发现了……

安东秀夫发现井上被王医生的提问怔住了。他悄悄地望了望井上院长。

也肯定会被没收。井上想也不想，丝毫不犹豫地说。

恐怕不止吧，也许会被枪毙也难说呢。

是啊！谁附和了一声。

这样讲来，看来还是共产党的军队好一些哩。有人悄悄地说了一句。

是吧！哦……

这一回，大家都不再说话了。

王医生又叹了一口气，摇了摇头。他怕是回忆起了他过去在国民党军队的好多事情吧！

吃过午饭回医院时，正逢有主力部队在大道上通过。部队队列中一排排自动步枪、新式机枪威风凛凛。队伍后面，一长溜的卡车拖着大炮，轰隆驰过。

还偶尔有指挥员，都坐着吉普车，从队伍旁边驶过。

几个人看得目瞪口呆。

安东，八路军接收咱们医院有三年多了吧。井上突然问了起来。

是呵，三年多一点点吧！安东秀夫回答说。

三年多的时间，就把一支穿着破烂军装的队伍，变成今天这样强大呵……安东秀夫默默地在想。

几个人不再说什么了，只是和王医生一道，默默地看着路上的部队一队一队走完。

晚饭后不久，院里有人通知井上副院长，说林政委要找他。

到了林政委办公室后，林政委给井上倒了一杯水。

井上发现，岗村也在一旁。

林政委清了一下嗓子，大声地说，井上副院长，我要调到别的部队工作了，谢谢你这几年来对我的支持。可是，我给予您的帮助却没什么，心里觉得很抱歉，今天是向您告别的。

井上一听也很突然，也不知说什么好。

水丰发生的事，我对您态度不太好，现在知道是误会您了，这一点务必要请您原谅。林政委诚恳地说。

哪里，情况这么紧急，这件事放在我身上，也会是这样处理的。而且，我很少考虑政委的难处。有时候很固执，很主观，只考虑日本同志的难处，这一点也要请政委您包涵。

井上被林政委的真挚所感动，也对自己反省起来。

不对，是我对背井离乡参加革命的日本同志设身处地考虑太少，只是单纯地想完成任务……平时严肃而沉默的政委，现在也只是一味反省自己。

离别真如一剂良药，使人真诚。

林政委，我可没给您什么帮助……井上见林政委自顾反省，心里不安起来。

您也给我很多帮助，比如，不让日本同志参加对地主批判一事，我向上级反映后，上级肯定您的意见是对的。宣传口号也有些个别是过头的，为此，还专门下通知到了其他医院和后勤单位。总之，相处几年您对我支持很大，我再一次向您致谢！

林政委讲到这儿站起来了，他眼睛中仿佛泛出了泪花的光。

关于这一点，井上早注意到了，不仅日本同志不再参加批斗会，后来就是有这样的会，会场上也没有体罚和无限上纲的口号了。由此，从这件事看，井上认为，共产党是善于纠正错误的。

谈完话之后，井上情不自禁地紧紧握着林政委的手。这几年的经历像电影一样在眼前放过。

不知为何，他都有点想抱住林政委大哭一场的感觉。

2.14　1948年年底，天津塘沽前线，某野战医院

当早晨看到了海的时候，卡车上的日侨姑娘们叫了起来。

因为日本岛四面环海，从小在日本长大的姑娘们，自然喜欢海的味道。

还因为，参军也有好几年了，天天行军打仗，不要说看海了，有时候简直就是洗脸的时间都没有。一年四季穿一身黄军装，有时都分不清自己是男是女了。

所以，当看到海以后，停车休息时，虽然是滴水成冰的天气，医院里的日侨姑娘们，还是发了疯似的朝海边奔去。

不一会儿，回来的女战士们的棉衣、棉帽上，结满了冰条和冰块。那是溅在身上的海水，给风一吹，瞬间便结上了冰。

看海完了，医院在离天津六十公里的南流镇迅速开设了四个野战救护所。

打仗用兵贵神速这四个字，丰子她们这一次体会到了。

部队原已到了北京近郊的香河，可是，突然说要调到天津前线。命令只到了两个小时，转运医院的卡车就到了，日夜兼程，晚上动身的，第二天一早便到了塘沽了。

医院在镇上的村边展开了设施简易搭建。

支前的民工也很多，他们大约有二三百人，在孙院长的指挥下，在村口的广场搭一个大席棚。

孙院长在动员时说，这是根据东北野战军总卫生部下发的简报要求，而推广的一种新野战医疗设施。有了这个大棚，可以防空、防雨、防风雪，冬天可以在隐蔽的环境下，集中伤员担架。

山田丰子和松本杉子随着孙云一道，负责随老乡上山收集松枝，因为铺好的席棚上要铺上一层松枝，做防空伪装用。

可是松本杉子站在那儿不走了，直盯着棚架那边看。

棚架旁挂了一个横幅，是黑字写在白纸上，墨迹还未干。

让大棚等伤员！不让伤员等大棚！

这应是宣传科挂的。

丰子一扭头，也看见了，难怪松本不走。

原来，身体强壮的山本英夫，正趴在高处用手扎棚架，他不时用手哈一下冻僵的手，还隔一会儿把手插进怀里暖和一下。

小心！注意安全！松本杉子朝山本叫了一声。

山本朝杉子和丰子挥了挥手，还把狗皮帽子摘下来，对杉子、丰子这边飞舞起来，大概的意思应是谢谢她们。

松本杉子还在一回头一挥手。

闹恋爱了？丰子也朝远处的山本英夫看了看，轻轻问了一下松本。

松本不吱声，不过由于紧张，有雀斑的脸上泛出红来了，可是，还是忍不住扭头朝山本英夫那边看去。

知道了后会坐禁闭的。丰子笑着警告松本。

不会的……平时不太吭气的松本，突然不好意思起来，噔噔地跑开，去前面了。

旁边正在准备上山砍松枝的民工，本来在听院务科的孙助理讲话，看到两个女兵后，有的停下了行走的步子，还有人好似听见了她们说日语，脸上露出了奇怪而困惑的表情。

杉子远远跑去的脚步声，让丰子又想起了昨天的情景。

昨天早上，在塘沽附近，医院先行展开了一个野战救护所。

不久，丰子看见抬进来一个受伤的战士，让大家都大吃一惊，担架上，伤员像个冰坨坨。

一问送伤员来的民工，才知道战斗中伤员是冲锋时受伤跌到水里了，抬过

来时，寒风吹了一路，他全身的衣服冻得硬邦邦的，好似穿了一身冰盔甲。

正在野战救护所的今川院长，马上命令人先敲开伤员衣服上的冰层。还在询问情况时，抬担架的山本英夫早已脱下自己的棉衣，飞快地给伤员换上了。

在一旁的丰子、杉子等几个护士赶快为快冻僵的战士一个个按摩全身。这个伤员已冻得说不上话来，但感动得一双嘴唇直抖，直点头，流下眼泪来。

突然，丰子看见杉子转身跑开，一会儿，不知从何处找来几床被单，紧紧地包在山本英夫身上。

山本英夫身材壮硕，披上被单后，盯着杉子，脸上显出惊异而高兴的表情。

这一切让站在一旁的丰子印象同样深刻。

而后，杉子也是飞快地跑开了。

担架队，来三副担架！孙院长在远处叫着。

来了！英夫披着被单，一下子扛着一副担架跑了过去。

听杉子讲英夫的故事，让丰子又想笑又钦佩孙院长。

刚参加民主联军时山本英夫是当伙夫的。

有一天，开饭时伤员在大闹伙房，好多人把瓷碗都摔在了地下。大家议论纷纷，说一连几天，米饭中好多沙子。还有人拄着拐杖端着饭去伙房，要打山本英夫。

就是他！就是他！有人指着英夫嚷着。

我看见他放的沙子。一个伤员火气很大，把饭盆也对着英夫丢了几个过来。

吵什么！孙院长来了，把人群挤开，踢开了一地的饭盆和瓷碗碎片。末了，还从锅里抓了一把米，到屋外去仔细地看。

山本也不抬头，只管低头洗菜。

吵什么吵！米中的沙子太多，重做一锅饭吧！多淘几次！多淘几次！他拍了拍蹲在地上的山本英夫，又对门口几个喊叫着吵闹的伤员扬扬手，不一会儿人群就散了。

晚上，山本去了孙院长的屋子门口。

有事吗？孙院长一脸惊异，以为又有人去伙房闹。

英夫递上了一张纸条，低着头说不出话来了。

孙院长看到了几个汉字，歪歪斜斜：沙子，我放了……我错了！

不要说了，好好干！打倒蒋匪军就回日本去！孙院长轻轻地说，把纸条撕碎了，丢在地上。

我……我想去担架连……我有的是力气，我不想做饭……山本嘴唇发抖，想说什么，终于还是说出来了。

孙院长在看文件，头都不抬。

几天以后，英夫调去担架连了。

前线的战斗打响了。

果然，宽大的席棚发挥了作用。由于大棚可以容纳一二百副担架，成百副的担架进进出出毫无阻碍。

负责全院指挥的孙院长，带领战伤分类组，在大棚门口对每一副担架飞快地进行检查伤情和伤员分类。

院务科统计员山田丰子，昨晚便按照孙院长和院前指的要求，把全院在大棚里分了五个功能区，逐一写上号码。

丰子看见，山本英夫在一号区，负责安排本院担架连后送伤员。伤员们在一号区交换敷料后，由本院一百多名日侨男担架员送伤员到后方医院。

二号区是棚内处理伤员并安排本院收治。松本杉子和十几个人在埋头忙着，不一会儿就会抬一个处理过了的伤员去临时病房。

三号区是手术区。手术区主要进行止血和扩创手术，五个手术台一字排开，其中一个主刀是中国籍的刘副院长；另一个主刀是辽沈战役解放过来的，那位衣着整洁的原国民党军的董军医。

其他三组都是日本籍医生主刀。今川副院长一言不发，也在忙个不停地在手术台上做手术。

大棚里热气腾腾。是因为昨天采纳了孙华和今川两位院长的建议，将烧开水的大锅放在大棚内烧。

大棚的护理工作，由孙云负总责，她嘱咐丰子，让她多注意大棚的温度和开水供应。

烧开水的目的，除了是好几百人官兵和伤病员要喝水外，还由于天冷，医院要不停地用热水开水；另外还有一个目地，是为了让火炉不停地烧热红砖，给收治的伤员热被子用。

今川副院长嘱咐孙云，安排丰子负责这个烧热红砖的工作。

丰子满脸通红。满炉的大火，烧得木柴叭叭地响，把两大满锅的水煮沸起来。

今川副院长亲自指挥，让她领上小枝等几个女兵，几个人把红砖搬来几大排，过一会儿便夹几块红砖在炉火中烧红，朝水里一浸，热气顿时飞满了棚内一角。只是水蒸气一会儿便没有了。

热红砖刚退去蒸气，姑娘们便把准备好的布包好，堆在那儿，一会儿便挑去门口。

丰子看热砖包了不少，便安排小枝去门口，让她和另一个女兵负责，进来一副担架，马上在脚底放上一个热红砖，让伤员一进大棚便能暖脚。

又是烧开水，又是热红砖，丰子和日侨女兵们干得满头大汗，都把棉衣脱了下来。后来，护士岗位上人手不够，女兵们一个一个都让孙云抽走了，只剩下了丰子和小枝两个女兵，其他的帮手都是村里的老乡了。

晚上吃饭休息时，丰子问了小枝一句：今天是不是太累？

因为她发现小枝只吃了几口饭，就靠在自己的肩上，想在烧水的炉火边打个盹儿。

丰子姐，你说，这个大仗还有多久才能打完？小枝迷迷糊糊地，半睡半醒地问丰子。

快了吧！丰子也在打呵欠。她都不想回答小枝的话，她也想和小枝互相靠着，睡个大约十分钟。

炉火因为没有添柴，火小了一点，也因为伤员下送，好似也停了下来。各个手术台上的医生护士，都坐在一旁吃饭。外面北风很大，还夹着雨和雪，打在席棚的顶上，叭叭作响。松枝上的水都结成了冰凌，风一吹来，时而喀嚓一响，时而又哗啦一片。这些应是冰凌折断，猛的掉在席棚顶上的声音。

丰子着实是困了。

从医院投入战役准备，再到搭战地救护大棚，直到大棚投入伤员收治使用，丰子已经快有一周左右没好好睡觉了。

一天要处理多少伤员？丰子半闭着眼，问小枝。

每天八九百人左右吧，今天最多，有一千零五十人。小枝答了几句，睡过去了。丰子想，她应该是每天有基本登记的，她负责给每副担架放热红砖，数字应八九不离十。

收治有三天了，也就是说，已经收治了快三千人了。丰子想。

听说，可能是今晚或明天凌晨总攻天津。那明天，想必是会有更多的伤员吧！

在久久遐想之中的丰子，慢慢地和小枝肩靠肩睡着了。

第二天下午，小枝来找丰子，告诉她，院前指让她去生活保障组报到。具体干什么，去了才知道。

这里拜托你了，丰子姐。小枝把来接替她的中国籍护士小刘介绍给丰子，又带小刘看了烧红砖、包红砖的过程，算是做了交接。

又过去了两天。

丰子这几天已看不到小枝，只知道她是调去膳食科。由于收治的伤员太多，供应时好时坏，是今川副院长点名让小枝去充实膳食科的。

这天晚上大约十二点的时候，今川副院长来找丰子，表情很焦急。

你放下手上的事，去找一下小枝同志。今川院长悄悄地说。

今川平时眼镜后面沉稳的眼睛里，显出少有的慌乱。而且面容疲惫。丰子听人说，他们每一个手术组每天要处理好几百伤员，每个医生要做十几个小时的手术。

怎么啦？丰子看着今川副院长，吃惊地问。

小枝失踪了……今川停了一下，还是说了出来。

失踪了？丰子倒吸一口冷气。

原来，小枝在下午六时左右，去给住在老乡家的病区伤员送饭，但到晚上七点，病区护理员过来说，饭还未送到，伤员都是中午十一点吃的饭，都饿急了。

更要命的是，小枝不仅未去病区，找遍了医院，人也不见踪影。

一时间，好多人打着火把或电筒到处找小枝。找了几个小时，也未找到人。

院里也研究过了，毕竟离前线只几十里，也不排除敌特的袭击。也怕有其他异常，当然最担心的，莫过于她误入前线阵地，被敌人俘获，要是那样就糟了。所以专门要今川去找一下山田，因为丰子在医院里细心是出了名的。况且，她俩关系好，有什么事小枝可能也会和丰子通气。

就在丰子出大棚不久，果然，丰子在离大棚不远处发现了一个木桶，木桶倒在一个草堆边，馒头滚了好几个出来。丰子心里一惊，这个木桶丰子好似见小枝提过。

这下子丰子心跳加快了，赶快四处找人拿来火把和电筒。照亮了以后，看见小枝倒在一堆草边，飞雪已盖住了她全身，丰子用力拖她也拖不动，这才发现她全身冻住在草堆旁的冰雪上了。

有人拿来了铁镐，挖开了小枝身上的冰壳。小枝一动也不动。

闻讯跑过来的前田医生，一摸小枝的脉搏，又听了听她的呼吸，叹了一口气。

天哪，她睡过去了，可能太累了。已经没事了……前田医生看见过来好多人，忙安排人抬走小枝，也把结果告诉了赶过来的孙院长和今川。

幸亏有这一堆草呢……回去吧，院长……小枝已让担架抬到大棚里去了。丰子看见今川还在一旁沉默不语，忙上前招呼他。

看来太累了，走路绊倒了都能睡着呢……真是不可思议！今川副院长头直摇。他一边往回走，一边自言自语。

2.15　1949 年，北平前线，第 26 野战医院

快年底时，前线已只有零星的枪声，偶尔有一声轰鸣爆炸，又会有一段长长的静寂。

天津好似是打下来了。

因为没有伤员下送，前一晌忙极了的大棚空荡荡的。不过，大棚里架起的大铁锅里，开水仍然是烧得咕嘟嘟地响。医院的医护人员和值班的战士与民工，白天夜里还是和衣而睡，和战役发起时没两样。但是，紧张的空气明显的松弛下来了。

中午，医院吩咐，吃完中饭以后，除开病区值班，所有人员一律睡觉。要吃晚饭的先行登记，自行来伙房就餐，不吹晚饭军号了。

这就是说，仗打的告一段落了，这儿暂时不收伤员了。

啊！队伍中，不管是中国籍还是日本籍的官兵，都欢呼起来，终于可以睡个大觉了。

可是医院又特别交代，睡觉前，大家要各自交还各家房东的东西。

这不是又要转移么？大家都相互望了对方一下。

一解散，部队呼地一下散了。二十几天没睡个好觉了，天塌下来也不管，大家先睡了这个觉再说。

果然，第二天一大早，交接的分部领导来了。

一个上午，硬是要把伤员和野战医院设施交给这个来接收的后方医院。医院受命，马上又要返回北平前线。

不过，还要留一部分人，在这个接手的后方医院工作。

这中间，还出了个小插曲。

原来，留下来的名单是没有松本杉子的。可是，因为担心转移的需要，山本英夫和半个担架连都留下来了。尽管山本英夫和担架连的一些留下的日侨官兵都一百个不乐意和老医院分开，但到此时只能服从命令。

他们和大家分手时都沉默不语。

过了一会儿，丰子看见今川院长从大棚里出来了，后面跟着松本杉子，松本一边和今川说着什么，一边仿佛在抹眼睛。

中午过后，部队开始急行军。这一次没有卡车，要靠两条腿，目标是北平近郊。而且上级反复告诫，部队随时要准备应对敌情。

中国北方冬天的天，大约六点左右便开始黑了。

夜幕之下也没有休息。行军是沿山路开进，正常的行军过了一段，就会有变化。口令一下来，就是小跑步的急行军。急行军一个小时左右，就是休息的口令，在原地休息一下后，又是整队出发。

在蹚过一片冰河前，传来的口令是“脱掉长裤”，姑娘们叽叽喳喳地围在一堆一堆地吵着，有点你顾我盼地张望。最后还是一个个坐下来，脱光了外裤，反正天黑什么也看不见。下水的时候，冰凉的水流让好几个姑娘尖叫了起来。

原来黑暗中，女兵队列中混入了几个掉队的兄弟部队的男战士，他们也都把棉裤脱了，和枪一起背在身上。这几个人光光奔了过来，一看到全是光着下半身的姑娘们，吃了一大惊，姑娘们的尖叫声把他们吓得飞快地跑了。

安静！安静！黑不溜秋又看不见，怕什么！黑幕中传来孙院长威严的声音。队伍霎时安静了下来。

四周是黑黑的，的确谁也看不清谁。

你们是要命，还是怕羞，安静！快速跑过河去！

丰子刚一站在水中，觉得冰冷刺骨。她也本能地叫了一声，犹豫了一下，停了下来。快跑，跑就不冷了。今川院长在后面推她，她一咬牙跑了起来。

一大群男女战士们，刷刷地蹚过结了冰的小河。一双双白花花的腿和脚，在黑暗中急匆匆地、叭叭吱吱地拍打着冰河的水，声音传得很大很远。

不过没有一个姑娘停下来。

隔一阵又响几声的冷枪，让人紧张又不安。

行军的另一侧是禁止接近的，隔一段有几个人，那是当地民兵和华北军区和河北省地方部队的步哨。他们有时站在树上，有时趴在地下，全神贯注担负警戒工作，负责掩护东北野战军部队不顾一切地向北平开进。

休息时，有时有河北地方的民兵们送来茶水。他们很警惕地一边张望，一边告诉部队说，对面平坦的路边，大约几百米外就是敌人的警戒区域，就有敌人的步哨隐藏在暗处。

而我们靠近丘陵的一侧，起伏不定的低矮山峦的阴影旁，时不时还有我方汽车部队闪烁的行进灯光。

非常规的急行军，大约走了十来个小时才停下来休息。

不好的消息是，医院手术室的大车掉进了山沟。幸而山沟不深，马匹也未受伤。把散落在山坡上的药械箱子搬上来，掉队了半个小时的手术室大车还是赶上了部队。

另外一个小消息是，部队动身时，松本杉子突然向今川副院长请假，说是要去还房东的钱和东西。牵涉到纪律的事，也只能批准。今川副院长在同意之后，还派了一个中国籍的男护士随行松本，嘱咐他们，务必随后行的院后勤人员追上部队。

可是晚上，等部队到达休息地时，得到返回的男护士的消息，说松本杉子突然肚子剧痛，不能随后勤人员回部队，而来接收的后方医院也同意松本杉子留下住院了。

后方医院还开了病员接收证明。

今川副院长看了证明，半天不语。他交给丰子，让她去给院政治处，同时也将松本的情况报告一下孙院长。

丰子刚出门，今川又叫住她，迟疑了一下，还是明说了，他叫丰子一定不要和别人说，松本曾经向他要求想留下的事。

她想要留下，你没告诉孙院长？丰子问今川。

没有。今川很肯定地回答。

只有日侨之间，才稍微流传了一点点松本的故事传说。不过，今川是一定不会和孙院长讲实情的。丰子心里有底。

今川告诉她，昨夜开会院里领导定留人名单时，确定的原则是，因为怕难做工作，名单确定后，一个人也不能改变。讨论松本时，认为她是医院老

骨干护士，医院需要她。

她要求留下来的事今川没和任何人说，因为说了也没用。

反正到哪儿不也一样干革命嘛。丰子看今川闷闷不乐，说了一句宽心的话。

这倒是。今川点点头，很少见地抽起一支烟。烟雾中丰子看见今川眉头皱了起来。

在满铁医院就在一起哩！她人很本分哩……但是还是没想到，这个小姑娘……今川边抽烟边嘀咕着。这意思，今川副院长好像是为今后不能照顾松本而遗憾。

今川的话让丰子涌起一股离愁。

她猛然记起那天松本杉子和小枝突然跑进来，逃进大衣柜，然后三个人一同被押回医院的情景，那个情景好似就如昨天一样。

这一分手，什么时候能见面啊！

可是这个丫头居然想留下，也不和自己说一声。平时看见猫也害怕的松本，居然今天这么大胆。

这是为了山本英夫？

为了爱情不顾一切的松本，让丰子有些不解。

已经隐隐地听小枝讲，好像是杉子有点迷糊糊的，有时候，一讲起担架连的日侨男兵，就特别兴奋，那神情像是迷上了什么人。刚开始丰子也不相信。

今天杉子来这一手，让丰子吃了一惊。估计小枝讲的怕是八九不离十了。

一到达驻地，日侨官兵也不含糊，马上动手干活。已有零星伤员送来，陆陆续续地不断。令人兴奋的是北平附近居然有电灯，今川院长亲自上阵，连续做了十几个伤员的手术。好久没有在电灯下做手术了，所以，今天在明亮的电灯下工作，感觉十分顺利。

后来才知道，昨天通过的地方，是敌我交叉控制的区域。双方都在抢运人员和辎重，都在为攻城和守城做最后的准备。

元旦节过了，还没有听到总攻北平的命令。

丰子今天随孙院长、今川副院长去了一趟卢沟桥，向后勤分部做统计汇报，同时申请医院物资补充。

远远地看见，被围困的北平城落满了积雪，灰蒙蒙的毫无生气。据说是围城部队切断了城里的水源和电源。不知是为了拖延还是等待援军什么，国民党军还在和围城部队指挥部谈判。

天津战役结束后，敌人的部队运动几乎停止了。没有人员和物资补充的北平更像一座死城。

偶尔还有冷枪冷炮，时不时从城的四面的外围，轰鸣地飞过天空，呼啸而过，据说这都是些吓唬人的空炮弹。

可此时的丰子，只是一个劲地想着松本杉子了。

2.16 1949 年，天津战役，某后方医院

松本杉子躺在床上，心里不知是什么滋味。

前天夜里，她的确是有点闹肚子。不过，她想了个办法脱离了今川副院长的出发队伍后，就决心用这个方法留在后方医院了。

松本是在宣布名单后下决心的。

当留下的名单宣布了山本英夫时，她朝左边的担架连望了一下，在这一瞬间她碰了山本英夫紧张而期待的眼神。

宣布了名单后，只有两个小时准备工作，医院便要出发。松本杉子心如乱麻，不知如何是好。她飞快地先到病区，向来接收的后方医院的人打了移交。完了以后，她收拾东西准备打背包。

松本！有人叫她。杉子回头一看，是山本英夫朝她走来，靠在一棵大树旁边站住了。

山本英夫递给她一个小布包。他翻了开来，是一支笔、两块银圆，还有

一张写满字的纸条。

这是我家的地址，回不回日本，有什么事，都可以写信过去。山本紧紧地扶着树干，告诉她。

我不要。松本杉子低下头，忍着快要出眶的眼泪。突然一下子，身上已经感到人的体温了，双肩感到被抱得很紧，应是英夫的双臂。

你不能要求留下来吗？松本怯怯地问他。

孙院长叫我随他走，他信任我。另外，他是我的首长，我的恩人，我不能不听他命令的。

山本的声音就在耳边，很坚定。

山本的嘴唇，已在轻轻地亲着自己的头发。

松本心头一阵热，低下脸，躲着山本，身子却不由自主的紧紧和山本相拥，心里怦怦直跳。人只想走开，脚却挪不动，好像这是自己久久期待的。

我们不知何时能见面呵。答应我，照顾好自己……是山本在耳边呢喃。松本什么也听不见了，身上发软。

嘴被温软的东西堵上了，一只手从衣襟上方伸了进来……

一阵从未感受的颤抖，忽然一下向全身扩散开来。

不要，山本……我求你……

很快……好吗？山本一边问她，一边缓缓而坚定地把松本朝树丛里拉去。

松本用力地推开山本，抹抹头发，站住了，她摇摇头，看了看山本的脸，突然上前紧紧抱着他……我等你回来……回来……她很坚定地说。

只拥抱了一会儿，全身发热的松本，大哭起来，她猛地推开了山本，跑开了。

回到宿舍，她似乎又有一点后悔。

她是在医院食堂吃饭时，偶尔和山本聊天认识的。

那天她看见山本到伙房进进出出，和炊事员都很熟悉，而她正巧坐在食堂门口吃饭，山本突然从伙房里拿个勺子，加了一勺菜，放在她碗里，让她很惊讶。

你怎么？谢谢喽。她站起身弯了弯腰。

我以前在这里做过伙夫呀！他开心一笑，露出了白白的牙齿。他笑呵呵地，很快走开了。

你是怎么来中国的？后来，山本又蹲坐在旁边，和她搭讪。

你呢？她反过来问他。

参加青年义勇队呀。骗我们来的，在东京招募时，说是配十垧地，一个日本老婆……他妈的……他生气地呸了一口。

没配成？松本笑了。

关起来军训了三个月，前线吃紧，一个晚上突然集合起来，补充到关东军前线了。战争越打越凶，一个中队的兄弟，只剩下三五个人了。我受伤先是被俘了，后来又逃离了俘虏营，在逃难中快饿死了，又碰上了八路军……山本边说边叹了口气。

山本的经历让松本想起一个人，相片上清秀的三浦次郎，她那个未曾谋面的新郎。此刻，他又在哪儿呢？

你看看，你好像她哩！山本递过来一张相片。

相片上，一个穿海军蓝学生装的少女，圆圆的脸上露出浅浅的笑。相片背面有一行小字：广岛市第二女子家政中学小和田美子。

这是政府给我的新娘。相片是新娘募集所为我们交换的。我也寄了照片给她。英夫苦笑了一下，又说了下去：当局那天晚上突然集合，长官宣布说，从日本到满洲的海船，让美国飞机炸沉了，她和几百个大陆新娘都在船上。我们一下子群情激昂，第二天就上前线了。

山本沉默了一会，又说，不过我不相信，我如果能回日本去，一定要去找她！

我也有一张新郎的相片，不过我扔了。松本平静地说完，站起身来。

啊……你也是大陆新娘？山本大吃一惊。

对！不过我不相信这些了！松本点点头，走开了。

喂，你怎么能扔掉哩，他可能还没死，那是他生命的全部呀。你站住……山本在松本的后面大声叫了起来。

她向今川副院长找了一个留下来的理由。

不知道是不是今川仿佛有点明白她的想法，派了一个中国籍的同志陪她，不离左右。无奈，杉子只好找了个理由，去后方医院的医生那儿看病去了。

她看见医务处坐了个男医生，在为伤员做检查。于是，坐了过去，等待他完了以后，给自己看病。

男医生看起来有些面熟。杉子在旁边一听，听出他中国话讲的是不错，不过，从发音上可以肯定他不是中国人。

奇怪的是，小腹这会儿真的痛了起来。杉子捂着，脸上汗珠出来了。

原计划陪同她归队的这个中国同志等不及了，因为野战医院后勤组要出发了，在催他。情急之下，他干脆建议先让医生开个收治证明，杉子自己也安心住几天，以后再回到自己医院也可以。

他可不知道松本要留在后方医院的真实原因。

松本杉子看了看给她开的医院收治单，签名上写着：安东秀夫。

她记起来了，这个安东医生在东北的辽东军区的卫训班上，给她们上过解剖课。这还是她刚参军第一次参加辽东军区卫训班培训的时候。

过了两天，安东医生来查房，杉子大胆地喊了他一声。

安东医生没有回答她，只顾和后面一个年老的医生说话，还念了一下床边的病号牌。

一六八号，松本杉子，护士，急性腹泻。

井上院长，这个病员应可以出院了。安东秀夫看牌后，在向这个叫井上院长的人介绍杉子的病情。

阴差阳错的是，山本英夫并不知道杉子来后方医院住院了，他当晚便随担架连执行任务去了，是送几个转院的重伤员去兵站。杉子也不知他什么时候回来。

等了半个月，也没看见山本返回。

又是一个月过去了。医院的担架任务，都改由民工担负了，她这才去问安东秀夫。

不知道，担架连恐怕抽调走了吧。安东秀夫匆匆忙忙地回答了一声，又走开了。

后来才知道，这个主要是日本籍战士的担架连，由于战场急需，改为全部留在兵站，做纵队分部的机动担架队了。

听得杉子感觉有点头昏，人似乎天旋地转。

看来，一时半会儿也见不到山本了。

到晚上休息时，她睡不着。

怎么，还在想山本?

对面的菅直叶子，已由井上交代了。她知道松本的心事。

担架连去了后勤分部，应该没有危险的。她安慰着杉子。

咬着嘴唇的杉子终于抽泣起来。

快睡吧，着急也没用。说完，菅直也忍不住在叹了一口气。

杉子的抽泣引出了菅直的心事。

那天，听说了林政委要调走的消息时，菅直心里禁不住咯噔地沉了一下。

装着没事一般地，和大家一道说说笑笑参加了欢送会后，菅直晚上也是睡不着，她干脆起身出门去。

还没睡？出门时上夜班的安东秀夫问她。

她低头答应了一下，朝厕所走了过去。

回来时，她看见林政委房间还亮着灯。鼓起勇气，她上前敲敲窗户。

谁呀？林政委在问。

是我，菅直叶子……

中国隆冬的北方夜里，冷冷的风吹了过来，像沙子一样打在窗户上作响。脸上发热，那是如刀子一样的风划在脸上的原因。

有事吗?

政委，您明天早上就走?

对！今天要写好交接总结，不能上中文课了，我告诉岗村了……

哦，那……我……祝您一路平安！

谢谢了！早点休息吧！

她有点失望。从林政委口里，听不到一丝离愁的柔情。她有点责怪起自己来。

也许是自己自作多情。一想到这儿，菅直脸上真有点燥热了。

第二天上完早班，已是下午了。岗村笑着走了过来，递给她一个小册子，是小学校用的中文识字课本。上面用中文写着：菅直叶子同志：好好学习，分别纪念。林青 1948.10。

我和你一人一本，政委说做个纪念……岗村笑了一下，招招手，走了。

杉子起夜的时候吃了一惊，她发觉菅直在翻一本书，还未睡觉。

第二天早上，安东医生又来查房，杉子叫住他，让他再看一下前面那一床的伤员。她感觉这个伤员情况不好，担心他是感染了。

那个伤员果然是感染了破伤风，随即马上被转到危重病房去了。

杉子把他送去危重病房后，对安东医生讲，她有在传染科工作的经验，可以去照顾这个伤员。安东医生请示医院后，也同意了。

杉子是有经验的，她和科里的几个日本护士，到村里赶制了一些草帘，还抱来了自己的棉被，将破伤风伤员的房间遮蔽得严严实实的，不透一丝风。

以后又陆续住进来几名破伤风伤员，其中两个人到了夜间已经抽搐起来了。

安东医生看了以后，还叫来了井上院长。正在后方医院检查工作的军区卫生部石副部长和卫生部的石井博士（他是经验丰富的传染科专家），都由医院的院长、政委陪同一齐来了。

原来，转为军野战医院后，由于部队要南下，伤病员必须留下来集中治疗，又一次整编医院，考虑到井上他们医院日侨多，技术条件好，在整编时又将医院改为直属军区的后方医院了。

领导们都一致称赞，松本她们这个临时传染病房搞得好，防风防声效果不错，不过当下最要紧的是把伤员的抽搐症状消除掉。

由于没有治疗破伤风的抗毒素，治疗效果不太好，部里在往分部紧急调药，不过晚上能不能赶到医院，则难以预料。

杉子马上去了一趟药房，药房里的山口司药见到杉子，有点惊奇。不过杉子问了一下，马上来找安东医生了。

原来，野战医院的药房有医院自制的硫酸镁和碳酸溶液，这两种药剂注射后，都有治疗效果。

山口司药送药来时，也叫来了二十六野战医院的田中医生，他使用过这种药，最后是他开具的处方。

井上院长一直在一旁，看安东医生处理。其实安东秀夫已被任命为医务处副主任了，分管住院病房治疗。命令要明天宣布。

井上院长对安东秀夫一晚上主持的紧急救治非常满意。

也许伤员病症太重，或是由于用的药效力不够，到第二天早上，情况还是不太好。

有一个伤员甚至是牙关紧闭，不能进食。

杉子和另一个中国籍护士小田，轮流用一根导管，顺着牙缝为伤员注滴了一碗米汤，一杯蛋白水。这两碗汤水，喂了一个上午。

安东医生来查房，看到了她们为伤员喂汤水的情形，很感动。完了吩咐杉子她们，每天工作完了，一定要注意消毒，防止交叉感染。

又过了一天，情况更糟。早上还不到交班的时候，值晚班的小田慌慌张张地来宿舍告诉杉子，说昨天这个进食困难的伤员好像没有呼吸了。

这一下非同小可，杉子赶快跑了过去，与此同时，安东医生也到了。

听了胸音后，安东秀夫又把手贴着伤员的鼻孔，测试了一下。

没办法了，要做人工呼吸。他毫不犹豫脱去白外衣，用双手在伤员胸口上按起来。

按了有五分钟，杉子摸了一下，还是没有脉搏。这样不行，安东主任……恐怕要做直接的人工呼吸。

我来……小田推开杉子。

你有点感冒，对伤员不好，我来吧。杉子说完后平静地俯下身，只迟疑了一下，旋即用嘴唇对着伤员的嘴唇，拼命吸起来。

去准备消毒液，漱口用的……安东秀夫吩咐护士小田，眼睛却一刻不停地，死盯着杉子身下的伤员的脸。

安东秀夫心里发跳了，因为他看到，这样嘴对嘴呼吸大约有十几分钟后，松本杉子嘴唇下的那张伤员的脸，渐渐有了一点点红色。

到晚上休息时，菅直直说杉子……破伤风好危险哩……

救人命呀，没办法……

针打了没？菅直问杉子。

打了。杉子回答说。

好在安东秀夫后来拖杉子去打了一针预防针，菅直这才放心了一点。

军区卫生部的领导们，原来是来安东秀夫他们第九后方医院开半天医院现场会，推广第九后方医院发明的土制高温消毒锅的。

军区卫生部领导也希望这个发明能为即将展开的解放北平的攻坚战立功。

这是第九后方医院的日籍消毒员岩木同志在天津战役前线为解决手术消毒敷料不足，就近利用战场器材想出的土办法。

这个土消毒锅便于制作。开会时，岩木当着各医院人员的面，具体地制作了一套给大家看。他只是拿一个大的废汽油桶，在顶部装了一个密封式高压装置的盖，盖上连了一个计压表，他说明一句，安东秀夫翻译一句。大家听说这个装置可以使用十五至二十磅的高压进行灭菌，而且消毒一次只需三十分钟，都很感兴趣。

而且废汽油桶容量大，效力高，完全可以解决一个五百左右床位野战医院的战场救治消毒敷料。

其实，这个装置的试验，安东秀夫和井上副院长也费了很多心血指导，他俩和岩木一道讨论技术方案，安排改进方法，反复制作部件等。而且安排医院已经在天津战役的救治中使用过了，非常方便。

这个装置特别适合于大型战役时接收大批伤员时使用。

不过在上报这个土消毒锅项目立功材料时，安东秀夫坚持把自己的名字画掉。

为什么，你出了很多力呀。井上副院长看了报告，为此专门找他去谈了。

您不也出了很多力吗？安东笑着说。

不写我了，我是院长，是应该的。

我是副主任，也是应该的。

井上听了安东这样说，不再出声了。

这个装置成功使用的消息，是偶尔让军区《战斗报》一个记者报道上去的，却一下子引起了上级卫生部门领导的注意，听说东北野战军后勤部领导也关心过问了。

总之，这个敷料消毒装置成了全军区的卫勤战场器械发明推广案例。这在井上的医院可还是头一次。

这让井上和安东的确很高兴。

推广会上，军区卫生部宣布给医院和岩木同志分别记一等大功。

安东秀夫看见井上副院长在会上拼命鼓掌，和医院陈院长以及新来的杨政委一样开怀大笑。这个真不多见。

毕竟这也是日侨官兵给医院争来了荣耀。

2.17 1949 年 1 月，北平城外，医疗巡诊所

去北平城内是日侨战士们所期待的事。

自从国民党傅作义将军部队起义之后，部队就在准备入城的事宜。

主要是政治动员、整顿军容风纪。

天天早上起来，出操时唱《三大纪律八项注意》。然后，吃了饭就讲课，课的内容是北平城的历史和风土人情。

政治处主任上课前，让人扯了一个大红布横幅，上面的字墨迹尚未干透，他一字一句地让大家高声朗读："空手进城，空手出城。"

从那天开始，每天出操集合后，第一个口令就是指挥员大声对着队列喊：空手进城！

然后，是出操的全体官兵回应：空手出城！

空手进城！

空手出城！

天天彼起此伏，就如立正、稍息的基本口令一般，在二十六野战医院的中日官兵心中烂熟于心了。

听说针对中国籍战士中还有文盲的情况，政治处还对这两句口号配了识字图文说明，以保证每一个人听懂、看懂、理解透。

奇怪的是移防城内的命令，一直没有下达。

但是，严格请假的制度，一直执行得很苛刻。一般外出，只批准一两个小时的假。实际上大家都明白，这是控制大家去北平城内的手段。

在日侨官兵中，都对北平有一种庄严的感觉。大家都知道北平是六朝古都，满城都是历史古迹和文物。比如说，故宫呀、颐和园呀，在日本上学都知道的古迹，今天在咫尺之内，当然想去看看。

战争时期，在东北的日侨们，都要上班或上学，况且尚在战乱中，所以说，日侨都很少有机会来北平。

丰子从心底是想去北平城里玩玩，可是，基本上没有什么理由去北平城内。如果说是去玩，领导当然不会批假。

后来又听说了，凡有古迹的地方，都由北平特别市军管会派兵看守了。为防骚乱，规定没有军管会的批准，任何军人或市民均不许进入。

不过，北平前线却一直有伤病员下送，基本上是冻伤和重感冒。

这一天，上级通知东线第二十六野战医院去城内做部队巡诊。

因为是去诊断后送伤员，同时也到入城部队为官兵看病，兼作统计员的山田丰子，也作为进城人员之一，上了坐满了吵吵嚷嚷的医生护士的大卡车。

名单中原本是没小枝的，可是，丰子一跨上进城的大卡车，惊喜地叫了一声，原来，小枝也坐在车内。

小枝告诉丰子，她本来以为进城无望，但她昨晚上，凑巧遇上了分部医务处一个王助理员来医院，两人见面聊了一会儿，其实，小枝进城真是有点事。她也顺便问了一下进城的事，她实在是有事进城去。

这个助理员也是胶东人，是吴排长一个县的老乡。吴排长在时，他们一起去看过小枝。他多少明白一点吴排长和小枝之间的故事。

王助理员正巧是来医院核对进北平城的人员名单的，所以，他和医院协商了一下，就把小枝的名字加上了。

汽车经过前门，看到巍峨的箭楼，日侨战士们惊呆了，都发出了惊叹声。由于是和平解放，北平市区未经历战斗，所以街道两旁依然人流如织，很是热闹。

市面上井井有条。

好多学生和市民，自发地一队又一队在市区的街道上游行。欢乐的人群扭着大秧歌，到处锣鼓震天。胡同里跑出来的小孩子们，唱起整齐的歌声：

解放区的天是晴朗的天，

解放区的人民好喜欢！

……

臂膀上戴有袖章或白毛巾的解放军士兵们，站在大街上的临时哨位上值勤，一脸的严肃。用的还是日本三八大盖的枪支，左手托着，斜扛在肩上；看到医院的军车驶过哨位，便很认真地把右手护在胸口，敬持枪军礼。

天快黑的时候，来到一座小学校。这里是市中心区。

由于坚持不打扰老百姓的原则，部分在城区户外宿营的官兵发生了冻伤，而且伤风感冒的也很多。为安定北平城内人心，上级规定，不是危重病员，坚持不去、不送地方医院就诊。

一下车，丰子她们兵分几路，小枝带一部分医疗人员去部队巡诊，丰子和一部分医护人员开始在小学校这个救治点，给收治人员甄别一下伤情，确定后送人员。

晚饭之前，队伍中的小枝叫了一下丰子。

我要去一下外面，你代我一下班。她很认真地在整理一些东西，放在了挎包里。别给别人说。末了，还神秘地交代丰子。

外面很乱，注意安全哩！丰子又叮嘱了她一句。

小枝好似很晚才回来。

丰子问她干什么去了。

明天告诉你喽。小枝含糊其词地答了一句。

待丰子还想问时，小枝已经上床睡着了。

连续工作了三天，不停地治疗了数不清的伤员和病员，还下送了五百多伤病员到丰台六分部附近的后方医院，每一台下送伤病员车，都配上一两名医护人员，外加上一名警卫战士。

丰子也算是最后一批撤离人员了。

这中间，丰子只去了街上一趟。

四病区的筱野芳子护士长，嘱托她买一小袋白糖。

丰子知道她们科里有两个气性坏疽伤员，由于怕传染，芳子等几个日本籍护士把他俩隔离了，还不时用自己的津贴给他们买鸡蛋、水果。其中一个只有十七岁的小战士，不同意截肢，天天在闹。还天真又淘气地对筱野说，在老家乡下从没有喝过糖开水，所以，如果他要截肢，肯定会死去，死之前一定要连续喝几天白糖开水。

所以，筱野交代丰子，无论如何，要买一些白砂糖带回来。

这天下午，小枝又过来找她。她又想出门去，但护理的岗位实在离不开人，只好又来求丰子代班。

你到底在干什么，上次陈院长就在查岗，还有分部的领导一起，我说你在休息……这次又给查上怎么办？丰子真不明白，小枝外出干什么。

刚解放，有很多敌特。今天军管会通报了，昨天一天有十几个地方打冷枪，打伤了两个战士……

丰子很细致地给小枝讲了敌情通报。

吴排长的舅舅在北京，地址是一个叫六必居的商铺。昨天我去了，他不在。小枝低下了头，讲了实话。

你找他干什么？丰子吃了一惊。

我和他都留了家里的联系地址，还有一些私人的东西，我得给他送过去。如果我不在了，他也会去日本，到我家送我的东西。小枝把头偏开，丰子还是看见了，她脸上有泪痕。

这么痴呀，真看不出。丰子在想。小枝她这样深陷入少女初恋，人去世了还要去见家人。这是丰子没有想到的。

战争时期，什么都会发生，想开一点。丰子安慰着她。

如果找不着他舅舅，我就必须去胶东。

寄给他家不行么？

我答应过他的。小枝头也不抬，低头系鞋带。

哦，那就快去快回吧！丰子见此情景，也只好这样说了。

车要开时，队伍正在点名。点到小枝时，半天没人应。丰子心里暗暗着急。

平野小枝！来接她们返回医院、带队的孙云又喊了一声。

到！随着这一声“到”字，小枝站在队列中了。丰子心里一喜，谢天谢地呀。队列中，她拍了小枝一下。

在车上，小枝拿出一包东西，扯了一块，递给丰子。

我找到人了。小枝偷偷告诉丰子，表情很高兴。可是，丰子见她仿佛眼睛还有些红肿。她强笑着对丰子说，慰劳，慰劳，东来顺的酱牛肉，挺好吃。她看丰子摇摇头不理她，在低头打瞌睡了，就独自一个人吃起来。

可能来不及吃晚饭吧，丰子眯着眼睛暗自在想。

也是傍晚，丰子她们的汽车经过城门，哨兵示意停下车来。有一个戴袖章的纠察爬上了车，用手电筒扫了扫，很认真地在察看车内的物品。过了一会儿，他看到放在车桥后面的那袋糖了。

怎么回事？他停下来问。押车的中国籍战士小佟，是个很灵活的警卫战士，他忙给纠察同志递过去烟卷。

纠察看也不看地推开小佟的手。

丰子忙解释给纠察听。她是想告诉纠察，她的白糖是买的，给伤员们喝的，可她的中国话平时也好不到哪儿去，这个时候紧张起来，更是结结巴巴。

这一切让纠察员怀疑起来。

先把东西拿下来，他对丰子说，指了指车上，似乎是在下命令。

小佟一下子钻到卡车里面去了。

丰子正在不知所措时，直朝卡车上叫小佟。不过一眨眼，卡车门口已经站了好几个人了，她想上车找小佟也上不去了。

几个转运的伤员走到车门口，对着纠察嚷了起来：哎，同志，你干吗，受伤生病了喝点糖开水也不行？

我是执行任务！纠察分辩着。他原本想上车搬下白糖包来，可看到伤员对他指点着，有些火的样子，有些犹豫了。

后面被堵的汽车和队伍也喧闹起来。

小佟这时跳下车来了。递给纠察员一张纸，悄悄跟他说：这是我们医院番号，如果您查出白糖有问题，再找我们吧，就一点点白糖。他又递上了烟卷。

真就只那点白糖？纠察员的口气已经缓和了。他知道，如果伤员闹起来，他会不会吃一顿拐杖也难说。

不过他依然推开了小佟递过来的烟卷。

要不你再看看！小佟忙把他拖到车门口。

纠察员也装作再看的样子，朝卡车内又伸了一下头，看到除了满车的伤病员，便是一些医院用具，又看了看小佟的笑脸，挥挥手放行了。

经过哨卡时，又有一个哨兵跳上车来，朝车内扫了一眼。卡车门口一个手臂受轻伤的战士，坐着朝认真的哨兵用另一只手敬了个军礼，还喊了一声：空手出城！

空手出城！哨兵点点头跳下车，也嘀咕地回应了一句。

小佟这个时候，早已坐在那个白糖口袋上，假装着打盹儿。

看到这个景象，坐在车上的丰子轻轻地笑了。

身后，北平城巨大而巍峨的城门，在暮色中越来越远。

2.18　1949 年春天，南下途中，大运河旁

从天津战役后不久，医院开始准备南下了。而南下的征途，竟然是中国古今有名的大运河。

大运河，据称始建于隋朝，本来是一条中国旧统治者使用很多，主要用于将江南的漕米供应北京京都的河道。殊不知，今天要变成人民解放军进军江南的水上通道了。

医院的大木船船队有十几支，一字儿在河岸排开。起锚的时候，队伍欢呼起来，喊声震天，船工和岸上的乡亲还放起了在中国象征吉祥的鞭炮。

日侨男女官兵们看见了运河的水波，就如同看见了海一样，有一种莫名的兴奋。见了部队起锚的热闹场景，也叫着喊着如过节一样欢快。

行船的头几天，岸上刮着北方春天常有的风。

这从蒙古高原吹来的春风，吹着大木船上硕大的船帆山包样地鼓起，兜揽着十足的马力，拖曳着大木船，飞快地行驶。

驶驭这木船的北方船工，与其说是会驾驭船，不如说他会驾驭这北方的风。

北方春天的风厉害。有时候，这北方的风还带着一些细沙末，呼呼地掠过北方微绿的原野。密密的春小麦，会被吹的倒伏在沙土地下，呈出一片黄与绿。

而这运河上的船工，当风吹来时，无论这叫声如何凄厉，他也不会闭上眼睛。他会熟练地操控船桨和船帆，让船舵来回转轴，让迎风的船帆吃足吹来的劲风。

不过，船队越往南走，越走不动。主要是风越来越小。部队先是让人员都下船步行，船上只留下船工和装备、器材。可是，逆行的船已经无法

前行了，只有为行船组织人力拉纤了。

由于逆流太强，每条船每次安排八个人都很吃力，只有在十一二个人拉纤时，船行才显得好一些。

陈院长和杨政委各带一个队。另外，安东秀夫和岗村各带一个队。每个队配了两班人马，还挑了十几个健壮的女同志作预备队。大家轮流上阵。

在拉纤刚开始时，是中日同志混编。不过喊起号子来，中国同志是中国同志的叫法，在中国同志占主导的队伍时，特点就是节奏短促，像带着部队拉歌式的中国号子，很有挑战性。

嚯嘿！自力更生嘛，嚯嘿！

嚯嘿！嚯嘿！丰衣足食嘛，嚯嘿！

由安东秀夫领队的这条船，却由一个日侨领头喊起日本号子来。这悠长的日本号子一响起来，的确不同凡响。

连船上的船工也驻足欣赏起来。

一条条船，前前后后，喊着不同又似相同的号子。船上船工的大声驾驶吆喝，连同一个个驶上弯道和河滩时，女护士们发出的悦耳的尖叫组成一道浩浩荡荡荡的风景，很是壮观。

安东秀夫下来休息时，看到井上副院长也换了上去，套上了一根纤绳在肩上，用手在试着扯了扯。

您也来了，安东上去招呼了一下。他的本意，是不想安排年龄稍大和体弱的女同志来拉纤的。所以，井上副院长是不在拉纤名单之列的。

我不会比你们差的。井上在军装上垫上一件旧衣服，看出来，他还是用了心研究拉纤的窍门的。

井上院长您休息一下吧。安东一抬头，看见菅直叶子走了过来，想换井上的纤绳。

药房的前原司药，一把抢过井上副院长递给菅直的纤绳，我来帮你吧，他对菅直说。

井上在安东的坚持下走开了。

记得还是前天，安东秀夫在河边和井上副院长一起，对自己在解放军的经历，做了一次认真的讨论。

这是第一天用拉纤让船队前行。到了傍晚，大家都有点累。船停下来，船工放下锚，炊事班安排大家吃了饭以后，陈院长宣布队伍解散，一个小时后再集中，让大家好好放松一下。

运河边的北方平原，在暮色低垂时分外迷人。一望无际的田野，寂静无声。远处村庄或高或矮的树木，沙沙地随风左右摇曳。

你觉得解放军给你印象最深的是什么？井上突然问秀夫。

哦，好多哩！安东一时语塞，好似不知从何回答。

他们的队伍平等，没有阶级差别，也不歧视外国人。安东笑了，井上副院长这一次，好似用上了政治教育课上的话语。

能理解人，做事也以理服人。安东笑着补充了一句。

这样的军队精神能征服人。井上眼睛望着远处，自言自语地说。都说日本人认真，我看是共产党的中国人更认真。

是呵。安东答了一句，没有再说下去。

船队的船帆都放了下来，船工们在船头船板上忙乎，好像是警卫排的中国同志在帮助他们清理东西。

中国人和日本人是不太相同么？井上像讨论问题一样问安东秀夫。

安东秀夫没有吱声。

井上慢慢地说开了。比如，医学上，我是日本人的习惯，是不主张会诊的。因为我过去认为，会诊后作结论时，可能会分不清医生的责任。以前，王院长和林政委叫我会诊，我老是推辞。日本人，是不是在这方面很保守呢？

不过，我现在不这么看了。井上说了这一句，站起身来。

安东没有出声。他不明白为什么井上此时给他说这些东西。

这时，他突然记起，井上曾经有好几次是平白无故地拒绝了医院前任领导王院长和林政委关于病患会诊的要求。

可是，今天，在这个行军途中的运河边，井上副院长是怎么会想到说这些了呢？

他回头看了井上一眼。

昨天，在运河边，井上和岗村也坐在一起，聊起了医院过去的王院长和林政委，安东秀夫看他俩聊得挺投机，便一个人先行离开了。

到了晚上，井上和安东讲起岗村告诉他的事，让安东秀夫也大吃了一惊。

原来，岗村告诉井上，在朝鲜时，为了那天医院日本人逃离部队的处理过程的事，林政委和闻讯赶来的军区保卫部门的干部吵了起来。

军区保卫部的人说是要执行纪律，非要按名单把这十四个逃离部队的日本人抓起来，先关了禁闭再审查，遭到了林政委的坚决反对。

为此，上级机关还来人调查，林政委少见的大发雷霆。他冲着上级机关的人说，关了这十几个日本人，医院的日本人会人心大乱。如果非要这样干，他可以保留意见，也只能就此要求调离，请上级先派高明者来管理这几百个伤病员的医院。

可是谁都明白，要找个政委来工作好办，可是要找一个懂日语的政委来医院工作，可不会太容易。

幸亏从南满赶回来的王院长和岗村，在开会时都支持在家主持工作的林政委的决定，军区保卫部的人这才没有办法，悻悻而去。

终于没有酿成逃离的日本人大批被抓的事情。

运河岸边的这一个夜晚，让井上更多地了解了岗村和林政委。

你知道吗，当时林政委压力多大？岗村问了一下井上。

井上摇摇头。

他的确不知道，他只知道当时部队人心涣散。部队撤往朝鲜，一些人对前途悲观。医院刚入伍的中国籍护理学校学员，也有几个意志不坚定者擅自逃离部队的。有一个田姓的伪满军队的医院职员，胁迫几个学员逃跑，被抓住后，经审讯后被枪决了。

岗村和井上还讲了另外一段故事。

原来，当时东北民主联军后勤医院系统出现了重大事故和敌情。那一次，辽东军区将一个卫勤系统的重大敌情通报了各单位：驻通化某部医院，在日侨医护人员中混入了大量敌特，煽动该院一部分日侨医护人员参加了通化发生的敌伪暴动，暴动的日侨敌特，用剪刀、手术刀，采取割喉割腕的残忍手法，一次就杀害了该院一百多名住院的解放军伤病员。牺牲的战友，其中还有两名从延安来的日本工农学校的日本同志。这两个人，都是岗村在延安的同学。

那一次，王院长和岗村去江对岸开会，就是传达这个敌情通报。

因而，辽东军区保卫部已提前派了专职保卫干部，下派到每一个医院来，还专门从军区带来了一个武装排。

当时的情况，是要重点加强各医院伤病员保卫工作。

而且，当时医院的党委领导只有林政委一个人在家，医院在发生通化暴动后，早就得到上级授权，也就是说，林政委作为单位最高领导，可以在认为医院受到危险状况时，有紧急处置权，不用请示任何人。可以直接批准逮捕，直至枪决敌特嫌疑。

可是后来，辽东军区保卫部门的人一直认为林政委对日侨太仁慈、太右倾，并有人反映到上边。为此，事后王院长和林政委，还有岗村，还专门为此在一个深夜里，秘密地过了一趟鸭绿江，去向上级机关汇报此事的处理过程及情况。

井上听到岗村说到这儿，回想那天夜里，一些日侨逃离，医院到处火把通明，武装巡逻的情形，不禁出了一身冷汗。

那一天，军区保卫部也来了人？井上问。

对，来了一个排，全副武装。因为怕出事吧。岗村回答说。

原来，林政委那天紧张之致，真不是空穴来风。

可以想象，林政委为处理那件事，承担了多大的风险。

原来，为阻止保卫部门的人把逃离的日侨全部抓起来，可是让林政委冒了大风险。

保卫部的干部和武装人员，后来一直留在医院，待了很长一段时间。

直到王院长和岗村赶回来后，都一致支持林政委的做法，还向辽东军区集体写了报告。后来局势也缓和了，保卫部门工作组和武装排的人，这才撤回去了。

一听井上和他说到这些事，时隔一年多了，安东秀夫到现在都有点后怕。他又回头看了看，看见井上还在盯着远处的船队发呆。

2.19　1949年，中国河北

山田弄不明白，怎么部队老整编。

一整编，就晚上集合点名。喊名字时，每个人都要站起来报名，报一个走开一个。先是松本调开，到现在，小枝也不在一个医院了。

她只想离开现在这个卫生所。可是，怎么和指导员讲呢？

指导员姓王，是东北一个医学院毕业的，懂日语，又懂医疗管理，看病也不错。对他个人而言，可能因为语言和业务的关系，平常和山田挺聊得来。说要离开，有什么理由呢？

是因为松本和小枝不在？这算理由吗。

按说所里对她挺好。她做统计员工作，就是统计每天每月有多少伤员，以及出入院情况。本来是她一个人跑，因为所里有四五个卫生队，又是新区。在新区可要谨慎，群众社情不熟悉，道路也不熟悉。

有一天，山田竟然在走回所里的路上，在一个岔路口把方向走反了。七找八找搞到半夜，迷路了的山田又累又渴，干脆蹲在路边草丛。所里派人打着火把四处找，找了大半夜才把她找回来。

还有一天，是夜里急行军，那天山田为出统计表，几天没休息好。行军走路都迷迷糊糊。快天亮时，前头传下口令：原地休息。山田太累了，倒头便睡，早上一起，第一眼便看见自己睡在王指导员旁边，俩人头挨着头。

你们怎么成两口子啦……哈哈！天一亮，口无遮拦的小枝第一个看见了，哈哈大笑起来，众人也哄笑起来。

瞎扯淡！乱叫什么！后面有人吼了一句。

好像是所长。

王指导员也有些慌张，一下子爬起来了。

原来，一听休息的口令，所里官兵不论男女，大家倒地便赶紧睡。哪怕睡十分钟也好呢，可是鬼使神差地，怎么和山田睡到一块儿去，是王之林怎么也没想到的。

只是，怕归怕，几分钟后又来一声口令，部队又要赶路了呢！

山田她确实是正好睡在指导员旁边，那又怎么样，反正是黑夜里，人挨人谁也看不见谁。山田倒像没事一般。

然而，一大早儿，睡在她另一边的一个小战士，又一次哈哈大笑起来，还喊叫着，让大家都过来看看啦。

原来，山田她是枕着一堆牛粪做枕头睡了一夜。所以她一起来，半边脸上全是脏乎乎黑乎乎的牛粪渣。

又困，又躁，又恼火。山田眼泪一下子到眼眶边了。

王指导员看见了，站起来，吼了一声，把看热闹的人一推：走开，走开！干革命，牛粪有什么奇怪！

所里医生护士骨干基本上是日本同志，不论是从业务上，还是语言方面看，统计工作还是山田丰子合适。

但王指导员真怕出问题，和所长商量后，决定由所里为她配了一个通讯员，陪她外出。

最近，因为到各个卫生队的距离越来越远，所里又为她配了一匹马。这样骑马搞统计，当然便利多了。就这样，有了马后王指导员仍不放心，还常常叫通讯员和她一块儿骑马去卫生队。

她们所里日本人挺多，连炊事班和担架班都基本上是日本人，所以配了这么个懂日语的指导员。

山田丰子真开心有这么一个懂日语的好指导员。

刚到所里不久，丰子对王之林印象很深。

上级让她们随王之林指导员去国民党军的仓库。这是一个日本军队移交给国民党军的仓库，仓库还未使用，又被解放军接收了。

丰子看了一下，所有资料和说明都是日文的。丰子和几个日侨一道，清理、整理仓库的药品药械。又随王指导员一起，把库存清单翻译了一遍。

因为仓库突然要移交给后勤分部，野战部队的医院匆匆拉了几车药品走了。

所里的成所长也拉了个大车来，拉了一车药品、器械，回所里了。

为这个听说王指导员挨了批评，因为上级本来是安排王指导员去仓库帮忙清点药品的。所以，拉回的药品也须如数退回。

第二天，王指导员叫丰子陪药品主任，看着大家把昨天拉回的药品器械又搬上大车，送回仓库去。

为此，丰子觉得指导员还是挺信任她的。

丰子和药品主任野田一路上都没说话。解放军纪律这么严，让她们心里又惊奇，又很佩服，所以送回药品也很认真，并全部清点造册，请仓库的人签收。

有天早上，她路过通信班，听到几个中国籍的同志在屋内议论她。

他们可能以为她和大多数日侨一样，听不懂中国话。平时当着她的面，都里里外外地议论，人长人短讲个不停。她平时一是没用心听，二是匆匆忙忙路过，也没用心听，反正是听不大懂和自己也没什么关系。

可这一次，她偏偏全听得差不多了。

是呵，两个人，两匹马，只办个统计，好像蛮特殊呢，在所里好多干部都没配马呀。山田听到这些，冷汗都出来了。一想想，也是的，也觉得的确蛮扎眼的。

怕是指导员喜欢她吧。

妈的，王指导员真差劲。

她的眼泪唰唰直流下来。

过去，在山田眼里，指导员整个一半大老头，头蓬松松的，瘦削的脸黑瞅瞅的，任何时候都板着个脸，耷拉着头，好像她们日侨中分布着不少逃兵似的。

每天去送报表，听到山田的报告，只嗯的一声，便不再讲话。

其实山田和指导员讲过话，她觉得，他的日语的确挺顺溜。

可是，钦佩王指导员的，又不是只她山田丰子一个人！

特别是有一天早上，当战役开始前，头一次看到王指导员是那么精干的样子。到达工作地方后，一边十分熟练地指挥大家卸车，完了又带领手术班用十几米左右的厚白布做成幕帐，将它吊起在老乡家里四壁，准备做手术室。

有着一大车手术器械的手术班，在他的指挥下，到了目的地后只用了半个多小时就搭好手术室，准备好了消毒器械，还热气腾腾地烧好了用于消毒用的大锅。

看到指导员站在手术台上动手术的熟练劲儿，日侨女护士们议论纷纷。

连叫器械也用娴熟的日语哩。

他好认真哩！

直到这时，她们才相信了传闻：这个不苟言笑的、黑瘦瘦的指导员是满洲帝医大毕业的高材生。

好像议论已不是空穴来风了。

有时躲起来玩时，几个日侨姑娘之间，也放肆地开山田的玩笑：

喂，山田，你去找指导员大叔说说，放我们几天假，去哪儿泡个澡呢。

山田，你天天骑马外出，好玩呢。中国同志都说指导员最听你的话呢，是不是这么回事呵？

你们单独约会过么？哈哈哈……

这真是无风也起浪。

山田一听姑娘们这些嬉笑，便脸一沉，一个人转身，走开了。

姐妹的笑声，如银铃一般，在很远处还响着，令人心里又惆怅又难受。

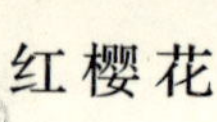

到异国当兵，天天打仗，今天不知明天，哪里有心想这个。再说，这个黑不溜秋的指导员，一天到晚拉着个脸，胡子拉碴，如大叔一般，有什么好喜欢的。

况且隔一段日子，又想起日本。家里战后的生活一定很艰难吧，有人收到日本的信了，听说到处没饭吃，好多人还吃草根野菜，爷爷他们这么一把年纪，受得了么。

还是想回日本哩！

不想倒罢了，一想起来，可是真有一股东西痒痒地爬上心头，有一点什么在眼前越来越清晰。

丰子看清了，是指导员那张脸，那是他站在讲台上讲课。是呵，他是在望着自己呢。他一口流利的日语，倒是令人亲切无比。

突然，看着他的一双眼睛，这时怎么会是这么明亮无比呢。

想到这儿，丰子觉得脸上红红的，好似在发热。她偷偷地看了一下四周，还好，没有别人，只有她一个人在这山边的道上瞎走。

山道上高高的水杨树上，有几只小鸟，在喳喳地叫。

卫生所除所本部以外，还有五个卫生队。阵地远的，离所里来回有二十公里，不配马，当天不能回来。而团部一定要报当天的亡故、伤、病人员数，所以，每天在五个所之间来回跑，足有几十公里。

以前，是每天走路去统计呵。

那天，是一个月前的一个早晨，通信员叫她去所里，说指导员有事找她。

她跑步过去，一眼便看见草地里有几匹马在低头吃草。

王指导员叉腰站在山边，和成所长在说着什么。他挽起袖子，手执马鞭，朝她笑开了。山那边的朝霞映着，她忽然觉得指导员的笑脸是这样英俊，令她不敢再看。

你挑一匹。指导员用马鞭指着马群说。

所里，原来只有成所长有一匹军马，其余的马都是拖车的骡马。

物资补充、战斗减员是每天要报的。作为统计员，天天跑来跑去，五个卫生队实在跑不过来，指导员早就说要为她配一匹马。她以为只是说说而已。

她也不客气，走上去便牵上了一匹白马。

她在日本时就骑过马，那时爷爷没少带她去镇外玩。镇外不远的山田家的小农庄养了不少马，爷爷先是带她骑，带她玩，一来一去，她也学会了骑马。

这一次，她也没太客气，先拍拍马头，一闪身便骑在马上了。她记着过去小时候熟悉的要领，右手握紧了缰绳，稳住身子，左手不停地拉一拉缰绳头。

马儿明白了这是个驭手，欢快地吁吁叫了起来。

好，溜一溜！指导员叫了一声，把马鞭递过来。

她伏下身，双腿轻轻夹了一下马，马儿便轻轻地跑起来，一会儿，马儿一阵风似的跑出好远，卫生所的土黄色病房变得依稀难见，和山崖融在一起了。

好，你的马骑得比通信员还好呵。

看不出呵，山田！

山田丰子骑了一圈回来，刚轻盈地一把跳下马来，就听见所长和指导员都在叫好！

那时丰子真开心。少见的咯咯笑起来。

可是，今天她听到这些议论后，心里真咽不下这口气。

这样公然在众人之中议论她，让她气得说不上话来。

她突然怀念起孙云来。

要是孙云还在，丰子一定会找她聊。她一定会为丰子出些好主意，说不定孙云还会去找人大骂一通，压一下那些嚼舌头的人。

可是孙云去卫训队学习了，在石家庄，听说要一年半载才回。而丰子也调到这儿来了。没有了知心的孙云，丰子心里空荡荡的。

她想，从此后她可以不要通讯员跟她，也可以不骑马。只是，这样向所里讲了，在部队里有什么后果呢，指导员又会怎么想呢，山田这可没把握了。

山田心里是忐忑不安地去指导员办公室的。

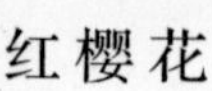

东北汉子王之林有一张南方人一般的瘦削而坚定的脸。

这张脸让日侨战士印象格外深刻，因为这个干部说一口日语，又肯听日侨战士们反映情况。听说他也是穷人家的孩子，又受过高等教育，用部队的话讲，是德才兼备。

可是，一听这些传言，平时不太发火的他也怒不可遏，马上要山田提供嚼舌者的姓名。以山田的性格，她当然不会讲。

看到指导员发怒，又要嚼舌者名单，山田好为难。今天讲了，明天不更麻烦了么，想到这儿，忍不住眼泪流下来了。

山田不吱声，指导员一气之下跑出去了。

过了一会儿，王指导员给通信班打了个电话，又到所长那儿去了一趟，转过了神来，像变了一个人，话语有些结结巴巴了，好似是为那些人辩护，好像又不是，有点语无伦次。

山田啊，你听错了吧，他们不是这样说的。指导员这样打起圆场来。

在神情上王指导员都有些不自在起来，好像还有些慌乱。

这边的山田已经哭起来了。

不要哭呀。王指导员的声音，高不起来了。他真怕女孩子在他办公室哭，外人听见，跳到黄河也洗不清。

从此以后，山田便拒绝通信班为她派人，护送她去卫生队了。

每天，仍是一个人，骑上大白马，飞快地便跑了。

早上的朝霞又淡薄又有生气。

她猛然看到，指导员站在树丛下朝她望着。细长的眼里，隐约的有什么在闪烁，仿佛如山林子间的晨雾一样，又朦胧，又温柔。

她忍不住再回头，树林子遮住了，看不见了。

指导员的脸今天像个年轻人，格外英俊。

然而，意想不到的是，整编的结果，竟然是王指导员调开医院，和医院另外一部分日侨官兵，调往广西。而山田丰子则调往武汉，到另一个医院工作。

2.20 1949年，中国郑州，解放军四野某野战医院

本来，王之林是极不情愿调到这个野战医院来的。

领导明说，是让他用他的专长，来管理医院的日本籍官兵。谁叫他是日本人的医科大学毕业的，又懂医政，又懂日语，不是他来，而是别人来，才怪呢。

所以，打来这儿开始，他就没法高兴起来。

其实他本是读师范的。这个东北农村的苦孩子，连读书都是打的穷主意。因为知道师范不收学费，所以就报考了师范。

但是，新的麻烦来了。每个月一个大洋的饭钱，他也交不了。只好每周走几十里地回家，从家里带来一大包馒头，就着冷开水啃。馒头不到一周便啃完了，以后，东一顿西一顿，到处蹭饭吃。有时没法，只好咕噜噜喝下一大碗凉白开，这日子也不知怎么过来的。

师范读了不到一期，由于老吃不饱，坐在火车上也都迷迷糊糊的。坐着无聊，突然看到一张报纸上的广告，内容一下子吸引了他：牡丹江满洲帝国医科大学招生：兹招收年满18岁，高等完全中学毕业的学生。

最让他动心的是学杂费、膳食、住宿费免除，另发个人零用金，云云。

他立马去考了。

考取了，本来挺高兴，吃饭不要钱了呵。可开学典礼上，让他吃了一惊，报来报去尽是日本名字，隔几十百把个，才冷不丁报出一个中国名字。

上课全用日语，同学之间也都相互用日语沟通，只有点名，同学们才知道他是中国人。

过了大半年，王之林才弄明白，这个有两千多学生的牡丹江满洲帝国医科大学，总共才有八个中国学生。

过了若干年，王之林这才知道，这个牡丹江满洲帝国医科大学主要是招收日本满蒙开拓团日本移民的孩子，所以学习、生活条件好。

但是，因为是满洲帝国医科大学呀，不能全是日本人呢。为遮人眼目，

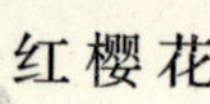

才招了这八个中国孩子，算是正了满洲帝医大的名。

作为中国人，在这个学校读书的压抑可想而知了。

为不少的日本同学笑他们是亡国奴，好几次相互对骂，差点要打架。也有中国籍学生忍受不了，跑了。校方怕仅有的几个中国学生都跑光，没有人装门面，也只好压一压滋事的日本学生。

要命的是他喜欢上了医学。

苦闷中，就一个人常泡在图书馆，看书，查资料；标本室也常去。这样，成绩慢慢名列前茅，加之从小便读日文，日文水平也不错，几次考试一张榜，让日本同学不得不对他这个中国学生另眼相看。

1945 年 8 月 15 日以后，他终于扬眉吐气。整天上街游行，放鞭炮。在迎接八路军进城的日子里，他一个人上街，参加了市民欢迎秧歌队，跳了一天一夜。

在八路军征兵站路过时，他高大的个头吸引了大家，他被拦住了。

参军吧，小伙子！八路军是为穷人打天下的……我们也叫民主联军，是老抗联的队伍。

我不会打仗，我是学医的大学生。

那更好，八路军里就是缺你这样的人才呀。

这样呵。

他想了想，学校的日本人老师、校长都跑了一大堆，学校停了课，开课不知哪一天呵。再说，他也马上要毕业了。

他痛痛快快地答应了。

穿上军装回到学校，让大家大吃一惊。好多日本同学都围上来，盯住穿军装的他，前前后后地看。

去校务处办学历证明手续，所有的人对他热情无比。

学校里，因为日本人投降，有人搞破坏，八月中旬在学校里放了一次大火，烧毁了好多学校建筑。

大火一烧，日本人校长和大部分日本教务人员全跑了。

剩下来的一个年纪很大的教务主任，毕恭毕敬地给他办好了手续，离开时还先给王之林鞠了躬。

王君，这是您的学业卒业证书。他使用了敬语。对中国学生，这可是破天荒的。他这时才第一次作为中国人而感受了尊严，从心底感到一阵舒坦。

他在东北民主联军部队参加了三下临江的战役。

在部队里，由于他日语好，接触了好多日本籍的医护人员，也让他对他们有了一些新的了解。

在几次打四平的战役中，他都在战地野战医院。有几次，他都是一个人在手术台上站了二十几个小时，旁边的护士都是日本同志。他一天和日本同志一道，要为几十个伤员做手术。

他几乎忘记他是哪儿毕业的学生。

有一次在锦州战场，部队转移时休息，他突然遇见了一个同班的日本同学，叫尾本正茂，他在另一个野战医院。他告诉王之林，班上有十一位日本籍的同学加入了东北民主联军，基本上都在民主联军卫生系统工作。

哦，还没数完参军同学的名字，部队就要集合了，要各自转移了。见面和分手都匆匆忙忙。

调到这个尽是日本籍官兵的地方当指导员，尽是啰唆事。

所长姓成，是个老八路，只管执行命令。他是八路军自己培养的卫生干部，从连队卫生员成长起来的，大字不识几个，草药偏方还是认识不少，是个忠心耿耿的大老粗。另配了三十来个中国籍干部战士。

其余一个卫生所加五个卫生队，一二百个医务人员全是日本人。担架队七八十人也清一色日本籍。连伙房伙夫们，除了炊事班长和上司，也全部是日本人。

之所以说所长是大老粗，是因为他一旦见有人对命令执行不好，张口便骂人，不管是谁，他才不管做思想政治工作呢。

成所长还办了一件事，让王之林挨了一顿大骂。

打下郑州的时候，离城大约二三十公里的地方，部队占领了一个国民党军仓库。好像是日本人移交过来的，药品药械全是日文，野战部队的首长就近找到卫生所，让所里带几个日侨官兵去看一下，帮助清点一下。

王之林带上统计员山田丰子、药房的小野主任等几个人，都在仓库帮忙清点。

到了中午吃饭时，所长来了，朝他狡黠地笑。

王之林看到所长带来了一辆大车。

傍晚时，野战部队的汽车来了，飞快地在装药品。装药品的干部悄悄地告诉王之林，仓库清点后要移交给友军分部。所长听说了，所以赶过来，要装点所里急需的药品运回去。

不一会儿，所长坐在堆得高高的大车上，在向他扬手。

原来所长早早就动手了，已经把药品装了满满的一大车了。

可是，第二天分部便来电话，大骂了去仓库帮忙清点的王之林一顿，让他立刻把擅自运走的药品退还仓库，否则要执行军纪。

按调查的结果，后勤分部机关的人，都认为私自去搬药品是王之林干的。

所长借故到县城买东西去了。送还药品，只好王之林自己去。

不知不觉中，王之林成了这些日侨官兵婆婆妈妈的总管。

所里女同志多。这些日本女同志又内向，到底不是在自己国家的缘故，她们不似中国人般豪爽大方，往往沉默寡言。可一出毛病，便吓死人。

有一个日本护士，喜欢上了住院的一个姓徐的连长，小伙子挺精悍。大家都看出来，一来徐连长的病房，小护士眼睛都发亮。可是连长要出院了，要归队上前线。

春风吹来，树枝也发芽了，天气暖洋洋的，让人思春。

两人终于忍不住，偷偷到医院后小树林见面。干柴烈火似的两个年轻人，眉目传情应该有好些日子了，这匆匆地一见面，马上就抱在一起。不过时间太有限，又是初春而又阴冷的野外，无非只是手忙脚乱地的白忙了一阵吧，不可能有别的。

可第二天，女护士在宿舍像发了疯，哭得死去活来，非要跟这个连长一起走。

所长大发雷霆，跳起脚来，把那个连长叫过去臭骂一顿。

乱弹琴！你惹得猫叫春了，看你怎么收场……你这是违反纪律！知不知道造成了多大的影响！开国际玩笑呢！仗打完了，要全国解放了，就可以违反纪律谈恋爱？你有几个脑袋！

他一开口像机枪一样扫过去。

一骂一唬，那个连长本来伤还未好利索，连夜办了出院手续，赶快跑了。

要说这个伤员连长也是个孬种。上前线了，要分手了，也不敢和这个女护士道别。哪知这个日本女护士是个痴情女子，见不着人，也不出声了，几天几夜，不吃也不喝，躺在床上，睁着眼对天花板流泪。谁进门去，她立马扯上被子蒙着头。

开导日本女护士，则是王之林出面了。不过和那女护士没法交流，一谈话便哭。说是死也要去前线，去那个连长的部队。

也难怪，她都二十七八了，这个年纪思春很正常。连长不辞而别，让她痛不欲生，有五六天不吃饭了，只是不停地哭，他只能慢慢安慰她。

不能逃跑，也不能自杀，这是两条底线。王之林小心翼翼，回味着所长交代给他的话。

好几个月下来，几百个日本籍官兵，都愿意和王指导员谈话。因为他耐心，细致，讲道理；又懂日语又懂医务，她们有话都愿和他讲。

从一个在日本同学眼里低人一等的满洲国亡国奴，变成一个对几百名日本籍官兵的管理者，王之林心理上首先是极不适应，但是随着野战医院的工作步入轨道，他很快地走完了这段心路。

统计员山田丰子引起他注意是因为她每天报来的精确报表。

这个精明的日本女子个子不高，但动作很快。长得眉清目秀，眼睛又大又亮，一眨一眨看得出，贼精！

五个卫生队，一个本所，每天进多少人，出院多少人，去世多少人；医

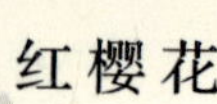

药器械的消耗数、申请补充数，山田丰子都会列表呈报。那手流利的汉字，真的让人看不出她是个日本人。

也大大咧咧。她常跟王之林开玩笑，因为报表直接送他，可能是打交道多些，也熟悉些吧。

山田丰子不似别的日本籍官兵，对指导员有拘谨感，她常常满不在乎。一进屋便叫口干，还没等王之林开口，自己便去倒水喝。

有一次竟大大咧咧地问王之林，指导员，你的媳妇多大了。

闹得王之林整个一个大红脸。

看到指导员急促的样子，她哈哈大笑起来。

这时候，几个干部进来开会了。她赶忙跑了。

她并不知道，其实指导员比她还小一岁。一天到晚打仗，哪有时间娶媳妇。天天行军打仗，日晒雨淋，他看上去比实际年龄大多了。

她哪里知道，这些相处会给这个会日语的教导员的内心带来涟漪呢。

那天的马匹事件后王之林觉得自己有点异样。

常一个人去所里后面的树林散步。

已是秋天了，满山的槐树花开了。一地的花，一地的香。

远处，北方的田野一望无际。只有在太阳落山的地方，才有少许的丘陵，如少女的身躯，在夕阳下，显着起伏的妩媚。

喂，吃饭了。通信员见指导员在发呆，远远地叫了他一声。

好像每天在盼山田来交统计报表似的。

而打那以后再也看不到山田的笑，都是干巴巴的，把统计表一放下便走。

2.21 1949年，中国河北，南下途中某野战医院

围在院落里吃饭，原本是很平常的事。平时，所里伙房做好了饭，都是由炊事员挑着一个院子一个院子送过去。但今天，好似出了点小问题。

原来，炊事班除了班长和上司，伙夫全部是日本人。今天几个日侨炊事员挑着炊事担，往各个科室院子送饭时，因为彼此讲日本话，让旁边的村民听到了。

村民听说来了穿解放军军服的日本鬼子，还以为是特务，一传十，十传百传开了。好多别的村子的人，闻讯也跑过来看，有人还带了枪和棍子。

丰子她们科室的院子，里里外外围了好多人，都在看日侨女兵们吃饭。

呸！丰子听见有人不知朝哪儿吐了一口口水。

不要吵！解放军在吃饭！有人在制止人群的吵闹。

什么解放军，是小日本鬼子！

好多日侨官兵虽然对中国话听不明白，但从围看的群众的眼睛中，看出了老百姓的狐疑和惊奇了。

别吵，村长来了。人群安静下来，都纷纷退开，让出一条道来。

村长是个二十来岁的年轻人，头上不似别的北方青年农民一样挽着白头巾，而是戴了一顶老式八路军军帽。他很有威严的把两只手往左右直扬，人群便不出声了。

指导员王之林跟在村长后面。

原来，他已经知道了各个院落有群众围观部队日侨人员的事，情急之下，只好找到村委会，让村长带着他，一个院子一个院子去解围。

村长一边走过一个个院落，一边告诉王之林，这附近的几个村都是老根据地，抗战时日本鬼子常来扫荡，老百姓损失很大，对日本侵略军仇恨很深。

而王之林也告诉村长，这些日侨战士大都是些小青年啊、学生什么的，参军干革命有好几年了，跟解放大军南征北战。在这之前，她们也不是打杀老百姓的日本鬼子。而且，现在野战军正在准备战役，医院奉命在村里集结，作接收战役伤员的准备，可不能由于这些误会，耽误了部队的任务。

这个我可以保证。村长很随意地说。

他的平静的态度，倒马上让王之林放下心来。

第二天下午，村委会和野战医院一道，在县支前办的来人的主持下，还特别在村口大槐树下举行了村民欢迎部队医院的联欢会活动。

这些是昨天夜里村长、王之林、县里宋干部开会的结果。

村里的年轻人一边唱着“解放区的天，是晴朗的天”，一边扭着大秧歌，还有许多老头老大娘也加入其中。

而日侨官兵的节目，是医院的传统节目，走高跷。一大队高跷走了出来，日侨官兵的男男女女，还别出心裁地往脸上涂着大红大紫，大约是用了红药水、紫药水一类，让村民们笑个不止。

在村长提议下，由日侨女战士们合唱一首护士的歌。

日侨女战士站成了一排，深情地唱了一首护士们慰问伤员们的歌：

同志们，光荣负了伤呵，你不要难过，好好来养伤；

大小便不方便呀，娃娃们来帮忙。

谁是谁的爹呀，谁是谁的娘。

是谁的兄呀，是谁的妹呀！我们都是一家人！

台下的随院休养的伤病员，最先鼓起掌来。

好呵！老乡们开始对日侨女兵不太顺溜的汉语发音听不大明白，后来大概听懂了，也叫起好来。

兄弟姐妹帮你忙。

养好了伤呀，又白呀又胖胖，早日上战场！

上战场，打倒那蒋匪帮！

兄弟姐妹帮呀帮你忙！

王之林也跟着鼓起掌来。这首歌原是哈尔滨女子医科大学的学生来医院慰问伤病员时唱的。但松本和小枝她们也时不时哼唱一下，没想到她们今天还能登台了。

他看到山田丰子也站在台上，一边笑一边唱。

晚餐前，村里杀了一只猪，杀猪时的叫唤声更像喧闹的欢乐。晚餐开始时，由村委会给各个科室送去了一大脸盆土豆烧猪肉。

医院管理员是个胶东籍的老战士，他开始时看到老百姓围观，很担心部队就地给养供应会很麻烦。

现在，他却围个白围布，在和村长推推让让，他坚持要让部队各个班里给端来的加菜付钱，但村长说什么也不要。

为这事管理员跑过来说时，王之林也直摇头。

于是，王之林和所长商量了，决定各个科室，各安排几名医生、护士去老乡家巡诊，义务看病，并给各户看一看卫生和防疫防病情况，也算是作为对村里老百姓的报答，顺便也密切一下军民关系。

不过，又特别强调了，要给老百姓每家送一些常用药。而且，去的人员要中国籍和日侨都搭配好，方便交流，不能由日侨官兵单独去老百姓家，免得又闹出误会或是意外，不好收拾。

安排了这些，王之林自己一个人到田边走了一圈。

晚霞在北方的平原上很红。很远处的山边，有些小丘陵隐约地显着紫色的轮廓。炊烟一条条，白白的直飞上天。

第二天，村里人明显地对部队热情多了。

村长和王之林一见面，就说部队为村民看病辛苦了，要慰劳一下。完了以后，表情很神秘地，说是要王指导员带上几个日本人，去看一个好地方。

什么好地方？小枝嚷了起来。

白天看一个地方，晚上去一个地方，保证你们高兴。村长黑瘦的脸上放着光。

丰子知道，指导员白天让她找了两个药箱，装满了常用药和绷带，昨夜里送到村公所时，村长连说不要。

可是在一边的妇联主任却高兴地直叫：哎呀，你们解放军可是大观音菩

萨！好些村民告诉我，解放军送我们的这些药，我们花好多光洋上县城也买不到哩！

所以，今天村长应该是为此感谢来了。

大家心里可充满了期待。

王之林看见山田丰子在一旁，马上叫上她，让她去叫所长，另外要叫上前田、小野等几个科主任。

去了才知道，原来是村长让大家参观一下村里抗日战争时的地道。

走过了小学的操场，参观了学校教室讲台、储藏室的入口。从一个入口进去，地道内如迷宫弯弯曲曲。

村长在前面打着手电筒，在前行的地道中行走了大约二十几分钟，中间经过了无数个黑乎乎的洞口。

村长说，这不过是村子里地道很小一段，里面到处都是地道岔道。这地道可以躲进全村人，而且，绵延好远直达野外，各个村庄之间的地道，村内村外相连，四通八达。

一行人从一个山神庙的佛像后面爬出来，大家都舒了一口气。

村长把军帽取下来，在身上拍着。对着丰子笑了，说：你们是第一批进地道参观的日本人。

众了听了都哈哈大笑起来。

因为出了汗，风吹来了有点凉爽。

坐下休息时，村长又讲了个好消息。他建议大家去远处的山边玩玩，因为离这儿有十几里地的一个地方，有个日本人喜欢的温泉坑。过去，在那个山那边，是一个煤矿，当年是日本人办的，现在煤矿废弃了，但那地方能洗温泉澡。

呵，洗温泉？日本人都不敢相信自己的耳朵。

太好啦。他们雀跃起来。

连平时不太言语的丰子，也和几个日本人一样，拍着手跳了起来。

王指导员本来是不想同意的。天都快黑了，洗个温泉要走这么远，万一出个事故，谁负责？可是一看到丰子她们几个日本人这么高兴，自己也有点好奇，就有点动心了。

王之林想找成所长商量一下，再决定去不去。可所长好像昨天讲了，今天要去分部开会，回去怕是也联络不上所长的。

而同行的几个日侨医护人员，听说有温泉，都兴致极高，纷纷找指导员说情，说到中国这么多年了，也没有洗过温泉。

不就是洗个澡么，行！王之林想想后也答应了。再说医院立马要进伤员了，到那时大家会很辛苦的，就权作提前慰劳吧！

好，大家回去拿点衣服和洗澡的东西，快来吧！十五分钟后出发！王之林终于威严地作出了决定。

怕日侨们都想去，要求大家回去以后不要扩散消息。

王之林决定，仍然是去看地道这批人一道去。大家回去拿了肥皂、毛巾和内衣等，很快回来了。

丰子还是偷偷叫上了松本。

听说是洗温泉去，松本惊奇得快叫出声来了。两人蹑手蹑脚，悄悄地拿了衣服从宿舍溜了出来。

王之林调来了手术班的大车。驭手大叔快睡了，听说有外出任务，一下跳了起来。

又找了好一会儿，还是没找到所长，问了问通信员，只说所长外出了。

王之林只好给成所长留了个话，便带队出发了。

坐在大车上，向前面漆黑的夜走过去。驭手的鞭子和前面部队的冷枪同样叭叭作响。

身后远处的前线阵地上，间或，有一两颗照明弹飞上天空，蓝蓝地升上天空，发一片闪亮后，又落了下去。

大家知道，这不过是前线被围的敌人在壮胆。

在夜色中，跑了有十几里地，随村长来到一个半露天的温泉浴场。听说这是附近煤矿的日本人盖的生活设施，只是经历战争后被毁坏了，到处是断墙残壁。煤矿的一些工人，还在利用着这个温泉浴场周围的房屋，三三两两地搭个小屋或是棚子，勉强地生活着，等待着煤矿的恢复。只是房屋设施大部分损坏了。

屋顶已没有了。就着断墙，隔成男女浴区。丰子把灯盏放在断墙边，和松本还有另一个日侨女护士，借着微弱的灯光，尽情地泡在温泉里洗浴。

没有屋顶的天空中，挂满了繁星。丰子看了松本一下，泉水的气泡，在松本丰满洁白的身体旁弥漫。

别看我！呵。松本本能地用毛巾隔在胸脯上。

这有什么，看水。那个女护士用手划起水，朝松本泼去。

不要吵啦！隔着半堵墙的王之林叫了一声。

丰子没心情闹，一个人静静地泡着。那一刻，不知为何，丰子突然想起了日本。她眼睛里不知是雾气还是水珠，已经是湿蒙蒙的了。

从那次洗温泉后，每次丰子见了王之林，都发现他脸色铁青，有时怕是绕着道走，仿佛也不怎么搭理她。

后来才知道，因为上级在追查医院擅自在仓库运药品出来的事，王之林和所长产生了矛盾，所长怀疑王指导员讲出了偷运仓库药品的实情。作为反制，他也向上级汇报了一堆王之林的所谓违反规定的事情。

而这次洗温泉的事，传到了上面，听说变成了是王之林带一大群女日侨战士去洗温泉了，传得有声有色。

所以为这件事，发展到他和所长两个人在办公室吵了起来。

最后，为了这些事，陆续不断地有上级领导机关来人，找日侨们谈话，还详细找了几个当事人，调查参观地道和洗温泉的事。虽然事情并未发展下去，但所里的紧张气氛，已有点让人压抑了。

王之林真的很郁闷。

不知为何变成了团里直接找他谈话了。

平时很随和的团政治处副主任，今天倒很认真。煞有其事的和他谈了很久的话。说了偷运仓库药品的事后，又问起了是哪些人去参观地道和洗温泉的事。最后，终于把所里同志们的议论告诉了他。

不过这些议论可真是让王之林半天也摸不着头脑。

突然，王之林发现，找他谈话的人谈来谈去，集中到一个焦点上来了：为什么每次发生的事情中，都少不了山田丰子呢？

王之林脸色变得铁青，头上鼓满了青筋。他不想开口了，怕越描越黑。由于委曲，他干脆低下头，任凭主任去说。

你怎么考虑的？主任好似今天要找一个答案。

他抬起头，看见主任疑惑的眼神好似刀一样刺了过来。

野战军有纪律，不准和日本人结婚，您应该是知道的。

完了甚至还直截了当地问他，是想结婚呢，还是继续在部队干。反正眼下部队南下，地方也缺干部，正在向部队要大批干部。

吓了王之林一大跳。他都没和山田多讲过一句多余的话，更没有涉及过有关个人问题的事，怎么一下子让别人扯到结婚上来了呢？

主任没有说穿，解释说，他并没有到违反纪律的程度，只是说大家有些反映，作为日侨女兵多的单位领导，也应该要注意影响。

王之林当然明白，好几个干部和日本护士恋爱，要结婚的，统统两口子转业，不能留部队。

我还是留部队吧，王之林告诉主任。但突然的，他觉得胸口隐隐地有点痛。

那好。主任直截了当告诉他，明天又要整编了。他要在部队干，就带一部分日本籍官兵，整编去广西组建新野战医院，任务是去十万大山剿匪，今天晚上便开始收拾。

山田丰子当然不在去广西的名单之列。

王之林思考了好久，为避闲言，他准备不和山田当面告别了。

不过，他还是留了一张便条给山田。

山田同志，我明天早上六点，要随新野战医院去广西，有剿匪任务。因时间紧迫，在此即为告别。望保重身体。

此致

军礼！

王之林 1949.7.29

为避嫌计，信是用中文写的。本来想用日文，犹豫了一下，王之林还是觉得用中文比较好。这样，对组织上将来可以说的清楚些。

反正山田看中文也没问题。他想。

2.22　1949 年，中国武汉，第四野战军某医院

不知是不是恋爱的风波，还是别的原因，反正是山田丰子又调回到了老医院。

只是医院又换了好些人。这样也好，又能认识了好多人，也蛮有趣。

最高兴的是，孙云也学习完毕回来了，已经当护士长了。

部队打下武汉了，可不知为何，没有进城，在离城还有三十华里的叫刘家湾的地方，露天宿营。

一口大的水塘，成为日本籍官兵的最爱。天太热了，一吃过饭，男兵们便下饺子一样跳进池塘。而女兵们要等到天黑，才下水去。

天已麻麻黑了，一伙日侨女兵躲在远远的一角，以女人的耐心，又泡水又洗头，又洗衣服，又嬉戏打闹。晚风吹来，把暑热都吹走了，她们开心地享受着这战地难得的小憩。

孙云和几个中国籍护士也过来洗浴了。

让孙云大吃一惊的是，一大堆日侨姑娘们一个个一丝不挂，坐的坐，泡的泡，吵吵嚷嚷地在水塘边洗澡、洗衣服。池塘边叽叽喳喳，一派热闹非凡。

孙云和中国姑娘们都是穿着短衣短裤下水的。

丰子一头秀发挽起，游了过来。

洗澡穿衣服干什么？丰子停了下来，一边在丰满的身子擦抹着，一边笑

着问孙云。

大姑娘，光着身子太难为情。孙云背过身去。

我来为你擦背。丰子一把掀开孙云的衬衫，向上一扯，露出裸露的丰满上身来。

啊……没思想准备的孙云，一下子被脱了上衣，受了惊吓，双手抱在胸前。

哈哈……丰子看到了孙云的狼狈样，呵呵大笑起来。

丰子温柔的手，在孙云的背上搓抹着，果然十分熟练。

丰子在家还常在浴池给爷爷搓背哩！小枝不知何时也过来了，高声说了一句。

啊……孙云听了又吃了一惊。

丰子微微发笑，并不作声，依旧认真地给孙云搓着肩膀。

日本的汤（浴）池，男女一起泡澡很平常。不过是热气腾腾，看人很模糊。而且各人洗各人的，没人关心别人。小枝若无其事的，说了一大通。

那上下浴池都有男人呀。旁边一个中国姑娘也担心地问。

围个毛巾好了呀！哈哈。小枝笑了一通，大咧咧的光着身子，上岸去了。

哎呀。

孙云和中国姑娘们，看到小枝和好几个日侨姑娘，一个个旁若无人，毫不在乎地裸着身子站着，慢慢吞吞地在擦抹，好似是自己也裸体了一样，羞臊得尖叫了一声。

凉爽的清风里，有人唱起歌来。

太阳还在呵，照满山。胜利的旗子呵迎风展

穷苦兄弟们，牛马一样，过了几千年。

丰子看见孙云在认真听。

是长迟同志。孙云笑了起来。

前几天才学的呢，这个小妖精。丰子有些惊诧，又有些高兴。她对孙云说，这是为了配合全国大解放的教育课，部队刚刚教唱的《胜利的旗子迎风飘》。好多日侨战士都会唱。

暮色里，有好多男女战士也合唱起来。

血海深仇没法报呀，有了共产党毛主席，才有今天；

为了那土地，为了那自由，决死奋斗多少年！

决不能让敌人喘一口气，全中国人民要胜利！

还来一个！长迟！孙云朝不远处的长迟喊了一声。

好！再来一首！众人鼓起掌来。

长迟又唱了起来：

解放战争，快到最后的胜利，全国都市都将是我们的！

城市的纪律，我们时刻要牢记。

众人又和了一句：全国都市都将是我们的！

长迟的声音，还是格外清脆。

买卖价钱要公道，爱护人民，人民军队呀好呀好名誉！

人民军队呀好呀好名誉！

众人一阵合唱，一阵掌声，都欢呼起来。

这是什么歌？孙云问。

《城市纪律歌》，是分部宣传处下医院组织排练的，准备在庆功会上演唱。长迟是领唱。

难怪，长迟还真有才华，人又漂亮。孙云看着远处的人群，笑着夸了一句。

小妖精。丰子笑着嘀咕了一句。

你说什么呀，谁是小妖精，长迟？孙云问了一句。

丰子哈哈大笑起来。

也难怪姑娘们要这样痛快地洗个澡。

进了武汉，说不定晚上就睡在大街上。

部队从东北开始，每逢打下大城市，一进城前，必然要宣传学习好多天群众纪律。

空手进城，空手出城。这是四野部队进城后，执行群众纪律的标准口号。为这句口号，还获得毛主席和解放军总部的嘉奖。

而且，在山田的记忆中，进北平，打天津，日侨女兵们头几天都和部队一起，有的睡在马路旁的帐篷里，有的睡在院内的围墙下。

记得她们在北平，露宿一夜后的清晨，市民们出门了，有上班的，有路过的，看到躺了一大街的解放军战士，都停下步来，一时间来看部队露宿的市民人山人海。深秋的北平街头，温度已经很低了，市民们搬来了棉被和床。还提来开水，早点。好多人喊口号：解放军万岁！

那一刻，山田心里好暖和。

所以，只要进大城市，山田就有睡马路的准备。一般要睡上几天，才会找到医院的临时院址。

武汉，听说也是很大的城市，也一定要准备睡马路的。

而且，进了武汉，上哪儿去找水塘呢？一想到这儿，山田她们都只想泡在水塘里不上来。

男兵那边，还有好多人泡在水塘里。

快起来，快起来！教导员拿着电筒在水面扫过。因为天黑了，他怕有人溺水，不停地叫人注意安全，但是水里的人都在躲开这柱灯光。

一阵尖叫，是电筒光照到几个日侨姑娘了。她们本来以为天黑了，又贪凉快，干脆一丝不挂，光溜溜地站在水塘边，慢吞吞地在穿衣，可没想到会有人用手电筒照过来。

但其余在水里的人，仍没有人理会他。过了一会儿，扑通一声，教导员一不小心，自己也掉到水里去了，众多的人一下子全哈哈大笑起来。

天气太热。为贪凉爽，大家夜里就睡在池塘的草地。

因为是和衣而睡，只露出脸。早上一醒来，睡在对面的护士长孙云对着山田丰子大笑起来。

山田也发现，孙云满脸都是疙瘩，红红的。这一下自己脸上也痒起来。原来，昨天露在外面的脸让山里的蚊子咬了个不亦乐乎。

因为孙云调出去学习了半年，而丰子也调出老部队了，没想到调到这个

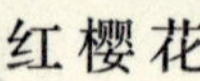

医院，又见面了。两个彼此熟悉老战友分别了一段又在一起工作，因而特别亲热，几乎形影不离地待在一起。

两个都是二十岁上下的姑娘，看着对方的披挂，以及那张蚊子叮了个满是疙瘩的脸，觉得是挺好笑。

你指着我，我指着你，双方对着哈哈大笑起来。

不过，孙云也已经奉领导之命，要求她不管白天黑夜，一步也不要离开山田。因为，在几天前，山田在去卫生队的途中失踪了。

那天，按规定，统计员山田丰子应该在天黑前返回医院，但到了下半夜还没看到人归队。

派人和几个卫生队都联络过了，都说山田去过，但是又安全离开了。最后离开的三队的时间，大约是下午四时。

设想了各种情况，考虑到阵地和敌人犬牙交错，院长和政委派出了四个小组，带上武器，去寻找山田。快天亮时四个小组都返回院本部，报告说，都没看到山田。

为应付突发事件，医院正在作最后的部署，部队准备连夜转移。包括各卫生队转移驻地的方案都拟定了，正准备向上级报告。突然，哨兵报告，山田回来了。

开始，头发蓬松的山田不发一言，满身的泥浆水渍，衣服凌乱不整。只是，她不停地喝水。一问，背文件的挎包也丢了。

果然是路不熟，回来的路上跑到敌人阵地上去了。看到情况不对，四处的部队，戴着敌兵的钢盔，她飞快地跑到一个水塘边藏起来。

弄湿了一身，脚下尽是淤泥，人也直往下沉。她赶快爬到过对面田埂的稻田里，躲了起来。

天已蒙蒙黑了。她看到有一间农家小屋，抽了个空子，看没有人了，她一下子跑进屋里去。

狗叫了起来，她听见有人对狗喝了一声。她看清了，是一个老大娘，抱着个几岁的孩子，在朝她招手。

她军帽已经丢掉了，浑身泥浆，大娘一把把她拽进一个柴草堆里。她还没有反应过来，身上已盖上了一大堆草。

狗又吠了起来。

乱哄哄进来一大堆人，有人骂，有人叫。

往后面去了！突然有一大群人在后山上叫了起来。叭叭地响起枪了，敌人一窝蜂追到山后去了。

怕是大娘上山去了。是引开敌人，还是逃命，草堆里的丰子也分不清了。

天快黑了，敌人又返了回来，一大堆人围着小屋四处搜。

山田还是被敌人搜了出来。

好在刚才紧急之下，挎包里的统计资料连同物品，都扔到水塘里了。

哈哈，女共军，长官！抓她的国民党军士兵好像是个南方人，高兴地尖叫起来了。

山田听不大清中国的地方方言，她闭上了眼。那个救她的大娘也不知在哪儿了，是上山了，还是……她不敢想了。

被俘以后，山田反正不说话。一开口听出是日语，便完蛋了，这一点日侨战士们都明白。于是先被捆起来，然后吊起来了。脚快离地时，叭地一下，头上被抽了一皮带，便一下子昏了过去。

有什么流进嘴里，挺咸。她明白了，头被打破了，是血。

她闭上了眼睛。因为血从头上流下来，眼睛无法睁开了。从娘肚子出生，这是第一次这样真正被打，而且是被吊了起来。手好痛啊，好像快断了似的。

她突然想起爷爷……爷爷，我不行了……她迷迷糊糊地喃喃细语时，又挨了几皮带。头嗡嗡的响，双眼已满眼金花了。

不知道抽了几十下皮带，还被浇了几盆水，淋湿了全身，全身已经快没知觉了。丰子也不开口。

敌人会以为抓了个哑巴共军吧，丰子在想。她咬紧牙关，生怕自己忍不住，会不由自主地喊叫出日本话来。

篝火点燃了，柴火烧的啪啪的响。有好多东西架在火上烧。烧出的油滴在火上，吱吱地叫起来。干哪！外面的敌兵好似在喝酒。不一会儿，又一个个走开了。

可能是敌人都喝多了酒，也手忙脚乱地，顾不上多审丰子了。夜里，山田被放下来了。仍被捆着手，扔到一个小屋里。

山田一直不放弃，努力地解绳索，解开绳子大约花了几个时辰。

解开后双手直发麻，半天都伸不开。挤开门看，敌人居然没放哨兵。

回来的时候，她拼命地跑。黑夜里依稀有星斗，这时候她猛然记起，小时候听爷爷讲过，夜里迷路了，找北斗星。她找了一下，摸索着对着北方跑。稀里糊涂跑了一阵，正累得倒下去时，感觉手和脚又给按住了。

是她熟悉的东北口音。她明白了，十有八九是给自己的部队抓了。

丰子坐了起来，很认真地报了部队番号。

天色微微放明了，彼此可以分辨对方的军服了，他们放开了她。

又来了一个指挥员样的人，也询问了好久，这才派了两个士兵，陪她回到医院来了。

又冷，又饿，又怕，山田一身都在发抖。

好吧，吃饭去。院长看了山田一下。

真是狼狈不堪呵，他咕哝了一声。浑身尽是泥土和血污的山田，让他又恼又担心。不过好在回来了，谢天谢地。

刚才是医院政委和保卫干部一起和丰子谈话，还做了笔录。保卫干事问东问西，一副不放心的样子。

丰子很委屈地低下头。突然，她冲到保卫干事面前，一把卷起衣服，一边让他们看背上的血迹，一边大哭起来。

过了一会儿，领导又交代山田，让她放心，说这不过是正常的组织审查程序。谁被俘了，都要过这一关。而且要求丰子，以后不要和日侨战士讲她被俘的事。

只是从此专门抽调了孙云，规定这几天日夜不能离开山田丰子，怕她情绪不稳定，也怕她出事。

下卫生队也叫孙云跟上，还配了一支手枪给她俩。

2.23　1949，湖北沙市，某野战医院行军途中

从东北南下来的解放军官兵们，没见过今天这个南方的水网地带的行军阵式，隔三岔五地，不停地，先是渡江，又是行军。接着，走不了多远，就是过渡口，过河，完了又是行军。

开始坐竹筏子时，女护士们还直嚷好玩，有的还把手伸进碧水泱泱的水流中，对着两岸青翠的山峦哼起歌来。可一进入雨季后，天天大雨滂沱，让从来没见过一天到晚下雨的四野官兵们觉得很不适应。

只是雨过天晴之后，太阳刚出来之前，从远处的山峦和树丛边，会飘逸着一股白白的雾气，雾气形成的带状，如白白的飘带，悬浮在田野和山边之间，久久不会散去。

每当看到这些风景时，久居北方的解放军战士们觉得又新鲜又惬意。

可是当地的老乡讲，这可是山里的瘴气，一走过去，呼吸了或是沾上了以后，人都会走不出来的。

恼火的是，天一下大雨，必须在宿营地休息。

由于气候凉爽的春天过去，初夏的天气到来，蚊子和各种小虫也多了起来，有的部队里发生了疟疾。

于是，军区卫生部又在全军推行“每天服汤药，人人防疟疾”的活动，以此制止疟疾的流行，防止部队大规模减员。

部队一路过小集镇，就看到兵站和地方上共同设立的中草药汤药与开水站。

每到一个有汤药供应的地点，休息号便吹了起来。官兵们在卫生员们的

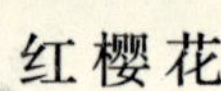

催促下，不管有没有病症，人人都拿着一个搪瓷口缸，舀一缸汤药水，仰头喝起来。

另外，珍贵的奎宁也由卫生部发了下来。各个野战医疗单位都配备了这种治疟疾的灵丹妙药。

进入洞庭湖的水网地带后，坐船成了常事。

医疗单位行军是比较啰唆的。

医院一般是器材多，女同志多；遇上有收治伤病员，那就更麻烦。在这水网地带东挪西带的上船下船，把人搞得非常疲惫。

在沙市附近发生的一件事，叫丰子和整个医院的官兵都很伤心。

自从松本杉子和小枝分别调离医院后，整个医院，丰子来往较多的日侨护士，也就剩下长迟菱子了。长迟是先和小枝来往的很多，以后才和丰子熟悉的。

但她和小枝性格正好相反，长迟是个不太爱热闹的人。

那天，丰子去找今川院长，而长迟正推门出来。丰子看见她满眼通红。她本来低着头，听到丰子的声音抬起头来，勉强笑了一下，走了。

丰子看见今川院长和民族干事都坐在里面，见到丰子，忙问什么事。

可丰子问他们菱子为何会哭泣时，他们都支吾着，不肯说什么。

后来，丰子才在和孙云的闲谈中得知，原来，是部队里传开了菱子和一个中国籍医生的恋爱传闻。那个中国籍医生是个刚从大学医学院参军的学生，也是从别的医院调来不久。

是看病时认识的。

也许是沾染了瘴气还是什么，长迟总是一身软软的，头皮也发紧。

这个医生给她看病时，坚持要她张开嘴，还伸出舌头来。

喝过防瘴气的汤药么？医生问她。

长迟摇摇头。那玩意儿着实太苦了。

舌苔很厚，没胃口吧？他一边开药方一边嘱咐菱子要多喝水，喝卫生队熬的汤药茶水。

但医生离去了一会儿，又回来了。

把这个拿着，口里没味时含含。这是一包姜糖，含了对身体好。他说。

他说话时很认真的神情，连眼睛也闪亮，让一旁的丰子也感到了异样。

不过菱子坚决否定这些传闻。在今川院长和民族干事面前，她保证再不和这个中国籍男医生有任何接触。

今川院长强调说，再有传闻的话，组织上会调走那个医生的。

不过，长迟和丰子还是有心里话讲的。

有一天，是医院里已经有了她和张姓中国籍医生的传闻后，她把丰子叫到后山去。坐在草地上，她拿出一张照片。

丰子仔细一看，那张略旧的照片上面，是长迟穿着东北民主联军的臃肿的棉军装，面容却十分精神。照片上面有三个人，除长迟外，还有一个女战士，一个男兵。

这个男兵浓眉大眼很是英武、精神，让人印象很深。看人的气质，好像这另外的一男一女也应是日本人。

这是我们辽东军区第五医院 X 光室的几个日本人。长迟说。

现在不知道他们在哪儿呀！说到这儿，长迟叹了一口气。

看长迟的眼神，好像是向丰子说明，她心里并没有张姓中国籍医生。

可是，她心上的人，和照片上的那个日本男战友有没有关联呢？如果没有，她这个时候拿这张合影给丰子看，是什么意思呢？

还有，如果她心里完全没有张姓中国籍医生的事，应该坦坦荡荡呀！可现在，一说起这个张姓医生，老是唉声叹气，打不起精神。

这是干吗呢？有些让人不解。

毕竟丰子和长迟并没有相处到和小枝与松本那般无话不谈，况且长迟和张姓医生的事涉及纪律，丰子也不想去多说多问。

远处有人叫长迟。

我走了，要接班了。长迟说。

好，你走吧！

长迟走开几步，又跑了回来，大眼睛扑闪扑闪地：丰子姐，求求你，不

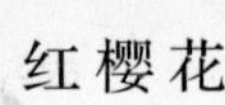

要叫我小妖精呵……

呵呵。丰子笑了起来，点点头。

谢谢！……长迟喊了一声，跑开了。铃子一样的声音，清清脆脆地在很远处叮当作响。

日侨女兵们都明白，在医院中，最麻烦的事莫过于男女青年相互之间发生恋情。而在发生恋情的传闻中，又以日侨女兵和中国籍同志发生恋情最为麻烦。

如果这类恋情在大家口中有了传闻，一般的结果，是部队组织上会调走其中一个。

其实，日侨男女哪个不是二十好几，老大不小的年龄，所以，私底下对于某某谈恋爱的传闻，大家都只是一笑了之。

只是作为当事者而言，因为了有违反纪律之嫌，自然有很大压力。

也许她的心情正在矛盾中呢，丰子想想，摇摇头。

可正在这时，就出事了。

原来，医院的渡船在过一条大河时，长迟正在为一个高烧患者做冷敷，在船上移动脚步时，不慎落水了。

大家在齐声高喊长迟菱子的名字时，对面船上，又跳下去一名男同志去救她。可是，水流湍急，两个人瞬间都被大水吞没了。

几条船上各跳下一个船工。不过几个人太少，江面太宽阔，风浪又大，人在江浪里一沉一浮，很难找到落水的人。

孙院长鸣了枪，严禁任何人再盲目跳下去。

各单位注意，还要组织人下去帮忙救人！孙院长大声叫了一声。

好！要会水才行。女同志、伤员坐稳！政委也站到船帮上了，高喊起来。

医院的七八条船都停下来了。因为中国籍战士大都是北方人，不习水性。大家只会在船上大喊大叫。因为急了，一帮女护士们还大叫了起来，直喊救人。好多人用日语又哭又喊，场面一时乱七八糟。

院长鸣过枪后，大家都愣了。只见他自己一边脱衣服，一边在大声吆喝，征集有水性、能下水的人，但大都是北方来的中国籍的战士们，一个个都蒙了头了。

我来！一个人举起了手。丰子一看，是院务处一个助理员。

哪里人？孙院长大声地问他。

我河北的，白洋淀的人，不怕水！这个助理员一下子脱去了衣服，还用手在胸膛上直拍。

好，你下！不会水的一个也不要动！院长严肃的脸像个凶神。他明白，北方少水，男人大都是旱鸭子。

院长你年岁大了，水太冷不要下去……政委在那条船上叫起来了。

对面船上一下子又出来了几个男的，大家一看，是两个日本同志。一个人是那个矮墩墩的叫中山纪夫的担架员；另一个人是前田医生。近视眼的前田正在把一根绳子扎在眼镜上，他怕江水冲走他的眼镜。

好，做好准备！孙院长很沉着的指挥着。他们虽然会水，孙院长也不敢大意，先是让他们脱光了衣，只穿了内裤；吩咐船工找来了绳子，在他们腰上系上了保险绳，才安排下了水。

我算一个。一个女声叫了起来。

好，你行，不过要注意安全！孙院长居然答应了。

叫丰子大吃一惊的，这个人是同一条船上的孙云。她也脱下了棉衣、棉裤，脱的只穿着一件运动衣，衣服上面有着“华北医科大学”的字样。腰上绳子扎紧后，显出丰满的胸脯来。

一场场的绵绵春雨，下了十几天了，初春的料峭春寒中，江水冰冷浸骨。丰子看见孙云一甩头，和几个准备下水的男战友一道，仰头喝下去一大口御寒的白酒。

白酒喝下去后，她的脸一下子红起来。

丰子的眼睛有点潮湿了。

孙大姐，你……丰子担心地喊了起来。她挤着走过去握住孙云的手，她感觉孙云在发抖。

孙院长在学校看我游过泳，我在学校是游泳冠军，这个河我可以游十个来回。孙云一副满不在乎的样子，拼命地搓手搓脸。

呵！呵！孙云满脸发红了，可能为了御寒，她大声地对江水喊了几声。引的三个要下水的中日同志也大吼起来。

相互协同，有事拉保险绳，下水！孙院长大声地在指挥。

船上所有的人，都目送着他们四个人跳下水去，看他们一沉一浮地顺着河的流水搜寻，前后游出去有好几百米远了。

有一阵子浮在水面的人头不见了。丰子一个人尖叫起来。

不过几个人头又浮了上来，船上的人开始拼命地拽绳子。

终于也没有能救上两个落水的人。

两个日本人先上船，上来后精疲力尽，面色苍白。那个王助理游了很远后，也没找到人。绳子没法再伸长，他也返回船上了。

孙云是最后一个被人拖上船的。她一上船，便身子靠在船帮上，大口地吐水。他们几个人几乎都灌了一肚子水，都是船上的人用保险绳拽上来的。在一旁焦急不安的孙院长，赶快安排抢救。

后来，叫来了当地的地方干部和船工，才明白了，这是汉江，是连着长江的一条大河。水流又急又深，尸体应冲下去很远了，只能安排下游的船工连夜寻找打捞才行。

孙院长和今川院长，拿出了一小袋银圆，千嘱咐万嘱咐两个带船工的地方干部，特别说明那个女护士是日本人，参加解放军都三年了，她是救治解放军伤员落水的。捞上尸体后，一定要挑个好棺木埋葬好。坟墓要朝东方，让她看见日本的家人。

地方的两个干部坚持不收孙院长的银圆。他们说，大军来解放南方的人民，出生入死，牺牲在汉江，是我们汉江的光荣。我们一定会把她们捞起来，埋葬好。

把写有两个烈士的名字的纸条交给地方干部时，丰子也忍不住哭了。

果然，义无反顾地跳下水去救菱子的，正是那个喜欢她的张姓中国籍医生。他是死于自己的不习水性和不顾一切的爱情。这个爱情故事到底有些什么内容，菱子到底喜欢不喜欢他，这一切已随着他俩沉入汉江，永远无人知晓。

只是，可能他们会并排埋葬。生不同衾死同穴，这一点应该是合乎张姓医生唯一心愿的事了。

山田丰子还是记下了他的名字：张兴远，黑龙江省人，二十三岁。

另外，院长要丰子清理长迟菱子的遗物时，经过请示，山田丰子留下了长迟给她看过的那张三个日侨战友合影的照片。

照片上写了三个合影战友的名字：长迟菱子、有枝美子、安东秀夫。笔迹丰子认识，应是长迟的字迹。这一点让丰子格外珍视。

丰子将相片小心地收在怀里的口袋里。

大清早，部队决定离开河岸的时候，大家排成几队，摘下帽子，每个人都面向汉江，弯腰鞠一躬。

满头散发的孙云，也失望地站在队列中。她睡了一夜，今天还未完全恢复。是丰子扶她过来的，昨天在冰冷的江水里消耗体力太大了。

即便如此，医院的日侨女兵，看见孙云走过来，都朝她鞠躬。

有一个女兵忍不住哭得坐在地下。她一哭，日侨女兵们都忍不住大哭起来。

2.24　1993 年，成都某电子仪器厂，孙云家

这是孙云的家。

1993 年，她已经从工作岗位上休息了，闲来也有暇。

前几天提笔写了以下的信，今天又翻出来看一看。

丰子姐：

首先向您和先生问好！女儿告知我，您让我把我们在一起的年月的一些具体情节回忆一下，写好寄来。现根据我的记忆回顾如下，不一定十分准确。

我们大约于1947年年底1948年春，即相处在原辽东军区第六后方医院，南下时改为东线卫生部第34后方医院，后又改为野战卫生部第12医院医务处，一直到您调离。

我们后来一道待过的医院，也同在医务处工作，处里后来只有你我两个女同志，南下时为了轻装，每人只带二十斤重的衣物，以备行军时自己步行背带。为此我们除了带着被子和换洗的衣物，棉衣一套总穿在身上。

我们每走一处住老乡家，我们俩总是铺一床被子，盖一床被子，睡在一起，我们像亲姐妹。您给我缝衣服，有一件丝绸夏季短袖白色衬衣就是您给我一针一线缝的，我非常喜欢它，为此我还穿着它照了张相，这次随信一同寄来留念吧。

我们在华北北京外围等待配合解放北平时，一起照了三张相片（在广州时重印给过您）。您的军人照我这里还有一张。

战争时期生活很简单，但当地产那种大柿子很好吃，冬天我们到老乡家去买河北的大冰柿子，吃得还很开心。在衣食住行方面您给了我很多的关照，真是一位好姐姐。

您我当时都是单身农村孩子，您家在日本国，而我家在山东省的海边黄县。所以我会游泳，遗憾的是那次没能救上长迟同志。战争中的一切都让人终生回忆。

到如今，我们相隔甚远，交通和通讯都不同，书信无处投寄。但我们在战火中形成的战友感情是永远相互依附的。

那时我俩无话不谈，包括心中的秘密。我记得当时的医院有一个男战友对您有意，喜欢您几乎到痴迷的程度，而您还不大想谈个人问题。为了回避于他，我俩则朝夕相伴，让谁都无机可乘。

北京和平解放之后，我们从天津乘大木船，沿运河达武汉。人和物都在船上，我们分批沿着河边拉着木船走，我们一边拉，一边喊着号子，真是苦中有乐。到达武汉为了不干扰老百姓，就露宿河边。时逢夏季，天亮之后相互一看，每人的脸上被蚊虫咬的红点密密的，像患了麻疹的病人，大家都相对哈哈大笑。

您在工作中一贯非常认真负责，上班未做完的统计工作，经常连夜进行。当时因条件关系，一切表格您都得亲自画，统计从来不误，您做一切事情都是精益求精，做什么事都把它做得自己满意，当然更让别人满意，为了工作废寝忘食，为此您虽然在机关工作，还立了三等功。我与您在一起，学到了您的毅力和坚强意志，想做的事，一定做到做好，我学习您亦佩服您。

现在想起那同甘共苦的年月是永远不能忘记的，我们的友谊也是永恒的，并希望代代相传。

前几天来信您可能已收到，代问安东秀夫先生好。

祝节日快乐，身体健康，万事如意。

孙云

1993 年 12 月 18 日

看到这些信，孙云心里又涌出一些思念，想起了那些战斗岁月。

部队打下宜昌以后，孙云和丰子一直在宜昌的长江码头旁，先是宜昌城大清早湿漉漉的码头让日侨战士惊奇。

一大早，孙云和丰子上大街上，看到雾蒙蒙的长江边，从清晨五六点钟起，便挤满了挑水的挑夫。挑夫们担着一担担混浊的江水，吆喝着送到街上一户户人家。周而复始的挑水上街，洒泼得街道上尽是水渍。只是，好似这早起的忙碌丝毫不沉闷。繁忙如同连着这个城市被解放的欢乐，一道向路人显示热闹和喜庆。

过了几天，也有中国籍和日侨男女战士学着挑夫的样，从一二里路的长江边，挑着水桶，把医院的用水挑进水缸。

那天，从街上回来以后，孙云记得丰子去了院长室。一回来，她就兴奋地叫上孙云，两个人上街找药房。原来，丰子建议给医院周围的老百姓家做

净水措施，很简单，就是每天在水缸里放一点明矾，以沉淀杂质。部队仓库不一定有存货，院长让她连夜去街上药房看看。

刚解放的城市，只有入夜才有微弱的电灯。一个个店铺，都只点一个十瓦或十五瓦的电灯，电力又不足，时明时灭如鬼火一样，而且，整个城市，电灯只亮了一两个小时便停电了。

很幸运的是，街上明矾是脱销的，而部队药品仓库却找来了几袋。丰子和孙云连夜动员了医院里很多人来包小包明矾。

第二天，丰子与孙云，还有好多医院的男女战士，拿着包好的明矾，沿街一家一家给老百姓送上门。

老百姓看着只会讲简单的中国话的丰子，纯朴的直发笑。孙云则细心地教他们如何用。好久买不到明矾的老百姓，都感谢得直点头。

过了一段，在广场军民联欢。部队宣传队演出了歌舞剧《白毛女》，而且，又听到那首熟悉的歌：

太阳还在呵，照满山。胜利的旗子呵迎风展，

穷苦兄弟们，牛马一样，过了几千年。

而且这声音今天也十分欢快，悦耳。

孙云又说起了长迟菱子。

这个女孩没长迟唱得好呢。

她回头看了丰子一眼。丰子仍是一动不动地，在听台上的人演唱。

要长迟同志还在多好！孙云禁不住又说了一句。

听到孙云一说到长迟，丰子仿佛听到了天空中有人说话：丰子姐，不要叫我小妖精呵！

丰子眼泪流涌了出来，不发一言，拨开人群走开了。孙云明白她心里难过，也没有追过去。

而当地百姓却舞开了龙舞。在地方首长的讲话中，有专门一段是称赞部队给市民送明矾的事。

最后，孙云记得，提议并经办这件事的丰子还受到了嘉奖。

这个昔日的日本战友，今天仍然是个热心肠的人。

把自己的两个女儿都先后送到日本，而且吃住在山田的家里，让她心里真有些过意不去。当初听了先去的女儿小雅讲，有五六个留学生都住在安东夫人家里，真让孙云吃了一惊。

去日本看过一趟，孙云带着丈夫在日本玩了好几个城市。

看到山田和安东院长夫妇俩一天到晚忙个不停，自己闲人一个到处闲逛，好像有点不好意思。而且当时临行前小女儿也给自己下了任务，要请山田阿姨给自己办赴日留学，可孙云怎么也无法向山田老战友开口。

她去看了山田家里专门建的留学生楼，是三层的小楼，进进出出好多中国留学生。女儿的房内舒适整洁，电视机、厨柜、衣柜等用具一应俱全，像国内的小宾馆一样。留学生都在医院统一就餐。看来，山田为孩子们是想了好多好多。

小雅说，安东阿姨什么都按军队的规矩来管理留学生寮。

吃饭、睡觉、起床，都有统一时间。晚上十点一定要熄灯，也不能留宿生人。如果有亲友偶尔留宿，一定要报告公司。

这真是让孙云太放心了。

听说，来这儿住的中国留学生来自好多地方。有战友介绍，也有朋友介绍。还有朋友的朋友介绍，也有留学生介绍留学生。总之，只要是中国人，又有人介绍，安东社长就会帮他。

不过宿舍是排队的。要来入住先在安东社长处预约，空出来位置才能进来入住。

而且，安东社长会和每个入住的留学生认真谈话。除开守纪律守规矩外，要求他们留学学成之后一定要返回中国。听说，在这个留学生寮住过的中国留学生和学者，有一百多人呵！这恐怕是日本，也是全世界少有的中国留学生之家呀！

离别日本前，在饭店送别吃饭时，山田笑眯眯地问：怎么样，老战友，对女儿放心吧。如果放心，在大女儿回国之前，把小女儿也叫过来锻炼一两年？我还是欢迎呵。

这番话让一直不好意思开口的孙云感动得不行。

山田，你真是个好战友！孙云直点头，心里默默直念。

2.25 1950 年，中国长沙，湖南军区卫生部医政处

五十年代的长沙，恬静而富有生气。

刚刚解放，位于洪山庙的国民党的陆军医院给接收了下来。山田先是在那儿工作，没过多久，让她到湖南军区卫生部医政处做统计工作了。

组织上给她配了两个助手，已经是副连级干部的山田丰子以头脑灵活著名。于是，谷秀云和王红、山田丰子，三个人白天在一个办公室，晚上也都睡在一个屋里了。

湖南军区兼十二兵团卫生部在军区机关对面的桐荫里，那是一大片民居内的一栋单独小楼。她们医政处三个女兵就住在旁边的一栋楼里。

小谷和小王那时都只有十七八岁。

而日本籍大姐山田丰子，参军好多年了，她言语不多，工作很利索。那时候的湖南军区和湘西、湘南军区，都有很多的部队和医院，特别是湘西军区剿匪任务重，医政统计工作很繁重。但山田大姐带着她俩，工作起来还是挺轻松愉快。

解放初的长沙，要到小吴门才有街道。湖南军区的驻地是一个大山包。而从桐荫里去清水塘要经过一大片菜地。

一到礼拜天，山田大姐就要拖上小谷或小王去城里逛。吃点小吃呀，买点湘绣绣片或其他小玩意儿。

有时候，吃过饭，三个姑娘去军区大院溜达。那时，刚开始建大院不久，军区大院里只是一大片乱坟山冈，过几个月，变一个样。大操坪很快平整出来了。日后，成为长沙一景的威武的苏式的大办公楼和宿舍，也在测量、打地基了。

有时，还看见过肖劲光司令员，吃了饭也在散步。

肖司令员在一旁看着她们三个年轻女兵，很高兴地笑了。

看到司令员上来，山田丰子很大方地上前立正，敬了一个礼。

司令员好！三个人都一齐向肖司令敬礼。

哦，你们认识我？司令员很高兴地问她们。

报告司令员，我是辽东军区的，在东北南满，我听过司令员做报告。山田认真地回答了。

哪里人呀，小鬼。司令问她。

报告司令员，我是日侨，叫山田丰子。

哦，好呵！那你是国际主义战士呀！肖司令爽朗的湖南话，又脆又响，三个女兵听了大笑起来。

山田清楚记得，肖司令员当时是东北民主联军副总司令，兼任辽东（南满）军区司令员。做报告时，湖南口音很重。

打仗打过了大半个中国，又看见了肖司令，又听到了他熟悉的湖南话，让山田丰子非常高兴。

让两个中国小姑娘印象最深的就是山田特爱洗澡。

当着两个小姑娘的面，丰子就在宿舍忽啦啦地脱个精光，大咧咧地洗澡，这一点，开始让两个中国小姑娘不太习惯。

丰子洗澡还爱弄个大木盆，人泡在里面，弄得洗一次澡就满地的水。

但工作起来山田可认真啦。统计表上错了一个数字，小谷用橡皮擦一擦，想报上去，山田不同意，非要重抄不可。

开始是每天晚上，山田都要带上她们到军区大院走一走，或是找个军区的日侨战友聊聊天。后来，认识安东医生以后，山田就很少在大院转了。

医政处是一栋小楼。楼下住了机关的人，楼上是医政处办公室。另外，三个女兵也住在楼上。

小谷记得，安东医生一来，不太爱出声的山田大姐，便会整晚讲个不停，不过全是日本话，听不大懂。

有时候，很晚了，小谷走过楼道上厕所，看见办公室还亮着灯。山田和安东还在里面一边说一边笑。

这样的时光继续了很久。

直到山田大姐结婚了，安东医生还常来闲聊。白天彼此要上班，晚上都要回各自的集体宿舍。没办法，只好到这儿坐一坐。

小谷没钱，很想祝贺他们一下，怎么办呢。

恰好是八月，院子里那棵桂花树四处溢香。小谷邀上了王红，采折了一大把桂花枝，送到安东医生的宿舍。另外，搞了两个小花瓶，在三个女孩的宿舍和医政处办公室各放了一捧桂花。

好香的桂花！沁人肺腑。

多少年以后，一到桂花开时，小谷就想起山田和王红姐。

湖南军区兼十二兵团的好多人，都随军区司令员肖劲光去北京组建人民海军了。王红也是随筹建海军机关去了北京。

多年担任海军医院门诊部医生的王红，1997 年，以正团职在南京海军学校离休。

几十年了，王红再没有见过山田的面。

谷秀云以后调成都军区工作，后来在河南省洛阳市二炮干休所休息。其女儿在日本留学时曾代表妈妈去探望过安东丰子。

王红现在独自一人在南京生活。

在南京海军干休所，王红生活得很自在。她今年已经七十八了，身体还行，一个人在南京，子女都在北京。而她说什么也不愿意去北京和子女同住。

她是肖劲光司令员从湖南军区带去北京的上百名干部的一员。那是组建海军呵，大家兴高采烈。后来她一直在海军机关门诊部。

海军大院建在北京公主坟。

由于大院都是中国传统建筑风格的中式楼宇，还用上了酷似海水蓝的彩色琉璃瓦，远远地看，像庙宇。于是，老百姓都戏称海军大院是“海军庙”。

而坐飞机从天上鸟瞰海军大院，简直是看到波涛一片。

听说，是毛主席点了肖劲光的将。

你是船驾佬，会驾木筏子，你来搞海军。听说，毛主席是这样对他这个湖南老乡说的。

到底肖劲光真的是船运工人出身，还是他在红军长征中，驾过横渡大渡河的船只，就无从可考了。

但是，让他来搞海军，是毛主席点的将，这一点，千真万确。

人的命运就是这么偶然。

王红就是这么个偶然的机会，跟着十二兵团兼湖南军区司令员肖劲光，以及一大帮湖南军区干部一起，来北京组建海军了。她在北京干了二十多年，到现在，你在海军机关门诊部还可以打听到她的姓名，门诊部的老人都知道王红。

再到后来调到南京海军医校当教员，她一直在那儿干到退休。

记者为采访她，是找到海军干部老干局才找到她的退休地址。

当王红听说了山田丰子还记得她，还在日本盼着和她与谷秀云见面，高兴得不行。

她言谈之中充满兴奋，咯咯直笑，电话中的声音有如银铃。听她的声音，好像回到了少女时代。

谷秀云为赴日本，办过两次出国手续。都是山田丰子从日本寄来全套赴日邀请手续。但是，由于她在敏感的第二炮兵部队工作，上级两次都以部队保密为由，拒绝批准她的赴日手续。

从 1953 年她赴军医大学习，就再也没有见过山田丰子。

这一点让她深感遗憾。

动过手术，说话时，声带已哑哑的有点受阻。她想写点什么，来回忆她和山田的相处，但是眼睛也不好用了，只好作罢。

那时山田像一个大姐姐，工作上带她，生活上护着她。才十八岁的她，好喜欢这么个日本籍战友大姐。有时工作忙，经常晚上加班，到了十一二点，山田总带她去桐荫里的小摊旁，吃米粉呵，吃麻油猪血呵。山田是干部，津贴高些，吃夜宵从来也不叫小谷掏钱。不过当年的小谷也没钱可掏。

她托赴日本留学的女儿去看山田，还拷贝了一张她和山田年轻时的合照，让女儿带给这个日本战友。照片中的山田与谷秀云，都是二十上下，青春无限。穿着军装，英姿飒爽。

这是谷秀云永远不会忘记的年华。

王红是通过采访的记者才联络上谷秀云的。五十多年了，电话里的王红和小谷，彼此还是那么熟识、热情，像当年小姑娘的时候一样。

王红是1951年去北京海军机关的。而谷秀云也是1952年去军医大读书，毕业以后又去了昆明军区，以后才去二炮的。

王红说：咱们一道去日本看山田姐怎么样？

好是好呵，可是……

是的。其实谷秀云内心挺希望能去。

还记得山田姐结婚么？谷秀云问王红。

记得呵，王红很兴奋。她回忆说，那天在等山田，山田去了安东医生那儿，她说第二天中午回来，结果晚上才回来，让她俩等了一整天。山田是和安东医生一道来的。一进门，新娘子山田丰子把一把糖放在桌上。

我们采了一大把桂花，插在办公室，也插在宿舍，还和他们夫妻一起唱了歌呵！谷秀云虽然嗓子不太好，可是在电话中，挺有热情地开开心心地叫着，还像年轻时一样又麻利又爽快。

王红姐，一起再唱呵，当年的小谷邀王红姐了。

好！王红先唱了起来。

……

八月桂花遍地开，
鲜红的旗帜树呀树起来！
张灯又结彩唷嗬，
张灯又结彩唷嗬；

唱一支歌儿，庆祝姐结婚

……

当年，是在八月，是满地桂花香，又是大喜的日子。她们俩，加上山田和安东医生，四个中日解放军战友，齐声高唱这刚学会的红军庆祝歌。

她们把这个歌，唱成了日本籍战友的婚礼进行曲。

2.26 1952 年，中国长沙，湖南军区兼十二兵团门诊部

和安东秀夫认识是一个偶然。

那天，山田去军区门诊部看病，开始，只感觉年轻的医生很英俊。浓眉毛，大眼睛，又有点面熟，有点灵犀似的心里猛地动了一下。

这个医生看病实在很认真。开始双方都结结巴巴讲中国话，交流了一下，就知道对方不是中国人了。那时部队除日本人外还有不少朝鲜人。

用日语一讲，觉得口音很相似。一问，知道对方老家是大分县人。

不过我也是名古屋人呢，因为我外婆家也是在岐阜县，我叫安东秀夫。他笑着介绍自己，也顺便介绍自己的口音来由。

那也算是半个老乡喽！丰子听到他说的话，开心地笑了。

山田是最善于隐藏自己的和情感和想法的人。况且那天，人也不太舒服，很快就离开了，说了些什么她也忘了。

好像是内心有什么驱使吧，过了几天，山田又去门诊部拿药。四处看了一下，没有看到安东秀夫。一问，是调走了。

心里好似惆怅似的，不苟言笑的山田也不和任何人说。

和谁讲呢？医政处只她一个日本人，天天相处的小谷和小王是才十几岁的小姑娘。

又过了几天，山田在军区大院看到他在打球。

她以为他已忘记她了。谁知，他走到她面前，很熟识地笑着和她打招呼。

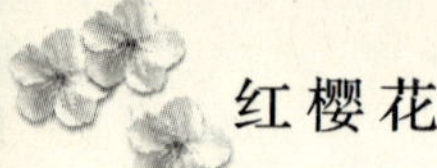

安东军医满头大汗跑过来，露出洁白整齐的牙齿，很开心地笑。他告诉山田，他调到司令部卫生所去了，也在桐荫里附近。

山田笑了笑，没出声。

又有十来天吧，那天快下班了，一个军人走进来，找山田丰子。

他自我介绍，他是军区门诊部的，他受安东医生所托，让他转告。原来安东秀夫发高烧在门诊部住院了，想让山田去一趟。

山田心里一咯噔，立即随来人去看安东医生。

在军区门诊部留观室内，安东秀夫刚睡着，山田一进门，他就醒了。他一下子握住山田的手便不放了。手很烫，山田觉得心里怦怦直跳。

她好像一点也没有羞涩的样子，好像恍然一下明白了，自己心里原来一直在期待有一个秀夫这样的人来喊自己。

她大方地向处长请假，声称要去病房照顾同乡安东医生。

统计的资料，她让小谷小王先整理一遍，晚上她回来吃饭时工作几个小时。把工作完成了，她又往安东的病房去了。

在这半个月里她便一直在病房陪伴他，亲手为他做护理工作，做饭团子，做日本豆腐，还尝试着做酱汤。

秀夫的病，一天天好起来了，还天天为她讲笑话。她有时真以为她又回到了她那儿时玩耍、嬉戏的小镇上。

她一天到晚，笑了起来。这么多年，沉默寡言的山田，终于有了一个讲家乡话的老乡。

这个老乡是异国相遇的。

这个老乡是上天给她的。

睡梦中山田都常常醒来，是因为这个老乡而醒的。又英俊又大方的秀夫，像太阳一样让身在异国的丰子浑身温暖。

她从日侨姑娘堆中来到了尽是中国战友的工作环境，原本越变越沉默了。但一想起秀夫那双明亮的眼睛，便一身轻松。

是秀夫让人成天发笑。

秀夫为人豪爽、直来直去的个性让多思而细腻的山田十分喜欢。

不过，丰子总觉得在哪儿见过秀夫。

那一天，宿舍没有人。秀夫翻看了丰子的相片簿。丰子则在一旁，一张一张的介绍。

当看到有一张合影时，秀夫叫了一声：天哪……

丰子一看，秀夫手上的相片，是长迟菱子留给自己的那张。

安东秀夫活脱脱就是从上面跳下来了似的，直盯盯地看着照片。

你认识她们？秀夫惊异地问了一句。

我和长迟在一起待过。丰子平静地回答。

哦，她们去了哪儿啦。秀夫平和地询问。

我只知道菱子。不过——她可回不了日本了……她牺牲了……

丰子停顿了一下，还是说完了这句话。完了紧紧盯着秀夫看。

安东秀夫放下照片，不作声了。

丰子记起了长迟和她说过的一些往事。对了，秀夫莫非就是……

我们也曾在一个医院工作。秀夫大方地说。

她说过她喜欢你吧？丰子看着脸已扭向别处的秀夫，依然不依不饶。

她是在哪儿？是怎么回事？……秀夫好似也不回答丰子的询问，只一个劲地询问菱子的下落。

丰子停了一下，还是很平静地，和秀夫讲了那个汉江边的爱情故事。

讲完了，她发觉自己哭了。

菱子是个好人，我没有答应过她，我只喜欢过你一个人。秀夫看到丰子哭了，一把把她抱在怀里了。

呜呜……丰子把头埋在秀夫胸脯上，还在哭，而且哭声越哭越大。

你还哭什么，我在这儿。秀夫有点慌了，他怕有人来听到。

我是哭可怜的长迟……那个小妖精！多可爱的小妖精呵。丰子一边哭一边说，一边捶打着安东秀夫。

婚礼再简单不过了。

实在地讲，所谓婚礼变成了两个人的婚礼，只不过是秀夫带山田上街，吃了两碗米粉，算是庆贺。

米粉下锅的时候，秀夫总是爱嘱咐老板，把米粉放到冷水里过一把，这样米粉会硬些，这时倒有点像日本的荞麦面。秀夫讲，吃米粉有点荞麦面感觉，一嚼着就有点像回到日本。

所以两人结婚时便去了米粉店。

对同志们和组织上而言，打了一个结婚报告，组织上批准了，他们便成了夫妻。

不事张扬的山田，谁也没说。而且周一至周六，山田和秀夫仍然住在各自的集体宿舍。到周日，丰子才去秀夫那儿。

秀夫那个集体宿舍，也只有那天才没有人。同事都不在，那天才真真是属于他们的两人世界。

那一天的宿舍里，香气四溢。是同宿舍的两个小姑娘小谷和小王送来了一束桂花，插在水瓶。

这个只有米粉和桂花的新婚日，让丰子一辈子都不会忘记。

在一起，天堂般的两人世界。

桐荫里离小吴门还蛮远，要走清水塘一大片菜地才能上街，而且上街也没什么好逛。

到了晚间，门诊部外面大路不远处，他们会常在一起散步。常常是，两人并不出声，只安静地听着周围的声音。

晚风里，水沟里一片蛙鸣。

只有周日才在一起。有时候，吃了晚饭，便去小吴门外清水塘菜地里闲坐。直到萤火虫飞了起来，到处点点麻麻的，这才想到要回宿舍了。

其实丰子所在的卫生部医政处，离安东医生的军区司令部卫生所不过二三百米远的光景。但是从周一到周六，丰子和秀夫都待在自己的集体宿舍。

周日是他们的七夕，像牛郎织女一样，他们见面。

不管哪天，部队营区熄灯都早，周日也一样。只好早早地躺在床上，各自讲自己的故事，消磨不眠的长夜。

当丰子讲到医院被烧因而坐禁闭一事，安东秀夫咯咯笑了，好似特别开心。特别是丰子后来又讲到被俘的一节，竟让安东秀夫哈哈大笑起来。

2.27　1952 年，湖南长沙，军区司令部卫生所，安东秀夫宿舍

安东秀夫参加八路军的故事，比丰子一点也不逊色。

他躺在床上给丰子娓娓道来的，不像是讲自己的事，倒像是在放一部电影。

秀夫记得很清楚。1945 年 8 月 16 日医院例行早会上，医院院长井上裕宣布了日本战败的消息。但令人奇怪地，他还讲了一大通日本只是败于美国、欧洲科学之类的话，言下之意对在中国的战败不大服气。但是早会上没有第二个人出声，气氛很沉闷。因为，昨天所有的日本人，都在广播中听过天皇的终战诏书了。

安东秀夫这个年轻人，这时只是一名毕业了后分在日本满铁某磷矿医院工作的近大半年的医生。昨天听了天皇的终战广播，大家都如一个个泄了气的皮球。这时院长再说什么，大家都知这不过是于事无补的无聊话罢了。

秀夫环顾了一下，人群中已无一个满洲人或朝鲜人的身影。也就是说，他们都知道日本已经战败，都已不来上班。实际是已经开始无视日本人了。

矿上的炼铁炉，一个接一个的，都熄火不冒烟了。只有很远处还有一个高炉，孤零零竖在那儿，像战败的日本人一样，时有时无、有气无力地吐着淡淡的青烟。

又过了几天，除日本职员外，已经没有人来上班。除几个重病号和日本人外，多数当地的病友，都陆续出院了。

下午的时候，井上裕院长把安东找了过去，告诉他，苏军当局已通知了，医院将被中国方面接收。经过了解，知道他有中文基础，所以特别请他前来商谈，务必请他多帮助院方。

安东秀夫当然表示义不容辞。

这以后一段日子，一直到九月中旬，在等待接收的医院里的日本人，都关门闭户、谨小慎微地生活，白天只留几个人在医院值班。还有一件事，就是为即将来医院接收的中国部队，腾出一些房间做营房。

那天在走廊里，安东看见井上院长也满头大汗地在从屋里搬掉一些家具出来。

他连忙过去帮忙。看到过去整洁的院长住宅，走廊和屋内都拥挤不堪，零乱的东西散了一地，秀夫心里隐隐地感到一丝战败的凄凉。

看秀夫忙的满头大汗，井上院长让他休息一会儿，给他一根烟抽。完了，有点郁闷地告诉他：是八路军来接收呢。说完后不再出声，怔怔地望着窗外。

在之前，大家心里似乎都希望是中央政府的国民党军来接收。

八路军接收医院那天，秀夫很早便陪着井上院长，和好多医院职员一道，站在医院大门等候。每个人手上都拿着一面自己手扎的纸质小旗帜，旗子是苏联国旗或是中华民国的青天白日满地红旗。

不过进来的队伍，让迎候的日本人有点吃惊。除开前面几排的人穿着土灰色军服，配备了枪支等武器，后面的人大部分还穿着便服。还有一辆又破又旧的大车，上面坐了几个人，载了一些杂物。

欢迎的人们还是把小国旗挥舞开来。

集合开会的时候，八路军的长官讲话时慢悠悠的，比想象的温和得多。

大家好！我们民主联军希望大家安心工作。放心，只要好好在医院工作，生活保障是没有问题的……

台上讲话，台下开会，所有的内容，不是训斥，多是想让日本人安下心来，做好医院的接收工作。登记上交的范围，也无比的宽松，除开日军的战斗服和军刀等，其他都不过问了。

过了几天，抗日战争中被俘，尔后又流落到延安的日本人岗村进，也分配到医院来工作。

他瘦黑瘦黑的，穿着一身整齐的土灰色八路军军服，人很精神。听说他在延安待了二三年，所以看得出，他和政委等延安的八路军干部说起话来，很随意也很有话题。

岗村中文也不错。看到他和八路军干部站在一起，彼此都笑容可掬，没有界限，很开心很融洽的样子。

他还会唱好多八路军的歌。

其他日本人口里既不敢言语，心里也不是滋味，不过，私下里，也有一点点高兴。

起码，有一个日本人岗村，可以和八路军上级沟通。这样，在危险来临的时候，会有多一点安全感。

看来，他那过得去的中国话和政治上的可靠性，都让八路军新来的院长、政委放心。

在大会上，八路军领导宣布了院长和政委任命后，还宣布井上裕担任副院长，岗村被任命为医院民族事务干事。

但和八路军领导交谈需要翻译时，不管有没有其他人，井上院长总还是坚持要叫上安东秀夫。

有一天，护士长有枝匆匆来找秀夫，说院长叫他。

原来，医院里突然来了一个民主联军的高官，提出来要见见井上副院长。

谈话开始有点沉闷，但是后来很愉快。

这个首长听井上说，日本医护人员现在愿意为八路军和民主联军工作，显然很高兴。而且，立刻就话锋一转，很诚恳地对井上笑着说话，要他反映日籍人员有什么困难。

井上也很冷静，稍停了一下，开口表示，一是医院人手尚缺，二是日方人员的生活津贴问题。

秀夫看见这位领导自己掏出个小本子，记在上面了。站在旁边的院长、政委和岗村也在认真地和首长说着什么。

不久，从中国地方上的卫生学校分来了十几个男女学生。年轻人刚参加工作，兴奋得整天唱歌、嬉闹。

而且，听说了在八路军新医院上班，还有生活费什么的，以前不来医院上班的朝鲜族和满洲本地的医护人员，也陆续回来了。加上接收医院时来的八路军医务人员，医院的中国籍人员差不多有三分之一了。

沉寂的医院，没有几天便一下子热闹起来了。

距上次那位首长来医院后的半个月之后，医院方在医院的小会议室里，召集了全院人员开会，由医院于政委宣布了新医院的干部任命。井上继续任副院长，安东秀夫任协理。并宣布部队名称已改为东北民主联军。

随后，后勤助理周同志宣布了医院各类人员暂定的待遇办法，也就是按职务可以领取不同数量的高粱米和面粉，有家属的还有补助。

后来，岗村告诉秀夫，那天和井上院长谈话的，是东北民主联军的总卫生部长。他是从苏联回国的，工作上很有一套。

在这之后井上院长和安东秀夫谈话更轻松起来。

伤员开始入院了。开始是皮肤病和内科的病症多，战事开始后，又以冻伤和枪贯伤为多，很快，一开始空空如也的医院一下子住了二三百伤病员了。

医院也是因为人多才有生气。

除开每天早操和每周的晚会上，在休息的宿舍或池塘边，都可以听到兴奋不已的日侨男女战士们，唱开了刚跟着政治处干事们学会的、如同进行曲一般的革命歌曲。

连好久不曾听到的日语民谣，不时也可以听到，有几个日侨姑娘，在下班以后，笑笑地轻轻哼唱。

有时秀夫走进井上院长室，看到井上院长和医院林政委、岗村科长三个人也有说有笑的，气氛融洽，感觉和两个月前有天壤之别。

这以后，安东秀夫多在门诊看病，比较忙，井上院长也不怎么叫他去做翻译了。

但是，在门诊又发生了一件事，让日侨同志们议论了很久。

这天，门诊外科室好大的声音吵了起来。

秀夫忙赶过去，看到有一个警卫模样的人，正用手枪对着在门诊外科坐诊值班的前田医生，一旁的医助和护士都尖叫起来。

原来，坐在一旁的就诊者，是个民主联军的排长。他很神气地戴个狗皮帽子，一口的粗犷的东北话，挽着袖子，坚持要求前田医生为他注射补钙清血针。

可前田坚持先诊疗再说。

听诊完了，前田很平静看了一下这位干部，轻轻地告诉他说：您没什么病，不需要打针。

没想到，这个排长竟然骂了一声：妈的，小日本鬼子……突然一拳打过来，把前田的眼镜都打碎在地上了。

井上副院长闻讯赶过来时，看着前田流血的脸，气得发抖。急忙赶过来的民族干事岗村，连忙把正在围观的日本人和群众都劝散开来。

医院警卫连的战士，很快赶了过来，连长果断地命令，马上将这两个闹事的人捆起来，先关进医院后面的仓库再说。

林政委正在后勤分部参加各医院政委会，闻讯中断了开会。赶回来后，林政委先去看了前田医生，尔后叫上安东秀夫，叫他一道去井上院长家。

井上院长坐在厅里，厅里围了好几个日本人。看到林政委来了，都一个个小声嘟哝着，先后陆续走了。

井上的家属把面条端了上来，看来他刚才晚饭也没吃。

政委开口便问井上：听说好几个科日侨医护们，今天晚上已不肯上班了，内科还有一个医生跑了，还是要说服说服他们吧……

井上也不起身，头摆向一边去：人身都没保障，怎么上班?

两个警卫战士，急匆匆地一人扛一袋东西进来，放在地上便出去了。秀夫看清了，是一袋砂糖，一袋面粉。

东西请转交给前田医生他们吧，务必表示歉意——林政委站起来，瘦削的脸上充满歉意，轻轻地说。

岗村干事进来了。详细报告了林政委和井上院长基本情况，以及对闹事者的处理结果。

两个闹事的人，是辽东军区警备22团的人，后勤分部保卫部已让22团来人带回去了，吩咐先关禁闭，再报处理结果。

岗村向大家解释说，现在好多不守军纪的人都是刚入伍不久的本地人，这些人中有民兵也有矿工、农民，甚至还有个别伪满散兵。民主联军战事吃紧，部队需要人，扩军很匆忙，很多人入伍没几天，也没经过什么教育和训练就上战场了。这个警备22团，前天刚从前线回来。他们刚打了个小胜仗便头脑发热，来之前还在小酒馆喝了不少的酒。22团的领导已向分部表示，会严肃处分的，处理的结果还会通报给分部和医院。

井上同志，看来分部处理和通报的情况还是很客观的，请你相信上级机关会认真处理。林政委很诚恳地说。

好吧，只要不再出现打人的事，日本人上班就不会有问题。井上院长也起身了，和林政委做了保证。

否则我会去找贺部长。井上望着林政委，又补充了一句。

秀夫看见了院长的眼镜镜片后面，闪着坚定的光。

政委和岗村走了很久了，秀夫还在陪井上院长抽烟，抽了好多烟。

香烟的香味久久地弥漫在初冬的房间里，屋里四周，已有了一些在这东北冬夜里令人怀念的暖气。

暖气还是多亏了林政委呢。秀夫手扶着暖气片，轻轻地说着这个愉快的话题。

秀夫想起来了，当时天气很凉了，动力科打报告提出要买煤炭取暖。可八路军刚接收的医院，哪有经费呢。井上只好把秀夫叫来，秀夫为此又去找了林政委。

最后是林政委向后勤分部打了电话，还向分部要了几台车，亲自带人从远处刚开工的煤矿上，拖来了十几车过冬的煤炭，解决了医院过冬的燃料问题。

刚开始，井上对和政委交谈好似也挺生硬。

有一次，在办公室，秀夫也在时，林政委突然问井上院长：您是怎么看天皇？为什么战犯法庭不追究他？

天皇不过是任人摆布的木偶，战争的事是下面的人干的。井上回答毫不犹豫。

可是战争令和投降令都是天皇签署的呵！林政委也不含糊。

要说由天皇负战争责任，日本人是不会干的。作为外国人，是无法理解日本人对天皇的感受的。井上又重复了一遍。

哦，这样呀……政委不再出声了。

自此以后，林政委不再和井上讨论天皇的问题。

不过有了政委去调运煤炭的事后，秀夫发觉井上对政委亲切多了。

在私下，林政委对井上院长评价还是挺高。

从前线来伤员时，井上院长那几天每天要做十几个小时的手术。中餐晚餐都在手术室里吃，搞得政委都心疼了。

唉，好同志哩！评奖的时候，政委坚持把井上院长作为第一个立功的报上去。

只是井上不很领情，他总是悄悄地和秀夫讲，这些政治学习、立功受奖，不过是哄小孩的玩意儿。作为医院，只需教育医生要有医德和医术便可以了。

政委也是延安来的吧？那天，井上院长突然问秀夫。

是的，听说是从延安抗大去山东新四军的，又从山东坐船来东北的。秀夫回答说。

延安出来的八路军还是不一样呵。井上院长掐灭了香烟，自言自语地说。

哦，你在部队倒一帆风顺呢。丰子一边听秀夫谈他的往事，一边调侃他。

哪里，我一样的关过禁闭呢！于是，他又讲起他的另外一个故事来。

2.28 1946年，中国东北，八路军某野战医院

秀夫在八路军医院也坐过禁闭，那是为一个逃兵事件。

这一天，分部领导通知医院，需要一个懂中文的日本籍干部去分部帮助工作一段时间，而且点名要安东秀夫。

去了以后，才明白是去另一个医院工作。

原来，由于分部一个部队的野战医院刚收编了一个日军小队，野战医院的日本人中会讲中国话的人少，要让分部几个医院去两个有点中文基础的日本医生去做医院医生兼翻译。

那天，民族干事岗村来找井上院长，说分部机关对安东秀夫有印象，想调他去另一个医院工作，说清楚了临时调过去帮助一下工作，只有三五个月时间。今天是电话通知，正式调令过两天会下来了。

虽然，井上院长从心底里讲是不想放安东秀夫走，但是分部机关指名要调人，也没有办法，只能服从了。

搞了点酒和菜，井上、岗村还有几个日本医生，加上林政委，几个人聚一聚，算是欢送安东秀夫。

那时供应好多了，院里每周开例会，各科室日侨科主任都会来。这时，开完会后，林政委会让管理员安排大家吃饭时加个菜，改善一下伙食生活。时不时林政委还弄些酒、牛肉和罐头，好似是犒劳大家。

这时，岗村往往会说，由于平时充当翻译很累，今天，就请秀夫帮忙翻译政委和院长的讲话，云云。

政委会讲日语，但政委和院长讲话时都要翻成汉语，可把秀夫忙个不亦乐乎。

好多次是，等秀夫才刚一落座，桌上的菜盘都快见底了。

岗村对秀夫这个刚从医学院毕业不久的学生挺有好感。有好几次诡黠地笑笑，悄悄跟秀夫说：你干脆来当民族干事好了……

不，我还是当医生吧。秀夫摇摇头，连忙拒绝了。

而且井上院长后来也反复和政委说了，他需要安东秀夫做他医疗工作的助手。

但正因为安东秀夫有汉语的基础，人也正直、可靠，所以，在这之前，分部已经把他抽去到新改编的地方医院工作了一段了。

当时的工作，主要是协助八路军军代表做接收医院的民族工作。

刚回来又要调走，井上和安东都不愿意。为了工作，也只好默默地碰了碰酒杯，两个人一口干了，权当抹去了离别之愁。

当时的情况是，日本一投降，日军大部队都散了，好多分散成一小股一小股的。这股被部队收编的日军有八十多人，他们原计划准备去安图，再从安图去朝鲜，然后回日本，可是在野外大山上和日本移民屯之间游荡了几个月，熬不住了……

加入八路军整编时，分部领导和他们谈话。当问这个小队的头头为什么要投诚八路军时，这个小队头目，名叫小原的倒也不忌讳。

他狠狠的抽烟，叹了口气，说：太饿了，一个多月没吃过热饭了……

后来才知道，怕被四周的苏军发现，只能夜行昼伏。也不能生火，怕烟火引来敌人。但也打了不少零星的仗，队伍由二百多人变成了八十多人。

他们这一伙人是在饿极时，在日本开拓团的日本人处讨要米饭时，听说八路军的。

日本移民几十个人异口同声地说：这支中国部队虽然衣服破旧，武器不好，但军纪很严。不打俘虏和日本移民，值得信赖。

分部领导告诉小原，八路军的接收很简单，自愿参军的可以留下，而不愿意的可以走，还给少许路费，但装备必须留下。大部分不想留下的人都分散到日本开拓团去了。就这样，留下参加八路军的日本兵大约还有三十多人。

由于需要，也要有熟悉的人带队，于是安东秀夫作为分部挑选的日本人民族工作骨干，作为入伍已近大半年的老同志，和这三十多个日本兵一起，安排到这个野战医院工作了。

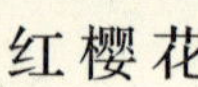

讲穿了，安东秀夫去这里，是作为医生兼民族干事的双重身份去工作的。

不过，分部并没有给安东秀夫下达民族干事的命令。

然而，有一件事，成了医院发生逃兵事件的一个引子。

仍然是这个日军小队原来的头头，那个叫小原的人引起的。

小原过去是日本特务部队的军曹，也做过军医。收编后，分配在部队医院工作。但这个小原，在8·15日本投降之前犯有许多重大的命案。参加八路军后，被了解情况的朝鲜同志报告了上级。

上级保卫部门经过严格审查，确认了他的罪行后，小原被公开枪决了。

因而，在医院中工作的，原先同一个日军小队的一些日本人，是和小原同时被收编的，看到小原的事，人心惶惶。

正好这个队伍中，有一个安东秀夫家乡人，大分县的老乡，叫山口健治。因为和秀夫又是同乡，接触来往自然很密切。

这一天，山口来到安东秀夫的诊室，要秀夫给他一些治感冒、腹泻的药，要的量还比较多。秀夫有点奇怪，因为山口并没有多少明显的病症。但出于老乡情谊，还是按山口的要求开了处方，药房把药拿给他了。临走，山口还从秀夫处借走了供诊疗用的手电筒。

几天后，部队紧急集合。原来，山口他们四个人擅自离队跑了。

而因为给他们提供了大量药品和出逃用手电筒，安东秀夫马上被不明不白地关了禁闭，同时被关的，还有一个日本人炊事员川崎太郎——他也为他们逃跑出了力，准备了两大袋玉米面大饼子作干粮。

关在禁闭室内秀夫夜里睡不着。好像听见有人唱歌，是日语，他在日本开拓团村屯里熟悉的歌——

走向大海，战死在异国的山坡上。

……

夜空下中国东北的山野里，歌声悲怆又悠长，听起来心都发颤。

不知为何，歌儿里都有一种撕裂人心的东西，像哀乐，又好像是在哭声，一点点向茫茫的黑夜渗透，扯着听的人的心。

实在地讲，唱歌者的声音里，确有一种似是离别又不是别离的无奈。

安东秀夫心里又委曲，又难受，他不明白也不理解为何逃兵的事扯上了他。坐在禁闭室里，实话说，他心里挺怀念磷矿医院和井上院长。

不远处，有医院的仓库，孤零零地悬浮在山上。山口他们四个逃兵，还有那个明白他们逃跑计划的日本人伙夫，都被关在里面。

歌声是那儿传出来的。

由于不能入睡，夜里实在太漫长。又不时听到这些凄厉的日本哀歌，单独关闭在山下储物室的安东秀夫更睡不着了。只好睡一阵，就起床，然后数一阵天上的星星，就这样消磨尚不可知的漫漫长夜。

不远处，库房外就有哨兵。听得到换岗时，装退子弹的声音格外清脆。

完了，看来会被枪毙了……安东秀夫有时一闪念在想。他天天都在听哨兵的脚步，数着指头过日子。

其实，安东秀夫是一个典型的好医生。

他对什么也不关心，只关心医务。考满洲帝医大时，他就填这么个志愿。大部分的日本开拓团男孩子，入大学报考都填了军校，或者是东京或新京（长春）帝大的法学、外语专业，至少是工程学；他填了医学，被同班的男孩子们笑开了。

在高中球队打排球时，有人很刻薄地开玩笑说，他上大学后，应该去组织一个女子排球队，因为大部分医学生都是女子，这样他作为女排队长，就更有机会去女澡堂泡澡了。

哈哈哈……同学们全笑了起来。

对男孩子们的讥讽他一笑了之。

秀夫可不管这么多。接触到医学后的他，更是乐不可支，天天沉湎在解剖室和化验室，不管走哪儿，都抱一本厚厚的书。

在帝医大，他和读高中一样，照样木讷，照样不修边幅，照样看不懂女孩子的约会纸条。但是，他考试照样总是考第一。

毕业分配到磷矿医院，工作有一年多，日本投降了。医院被接收，因为他汉语好一点，对医务也钻研，人也忠实可靠，井上院长让他当协理。

和井上院长在一起还是挺开心的。

就是前不久调去警备师医院帮助工作一个月，也是挺愉快的。

警备师的医院其实也是被接收的日本某钢铁厂医院。

他因为中文好，为了工作关系，正好院里有一位新分配来的日本籍院长和中国籍政委都需要翻译。

开会时，政委和日本籍院长一致同意，让安东秀夫一边在科室上班，一边协助民族科工作，实际上是让他配合政委和日本人打交道。

可是，不会日语的政委老是叫他：

安东同志，来，通知大家开个会。

安东，陪我去一下科室。

有时，吃过晚饭后逛街，政委也叫上秀夫，时不时问几句日语单词。

不错呵，小子！……好多刚从日本医院接收的日本人，对八路军并不了解，看到他成天跟着政委，酸溜溜的用眼睛上下打量他。

他也无法说什么。

因为事实是政委信赖他。开会、去各科室都让他在一旁不离开。讲穿了他在这儿竟成了政委助理了。

可不出几天，安东秀夫和全院上下一样，马上被这个八路军政委吸引了。

政委是一个留美的学生，姓欧阳，年纪很轻，三十几岁的样子吧，是个个子高高，精明又干练的上海人，一身军装天天整整齐齐，形象又清爽又干净。

每天早操时指挥大家唱歌，用长长的手臂打拍子指挥：

解放区的天是晴朗的天！

解放区的人民好喜欢！

……

和接收矿山医院的林政委的严肃不一样，闲暇时，欧阳政委爱和安东秀夫聊天。

中国东北山冈的山槐树下，太阳像碎金子一样，撒了一地。安东秀夫常陪政委坐在树下。

秋风一吹来，人格外爽快。安东秀夫在战乱中愁闷的心，一看着这个白净、干练的共产党政委，全没有了。他也尝试着和这个美国回来的八路军政委一起，学着中国东北老汉模样，盘腿坐下，边聊天，边笑呵呵地抽老乡彼此递来递去的大烟袋。

欧阳政委没事时，双手牵着个几岁的小丫头，一摇一晃地似念似唱的，一口东北俚语逗着大伙儿直笑：东北三大怪，窗纸糊在窗户外，养个孩子吊起来，十八岁的姑娘叼个大烟袋……

俚语朗朗上口，让人称奇。

秀夫来满洲这么多年了，这可是第一次听到。

安东秀夫好奇地到处观察，他真的看到了，种庄稼的地头，有十八九岁的姑娘拿着长长的烟袋。

可是，他好像很笨拙，半天也学不会拿烟袋。

从政委口里出来的那些美国的事情，更让安东耳目一新，如集市的东北秧歌一样欢快、灿烂。

在战争期间的日本和满洲，美国是敌国，民众之间禁止说英语。如果阅读美国的英文报刊，可以被军部视为通敌。严重的，宪兵队还要找你。

战败之前，日本人都已经知道美军很强大。飞机又大又多，炸弹像下雨一样，还有了原子弹。一切都让人敬畏，可怕。

欧阳说他在美国的纽约也勤工俭学。读书之余也天天去餐馆打工，也送过报纸，满街刷小广告。

他也笑着和秀夫谈日本。秀夫这时才从欧阳政委的整齐的白牙齿后面，稍稍读懂了一点点共产党的奥秘。

他笑声朗朗，声音如云雀一样，扑扑地在天空远处盘旋。

秀夫这才知道，政委不仅仅是个优秀的药学院的大学生。

他读过好几遍《资本论》，是德文原文，是在美国读书时读的。从他那儿，秀夫还知道了鲁迅、惠特曼、小林多喜二和他们的作品。

欧阳说，他最推崇美国人的格言：人的经历如黄金。

欧阳是在美国留学时因为抗战中断了学业，同好多同学回国抗日的。参加新四军后，在前线打过仗。负了伤住院，又被组织上留下来，去组建野战医院。后来经历过皖南事变，从国民党军重围中突过来，十几个日夜没吃没睡，是从死人堆爬出来的。

为了随同新四军部队转战到东北战场来，他们整个部队坐木船，从烟台渡海到达营口。海浪滔天，拍打着小木船，一船人都在海船上晕船了，他呢，是连苦胆水都吐出来了。

欧阳政委在美国是学药学的，业务好，英语很棒。年轻轻又有这么多战争经历，让全院上下的日本人很佩服。他们都没想到共产党、八路军有这样的能人。

特别是欧阳演讲时，气势如虹。时时像念药品名称一样，冒出一串串英语，又有趣，又很有感染力。和人谈话，他从没有架子，尊重大家，从不像有些八路同志一样骂人。也很关心日侨同志，和人谈话，总用小本子记下来，以便解决工作中的困难。

晚饭后政委常常和秀夫他们一起打排球，颀长的手臂扣球很好看，又快又准又果断，有着美式排球的风格。

他们之间，真的彼此相处很好。

安东秀夫常想，跟这样的人干队伍，有什么错呢?

也许是欧阳政委的魅力和工作吧，安东秀夫觉得他来警备师医院太幸运了。

可是不久，欧阳政委要调去别的军区了。突然要和政委分手了，心里很不是滋味。那天在吃饭时，大家都喝了不少酒，安东秀夫哭了。他悄悄地问，能不能随欧阳政委一同调走呢。

不需要，哪儿都是革命！欧阳政委握着安东的手鼓励他。

哪知道欧阳政委走了后，安东刚调回老医院没几天，又调来这么个破地方，还沾上这么个破事儿！安东秀夫怎么也想不通。这参军打仗打来打去，做过多少手术，看过多少病患，从没出过差错，可是今天怎么沾上这么个倒霉事呢。这不，还给关起来了。

因为警备师医院给他的形象，就是欧阳政委，他是相信八路军里到处有欧阳政委这样的人，才愿意又一次调动，来这个医院的。

他想，这一次，还会不会再遇上欧阳政委这样的人的呢?

遇不上可就完了。

可还真给他遇上了。

终于，过了几天，问清情况后安东秀夫被放了。因他的确不知山口等人行动的内情。但是要暂时调开医务岗位，不能开处方了。目前，暂时先调去食堂，做一段伙夫再说。

而那个知情而准备干粮的伙夫，一直关着没放。

三天之后全院开大会，讨论对四个逃兵的处置。四个逃兵和那个日本人伙夫，被依次押了进来，站在全院会场的前面一排。最后一个被押进来的山口扫了安东秀夫一眼，坐在最前排的安东秀夫看到了。

山口是满眼的内疚。

全部队医院有六十多个日本人，三十多个朝鲜人，但大部分是中国人。加上警卫战士大约有二百余人与会，都整整齐齐坐在小板凳上。

政治协理员通报事情经过，并要求大家为此发言。

先是死一般的寂静。

突然，会场上响起愤怒的声音。

这是反革命行为！

逃兵，枪毙！

台上的几个人低头站着，台下所有的日本人都沉默不语。还有几个日本人女护士，被吓得呜呜地哭了出来。

……真可怜啦……有人叹息着。

……谁叫他们当逃兵！活该！……也有人在骂。

因为是不同的民族和国籍，各人感受自然不同。会场上叽叽喳喳，一二百人都在七嘴八舌，讲什么的都有。

就在医院领导准备让全院同志为处理这几个日本人举手表决时，警备区卫生部部长严海带着警卫员出现了。

严海部长戴一副眼镜，文质彬彬。

他先拉了一下院长、政委的手，低声问了几句，讨论了有一会儿，就站起身来了。

对下面大伙儿的鼓掌，他朝大家扬了扬手。人群安静下来了。

他的话让所有的人大吃一惊。

有人赶过去告诉我情况了，说是这里要成刑场了，救人如救火，我看未必！不过我问了院长，他们几个人杀人了没有，放火了没有，当了特务没有，院长说都没有。我说他们既然没有杀人放火，那就还是同志。他们又不是去投敌，只是对八路军不了解，一时糊涂，是认识问题，是内部矛盾……

会场下面死一般的静。

……我也愿意和同志们讨论……严部长走到会场前排，拍了拍几位站立着的日本同志。他叫安东秀夫上去，把他的话翻译给大家听。

似乎听懂了，似乎又没懂的中村正义他们几个人，已经明白部长的来意，早已泣不成声了。

……我们共产党的部队是要有铁的纪律，执行纪律也是对的。可是，我们领导也有工作上不细致的缺点，在处理一些事情上，对日本同志可能造成了一些不必要的担心，产生了一些误会。这一点我们领导也有责任……

“扑通”几声，中村他们几个人都跪了下去。听了安东秀夫的翻译后，中村简直不相信自己的耳朵。

不要，不要……严部长把他们一一扶起来，大声地对台下说话了：

日本同志身处异国，风土人情与生活习惯和我们都不一样。在今天这样艰苦的战争条件下，他们当初在遣返还是留下的抉择中，愿意选择留下来参加中国革命工作，已难能可贵。他们参加部队工作也有好几个月了，非常不容易，是经受了考验的，为中国革命也作过一些贡献了……

会场安安静静。整个会场的人都屏住了呼吸，都在听严部长那轻轻但冷静的声音。

与其责备他们，不如给他们一些机会，更重要的是让他们更好地为中国革命贡献力量。大家看，怎么样?

文弱的严部长突然高声起来，大呼了一声。

整个会场鸦雀无声。

突然一声爆发，有人大喊：好！同意！这分明是从中国籍同志那边喊出来的。

啊，好哇！日本人堆中，不知是谁也叫出声来了。

安东秀夫也叫出声来了。

形势在一刹那就变了，让所有的人始料不及。

好多人张大了嘴，收不起来了。

一下子，台上台下几十个日本人，不管男女，通通呜呜大哭起来。好多人忘记了这是在八路军的会场，竟然一个个站起来，先朝台上，后来又转过身，直向大家鞠躬。

暴风雨一般的掌声，从会场上爆发出来，久久没有停息。

这可是战争年代。

日本人心里都明白，就是在日本军部队，遇上这样的事，长官也不会这样大度，十有八九会被枪毙的。

台下的中国和朝鲜同志都被严部长一番话打动，一时都叫起好来。在严部长提议下，纷纷以热情鼓掌的方式，通过了严部长对事件的处置。

安东秀夫第二天便从伙房回病室当医生了。

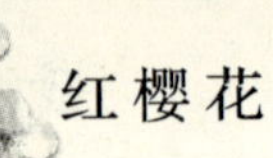

枪口下留下来四个逃兵，被八路军部长的一席话，变身成为国际和平主义战士：中村、北川、山口……战后，他们回到了日本，六十多年来，在任何困难的条件下，都从事日中友好工作，他们致死都相信共产党政策英明，为曾经是八路军、解放军的一员而骄傲。

……

1952年，在中国长沙桐荫里的街巷，湖南军区的营区内——安东秀夫的新婚小屋里，两个日本的年轻人，只有周末才能聚在一起。他们在异国的业余生活，很多时间里都是彼此在一起，交换讲述着自己在战争年代各自的故事。往往是说着、说着，山田丰子便靠着秀夫的肩膀睡着了。

2.29　2002年，日本山梨县，韭琦，藤井町，中村正义家

从新宿乘长途客车去山梨县甲府，一路上风景优美。莽莽的山林，空无几人，山涧流水潺潺，静谧而温馨。

高速公路上下来，山间的公路也有不少汽车。行人虽然不多，但身背背包到处行走的旅行者也不少。

哪怕是21世纪的都市日本，也时常有人定期要去这山川里走走。

日本对于人文景观的开发，颇具匠心。

以甲府开始，从东京到不远的静冈县，开发出了川端康成从家乡徒步追随路遇歌女的行程，供游人体味当年。而少年的川端和歌女班同宿客栈，次日委婉离别。少男少女的朦胧恋情，让川端康成写成了成名作《伊豆的歌女》。

而当年的歌女班，就是从甲府走到伊豆半岛的。

这一走，歌女们路遇少年川端康成，成就了一段美丽的回忆，让日本诞生了一篇诺贝尔文学奖名篇。

同样，五十多年前，在中国东北的一处山洼里，八路军的某旅野战医院里，在已经架起的枪口下，八路军某部卫生部长严海的演讲，感动了所有的人。

从此，中村正义的心再也没有离开八路军。

中村说，卫生部长严海的演讲，简直可以媲美诺贝尔和平奖。

有一天，从中国来了个记者，专程到山梨县韭琦，看望解放军老战士中村正义。

近六十年后，记者见到的中村义光，是一个满头白发的老人。沉默而审视的眼光，开始是锐利而严肃的，在有了一段的交往后，才柔和起来。

特别是听说中国记者认识安东院长夫妇，而且是安东丰子社长推荐来的，一时更加热情、活跃起来。他亲自驾车，带记者去自已家。言谈之中，豪爽之情溢于言表，一点也看不出是年过八旬的老人。

从枪口下活下来的经历，可以说中村正义已经历过无数次。

他在关东军时，本应随调动部队走的，但侥幸中留了下来。后来，部队那只运兵船被美军炸沉了，全部的人都沉入了海底，而他活了下来。第二次是 1945 年 4 月，关东军调军官参加本土决战，中村已列入调回的名单，最后也被撤下，但调回的几十名军官在火车上被美军飞机全部炸死。

1945 年 8 月 15 日，日本投降之后，中村走上了逃亡路，也是九死一生。逃亡小队怕被苏军发现，只能昼伏夜行。也不敢生火做饭，又冷又饿。几次被伏击的敌人打散，身边的人越来越少。

在一大堆关东军散兵中，有一个老乡劝告中村，让他去投奔大蒲柴河的土匪，结果被土匪抓住吊在房梁上。脚下是尖刀，只好整夜里耗尽体力，不停地把身子晃来晃去，终于没有掉在刀尖上。

被八路军收编后，带领日军小队整编的军曹小原，当了几个月的八路军军医，由于杀人血债的败露而被公开枪毙了。

这件事导致了中村他们几个人的逃亡。

不管是在任何军队，这种事是逃不了严惩的。但由于严海部长的宽容，对他们几个日本籍逃兵，只罚做了一个月的清洁工。

中村他们几个逃兵被关押期间，没有被捆，也没被打，这和被土匪关押形成天壤之别。而且天天一日三餐有人送饭，饭菜和其他士兵同样。审问的干部也很耐心、和蔼，让人从心底感受八路军是仁义之师。

中村参加八路军以来，看到部队干部战士每到一处，都帮老百姓挑水，扫地，从来没有和百姓争执、吵闹。更没人抢东西，也不调戏妇女。老百姓真是像对儿子一样对待部队。官兵之间吃的东西都差不多，像兄弟一样和气。

参加八路军好几年后，中村正义还在日侨战士中听过这样一个流传的故事。

有一天，八路军在一个广场召开公审大会，召集了好多日侨战士去参加。

一个八路军的著名记者，因为痛恨日本人，在住院时，将一个已参加八路军的日本医生，用手枪给打死了。

那个日本医生负责这个记者的治疗，但这个八路军记者怀疑日本医生的方案。他神经质似的逢人便说，鲁迅先生也是日本医生治死的。

而那个叫黑田的日本医生，加入八路军部队医院多年了，治好了很多人的伤病，在八路军医院里上上下下很有名。他年龄很大了，治病很细致，也很讲原则。他定的医疗方案，谁说了他也不变，除非能说服他。

他在中国一个人生活。五六十岁了，从早上起床，到晚上很晚的时候，都抽空在各个科室走动，看病人，看治疗。在医院里，中国和日本的医生护士都很尊重他。

那时候，有的领导住院还带警卫员。这个八路军记者是个社长，他也带了警卫员。

这个带了警卫员的八路军伤病员，一直向领导说，向医院里其他中国籍医生说，这个日本医生的治疗方案是要害他死。大家都做他工作，让他放心。他抗争了很久，也没有用，此后便很沉闷，不肯配合治疗。

那天傍晚，这个叫黑田的日本医生巡诊来他房间，为了治疗方案，他和黑田医生争执了起来。待黑田医生转身要离去时，他突然拔出警卫员身上的枪，一枪击中了黑田医生。

公审的结果，是将那个八路军记者枪毙。

好多围观审判现场的八路军部队、地方干部、老百姓都哭了，因为这个八路军记者很有名，写过很多文章和报道，拍过很多有影响的战地照片。

从医学角度上看，可能这个八路军记者精神方面的确还有些疑问。

听中国籍的战友讲，因为他拍了太多的日军的血腥照片，精神因而受到刺激。

但是，因为他杀害了日侨，日侨又是加入了八路军多年的日侨军医，因而被迅速处以极刑。

亲自核准他的死刑的是聂荣臻将军。

听说，当时聂将军很惊讶，因为他为聂将军也照过不少照片。聂荣臻将军还亲自反复地问了几遍：他的精神方面有问题么？

没有人从这个层面回答聂荣臻将军。

这个记者太优秀了。他认识白求恩大夫，为白求恩拍了好多独家照片，这些独家照片后来都成为八路军珍贵的传世之作。

他还认识鲁迅，为鲁迅拍过照片，他知道日本人为鲁迅治病的故事。

鲁迅的病也是一直由日本医生治疗。关于鲁迅的病因和死因，好像有几种说法。其中一种说法是关于给鲁迅治疗的日本医生的。传闻中，这个日本医生有误诊的嫌疑。

最重要的是他在前线拍过很多日本军队的烧杀的劣行，血腥的画面对他有强烈的刺激，让他对日本人有很深的成见。

终于，还是将这个八路军随军记者在审判后枪决了。

这个事件，让中村正义和所有的日侨战士心灵受到了极大震撼。

后来，中村偶尔在军里图书资料馆看到了一本抗战时期部队的画报——《晋察冀画报》，那上面有那个八路军随军记者的名字，原来，他是八路军晋察冀画报社社长。

这样的军队和日军简直有天壤之别。

这样的军队纪律比日军还严明。

难怪日本军装备这么好也不能打败八路军。中村当时就在心里默默地想。

严海部长对四个日本籍逃兵的一番演讲，更是让部队里的日侨心服口服。

在那一刻，中村正义泪流满面。他想他至死也会信服八路军，信服共产党。

中村正义从此下决心跟着严海部长干。

1947 年 9 月，严部长带着中村，从第二旅野战医院调到解放军第 47 军后勤部，中村在卫生部当会计。在 47 军，他的中国名字叫钟纯，是取中村的谐音。还刻了一枚印章，这枚印章管理着中国人民解放军陆军第 47 军某部财务工作达七年之久。

在动荡不定的战争年代，天天行军打仗，他和两个中国籍助手保管着部队的大批钱款和财物。中村没有辜负领导的信任，他把他在日本和日本军队学来的全部知识，毫无保留地全部用在工作上。他夜以继日的工作，从来没有出过任何差错。为此，他曾三次获得部队颁发的奖章。

哦，我怕是唯一的在解放军部队机关里能天天佩枪的日本人呢。中村正义眼睛里放着光。他一边烧茶，一边很自豪地告诉记者。

原来，部队在湖南省湘西剿匪时，常常要带大量现金行动；湘西的山又高又大，地形险峻，很有名。八百多年了，湘西一直以土匪众多而闻名于世。交通不便，经济落后；历经近千年，无一个朝代能剿灭土匪。

湘西被称为中国的盲肠。

为了人和现金的安全，部队领导特地为他配了手枪。部队对他无比信任，让中村久久不能忘怀。

对于湘西，中村倾注了血与火的深情回忆。

他永远记得那一天，他们军后勤工作组去永顺县，看到很多老百姓从山道上撤了下来。

准备战斗！工作组组长是军后勤的副部长，老八路。他很有经验地很快地趴在一块岩石上。

钟纯，部长叫你去挑个地方，情况紧急时，就地先掩埋了经费。随工作组的供应处刘副处长，跑了过来，传达部长的命令。

不过，前方还在响着嗒嗒的机枪声。中村听得出，这是日式的重机枪，是解放军的装备。

嗒嗒，嗒嗒的机枪声，在又远又近的山谷中，清脆而又悠长。它如同这四周的田野中警戒中的解放军士兵一样沉稳、坚定。

只要这个声音还在，阵地就还在。

没过一个时辰，后续部队上来了。一大溜人，跑着步，还抬着重武器。人数足有二三个连队，一下子如水泻般从山道上冲了过去。

枪声不久就平静了。

从大道上看到山上面抬下来一个担架，用白布蒙着。一问，是那个被土匪杀害的司务长。

原来，部队驻扎地的小镇，昨晚上被上千名土匪包围了，驻地只有一个连的部队，一些民兵在掩护政府人员和老百姓撤退。这个镇上还有一些团后勤机关人员，也边打边撤离了。

可是，已经无法通知外出采买物资的司务长等人。

中午时，返回驻地的解放军司务长被土匪抓住了，捆在木桩上，强迫一大堆群众来围观。当着众人的面，司务长被剥光了衣服，一刀一刀活剐了身上的肉，连肠子也被拉了出来。

不过，由于部队听取了当地干部的建议，事先就在部队驻地不远的两道山峦中间建了一个据点，放了一个机动警卫排。两挺机枪原先是作为支援公路交通的机动部队而配置的。

如水一样涌过来土匪，被这个阵地阻击住了。只是这一个排在土匪的冲锋中死伤了不少，不过土匪始终无法逾越部队重机枪阵地。

傍晚，在埋葬司务长时，好多人在一起挖墓坑，中村看见有一个大个子拼命地铲土。

团后勤处长告诉中村，他也是一个日本人，叫黑泽信夫。

听到中村过去用日语和他说话，大个子黑泽的眼睛亮了一下。

在哪个部队？中村问他，还递给他一支烟。

师直警卫营机枪连，重机枪手。黑泽认真地说。烟点燃了，他眯着眼又下到下边去挖墓地。

哪儿人？大个子……为让他不那么愁闷，中村故意叫了一声。

岩手县……他扬起手，用手指朝天空指了一下。

还有一个日本人。黑泽告诉中村。

——昌平，过来一下。黑泽朝下喊了一声。

一个矮墩而结实的战士跑了过来，他也在挖墓坑。坑已挖好了，老乡在整理墓坑了。

山本昌平，重机枪连弹药手。山本朝中村敬了一个军礼。

我的副手，静冈县人。黑泽笑着向中村介绍。

坟茔堆好后，大家脱帽，战士们朝天鸣枪，向烈士致意。

清脆的枪声，从远远的山谷回荡回来，又如信鸽一般，扑扑地朝微紫的暮色天空飞去了。

在尔后几天的庆功会上，中村看见黑泽挂着朵红花坐在部队前排。原来，他就是那个死死地守在阵地的重机枪手。

吃饭时中村和黑泽坐在了一起。

司务长和你很熟？中村问他。

嗯，他救过我的命。黑泽憨憨地说。

原来，在一次运粮途中，部队和土匪打起了遭遇战。

黑泽和司务长趴在运粮的车上，用轻机枪还击袭击的土匪。突然，机枪卡壳了，机枪一停的那一刻，司务长很敏捷地把黑泽一把推倒。

听到解放军机枪哑了，对面山上，土匪的子弹雨点般飞来，把驾驶室前台打得稀烂。

我下车去引开他们，你一定要修好机枪。司务长果断地说完，就跳下车，一边跑一边朝土匪射击，一大群土匪追着司务长跑了。

黑泽被司务长推倒在路边的草丛中。

四周安静下来，黑泽才知道自己受伤了，只是刚才战斗激烈忘了伤痛。但头部和肩部都有伤口。由于流血太多，一下子昏了过去。

等醒过来时，人已在医院了。黑泽后来才知道，增援部队很快上来了。但是司务长返回来，找到了昏迷的他，把他送到了医院。

医生说，再晚一时半会儿送来，黑泽就会因失血过多而丢命。

再一次见到黑泽，竟是在一个中村没想到的地方。

在松柏翠绿的湘西沅陵烈士陵园，几个后勤部领导说再去看一下那个司务长。他被追记了一等功，成了野战军后勤系统的英雄。

墓碑已换了新的。

让中村大吃一惊的是，旁边那个墓碑上，竟刻上了这样的字——黑泽信夫之墓：1922 年—1950 年日本岩手县人。延安日本工农学校毕业，陆军第 47 军某部重机枪连副排长。

是他了。中村四处环顾，在山坡上采了一大把野花，捆好了，放在他的墓地前。

一阵风，带着湘西大山特有的翠绿和香味，吹了过来。中村脱下了自己的军帽，低下头来。

黑泽信夫，这个虎背熊腰的生于日本岩手县的大个子机枪手，他的血，终究还是在这湘西的大山上流尽了。他的战斗经历，他和司务长之间的情谊和故事，恐怕也要永远留在这个湘西的山坡，再也无人知晓了。

他的家人在哪儿呢？中村在低头默哀时久久地在想。

过了若干年，中村才了解了黑泽的身世。他是在百团大战中被八路军俘虏的。在延安，他去参观了中央机关，偶尔看到了中央机关食堂，那儿的晚餐只有煮土豆。他看到了战俘的生活比八路军官兵还好的多，和好多日军战俘一样，他吃饭的时候感动地哭了。他后来参加了反战同盟，在八路军师部教导队担任了机枪射击教官。在延安日本工农学校中学习生活了两年后，他在赴东北返回日本的途中，因看到民主联军战斗部队技术人员少，坚决要求重返战斗部队。

终于在这湘西大山的战斗中献出了生命。

我找的这个老婆也靠严部长呢……中村指着墙上一张中年女子的像，笑哈哈的告诉记者。过了一会儿，他又从身上的钱包中翻了翻，拿出一张合影。记者一看，相片上是一对身穿解放军军服的男女。男的是中村。

……女的是我老婆近藤清，也是解放军老战士。中村很自豪地告诉中国客人。

原来，严部长得了斑疹伤寒，生命垂危。一个叫近藤清的日本女护士，由医院指定负责全程看护。不忘救命之恩的中村正义，不顾传染的危险，天天去看严部长。由于长时间接触，后来这个叫近藤清的女护士竟成为了中村的妻子。

唉，这个严部长真是我的福星。不仅救了我的命，还让我认识了老婆近藤清。中村一边看相片，一边自言自语。

他告诉记者，妻子已经不在了。放下照片，看得出，中村的脸上有些伤感。

严部长后来去了朝鲜战场。中村从那时便和他分手了。

……

时间一晃，五十多年过去了。

中村告诉中国记者，到了今天，他中村正义还是这样的信念，自己最自豪的人生，是在中国的解放军里。

后来误传严部长牺牲在朝鲜。但中村不信，一直在寻找，从没有放弃。果然，苍天让他如愿。

再见到严海部长时，是 1981 年了，在北京，两个人都两鬓斑白了，没有一句话，一见面便抱在一起哭。

到甲府换乘电车，往西北走三站，就是韭崎。从韭崎市再走到藤井町，就是中村正义的家了。

记者看到，他的事务室门口挂了一块牌，上书：全日本回想四野战友会。牌子是木质的，木纹清晰，黑色的汉字遒劲有力。

哦，你来自湖南？中村高兴地问记者。

对！

我喜欢湖南。解放初期，我在湖南的湘西打过仗。前几年，我们一帮战友还去了湘西，为日侨战友扫墓。

真不简单！佩服您！

我们几十个日本人，打了个旗子在长沙的大街上走，我们一边走一边喊：呵，我们回娘家了！好多长沙的老百姓围着我们的旗子看，一边看一边鼓掌，真让人激动！中村拿出一张照片给记者看。记者看到，几十个日侨解放军老兵，在一个友好和平的雕塑下，围着一面旗帜，上面绣着大字：原第四野战军。日本籍儿女第六次回娘家访问团。

那是长沙晓园，好像是中日友好公园。中村介绍说。

您真精神！你们是国际主义老战士，真伟大！可我们中国人都只知道白求恩，不知道你们这些日本籍解放军老战士，太可惜了。记者一边看一边叹息。

那不要紧，我们只是在中国革命中做了自己应做的事而已。我们是自豪的，中国今天这么好，我们打心底里高兴。这就够了。中村真诚地说。

今年您多大了？记者一边给中村照相，一边问他。

我七十多了。

七十几了？记者又问。

那不告诉你，要不你会说我老了。中村哈哈地笑了。

还能工作呵，您忙个不停呀。记者笑了。

我还能开车，还能工作。我只有一件工作：日中友好事业！中村雄赳赳地直拍胸脯。

哈哈，老英雄！老革命！记者鼓起掌来。

走，我开车带你兜风去！我还不老哩。中村站起身来，浑身是劲似的。

2.30　1952 年，中国湖南衡阳军分区

过了若干年，大约是三十多年后吧，安东丰子才知道衡阳的别名叫雁城。

雁城有个回雁峰。

据说，在中国，北方飞来南方过冬的大雁，一到这儿便感受到南方的温暖，以为春天到了。于是，飞到衡阳便回头向北回家。因此，那个让大雁返头的山峰叫回雁峰了。

是 1952 年的春天吧，是安东秀夫先调去衡阳的，然后才是丰子。

可是，丰子才来的第一天，夫妻俩就出了个大洋相。

因为好久未见面的缘故，安东秀夫去接丰子，因为走路累了的缘故，在路上休息时，两个人就在小路不远的草丛中躺了下来。

——再躺一下……秀夫压住了要起身的丰子，秀夫好不舍得这甜蜜的小憩。因为，回到部队，他们又要各自回到男女宿舍。

春风吹来，徐徐让人入睡。秀夫拉过丰子，拥在一起迷迷糊糊地抱紧了，忘情之中两人已吻在了一起，好在还未解衣。

秀夫毛手毛脚地急匆匆地去脱丰子的衣服，丰子挣扎着，说什么也不同意。

突然，窸窸窣窣来了一大群人，拨开草丛，大叫大喊。有人拿着扁担、绳索，还有人端着鸟枪。也不听两人解释，一上去，一把就捆了。

原来，路上有一个老百姓，听他们两个人一路上吱吱咧咧地只讲日语，还看到穿的是解放军军服，以为是日本特务冒充解放军来刺探情报了，就一路跟踪，这期间还悄悄地叫来了许多路人。见他们进了树丛，就冲进去动了手，一看到两人抱在一起，更以为抓到了流氓特务。

在公安局里，秀夫和丰子拿出了证件，但是中国话又不好，结结巴巴更让人生疑。直到又是笔写，又是打电话到了部队，好不容易才讲清了。

最后部队里也来了人，说清了情况，算是虚惊一场。

为这个事，部队里批评了安东秀夫和丰子。

不过在私下里，日侨们一见夫妇俩，都使劲地取笑他们。

夫妻小别胜新婚是没错，就是太着急了点……

不愧是野战军出身，连战场也挑在野外哩！

哈哈哈！

为了给安东夫妇压惊、洗尘，一群日侨战友请他们到镇上喝点当地的米酒。饭桌上，粗野的玩笑声，自始至终不绝于耳。

作为日侨战友之间的这个头等笑料，大家笑了安东夫妇好久。

衡阳，湘南的重镇。位于湘桂要冲的衡阳有许多解放军部队，好多野战医院。

黄茶岭上，好多大樟树。衡阳军分区大院的大门口就在大樟树下。丰子就在军分区后勤部工作，仍是做统计。

开始吓了她一跳，因为她没想到衡阳有这么多军队医院，这么多部队！

衡阳的大街上也挺热闹，军人和百姓都多。

秀夫一上街，便先去了书店。书店在窄窄的街边，太小了，人又多又挤。书却很少。秀夫很失望，一会儿便回了。

安东秀夫听说这是王船山的故乡，想去找王船山的书和东西。

王船山在日本很有名。安东秀夫年轻时在大学时，就读过他的书。

奇怪的是，不管是书摊还是书店，他的家乡居然看不到一本他的书。

可是让秀夫没有想到的是，在衡阳的小街上，竟让他碰到了他的老上级欧阳政委。

在街上和欧阳政委擦肩而过的一刹那，他们相互回了一下头。在熙熙攘攘的人群里，他们只凭眼光就认出了对方。

在衡阳，秀夫和丰子才可以经常去逛街，买点菜回来自己做日本口味的饭菜。

欧阳政委也随一个野战医院来衡阳了。从秀夫的军分区驻地黄茶岭到他们车江，也不过十来公里。

丰子看到了秀夫常念叨的欧阳政委，也看到了秀夫和欧阳聊天时的兴奋劲。他们三个人就在街边，一边聊天一边逛街。

天黑了，欧阳政委说他请客，吃碗衡阳米粉，庆贺他们重逢。

放了一大碗辣椒和牛肉的米粉，又香又辣，三个人吃的满头大汗。

交谈中得知，欧阳政委已经是驻衡阳后勤某分部的副政委了。他在分部中，还是分管卫勤工作。

政委笑着问秀夫：收到了日本的家信么？

秀夫不好意思起来。由于地址老变动，他和丰子真的好久没有和日本通信了。

——共产党人、解放军最讲感情！秀夫，给家里去封信，报个平安！吃完米粉欧阳政委拿出手绢擦了一下嘴唇，和秀夫和丰子握手告别。

到底是留美的学生呵……丰子看着丈夫目送政委远去。她对欧阳政委大方而坚定的表情印象很深。

喂，你说政委为什么要问我们写家信的事？回家路上，丰子问秀夫。

只是关心我们呗，你又神经过敏什么……秀夫满不在乎地说。

可丰子却不这么看。说实在的，又是到处剿匪，还在支援抗美援朝战争，这个时候欧阳政委怎么还关心秀夫的日本家信呢？

我不想想这事儿了，我们去买酱汤的料吧。秀夫不想议论家信的事了。

真想喝一口酱汤呵。秀夫念叨几次了。

日本籍官兵目前在解放军里的生活，已经丰衣足食了。可是，多少年了，大家一直都在想念过去在日本最喜爱的两样东西：一样是洗澡；一样是酱汤。

在多雨多水的南方，洗澡早已不是问题。但日本式的洗澡是讲究一个泡字，人洗完了，干干净净地，全家人在家里的大木桶里泡上一泡。

在家乡的规矩，是老年男长辈先泡澡，再依次是成年男人、男孩；然后是女人依辈分先后下泡澡木桶……只是小时候丰子可不管那么多，常常是洗完澡，便一个人先跳进泡澡桶去……

妈妈在后面骂，爷爷在外还哈哈大笑。

为了弄个可泡澡的盆子，喜欢动脑筋的丰子，还去医务所储藏室找到了一个深深的大木盆，常常烧好热水，人就泡在里面，呵，真舒服。好久已不能像日本一样泡澡了……

为做酱汤，丰子也想了很多办法。上街买了酱园的半成品，折腾了好久，不知为何，怎样也做不出日本酱汤的风味。

水土，水土吧。恐怕中国的水土和日本是有区别，是做不出日本的酱汤的。

酱汤是死心了，秀夫好似又在念叨什么了。

呵，真想看樱花了。回到日本去，第一是泡温泉；第二，喝岐阜的酱汤；第三，看樱花……秀夫隔几天，念叨上一句。

远在异国的安东夫妇，每当春天一到，乡愁便格外浓了。

为了像日本一样赏樱花，在休息日里，他们还跑到好远的乡下去。湘南的红黏土，不太长树和花草。只有老乡屋前屋后，有几株稀疏的桃花、李花。红红，白白，也好看，只是真没有日本的樱花那样成片成山。

日本的樱花，一般是齐刷刷地，树连树、山连山的怒放。

不过，细心的丰子没有忘记欧阳政委的话。

为了保险起见，她把给日本家里通信的事，报告了后勤的协理员，协理员还请示了政委。政委专门找了丰子去，告诉她说，寄去日本的家信中不说部队的事，是没有问题的。要如实告诉家里，你们都很好。也要问候父母及家人。解放军也是有父母的人呀！

丰子马上给家里寄了信过去。

奇怪的是有个把月了，日本也不见有回信来。

她怕家里搬了家，地址有变更，便催着秀夫给家里去封信。

秀夫家的回信很短。只简单说了日本家里的情况，而且说日本物资供应前几年很差。现在虽然好些了，但也不好找工作，家里生活不是很好，云云。

信中也没有希望秀夫回国的话语。

来信都让秀夫丰子看了好多遍，尔后秀夫又去过信，托家里人帮忙打听一下丰子家的情况，可日本家里都没有回信了。

这一天，秀夫又在念叨酱汤，要丰子去买去做。

丰子拍拍肚子。

你？酱汤在这？直肠子的秀夫常常大声地说话。这一点上他不像一般的日本籍官兵。

你儿子，他不让我下厨了。丰子笑眯眯地说。

我儿子？秀夫惊异的眼睛都快掉下来了。

对，你来听听。秀夫真的蹲下去听。

丰子的腹部有点异样了，犹如一面鼓。嘭嘭的小声音，似有，似无。是心底的感觉，在里面又安静又不安分。

呵，我当爸爸喽。

秀夫高兴至极，一个人跑到院子里，对着天空叫了起来。

2.31　1953 年，中国湖南衡阳军分区

果然，丰子的预感是对的。

欧阳政委作为一个领导，话不可能讲的太白。不过，他是做政治工作的，说话表态都会有分寸。后来丰子才明白过来，他一定是听到日侨回国的风声了。不过作为纪律，他是不能提前告诉他们的。

日侨回国的动员是在一个下午突然开始的。

在这前两三年，部队里朝鲜籍的官兵，都很快集中起来，不久都返回朝

鲜了。

大家都明白，朝鲜又在打仗了。不过朝鲜战争胶着到 1953 年，大家都知道朝鲜停战谈判差不多了。

在湖南军区卫生部时，安东丰子记得有个供给处的女会计，是朝鲜族人，姓金。长得挺漂亮，一说动员回国，号啕大哭。但哭归哭，这儿毕竟是军队。过了几天，就没见到金会计了。她应该最后还是回朝鲜了。

那时的朝鲜，听说快打仗了。刚安定啊，又要过战火纷飞的日子。

而美军占领下的日本，又被原子弹炸过，听说到处没饭吃。

真是，一听说回日本，心里又酸溜又空荡。

从参加八路军开始，就无法和日本通信了。可能日本比中国还乱，心里惦念，也没办法了。

但是抗美援朝战争快结束不久，好像可以和日本通信了，有人试着寄了信回日本，过了个把月，居然收到了回信。

日侨中还开始流传消息，日本要来人接日侨了。

爷爷还在么，爸妈呢……丰子都不敢想了。她又怕又想，犹豫了好久，终于也没有给家里去信。

夜里，丰子没睡着，因为肚子越来越大，不方便，还因为秀夫也翻来覆去。怎么办呢，是生了孩子再回国，还是……

转业手续办得何其的快，几天便办了。办完了，便让夫妇俩去了衡阳地方医院。

好多日侨战友号啕大哭。因为所有军功章、功勋章、获奖证书全部要上交。他们舍不得，好多人是用命换来的呵。

丰子在收拾这些勋章和纪念章，一个又一个的擦亮。

看到一个解放战争纪念章，是用红绸布包着的。丰子打开来，看到了一张照片。

这是一个同为名古屋的同乡战友，叫宫崎京子。她和秀夫一样，父亲是大分县人，母亲是岐阜县人，是丰子的半个老乡。

京子穿着新军装在北平照的照片，一脸青春的灿烂。这是个多么健康而活泼的宫崎呵，一袭军帽下压着两个短辫，像两只喳喳的小鸟一样。

丰子还看清了，照片后面有宫崎亲手写的家庭地址。除开“日本国大分县……”以外，其余的字上，尽是水渍印，看不清楚。

一看到宫崎，丰子就想起了那个湖北省的小镇。

北平解放以后部队又南下了。

那时行军总在夜里，走路是半跑半走地行进的。

半个月前，因为护士宫崎京子患了急性腹膜炎，就在油灯下实施了手术。但是，只休息了三天，她就随队行军了。越往南方走，酷暑越难耐，一天天的行军让她的病情恶化了。

为了方便照顾宫崎，领导还专门安排了一个中国籍战士小刘，协助丰子照顾体弱的宫崎。

由于部队一面打仗一边开辟新区，不可能把宫崎留下来治疗。那时卫生所每天日夜行军，还坚持开早会，有时开着开着，不少人站着就睡着了，扑地倒了下去。

有一天早会上，指导员为了让大家兴奋一点，还讲了一个后勤部队马夫的笑话。说的是有一个后勤分部的一个骑兵在晚间行军，路上遇上了另一个骑兵，听出了彼此的老乡口音，一边聊，一边走了好久，直到给对方点烟时才发觉这个老乡是敌人。

赶快拔枪呀！……有人叫起来了。

早跑了，敌人看见解放军，跑得比兔子还快，子弹都追不上……指导员煞有其事的直摇头。

哈哈！……众人大笑起来。

坚持去开早会的宫崎，听了这个故事也笑了。笑了以后，脸上还有了点红润。

小刘很勤快，把宫崎的东西都背在身上。一休息下来，还不停地找水找吃的，让宫崎和丰子很感动。

那天，从入夜开始启程，已经走了有十个小时了，一路都有枪声袭扰，隔一阵就有野战连队的士兵队伍全副武装朝前头开进。天还没亮，前头掩护后勤兵站的战斗部队来人传话说，大队伍已脱离了敌人的步哨警戒线。这样的话，大家的精神一下子松弛下来。

停下来休息时，人猛然感觉很累。连每天活蹦乱跳小刘，因为背了两个人的行李，也累倒了下去，睡在了路边的土坡上。

突然，前面休息的部队又骚动起来，大家四周散开，枪声也响了起来。

睡在地上的小刘很有战斗经验，他一下跳起来，夹拖着宫崎，飞快地朝左边树丛浓密的山脊上跑过去。把宫崎扶下坐在树丛后，又下去拖丰子和行李。

小刘刚把宫崎的行李和丰子拖到树丛边，人还站着，刚放下行李，一串子弹从远处打过来。小刘一下栽倒在地，朝山坡下滚了好远。

宫崎已哭了起来，但扶住她的丰子用身子压住了宫崎。

不要动。四处都是枪声，跑着不如躺着，丰子想。

哦，小刘牺牲了吧？宫崎哭着问丰子。

不知道，先不管他。丰子动也不动，到处有人射击，跑出去一定会中弹。

因为不明白枪声来自何处，宫崎又跑不动，丰子不敢过去。

天有些放明了，两个人在山坡上清楚地看见有人从对面山上打枪过来。而警卫连的士兵正躲在树丛中，朝对面开枪处冲了过去。

后来弄明白了，不过是些骚扰的土匪。部队冲上去一打，土匪便散了。

小刘又出现了，不过满脸歉意。他腿受了伤，走路也不方便了，看来也不能照顾她们两人了。因为在奔跑时丢掉了宫崎的挎包，分手时，小刘把自己的搪瓷缸送给了宫崎。宫崎握着他的手时，忍不住哭了。

听说这个可爱的小战士后来在渡过急流时，背东西太多，又是不会游水的北方人，不小心掉到江里，就失踪了。是冲到下游去了，还是牺牲在河中，都不知道。

反正是再没有看见他浮起来，便再也没有消息了。

关于他，丰子只知道他是河北廊坊人，是平津战役时参军的。

宫崎走不了路了，骑马又太颠簸。因为她是日本人，言语不通，又无法安置在动荡不安的新区老乡家，以后行军只好坐担架了。

刚进入湖北省地界不远的一个集镇时，因为部队要休整补充，下午便停下来休息了。

晚上睡到半夜，宫崎拉住同铺睡觉的丰子的手，突然说很想吃鱼。

丰子赶紧去叫人。医院管理员闻讯半夜起来，跑遍了集镇，也没法买到鲜鱼。最后，还是硬敲开了一个商铺的门，买了两个鱼罐头回来。

宫崎吃了一口，连说好吃。又叹了一口气，说：可惜没有鱼汤呀！

丰子就着油灯看着她的脸，漂亮的眼睛没有一点神，脸惨白惨白的，叫人害怕。

朴实而小心翼翼的宫崎，平时生怕麻烦别人。今天半夜里，这样直截了当地要求吃鲜鱼，让大家都很惊诧。可能由于她家在海边常年有鱼吃，而战争中好久未尝鱼味了吧！

要么是她知道自己将不久于人世？

虽然之前她一直要强，不论如何难受，在人前从不表示悲伤也不落泪。

不过在头两天，宫崎很反常。她没有征兆地，突然在晚上抱着丰子哭了起来，还把这个包着照片和一枚解放北平战争纪念章的小红绸包，交给了丰子保管。

我才十九岁呀，我不想死。宫崎漂亮的眼睛突然明亮无比，直望着房顶上……丰子姐，这样死了我不甘心，我还没有结婚。

你会帮我回家不，不管是死是活。不过，我不要死，我要活，活着回去。宫崎张大眼睛望着丰子问道，她用了好大的劲，抓紧了丰子的手。

好的，会的。你先好好休息。丰子好不容易把她的手拉开。她感觉宫崎的手有点冷。

宫崎第二天早上便在床上没能起来。

埋葬宫崎的时候，大家都取下帽子，目送着一队当地的老乡，抬着她的棺木上了山。为了不影响大部队出发时间，她们只能在大路旁送别她。

丰子拍了拍身上的背包，那里面有一个手绢，包着宫崎的一个手指。

虽然答应过宫崎，丰子还是不敢动手，她去伙房叫来了日侨炊事员桥本直。这个胖乎乎的桥本看了一眼宫崎的遗容，不出一声地回头拿刀去了。

丰子叫桥本只砍下宫崎的一个食指。

原来，宫崎告诉丰子，如果她死了，一定要带她一个手臂回日本去。

不一会儿，桥本还到火灶上，将切下的宫崎的手指烧焦了，用一个手绢包好了，送了过来。烧焦的皮肉的味道，还闻得到。

这样说来，宫崎的勋章不就等同于她的手指、她的生命么。丰子心里想。

另外，宫崎还给她妈妈写了一封信，丰子一直不忍心拆开看。信封的地址上写着：大分县大手町。

这封信，这个包着宫崎的手指的手绢包，就是宫崎的遗嘱和遗物。连同她的勋章，无论如何，丰子也会带回日本，带给宫崎的家人的。

丰子当然不会把勋章交上去。

这一次，转业可是包括部队资料、生活用品都要上交。

对不起，想也没想，安东丰子把自己用了八年的搪瓷缸藏了起来。这个口缸是当兵头天发的，摔坏过无数次了。刷牙、吃饭、喝水都是它。当国民党军俘虏时，一天没吃喝，用这个接雨水喝，才不至于饿死。是这个口缸救了自己，它跟了自己八年，它便是部队在自己心中的象征。

军装、帽徽这些东西，都把它们藏好放在箱底，丰子要带回日本去。

后来回到日本，战友间一聚会，大家都穿上了解放军军装。一见面看到对方的装束，彼此都哈哈大笑。原来，大部分的人都把军装带回家了。

要离开的时候是规定的，并不因为安东丰子的预产期而改变什么。因为在中南军区的日侨回国是统一安排时间，集中乘船。

只有几天的时间移交工作，打包行李。

好多日本人在和中国的领导、战友分手时哭得死去活来。

有的和中国人结婚的可以不回国了。有的人，不够条件留下不想回日本也不行。是呵，在解放军都待了七八年了，也都没想过回国的事了。

还有的少数日本人，在部队由于工作的关系，或者因为需要，一时走不了，暂时要留下来。

像松本夫妇，在这之前，早被选中去参加军政大学学习，一学两年。也是到后来又过了好几年后，才陆续回到日本。

只是这说走便走，好像人的情感难以接受。

日本的情形如何，谁也没底。

一般的时候，吃过晚饭，秀夫和丰子照例要沿营区外的小道走一走，运动运动。

他们明白，这样对生育会好些。因为怀孕，丰子出门早就不穿军装了。况且，由于日侨官兵的转业动员，秀夫也可以不穿军装了。

虽然已去了地方医院报到，但秀夫并没有太多上班。一则丰子快生了；二则医院都知道转业的日侨官兵上班，不过是回国的前奏。

出门不远，路边的映山红，红红的，沿着山边，一片一片开满了枝头。

呵，日本列岛的樱花，也要开了吧！

唉，要回家了呵。秀夫轻轻地拍拍丰子的大肚子，有点怅然。

对中国，对解放军八年多生活的依恋；对回日本的茫然，也加上对日本亲人的思念；这一切复杂地交织着，让这些将要归国的人格外伤感。

倒是丰子格外的冷静。

不管它，回去生了儿子再说。丰子坚定地对秀夫说，她好像生来就天不怕地不怕的。

文静的秀夫看到老婆这样洒脱，也放下心来。

创业篇

做企业，就是一点一点地做，坚持下去。

——安东丰子

3.1 1953 年，日本舞伎港

清晨，甲板上开始有人骚动。人们从船舱中走上来，眺望前方。一抹鱼肚白从海面上冒出来，衬托出灰蒙蒙的地平线。

啊，日本列岛，到了。

啊！到家了！很多日侨在甲板上跳了起来。乘坐了几天海船的人们一扫疲惫与沉闷，又叫又喊，都鼓起掌来。

在三等舱里一个房间，有一个人从甲板上冲进来，叫声之大，让大家吃了一惊。还一把滚到地下去，打了几个滚；又爬起来，跑出船舱去了。

虽然大家都没什么行李，可是一说快到岸了，一船舱的人便七手八脚地忙乱起来。收拾呀，打捆呀，忙个不停。

只有同舱的一个叫渡边悠喜子的护士姑娘，此时正在写日记。她一点也不晕船，天天精神十足。不管天大的事，反正天天高高兴兴地吃饭，唱歌，还坚持记日记。

此刻她正聚精会神地写，丝毫不为客舱内外人们的狂热所动，头也不抬一下。

昨天，丰子和她聊天，小姑娘的执着太让人意外。原来，悠喜子是想到日本看一下，失散的父母也不知在哪儿，但至少可以看一下祖父母，然后再返回中国。她说她实在不想离开解放军。

她坐在船上，一直陪着丰子。

她的故事让丰子大笑不已。

日本投降后，侨民们都不敢出门。父亲不见了，妈妈上班的学校也停课了，十六岁的悠喜子一刻也不敢出门。

街上贴出了布告，国民党军的医院在招日本护士，她有同学已报了名。她还在犹豫着。

但接下来的事让她更犹豫了。

一天早上，有人敲门。妈妈开门后，进来一个国民党军的士兵，大约四十来岁，围着个白围裙，像个伙夫。他说他们的营地在附近不远，他今天是想来借一口锅。

用完了我会还你。他提着锅离开时，弯了一下腰，很认真地说。

妈妈是一个对国民党军有好感的人。因为她听说国民党军是中央政府的部队，况且这个中年伙夫士兵也很客气。

而且，家中早已断粮了，好几天没开火了。她有好几口锅，多了也用不了，于是母亲让悠喜子挑了一口最好的锅给这个士兵。悠喜子最喜欢的那只锅是她常用的，为防烫手，她用红布和红线缠在锅耳上。

过了几天，悠喜子去街坊上串门，听人说中央军撤走了。

是隔壁的玲子带她去附近的中央军的营区的。

地上一片狼藉。衣服呀，帽子呀，乱七八糟的东西满地都是。突然，悠喜子看到了家里那口锅，变成了一团碎片堆在屋角。只是，那个缠绕了红线的锅耳依然很醒目。

告诉了妈妈后，妈妈只是叹了一口气。

第二天清早，有一阵轻轻地敲门声传来。妈妈扬扬手，吩咐全家人都不出声。因为，半夜里父亲回家了。从煤矿上当会计的父亲，在煤矿被中国政府接收后，因为害怕被抓，就逃离了矿上。逃离失去消息有二十多天后，父亲今天终于回来了。

自8·15日本投降后，三天两头就有人随便来日本人住宅搜查，有苏联军队，也有当地的中国人部队和警察，甚至还有当地的无业流氓。

而且，只要有日本青壮男子，一旦被军队抓走了，就再也没有音信了。

待父亲爬到床底，妈妈才去开门。

一个年纪大约十五六岁的中国士兵，很拘谨地站在门口。他一边说一边用手比画。妈妈连忙叫中文好一点的悠喜子过来，一问，原来也是借锅。

这个小士兵脸上冒着汗，军帽上没有中央军的帽徽。他把肩章给悠喜子看，上面有“八路”两个字。

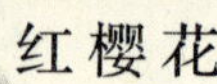

一支枪斜背在肩上，比人似乎还要高些。

他说，用完了，离开时一定会来还锅的。

妈妈已经转身回屋，拿来一只锅。悠喜子认出来，这是家里最旧的一口锅。

不到一个星期，悠喜子看到一列队伍很整齐地开拔了，他们的肩膀上，也有一个写有“八路”的臂章。

回到家里，一屋人都围着什么在看。原来，那个八路小士兵把锅还回来了。

锅放在门口，擦得干干净净。里面还放了三个土豆，两根胡萝卜，还有一张纸条，上面歪歪斜斜地写了几个汉字：谢谢你们！

哦，有晚饭吃喽……弟弟拍手叫了起来。家里断粮好几天了。

妈妈抹抹眼睛，叹了一口气，什么也没说。

当兵就要去这样的军队！你去吧……父亲把只有四个汉字的纸条看了很久，然后望着悠喜子，眼镜后面的眼光很坚定。

就这样悠喜子到八路军医院的征兵站报了名。

你是一口锅让你当了兵呢！躺在床上的丰子听悠喜子讲完了故事，哈哈大笑起来。

对呀！悠喜子看到丰子姐开心一些了，脸上也绽开了笑容。

为参军而离别了父母，不后悔么？丰子看到悠喜子又唱又哼很开心，关心地问她。

不后悔。妈妈说，至少当兵还有一口饭吃，不至于全家一起挨饿。

不过参军后悠喜子和全家失去了联系，一想到这儿，悠喜子有点想看海，就跑到甲板上去了。

大海在轮船后面翻着白浪。

其实还有一个她不离开的原因，是因为同船的丰子姐姐可能要生产了。

她对大腹便便而若无其事的丰子姐真的佩服得五体投地。

悠喜子也听过船上的议论纷纷。但是她从不参与。

实在地讲，大家对回日本很茫然。在中国，基本上日侨解放军官兵都很安定，生活已很正常。而回日本后工作和生活，一切都让人难以预测。

她也问过丰子姐。

车到山前必有路吧。丰子姐很轻松地说。看到连丰子这个孕妇姐姐都不怕，悠喜子心里更加无忧无虑。

船上还有一个孕妇呢，你猜猜，会是谁。傍晚，秀夫从船舱上来，欣喜地告诉丰子。

谁呀?

菅直叶子。

真的呀。丰子听长迟说起过，后来在郑州见过一面。那天，她和长迟在街上闲逛，长迟看见菅直了，一高兴，用日语大叫起来，惹得郑州大街上的人都惊奇起来。原来菅直的医院也在郑州休整，菅直一个劲地问庆子在哪儿。丰子低下了头。

不要难过了，还是长迟开心，她拖着菅直、丰子，去面馆里要了三碗面。庆祝我们重逢。长迟那个高兴劲，让菅直和丰子都笑个不停了。

有枝呢?长迟问菅直。

调去九十八医院了，好像说在九十八医院传染科染了重病，听说……

听说什么?

可能牺牲了。

这样呵，有枝姐。长迟嘀咕着，摇摇头。三个人都沉默不语了。

叶子姐，我们回日本还要聚哩。长迟勉强笑了一下，站起来握住了菅直的手。

好呀，保重呵。菅直抱住了菱子。大家都很忙，菅直要回医院，聊了几句，三个人就分手了。

那个姐妹们在郑州会面的情景就和昨天一样。

叫菅直过来！丰子叫了起来。

你想的挺好，她肚子和你一样大呀，走不动了。

是嘛，哈哈哈。丰子这下笑起来了。

和丰子姐在一起就是有趣，开心。悠喜子心里在喜滋滋地想。

而且，她想，如果丰子姐真的在船上生产，她可以帮一下安东医生和丰子姐姐。所以，渡边悠喜子除开偶尔出去几分钟，几乎是整天里一步也不离开船舱。

秀夫在不停地为丰子擦汗。丰子在一个小时前已有点阵痛。由于海上的风浪颠簸，预产期可能要提前了。

再坚持一下。秀夫轻轻地说。

丰子满头是汗，双手紧抓床沿，轻轻地呻吟。

客舱的人们都冲上甲板去欢呼了，只剩下他俩和悠喜子。他们已不能加入了，这些看到故乡而疯狂雀跃的人群，已都在疯狂地喊叫了。

丰子好像身子直往下坠，头脑里迷糊糊的。她隐隐约约，仿佛是在睡在一个小船上，是爷爷坐在身后，直对她眯眯地笑。

怎么下船的，上岸后，又怎么上担架到医院的，丰子都不记得了。发作时她疼得难受时，只顾抓住了秀夫的手，死命也不叫。过了一两个月了，秀夫手上还有抓痕，红红的几个手指印。秀夫讲，丰子要生儿子的这只手啊，好大的劲，两个男人也扳不开。

下船只有半个小时，丰子就当妈妈了。

本来，当医生的丈夫已准备在船上为儿子接生了。但倔强的丰子是一直在咬牙坚持。还好，儿子也听话，在快下船时才发作开。

看到儿子黑而浓密的头发，丰子才笑了出来。

回到日本，刚下船便生下个孩子，这恐怕也是这几千名日侨解放军中间仅有的一个吧。反正，不管有没有，这样的人，之后山田丰子再也没听说过。

菅直几乎是最后一个下船的。她是被丈夫源田一步一步扶着走下舷梯的。

不过，她刚刚走下舷梯，在码头上只走了十几步，就被眼前的情景惊呆了。

一个四十岁左右的女人，个子不太高，穿着和服。她一看见她们，就在不停地对着丈夫张望。她捧着丈夫年轻时穿着日本军装的照片，照片的上方有一行大字，是丈夫的名字：源田千里。

她的一左一右，还分别牵着一男一女两个小孩，看样子，小孩子也有十多岁了。

叶子感到丈夫的手停住不动了。她转过头，看见丈夫源田死盯着两个小孩，眼睛放出光来，两边嘴角直抖动。

他爸……那个女人喊了一声，照片从手上滑了下去，她人也坐到地上了。

两个小孩被坐到地上的妈妈吓哭了。好半天，朝叶子和源田直张望。

你别动。源田把行李放下来，扶着菅直坐下。

两个小孩走了过来，怯生生地叫了一声：爸爸。

菅直看着丈夫源田一手拉一个小孩朝那个女人走了过去，几乎要昏过去。她没有一点思想准备，她从没有听源田讲过他的婚史，她一直以为她是他第一个女人。

怎么啦，菅直？菅直听见了，是熟悉的岗村的声音。眼泪忍不住唰唰流下来了。

岗村回国有一个多月了。他今天是来为战友们接船的。

哦，你哭什么？大惑不解的岗村四处找源田。突然，他回头看到了，源田一家人正抱在一起，哭成一团。

源田也看到岗村了。他像看见救星一样走了过来，和岗村走到一边，匆匆说了几句话。完了低下身子，无奈地对仍在不停地哭泣的菅直说：叶子，你先随岗村去安顿一下，我明天再过来。

岗村招呼了一下，他太太也马上从对面走了过来。他们夫妇俩是来接人的。

先去我家落脚吧，再慢慢想办法，不要哭了。岗村走过来不停地劝菅直。

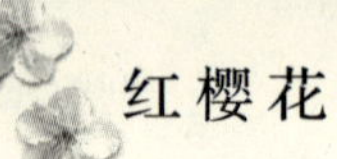

哭了对孩子不好，走吧。岗村的太太也过来扶着大腹便便的菅直坐了起来。

菅直找了一下，不远处，源田他们几个人，已没有影子了。

3.2　1953年，日本琦玉县

好生奇怪的是，不论是秀夫还是丰子，回来近一个月了，两个人的老家，没有一个亲友前来看看他们。

由于丰子临时突然生产，慌乱之中，让一个琦玉的战友接去了琦玉县，战友家有个亲友在医院。

找了好久，才找到老家的通讯地址，也通了信。丰子写了一大篇，但奇怪的是，回信只有三言两语。

丰子信上讲了，自己因为刚完生小孩，暂时不能回家，请谅解，云云。家里人也倒像丰子根本没出国似的，没有什么意见，不冷不热没讲什么话。

秀夫的父母，也只从大分县乡下寄来一点红豆和糖，以及一些衣物，算是对新生长孙的祝福。

倒是区役所的人，三天两头地来，今天填一些表格，后天，又要求写什么个人在中国的经历啦，又要提供七七八八的资料。

开始以为是例行公事，后来以为是为夫妇俩顺利找工作的事，慢慢地，再来两次三次，就看出区役所来人脸上的挑剔的冰凉来。

这天，等他们一走，秀夫就大骂起来：你妈拉个X，奶奶的熊，什么玩意儿。

这是中国东北骂人的话。从东北过来，好多部队首长都这样骂人。秀夫常常听到，几乎听熟了，但是他从来没有这样骂过任何人。

但今天在日本，他用了一回这中国的粗口。

他在湖南军区兼十二兵团机关已是一个副营职的军医。由于医术好，又和气，服务细致入微，在军区司令部很有名，连军区首长也认识不少。好多人专门慕名来找安东医生看病，老百姓更不用说了。大家对安东军医都是尊敬又客气。

倒是躺在床上的丰子，平和地劝丈夫。怕什么，又没有杀人放火，看他们把我们怎么样。丰子那满不在乎的样子，倒让丈夫平静下来。

怎么样，先回老家看看吧。秀夫怕妻子不开心，换了一个话题。

回不回家倒没什么，可是这不去找个工作，拿什么吃饭呀。说真的，躺在床上的丰子，是一直为这事发愁。

回去找爸妈商量一下呀！秀夫提醒她。

应该会有办法。爷爷好歹是个生意人，他又最疼自己这个长孙女，他应该办法会多些。想到这儿，丰子心里才舒坦起来。

八年没回家了，丰子很想家。她听了秀夫的话后，马上给家里去了信，说自己准备回家一趟，可不知为何，家里没回信。

于是，过了几天后，丰子再次认真地给爷爷和父母写了一封信。由于刚生产，手不能太用力。信写的很短，不过还是很真挚的。

爷爷、奶奶；爸爸、妈妈：我由于战乱不能归国，已经八年。非常抱歉，我在中国期间，让你们操心了。我一切还好。我的丈夫、你们的女婿安东秀夫也算是半个岐阜县人。我刚回到日本就生了一个儿子，你们的外孙子很好……过一段我会来看你们。

女儿　丰子

1953 年 6 月

可奇怪的是，好些天，家里仍是又没回信！

过了十几天，父亲回了一封信。只有几行字，还是不冷不热的。

爷爷也没有信来。

丰子还打了个长途电话回家，想和爷爷说话。可是，接电话的爸爸支支吾吾的。不过，爸爸终于还是说了，欢迎她早点回家去。

又过了几天，寄了一张儿子满月的小照片回家。收到没收到，家里也没回音。

丰子不准备写信了。生产已经有一个多月了，她也恢复得差不多了，况且她真想见一见家里人了。

她想过几天干脆回去一趟。她在想，家里是不是有什么事呢，要不然怎么不冷不热的呀。若不是因为生小孩不方便，她早回家去了。

儿子出生有差不多一百天的时候，丰子还是忍不住回到岐阜的老家了。

街道还是那个街道。

初夏的太阳，又亮又温暖。像烧火一般，一把一把地，把街道的各个角落，烘烤得暖洋洋的。

街上已经很忙碌了。人们各自忙着，热火朝天地在修各家的房子。房子有用木板做房子的，也有用砖瓦砌的。建房的人们，扛着木头、唱着歌从丰子熟悉的街道欢快地走过。

被美国飞机轰炸的瓦砾堆也不见了。

一张一张的商业旗幅，迎着风，哗啦啦地响，很有劲头地竖在门店前头。商店里货物有很多了，吃的用的也挺多。

小镇的市井上一派热闹景象。

在那个熟悉的地方，丰子找不到家了。一问，才知道已经搬走了。好在不远，左右邻居彼此都熟悉。不一会儿，就有人帮丰子引路。在街道边转了一个弯，便看到新家了。

新家是整修过的，院子挺整齐。但是，好像不如以前的家的那个院子宽敞方便。不过木栅栏的院墙后，也种了树，绿绿的挺好看。

门柱上已钉了木牌了，写着的“山田”字样，让丰子格外亲切。

家里的老房子，是在街边口，出门方便，也可以用门厅做生意，但是没有院子。一家人要晒太阳，只能坐到街边去。

以前的房子让美国飞机炸坍了，炸弹把那条街都夷平了。

丰子叫了一声，屋子里没有人应。她不高兴了。

昨天她已给家里打了电报，告诉了她今天要回的呀。她推了一下门，门虚掩着。她让秀夫抱着孩子，自己一边喊妈妈，一边进屋去。

泼！忽然的一声响，一大盆水迎面泼来。从头浇到尾，丰子觉得脸上头上和全身都湿漉漉的，风一吹过来，凉飕飕的。

丰子猛地一叫，忽地闻到一阵艾叶味道，转身看见秀夫已转过身去。他也被浇湿了大半个身子，刚一个多月的儿子光明被丰子的叫声所惊吓，哇哇哭了起来。

好了，邪魔没有了！妈妈嚷着，从门后拍着什么走了出来。还用手持着红布条子，直往丰子和秀夫身上拂打。

丰子又气又恼。从中国回来，难道是因为参加了中国的解放军，女儿就成了邪魔？

难怪没有一个人去看她。

而且还要用水泼她。

对人泼水是日本岐阜县当地的民俗。说是哪个人外出了，如果在外面沾了什么邪气，用这种加了艾叶的水去泼，可以去邪扶正。

可这是妈妈泼女儿女婿外孙，而女婿外孙可是第一次进门呀。

又吓又惊又恼火，一肚子气的丰子，一屁股坐下去，对妈妈唬着一副脸。

儿子小光明已从惊吓中恢复过来，张开眼睛了，偶尔，还对新奇的四周不停地望。外公逗他，便小声地笑一笑。

一边吃饭，妈妈一边诉说。

她不完全是恼丰子，也不知是该恼火谁。母亲还是过去那样，一见面便唠叨个没完，尽是七七八八的零碎事。

父亲倒不言语，只是和未曾谋面的女婿不停地举杯、喝酒。

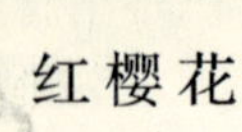

原来，战后颁布了新土地法。在战前拥有土地的人，如果战后五年内本人不前来登记，土地收归国有。

丰子家的土地和房子，在战前都由祖父直接过到了丰子名下。这样一来，丰子由于一直未归国，名下的土地全部被国家收走了。

丰子的爷爷，山田老头子为这事没少生气。但既无法找到丰子，又没法和法律抗争，眼睁睁地看着自己辛苦一辈子挣来的钱，忽地打个水漂，走了。

他气坏了！当年美国飞机炸倒房子他都没哭，这一次，他气得病倒下去，再也没能起来。

你这个疯丫头呀，为什么不回日本，要参加什么中国赤卫军呀……爷爷呀，都是你惯的呀！

妈妈又唠叨起来。

爷爷的遗像，挂在前门厅的上方，仍是那样慈祥，直望着丰子，眯眯地笑。

丰子的眼泪一下子如泉一样涌出来了。

妈妈终于忍不住了，大声地哭闹起来。

她兴许又想起了战后的日子：因为财产给没收了，物价飞涨，爷爷也一病不起。不但没有钱治病，全家人饭都没得吃。

在名古屋，娘家的所有人和财产，也都在美国飞机的轰炸中化成了灰土。

全家只好由她领头，隔一段时间到远远的乡下老家田地上去一趟，搞回一点救济的粮食。

妈妈一回乡下老家，总是要住上好几天，总要挖些蕨根呀什么的，或者再割些薯叶，都挑回家来充饥。就这样有一顿没一顿的全家好歹还能开伙，遇上乡下歉收，家里还经常断粮。

跪在爷爷的遗像前，听着妈妈伤心地哭，丰子也禁不住抽泣起来。

父亲倒仍是一脸的笑，坐在榻榻米上，和秀夫一起逗儿子。

这一家子其乐融融的情景，让丰子还有了一丝欣慰。

只不过这一刻，丰子突然一身轻松。她咬着牙，也不喊，也不哭了。她无法出声。

反正她已一无所有了。在中国的日日夜夜，她最牵挂的便是爷爷。多少次梦里醒来，死抓住被角，把它当作爷爷的手。一醒来却是身在异国，禁不住热泪双流。只是，她看到父母无助的脸，心里还是涌上一阵酸痛。

3.3 1953 年，日本琦玉县

回到琦玉自己家里的丰子，这几天一直头痛。今天都上午十时了，还在床上躺着。

天生勤快的她是从来不睡懒觉的，在爷爷身边都如此，更不用说在中国工作或者当兵了。

既然房子和土地都没有了，她也对回名古屋和岐阜老家都死了心。原先，她一直以为，不管是在名古屋姥爷家，还是岐阜老家，她总能找到一个立身之地，可是如今看到父母那个样子，她心里伤心死了，也寒透心了。她去中国，让家里遭了这么多罪，心里好不安。

她蒙着被子，一个人大哭起来。她越哭越想爷爷和姥爷，泪眼朦胧中又出现了两个人的身影，一个是在日本军队轰炸珍珠港那天跳脚骂娘的爷爷；一个是那个在举国庆祝占领南京，满天下彻夜点亮灯笼，而一个人端坐在黑暗中叹气的外祖父。

她抹干眼泪，坐了起来。

孩子，不怪你的。丰子分明听见有人说话。像爷爷，也像姥爷。

第二天她又起了个早。

哭归哭，骂归骂，女儿到底是娘身上的肉。最后，妈妈还是说，让丰子住回家。毕竟有房子住，妈妈还可以帮她照顾儿子。

丰子可不想拖累父母亲了。父母都两鬓斑白了，年纪也大了。

战争毁去了太多太多。

丰子爷爷的旅馆，那座让丰子有着梦幻般感觉的暗红色建筑，那座爷爷花费了一辈子心血的地方，还有记忆中无限温暖的外祖父家，连同着名古屋的外公外婆，以及那一条条荣街呀花街呀等无数条大街一道，都消失在美国飞机的炸弹里了。

这下倒也利索了。

丰子还是下决心和秀夫一道回琦玉。

而且好多部队的战友和姐妹，都在东京。琦玉与东京只是一川之隔，生活也便利和安静许多。她想在琦玉长住下来。

秀夫今天出门找工作去了，是去东京江东的龟户。听说是他朋友在那儿开了个诊所，看缺不缺人手。没办法，一家几口，要吃饭呀。

回老家之前，丰子还一直在琢磨：爷爷的旅馆还在不在？如果在，回去经营旅馆也不错呀。

难怪家里人都生气。

旅馆被美国飞机炸毁了事是不小，但日本值钱的是土地。时刻要防地震的日本，战前的房子大都是木板或者是其他轻质材料，震倒重建很容易。

就是五十几年后的今天，现代日本的住宅，好多也是用轻质材料所建。防震，不怕震，震倒了重建也快。

只要土地还在就行。

兴许是日本狭小的原因吧。丰子是搞统计的，她清楚，日本的土地是中国的二十六分之一，而日本本土的人口是中国的九分之一。人口密度比中国大多了，难怪土地珍贵。

日本人的心就如同他的房子，时时在准备变化，警惕灾难。但日本人的土地犹如他们家族的根，失去了便是让家族伤筋动骨。

由于丰子不回家，而让全家丢失了赖以生存的土地，又当了什么解放军，简直就是一个邪魔，难怪要用水泼她。

看来，警视厅也没少去她父母那儿。

孩子动了一下，丰子起身开始为儿子冲奶粉。这包美国奶粉又大又漂亮，是妈妈送给儿子光明的，听说是用十斤大米换的。想到这儿丰子叹了一口气。妈妈啰嗦是啰嗦，但还是关心她和光明的。

一定是这些可恶的家伙们胡说。可她在中国，除开为满铁服务，参加解放军也是因为无法回日本，生活所迫呀，她不参加解放军兴许早死了。不过她从没在军队里干过一丁点儿坏事呀。这一点她很坦荡。

只是可怜了家里，可怜了爷爷、爸爸和妈妈!

听说家里为维持生计，在街口摆了个小摊。不会做生意的爸爸天天坐在那儿，惨淡的经营着。真难为他了。

想到这儿安东丰子眼里潮湿起来。

她做梦也没想到，自己因为回不了国，参加了解放军，竟让家里遭了这么多连累，受了这么大的损失。爷爷都为此气病了，他那样的身子骨，本来是可以活到今天的。

她心里开始恨着什么了。好似是那个满铁，是那个引诱她去的工作广告。不，她是恨那个让她丢了土地和房子的战时征用通知书。

她也恨自己冲动，恨自己不听家里人的劝告。

不过，懊悔在她脑子里只有那么很少的一刹那，闪了几下就过去了。

想了这么一会儿，她安静下来了，去洗了一个脸。她不想再回忆这些了。

丢掉的一切反正回不来了。

奶粉很香。儿子满意地吮吸着奶瓶。不管怎么，这几年的经历，让她有了这个宝贝。一看见儿子丰子便什么都忘记了。

儿子一饿了就会哭，可是他哪知道妈妈的难处，一家三口吃饭都还没着落呢。而且丰子心里还惦记着父母，父母毕竟年岁大了，虽然她也很困难，但她将来必须要管他们。

爷爷的确是没看错，安东丰子是个能主事、能操心的人。

只是爷爷太相信自己的直觉了。他自信能看到五十年后，但他没想到自己竟看不穿五年后的世界。他怎么会知道，日本要和全世界打仗，又怎么会知道宝贝孙女一去八年无音信，到头来，会把他辛苦了一辈子弄来的土地弄丢了呢。

为了这个土地的丢失，爷爷他定是死不瞑目的。丰子想。

光秀夫出去也不行，明天自己也要出门去找一份工作。

对于任何工作，丰子不知为何，总是没发愁过。她有信心做好任何事，不管大的小的，她都敢去做，敢去揽。只是现在……她叹了一口气。

有了光明，她才知男女有别。

儿子夜夜啼哭，秀夫却依然呼噜声不断，而她却依然自然地便醒了。喂奶、把尿、换尿布、换衣服……

秀夫实在难堪，干脆夜里不睡觉，守着光明值班。

没事，在医院不是常值夜班么。秀夫安慰着丰子，他也说出了理由。

这倒是。她俩长期在医院工作，对值夜实在是习惯了。

秀夫值夜时，丰子也睡不大实。不过，有这个体贴的丈夫让丰子很放心，很满足。

秀夫很晚才回来。他很高兴地告诉丰子，朋友的诊所让他明天去上班。

真的？丰子把丈夫的晚饭端上桌，也兴奋地笑了。

对，而且朋友还建议我们去东京附近住。秀夫告诉丰子，离上班处不远的东京龟户，有一处房子，朋友带他去看了一下。挺安静，交通、生活上也方便。

秀夫三口两口就吃完了丰子做的饭。看他的兴奋劲儿，仿佛今天晚上就想搬过去似的。

哦，松本、小枝她们都住在那儿附近呢，今天见着了……秀夫一边扒饭，一边笑着告诉丰子。

原来，听说小枝她们和诊所的一个战友挺熟，就让诊所的人通知她们过来了。

她们都住在龟户，说是过几天要来玩哩！

秀夫临睡前顺口说。

哦，都在那儿啊！这倒使丰子对龟户印象挺好。而且丈夫又要去那儿工作，她好像找不出不去的理由了。

也有坏消息。

听岗村告诉秀夫，菅直回日本刚十几天就生了个女儿。女儿是因菅直有些生气，动了胎气而早产的。孩子生下来很弱小，只两公斤多一点。而丈夫源田，菅直只匆匆见过一次，那还是生了女儿的半年以后，她在大街上看到了源田。

匆忙之中，源田也没有带什么钱和东西，以后就再也见不到人了。

听说，是菅直让源田回去和前妻一起生活的。

源田这个王八羔子真的就这么撒手了。岗村愤愤地骂了一句。

没办法，我老婆也只好在菅直月子里天天去照顾她。她家人一时又找不到，也让她住龟户这边来了。岗村还当秀夫是个领导，还在一五一十地向他汇报。

哦，龟户。这个地名勾起了丰子很多念想。她在战前去过龟户。印象中那时的龟户，尽是一排排低矮的木板房，还赶不上她的老家岐阜热闹。

日本这个民族很怪，表达意思很直接，抱团之后的团体很团结。相互熟悉了后，可以看出彼此的坦诚，很直率。有些习惯让别国人不可思议。

比如，人名、地名直呼。名字叫直木、荒木什么的，据说是当时日本平民只有名而没有姓。全国统一姓氏登记户籍时，政府让大家取一个名，大部分人当时是住在农村，为了省事，出门看见什么便以什么为姓氏。

看到山和田，就叫山田。在河流的入口，就叫川口。夜里看到水是黑色的，就叫黑泽。

就是在东京，小地名也挺奇怪。

龟户，也就是乌龟住的地方，直译是乌龟的家。因为那时龟户还是远郊农村，听说一到晚上，就有好多乌龟会爬到路上来。

甚至东京还有许多地名，也是土的有趣。比如樱上水，好像是有条小河，河床挺高，河的山坡下长满樱花。还有六本木、御茶水……讲起意思都是挺直接的。

日本人的直率还有更甚的就是洗浴习惯。

据上一辈人说，明治之前，日本不论城乡，都流行当街洗浴。天还未黑，拿个木桶放在屋门口，放满水后，男女老少都轮流进去泡澡，这让才来日本的外国人惊奇万分。而且，公共浴室男女混浴。有的只在门口象征性的有个男女的门帘，而浴池内是相通的。不论男女老少，一入汤池（温泉），都是赤身裸体。而日本人却说，相互显露身体后，才能表明人与人之间的赤诚坦荡。

这一点，不管是文明的西方，或是东方的日本之外的人，似乎都难以理解。

我先走了。岗村唠叨了几句，走了。

唉，菅直她今后怎么办呀。秀夫嘟哝了一句。

丰子没有出声。听了岗村的话，想到菅直和自己都这么倒霉，她半天都讲不出话来了。

3.4　1953 年，东京亀户

搬到亀户去有一段日子了。

那一天周日，丰子便把大家叫来了相聚：老战友松本、小枝、菅直……都来了。

一下子挤了一屋子人，

小光明，叫姨呵。松本一股劲地逗他，儿子高兴的咯咯直笑。

别逗了，自己去生一个。有人调侃她。

我也想生，可是连我自己也养不活哩。松本愁眉苦脸地笑了。

是呵！大家附和起来。

菅直也抱着她的女儿过来了。她一边给孩子喝牛奶，一边唱着……哦，我们吃哥哥的美国奶粉呵……

我来喂她喝。松本看菅直抱的吃力，过去帮忙。

丰子拿来一包奶粉，用报纸包好，递给菅直，菅直一把推开。没什么大不了的事，菅直，有我儿子的，就有你女儿吃的。丰子不容分说硬塞在菅直手上。

丰子姐。菅直手拿着奶粉，叫了起来。

回国几个月了，战友们还是没适应过来。

但是大部分的人都是在找工作、找房子，有的还在找离散的家人。不过，大家大都是第一次看见小光明，这个儿子让大家都很开心、快乐。

丰子一个一个地打听。好像大家这半年多都不大开心。

七嘴八舌，一个个像倒豆子一样噼里啪啦。

大家的遭遇都差不多。

出去找工作，好多会社一听说是从中国回来的，倒没什么；但一说你当过解放军的兵，妈的，脸就拉下来了。是小枝在唠叨、埋怨。

这些狗日的！菅直骂了一句。

这些人好像就不大乐意老子开心。

我看着他们，也是说不出的滋味。

对着丰子，前田、松本也是牢骚满腹，一肚子苦水。

的确，想自己干吧，去中国好多年了，对日本也生疏了许多。想自己干点事着实不容易，而且在日本干什么职业都要证照。丰子心里在暗忖。

昌平没来哩，听说他也在天天上补习班？丰子问了小枝一句。

他想拿个初级的技工资质，想去当个电焊工。考了两次也没过，还要考。这一回，一贯热闹的小枝，这次在悄悄地表扬丈夫了。

他一定行的。丰子在鼓励小枝。

但愿吧！不过他挺喜欢当电焊工，他说点电焊花，点的飞起来，像夜里的重机枪子弹一样！小枝苦笑了一下。

哈哈，真奇怪，他想要打一辈子机枪哩。众人笑了起来。

昌平在解放军时，是个野战部队的重机枪手，他在战斗中受伤后住了院，闷头闷脑的他，一下子就喜欢上了天真活泼的护士小枝，他的表达方式很奇特。

他做了手术后一直不怎么好好吃饭。

后来，大家发现，只要是小枝当班，他就吃的多些。

为什么不吃？小山。

伤好了要回部队，医生说吃的多身体好得快，我少吃东西，不就恢复的慢些了么。他很认真地说。

哈哈。众人大吃一惊，大家这才知道，原来小山是想晚点出院。

快吃，我明天要调走了。小枝听说了他不好好吃饭后，跑去吓唬他。

啊。他也吃了一惊，饭盒掉在地上。

哈哈，逗你玩的，你好好吃饭我就不走。小枝被他的憨呆样逗笑了。

说话算数啊！昌平笑了。

昌平的伤养了大半年。他们在医院申请了结婚。经请示上级，昌平因为腿伤不太利索，不适合回野战部队，干脆调来了医院，他和小枝两个人从此再没离开过。

没什么东西吃啊，只有米饭和豆腐。丰子招呼大家吃饭了。

呵，比我们家好多了呀！菅直笑了。

前田还带来了两瓶啤酒。

喝一杯吧，我心里闷。前田对丰子说。

大家都倒了一杯啤酒在碗里。在这个时候，战友们的感情相互依存，比在中国时还要更浓些。

确实，回东京后，大多数人是靠着战友、亲友，慢慢地在想办法，找工作谋生活。

不过战友之间还是非常愿意帮忙的。

安东秀夫工作的诊所，就是井上老院长的同学开的。他推荐秀夫过去工作时，诊所要井上请人出具保证书。

当那位诊所所长，一位有着光光的秃顶，面色和善的同学，很吃惊地盯着进门的井上看了半天。因为井上平时颇为高傲，今天是无事不登三宝殿。

同学的那一副深度的近视眼镜后的眼睛，瞪了个老大。他拿着安东秀夫的文凭和求职资料，反复地看。

末了，他喝了一口水，望着井上半天不出声。

怎么样呵？井上着急了。

所长叹了一口气，很认真地对井上说：我不了解他，必须要你写保证书才可以。

井上二话不说，提笔便写。

井上回日本后身体一直不好，年龄也不小了，好像是在朋友一家医院当兼职顾问。大家见他也不常去上班，并且听说他也闷闷不乐，时不时拉上安东秀夫，找个小饭馆，喝上一小杯酒。

秀夫，咱们不回日本来多好，你还是军医主任，我还是院长。说不定我会当个上校呢……一贯沉默多年的井上，舌头都哆嗦着。几杯酒下肚，脸放着红光，话也多了起来。

是呵。秀夫马马虎虎地接过了腔。

我们为什么要回来呵，如果不是政府要我们回……说着说着，井上像是困了，低下头来，趴在桌子上睡着了。

井上裕实在是当惯了院长。他回日本后工作不甚开心，在几个医院工作，都安定不下来，年纪越来越大，身体也不好了。

井上偶尔叫上秀夫，坐在桌上喝一杯酒时，有时还叫上岗村。

没有技术专长的岗村，也是跳来跳去地换工作。

不过，岗村却天生乐观。一年到头也不见他换几套衣服，总是穿一身在医院做门房的制服，成天乐呵呵的。

以致第一次见了岗村，丰子以为是丈夫在酒馆里认识的日本《赤旗报》报纸广告推销员。

请多关照！他弯腰递给丰子一张《赤旗报》，还有几张报纸广告单。丰子看见他双眼仍是炯炯有神。

安东秀夫告诉丰子，这是在他们解放军医院当过民族干事的岗村。

走了！岗村一转身，飞快地骑着自行车，走了。

菅直母女多亏了他们夫妇关照呢……好不错的人……秀夫看着岗村的背影还在喃喃自语。

菅直回国后，找不到亲友，又没有收入，只好一直住在岗村家。菅直生下女儿后，也没法搬走。秀夫去看过一回，岗村把仅有的一间房让给菅直和孩子住，夫妇俩白天出去打零工，送报纸和小广告，晚上回来，也不管里屋小孩子吵，天天就一直睡在进门的客厅。

你听说了枝野的事么？小枝问丰子。

不知道哩！说实话，丰子是不太爱管闲事的。除自己医院的外，认识的不多。

告诉你呵，枝野芳子可成了名人了！小枝眉飞色舞起来。

小枝一讲，丰子记起了她们一同在归国的“舞伎号”轮船上见过。

她是河南省军区第65预备医院的，也是护士。小枝如数家珍一般讲了起来：也和我们差不多，快三十的女人了，出去找工作，对方一听说在中国当过解放军，一般的公司马上不要了。小枝简直像她也在场似的，讲得活灵活现。

听说有个小企业是做食品的，看到枝野挺精明能干，履历上也有营养护士经历，已同意枝野入会社的，后来不知什么缘故，也啰啰唆唆地拖延起来……看到丰子惊异的表情，小枝停了下来，一口气喝了一大口水。

枝野终究没有去成那个会社。

出去找工作的地方，处处让枝野碰壁。她一赌气跑回家，再也不去找工作了。

没有工作，为找工作碰钉子，枝野哭了好几回。有时候，只好把自己关在家里，好几天不出门。

最后，枝野和也是解放军战士的丈夫野口商量，干脆利用自己在解放军当过营养护士的经验，利用在医院学会的会做中国面食的特长，两口子自己动手和面、剁馅，卖起了东北风味的中国饺子。

先在邻里卖了几天，又便宜又地道，卖得挺好，后来干脆当街开了个店。就挂上牌：中国饺子。嘿，谁知生意还挺红火的。小枝又叫又拍手，像表演似的。

你学不学做饺子？枝野一边飞快地包着饺子，一边问小枝。

原来，在中国时，部队打了胜仗，休整时每个人都发面粉、白菜和猪肉。枝野她们几个日侨女兵，只会拿个铁锅，把面粉和肉菜煮成面疙瘩汤。

在厨房端给大家吃时，让中国籍的炊事员们哈哈大笑起来。

你过来，过来……他们把枝野拖到后屋。

一大屋子人，男男女女的战士们，都在包饺子。桌子上，堆满了白花花的面疙瘩和肉菜馅，屋子里四处香喷喷的，大锅里水烧得直滚，屋边火炉上的蒸笼里热气腾腾。

枝野这才第一次看到包饺子。

看，这就是枝野的“中国饺子”。小枝把装满了饺子的便当盒搬了上来。

果然，油煎的大饺子，整整齐齐一溜儿，金黄油亮，真不错。

还有呢。小枝咬了一口饺子，一口油滴了下来。继续慷慨激昂地演讲下去。

原来，最令人气愤的，是枝野他们父母及全家想出国旅行一趟，去欧洲，居然最后只有枝野一个人申请不了护照。区役所也不知什么原因，把枝野的资料单独拿出来，不说行，也不说不行，一天天拖，反正办不下来。

小枝把这些事这一说，大家也都骂起来。因为，大家各自记起来自己办出国手续的莫名其妙的荒唐事了。

看来是有规定不让咱们出国呢。

是的！我去也办不了！

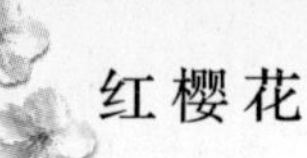

大家七嘴八舌，验证了一件事，在日本政府里，怕是有不让归国日侨解放军出国这条规定的。

松本给大家讲过的另一件事，更是让大家气愤不已。

和她一同在解放军六十九医院待过的小关博文子，更是经历了一件令人啼笑皆非的事。

小关回国后，没有工作待在家里，有一天，来了五个警察，一个区役所的官员和她谈了一阵话后，支支吾吾不肯走。

小关问还有什么事，沉默了一会儿，其中一个警察认真地问她，你回日本后老不出门，是不是在解放军中被人强奸了？

气得小关端起茶杯，把茶水向那个警察泼过去，大骂起来：解放军不是日本军队，不会干那些禽兽勾当。

被轰出去后，警察再也不敢登小关的门。

呵，还有这样的事呵！

畜生！我在我非揍他们！

大家一个个情绪激昂，义愤填膺。

不管他了，大家吃饭吧！丰子招呼着。让大家不再说这些不愉快的事。在她看来，找到工作才是最要紧的。

客人一走，丰子自己琢磨开来。

让秀夫一个人工作，经济上也挺紧巴。但儿子又小，自己又要照看儿子，还要照顾丈夫，又不能跑的离家太远。但丰子总想找一份适合自己的事做。

秀夫倒是心疼老婆，总要丰子多休息。

3.5　1955 年，日本东京赤坂，赤旗报社

丰子今天起了个早。

早晨的风很凉爽。一个人走在静静的街道上，硬鞋底一下一下地拍打着路面嗒嗒直响。只是左右的街道上，好半天也看不到一个人，有点怪怪的感觉。

不过丰子今天感觉腿脚特轻灵，像生了风一样走的飞快。

她今天是去《赤旗报》谈工作事宜的。

为了今天这个行程，丰子前几天还专门把妈妈从岐阜接到东京龟户，为的是这几天她出门时，有人帮她带一下小光明。

好吧，反正日本又没有赤卫军参加，你是要去找工作了。妈妈不冷不热地答应了女儿。

不过，拜托您这几天不抽烟。丰子一边要求妈妈，一边免不了还有点内疚。

想到妈妈这么大年岁了，还要操劳生活，而自己做女儿的不仅帮不了多少忙，还要不时麻烦妈妈，心里的确不大好受。

妈妈是因为工作劳累，又苦闷，不知什么时候学会了抽烟。

妈妈来了当然免不了唠叨。一边抱外孙，一边干活，还这个人长那个人短的，嘴上讲个不停。

不过为了出门找工作，丰子也顾不了这么多了。

因为丰子拜托大家为她找抄抄写写的活儿干，大家又抓紧催了朋友几次，终于是见了成效了。

前几天松本打电话来，介绍了一个在《赤旗报》工作的朋友给丰子，因为松本听说丰子是在做帮人抄稿子刻钢板的工作。她想这样的事，《赤旗报》应该多一些。

刻钢板是个适合丰子干的事。

因为丰子要带小孩子，人又走不开，干不了别的事。她寻思自己写一手好字，就干脆挂一个小纸牌在住所的门口，上书：代写书信、刻钢板。

白天，接了的活还干不了，要待晚上儿子睡了，丰子就伏在案上刻写、抄写。这些活也收入不了几个钱，因为抄写和刻钢板价格不可能高。

况且活儿又少又不稳定。

虽说是经济在复苏，但人们手头也不宽裕。找上门的活儿是刻钢板的

多，写书信的少，和丰子的期望正好相反。而且，因为白天不能工作，也收不了急件。

刻钢板开始是手痛，慢慢就好了。晚上，儿子和丈夫都上床休息了，丰子仍刻个不停。听铁笔在钢板和蜡纸上沙沙地响，在丰子耳里真如同音乐那样动听，简直就和大米沙沙直掉的响声差不多。

活儿多时，每天晚上都要刻到两三点，丰子从不怕晚上工作，只要有活儿干，就是刻个通宵也不要紧。

但是也有问题，主要是活儿不固定。有时，接活和送活都要自己去跑。错了要修改，收入不稳定不说，关键是没那么多时间去跑活。

松本有个哥哥，他有个朋友认识《赤旗报》的人，说《赤旗报》有不少这类业务，可以来谈一谈。

赤坂的一个不太繁华的街口，有一座五层高的小楼。很远便看见了报社的大广告牌，几个《赤旗报》的大字，红红的如火一般在燃烧。

《赤旗报》是日本共产党的机关报，报社人不多，好像只有几十个人，都是风风火火，进进出出。要找的长迟大雄先生在总编室，好半天也出不来。

松本哥哥的朋友给了电话后，丰子已来过电话。因此，和那个应约见面的长迟先生，应是在电话中已见过了。电话中觉得他人很谦和。

见过人之后，感觉更亲切了。和许多从事文字工作的人一样，长迟不太多言，大约四十多岁，头发有点花白了。听说丰子在中国待过一段时间，还有在解放军中待过八年的经历，似乎更有了谈兴。

很高兴地，大家就聊了聊解放军这方面的话题。

工作很简单，《赤旗报》有许多稿子，有的作者写得很乱，字迹潦草，没法看；还有的是编辑改了很多，看不清而无法排版，需要抄写一遍，再交总编室。

当然，还有一些另外的抄写呵，其他比如找资料啊、找书啦，一些杂事。

虽然简单，但是要一个细心且耐心的人来做。人要可靠，又要负责任。

而且天天要来，头天早上取，晚上必须送来。上午下午各在报社待个把小时就可以了。

报社的稿子可是一点差错也不能出。长迟先生笑着说。

您老家是哪儿的？丰子一边抄稿，一边说闲话。

大分县。长迟先生头也不抬，低头在工作。

哦，也是大分县人哩。丰子心里一亮。您知道有个叫长迟菱子的人吗？

长迟菱子？没听说过。长迟先生依然没有抬头。

她也是大分县人，是我一个战友，在中国牺牲了……丰子失望了。不过她一边问，见已没有人回答了，她都没发觉，长迟先生居然在桌子上睡着了。

他昨天编了一夜的稿子。一个职员进来为长迟先生披了一件衣服在身上，轻轻地对丰子说。

松本也在为丰子到处找那个在汉江中牺牲的战友长迟菱子的家。

我早问过他了，他说不知道。他昨夜晚班，今天可能是太累了。在报社里，长迟先生可是为你单独开了绿灯呀，很难得。松本一边说一边望着长迟那边。

这个我知道。丰子一边回答一边低了低头。

按说这个工作是要坐在报社抄的，怕丢稿子。松本轻轻和她说。

松本后来又告诉丰子，长迟先生对她说，不知为何，他一见面便觉得丰子是个值得信赖的人。特别是又听说丰子在解放军中当统计员，一个医院上千名伤病员和医护人员，每天都有伤亡或变动，而从没有出过差错时，简直佩服得五体投地。

所以当丰子提出要把稿子带回家抄，长迟先生毫不犹豫地破例答应了。

事实证明了他的直觉是对的。

在安东丰子以后为《赤旗报》做抄写员的几年，从来没有误过任何稿子。而且诸如刻钢板、捆报纸等杂活，她只要有时间，一进门就干，干起来从来不讲条件。到周日，丈夫回家了，她还常来报社帮忙，为发行部做义务统计员。

她还把菅直也拉过来为《赤旗报》抄稿子。

我行吗？菅直那天接到丰子的电话，怀疑地问。

听我的，保证行。丰子让岗村来接菅直负责的稿子，抄好了，再由岗村送到报社来。

不过，令全报社的人惊奇的是：报社做统计，论速度和准确性，竟没有一个人赶得上安东丰子。

他们可不知道，这个个子不高、精力充沛的女子，可是一个前中国人民解放军的副连级统计员。

对安东丰子而言，报社的事是麻烦一点，但是抄写文章比刻钢板轻松多了，而且工作固定，收入虽然不高，但是可靠，每天的工作时间和带孩子又不冲突。

而且，丰子很喜欢报社的集体工作气氛。上班下班时有人谈谈工作，又聊聊天，抄写和工作的内容又不枯燥，挺有趣的。

可是，你儿子怎么办呀。菅直看她老是去报社，不解地问她。

呵呵。埋头整理稿子的丰子笑而不语。其实，有时是妈妈来一段，有时是婆婆来住几天。万一没人在家要出门，就放在隔不远的幼儿园临时看一下。

丰子实际上打心底喜欢工作。

可听了丰子的电话菅直倒是很懊恼。

菅直本以来到了日本就一切都好办了，可没想到，一下船到达日本，就看见了丈夫源田的前妻，那一刻她感觉天都要塌了。

过了几天，源田来找她。她说不出话，一个劲地哭。源田告诉菅直，他以为在大轰炸中全家都会活不下去。可是，妻子在战争中一直照顾他的父母和孩子。他父亲死于东京大轰炸，母亲在战后病倒了，一家人都没有吃的，母亲几乎是饿死的，临死前一直叫他的名字。妻子一个人照顾着两老两小，埋葬了两个老的后，又一直拉扯着两个孩子。

从有遣返日本人回来开始，她每一次都到码头等我，多少年了……源田哽咽地说不下去了。

你去她那儿吧，两个孩子要人照顾。菅直打断了他的话。只是你不该骗我……菅直扭过头，眼泪已经扑扑掉下来了。

我真的以为他们躲不过美国的飞机炸弹……我的信也没有人回……对不起呵。源田双手着地，跪在地板上，久久地低下头来。

我要送她们回乡下去了，你生孩子时我来陪你吧。源田分手时告诉菅直。

但源田再也没有回来。

菅直生了女儿后，岗村给源田去了信，信被退了回来，邮局的信札上注明了：地址不清，查无此人。

这个王八蛋！让我找到他，我要给他一棍子。平时从不发火的岗村，这一次跳了起来。

秀夫闻讯带着丰子和孩子赶了过来。

没关系，死不了人的。丰子把菅直抱在怀里。菅直这一下真的呜呜大哭起来。

在这一刻菅直忽然想起了林政委。

那个风雨交加的晚上，开完了欢送会，她去敲林政委的窗户，在屋内清理物品的林政委没让她进屋。

天太晚了，有事明天早上再说吧。林政委的声音总这么沉稳、平静。

她那少女的拘谨的心倒在这一刻不平静了。她躺在床上翻来覆去的睡不着，眼前总是晃着林政委教她中文时专注而认真的神情。

源田是在林政委离开不久以后让菅直感觉到温情的人。

每天，菅直下班时，源田打好饭给她送来。闷闷不乐时，源田冷不丁会从哪儿冒出来，手上总会有一束花或是饼干呀、牛肉干呀这些让菅直开心的零食。

菅直好久收不到家里的信了，她的愁闷除了林政委的离去，这也是一个原因。

嫁给我吧，我和你一样，在日本没一个亲人了……不管在中国，还是在日本，都让我来照顾你……源田那天突然的表白让菅直没有拒绝的理由。源田那天的神情就好像还在眼前似的。

可是……唉！菅直想起了源田，叹了一口气。

喂，不要发呆了。丰子喊了一声沉思的菅直。

秀夫说，菅直是个很麻利的护士。不过有小孩子，和自己一样，没有办法出门工作。

所以丰子一有了抄稿子的活，马上想到了菅直。

报社工作还有一个好处，天天有各种免费报纸看。

因此，自此以后，安东丰子每天都读《赤旗报》，秀夫也跟着看。这个习惯一直保持下来了，看来，有可能会保持一辈子。

3.6　1958 年，东京，琦玉县，川口市

抄稿员的事单纯而又简单。另外一个好处是每天可以看到报社的免费报纸和广告。

报上最吸引丰子的，是财经和小块广告栏。她总是看了一遍又一遍，然后便开始琢磨，自己怎么能多赚些钱呢？

大儿子光明已经五岁了，小儿子明直也有一岁了。虽然秀夫和她都在认真工作挣钱，但是小孩越来越大，要用钱的地方也是一天比一天多。

在龟户的小房子住不下去了。两个孩子，一天到晚吵个不停。

还发生了一件从没有过的事。

那天她把稿子拿回家，一不小心，让老二明直撕个稀巴烂，秀夫帮她粘了大半夜才粘齐。从此，她拿回家的稿子，必须先锁起来。

龟户到处在盖房，新房一栋一栋建成，但房租也越来越高。在一间房

里，一家人有大有小，上班的秀夫已无法好好休息了。如果再多租一间，钱又从何来？

秀夫告诉丰子，琦玉的亲戚那儿有电话来了，说他的房子空了，他记得丰子说要回琦玉住，所以特地还问租不租他的房子。

琦玉的房当然便宜了。可是去琦玉，秀夫上班远多了。丰子自己往返赤坂也要多跑很多路了。

是亲戚的邀请最后让丰子下决心的。

他们去看了一下，很不错，又实用。亲戚这套房子有三间房，一个厅，而且说是只希望丰子来住，如果是他们夫妇自己住，价格随便丰子出。

开玩笑地试探着一开口，租金居然比龟户一间房还便宜。而且，保证金一类全免了，先住后给钱。这可是天下掉下来的好事。

行吧，住在琦玉，让秀夫和孩子都睡的好些吧！想到这儿，丰子动心了。

那就明天去签契约？秀夫笑着问她。

好！丰子点点头。

丰子和秀夫说干便干，待龟户的房期一到，立马搬到琦玉来了。

好在琦玉的住处离川口的车站也不远，无非每天多坐几十分钟的车呀。再说，两个人收入无法增加，开支越来越大，钱的压力实在太大了。

平时秀夫一下了班，是匆匆赶回家。现在丰子干脆让他顺便拐一个道，去赤坂取稿子。但送稿是一定须自己去，因为需要修订、校对。丰子还把上班时间由上下午各一个多小时改为了每天上午上班。

这样秀夫一回家，天已黑了好久了，第二天早早地又要赶去车站，住了好久，他还没有看清楚家的周围是什么样子。

又是松本她们来相聚。

现在大家都忙，丰子生了老二明直后，大家还没见过面。

见面一问，两个战友直叹气。回国后，她们先在一家果子店干了几天，因为老板娘老嫌松本手脚慢，天天念叨。

有时还稀里糊涂地胡说什么以为还是在中国当医官呀。

小枝实在忍不下了，一气之下，和老板娘大吵了一场，和松本一道，两个人一起跑了。

她呀，装个盒子都像绣花，在哪都会遭人骂。小枝对着丰子，直埋怨松本。

其实谁都明白，她是个刀子嘴豆腐心。在果子店，本来老板娘只嫌弃松本，但讲义气的小枝为了松本，出头和老板娘大吵了一场。松本干不了了，她也一道向老板辞职了。

人家要求高呀。丰子为松本分辩着，她知道松本是个认真的人。

小枝脾气也太大了，嘴也不饶人，这个谁都知道。

现在小枝、松本她们都没有工作了。

菅直、小野今天加班不来见面了。松本悄悄说了一声。

丰子明白，菅直、小野她们，平时都是靠做小店的加工产品为生，没有稳定收入。本来约好了今天来的，好不容易今天有了活，当然想多干点，都来不了了。

他们还带来了今川院长的消息。

今川院长是在东京弟弟家住了大半年，找不到工作。现在听说回北海道老家去了，到那儿好像是半改行——给一个兽医站当兽医。小枝快人快语地说。

说到这儿大伙都沉默起来。

她们是来庆贺丰子乔迁的，大家一边逗明直一边开心地笑。

但丰子怎么也高兴不起来。从中国也回来四年了，怎么大家就这么窝火呢。那时大家在中国的解放军医院，个个都干得不比别人差呢。

安东丰子不开口，是因为她的姐妹情结。

那年，松本她们被八路军追赶着跑进她房子时，松本才十九岁，小枝比她大一岁；但小枝能干，什么都让松本听她的。她们的先生也是日籍解放军，但他们不似秀夫有了医生执照，他们找工作可难些。唉！

秀夫回来时，客人已经走了。他一个人去厨房吃饭，看到今天菜丰盛多了，嘿嘿笑起来。

本来想开开玩笑，可突然看见丰子一个人坐在灯下叹气，也不好出声了。

你说，我们自己开个诊所行吗？丰子沉默了半天，突然问秀夫一句。

秀夫低头只顾吃饭，没吱声。

听小枝她们说，六医大回来的大久保东一开了个诊所？丰子问秀夫时，盯住了丈夫的眼睛。

是呀，开在赤坂，叫滑川诊疗所，开张时叫了我，那天有事，没有去。秀夫回答的倒挺平静。

原来秀夫知道呀！丰子心里一咯噔。

怎么没告诉我，我也想去看一下呀！这下丰子有点不高兴了。

我不知道你想去看呀。秀夫笑着说。

喂，你说，那咱们也开一个行吗？丰子没有再为什么生气，而是扯住秀夫，不让刚吃完饭的丈夫走开了。

行是行，不过……开诊所还是要一些钱的……秀夫一边答应，一边进了卫生间。

很快，他洗完了澡。

我要上床休息了。秀夫一边钻进被窝一边嘀咕。

开诊所上哪去弄钱哪。他又答了一句，一把蒙上被子睡觉了。

秀夫可不想让老婆太累。别人开诊所，你看什么看，他嘴上不好说，心里却在嘀咕。说心里话，他也实在是担心丰子又七想八想的，怕她又折腾个没完。

早点睡吧！他看见丰子还在呆坐，也不抄稿子，觉得老婆今天怪怪的。

丈夫很快入睡了。

丰子看见丈夫手伸了出被子，走过去压了压被角。丈夫睡着了的脸同样英俊，只是脸上多了些皱纹。

从中国回来，又要重新考执业资格，秀夫白天上班，晚上上补习班，折腾了大半年才拿到医师执业许可，可真难为他了。

为了他，也为了这个家，要开这个诊所。丰子暗暗地想。

而且，她就不相信，通过努力，人不能改变一点什么吗？

为此，丰子暗暗下了决心，要去滑川看一看大久保东的诊所。

她不相信人家大久保就是三头六臂。

这天晚上丰子和秀夫坐下来谈话时，秀夫才知道老婆是来真的了。

这一段她老是闷着头跑出门去，有时好晚才回家，有时候把大儿子寄在邻居家，秀夫回家了，还未见她回，过了一会儿，才见她背着小儿子“噔噔”跑回来，一副急忙忙的样子。问她去哪儿，她也不肯说。

原来，她已经去问过了区役所，弄明白了，只要有医生和护士的执照，有经营场地，就能开诊所。

可也不能在大街上开诊所呀！秀夫嘀咕了一句。他觉得老婆的胆子也太大了一点，简直是异想天开。

至于场所嘛，就在这儿呀！丰子用脚在地板上踏了一下。

什么？什么？秀夫嚷了起来，头都大了。

这个天不怕地不怕的老婆，搞了半天是打这么个主意，她居然会认为，用自已租住的房子开诊所。

她兴奋得双手扬起来了，像演讲一样。她说自家的住宅不仅可以做诊所场地，而且非常合适。她讲起来真还一套套的，比如，她说厅里可做诊堂，用一间住室放病床做留观、治疗。

亏她想得出，也只有她才想得出。

那一家人住哪儿呢？秀夫问。

有一间够了呀。丰子大大方方地回答他。

秀夫笑了。不过他听老婆说了后，觉得也有些道理。一家人住一间房，挤是挤一些，可要是白天没有小孩子，也还过得去。到了晚上，可就麻烦了。

接下来，他便一边吃饭，一边认真听老婆的雄才大略。

这个房子面对马路，交通条件不错，而且周围医疗诊所不多，病友来源应该还是有保障的。丰子兴奋地侃侃而谈，一边还开开门，让秀夫看门外去。

门外一片漆黑，只有远处才有几点光亮。

秀夫睡意来了，打了个呵欠。丰子却拍了他一下，招呼他到一边来。

居然摊开了一张图，放在桌子上。

秀夫一看，是丰子自己画的“安东诊所布置图”。药房、病房、诊疗间一应俱全呢。

唉，还没跟人家亲戚商量呢。人家还锁了一间房，放了东西在里面呢。秀夫一边和老婆说，一边心里直打鼓。

不过秀夫心里蛮欣赏老婆。

他还是忍不住偷偷看了兴致勃勃的丰子一眼，又高兴，又有点怕。他真是又佩服老婆的胆量，又担心怕把事情搞砸。

你这么好的医术，当个院长绰绰有余呀！心情不错的丰子，把自己的想法说完了，看到丈夫有点紧张，马上为他打趣。

秀夫吃完饭直摸头。

哎呀，看来这回来真的了呵。他笑着对老婆说。

当然啦，马上就办哩！丰子毫不犹豫。

可是，开诊所必须辞去工作，秀夫必须明天就和自己工作的朋友诊所辞职，然后要继续工作一段，所里也必须有顶替的人手才能离开。

护士的工作，丰子也必须干喽。这样一来，老婆也就不能再抄书稿了。秀夫想了想，抓了抓头皮。

儿子怎么办呢，秀夫问了一句。

丰子头也不抬，在床上打算盘。她回答秀夫，告诉他已决定将他们送到名古屋，由姥姥去带他们。等光明明年上学了，再回川口来。

秀夫再没吱声。

行不行哪，你说。丰子看秀夫不吱声，反而问起来了。

但他明白丰子也不是胡乱瞎说。

他当时住在龟户，他们夫妇这样的收入，多租一间房都困难。而住在川口，他每天坐一个多小时的车去上班，晚上回来，累得连话也不想说了。吃了饭都十点钟了，要赶快睡觉。要不，明天赶早班车又吃力了。

而丰子也要每天去报社送一趟稿子，有时背上孩子，遇上刮风下雨，真的是极不方便。

两个人搭上车票，也和住龟户差不多了。有一段时间秀夫直想搬回龟户去。

但丰子总说，还是川口好。

秀夫一直认为，丰子喜欢川口是因为琦玉的生活消费比东京低些。

没想到她是动了这个念头！秀夫看着说个不停的丰子，笑了笑没作声。

丰子还在细细地一条条讲给秀夫听。

这几天，丰子已联络好了菅直。有心的菅直，一直还在想自己护士的专业。她一边带孩子，抄稿子，在家里做果子店的加工活，还一边考完了护士资质。

没说的，就用她的护士执照！这样，秀夫做医生，她和菅直做护士，诊所开张在手续上应该是没有问题的。

诊所用人，也可以用松本和小枝。不过，丰子想过了，先开业了再找她们也不迟。

另外，添置器材的钱不多，她已从妈妈处借了一点。

为此，丰子还回了一趟名古屋。爷爷有个弟弟，家境也不错，因为知道爷爷挺喜欢这个孙女，看丰子去了，是办实业，也答应借她一点。

但这个住房，是秀夫的亲戚的，丰子想只能让秀夫去和他商量一下。不知转作诊所的用途行不行。

如果他不同意呢？秀夫在开玩笑似的说。

那我就自己登门去找他。丰子马上站起来了，大声地说。

你去了他也不同意呢？秀夫拉她坐下来，用手指着嘴，示意小孩在睡觉。

那我们就去别的地方租房子。丰子的话语声小了，但一字一句，十分坚定。

秀夫明白，这个看似柔弱，个子也不大，一向不太多说空话的丰子，这一回是铁了心了，三头牛也拉不回来了。

3.7　1958 年，日本琦玉县，川口市

开业是静悄悄的。只是找了一块白木牌，竖长竖长的，还请人写了几个字：安东诊所，朝路旁一竖，好远就可以看见，算是广告了。

安东秀夫穿上白大褂，一坐上自家的诊所桌前，好似不大自在。一时又没有病患来。这么干坐着，手脚都不知往哪放。

平时在朋友那个诊所当医生，一切都自如潇洒，可今天，却有点怪怪的感觉。

丰子和菅直在病房、药房里忙。特别是丰子，跟若无其事似的，走来走去也不和秀夫说话，只顾忙东忙西。

而秀夫一想起开诊所借了这么多钱，心里就直嘀咕。原来不知道除了器械、药品，手续上也要这么多钱，一下子预算超过一大截。又是到处借，也找了厚生省的朋友要求支援，反正是忙个不亦乐乎。

呵，秀夫！

有人一声喊。原来是医院的老战友小林一郎。他一声一个祝贺，在小诊所上上下下地看。他一个人来还不算，带上了老婆，还有老父亲也带来了。

秀夫，你给老伯看下病。丰子见小林一家过来了，招呼他们。

早就要去你龟户诊所，让你这个内科专家给父亲看病，可丰子说秀夫要自己开诊所，所以我就拖到今天来啦。又看病又祝贺，两件事一块干，哈哈。

小林连夸小诊所又干净又精干。

爽朗的小林，笑声奇大，把个小诊所弄得热闹异常。

收钱，收钱。看完病拿完药后，小林马上拿出钱包。

给老伯看病还要钱？秀夫一听手直摇。

你又不是开慈善所，要好好经营，干个样子出来，院长先生。小林装作一脸的严肃。不过一转身，庆贺的声音跟放鞭炮似的。

又是诊费，又是贺金，就这么多。小林拿出一叠日元，放在丰子面前的桌子上。

好！好！后面爆出一阵掌声。原来，是松本、小枝、前田、渡边等一大帮人，怕有十几个战友赶来祝贺了，她们干脆凑了一个贺金袋。

中南军区日本第二医院——开张啦！——爱开玩笑的小枝站起来，在人群中怪声怪气的学着广播电台的播音员，引得大家哈哈大笑。

别乱叫，小枝。丰子笑着拍了她一下。

不能输给大久保呵，安东。松本的丈夫松本英夫也来了，他在名古屋电信公司开货车，今天也请假了。他低着头一把拉了丰子一把，暗地里嘀咕了一句。

丰子咧开嘴笑了。

她挺欣赏英夫的男子气。

她上个月还去了一趟名古屋，为英夫的事。

原来，英夫和一个职员在几年前开车送货时，在街上和一辆美军吉普撞上了。可等几个美军士兵跳下车来，吃了一惊。原来下车的英夫拿了一根短棍，瞪着眼睛站在货车旁，丝毫没有逃走的意思。

一大堆的人围上来看热闹。这年头了，东京街头有人敢横眉冷对占领军美军大兵，还真是个新闻。

结果美军叫来了警察，带走了英夫。

警察署看了英夫的户籍，几个警官面面相对，一筹莫展。只有他们知道，英夫为何敢持棍面对美国兵了。

不过英夫又没打架，不能抓他。但放了人，又怕美军当局找麻烦。

英夫在大街上和美军士兵对峙的事，第二天在《赤旗报》、《东京新闻》上都刊登出来了，这下子来打听的人就多了。

这边，松本早找到丰子，到处在找人了。

因为丰子是名古屋的人，熟人多。七找八找，又找了有头面的人出了头，具了保，而且又让报纸和新闻炒得沸沸扬扬，当局也没有办法，所以第二天就放英夫回家了。

可英夫这个案子一直没撤。丰子又找来了《赤旗报》和《朝日新闻》的记者，单独采访了英夫，之后连续发了好几条报道和新闻，这才让案子出现进展。

上个月丰子又带了律师去名古屋，办了撤案的手续。

所以，丰子无论办什么事，豪爽的英夫当然也会为她上上下下张罗的。

小枝把丰子拉到一旁：丰子姐，我来上班喽，我不要工资！我还带了一个人来，当劳动力。她煞有其事地告诉丰子。

小山昌平围着围裙，戴着手套，很认真地说：我今天休息，小枝命令我来，哈。丰子知道他拿了电焊工证，已去一个会社上班了。

小枝，我正要找你来呢。工资是有的，不过暂时不高，但将来一定会不错的！丰子很肯定地说。

是！我相信丰子姐。小枝突然一个军礼！一溜烟儿，她去药房帮菅直的忙去了。

松本已默默地来帮过几天忙了。她是听菅直说后，自己来帮忙的。一进门就低头干活。从张罗开业开始，她天天都在这儿。

丰子姐，我哪儿也不去了，就在你这儿干。松本老实巴交地说。

那肯定喽，连我也想来呢！英夫也过来大声地说。

去你的！松本推开了丈夫。她平时像只猫，唯独对英夫还是挺厉害。

开个车来帮忙的英夫，停了车后也不歇口气，顺手就在车上搬个大桌子进门，气也不喘，脸也不红。

丰子望着满头大汗的松本、昌平和英夫，高兴得直点头。

战友们大都是在医院干过的，对医务院务都再熟悉不过了。看着安东诊所开张，心里都痒起来，都热心地对诊所上下帮忙出主意，还七手八脚地参与进去，动手搬一搬、拿一拿，一副兴高采烈的样子。

哦，安东，我怎么像回到咱们东北民主联军第六野战医院一样呀！原野战医院的医生前田，突然大声地说。他看见安东秀夫和井上老院长一直坐在一边说话，也上前打趣。

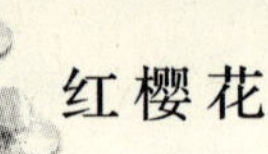

对呀！哈哈！小枝、松本她们这帮老第六野战医院的姑娘们更是高兴得直跳。要不是怕有病人来了，她们便要唱歌了。

不知是谁在哼唱，最后终于又在一起哼唱她们最熟悉的那首歌：

向前，向前，向前！

我们的队伍向太阳。

……

这本来是另一个国家军队的军歌。只是这个歌，已经突破了民族的界限，把这一群人和另一种思绪连在一起了。

奇怪的是，刚开始学这首歌时，老是别别扭扭，中国话发音又不准，他们是随着中国籍战友的声音学会这首歌的。

可是，今天这个熟悉的旋律，让大家身上涌出一股热流来。

丰子姐，前一段我在日本待不下去了，真想回中国去。菅直一边干活，一边找丰子诉苦。她擦了一把眼泪，还是笑了，菅直在医院干了八年护士和司药，从来没出过差错。可她从中国回国，一个人带孩子，也没办法找工作。

不过现在有工作了，我不会走了。菅直扶了一下眼镜，大声地说。

我们一起来干好它吧！丰子也轻轻地说了一句，默默地低头干活了。

小枝一边搬箱子，一边又在哼唱：

从不屈服，从不气馁，

……

我们是一股不可抗拒的力量！

是的，今天，在日本，在琦玉，不，在全日本，只要有前解放军官兵归国者的地方，他们都会常常哼这首歌。

不过她们没有想到，这首歌会成为安东诊所开业仪式的伴奏曲。

她们也弄不明白，这几千人好似灵魂出窍，聚在一起，开口一唱歌，怎么这歌儿就从心底冒出来了。

这歌，真成了日侨解放军战士的精神颂歌！

按说，今天这个聚会，大家当然应该会唱，大唱特唱它。可是，大家今天只唱一遍，就都把这个旋律埋在心底。

因为今天，也有好多诊所四周的朋友和病友，都要来安东诊所看诊哩！

众姐妹和战友们参观完诊所，拥着安东夫妇和营直、小枝，一定要到屋外去，一大堆战友，在那个“安东诊所”的大木牌下，合了一个影。

3.8　1960 年，日本琦玉县川口市，安东医院

安东诊所的生意有这么好，是连丰子也没有想到的。

开业时，是秀夫做医生，松本和小枝做护士、护理，而丰子与营直两个人，是又做司药、院务，同时兼做护士、护理值班机动。

后来忙不过来，在战友中又找来了小野医生。小野在中国时就当过医生、护士长，工作上在辽东军区六医院是有名的。回国后，她原先已经在另一家医院上班了，安东诊所开业过了几个月，去把她挖了过来。

只打了一个电话。小野一没问薪水，二没问工作条件，三天后就来上班了。

房子早就不够了，又租了邻近的两套住宅。丰子原先的住房成了门诊，新租的房子做了病房。

不到几年，有二十多个医护人员的安东诊所，在川口已经小有名气了。

房子前面的一大块空地，也给安东租借过来。做诊所堆放器械和晒一些东西的地方。棉被啦，床单啦，一到出大太阳，都挂开、展开在阳光下晾晒。

屋后有几棵红樱花树，平时一到初春便开了。

不知为何，各种颜色的洗涤物，像旗帜一样，展开着像春风和樱花般的笑脸，竟让丰子想起了中国东北的原野。

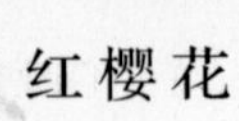

那小林子山的满坡的玉米红穗子下，成片成片，一抹紫红。

那红红山野中的棵棵树上树下，也是垂满了第六野战医院的床单与被子。

红红、绿绿、白白，煞是好看。

今天，安东丰子看着这些红红的樱花，心情的确不错。

开春了，她想今年头一件大事是扩建医院。

她首先是想和土地方业主商量一下，想签个长期租约，在这儿盖一个简易的医院。因为三套民宅不相连，作为诊所凑合还行，病人再多已不能适应了。

昨天和做院长的秀夫商量，他也认为应该。但一说到土地和钱，秀夫就让丰子多费心考虑一下，因为毕竟不是小数目。

丰子告诉秀夫，区里厚生课同意支持安东诊所的院址改建，由于资金方面信誉好，银行也有兴趣支持。关键是目前诊所租用土地方，能不能同意他们长租且修建医院。

建医院要多少钱呀？秀夫问。

二百万日元左右吧！丰子把预算翻出来，交给秀夫看。

原来，医院主要是用木头盖，难怪预算这么低呵，老婆就是这么会算账。秀夫一边看一边心里暗暗地笑。

他好高兴，不过他不会喊出来。虽然他每次的确欣赏丰子的主意。

整个安排，丰子都用上心了。她跑进跑出，天天打电话，找战友，找亲戚，忙了个马不停蹄。

她的盘算让秀夫笑了。

她尽是如意算盘。比如，老家那边，有个亲戚是个木材商，他的木料可以赊账。要多少，用车拖来就是。工事建筑费，前田的弟弟公司表态愿意接，反正可以拖一下工钱，是先说好的。他们都是认为安东丰子有信誉，放心。银行的钱主要用来添置大的医疗设备，这些设备可是要买好的，可没法省钱，但是也有几个新医疗设备厂家，一直在联络医院，使用的条件很优惠。

丰子让小枝这几天一直跟踪新设备厂家，比如去工厂看一看啦。听说有一个试用设备的医院在千叶，丰子也让小枝悄悄去看了一趟。小枝回来说，设备工厂的生产，和医院使用的都还可以。这下丰子放下心了。

晚上，躺在床上，丰子还把自己的筹资计划和远景规划一项项讲给丈夫听。

生意好了，我们再盖砖瓦的。现在没有钱，也不知扩大了医院业务怎么样，只能先盖木料的。丰子还拿出一张手绘的效果图来。

这有点像是……在中国东北的解放军野战医院呀。秀夫一看图纸，笑了。

秀夫听丰子讲过小林子头的木头盖的医院。

对。丰子很高兴丈夫一看就明白，她得意地笑了起来。

她的确是根据安东诊所的实情规划的。安东诊所钱不多，也不能拖太长建设时间。在中国东北时，辽东军区野战医院全部是木头的，通风透气好，又容易建。工期短，用料用人都省，用这样的方法去建一个医院，会很经济。

还有，我想要岗村来医院工作。秀夫突然嘟哝了一句。

你是院长，你做主。丰子笑了，她明白丈夫和岗村的友情。而且，岗村人也很勤快，让人很放心。就凭岗村这样照顾管直这一点，丰子就很欣赏他。

岗村不会添麻烦的，他做采购工作应该很称职。要扩大医院了，用他应该是可靠的！秀夫越说越认真。

好，让他来吧！丰子又摊开了图纸，低下头去看了。

在回忆中，那时在中国东北小林子头，好像不到一个月，东北解放军辽东军区第六野战医院就建好了。

当年丰子几乎是一天天看着野战医院从密林的山坡上冒出来。当时从帐篷搬进野战医院的兴奋感，丰子至今还设忘记。

旁边有人兴奋地讲话，好像是秀夫在打电话。

应该是打给岗村的。

这个前解放军医院的民族干事，好似回国后什么也不顺畅。由于没有技术专长，一直找不到稳定的工作。

听说有个叫花田的战友，在一个贸易会社工作，是做机械设备推销工作。也是井上院长把岗村推荐了给花田，让花田介绍进去他们会社工作的。

花田见岗村勤快，便拉上他和自己一起跑机械销售业务。

可是，不知为何，打从岗村一进去公司后，警察便中了邪似的，三天两头老跑来公司，还关上门，向公司的人问三问四。

什么岗村说了些什么呀，又是岗村去了什么地方啦，谁和他一起去的啦，去干什么了，等等。

公司里的人这才慢慢地知道了一些事情，明白了花田和岗村归国前的身份。

每天上班开早务会时，岗村和花田都感到了别人异样的眼光。

这天早上上班时，总务长拦住了他们俩。

在总务长室，他俩的辞呈，早已打印好放在桌上。

满脸内疚的总务长，一头的汗，讲话颠三倒四。不过，他反复声明这是无奈之举，公司上下其实也对两人没什么意见。可是为了避免麻烦，公司只能请花田和岗村离开。

花田大叫起来，他拒绝签字。

他一转身想找上岗村，一道去找公司村上常务去理论，可岗村早已跑的不见人了。

那天井上叫秀夫去喝酒，也叫上了闲在家中的岗村。

酒过三巡，井上有点醉了，他拍了拍秀夫的肩，嘴上嘀咕着，让人听不清，不过，秀夫还是明白了。

井上的意思是，他作为老院长，还想再下一次命令，要秀夫设法让岗村来安东医院工作。

行不，秀夫！井上醉眼惺忪，好像又是自言自语。

行！秀夫把自己的酒杯倒满，又给岗村也倒满。

干了！平时很少沾杯的秀夫，今天一饮而尽。

放心，我照样写保证书。有事我负责……我负责。井上醉了，头倒在桌上了，嘴里还在不停地嘀咕。

实话说，秀夫真希望医院开大一点。

秀夫还真希望更多的战友们都来医院工作。

他本是个看病很专注的医生，好多病人都喜欢他看病。由于在中国的战地野战医院工作的原因，他特别对风湿症有心得，对战场多见的烧伤、创伤也见得多，有些经验。

只是有时候，因为诊所小，床位少，好些病人好远赶来的，遇上病院没有床位时，让他这个院长觉得对不住病人。

依他的心愿，新病院越早建成越好。

你下周就来医院上班吧。他是平静地对岗村说的。

3.9 1962 年，日本琦玉县川口市，安东病院

新病院开张时，成了远近市民的小节日。

因为是春天，路边的樱花粉红粉红，灿灿地开了一大片，让四周充满了喜庆色彩。

因为是想先开放给市民多看一看，安东丰子让战友们今天都暂时不一定来人到场，都以花篮的形式祝贺。她让庆贺公司先摆上花篮，由她统一写上战友和朋友们的祝词。

川口市政厅也委托厚生课专门送来一个花篮，以表示对安东病院的祝贺。安东院长让人放在正中央。

旁边的花篮，也是单独摆放，上书：小林子头战友会同贺。这是以安东夫妇所在的日籍解放军战友会的名义送过来的。

另外，其他日籍解放军战友组织如“长白山会”、“四十二军之友会”等，也有人送了花篮和贺词来。

考虑到社会上其他人的看法，为避嫌计，花篮的缎带上只写上“长白山会贺”、“四十二之友会贺”。

四十二军的“军”字也省略了，但战友们一看，心里都明白。可在来参观的外人眼里，又读不太懂。

“回想四野战友会”的中村正义先生，由于和秀夫的交情特别，叫人抬来两棵松树盆景，很气派地摆在门口。

中村赠送的花篮缎带的落款是：回想战友会贺。

由于还不能大张旗鼓地公开宣传活动，各地的战友们，其实只是平时依据他们在中国的部队单位，私下里的在小范围内聚一聚。

因为刚归国时大都没有工作，而且生活还很艰难的战友们，常在一起聚会，只是一起喝杯茶，讲讲话，交流一下彼此的情况。

这也算战友们最好的时光！

那时候，回国后的困惑，亲友们的白眼，社会上的无助，大家憋了一肚子话，只好靠聚会时互相关心一下来高兴，倾诉一下以后，又匆匆忙忙地离开，去为生存而打拼。

战友们这样见面的日子多了，就会有热心的人来牵头，提议成立了一些战友会，来维系部队中战友的情谊。

这些战友会，有用部队番号的，也有用部队所在地名称的。

安东丰子所在的原辽东军区第六野战医院战友会，就用了他们部队从朝鲜归国后，在中国的驻地，那个称为小林子头的名称，叫“小林子头战友会”。

不过，生活忙碌以后，工作一正常，人人各忙各的事，战友们之间的聚会，倒还真少了许多。

像这样的办庆典而聚在一起的机会，实在地讲，也不是很多。所以，安东夫妇反复说了，战友们都很忙，叫大家不一定要人过来。要表达心意，有个花篮便行了。

还是来了四五十个战友。

只是，今天大家来安东病院祝贺乔迁之喜时，才想到用战友会这个称呼。不用这个名称，好似难以表达众人的心愿。

大家在松本带领下，兴致勃勃地先参观了一通医院。

崭新的木质院舍有两层楼高，喷香的松木板油上了桐油，金黄闪亮。病院有二千多平方米建筑。有门诊部、住院部、检查中心、营养室、理疗康复生活中心。各个建筑物之间都有凉亭相通，以使病员和工作人员风雨无忧。

市民们从马路路过时都驻足观望。有时驶过的汽车在开过病院时，也似乎慢慢徐行。人们对这一片木质建筑都充满兴趣。

在门诊部的楼顶上，巨大的“安东病院”广告牌引人注目。

一大群庆贺的人群，随着解说的小枝，在病院里走了一圈，然后，大家站在街道上，对着屋顶上的广告牌，不禁鼓起掌来。

丰子一大早就在门口，陪丈夫安东院长迎接市政厅厚生课的人。

因为各个部门都还只搬进来十几天，丰子怕岗位上的员工有不周之处，她早就在每个科室看了好多遍了。

她已经请了八个战友来医院工作，都在医院做骨干，但是因为新病院已增加好几十人，有很多员工都是刚培训上岗，她真的心里没底。

今天还有一个新 X 光设备演示，虽然之前丰子让小枝去考察了这个设备工厂和用户，她还是有点担心，怕在为厚生课官员演示时出差错便麻烦了。

果然，还是出问题了。

这台新 X 光设备是一个厂家以推广产品的名义放在安东病院的。

因为，安东丰子承诺让厚生课的官员来参观时重点观看、介绍。为此，厂家同意安东病院可以缓付款半年。如果厚生部门有推广的业绩，则厂家会相应给安东病院更多的设备付款折扣。

前几天，设备调试时，好像线路不好。似乎也闹不清是电路问题，还是设备问题，但是这几天使用还是正常的。正巧设备科都是年轻人，因为新设备只有他们了解。

小枝好似又在大声吆喝了。她是在分管这个事，可她又不了解技术，情急之下，只会发脾气。

要是有懂技术的男技师在就好了。丰子心里在想。

有个穿着病院工作服的人，蹲在地上，和工厂的人一道抢修，这人让丰子很顺眼。

她走过去看，发现是岗村。

她吃惊分管总务的岗村怎么在这儿。

是小枝叫我来帮她的。岗村一头大汗，和丰子打了个招呼，又蹲下去了。

看来小枝还是用了一些心的。

可是，在安东院长陪厚生课官员看 X 光设备演示时，还是出故障了。

当时秀夫正在讲解设备功能，啪的一下，居然断电了。设备一下子亮起红灯来，停止运行了。

这一下，在一旁的丰子冒了一身汗。那个在一旁的厂家代理和现场技师，哎呀叫了一声，吓得赶快冲了过去。

丰子立马上去，给了厚生课官员一叠东西，这是病院全部设备设施的资料、图片。

也不管他听不听，丰子一句不停地介绍起来了。

好在老天保佑，只有十分钟设备就正常运转了。

在调试，在调试……秀夫刚想问丰子怎么回事，丰子扯了丈夫一把。因为丈夫根本不明白购买设备的内情，所以秀夫很自在，似乎一点也不着急。

那两个一知半解的厚生课官员，也在丰子和秀夫诚恳的笑容下，就没怎么注意这个瑕疵了。

第二天，设备厂家社长打了一大通电话来，反复地向安东丰子道歉。可安东丰子没心情听，一个字也没听清楚。昨天，负责这个设备的小枝，连夜打电话去工厂，讲了几十分钟，足足骂了一大通。

3.10 1963年，日本东京，西早稻田

西早稻田是一个好地方。

街道不宽也不窄，四周安安静静。对面不远的树荫后面，是中外闻名的早稻田大学。

这是安东丰子今年在东京买的第一栋住宅，就在距早稻田大学不远的街对面。

四层的小楼，是木质加砖混结构。还有一个地下层。当街，又安静，离学校又近。将来让两个儿子都考早稻田，全家就住在这儿。

每次丰子去西早稻田，都让车开慢些，她要看上一眼。房子虽然大部分都在出租，但是丰子总是觉得，哪怕看一眼都很舒服。

丰子当初买这座房子是一个奇缘。

吉田先生是一个年纪上了七十岁的老社长，他是个风湿老寒腿，到处也治不好。有时，一个月里，有大半的时间连起床都困难。

听说川口的安东医院治这个病有专长，慕名而来。

由秀夫院长亲自治疗了几次，果然大有起色。

他和今川老院长的父亲是同乡。而且，也喜欢有时一起喝点酒。

今川老院长父亲腿也不太好，到川口后来安东病院看过几次，居然利索多了。吉田知道后，那天让今川领他来了。

不声不响地住下来的今川，让丰子埋怨了半天。待吉田安顿下来后，丰子把老领导今川院长接到家里，住了好几天。

今川院长在中国的解放军医院时，对丰子她们可是照顾有加。对这一点，安东丰子和她的战友们都久久难忘。

所以，听说今川院长来了，好多人都来看他。然后一道吃饭、喝酒。回忆起在中国解放军的生活，每个人的话都多了起来。

他可是个大财主，花了好多钱，找了好多大医院也没治好，我吹牛说了

秀夫有绝技，他说试试看，不过内心还是不相信的，看你的了。今川有点狡猾地朝丰子眨眨眼。

丰子知道老院长在用激将法。

老院长你放心，我们不会让你丢脸。别人治不了，不一定我们治不好。丰子一把扯上秀夫，大方地做了表态。

我就喜欢你这个胆量，这才是我们六医院人的样子。我放心了，哈哈！今川高兴得大笑起来。

丰子又赶紧朝松本、小枝丢了个眼色。

大家说话太久了，搞的丰子怕影响今川院长休息，只好催赶大家早点回家。

吉田治了一段时间，每天白天来做治疗，晚上公司来车接他回去。

后来，他嫌来回车接车送麻烦，干脆住在安东医院。会社的事，就由他们会社常务跑来医院，和他商量便完了。

一看到吉田在这常住，丰子便跟松本的父亲打听起来。

松本也是和今川一个地方的人。所以吉田来后，她就随今川一起照顾起吉田来。因为是老乡，胆怯的松本，也是一口一个老乡伯伯叫个不停了。所以，弄得吉田一有事，就松本松本叫个不停。

丰子专门为此找了一次松本的父亲，也就是专门询问吉田的情况。她对吉田的事有点好奇。实在地说，是不明白吉田这类客户的心理。

老松本挺欣赏又勤快又精明的丰子，他笑眯眯地告诉丰子一些事情。

原来，吉田的父亲是千叶县的一个土财主，做木材生意发家的，有不少家产。传给吉田后，吉田也很努力。不过吉田太相信朋友，重义气，做生意不精，老给人骗。加之吉田有点好玩耍，所以家业虽只是维持着，并无多少发展。

所以，老松本一直觉得，吉田如有个好生意伙伴，事业会要好很多。

丰子记在了心里。

过了不久，她把松本从院务处调到老年理疗课来。特别交代松本，要照顾好像吉田这样的重点客户。

吉田住了有两个多月，腿好一些了。那一天，他突然想打打桌球了，他叫松本去附近联系桌球室。

因为是老寒腿，他有七八年没法活动了。现在似乎好了些，他想试一下治疗效果。

消息是如何透露出去的，他不知道。

他只知道过了几天，有一天下午，安东丰子理事长就到病房请他打桌球了。

哦，康复中心的走道上真的放了一个桌球台。他上去试了试，当时心情也很好，顿时觉得腿也灵便多了。

从此，他每天下午都要在这儿打上个把小时的桌球。

一晃有三个月过去了。

这天，秀夫和丰子一同去看他。当时吉田正在打桌球，丰子看他步伐灵活，有力多了，便笑着问吉田先生何时回家。

这一问，让吉田哈哈大笑起来。

真没见过有病院催病人回家的呵！吉田说。我还打算住一个月，再巩固一下疗效。

你们对老年病有研究，我建议你们设立老年病科，并多增加康复疗程，这样一定会受病人欢迎的。吉田笑眯眯的，认真地给丰子建议。

又过去了一个月。

突然，有一天，吉田一边打桌球，一边有意无意地提出：他在西早稻田有一处房子，想卖掉。

他又补了一句，说觉得在那儿开个老年病诊所应该蛮好的。

一天，丰子夫妇也真的鬼使神差的，去西早稻田看过了房子，谁知，丰子和秀夫看了房子，都很满意。

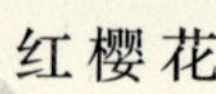

房子位置很好，交通很方便，闹中有静。四周树木郁葱，而且，是临大街的一栋独立小楼，这在东京市区可是难得。

这个房子办诊所太可惜了，要是办公司作商务楼，可是一流的地段呀。一般不轻易发言的秀夫，都悄悄地跟丰子说。

夫妇俩一起去向吉田社长谈了看房的意见。

不，楼下面可一定要办一个诊所，这样我便可以天天来了。吉田社长一高兴，终于把心里话说出来了。

可是一谈到价钱，简直让安东丰子吃了一惊。因为吉田开出的价竟比市场价便宜了一半。

不行，这可不行。如果是这个价格，这个房子我们不买了。安东丰子脑袋直摇，她有点明白老人的心了。

安东夫妇知道，吉田有一点心思，他这是想对安东病院的治疗表示一些感谢。

可以的，吉田不慌不忙地说。第一，你们在一层、二层可以开个老年诊所，我也还要继续治疗。可以让我方便，也可以让我享受长期优惠；第二，如果你们要发展这方面的事业，我也可优先参加，算我一些股份，我认为这个事业有前景。财产这个东西，可以躺着不动，那就死了；它也可以变戏法一样变来变去，越变越漂亮！

讲的好，讲的好！我们真要向您好好学习。丰子听他讲得这么诚恳，也不禁笑了。

这个房子看起来价格挺好，但是，我只卖给你们这个价格。我还没讲我的条件。我是要收回一些现金，还要请你们拿一些你们公司的股份给我，这样，双方都不吃亏，是我先打你们公司主意的。哈哈！吉田一五一十讲出了他的想法。

哦，原来是这样。好哇，欢迎您投资我们公司呀！丰子这才恍然大悟。她心里这一块石头才落了下来。

好个狡猾的老吉田！真有你的，丰子很佩服你哩！知道吉田以这种方式参股安东病院后，今川给吉田打来电话，表示祝贺。

吉田大大方方地说：我是相信安东夫妇的。我老了，而且我不是这方面的专家。只是我认为，干这个可以一边休息一边工作；再则，他们家光明都成了我的干孙子了，他长大了就要住在这儿，上早稻田大学，我好陪他。

他以这个开玩笑的结尾，回答了老朋友的调侃。

今川把吉田的话讲给安东夫妇听时，丰子笑了。

都是松本呀，晚上没事，老带儿子光明在桌球间玩。这晃来晃去，晃了大半年了，我都不知道光明叫吉田都叫成干爷爷啦。丰子在电话里告诉今川。

干爷爷好！我们都是他干爷爷！今川在电话那一头笑得很开心。

听了今川的电话，丰子看了一眼秀夫，她心里很高兴。

而且，今天真的是从心底感觉到了吉田社长的诚意和信任。

过了一会儿，她认真地给吉田社长打电话过去说：如果您的房子把价格再商量一下，我们可以买。

她可不想利用老人的虚荣心和冲动。

安东，你是不是舍不得你们病院的股份？我是商人，我觉得我们是在实实在在做生意。如果你们看得起我，那就这么说定了吧！吉田社长在电话中爽朗的大笑着说。

安东丰子买下西早稻田这个房子后，准备内部结构什么也不改动，只把外墙面装饰变一下，因为房子里的设备挺新，倒是墙砖的颜色太浅，不太符合周围的环境。加之马上要开东京奥运会，靠街的房子都在整修，她不想让别人讲她安东家的房子又差劲又土气。

但是她也不想太马虎，整修之前，她常一个人，白天、黑夜里，从四周的角度，一边观察，一边想如何整修房子。

她觉得自已挺怀念她岐阜县家乡小镇上那座被美国飞机炸掉的旅馆。

那个五层楼高的旅馆可是当地一景。房子原来是木头的，后来爷爷改建

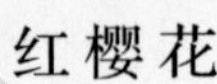

时，改成了砖混结构。

那房子就是摆在今天的东京街头，也一点不逊色。

旅馆是当地赫赫有名的旅馆。

特别是那个外墙的赭红色红砖，是丰子的爷爷让她这个宝贝孙女挑的颜色。那个方式很奇特，涂了几种颜色的木片，让只有七岁的丰子去挑。什么也不懂的她，鬼使神差的，就挑了这种和学校大楼外墙相同的颜色。

因为丰子上学的位于岐阜县的第七女子学校，曾是外国人的教会学校。那些建筑和风景造成的氛围让人十分着迷。

怕是遗传了父亲喜爱艺术的特质，年轻的学生时代，山田丰子十分热爱美术，成天没事便抱着画夹子，还参加了学校的美术社团“樱花社”。

后来她长大了，爷爷告诉她，是当年七岁的她，在为旅馆挑外墙颜色时，一把在红红绿绿的色板上抓出了赭红的，爷爷这才定下了这个颜色。

可让今天的丰子大吃一惊。她实在弄不明白，她为何会从小到大，骨子里一直喜欢赭红色。

难怪当年不谙世事的她，会毫不犹豫地挑了和学校教学大楼相同的赭红色。

赭红的颜色又鲜明，又沉着。用泥土烧制的砖头，不知是用什么烧制方法，能让黏黏的泥土变成赭红。这种颜色比泥土红，比泥土艳，是把土地的杂质燃烧尽了，尽留下瑰丽的本质。不是泥土，胜似泥土。

从满是绿荫的深处，这赭红的砖墙，实在也让人看着又舒服又得体。

那天下午，丰子去找一个设计师，她有一点外墙改造的想法想和他商量。

设计师给她打电话来，让她到菊町的一个街口。那儿有一个他设计的街头公园。这是为东京奥运会市政建设做的，他说其中有很多墙面设计可以让安东社长参观、挑选。

他的墙面设计作为街头雕塑摆在街上。而墙面旁边，有一大堆歌手和舞蹈踊子在认真地排练。丰子还看到了，周围有电视台记者在摄像。

这是在拍奥运活动的广告。

设计师看见丰子便走过来了，远远地打上了招呼。

丰子看了他的设计，仔细地问了又问。反过身从身后的车内拿出两块赭红色的红黏土砖来。

设计师告诉安东社长，这个颜色过于古典，这种砖在县府城市小镇用的多些，在东京已很少设计这种颜色的砖做外墙了。

色彩太老，颜色和房子搭配不容易出新意。设计师留了一头长发，讲话和画线条一样，又快又有个性。

……

我想将它们打断做两截，打断的截面朝外，里面仍是很齐整的。安东丰子也不理会设计师的解说，一边说一边动手，就在水泥地上把砖头打成两截。四块半截砖头摆在地上，后面的砖面齐齐整整。

这样的砖面施工应该没问题吧。安东丰子站起来拍拍手。

设计师走过来，上上下下地看。

哎呀，这在东京怕是独一无二的。安东社长，你简直是一个设计师呀！这下子设计师对安东社长张大了嘴，说了一半没说出来下文，只显出一脸的惊讶来。

那个歌手和电视台记者也跑了过来。安东在电视上看过歌手，他好像叫矢志野口。

安东和记者也聊了一会儿。不知为何，她有意想让歌手和记者看看，让他们也感觉一下她这个墙面设计。

不过效果不知道怎么样，而且这样用砖肯定多一些。设计师一边看一边还在为增加成本而犹豫。

这个在安东看来倒不十分重要。因为仅改造外墙面花点小成本，资金预算还是可以应付的。

她现在想的是，这个房子启用以后，下面一层二层是办老年诊所。

丰子已经把松本从川口正式调过来了，负责做老年诊疗专科的主管。松本已经在没日没夜地筹备了。有松本在，丰子大可以放心了。

可其他的楼层，用于干什么才能物尽其用呢？

依她心里的想法，真的想办一个新的事情，这个事情，是要能把一些时尚的东西，比如电视和艺术等，和实业相结合才好哩。

可到底具体是什么，她也没想太清楚。

3.11　1966年，日本琦玉县，安东病院

东京奥运会的盛况很令人怀念。

那到处是鲜花如织、游人如海的景象，鼓舞着丰子浮想联翩。

安东丰子感觉到，日本人的消费热开始了。

一晃，安东病院建了有二三年了。加上办安东诊所，安东丰子办医疗事业已有了八九年了。

奇怪的是，谁也没有想到病院会有这么多人来，每天挂号就诊的人络绎不绝。

建新病院伊始，就让松本、小枝他们吃了一惊。因为，为新病院开业而搞的培训，首先是人手印了一册《安东病院规章制度》，翻开一看，才明白安东丰子居然把解放军医院的规章制度大把大把地搬到日本来了。

什么烧伤教程啦，还有就寝制度啦，你看呀，上起课来，简直有点像第六野战医院的授课教程似的。

别吵，小枝。松本拉了一把逢人就吵的小枝。

只差没有早操了。

安东秀夫院长，是原满洲帝国医科大学的高才生。虽然他一毕业不久便参加了中国人民解放军，但他毕竟在战前是到中国东北日本人办的满洲帝大附属医院实习了一年，他是受过很正规的日本式医院培训的人。因此，他也可以说是对日本的医院管理有一定了解的人。加上这个在军区卫生部医政部门干过多年的安东丰子社长，安东病院搞出来的规章能不行么！

几个战友们一边布置医院，一边开心地唱起过去的解放军医院的歌来。

同志们，光荣负了伤呵，你不要难过，好好来养伤；

大小便不方便呀，娃娃们来帮忙。

她们几个人一边有人唱，一边七嘴八舌地吵个不停，真好似回到了中国的解放军医院。她们真佩服安东丰子的心计，难道当初丰子就明白自己回日本会开医院么。

兄弟姐妹帮你忙。

养好了伤呀，又白呀又胖胖，早日上战场！

上战场！打倒蒋匪帮！

菅直过来，招呼大家，不要唱了，来开个会，讨论一下医院的规章。

小枝开口了，还在一口咬定，丰子在中国就想到了开医院。

松本和菅直都不同意。

……

要不，她带这些规章回来干吗呀！

是呵，要不怎么你小枝不去当社长？

哈哈，哈。

大家一边看规章，一边叽叽喳喳地七嘴八舌。

我参与过编写和定稿的抄写，有感情。上交时很舍不得全部交，就违反纪律留下了一本。安东丰子看姐妹们笑她，就这样解释。

不管如何，反正安东病院的设施、管理都是在当地首屈一指的。

因为管理好，设施又新，服务也周到，干活的人又齐心，病院在川口当地口碑越来越好，每天都有好多病患看病、预约上门和手术。

病院的医务是安东秀夫院长全权管了。大的病例诊断、会诊、手术，全部都是他管，他实施。但病院的院务、经营都是安东丰子亲自来抓了。夫妇俩分工井井有条。

只是由于病院设施、硬件条件有限，安东病院终于没能评上东京奥运会的（候选）服务医院。

当然也有离东京过远，以及设备条件所限等原因。因此，在琦玉县川口市，一家候选服务医院也没选上。

但这件事还是大大刺激了要强的安东丰子。

她直后悔，当年不该为求快求省钱而建木质建筑，应该一步到位建砖瓦建筑就好了。而且，当初还应该建大一点规模才行呵。

病院业务蒸蒸日上，收入节节攀升。有时候财务部或是器材室人手不够，忙不过来，安东丰子都亲自进去帮忙。

秀夫笑她，你呀，只想什么事儿都一个人干了就好了。

她呢，笑一笑，依然忙上忙下的，把手头的事不慌不忙的干完。

她又不是医生，不能去看病；好久没打针了，护士的技能也生疏了。但不能光坐在办公室呀！不在这些地方干一干，她心里不安稳。

她看来看去，感觉病院经营场地好似不够用，病患来看病要排队，特别是病房不够的矛盾，已十分突出了。

其实，从落选奥运备选医院开始，安东丰子一直在找地方，她想找一个适合于建新病院的地方。她想建一个有200个病床左右的中型医院。至少，在川口市，规模应是一流的。

找了好多地方，觉得还是不理想，找来找去，自己这个病院的位置还是最好的。人流啦、交通啦都是不错的。

现在川口安东病院这块地皮，应该还是适合建病院的。从租到买，土地方是老朋友了，长期合作都很愉快，只是要卖地，是不是有些难接受；如果不卖，就动员他入股来办医院。想到这儿，安东丰子算是心里有了点主意。

原以为川口安东病院土地方的朋友，会在土地出让上不让步，没想到出奇得顺利。因为他正好有一个项目需要资金，乐得将这块地皮出手，变一些现金好使用。

由于安东病院的经营，加上市政的发展，四处的土地都已上涨了很多，这块土地应该也不例外。

而到处选址的安东丰子也仍然对这块土地情有独钟。

和土地方交谈过几次后，很快便有了眉目。

因为安东病院是土地方老主顾了。多年来，交付土地租金也一直很守信誉，大家相处很好。要卖土地，当然优先考虑安东病院。

而且，在地方上，安东病院的口碑也十分好。邻里及周边的市民，都很信赖安东病院的医疗服务。可以说，附近的市民已离不开安东病院了。

而且，她出的价格也是一般的开发商没有的。

这一次银行是自己找上门来的。

听说安东病院要扩建，马上有银行来谈融资了，而且还不止一家。

安东病院在银行除开有五百万日元左右的固定存款外，每天的现金及流水也不少。现在医院要扩建，银行的主管主动上门来谈贷款的事，因为扩建后，资金流水会更大。

安东丰子也算了一下账，除去自己五百万存款，银行再给五百万左右，建设资金基本够用了。

这一次扩建不是重新建院，并不要添置太多设备，因此，资金的运度竟然比上一次建院还要容易些。

可是，让所有的人吃惊的是，安东丰子理事长看过病院大楼设计方案后，非要亲自设计病院的外墙了。

她推翻了好几个外墙方案，提出以小方块马赛克拼出西班牙画风的现代派画，连门诊大厅的装饰也按这个风格。

这可让人没想到。

这一下，从图纸上远远地看，安东病院盖的简直像欧洲哪个国家的博物馆。

一走进大门，从进门到门厅，又更如西班牙的毕加索纪念馆，前前后后全是现代派的壁画和雕刻。

可是让人一算，这个外墙加门诊大厅的装饰预算，比原定的高了一倍。

贵也要这样办！安东丰子的口气毫不犹豫。

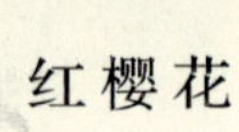

外墙是一个人的衣装，而门厅是一个人的脸。门和面是一个建筑最重要的地方，因而这里不能省钱。她在会上斩钉截铁地说。

为这个，她破天荒的给股东和董事们不厌其烦的一个一个做工作。

这一次，她把建筑图纸让秀夫、吉田看过，让小野召集菅直、松本、小枝她们也都看过，让各个科室都征求意见。她认为设计所是建筑专家，但真正对建筑、设施有使用发言权的，还是她的各个科室的医生和姐妹们。比如，露台啦、营养室啦，安东丰子把图纸放到每个科室去，让大家都提了好多的好意见。

秀夫也在一张一张地看图。他的任务是征求外部专家的意见，除去东京的建筑专家外，秀夫还把他在东京都营第六医院当院长的同学，还有在某市医科大学当校长的校友……反正是一大堆同学、专家，都请来川口，开新病院建设设施研讨会。

这些日子，丰子和秀夫一人负责一块儿，集思广益，真还是收获不小。

规划方案报到市政厅规划署和厚生课后，丰子和秀夫这才松了一口气。

倒是小枝，有一天很认真地走进院长室，她是来发表对新病院大楼的意见的。

我认为病院大楼外墙有点像幼儿园，太花哨了。她一口气说了出来。这么多年了，小枝还是一如大炮，一见面便噼噼啪啪。

她可是把病院当自己家。管设备、管院务，还有跑银行。有任何麻烦事她都不怕，她愿意为病院出头。她看起来胆子很大，其实又非常细心，所以病院上下都信任她。

丰子也一直让小枝管院务处。

小枝自己也认为，她应该为这个事发言。

丰子眯眯地笑。

小枝，病患有个孩童的心情也不错呢，我可不想病院大楼死板板的。丰子抿起嘴巴笑着说。都是老战友了，丰子从不计较小枝的唐突，况且小枝还是为病院操心哩。

过了一会儿，丰子拍拍小枝的肩。好了好了，院务官，让我再想一下吧。丰子还开起了玩笑，她不想驳回这个爱出头的老战友的面子。

小枝这下笑着走开了。

后来，新安东病院果然成为川口街头一景。

从千叶线的（蕨）车站走过来，走不了几百米，远远就看见安东病院这座色彩绚丽的大厦：高低相错的空间搭配，凸凹有致的墙面，墙体砖五颜六色，富有活力的色彩让观者眼前一亮。

人们怎么也不会想到这个医院的设计构思是安东丰子。

这一次连安东秀夫院长也弄不明白了，平时最讲节约的丰子怎么会一反常态的在病院大厦的设计上这么舍得花钱。

直到后来有一天，病院大厦上了美术杂志的封面，好多记者来拍照，安东院长这才明白丰子的苦心。

3.12　1970年春，日本东京，西早稻田

川口的新病院修建已经动工了，安东丰子却天天猫在西早稻田，白天都在这边工作，晚上才回川口。

安东丰子和丈夫分了一下工。

反正建院期门诊也少一些，病院又在旁边租了几套公寓做过渡期诊疗用，丰子就请驻守此地的丈夫，白天在工作之余，也多留心一下工地建设。

而她每天下午从西早稻田回来，或者是晚上，总会要到工地去，到处看一看。如果有必要，她第二天再和建设会社碰头。

如果一切正常，她一大早又去西早稻田了。

前几年，偶尔和电视台的朋友聊过，才得知一个情况：琦玉这边的几个县，收看东京都放送的电视广播节目，都较少有兴致，而且结合这西边几个

县的情况，从东京都到琦玉等县，现在都在想怎样提高收视率。如果有好的制播机构，能拍制一些有地域特色的节目，倒是可以利用东京放送局一些频道资源和时间的。

因而，安东丰子就一直在想，能不能利用西早稻田这个房子，建一个制播机构。条件成熟的时候，扩充为电视台。

因为在病院的公共区域，装了一台电视机，每天晚上，住院的病患们都自动地聚集在那儿看电视。看到病患们看电视时兴致勃勃的样子，让安东丰子心里怦然一动。

是呵，能不能干干电视这个新兴事业呢?

制播机构还是比较简单，只要有节目，有演员，买一些拍摄机器便可以了。至于编辑，租地方或请人办便是。

安东丰子有一个特点，跟人一接触，别人便愿意和她打交道。就因为那次在街头和歌手和记者谈话，她便萌生了发展传媒事业的念头，而且这一聊，聊了一年多，这歌手和记者都开始为她在筹建工作班子了。

她不太懂这些，但她了解人的需求。特别是从病院的病人和年轻人观察，病区一开电视便死命盯着，连叫休息都成问题。

看报纸是成年人和白领男性所爱，而电视和广播却是老少咸宜。发展这个事业，从市场上看是决不会错的。

和《赤旗报》的朋友往来、言谈之中，了解到各大报社都在研究怎么应付电视的竞争问题，甚至有人很悲观，认为过二三十年，电视会取代报纸。

喜欢看报纸的丰子不这么看。

她订了《朝日新闻》等好几种报纸和刊物，《赤旗报》是每天送她的。听报社的人讲，明年不会送了。但是，她每天看报，细细读的只有《赤旗报》，其他报刊她只是翻一翻标题。哪有那么多时间!

日本人会越来越忙。起码，成年人白天是忙得没法看电视的，他们只有依赖报纸。

但年轻人就不同了。光明和明直两个人，简直连吃饭也盯着电视。

她先是从儿子身上明白了这一点，抓住了这个电视，就等于抓住了年轻人、老年人。

她还没有和秀夫讲。在这个事没成型之前，她不想太多的分丈夫的心。而且现在正是新病院建设时间，她怕秀夫讲她不专心。

但时间不等人，市场不等人。她安东丰子今天不抓这个机会，别人立马便会抓走它。

今天，拟负责节目的歌手有口和负责制作的池田向她做了“早安琦玉”节目策划的方案汇报。

她想，她该和秀夫说一说了。

说归说，先让他听一听对“早安琦玉”方案的意见吧！

秀夫听完丰子讲的放送事业的事后，没有太多表示。他明白妻子在做一件事前，一定会在产生兴趣后做好多调查，等调查的过程完成了，她会再去做计划，一步一步地去实施。到今天来和自己交谈了，应已是成熟于心了吧！

再说，往琦玉这几个县传输电视节目，应该是一件很有经济前景的事情。只是秀夫担心，现在建新病院资金尚吃紧，再去办电视制播这件事，资金使用上有没有问题呢？

看到秀夫全心全意支持自己做放送事业，丰子心里还是非常高兴。这么多年，要是没有丈夫的支持，自己怎么可能一步步走到今天！

钱不是问题，重要的是人才。她给丈夫说明白筹办的过程。由于新公司暂时只拍节目，只需要有几个骨干做支撑，搞好节目策划；演员、歌手，还有几个主持都是临时聘请，记者和编辑都是少而精，因而主要的成本在请人这一块。至于拍摄设备，用不了多少钱。

只要节目能播出，资金很快能流动。节目做起来以后，其他服务以及广告等也可以开展起来了，到那时资金会很充裕的。

到了那时，再去建自己的电视台，把编辑、发射信号这一块都自己做起来。

丰子每讲一个事项，总是拿出相应的文字和数字材料。

到底是当统计员出身的人，对数字和情报收集很敏感。

即便是她每天从西早稻田回来，也是到病院要看两个数字，一是要到财务室看当天的收入情况，二是要了解新病院工程的进度。

听着丰子介绍，秀夫也渐渐放心多了。

我只会看病、管病院，病院这一块，你就多交给我来做吧，其他的事你拍板，你放心的多去西早稻田吧。丈夫秀夫一边脱白大褂，一边很认真地说。

他真是个实在的人。

我休息一下。他一下子就倒在长椅上睡了下去。

看来他的确累了。丰子一边翻资料看，一边注视着熟睡的丈夫。

可是只有二十分钟，秀夫便起身跳起来。

喝口水吧。看见丈夫又要去病房，丰子叫住他。

哎，看看。她突然在丈夫起身的一刹那，发现秀夫头上生出了好些白发。她有些心痛起来。

要注意休息呵！太忙，就不要总去病房了。她嘱咐丈夫。

当医生怎么能不去病房呢？秀夫已经起身了，一边穿白大褂一边回答丰子。

你是院长呵。丰子仍想阻止他。

我首先是医生。他一边说话一边又穿好了白大褂，他是要去病房了。

我什么都听你的，这一条你听我的。秀夫的口吻这一次不容改变。

好吧，建楼我还是管，新病院的规划和管理就拜托你多操心了。丰子最后只好这样对丈夫说。她其实是想让丈夫少操些心，注意休息而已。

俗话讲，艺无涯，技无止境。秀夫白天在病房在院长室忙个不停，晚上还常常一个人看书、写论文，这如何不早生华发呢。

还有，儿子也要麻烦你多管一管喽。看着走远的秀夫，丰子又加了一句。

虽然加上这一句，丰子心里还是七上八下。这段时间太少在家，儿子们那儿，还是有些欠账。

一想到两个儿子，安东丰子心里还是有些打鼓。

两个儿子都亲妈妈。虽然她忙，也顾不上多管他们。光明已经十七岁了，比妈妈高了一截，只比爸爸低几厘米了。已经答应他去看他们学生打野球，这一周无论如何也要去。

小儿子明直也有十五岁了，外向，有点迷绘画；也好，能培养艺术特质。和喜欢什么都管孩子的父亲相比，安东丰子基本是任由儿子自由发展，所以两个儿子，对与妈妈相处的期望都超过爸爸。

大儿子习性安静，应该去学医，将来可以帮爸爸。小儿子总想成为一个艺术家，先看看吧。有想法，又念好书，再决定什么专业也不迟。

聊了一会儿，丰子又想去病院工地了，秀夫叫她不去她也不干。他认为这工地有什么好看呢，可是老婆不听。

就像她叫他少去病房一样，说了也没有用，也只好由她去。

秀夫体会不了丰子看病院基建工地的乐趣。

每天到工地边，丰子都会有不同的感受。

看着那些工人在热火朝天地干活，她都两手发痒，想加入进去背几片砖瓦。

这个施工场景仿佛在不停地变化，一时她仿佛是在爷爷的旅馆边，过了一会儿她又像回到了外祖父在荣街的家。有时好像还是母亲又朝她泼一盆水过来，又一会儿，好像是回到了中国长沙桐荫里军区卫生部医政处那个集体宿舍。

反正是熙熙攘攘，热闹非凡。

丰子好像站在这工地旁便能看到这一切。

有一件事，是丰子没有想到的，传播业的啰唆事这么多。

也许是和这个事业有关的人可能大都比较复杂、敏感，公共的视野也宽，而且个性都比较强。也是，如果能力不强，怎么有个性的创造产品呢?

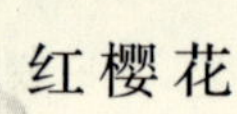

丰子有时在工地上都还在想这件事。

比起自己医院的医生、护士，这些艺人、记者难管多了。不是你今天由于这个那个有意见，就是他的时间在日程的安排上总是难以兼顾。

这些人一天到晚老是要找安东社长，一谈便是一个上午，没完没了地向安东唠叨待遇啦、加班啦这些陈芝麻烂谷子的事。搞的安东丰子一过去西早稻田，便为要和职员谈话头痛不已。

好在这个由吉田社长支持的中老年诊疗所进展挺好。

开业后，吉田几乎是天天要来，还带来一大帮中老年朋友做诊所的固定病友，让这个特色小诊所一开业便十分红火。

特别让丰子没想到的是，松本让丰子少操了一块心。

踏实的松本，自从上任当了所长，特别用心。她不仅注意所内中老年病患的档案整理，还安排有专人每天和病友们电话沟通，询问治疗及恢复情况，让来西早稻田安东中老年诊疗所的病友都很满意。

加上吉田的活广告效应，好多有风湿症的病患都到诊所来看病，而且点名要看安东秀夫院长。

这样，也只好让安东院长辛苦一下，固定在周二、周四的下午，来西早稻田诊所看门诊。

丰子觉得这样也好，丈夫可以多过问诊所的业务管理，自己便有更多的时间去搞传播方面的事。

而且几个商界的朋友来安东丰子这儿诊疗过病后，聊天之余，都在问为何她不办一个商事会社呢，比如，医疗器械、耗材，以及一些其他业务，比如进出口业务啦，都可以通过这个机构来做。

和他们聊了聊，丰子想法清楚些了。

没过几天，丰子就先下了决心把传播先抓起来。忙完了这边，她再去抓商务会社才能安心呵。

她让传播会社设立了制作和播出两个部，让浩一和敏夫两个年轻人分头把关，也就是把传播这一块的一线管理权由浩一和敏夫来做。浩一当制作部部长，负责演出、制作以及演职剧务管理；敏夫当播出部部长，管播出和对管理机构事务协调。他们每天上午和下午向她各汇报一次，她来归总便行了。

刚开始艺人和职员们不习惯，总找安东社长，但安东丰子坚持，不和部长们谈过，她决不提前介入。这样，有个两三个月，大家便习惯了。

这样，遇到再有名的艺人或记者来公司，安东丰子也只需点点头，打个招呼便完了。她可以让杂务的事在浩一和敏夫那儿消化，自己可以一心一意考虑节目的市场情况和资金事宜。

播出的反应还好。

“早安琦玉”在东京放送的电视频道上试播出那天，安东丰子叫丈夫守在电视机前，她自己却一直待在电视台。

节目完了，丈夫打电话告诉她效果很好。但她都顾不上高兴了，一天都没吃饭的她刚开始吃便当。

但是，丰子看过电视台的播出，又在想，自己会社要是能办播出，那就好了呵。

和西早稻田这帮朋友谈生意之前，她先让他们一起看了“早安琦玉”的节目，大部分反映还是不错的。他们到底是商人，谈节目时，就议论怎样吸引广告。

这一点给丰子启发很大。节目卖给电视台，卖得好不好，广告多不多不是一个大原因么？过去制播的指导思想是迎合电视台导演，目的是好播出。如果自己配上了广告客户，电视台不来抢才怪哩！

不错的点子呵！

通过和吉田社长几个人交流，丰子觉得干了好多年医院，对医院管理还是内行，但是综合商务方面的视野、感觉还缺乏。

她下决心在西早稻田搞一个商务办公室，以便可以常常和吉田他们谈一谈商务和工作的。

3.13 1971 年，日本琦玉县，安东病院

新病院的剪彩，安东丰子已很超然了。

这一天，是她和秀夫回国十八年的日子，也是儿子光明的生日。

十八年的磨砺，十八年的耕耘，好多战友和安东丰子一样，已经成绩斐然。

小林一郎，有名的东北民主联军航空队教官。他今天在日本已拥有了很可观的旅游事业，他还是中日友好协会的会长单位之一。他今天也来庆贺新安东病院开张。

在小林子头一起干解放军野战医院的原田茂、中山太郎，现在都是忙碌的社长。虽然他们都很忙，但是听说赤手空拳回国的安东秀夫和安东丰子，十八年来干成了这么大的事业，就表示无论如何要来和战友们一同看一看，聚一聚。

因为奠基礼和试营业礼的仪式，安东社长都安排了市政厅和厚生课的相关官员参加，这次剪彩安东丰子就准备让战友们相聚相庆作为主要内容了。

她安排生活课菅直负责接待各位来宾及战友。

细心的菅直布置前厅及大门两旁的庆典礼仪事务，门庭及四周装扮得都很喜庆。

让安东丰子更惊喜的是大门口居然挂了一对中国产的大红灯笼，听说是去横滨中华街订的。不论白天晚上都很耀眼，很有特点。

安东院长则主持各个科室的参观准备及操作，正常的院务运转由院务主任小枝主理。因为院庆的时间内还有许多病友要来院看病，可不能因此而耽误他们。

而丰子自己一大早便到离病院不远的“北海道”酒店去查看一下，她想午间宴会的准备要仔细一些。今天是周日，这个日子大家才有时间来，就是高兴之下醉了也不要紧。战友们大老远来，她不想慢待大家。但有战友还要赶回家，所以安排在中午聚餐，让大家有选择。

她在不远处转悠完了，赶紧往回赶，看到新病院门前彩旗猎猎，众多的病院工作人员在摆放花篮。好多宾客涌了过来，都在远近处欣赏大楼的雄姿。

高达八层的病院大楼在路旁显得格外醒目。深金黄色的马赛克，使大楼闪光铮亮、生气勃勃，玻璃被川口的朝日映照，折射出耀眼的光。

而大楼的外表从远处也可以看到凹凸有致。红色和绿色从大楼的金黄底色中隐隐地显现出来，给人一种丰富而立体的色彩感。

走近了，才看到了这幅整墙面是一副现代派的画。画风如毕加索那样堆砌着，扑朔迷离地让人遐想万千。

一时间丰子突然有点心酸。她不知为何突然想起来，她第一次在这个大楼后面租房开诊所的情形。

那时候，这座大楼的地方是块空地。她常在晚间一个人出门，在这四周走一走，可以从四周看看医院，也是散散步，以缓解一下一天的劳累。

有时候，人员有个轮休什么的，马上显的人手不够，她只好亲自披挂上阵，又挂号又收银，还要当护士。一天下来，身子骨都快散架了。

有一次，菅直、小枝正巧都不在，松本上白班回家了，她在所里连续值了两天两夜的班，晚上刚睡下，又有一个高烧重症患者来了，还是战友介绍来看病的。患者也没带钱和日用东西，她叫秀夫起来看了一下患者，自己摸黑出门去为患者买吃的和用的。太累了，天还下着雨。在这块空地，由于天太黑了，人又累的迷迷糊糊，她一下子被什么绊倒了，摔了一跤，买的面条洒了一身。她一边哭一边又去重新买一碗面条。

十八年了……

她担心自己流泪。今天是化了妆的，也流不得，她记得自己很少流泪。而且她是社长，今天要讲话。秀夫是院长，她们分了工。他的任务是和众多的来宾一道剪彩。

井上和今川，两个老院长，还有岗村，他们几个坐在一起。老战友们都两鬓斑白了，但他们都很高兴。默默地笑眯眯地喝着酒，不时地看着大家笑一笑。

而且，自从新闻中有了美国的尼克松总统访问中国的消息，在日侨老战士们之间，简直像弥漫了一股喜庆的气氛。

我们能回中国去看看了吧。小枝调皮地对井上说。

井上头一偏，笑着摇摇头，我可不是首相。他慢吞吞地说。

当然可以去，美国总统尼克松去得，我们去不得？前田袖子一卷，喝下去一大口酒。

那好，明天我就去申请。小枝高兴地叫了起来。

哈哈！要得！要得！众人大笑起来

在大家看来，安东丰子这个新院址开业庆典，简直是给了大家一个聚会的机会，这让大家格外兴奋。

小林一郎和大家一样都喝了好多酒，说话有些热情起来。

山田，我又记起在你们第六野战医院看病的事了。小林的话让大家笑起来。

战友们之间，好多还用安东丰子婚前的姓来称呼。

那时的你，可是不太出声的小护士，哪看得出你这个小个子女孩子，比男人还要有办法呵。

好呵，咱们小林子头出人才啦，我敬你一杯。头发已经开始花白的前田浩太郎，踉踉跄跄地走到丰子面前。

大家都哗哗地鼓起掌来。

原辽东军区第六野战医院的日侨战士们都明白，当年，在中国东北小林子头驻地，是他前田的叔叔，那个五十多岁的仓库保管员，在夜里值班时，不小心点燃了仓库值班室的火炕，而在营区值班的安东丰子却为人代过，为他叔叔而坐了一周的禁闭。

我叔叔腿不方便，来不了了，我代他再敬你一杯。前田爽快地又喝下一大杯。哪天，哪天去我家喝中国的高粱酒……前田又招呼秀夫院长去了。

大家突然鼓起掌，让气氛一下子热烈起来。

突然，有人大叫起来。原来，在老第六野战医院相识而结婚的沟口和野田两对夫妇，换上了从家里带来的解放军军服。四个人一边走一边唱，一杯一杯地敬酒敬过来了。

我们唱个军歌吧。沟口突然在大厅中央喊了起来。

向前，向前，向前，

我们的队伍向太阳，脚踏着祖国的大地。

……

大家不自觉地跟着在一旁指挥的野田唱了起来。

安东丰子这时发现自己眼睛已经湿了。

菅直抱了一大堆大包小包，朝食堂走去。

丰子叫住了菅直，还没吃饭?

菅直摇摇头。她昨天刚刚去打听了，好多人通过香港去了中国。但是要拿到签证，听说也不容易。丰子她们都知道菅直还是想去找那两个小女孩。

丰子老是和菅直开玩笑。

你呀，不应该去找什么小女孩，应该去找个丈夫。

我就嫁给安东医院了呀。

那是不假。不过你才四十多岁，还很年轻。

今天是院庆，是好日子，不讲这个了。

菅直飞快地走了。

电话响了，电话中的声音让丰子吃了一惊。

是《赤旗报》的长迟先生来的电话。

原来，他回乡下去祭扫墓地时，碰到了多年未见的一个远房亲戚。他们是儿时的伙伴，已多年未见，他们夫妇也在祭扫墓地，让长迟奇怪的是墓碑上的相片是一个少女。

我的独生女儿菱子哪，她去了满洲，二十多年都没音信。白了头的夫妇俩，一边烧香一边喃喃自语地说给长迟听，这让长迟先生突然想起了安东丰子。

所以他马上给丰子去电话了。

你上次说你要寻找一个叫长迟的战友，她是叫什么名字？

长迟菱子。

那就对了，她是我一个远房堂哥的女儿，我找到她家了。

啊。长迟先生电话里的声音，像雷击一样，响在丰子的耳旁。

唉！小妖精啦！丰子低头骂了一句，摇了摇头。

3.14　1971 年，日本东京，西早稻田

今天是和吉田社长约好来会社。

还有和丰子一同在解放军当兵的原田茂，现在也是一家贸易会社的社长。她想几个人一起坐坐，共同来探讨一下成立新合作会社的事情。

吉田常常来西早稻田诊所，诊疗之余免不了常常和丰子讨论一下生意上的事。他总是讲，安东社长有经商和干企业的才能，她还可以做更多的事。

至于原田茂君，安东丰子也认为这个战友很努力，很勤奋。原田茂虽然只是个服装行的一个社长，但是他经商的经验和感觉，都还是蛮不错的，丰子愿意和他讨论。

哦，夫人来了！先到的原田茂一看见安东丰子，就高兴地打招呼。

原田自从回国后，可是有好久没有见过了日侨解放军战友了。后来是参加了战友会，才有机会认识安东丰子。由于住处离西早稻田近，加之有点风湿，想治疗一下，就常来安东丰子的诊所了。

而丰子也只知道原田社长是日侨战友，熟悉服饰行业，因而，也喜欢他

来。她是有意想在交往中，学习原田一些东西。

原田的经历一直和服装业有关。他从中国回日本，到处也找不到工作，只好先跟父亲一起干。首先是在布市摆摊卖布，以后有了点小资本，就脱离父亲自己办了个纺织品批发行。

后来听说又办了服装厂，事业发展的不错。

因为都忙，她和原田在多年前的战友聚会上只是匆匆见过一面。她当时只感觉，当年那个有过一点点印象的辽东军区第六野战医院备品仓库管理员，完全变了，从沉默寡言变得热情而沉着。

特别是这次新病院开张，原田端着酒杯，坐到丰子的旁边唠叨了很久，丰子于是约他来西早稻田坐坐。他的会社离这儿不远，坐城铁通勤车，只有三四站地。

吉田和原田也是见面认识的时间不长，但是谈得挺投缘。大家聊了一会儿，于是一道去路边的三千里韩国料理店吃烤肉。

夫人，你应该去办个综合商社呢，这么能干。一端起酒杯喝酒，气氛轻松起来，吉田便开门见山。

还什么综合商社呢，小诊所也搞不好！丰子也笑了一下。

原田只笑不语。

谈的是大家对贸易的看法，而且大多是吉田侃侃而谈。他从丰子的事业讲到个性，他甚至认为丰子做贸易会社比办医院更合适。

原田只是笑着，不停地和吉田喝酒。吉田年龄大了他一截，头发已谢了顶，但精力过人，一天到晚笑眯眯地谈生意。喜欢喝酒。

真羡慕你们一起在中国参过军。哈哈，按说我祖辈怕也是来自中国呢。我当时要在中国，也会和你们一样当解放军的。吉田端着酒杯，似是而非地说。

什么呀，他喝多了。原田笑了起来。

是真的。吉田分辩着。他记得，当年两个弟弟参军去中国战场时，爸爸把藏了多年的祖宗神位牌拿出来。

——咸阳府陇西。他们兄弟，把那个祖传的旧木牌传看了又看，几个人都看清了这几个汉字。

——祖宗是从中国陕西省那儿出发，通过朝鲜半岛，渡海来日本的。

如果回到那儿，请代我去祖上地叩拜。为什么要和中国打仗呀……父亲呜咽的讲不下去了。

日本军队和吉田的弟弟们都没去成陕西咸阳。

而且两个弟弟都战死在中国，这一点让吉田的父亲特别难过。

吉田说，在父亲临终时，他答应了老人家，一定会代表父亲，去家族的祖上地中国陕西咸阳，为他向祖上叩拜。

——我们家乡也有个徐福庙，在海边，说徐福是在那儿上岸的。原田告诉吉田。

——胡说，徐福庙离我家只有十里地呢。吉田摇摇头，又倒下去一口酒。

不对，不对，我们县志上讲的。原田争辩起来，有点急了。

安东丰子笑了。她明白他俩争的东西是徒劳的，她的家乡也有徐福庙。听说，日本怕有几百座徐福庙。

而且，更奇的是，岐阜还有一座杨贵妃墓，难道说杨贵妃真的埋这里？丰子一边为他俩倒酒一边暗自地笑。

而原田虽然有二十几年没有和安东多来往，但他了解安东的个性。他认为安东的事，不用他人推，她认准的事，不管多困难，一个人都敢干。

吉田已喝了不少，有点过头了，倒在暖和的火炉旁闭目养神了。他下午要到诊所做例行理疗，他很满意安东病院的康复治疗。

丰子笑着征求老战友原田的意见。因为她对于自己从实业到贸易，有点距离，而且到目前为止还找不到很好的贸易商机。

原田明白丰子的顾虑，但是他跟丰子讲，她可以从熟悉的入手。比如医疗器械、药品、护理用品，这些商品一定比别人上手快。

我可是对服装感兴趣呵。安东丰子见吉田睡着了，悄悄地和原田讲。因为，吉田一直在拉安东丰子合伙做机械设备生意。

也不错呢！原田给丰子打气。他也同意吉田的观点，认为安东丰子的人缘、亲和力与耐心都不错，适合于做公共关系见长的生意。

听了丰子要发展服装业的想法，原田叹了一口气。

原田端详了丰子有大半天，完了说了一句：做服装太难了。

他不太理解为何丰子要投身服饰业。在他看来，现在做纺织服饰业的人太多。由于日本成本高了，现在工厂有不少都在往韩国、中国台湾转移，他也在考虑把工厂先从东京迁到静冈那边去。

哦，你知道吗，原田告诉丰子，过几个月，中国有个叫廖承志的高官，从北京要来东京，在日本和各界人士见面。

他已经在服装纺织界听到消息了。东京纺织协会的朋友见他在中国干过解放军，还会给他一个参会邀请名额。

他让丰子也留意，因为医疗界一定会有同样的活动。

做生意的人关心大局势，安东丰子很欣赏原田这一点。

3.15　1971 年，日本东京，杉并区

从日中友好协会组织的“日中友好医疗界见面恳谈会”的会场上出来，安东丰子快步往车站走去。

今天在会上，他们夫妇见到了中国的中日友协会会长廖承志。从廖会长在会上热情洋溢的发言，她已感到中日友好之风，暖暖吹来了。

由于医院有预约手术，秀夫院长和司机提前走了。而安东丰子，还因为自己的事，去大会的后台见了一下廖承志会长。

见廖会长没有别的，她只想打听一下她那些中国战友的联络方法。她来之前作了准备，给她的两位老上级写了两封信，想当面托廖会长找人转交。

谁知道开朗的廖老，一听说安东丰子是日侨解放军老战士，非常热情，一口就答应了，帮她在中国寻找战友并转交信。

冬天已经来了，寒风吹的长围巾劲飘。好在日本东京的冬日远没有中国

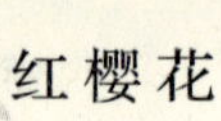

寒冷，比东北更是温暖了许多。

丰子身上有点热。她没有叫出租车，想一个人走一走。从新宿到西早稻田还有好远，她只是想一个人毫无拘束地走一走。走累了再叫车，或是坐电车，都行。

看到廖会长，她心里涌上来了一些东西，堵在胸口。好像有一些东西要说，又不知说什么。走了出来，才觉得眼睛有些潮湿，眼泪流下来了，好半天才知道。

一个人漫步在东京的街头，天已经慢慢黑了。但街边比白天更亮，到处是霓虹灯，光彩四溢。和十八年前比，她走在街上很自如了。那时候街头很暗，她心里更暗淡。当年她也无数次一个人走在东京街头，不过都是去拿书稿，为谋生天天步履匆匆。

也有几次是去出入境事务局。从 1956 年起，她年年申请出国护照，过了十年以上吧，才被批准。问了一下，她们日侨解放军战友们都差不多。

现在中国已经加入了联合国，而且美国和日本都开始和中国缓和关系。中国与日本密切交往的时候应该不远了。和中国友好，做生意也应该会开始了。

安东丰子直接往西早稻田去了。

今天，又是约好了晚上和吉田、原田见面。

关于吉田他们建议办的贸易会社，她已经想好了。想先主要从事两大块：一块是医疗器械和机械设备，另外一块是服装。

安东丰子对于服装的情结，恐怕更多的是源于少女时代的梦想。

那时，她是爷爷的掌上明珠，对于她的奢求，爷爷是尽可能地满足。在同龄的女孩中，她的衣着应该是小镇上较为靓丽的。再加上她的活泼、机灵；因此，只要山田家的这个少女骑车从大街小巷上经过，大家都会回头去看一看。

只是进入战争年代太快，很快，来自欧洲、美国的服装和用品就变成了奢侈品。又过了一段，美国飞机轰炸开始了。

服装事业的想法她和原田交谈过多次，一直未能达成一致。原田主张发展大众化的产品，他在静冈县老家买了一大块地，正在建厂房。而且静冈的人工费也低，招工厂人手容易。他想让安东也去那儿开个工厂，两个会社合起来，力量大些。

而安东只想利用东京的设计师，为高端消费者设计时装。她认为日本的消费高潮已经到来，千千万万像当年的山田一样的姑娘，都梦想有一套时装。如果开辟这个市场，不仅市场前途无量，而且久而久之，还可以创出自己的牌子来，这个价值和效益是难以估量的。

今天，参加了中日友好的恳谈会，看到会上热烈的气氛，她有预感，对中国的市场之门又会开启了。

西早稻田要做服装门店，还是偏僻了一点。她想在菊町或者新宿银座搞一个服装门店。利用原田在东京的工厂，生产订制时装。

至于静冈的工厂，她也参点小股份，以此了解一下生产管理和流程。

新贸易会社的名字，她也想好了，叫“丰瑞”。

就是它：丰瑞株式会社。丰子心里高兴，脚步越走越快。

丰子中午和原田、吉田见过面，吃过午饭后，下午赶过来参加西早稻田这边的董事会会议了。

中午，吉田就笑着说，下午开会一定会很热闹。

果然，就公司在关于传播机构发展的构想上，怎么发展的方向上，参会的董事们和管理人员，分成不同战线，各执一词，分歧不小。

而安东社长在董事会上，是要求每一个人都要发表意见的。

因为，传播业方面，演出与制作、播出的事务越来越多，光一个小楼已不能容纳这么多工作人员。而且设备与设施越来越多，已经加租了二套住宅。是将机构搬走，还是再加租楼屋，必须有个一致意见。

昨天，安东丰子和银行交换了意见。以银行的观点，以目前西早稻田机构在银行的流水量，银行可以为安东的丰瑞贷款，用于购买新楼宇。

只是，安东丰子看过了这附近的一大片不动产项目后，她个人初步的想

法，不动产还是上升期，目前看起来困难一些，但还是为会社买了一块地。干脆建个大楼，把节目的发射信号转播业务也拿过来，这样可以把丰瑞和传播机构放在一起办公。

这个大楼的资产，应该不会成为集团的包袱。

吉田昨天告诉她，如果建设资金不够，可以建好大楼卖掉一部分，这样可以减轻她在银行的压力。

通过建造大楼，以及出售和经营，两年后的丰瑞就能正式步入集团化经营，这个步伐当然是所有的股东和董事乐于见到的。

在会上，她还报告董事会，会社已经申请了珍珠电视台的申报手续。并且附上了十七层的大厦的规划图。

董事会对她的方案是支持的。

吉田先生就此发表了一大通意见。当然，他是举双手赞成安东关于建大楼的建议的。吉田其实只是丰瑞的董事。但是，建造和入住大楼和丰瑞都有关，而且，他本人也具备一定的实力，愿意参与投资，他的观点和态度当然是非常重要的。

我们同意。浩二也发言了。他也引进了一些投资，在代表一部分股东担任董事工作。

以从事传播的浩二和敏夫来说，早就为工作场地的事苦恼了，当然支持公司的举措。只是目前公司不多租楼屋，又要维持工作，也是挺为难的事情。

财务部经理山田一夫在翻一大摞报表，正准备发言。安东明白，他是个保守派。不想贷款，怕这边的经营产生赤字。

其实，昨天院长已经委婉地问起了这件事。在平时，秀夫是不太过问财务情况的。可昨天他问了不少，应是安东找过他。

山田经理的观点小心翼翼：传播和贸易这两块，经营刚有起色，是不是先缓一缓，这也是我们相关几个董事的想法。

山田啦，产业不发展不行啦。资本不流动不能增值，而流水要在一个大流中间流才越流越大呢。吉田董事看到财务部这样讲，忍不住又发言了。

这时，七嘴八舌的意见多起来了，不过大多是支持吉田的。

看到时机成熟了，安东社长发言了：好，看来反正是有风险。投入有亏损的风险，不投入有放过发展机会的风险。综合起来，不同的意见可以保留，大多数董事都支持上马，那就先这么定下来！

安东一下先拍了板。

下面哗哗鼓起掌来。

3.16　1976年，日本东京，西早稻田

新大楼在一天一天地往上冒，惹得路人纷纷驻足。也是，这西早稻田附近，“安东大厦”可是个挺高的楼呵。

安东丰子总是庆幸自己运气好。

但是秀夫老是讲，是因为丰子自己胆子大，才会有这样的好运气的。

前两年，安东秀夫被当社长的太太安东丰子拖去看这块土地时，还是满心的疑惑。

这是一个不动产会社社长邀请安东丰子参加开发的一个项目。

因为盖川口的新病院已经借了五百万日元，这新病院的收入，有很大一部分月月还在偿还贷款。那个楼刚建完，还没喘过气来，现在又要建十几层的新大楼，从哪儿去弄钱呢？

秀夫一边跟着老婆走，一边心里在打鼓。

有时候，到月底，要还银行利息，就看见丰子一个劲催财务集中资金。面对要支付的一大堆钱，丰子一个劲地心痛。

一要上新项目，又忘记了。又到处找钱，找投资。

依安东秀夫看，只要办好这个病院就可以了。又是电视，又是服装，他都弄不清老婆在鼓捣些什么了。

所以，干脆的，他一上班，就只管看门诊，查病房。一下了班，就直接钻进院长室，看书。

丰子却一个劲地在张罗，非要拉秀夫去看土地，还让他拉来这个大企业社长，她要给这个社长谈这块地的前景，也让秀夫一道，聊聊她大楼的规划。

丰子一说起这个地方不动产的升值前景，兴趣不知有多高。好像她的盖楼的钱早就装在她的口袋，大楼也明天会盖好；他这个丈夫和社长朋友只是个购房者，而她安东丰子是个大楼的导购经理。

只因为这个大企业社长也是安东院长的病人，他千恩万谢，感激安东院长给他治好了病。为此老打电话给安东秀夫，又是请吃饭，又是要请客旅游，但秀夫对此一概没兴致。

可在一旁的丰子，听到了丈夫和这个社长在电话里的通话，本来是秀夫推辞社长的请客，可是这次是丰子要请他来看土地了。

因此，当安东秀夫在昨天试试地想叫他来看他夫人的土地（其实只是夫人想买的一块地而已），他马上就决定，第二天来。

这块土地地块是好。他显然很高兴安东夫妇叫他来看，他对土地的确也很内行。他四周不停地看，也看地图，还登上周围的楼顶，远远地眺望。

他一边看一边念叨。

人老了，都这样。做事认真，认死理。念叨都是一字一句：交通便利，离马路主干道近，离车站也不远，这是第一；离大学不远，人气会旺，这是第二；第三，没有动迁的麻烦，因为是合作方出土地。不过，还要去市政厅建设课查一下规划。到底是个认真的社长，他边念叨完了，边下了个结论。

安东丰子在一个餐厅订了座，不停地直叫吃饭。一顿饭吃下来，她可是什么也不谈。

其实秀夫明白，丰子一直想找一个合作伙伴。因为一个有十几层高，近几万平方米的大厦，一个人做商业投资，不管是建造，还是销售，真还没把握。

这个社长也不含糊，他直截了当地讲，这个项目应该有投资价值，资金量也不大。不过，再过两个月他便要退休了，如果他还能干两三年，他敢在会社做主拍这个板。回去后，他会在董事会提出来。不过，能否通过他没有把握。

不忙，不忙。安东丰子看秀夫有点不大自然，极力打圆场。一股劲让他们吃菜，喝酒。

顺其自然，是安东丰子和人交往的原则。

果然，一周以后，这位社长的电话来了，他说提议在董事会没通过。

强弩之末呀，老东西讲话没人听了。社长坦然地和安东院长自嘲地说。

不过，他提供了一条线索：他认识的信托会社有一个项目融资部的部长，和他很熟。如果有条件做到他的信托，他可以解决部分资金。而且还可以谈合作，比如让项目的不动产投资让他参与，不过一切要谈一谈才知道。

资金问题解决，最后还是亏了那位社长的朋友，一个大信托公司的部长。正好信托公司也想在西早稻田弄个营业部的场所，和安东夫妇谈了之后，一拍即合。

可是土地就麻烦多了。

好在安东丰子不怕麻烦。

说是也是。丰子总是在不断给自己加码，这一加码就会有很多麻烦事，需要去处理。

要是当初满足于在小楼里办电视节目，自己也不会去想盖大楼。而且，想盖大楼，光买地也要好几亿呵，谁想到会有人愿拿地来合作开发呢。

说是合作，还是要有能力，因为这个不动产商拿这块地拿了很久拿不下来，安东丰子去商谈合作时，第一个条件就是要协助土地方，去拔掉这块土地上的一个大钉子才行。

这个所谓大钉子，是住在这块土地上的一个老太太。她的住宅就在土地的正中央。

孤身一人的老太太，任凭任何人去登门，坚称死也不会搬家。而且奇怪的是，不管是谁，登个一两次门，便不想去了。

安东丰子还是登门了。

老太太叫矢野英子，身子还硬朗。她斜着眼看了丰子一眼，也不叫她进门。但丰子坚持说她是附近病院的医生，想来看看老太太，她这才把门开了让丰子进去。

老太太家里很简单，没有什么家具。但是，客厅正对面的墙上，有一张放大了的照片很抢眼，是一个理着光头的、英俊的年轻人，叉腰站在墙边，一大簇樱花从墙那头伸出来，映着他一脸灿烂的笑。

您的儿子么？丰子问老太太。老人点点头。

她拉着丰子到窗前，指着窗外的矮墙。矮墙边，雪白雪白的樱花，开满了树梢。

他从那儿照了张相就走了，当兵去了中国，二十多年了。老太太转身关掉了窗，坐了下来，仿佛是自言自语。

丰子看见老太太的眼睛里含满了泪水，她不忍心再去问老人什么。不管是什么内容她都不想去触碰。

这里，也许又是一个不愉快的战争故事。

丰子一瞬间明白了。这矮墙，这樱花，已和老人的儿子相连，是她生命深处的一部分，她死也不会和它们分离的。

在这之前，她了解到，老人不过是拥有这座公共住宅的租约而已。她的租约期还有三十年。但是依照政府法律，她有权不搬离。所以丰子开始来之前，想不通。她误以为，这类住户应该是开出高价可以解决问题的。

麻烦的是，这是一个战争遗属。

儿子去了中国打仗，一去便不归，生不见人死不见尸。日本国政府便于1956年书面通知，她儿子矢野健二已战争亡故。

可是，老人拒不接受政府宣布的这个结果。

战争之后，由于饥荒，丈夫也去世了。如果再接受儿子亡故的消息，她便会成为一个完完全全孤独的人。

儿子是她生存下去希望的全部。

因为，儿子临上战场时，曾告诉妈妈，他一定会活着回来的。这个承诺，就是老人活下去的全部希望。

还有更重要的是，和儿子同联队的战友本田弥一也告诉她，健二没有死。

弥一来看她，这也是一个留着光头的小伙子。战争结束后，他从中国返回了，他带来的消息让老人高兴。

那天，他拖了另外一个战友一同来看老太太。那个人一直沉默不语，而本田却向老太太跪下来了。他呜咽着告诉老太太，她儿子在战场上掩护过他，所以他代替健二来看妈妈。他坚称，她儿子失踪那天，联队被伏击打散了，重新打扫战场时，他上去仔细检查过每一个阵亡者，没有矢野健二的尸体，她的儿子应是被俘失踪了。

哦，这个结果当然让矢野英子松了一口气。

为此，老人一直在不断地托人，寻找自己的儿子。

这样一个老人是不会在意金钱和物质的。

她告诉土地方的人，儿子回家，会找来这里。所以，她哪儿也不想去。就住在这儿，等儿子。

难怪土地方公司告诉安东丰子，和老太太谈搬迁的人，登门不会超过两次。

安东丰子第二天又登门了，她为老太太思念儿子的真情所感动，她是从内心不想和老人再扯她儿子以外的事。

她也是一个母亲，她明白儿子在母亲心里的位置。何况老人是一个遗孀，战争的遗孀。

她不想和老人谈土地，她只想帮她找儿子。

安东丰子这一次登门拜访老太太时，带去了她在中国当解放军的照片，还有战后她访问中国的资料，这其中也有丰子和中国政府官员的合影。比如，她在1989年访问北京时，北京市张百发副市长与中国末代皇帝弟弟溥杰

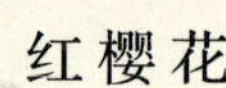

先生和她的合影。她无非是告诉老太太，她会让她中国的朋友和战友们来帮忙办这个事。

老太太一张张地翻看丰子带来的照片。末了，她握紧了丰子的手，把身子久久地趴在榻榻米上。

拜托您了。丰子听到了老太太轻轻的声音，她感到老人的手和身子，都直发抖。

3.17 2006 年，东京，安东丰子住宅

会社里还有好多人等她，但约了中国来的客人来家里看资料，所以丰子必须抽空回家一趟。

安东丰子回到家里，从冰箱中拿出一大杯凉水，一仰头喝了下去。

她的心里一燥热，就想喝凉水。

她拿出一个包袱，打开来，又把里面的信笺、相片拿了出来。

矢野上战场前的照片复印件，清晰无比，放在小桌上。

矢野的母亲有一封致中国政府的信，信笺有点发黄了，安东丰子拿出来时小心翼翼的。

因为家中来了中国的朋友，丰子是专门跑过来让他们看看这些资料的。

拜托你们关心一下。安东丰子对来访的几个中年男子点了一下头。

菅直也让她叫过来了。

好多年前，菅直回日本后第一次到中国去，去了东北。她找了好几个地方，也没能找到当年寄住在农户家的那两个女孩。

以后，每隔一两年，菅直又会去东北。找不着人，去走走也行。

以后你去中国，给你一个任务，找矢野。那一天，丰子很认真和菅直讲。

菅直没有出声。中国让菅直的心伤痛，她在那儿尝尽人间疾苦，也品尝了爱情。回日本后，丈夫走了，她的心简直是死了，她再也没有心情去寻找

感情生活。她一心扑在医院里，下班回家，就和女儿相依为命。

丰子明白，菅直回日本后一直没有再婚，她把去中国作为休假。既是寻找那两个女孩，也是寻找自己的青春回忆的。

找到了林青了么？丰子有次关心地问菅直。

没有，没有地址，也可能他……唉，战争时候谁也说不清。菅直叹了一口气，没有再讲下去，丰子也不言语了。的确，战争中什么都可能发生。但如果他熬过了战争，而且还活着，在今天也应该儿孙绕身了吧。丰子在想。

难怪菅直一有时间就去中国。

你今天好好为他们介绍一下矢野的情况。丰子嘱咐菅直。

只要有来自中国的朋友，安东丰子都会找他们谈谈，把这些资料拿出来，想拜托别人去了解一下情况。

菅直和许多人一样，都不理解，老太太都去世这么久了，安东夫人还找矢野干吗？

不过，这封写于三十年前的信里，这个为儿子的命运日夜煎熬的母亲真让人同情，她的呼吁真挚而凄凉。

中国政府：

我的儿子矢野健二，由于战争，失踪在中国的战场。我至今仍然痛恨日本政府，痛恨这场战争。是他们拉我儿子上了战场，又是他们告诉我儿子战死了。

可是本田（注：矢野同联队战友）他们都说矢野未战死，还有人战后在中国杭州见过他。我多么渴望和儿子团聚，我请求中国政府帮助我。我已经六十九岁了，天天以泪洗面盼儿子回家，只想见一面。也不知道哪天能看到我的儿子矢野健二。

矢野英子

1975.7.6

从写信至今，又一个三十年过去了。矢野的母亲，已经辞世多年了。但老人至死也没有能见上儿子一眼。

今天，安东丰子又给中国的朋友读这封信，因为他们是一些新闻界的朋友。至于为这件事已经托过多少人，安东丰子自己也记不清了。

哦，还有这样的事呀！真难为这个老太太了。中国朋友一边看矢野的信一边惊奇万分。

其实矢野的命运和他母亲的信一样，让人觉得扑朔迷离。

三十年中，有关矢野的好消息不断地传来。

最先是有人说，有个日本旅游团在杭州遇到了矢野。在交谈之余，他不肯留下自己的地址便匆匆离去。

又有人说，在上海，有旧日本军队战友在旧住址聚会，有人在来人中看到了矢野。他每年都来，只是一个人默默地坐在一旁喝酒，也不和任何人交谈。完了后，会一个人悄悄地离去。

这些战友聚会中，应该是有人能联络他的。

听人讲，好像他已有了中国名字，好像是姓孙，在中国兴许也会有妻儿子女了。

是什么让他把这一切埋在心底?

母亲为等他，已哭瞎了双眼。她后来只奢望在临终前能听听儿子的声音，摸一摸儿子的手和脸。

但矢野一直不和母亲联络。

这个悲惨的战争故事真如一首泣歌。听到的人，心里都为之发颤。

战争改变了一个人的命运，也改变了一个人的心灵。

作为矢野英子，她是最无辜的。战争让她失去一切，到死也见不到儿子，真是死不瞑目。而矢野健二即便仍在人世，内心之煎熬，恐怕也不会亚于母亲吧。

生死均不能返回故国，明知母亲健在，他既不返回日本，也不和母亲联络，是什么原因让矢野健二这样绝情呢?

只要有一线希望，安东丰子都会去寻找矢野健二，解开这个谜。

把矢野母亲的信交给儿子，让儿子看一看母亲临终前的话，也不负安东丰子对老人的承诺。

会社里，陪中国来的客人吃饭之事，是交代了由菅直去安排。丰子因公司有点急事，先走了。

菅直，你对中国很熟呀。

你汉语不错呀，菅直大姐。

菅直对中国朋友的话，都是开口一笑。然后又一定会说：我得请你们帮个忙……

是的，不论是不是安东社长交代的矢野的事，还是其他，菅直对有关中国的事，总是很上心。

她常出差去中国。说起来，其实她在中国也一直有两个未了的心愿。

头一个心愿，当然是那两个她在逃亡的夜里，寄放在中国东北老乡家的日本小女孩。从日中建交以来，她一遍又一遍去中国，到当年逃难的松花江一带，邻近哈尔滨的几个县，反反复复地到处去寻找。

中国当地政府的人表示，因为她讲不出具体的地址，也没有办法帮助她寻找。她为此也在日本在华遗孤联络会中找了很多次，也留了联络方式，但是，在几千个回日本的残留遗孤中，也没发现雅子和桥子半点痕迹。

找不着就继续找吧，没有别的办法，我支持你。丰子对菅直找这两个小女孩的事，一直很鼓励。

不过对菅直的另一个心愿，丰子讲法就不同了。

菅直一直认为，那个松花江边卖麻花的老人，是她们这几十百把号人的救命恩人。如果不是他，可能好多人没有力气过江，包括自己。

问题是他那么大年纪，应该不在了，找也没用。丰子讲地直截了当。

那他应该有后代呀！菅直还是不死心。

很难了。丰子头直摇。

菅直是真想找到那对收留小女孩的老爷爷老奶奶，还有卖麻花的老人。她真想当面向他们表达感激之情。

当然，她今天也会说这些。

3.18　1976年，日本东京，西早稻田，安东大厦

安东大厦的雄姿，已经让西早稻田的路人羡慕了。

赭红色的砖墙，别致的菱体设计，加上楼顶高高的发射铁塔，而且建成后形成的热闹街区，都成了这西早稻田的风景。

只是在一年前，这块土地还在晒太阳。路人们不明白，拆迁了一大半，停在那儿，怎么这么久未能开发的土地，一眨眼冒出大楼来了呀。

真的，安东丰子和土地开发商都没想到，土地最后的结果是这样的。

那天是过女儿节。老人托菅直来带口信，让安东丰子去她那儿一趟。

桌上已摆好了红豆饭、米糕等，老人还在厨房忙着。一边招呼着，一边手也没有停下来。

看着这架势，是老人要为自己过女儿节。

从找矢野开始，丰子有事没事隔一段就会过来，陪老太太坐一坐。有时她带几包老人爱吃的软点心，有时带上老人用的保健药。她发觉，聊聊天的时候，老太太眼睛都放着光亮。

今天好像老太太心情格外好。她一边哼着家乡的小曲，一边和丰子一小杯一小杯地干杯，喝了不少米酒。

完了后，她笑眯眯地对安东丰子说：我要搬家了。

丰子大吃一惊。因为从她第一次登门开始，从来没有正面向老人提过搬迁的事。再则，从知道矢野失踪开始，她再也没有心情和老人谈这件事情。

她甚至认为再让老人从这里搬走，太过于残忍。

作为替补方案，丰子已经决意放弃这块土地，开始在其他地方物色土地。

是好心的松本，给了矢野老人了解安东社长的机会。

原来，丰子了解了矢野老人腰不好走路不方便的事，便顺便交代了一下松本，让她定期给老太太做理疗。不用器械的话，就派人上门做；用器械的话，就派人上门，用个轮椅，接她去西早稻田诊疗所做治疗。

松本真是个实在的人。她是一次也没误过时间，不管刮风下雨，都会坚持为老人做治疗，把老太太感动得不行，非要请松本吃饭，可是松本一直没有同意。

而且，老是看不到安东丰子，老太太也一直在念叨。

松本的嘴巴，早就让丰子打过招呼了。开始，松本还挺注意，但过了一段，松本的所里事又多，况且来做理疗的护理员，也是换了一个又一个，他们也不可能一个个像松本一样都叮嘱到。

还有，丰子还嘱咐了菅直，让她有事没事晚上多陪陪老太太。有时菅直上晚班前和下晚班后，就去矢野老太太处看看，有时就睡在老太太家。

因为菅直的女儿在大阪上大学，菅直回家也是一个人睡觉。

只要听说菅直又去中国了，矢野老太太就一定要菅直过来吃饭，聊天。

能不能带我去一趟中国，我也去找一找。矢野老太太有一次悄悄地和菅直商量。

我出你的旅费。

那可不行，夫人不会同意。菅直笑了。

夫人呢，怎么老不见她人呀。矢野叹了一口气，好似有些不高兴了。

她在忙扩建医院土地的事哩。

哦，这样呵。

所以，安东病院在找地皮的事，最终还是让矢野老太太知道来龙去脉了。

还有，可能正是丰子已感觉获得土地有难处，露出有意撤出这个项目的事

了，这一下子让不动产开发商加大了压力，他们加快了对土地的工作进程。

他们又上了一次老人的门，把安东丰子为矢野老太太找儿子等等所做的一切，都和盘端出，这才使老太太明白了安东丰子社长第一次登门的初衷。

你不应该瞒我。老人又敬了丰子一杯酒，叹了一口气。

来，尝尝我做的酱汤。这个酱汤只有我们熊本的人才做得出，健二最爱喝了，他多少年没喝上我做的酱汤了。

丰子尝了一口，的确味道鲜美。

她看到矢野老太太又添了一副碗筷，还盛了一碗酱汤放在一旁。

这是健二的，我每天都在这儿给他盛一碗酱汤。

您放心，健二他会回来的。

丰子也不知为何，说的那么肯定。

矢野又慢吞吞地打开抽屉，拿出一条白色布腰带，那上面有血渍和污痕，还有密密麻麻的红色线头。

千针巾？谁的？丰子拿来看了一下，上面绣着“矢野”两个小字。

丰子知道，好多出征的日本士兵，身上都带着母亲、妻子或情人给他准备的千针巾。

他的战友本田从战场上带回来的，他丢失的。他要出征的前一个月，我天天站在街头，一个个鞠着躬，求着路上的大姐和女孩子们，一个人一个人地为他缝上红线头，好几百人呵，我们大家都祈祷他能平安回来。矢野边说边抽泣起来。

我原想我这一辈子都要住这儿了，看着这堵墙和樱花，等健二回来。可是，我老了。老人捧住了脸，抽泣起来。

没有这堵墙，我怕健二回来找不着家呀。

矢野妈妈！丰子喊了一声，也泣不成声了。她自从看了老人家，看了老人家写的寻找健二的信，特别是天天要看到那张矢野妈妈放在她手上的健二的照片，丰子心里默默地在想，健二的心应该也是天天如煮沸的汤，在火上煎熬吧！不管在哪儿，他应该都会这样。

丰子只想早一天弄清这个故事，早一天看到健二，看见他回到日本，在这个院落的樱花树下，扑进妈妈怀里。

她已不想在这儿建什么房子了。

让健二的母子团聚，不是一个比建个房子还要有意义的事么。

她一直在到处想办法。

给北京的张百发市长去过信了，也给中国电视台的记者朋友也去了信，资料复印了一批又一批。来一拨中国朋友，她就委托他们去找。

中国前清宣统皇帝的弟弟溥杰先生，是在中国有名的社会活动家。溥杰先生来日本访问时，安东丰子宴请他之余，也说了这个事情，还把资料交给了他的秘书，拜托请他留心一下。

她一看见老人，便想起了健二的事，她觉得，她做不到，别人更难做到，她一定要让老人如这个愿。

她都快忘记她是怎么认识老人的了。

可是矢野老人知道了。

所以今天叫她来过女儿节。

她颤颤地握住了丰子的手，慢慢地站起来，给丰子鞠了一个躬。她边说边哭了。

今天我和你过了女儿节，我就把你做女儿看了。只要是你盖房，我就搬家。老人大声哭起来。我知道你找健二找的好苦，可是，你一定要帮我找到健二，他是你的兄弟呀。

最后的建设规划，把这堵矮墙和樱花树都保留下来，做一个天然的自然景观。

而老人的住宅，被安排在距这堵墙和樱花树最近的地方。老人每天一推窗，仍然可以看到这堵原始的矮墙和樱花树。

而且，丰子把菅直的家也安排在矢野老人隔壁，让她代替自已，每天都可以照看矢野老太太。

3.19 1979年，日本东京，菊町

菊町这个地方让安东丰子喜欢。

因为，这里离政府官厅不远，办事和看朋友都方便。到秋天后菊花又多又好看，春天的时候去新宿御苑也近。丰子看樱花喜欢去御苑，忙了一段到这儿来安静地看看花挺好。而且，想安静下来，只能离西早稻田远些。

建了西早稻田的安东大厦后，珍珠电视台也开播了。这样，每天的节目和广告的事又多又杂。她一待在那儿，他们便这个那个问个不停。

干脆，她少去一些，节目不也照办不误。

另外，她把丰瑞会社放到这儿来办公，是方便朋友们上会社来坐，她还想借助丰瑞发展服饰事业。在日本发展服饰的话，不刺取点银座和新宿的行情是不行的。

今天她约了山本小姐来会社。

山本由纪子是从美国、欧洲留洋回来的，是学服装设计的硕士。言谈和讨论中看得出，她对品牌服饰摸得头头是道。

安东看到在办公室的山本一袭黑衣，又似职业装又是休闲味十足，优雅又洒脱，说不出的味道让人很舒服。

这衣服挺不错，式样好，面料也好。一见面，安东就忍不住夸她了。

是不错，我自己设计的，全世界就这一套。山本很自信地拍一拍，虽然这身上的衣衫并没有灰尘。

我是天才，我自己欣赏。山本一边拍衣服的表面，一面露出设计师特有的自信。面对安东社长的赞扬，山本挺自在，也挺高兴。

日本的女子应该是挺安分的。在这个传统的男性社会里，在长辈面前，日本女子一般都是习惯于唯唯诺诺。

而山本完全不同。

山本还在讲一通又一通的关于服饰的话。她滔滔不绝，讲话又自我又随意。和所有留过洋的日本人一样，她们的神情和习惯已有些欧美化。山本完全在以一个艺术家的口吻在和安东社长谈话，在她看来，安东丰子并不是什么大公司的社长，也不完全是一个长者，而只是一个审视她的艺术观与设计理念的对话者。

对山本而言，她已经完全除去日本人特有的矜持感与局促感。

安东今天在办公室和山本聊了两个多小时，尽听她讲。为此，她通知秘书，把另一个约谈推迟一个小时，这让秘书对一贯守约的社长惊讶不已。

过去，安东也听过人讲服装设计，但是关于范思哲和夏奈儿，今天听的更多更清楚些，感触得也最多。

特别是她欣赏山本说的品牌观念。

也许，只有这样的人才能有点创意，才能谈得到去搞出不一样的设计和作品。安东一边听山本讲话，一边在默默地想。

山本还在滔滔不绝。

是的，要建立一个服饰品牌，生产和设计固然重要，可在日本，更需要人文环境和时间，靠这个来一点一点积累。等积累到了观念的变化，这才能谈到欣赏和消费有品位的品牌服饰。

山本的话，让安东丰子不停地点头。

你和巴黎与米兰的设计界，哪里更熟？安东社长开始问山本了。

读书是在巴黎，但工作在米兰，纽约也不少朋友。山本告诉安东社长。

从问话开始，高谈阔论的山本已安静下来，开始自己调咖啡。

如果从巴黎请一个设计师来东京讲课的话，要多少钱？安东问山本。

不一样。有的人可能出多少钱也不会来，但如果是推广他的品牌，不仅不会谈费用，时间也好安排。山本很自信地说。

山本为此向安东做一些介绍。她在日本，也做过欧美设计界和服装界朋友的品牌推广，不过好像不太理想。

山本小姐，你猜猜看，我身上这件衣服多少钱？安东把自己的上衣扯给山本看。

这是一件酱色底、碎花图案的仿丝质衬衣，用手一捏，手感也挺柔软。

什么牌子？山本翻了衣领一下，牌子似乎一般。

二万日元吧。山本用手摸了一下袖口，觉得做工还可以。想了一下，很快地回答了。

再猜一次。安东丰子在笑着，调皮地眯起了眼睛。

八千日元？山本不敢朝上猜了。因为按她对安东社长的了解，她是个追求实惠的人。但以她的身份，最起码要买这类产品。

一百日元。安东社长平静地笑了，看着山本。这是我带秘书一起在百元店淘的。她得意地朝对面一笑。

她的秘书邹小姐在一旁点点头。

淘衣服那天，小邹也在，夫人一共挑了三件，还非要送一件给小邹。

呵，山本倒抽一口冷气！

我有几万元一件的衬衣，但是一般的上班时间我不会穿，除非有礼仪活动。安东认真地告诉山本。

我好些朋友也和我差不多。告诉你，有钱的老太太们更想省钱，你的工作，就是怎么说服他们掏出钱包来。安东开始慢慢谈了。

她告诉山本说，我有一个想法，你去请欧美设计界的朋友，给我们的客户上课，先让他们看东西，交流产品理念。我们的条件是，看有没有可以代理的品牌，可以在日本市场做的，销售可以先上手。另外，静冈工厂和东京会社设计室的设计师们可以先来听课。

山本觉得眼前一亮，她很佩服安东社长的直觉。

是的，传授设计方法和理念，不一定是欧美设计界朋友很有兴趣的事。但介绍设计理念和产品，继而探讨日本市场的产品代理，作为拓展品牌的服饰公司，一定是求之不得的事。

不一定要一流的公司或品牌，二流的公司或品牌也行，但设计师的水平要一流的。安东丰子对在邀请的对象的选择上，特别交代山本。

山本沉思了一下，问道，安东社长的观点是这样的吧：一流的公司或品牌，名气大，不好谈也不好合作。况且应大多进入日本市场了，对丰瑞会社这样的新公司的活动当然不会太积极。而二流的公司或品牌进入日本市场要晚些，在进入的要求上会迫切得多，他们力量也小些，很需要日本公司的合作。

对！安东社长插话了，相比而言，后者的产品更适应日本市场，开拓市场的成本显然也低多了。

山本禁不住鼓起掌来。她对安东社长的分析简直佩服得五体投地。

至于丰瑞会社和你的合作方式，你也可以考虑一下，我们下一次谈。你先拟一个方案，列明拟请的公司、品牌和设计师，以及此次活动开支和销售前景分析，看这个活动在经济上值不值得做。而且，要做，我想请你做常务。安东一口气说完了她的想法。

山本还在沉思中，听到安东社长说，点了一下头。她明白了，安东社长是个很认真很实际的人。

特别让山本印象深的，是安东社长做事情的心思和眼光。

为今年这个欧美品牌服饰推介活动，安东社长和山本常务讨论过很多次了。

讨论的重点是对个人设计客户人数的认定。

今天，安东社长把丰瑞会社东京、静冈几个地方的服饰事业部的干部都召集起来，开了个动员会。会上她让大家都集中讨论欧美品牌部的多个推介方案。

山本的方案是，市场要做个人设计的客户挺多，应该敞开名额，用上一百个设计名额也不算多。

但安东社长却坚持个人设计客户每次不能超过三十名，但每个人的设计费要提高。以一套衣服为单位，设计费定为六十万日元，一个人一次必须在四套以上，秋、冬装各两套。面料、做工可以由客户决定，可以选择由丰瑞会社用日本的用料和人工，也可以选择由会社委托巴黎的品牌公司完成。

这样的话，留下来的客户都是高端客户。换句话讲，个人设计客户要更注重质而不是量。

安东社长如下的几点意见和要求，让山本觉得工作担子好重。

丰子还准备了一个方案，她让山本给大家讨论一下。

今年的活动，要打出“全球一·丰瑞”的品牌推介，让客户充分享受由丰瑞提供的，全球顶尖独特设计的产品感受服务：

——推介活动要办两次，分春夏季和秋冬季；

——以高端客户为骨干，今年在推广会上成立丰瑞服饰会所，成立会所后，可以制订会员发展方案；

——服饰会所成立时和珍珠电视台合办成立仪式策划工作。

山本常务一边和大家讨论，一边叫大家提意见。

这样的话，可能我们丰瑞也能加工欧洲品牌服饰了。静冈工厂来的生产部的人，听了社长的话，都很兴奋。但是，由于要和法国来的技师配合，他们也有点紧张，所以三三两两地交头接耳起来。

每年办一次改为办两次，客户会更多呢。东京设计部的人也在议论纷纷。因为只一年一次，已经让他们很忙乎了。

不过，有更多的客户增加还是让大家高兴的事。

这个欧美品牌服饰事业部在几年前刚开发时，初衷是为丰瑞会社和日本的设计师上课。

但当时安东丰子灵机一动，临时拉来了几个大商社的社长夫人听服饰品牌课，看完了后让巴黎来的法国设计师为每人现场量身设计一套衣服，而且全部到巴黎制作。

两个月后，这些社长太太到丰瑞会社来看货，对巴黎的做工和面料都赞不绝口，都后悔自己订做得太少。

至于款式，由于是顾客自己亲自和设计师当场交流的，有她自己的设计想法。而且，为增加活动的分量，山本动了很多脑筋。其中还包括组织了设计作品展示，请了不少的模特来公司，当场为嘉宾表演服装设计作品。

那些嘉宾和社长太太都对丰瑞会社搞的作品展示赞不绝口。

所以，很多公司和贵宾都表示一定要参加下一次展示活动。

当那些巴黎来的设计师再一次来东京为丰瑞会社的贵宾客户做产品展示时，安东丰子家的电话简直要打炸了。

——夫人，我要一个参加名额啊；

——安东社长，你上次就没通知我，这次可不行啊；

——丰子姐，我新年要参加市长的新年晚宴，衣服可拜托你了！

特别是第一次参加展示活动的嘉宾和社长太太们，拿到了在巴黎专程送来的定制衣服。看到这个世界服饰之都的名师，专门给自己量身定做设计的东西时，衣服的成品制作之精，款式之新，更是让这些嘉宾和太太们眼前一亮，大开眼界，她们都觉得这套衣服既新鲜又满意。

而且当听说自己这套衣服是该品牌设计师全球唯一产品，太太们一个个笑开了怀，掏起钱包来没有一个人皱眉头的。

所以，在第二年的丰瑞会社巴黎设计产品预定会，才让安东丰子接电话都接了个手忙脚乱。

因此，在以后每年的设计及产品推介会上，安东社长特别注意安排现场设计见面会。

但山本常务把第二年的品牌推介个人设计推广企划给安东社长时，让安东社长否定了。山本原本计划邀请二十人听课，十人左右做个人设计。安东社长在企划书上批了几个字：

听课人数太少，应多请个人客户来会社，拟邀请一百人参加听课，但做个人设计人数可以和去年相比略为增加。

以后人数增加不多，但是要求来听课的个人客户报名竟大大增加。安东社长总是控制个人设计客户数量的想法，让山本一直摸不着头脑。

今天，山本明白了，社长是要用少而精的策略发展丰瑞的精品服饰。

安东社长是想创丰瑞自己的品牌。

3.20 1985年，日本东京，西早稻田

自从丰瑞迁往菊町以后，西早稻田好像冷清多了。

而随着珍珠电视台也迁入新建成的安东大厦，喧闹的艺人和记者、编辑都到那边办公，一时间中老年诊所也迁上二三楼，西早稻田显得宽敞了很多。

但是吉田社长还是给安东丰子打电话，让她有空来聊一聊西早稻田诊所的事。

安东丰子第二天赶快赶到西早稻田，由于早了一点，她顺便上楼看了一看，竟让她吃了一惊。

原来，她只有个把月没来，新腾出来的二三楼竟全部住满了病人，而且全部是年纪偏大的老人。

她也听秀夫说了，讲西早稻田这边老年病患多，开始丰子并没有在意，哪里知道是这么回事。

她一个个地问了一下，才知道这些病人原是附近一家病院的病人，基本是老人病患，是疗养性住院。住院时间一般很长，有的有好几年的。

因附近这家病院设施改造，病人须出院，临时来诊所病房住的。全部是计划长住，但是诊所因条件所限，只同意他们留观一个月。

吉田社长在四楼办公室，拿出一叠附近那个老人病院的资料。

安东社长这才明白吉田的用意了。

这是一家老年病的专门病院，也是兼有疗养、治疗多重功能的医院。听说，这次该病院改造，是为加强生活方面的设施。也就是说，让病院更具生

活性。

从该病院转过来的病患看，这些老年病人住院时间长，医院设施使用率高，而且经营稳定性强。

吉田社长就是这样的人。他感兴趣的事情，企业的经营感觉非常好。而且一旦他投入进去，就很细心，有心。

难怪他当初要卖这个宅子给安东家。

看来吉田要入股这个事业，他是经过思考的。

那天，不过是安东丰子带他和秀夫院长一同去御茶水，去看过了一个地块。

当时，大家也在议论，在那儿建一个病院是否合适，有心的吉田就上心了。也许是他有心让安东夫妇看一看现在老年病患的市场。

呵，有个这样的伙伴和朋友真不错。

正因为吉田几乎天天要来诊所，而且秀夫也隔三岔五地在西早稻田上班，再加上丰瑞和珍珠电视台的事也多，安东丰子几乎很少过问老年诊所的具体业务了。

这个诊所开办时也拉吉田入了股。因为主意是他出的，房子原来也是他的，干脆请他当顾问。他投了一些钱，另外会社认为他的房子卖得便宜，为了感谢他，还送了些这个诊所的股份给他，没想到他还真的用心为企业想不少问题。

办丰瑞会社时，吉田也讲了有机械设备贸易部分生意合伙办，可安东丰子一直没精力去办。

想到这儿丰子心头一热，觉得吉田这个人真可靠。

儿子光明在美国留学有两年了。安东丰子也让他学医，将来想让他子承父业。还有四年，他便会从美国回日本。

御茶水的那块地真好，安东丰子就想在那儿盖一个大医院。她想，以后她和秀夫就在御茶水，而川口安东病院便交由光明来干。

只是御茶水的土地要竞标，对手都很强呵。务实的吉田，看丰子信心满满的样子，提醒了她一下。

安东丰子也叹了一口气。她也没有把握能拿到土地。

走，去御茶水看看。丰子吩咐司机。

她坐在车上，想打一个盹儿。她也快六十一岁了，秀夫看她成天跑来跑去，多少年了，都是喜欢到处走动，不管刮风、下雨都不间歇。有时病院车不在家，丰子都是走路，赶去坐电车地铁。太辛苦了。其实病院好几台车，丰子出门总是不喜欢叫车跟着。所以，前一段，秀夫说什么也让她配一个专车，要不然就让丰子待在川口的病院不动。她出门到哪儿，车子跟到哪儿。

看到丈夫动了真格，她只好叫病院的老司机长野给她开车。长野也有五十多岁了，为人稳重。她只有坐他的车，才敢打瞌睡。

只是，丰子真睡不着。

她一想到下午要开的会，要讨论用地方案，就有点头昏昏的了。

第一轮的用地方案到市政厅竞标，丰瑞集团的病院用地综合评分只打了B。三个竞标单位中，市政的儿童游乐场绿化设施建设评为A，排第一。安东病院排第二，另一个市民商业住宅项目排第三。

评委会上宣布，各单位的方案都拿回去改，改好了再申报一次。

因此今天安东丰子请了所有的董事都参会。除了秀夫在厚生省参加会议未来外，重要的干部都来了。她希望在座的大家都来谈些看法。

山田副院长等人，主张新的修改方案加大投入。建设专业的、高水平的病院。并且设计标志性的建筑物，以吸引市政厅的目光。

他们拿出了一个大楼设计方案。方案中的病院大楼，又新潮，又气派。设施一应俱全。山田说，今天未参会的安东秀夫院长，也支持他们几个人的观点，这就是在东京都内办病院，要办就办一流的。而且病患来源可靠，经济上也合算。

而吉田社长等人，则提出了修建普通病院和老年病院相结合的方案，消费对象应以老年病患和普通市民为目标。

吉田做了一个模型。因为占用的绿化面积大，病院院区还是很宽敞。

另外，公司另外还有几个人，提了一个酒店式老年医疗公寓的方案，公司这个方案提出者的意见，也有详细的计划书，还附有银行的评估报告及合作方案。这个方案的优点是回笼资金快，比较保险。

应该说以上的意见都有见地，都可以作为参考。可是，两个竞争对手会有什么方案呢？在听完这三种主要方案意见后，安东丰子社长把这个问题提到大家面前，让大家充分讨论。

打儿童牌的游乐公司，一定会打高科技牌！有人提了一下。

市民住宅项目一定会在智能化方面下功夫。

安东丰子特别提出来，一直只谈自己的设想，好像是不太够，下面大家都还要对两个竞争对方的方案提出看法来，找出击败它的方法才行。

很明显，儿童游乐项目在市政厅是很受青睐的。要不是安东丰子和几个议员的秘书都不错，提前分别给他们汇报过老年医疗项目，从而在儿童游乐项目评比占优时，多多少少的由他们影响了市政厅官员对项目的评价。要不然，可能安东病院的项目已经难有第二轮机会了。

山田副院长发言了。他慢条斯理，有板有眼。

我们查过了，也有规划局内部的准确情报，儿童游乐项目在规划上有一点不利。离此处不足两公里处，已有一座游乐园。再重复建设，如没有很新的设计，可能难以说服市政的规划。

他的话一出，会场上人们议论纷纷，振奋起来。

哦，这个情报和情况很鼓舞人呵。安东丰子提高了声音，笑了起来。从搞这个项目开始，她开会很少开怀笑过。

是呵！行了，有攻击的突破点了！有人附和着。

这下好了！

讨论会上由于这个好消息而明显的活跃起来。

我来说两句。小枝也认真地摊开了笔记本。她作为川口医院的院务部

长，和医务部、住院部几个中层干部，都列席了今天的会议。

她平静地阐述了项目在管理上的长处。因为，市政对市民的休闲综合功能很看重，而安东病院项目恰恰是在环境上让市政厅有保留。因为，这块用地旁有一大块绿化地，将来不管上何类项目，都有较好的休闲功能。那是一个市民的休闲去处呵。病院对于环境的潜在污染风险，影响了好多人的意见。所以，在这一点上要做功能修改，才能说服市政厅。

小枝的谈话让大家大吃一惊。

下面都窃窃议论个不停，很多人称赞小枝的发言。

如果按正规的门诊病院盖专业医院，附加设施要求多，地块的大小也有限，是不可能留多少休闲绿地的。

又有一个人发言，是医务部长小野，她显然也是赞成小枝的意见的。

听说申请建设住宅的公司已计划将住宅项目改为小型公园，但是也有建产权式度假酒店的备用计划呢。突然，吉田社长把他最新获得的另一个情报在会上披露出来。

如果是这样的话，商业开发性质太浓，也不一定有利呵。也有人对吉田提供的情报不以为然。因为，那块用地是有公益要求的。

看来，方案的高公益性、高水准才是有竞争力的。好不容易，安东丰子社长发表意见了。

干脆搞一个老人康复服务中心如何？小枝又突然发言了。

你大胆说。安东社长鼓励小枝。

搞一个以诊疗、护理、休息为一体的，类似欧洲的“老人中心”，又像福利和诊疗综合中心，但是突出诊疗为主，以体现安东病院的中老年治疗特色，并配置高标准的设施，同时保有可以和市民共有的休闲绿地，具体怎么做大家可以讨论一下。

小枝慢慢地讲完了她的计划，看来她相当有准备。

我同意小枝部长的意见。吉田社长大声地赞许说。

这一下又让大家活跃起来，都在议论纷纷。

看看差不多了，安东丰子社长心里已经想表态支持这个方案，作为重点讨论项目了。不过，她还是想回家和秀夫再商量一下。

她排了一个顺序，按照一、小枝、吉田的老年病院方案；二、山田的专业医院方案；三、产权式“医疗休养”酒店方案三种计划，大家先分头准备各种文件。

回家还要和秀夫好好讨论。不过，具体怎么做，她心里可还真没有底。

3.21　1993 年，日本东京，御茶水，安东老年诊疗服务中心

坐在御茶水老年诊疗中心的会场内开会，丰子心中感慨万千。

看到这个诊疗中心的大楼中心鲜花丛生，丰子就似乎看见了宫琦年轻的脸。她真的特别感谢宫琦。

好似冥冥之中，那个远在千万里之外，葬在异国的战友的年轻的脸，一年又一年，总在看着自己。

有时候，在睡梦中丰子一次次地醒来，她一伸手，就摸到了那个木盒子。那里面，有宫琦的遗骨和勋章。

也记不清找了多少次，问了多少个人，还和丈夫去了大分县，到宫琦的家乡故里，但是由于没有确切的地址，就是找不到宫琦的家人。

人们都说，因为战争，多少人远走他乡，多少个宫琦都不见了踪影。

可是，丰子怎么也想不到，在另一个战场上，她和宫琦又成了并肩的战友。

成功和失败，简直就是一念之差。

当年，区政府几乎已经通知丰瑞集团了，说是谢谢丰瑞集团对市政事业的关心，云云。

而且市政厅据说已经对规划司的人讲了，作为计划上的儿童乐园的项目，本区要办成东京都一流的。

但对方的项目批文未下，丰子就不死心。

丰子决定自己去找区长。

像这样亲自去市政厅的门上去办事，安东丰子可一点也不害怕。

听说她的老年诊疗服务中心大厦的方案，在区政府里，只有区长一个人最有异议，她决定亲自登门，拜访一下区长。

区长办公大楼里安静得很。她叫司机长野去停车，自己一个人进楼去。

问了几个人，不费什么周折，找到了区长办公室。区长是个五十多岁的模样的人，头有点秃顶，但很精明干练的样子。

丰子详细地谈了她的老年诊疗中心的设想，以及资金来源、人员构成等。

区长是个很精细的人。桌子上利利索索，只放了几支笔，什么文件也没有。他头发没几根，但西服、衬衫一尘不染，眼睛放亮，很有精神。

老年人诊疗服务是很重要，可是，服务设施要投很多资哩！除开资金，还有人才的问题，区议会的议员们对贵公司项目有疑虑。还有，儿童游乐园是东京都立的计划项目，都知事都很关心呢。区长倒是个爽快人，他把他的顾虑和压力都和盘告诉了丰子。

东京都知事方面我可以做工作，老人和儿童是同样重要。我会把我们这儿缺乏老年诊疗场所的事向他汇报，让他也支持我们老年诊疗工作。至于议会，我会去找议员们，我同意他们到议会咨询。丰子说完，直直地望着区长。

关于资金准备问题，过几天我带银行方面的人来您这儿拜访。

她看见区长微微点了点头。

关键是都知事那儿……区长这会儿口气有点变了。他几乎告诉了丰子事情的要点。

我会取得都里支持的。丰子几乎要笑开了。

没法不支持您，您这么执着。区长这一次也笑了。

您是大分县人么？起立了，要分手时，丰子突然问区长。她听出了区长的口音。

是的，怎么？区长疑惑地问丰子。

我丈夫也是大分县的。丰子又站起来了，灿烂地笑了起来。我可是大分县的媳妇，您可要支持！

区长这下终于哈哈大笑开了。他也停了一下，问了一句：我知道您，大家都说您很能干。哦，听说您战后在中国参加过中国的解放军？

是呵！丰子笑了，她很奇怪怎么区长会知道这些。

我一个表姐，听说也在中国参加了解放军，战后有人从中国回国时，见过她穿解放军军装的样子，可是……区长欲言又止。

怎么？丰子警觉地感到心口在跳。

几十年没有音信了，前不久，才得知她也许是在中国去世了。区长叹了一口气，沉默了下来。

她叫什么名字？丰子悄悄地问了一声。

叫京子，姓宫琦。我姑姑的女儿。姑姑八十多了，一直在找她。那天我回老家去，看见她捧着表姐的遗物在哭……真是心痛呀。区长平静地说。

天啊！宫琦，好姐妹呀，你在天有灵呀。丰子心里喊了一声，没有出声。泪水却从眼眶中涌出来了。

区长，我现在就可以陪您去找您姑妈。我是宫琦京子的战友，我带回了她的遗物，还有她的遗骨。丰子上前握住了区长的手。

啊，真的么？区长吃惊地张开了嘴，半天没有合上。

真的，京子就死在我怀里呀！她说过她还没结婚就要死了，不甘心！这话我一辈子不会忘记！我回日本后一直在找京子的家。我们在中国吃了那么多苦，回到了日本，又没人帮我们，我们真的不容易，大表哥呀！

丰子走上去，握着区长的手，头直摇。一会儿就掩着脸呜呜地哭着，说不下去了。

获得东京都病院护理年度竞技大奖，让安东丰子兴奋不已。

因而，集团公司专门为此在御茶水老年诊疗服务中心召开了集团的嘉勉会暨迎新年大会。

老年服务中心宽敞的会议室，平时是可以作为中心的影剧院和会议中心。

可以坐五百人的影视会议中心今天布置的简洁、紧凑。但是，台上台下鲜花成行，墙边处处锦簇团团，全场洋溢着喜庆色彩。

集团各分支单位按序列而坐。川口安东病院、西早稻田诊疗院、御茶水老人服务中心几个医院的；珍珠电视台的，丰瑞会社，东进建设设备会社；各单位逐一排列，人员坐立整齐，表情十分热烈。

连在中国合资的公司“丽的服饰”也竖有了一块牌子，也来了人呵。

在给优胜者颁奖后，有好多的人讲话。

安东丰子是最后一个致词。

她什么也讲不出来。她眼前晃过来一个个人影：宫琦、长迟……她心中仿佛只想讲讲宫琦的故事。那个天真可爱、脸上有几颗雀斑，因为还没有结婚，而不甘心死在异国的十九岁的姑娘的故事。还有长迟，那个身材颀长、漂亮而果敢的长迟菱子。还有那个为救长迟而死去的中国籍战友张医生……这些年轻的面孔一下子涌到她眼前了。

在设立公司优胜奖的名称时，公司企划部原本的名称方案是预备叫安东奖的。可是，丰子总觉得不十分妥帖。

开完董事会，她在食堂一边吃工作餐，一边和秀夫商量，她说想把公司优胜奖的名称在董事会讨论一下。

为此，她把原本不是董事的菅直、小枝和松本都叫来列席会议。

她不知为何在会上讲了长迟和宫琦的故事。

长迟的那张三个人合影的相片，还有宫琦的一枚勋章，在参会的董事们的手里，一个一个地传递着。

就叫长迟—宫琦奖吧，她们的青春和梦是不灭的，让她们从今天开始，也成为我们会社的一员了。吉田先生朗朗的声音让大家吃了一惊。

恰恰是他，这个没有去过中国的日本老头，简洁地说出了大家心中想说的话。

大家认为怎么样？丰子高声地问大家。

好哩，我赞成！她们早就是我们会社的一员了！小枝高兴地鼓起掌来。

没有意见，就鼓掌通过吧！丰子带头鼓起掌来。

在清脆的掌声中，丰子眼睛潮湿了。直到这时，她的心里，才多少有了一丝的慰藉。

啊，长迟啊，宫琦，你们回来了啊……丰子仿佛是在喃喃自语，眼泪也已夺眶而出了。

到现在丰子才明白，自己的每一天、每一步，无时无刻不在想到她们；而她们，也一刻没有离开过自己，是她们跟自己一起走到今天的。

当主持大会的安东秀夫院长宣布由集团的安东社长做会社嘉勉训示及新年致词时，安东丰子简直被场上雷鸣般的掌声震惊了。

她不知道自己是怎么走上讲台的，她对着讲稿感慨万千。

台下，菅直、松本和小枝都坐在前排，笑眯眯地望着自己。

四十年了，她从中国回来已经有四十年了。她面对会社这么多同仁，这么多战友，真有满腹的话要说。她能让这几页的讲稿浓缩她四十年的生活吗，她实在有好多话想对下面的年轻人讲。

她已经六十八岁了。

用中国的古话讲：人生七十古来稀。

她好像没有这个感觉，她还仍然觉得她全身有使不完的劲。她可以上午在中国深圳看完自己的工厂“丽的服装厂”，中午从香港飞回日本，傍晚便出现在御茶水的老人诊疗服务中心。

她的老人服务中心别具一格。

在这里，有从老人入住到送终的一切服务。老人入住时缴纳一笔费用，中心对他实施终生护理、诊疗、生活服务。这种全新的服务模式让人耳目一

新。一时，安东老人服务中心宾客盈门，名声大噪。

安东社长对这个老人综合服务中心付出很多心血。

设计之初，她和专家及设计人员远赴欧洲、美国考察；回国后广泛征求了多方面专家的意见，最后才定下这座老人服务中心大楼的设计方案。

她坚信迅速老龄化的日本，一定和欧美一样，存在老人专业护理业的市场。

如今，这座黑白相间，漂亮而别致的十三层大楼，以其有三百多个房间的规模，雄踞御茶水，成为日本东京都屈指可数的大型老年服务中心之一。

由于它超前的服务理念，先进的设施，加之安东病院成熟的老人护理、诊疗品牌，很快使安东老人服务中心成为行业的翘楚。

它是丰瑞的骄傲。

它也是“小林子头战友会”的骄傲。

每次，安东丰子一走进老人服务中心，便浑身是劲。觉得自己还精力充沛，好像还能干四十年似的。

友好篇

安东丰子的中国留学生寮，是全日本第一家。

——中日友好协会人士语

4.1 1973年，中国广州、长沙

站在广州的大街上，让安东丰子感觉恍如隔世。

如流的自行车和人群，一律的蓝色和白色的服装，让她又陌生又熟悉。

她喜欢一个人在这中国的大街上走。不时有人指点着，她知道，是因为她的服饰，她的化过妆的面容。

有外汇券么？一个面容有点黑黑的中年妇女，看了半天，似乎鼓起了勇气，走上来和她搭讪。

她讲的是丰子听不懂的粤语，在香港的大街上尽是这种口音。

这个中年妇女一定是认为她是个香港商人。

而她也笑了。她好想告诉这个妇女，她三十多年前就来过广州。

那时，丰子是代表湖南军区来参加中南军区卫生会议。她还记得会后几个人去街头买荔枝的情景。

那时，广州人一看见解放军女兵们，就笑开了嘴。

大军婆同志……吃吧！她们把荔枝一把一把捧给她，也不过秤，一副不准备收钱的样子。其实，她们都知道大军有纪律，可是她们的确是有心想让这几个大军婆们尝下她们的荔枝。

丰子不知荔枝的火性，饱吃了一顿，到了晚上，牙痛嘴痛，这才知道坏了。这次可是生平第一次吃这么多荔枝。这倒好，好吃吃了个牙痛嘴角烂，几天吃不了饭。

这一晃，时间过去三十多年了。

丰子是两年前在东京去听廖承志做报告的。

来参加廖承志会长的报告会，是好几个月前定下来的。

日中友协那天安排的讲座专场，有专门安排医疗界的。安东夫妇在日本

医疗界的经历，当然会吸引日中友协的注意。

这个时候中日尚未建交，官方也没有什么往来。但是，美国总统尼克松石破天惊地访问北京，已经让人看出中日坚冰的消融也只是时间问题了。

廖会长流利的日语让人亲切，而更让人温暖的是他的话语，他诚恳地欢迎日本各界人士多到中国去看一看。能坐五千人的会场座无虚席，廖会长的讲话不时给一阵阵掌声打断。

一向冷静、沉着的安东丰子，也和大家一起鼓起掌来，这让她想起了久违的场景。那是她在解放军中参加庆功大会，那时年轻的她虽然内在，也最喜欢这热烈的场面。她也喜欢和伙伴们一样，在会场上拼命鼓掌。

在这样的国际交往场面，日本人这样热情，外露，也不多呵。

日本是个内向、含蓄的民族。有时候内心如火，却脸面如霜。这可能是岛国国民的特性吧!

秀夫在下午有一个手术，提前回川口了。而安东丰子想在大会散了以后，再见一下廖会长，说一下她的一些想法。

日中友协和安东很熟，安排如愿以偿。廖会长果然如长者般慈祥，听说了安东在中国的解放军经历，廖会长更加热情。聊了好一会儿，在中日友协的邀请下，安东丰子提出了想去在中国的战友工作所在地看一看。

廖会长表示欢迎，也答应一定设法转交安东丰子给原解放军战友的信。

其实前一两年的时候，在电视上看到美国乒乓球队访华的新闻，安东丰子就想给李瑞祥和王之林两个老上级写信。可是，分手二十多年了，这信往哪儿写呵。

因此，要来参加廖会长的见面会之前几天，安东丰子给这两个老领导兼老战友各写了一封信，她下决心要设法让廖会长帮忙转交，试一试运气看。

李瑞祥是第六野战医院教导员，安东丰子有好长一段时间都在他的领导之下工作。而懂日语的王之林，当指导员时更是给了她很多帮助。

其实回想起来，这两个说是领导的人，当时还是小伙子，年龄也和自己相仿吧。特别是王之林。

部队整编分手后，安东丰子就再也没有和他们联络过。

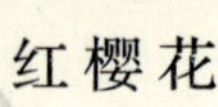

战争可难预料。他们现在都在哪儿呢？还在不在？生活得怎么样？

现在可是寻找他们的好时机。

安东丰子真想马上就启程去中国。

安东丰子是个说干就干的人。

看到田中角荣访问了北京，她便明白中日交流的热潮会开始了。正好日中贸易促进会的朋友，来函邀请丰瑞会社参加中国广州出口商品交易会，她便毫不犹豫地订好了机票。

第一次在广州下飞机，让她有些吃惊。她过去是随着部队从火车站进入广州的。当年广州的炎热和市民的热情，让安东丰子和刚入城的部队都印象深刻。

而日侨官兵们在过惯了那种长期行军、打仗的生活后，对于能看到久违的大海，心里特别兴奋。

日本人是环海生存的民族，对大海有一种天然的亲切感。

对他们而言，几乎可以说，看到海便想到了日本的家乡。

因为从机场去市区，基本上是灰矮的平房，人们的衣着也大都是比较单调，使安东丰子颇感失望。倒是广交会上人们对客商还是比较热情，见到这位日本的女社长能说几句中国话，大家更是高兴。

安东丰子重点看了服装、纺织类产品。

下午她去旅行社问了一下，居然还有去长沙的飞机。旅行社也代办其他手续，她毫不犹豫地订下了去长沙的机票。

同行的朋友都劝她不要去，说不方便。大家都说，一个女人，特别是一个日本人，去中国内地还是不方便。

安东丰子接过旅行社小姐送过来的机票时，笑了，她可不在乎。她在中国，在战场上走过那么多年，生生死死什么没有见过。

她就是想一个人，安安静静地、好好地看一下她在中国住过时间最长的长沙。她可是在那儿和秀夫认识、结婚的。

长沙比广州城市更小些，几乎没有高楼。

她一个人住在长沙的宾馆。在宾馆门口，找了一辆小车，先转了一个上午去看市容，一个人在街上吃了点饭，又去找湖南军区的驻地。

小车又转了一大圈，才找到过去军区那个叫桐荫里的地方。

但这里已经面目全非了。

一大片房子已盖在高大的围墙里。门口有岗哨，那便应是湖南军区大院。一小片红墙小房在十字路口斜对面马路旁，有红十字的标记。

她记起来了，这个位置应该是秀夫住院过的军区门诊部。

有士兵在的地方，是进不去的了，她的中国话忘得差不多了。她叫司机等她一会儿，她一个人朝小巷口走了进去。

小巷里面有不少士兵走进走出，还有两个女兵手挽手从营区走出来。鲜艳的领章衬着两个年轻姑娘灿烂的脸，红红的挺好看。

她盯着这两个女兵看了半天。

哦，当年在这儿，她和王红、谷秀云她们一道走出门时，是不是也是这样的呵。

两个女兵也停了下来，对着丰子也好奇的看。双方对看了半天，两个小女兵笑呵呵地跑开了。

丰子也笑了。是呵，这么个阿姨，穿得这么整齐，漂亮；大白天的，脸上还好似化了妆似的。不仅这两个女兵直盯着看她，大马路上，众多的路人也都扭头看着她。

中国的这个年代，化了妆、穿西服裙的妇女还是挺扎眼的。

又出来两个女兵，看见丰子在街边，她们相互对视了一下，又捂住嘴笑了。她们分明看见，同时又有点奇怪，这个衣着怪异的阿姨，在朝她们笑。

第二天，安东丰子找准了方位，一个人从宾馆步行，又去了一趟桐荫里。她这才发现，其实宾馆离军区很近，可是到了桐荫里以后，从几条巷子走进去又走出来，她始终找不到当时军区卫生部的位置，她们当年住过的医政处的小楼小院也是怎么也找不着了。

小楼兴许是拆了吧，也可能是找不到了。

要是王之林他们在就好了呀！她想。

他们在哪儿呢？托廖会长带信，可也有大半年了呵，怎么会没有一点消息呢。看来，回去后还是要首先找到他们啊。找到他们，到中国来就方便了。

丰子一直这样想。可是怎样才能找到他们呢？

4.2 1973年，中国长沙某陆军医院 中国南宁军分区大院

军医院是建在长沙的浏阳河边的山边。院内小湖碧波清绿，树木环山密布，翠色宜人。

可王之林心情一点也好不起来。

山田的信摆在桌上，这信王之林看了一遍又一遍。信是日文写的，老婆也看不懂。不过信里面只是山田的几句问候语，谁看了也没什么。

他是不打算回这封信了。军区的人说，回信要译成中文，先交组织上审查，然后才能寄出，那他回这种信有什么意思呢？

他不会去写这种日文信的。

多年来，就是因为他通日文，在伪满洲国的医科大学念过书，所以到现在都这么难受。身为医院业务副院长，却不能参加院党委会，只是有了重大病患会诊，倒一定会叫他。而且医院里的其他事，都让他一概靠边站。决议什么办什么，都不让他知道。

他其实也是苦大仇深的孩子。在河北老家，靠借钱读完了中学。已经在师范学院上大一了，在学校里成绩不错，只是没钱吃饭，今天为明天发愁。

有一天，偶翻报纸，在上面看到满洲帝国医科大学招生广告，说是免费上学，管吃住，每月还给两块钱零花，好像说天书一般。正好这期没钱交学费了，就去报了名。一考，真还录取了。

考上了才知道自己是给日本人装门面的。因为到了学校他才发觉，几千名学生的满洲帝国医科大学，总共才招了八个中国学生。

当局完全是为了维持日本满洲开拓团的士气，为几十万日本屯垦移民的后代实施教育着想，才大办满洲帝国医科大学的。可是也要有满洲当地人才行呵，要不怎么叫满洲帝医大呢。于是，才轮得到王之林他们几个人考进来，点缀点缀。

学校完全实施日本式教育，全部使用日语教学。

在学校中的生活条件是不错，但是学校里对中国人歧视的风气，让王之林常常气愤不已。

所以，当共产党八路军来接收学校时，他是第一批参加八路军的学生。

王之林和所有的战友一样，提着脑袋从黑龙江打到广西十万大山，用这些日本学校教的医科知识和日语，出生入死为部队服务了这么多年，可是到今天，却不明不白地背个“日本特嫌”的称呼，这让王之林怎么也想不通。

据说，山田这封信是外交部转中央军委，又转广州军区、省军区，辗转一年多才到自己手上的。

而且，组织上的意思，还是希望最好回封信。

王之林可不想惹这些麻烦。他老婆也是本院的军医，小孩子都大了，刚刚过了这迫害人的“文革”运动，如果又惹出事，说不定哪天又来运动，弄不好又会要挂他的白牌子。他可犯不着为这个忆旧，去让自己和家里遭罪。

山田的信让王之林想起山田那张坚毅而倔强的脸。

那是一个沉默但多思的姑娘。那时候，一个野战医院里，几百个男男女女大部分是日侨。只有王之林和所长，以及少数十几个干部、战士是中国人。他这个会日语的指导员呵，一天不知要为她们做多少工作。

哦，郑州一分手，有二十多年喽。

那时候自己好年轻，工作起来是没日没夜。所里的事务多，他当指导员，工作、吃饭、睡觉都在一间房内，一天除开吃饭，只睡两三个小时，其余时间都在工作。

记得这个挺好强的山田，常来给自己汇报工作。她的统计工作很杂，时间又长，是一个单独性质的工作。

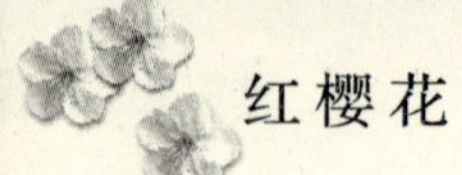

日侨官兵之间也有不少啰唆事，因为王之林会日语，又是领导，所以她常常来和王指导员汇报工作和情况。

有时候也是在聊天。

山田给人的印象是认真，努力；脑子好用。

朦朦胧胧地记起临分手时上级找他谈话。

他记不清了。说有吧，他可是从没有和山田说过什么；说没有吧，为什么上司找自己谈话他有点慌张呢？

他那之前，可是从来没有经历过恋爱。

后来，知道自己要调走了，消息不允许公开。一大早看见山田骑马出门，禁不住目送了好远，想到也许以后再也见不到了，心里是有点空荡荡的。

实在地讲，那么多日侨女战士，只有对山田才有这种感觉

可是后来结了婚，有了今天的老伴，才了解什么是爱情。

可是老伴对风言风语不依不饶。

你说，你和山田到底谈过恋爱没？

没有的事！我向毛主席保证……王之林急了，高声叫起来。

那怎么他们好多人都在说她喜欢你呢，连高政委也在说……

瞎扯！谈恋爱早处分我啦！

老婆这才不作声了。他见老婆不纠缠，马上出门走开了。

真的，他口气大归大，可在那时，对山田，坦率地讲，他王之林在感情上，怕是比战友会要多些，虽然离爱情应该还是少了一大截吧！

以王之林的感觉，他和山田的关系，仿佛是有什么东西，如竹笋一样，正慢慢长出来，却“啪”的一下，突然给折断了。

而她的信中，没有详细说她的生活情况，只是说她和丈夫在日本还是在开医院，应该会开得不错吧！

南宁军分区的李瑞祥，也和王之林差不多，遇到了同样棘手的事。

李瑞祥从好几个战友处，听到了一件事，说是从日本寄来了日本战友的

信，开始他不太相信，可是，当军区政治部的人来找上门来和自己谈话时，他明白是真的了。

原来是山田丰子从日本写来的问候信。

信写的不长，上面只写了她和哪些日本籍战友目前尚好；她本人在日本琦玉县开医院，而且请他方便的时候访问日本，云云。

这下李瑞祥可真不太好办了。

他当年是东北民主联军辽东军区第六野战医院一所的教导员，带着一大帮刚解放的日本籍医生、护士在解放战场上辗转作战。战略撤退时去过朝鲜，然后又带着这些日本籍战友参加了辽沈、平津战役；然后一起南下打到了海南岛。

他看着这些日本籍战友作为一个日本侨民，参加中国人民军队，从惶恐、动摇到积极、勇敢作战的全过程。

这些记忆全部复活了。

他记得，他临要离开老第六野战医院时，还上报了一大批立功受奖的日本籍医护人员，其中就有副连级统计员山田丰子。

可是他如何处理这封信呢，他有点拿不准。

已经是军分区副政委的他，向上级有关单位做了请示。答复是可以回信，但是必须由组织审查信的内容。

他对山田丰子印象最深的是 1947 年冬天，在东北小林子头的东北民主联军第六野战医院的起火事件。那天是山田丰子值夜班，结果一场大火把医院新建的宿舍和药品仓库烧了，平时好多舍不得用的药品、器械都烧掉了，他急得直跺脚。

看着为救火把一身衣服和头发都打湿了，一脸墨黑、沮丧无比山田丰子，他把到嗓子眼的国骂咽回去了。

更令人生气的是，寻找起火原因时，值班的山田和另一名日侨野口居然都一声不吭。最后，是她俩低着头去了禁闭室，在里面坐了七天。

起火的原因，最终也没搞清，但辽东军区保卫部来了人，从现场物证上，排除了院外潜入敌特和内奸的作案可能，初步断定事故是医院内部因故起火。

在确定事故性质时，李瑞祥只差没有拍胸脯了。因为直接的值班责任人山田和野口这两个日侨姑娘他都了解，她们可都是老兵了，而且还有哨兵作证呀。她们是一直看到火苗起来了，才从值班室跑出来。

所以那天仓库着火的事故，最后以冬季取暖自燃而定性。

可这几十年了，她们回日本也有二十年了，谁知她们在干些啥呀。

而且，现在情况很复杂。国际形势上，表面上是有松动，尼克松来北京了，日本首相田中角荣也来中国了，中日两国都建交了。可是在部队，林彪跑了的风波还在，北边的边境好紧张。部队一直在备战，学习。这机关天天在学文件，天天说要抓阶级斗争，形势好像倒一天比一天紧，分区还是自己在给部队上课。他真不知道该怎么给山田回信。

但他在向上级答复他不准备回信后，组织上的意见竟然是，这封信是通过军委转过来的，中央正在做日本各界的对日友好工作，为打破帝国主义和新殖民主义对我国封锁的大局计，可以回信，但是要重在做好对外宣传上努力。

李瑞祥跟老伴儿老于也说了这件事。

老伴儿一个劲地劝他：你别着急呀，这对外宣传也不是你一个人能做的呵，先当好你的副政委，回日本战友的信的事，等以后看看再说吧！别没事找事，沾上就麻烦了。

李瑞祥就听了老伴儿的话，没想回信的事了。

这样办，政治上的风险是少些。

他把山田丰子的信放进抽屉里。他看到这信封上缀满了好多查询条，知道这封信经历了外交部、军委、总政、广州军区的辗转传递，历时一年有余，多么不容易。

能把这信寄过来，这个山田，是找了什么人呵。

不管怎么，对于山田丰子的盛情，李瑞祥心里还是有点愧疚。

4.3 1979 年，中国东北，牡丹江医学院 1979 年，日本琦玉县，川口，安东丰子家

本来王之林不想来参加校庆的。但是，禁不住在学院当院长的这个老乡软磨硬泡，最后，他自己也实在想回老家看看了，因此，决定回牡丹江参加校庆。

这学校的人也真能整啊。本来，在王之林读书时，学生基本上是日本人多。新中国成立后学校由国家接收，生源当然变成了中国人。而这学校的头头，脑子也快呵，怎么搞校庆找来了这么多日本校友呵。

王之林是有职务的。坐在校庆的主席台上，和好多来宾一道，被一个个的，向全校学生及校友一一介绍。

下一个议程，是来自日本的校友代表团向学校赠送医疗器材和设备。

他看到一个头发大半白了的同学在赠送仪式上讲话，好像是代表一个日本的医院在向学校捐赠。

吃饭的时候，邻座的一个头发斑白的日本校友笑着向王之林打招呼。王之林认出来了，是刚才代表日本校友会赠送医疗器材的那位先生。

王君，不认识了么，我是安东秀夫。他自我介绍说，他是大 81 班的，比王之林高一班，不过当时教室是在一层楼。

说了一些往事，王之林记起来了。安东当时是个英俊的小伙子，排球打得好，是校排球队的。而王之林当时作为排球队唯一的一名中国学生，给安东秀夫的印象自然很深。

王之林当时是第一批参军的，而且当时，就是穿了军服以后，还在校园内晃荡了好一阵子。因为中国籍学生少，又是刚参加部队，神气的王之林当时给同学印象还是挺深的。但因为王之林对日本学生有抵触心理，况且和安东又不在一个班，印象浅些。

终于记起来了。王之林参军时，看学生校队里还在打排球玩，安东那天好像也过来了，还顺便过去聊了几句，那天是在球场边。

我是 1945 年年底参军的呢。安东秀夫告诉王之林。

是的，那我早一些。

您那天穿新军服来学校，我们同学们都印象很深哩！

安东秀夫还说了他在东北民主联军的番号，不过这个部队王之林并不熟悉。

宴会上开始热闹起来，大家开始相互敬酒。安东秀夫和王之林彼此都敬了对方不少酒，有些日本同学还唱起歌来。

这个时候，中国已经开过党的三中全会，改革开放这个词已开始流行。最明显的是，医院已经在落实知识分子政策，王之林已经参加医院党委会了。

要不然，打死他王之林，他也不会和日本人喝酒。

这校庆上，和他同龄的人，大都是日本籍同学，大家又是相互照相呀，又是合影啦，热闹非凡。这在几年前可是不敢想象的，回去之后不打个日本特嫌才怪呢。

他和安东秀夫也有一张合影，是在学校的操场旁，是安东提议照的。

在中国东北这个初冬下午的天空下，和煦的阳光照在两个前东北民主联军老战士的脸上，又质朴，又精神。

安东秀夫和一般的日本同学差不多，有点沉默少言。

拿回去后，王之林的老伴儿调侃他说，好像你没他神气呵。

靠边站了这么多年，还能神气？王之林也不客气，给自己找了个理由。

也可能吧，毕竟人家看的世界比我们多呀。王之林一边回答老伴儿，一边自言自语。

有道是无巧不成书。而且，这世界说小真小。

这样一说起来，这世上的事恐怕没有比这更巧的事了。

安东院长从中国东北牡丹江参加校庆回来，高兴极了。因为他这次作为校友团的团长，在母校受到隆重欢迎，还以安东病院的名义向母校医院捐赠了一批医疗设备，这两件事都让他十分风光也十分开心。

在榻榻米上，一摊开这一大堆照片后，他得意的一张一张拿给家里人看。还把儿子、老婆全部都叫了过来，一个都不拉下。

而安东丰子只一眼，就在一大堆照片中，看到了丈夫和王之林的合影。她开始只是对这个人眼熟，一拿在手上看过后，禁不住轻轻惊叫了一声。

她把照片翻过来，后面是丈夫的备忘记录：王之林，081 班，医务系。没错，就是他了。丰子心里扑通了一下。

当年那个年轻、高大的卫生所指导员，现在可老气多啦。看着这不大自然的笑，好似合影不十分情愿哩！

王之林可是丰子在中国战友中想找的第一个人。

也不知什么原因，可能是他又懂医又会日语吧，能和他舒畅地谈心，这在解放军里可不多。所以她托廖承志会长带信时，第一个便想到他。

怎么，你认识他吗？丈夫看到丰子惊奇的样子，过来问丰子。

他是我们卫生所的指导员，1949 年左右在一个部队，日语挺好的，在卫生所时给我许多关照……安东丰子又仔细端详了一下照片，告诉丈夫。

不过，她轻轻笑了一下，忍住了，没讲医院里那些七七八八的啰唆事。

她盯了秀夫一眼。心里在想，要说起来，王之林可还是为了她才调到另外一个野战医院去的，这说出来可不太好……

想到这儿，丰子又笑了起来。忍不住，她又偷偷看了丈夫一眼。

安东秀夫却很高兴，根本没注意这么多。因为毕竟王之林是他的校友，还是老婆的指导员，这是多么好的事！

我们满洲帝医大毕业的，当然日语好呀！安东秀夫一边说一边很自豪的样子。

安东秀夫见丰子也认识王之林，更加高兴起来，说了些王之林在学校的事。包括当年王之林参军的情况，都告诉老婆了。

完了，他还告诉丰子，王之林现在是在湖南长沙，是军区某医院的副院长了。

都老了，头发都有白发了呀。一边看照片，丰子一边暗自在想。

可是，怎么托廖承志会长转交的信没有回音呢，他未收到吗，要不怎么也没有回信？丰子心里疑惑起来。

不过，李瑞祥不也没有回信么？

难道，解放军里都不让往日本回信么。可是，自己明明是个解放军老兵呀。

去中国一趟看看他喽。看到丰子还在沉思，安东秀夫大咧咧地笑了。

他老了吧！丰子还在看照片。

这有什么，你我不也是好多白发了么。安东秀夫看到丰子总是在看相片，一边大笑起来，一边抚了抚已渐斑白的头发。

这下丰子笑了。

安东秀夫今天更加觉得高兴。丰子的老指导员，托廖承志会长带信都没有找到，还是他无意中找到了。而更加巧而又巧的是，这个王院长居然还是自己的同学，这太让人高兴了。

一次校庆收获了这么多，让秀夫高兴得不行，立马叫丰子去酌上酒来。

安东丰子当晚就决定要去一趟长沙了，而且马上动手给王之林老指导员写了一封信。

1972 年那一年，她还一个人去了长沙呀，怎么王之林偏偏就在那儿，而自己也居然就无缘和他见面呀！

安东丰子一边写信，一边禁不住高兴地笑了起来。

留了电话么？丰子问。

我问了他，秀夫笑了笑，他没有给我留。不过我把家里电话留给他了。秀夫到底是个医生，细心，细致。

可王之林怎么连电话也不肯留呢？

这些事，都让丰子百思不解。

4.4 1980 年，中国长沙，桐荫里

站在长沙大托铺机场接人处，王之林心里不知有多复杂。

他做梦也没想到，去了一趟牡丹江参加校庆，不仅重新认识了好多日本藉校友，更奇特的是，这个日本校友团团长安东秀夫先生的太太，竟然会是山田丰子。

山田还是过去那副表面安静，内心热情似火的性情，一下子就给自己寄来一封七八页纸的信，信的上边，还贴了几片红叶。既隐隐的象征什么，又好似过去战争年代十万火急的鸡毛信。

他怕老婆误会，一把就把红叶收进了抽屉，可是，好像老婆还是看到了。

第二天，他趴在桌上写回信时，老婆拿了过去，一看是日文，笑了起来，开他的玩笑：哦，给红叶回信呵！

当然了，出于礼貌吧！王之林头也不抬。

怕不完全是为了礼貌吧！

王之林只能以沉默作答了。

不过，老婆还是一步不让。从此以后，红叶，红叶，在只有她和王之林两个人的时候，就成了老婆对山田的称呼代称。

女人就是这样啦，天生就会吃醋……王之林一听她念叨，心里就犯嘀咕。

反正也确实什么事也没有，王之林干脆大大方方的，也不管老婆吱吱歪歪，对山田的一封封来信，一律照回不误。

不过，妻子唠唠叨叨红叶呀什么的，倒也只是说说而已。反正王之林既不吭气，也不说三道四。毕竟迅速回信真的只是礼貌。

究竟是年代不一样了。

从报纸上到社会上，已经是在讨论解放思想了。怎么讨论，他王之林没有兴趣，因为毕竟他是个医院领导，一切都要听上边的安排。

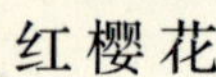

但是，领导和同志们对他和日本方面有往来一事，好像也除去神秘感了。

因为他从牡丹江一回来，向领导一汇报完，没有任何人对他和日本同学交往表示异议，何况山田还是老部队的战友呢。

这实在没有什么可说的。

不过这个山田，真是个说干便干的人呵。前一个月还刚来了封信，这个月就真的说要到长沙来了啊！

好在这年代真不一样了，他可以和日本籍战友见面了。

自己有时认为自己也好笑。

安东院长让自己留电话，他心里紧了一下，他自己家里是军队内部电话，能留么？他从日本打过来，上头知道了，不算个事才怪呢。

突然收到山田的信，他心想这可是一个天意！怎么会是她？她还真是安东秀夫的老婆。这天下事，说怪可真怪。

鬼使神差地，王之林真的只想听听山田的声音。

这一天下午，他因值夜班正在家休息，突然想打山田的电话。

他换上便服，骑了一个多小时的自行车，在市内五一路邮电局，挂了一个日本的长途。在长途电话局长椅上等了有三四个小时才接通。一通话，安东秀夫家里只有佣人在家。没讲几分钟，用去了快三十元人民币，差不多是月工资的三分之一啊，王之林心痛死了。

一想起山田，他便想起那黄河边的杨树林，记起了在彼此的眼光中闪过的光亮。

呵，快三十年了呀……

他摸一摸后脑勺。头脑里，有点稀里糊涂。

第二次，是晚上挂通日本长途的，和山田两口子都讲了话。安东院长只讲了几句，以后都是和山田讲。山田还是那样细声细气的沉稳，好像心里挺平静。她告诉王之林，以后打电话可以要求日本付费。

什么？打电话日本付费？他没弄明白。

为这事他足足问了邮电局半个多小时。终于明白了，挂通电话前，他只要申请对方付费，对方同意，自己就可以不付话费了。他明白山田的一番苦心了。她看来明白，王之林往日本打一个国际长途要用上半个月的工资。

隔了几十年，王之林听到了山田的声音，心里很舒畅。一出邮电局的大门，他四处张望了一下，心里还是有点虚。毕竟，他给日本打电话，没报告组织哩！

他特地换上了便装。因为他觉得这样出门给山田打电话，会自在些。

和山田家通电话，他也没和老婆讲，免得她啰唆。

去机场接山田，王之林也穿了便服。

山田是一个人来的，一出机场王之林不敢认了。

山田化了妆，脸上还有一层淡淡的粉。衣着虽然素雅，在人群中也有一种说不出的耀眼。

两个人刚对视了一下，王之林就认出她了。

眼神里的那个山田，仍没有变。

你还好不？山田握住了他的手，开口问他。

好哩！安东院长还好么？他握着她的手，不知是她还是自己，仿佛有点微微发抖。

他很好，他给你带了礼物。说到秀夫，丰子一下就笑了。

两人坐进车里，好半天无语。

他心里泛过一丝苦涩。他怎么回答山田呢，说分手后很好，也不思念她？或者告诉她，自己多年，因为读过日本帝国医科大，一来政治运动，都是有人把他当作只懂医疗业务的日本特嫌？

这一切他只能埋在心底。

给你，我也给你带了礼物。山田一边笑着，一边递给王之林一个信封。

打开来他慢慢地看，先是看到了山田和松本、小枝三个人的一个合影。这是山田来中国前照的。她们三个人坐在一个住宅的庭园内，微笑的脸上幸福而安详。相片之外的东西，可让他大吃一惊了，原来，山田拿来的，竟是他和山田当年分手那天王之林写的便条。

这是一张复印件。

哈哈……那天你做的真的一点也不漂亮呢，哈哈……那天你像一个逃兵，一点也不像个男子汉，更不像一个指导员呢，有点没出息。山田看到王之林的难堪样子，笑了起来。

那没办法哦，在革命军队呀，你体谅吧！他叹了一口气，也笑了。

好，不说了，过去了，条子你收好了。这是秀夫给你的礼物。

秀夫给他捎了一根领带。

王之林心里一热。三十多年了，她还保存着这张纸条，那她心里一定也有差不多的感受，不同样的苦衷。

自己不过是在电话中说起过纸条的事，而她没有太出声，他以为她早忘记这张纸条的事了。

这个足够可以说明一切了。

只是，他不想说这些令人愁闷的事了。

想开了以后，王之林觉得自己坦然多了。他又问了小枝、菅直等人的情况。

岁月早已像绵绵细雨一般洗去了青春的青涩，两人都吃惊几十年未见面，今天倒如此平静如水。

他们像兄妹一样拉开了家常。

见面谈开以后，山田开口说话多了，侃侃而谈的风度，的确让王之林大吃一惊。

更让王之林奇怪的是，山田每天都要换不同的衣服和他见面。以前他心目中那个腼腆的小个子日本姑娘不见了，山田变成了一个整天笑眯眯的，穿戴整齐、举止大方的日本实业家了。

拿出的礼物挺精致：点心、金笔，还有一些老婆喜欢的日用杂品。

晚上见了他老婆，山田很大方地和她握手，大姐、大姐喊得好亲热。这倒让王之林想起过去那个沉默的山田，心里直好笑。

而且山田当着老婆一个劲埋怨：你们为什么不穿军装，明天要穿军装来呀！

听山田自在的口气，仿佛他们昨天都是在一起工作，真不像是分手了三十多年的战友。

第二天，王之林真的带上老婆，一同穿上军装去宾馆了。

这个才好看呀，大姐！看见山田拿着老婆的手，像个老熟人一般聊天的亲热劲，本来有点担心的王之林倒笑了。

来，照个相。山田一眨眼，又从里间换好衣服出来了。

一大帮穿军装的人，拥着山田丰子，在宾馆照了个大合影。

可是两个人相处熟了些后，山田又像在部队似的，对什么都感兴趣，坐车、上街都不停地问啊，看啊。而且一天提几个问题和要求，像个女学生一般没完没了。

他真不知如何和山田讲。因为来接待山田之前，院里请示了军区，上头给他订了好些条规章。这也不能说，那也不能问，其中最要命的一条就是不能去军区大院走动。

而山田却偏偏想去看看。她说，她在军区卫生部医政处时，天天吃了晚饭散步时，可都是要在大院走上好几圈呢。

特别恼火的是，临到山田第二天要去衡阳了，军区政治部还没有决定他是否能同去衡阳。军区不同意，他便支支吾吾。

看到她的兴致勃勃竟换来王之林的不明不白，丰子不高兴了。为这个事，搞的山田几天都闷闷不乐。

同行的省旅游局的翻译兼导游，赶快把情况告之了省旅游局，省旅游局领导连夜正式去函、去人，和军区政治部协商，这才有了王之林可以陪同去衡阳的机会。电话通知到医院，已是夜里十二点多了。

汽车朝衡阳开去，沿途一片葱青。

山田丰子在车上不似在长沙那般兴奋，只是默默地对着窗外看，对导游的解说也只是安静地听，也不再没完没了地打听了。

衡阳军医院很多，王之林在衡阳也有许多医疗界的同事，因而很顺利地找到了当年山田夫妇工作过的医院。这里现在已是一座地方的医学院，山田丰子对着满院的绿地，三三两两的学生感慨万分，一个人站在那儿眺望了好久。

那是院部大楼——当年她工作的医院大楼。

在几天的接触中，王之林已经知道，山田丰子在日本已经有了几座医院和实业。而且，夫妇俩的分工，显然一个是抓医疗专业，一个抓经营。

几天下来，他真佩服山田的精力。五十六七岁的人了，几天地连轴转，竟没有一丝倦意。

在告别的晚宴完了以后，她悄悄地问王之林：你儿子多大了啦……

直至问清楚他有几个孩子，干什么工作，她才停下来。

4.5 1981 年，日本岐山会馆，“回想四野战友会”聚会

回想四野！回想四野！好呵！战友们一齐喊着，鼓起掌来。

下车后，急匆匆地赶来的安东丰子，仿佛是小跑过来。因为，今天是日侨解放军战友的好日子。由“回想四野战友会”主持的分发解放战争纪念章，要举行返授仪式。她因为病院开会，晚来了一点点。

有好多全国各地赶来的战友们，由于平时繁忙，好多年难得一见。而且，授奖章以后，还要聚餐，今天真可以好好聚一下了。丰子心里在想。

山田，你来了？

丰子，你过来一下。

敬礼！有一个人冲到安东丰子面前，喊了一声。

这个人穿着解放军旧军装，“啪”的一声，两脚并拢，举手敬了一个军礼。

丰子一看，是辽东军区第六医院的老战友长谷川康正。这个当年当司药的小伙子，也是名古屋人，比丰子只小几个月。过去瘦削精干，如今也发胖了。

丰子大姐，社长好！康正喊她，是用老乡的口气。多少年才见上一面，这个小老乡和这个老乡大姐还是很亲近。他还和在中国东北的小林子头一样，最喜欢和丰子大姐开玩笑。

丰子看见他，也是满脸的喜悦。

哦，回国二十八年了，她这是第二次看到他。上一次是新安东病院开业，他来得很晚。听人说，那阵子他在大阪和人合伙做生意，亏了本，所以情绪也不高。而且病院开业杂事太多，安东丰子也没时间和他多说。

你今天很高兴喽，看样子发财了呵。丰子也开康正的玩笑了。

财是没发，不过老子可以堂堂正正去中国了。说完他神秘地低下声音：大姐，现在去中国开发事业好，我在吉林省办了个企业……他眉飞色舞地讲述起来。

原来，在大阪事业受挫后，长谷川仍然在那家公司干，当了个不起眼的部长，成天跑来跑去，没什么起色。缘分起于公司的中国业务。

和中国建交后，他们公司去东北吉林省，经考察后，利用当地的林木多，速生林和次等木材价格低的优势，办了一个木筷子厂，生产一次性木筷供应日本市场。可是，供货老不安定，而且企业在当地有好多问题，没法解决。

康正是因为偶然的机会，去吉林出差的。叫人意外的是，林区和当地政府的干部，听说他是当年辽东军区的解放军老战士，个个热情无比。这个头头呀，那个公司的，天天都有人叫他喝酒，加之他能讲几句汉语，更让大家开心了，他们老让他讲当年在中国参加解放军打仗的事。

所有的问题都好商量了，但中方条件是，业务必须和长谷川康正谈。

这可没办法了，只好调整他的工作，让他当合资企业的日本方代表。他现在差不多每个月要跑一次中国了。

是这样呵……丰子脑子里在思索。她看见，会场上，战友们都三三两两地在兴奋地交谈。

大家毫无拘束地互相打招呼，握着手，脸上喜气洋洋。

五月天空的太阳，红彤彤的，艳丽而明亮。

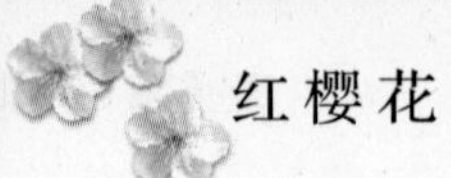

站在队列中，安东丰子脸上庄严起来。

安东秀夫在台上忙着。他今天一大早便来这儿了，他今天可不想当院长。看来他对今天的工作乐此不疲。他正满头大汗地，协助中村正义在做奖章分发工作。

“回想四野战友会”的会长中村正义是分发奖章活动的组织者，他为此成立了专门机构——中国解放战争奖章分发事务局。

除了秀夫之外，安东病院还派了小枝作事务代表。小枝昨天忙了一天了，昨夜都没回家去。

听说有全国、东北、华北、中南四类奖章，有一千五百六十位日侨官兵会被返还当年被授予的奖章。

这个中村，真了不起，真敢折腾。战友们对他都抱有感激之情。

大家都听说，中村正义在1972年中日建交公报发表的第二天，就给当年的中国总理周恩来写了一封信，要求中国政府把从日侨解放军官兵手中收回的解放战争纪念章归还给他们。

经过九年的努力，中国政府终于同意了日侨官兵们的意见。按照中日相关机构核对的日籍解放军官兵授奖、授勋情况，从收回的奖章中，以及重新制作的一部分奖章、军功章中，拨出了四大箱各类奖章，准备返还给当年授勋的日籍解放军官兵。

正好，受中国空军之邀，访问中国的原东北民主联军航校教官小林一郎受托带回了两箱。另外两箱，直接从中国寄给了“回想四野战友会”中村正义了。

他们的队列，从中村正义口里，报出各自原解放军部队的名称和个人姓名，一个一个地向前流动着，一长溜战友们轮番向授勋的人员敬礼。

丰子看见战友们好多人在擦眼泪，她自己也禁不住热泪盈眶了。

四野第47军——小山昌平！中村很响亮的喊了一声。

到！小山昌平大声地答应了一句，仍是敦实而从容的样子，稳稳地走上台去。

丰子注意到，中村看他的时候多看了他一眼。

东北野战军第 34 野战医院——平野小枝！用的还是小枝婚前的老名字。这个名字是在解放军的档案库里找出来的。

到！小枝像飞鸟一样，跑上去，接过勋章盒，向中村行了一个军礼，惹得大家纷纷鼓起掌来。

四野第 47 军——黑泽信夫！

到！大家一看，又是小山昌平走了上去。

黑泽信夫是我们47军的一个机枪手，他是在湘西剿匪中光荣牺牲的，我为他做了特别的申请，由他的弹药手小山昌平代他领的军功章，勋章会转给他的遗属的。中村正义对着台下的众人，一边解释，一边大声地宣布。

现在我们脱帽、鞠躬，向牺牲了的战友们致敬……

众人都摘帽，低头肃穆，有人轻轻抽泣起来。

丰子猛然想到长迟。

是呵，当年的日侨解放军战士，如今都已是五十上下，年过半百了。今天，不管你是社长，还是卡车司机，你都是一个战士。都在认认真真地排列着队，喊一个名字，便走上去，高高兴兴地领受了本来属于自己的奖章。

可是，长迟她们，都还躺在异国冰冷的土地……丰子默默地在想。她一低下头，仿佛看见长迟美丽的笑脸。

喂，丰子姐，过来，照相了……远处有人叫她。

这时候，她看见有好些人，带来了解放军军服，下来后，便把奖章、军功章别在上面，穿上戴勋章的解放军军服，就在大厅内，一个一个地，摆好姿势照相。

安东丰子当年只上交了中南军区所发的解放纪念章。其余的纪念章、军功章，她都以丢失了为由，保留了下来，而且带回了日本。所以，今天，返还补发给她的，就只有这一枚了。

聚餐会上，中村正义举起杯来，祝酒词的声音高亢而响亮。

战友们！今天，中国政府，还有人民解放军，如约返还了我们的奖章，这是对我们参加中国革命的青春奖赏。我们不需要什么待遇和养老金，我们只是想证明，我们是这一场伟大革命的参与者。将来，可以堂堂正正的告诉我们的子孙后代：我们在中国工作、生活的经历，是光荣而有意义的，我们为这一段青春生命的付出感到骄傲。

好呵！大家一口干完。放下酒杯，拼命地鼓起掌来。

不知什么时候，中村端着酒杯来丰子她们这一桌了。

我敬你，我也是47军的，中村朝小山昌平端起了酒杯。你是在湘西待过么？他问昌平。

对，我们重机枪连抽调在保靖县配合地方部队剿匪，我是大队重机枪连的弹药手。

我是47军卫生部财务科的。我们见过？中村若有所思的样子。

我见过您，那次和黑泽信夫一起……

对！是的。可惜他没能回来。中村叹了一口气，低下了头。

是的，他是好样的。那天夜里，来了两千多土匪围攻县城，我们重机枪在城头上干掉上百个土匪。后来，他们派人从后面混入阵地，从身边抛过来一个炸药包。炸药包在冒火花时，他一把推开我和重机枪……火光闪过后，只剩下一堆衣物从天上飘落下来……昌平说到这儿说不下去了。

他家里还有什么人？中村也停了一下，认真地问。

我回国后去了他家，他家在岩手县乡下，有母亲、太太，还有两个孩子，孩子现在也成人了吧！

昌平说完了后，众人没有人出声，是一大阵寂静。

好了，我们为黑泽信夫干一杯吧！为所有牺牲在中国的日侨战友们干一杯！告诉他们，他们没有白白牺牲，我们是永远不会忘记他们的。中村没有再问其他的，平静地说。

丰子看着大家，一个个都站起来，和中村一起端杯，将酒一饮而尽。

是呵，回日本二十八年了，就盼着这一天了。

这些生死与共的战友，再也不需要相互躲避，可以毫无顾虑地大声欢呼，大大方方地工作、生活，又可以一次次地去中国了。

安东丰子又摸了摸手上的奖章，感到热泪又一次涌上眼眶，但是她忍住了。今天是好日子呀，她自言自语地说。

4.5　1981 年，中国长沙，湘江宾馆，衡阳草桥医院

今天王之林和夫人又都是穿着军装来看山田和安东秀夫院长的，他还带来了五官科的林主任两口子。林主任的女儿林竹在日本东京工业大学留学呢。

时隔只几个月，山田又来长沙了。这一次，她让安东秀夫也来长沙了。

安东秀夫一来，没说的，王之林少不了喝酒。

这几天，其实王之林一直陪着安东夫妇。

这次山田可动了干戈。

她不光是两口子来长沙的。另外，还带来七八个人。一问，基本上是他们公司的。一大帮人，坐车在长沙街上七转八转，王之林可听出道道来了，好像她们是想在中国做生意、投资。

山田一来，就提出要去看长沙最新的酒店。

王之林告诉她说，他们所住的湘江宾馆，就是长沙最好的宾馆之一呀。

山田又说了，是要找一个在建的宾馆工地，看一看。

正巧王之林由于接待山田丰子，和省旅游局的导游搞得挺熟，找他们一说，倒是意外的顺利，很快联系上了新建的、正在装修的芙蓉饭店。

一行人浩浩荡荡坐上车，七八个日本客人再加上王之林和导游朋友，十来个人来到了新建的芙蓉饭店工地。

山田丰子穿双靴子，袖子卷起来，戴上了工地发的安全帽，在未完工的工地走来走去，指指点点，问东问西，还真像那么回事。

过了若干年，王之林去了日本，才知道有好多年，丰瑞集团不停地搞基

建，安东丰子有好长时间，天天都要去工地呢。

怪不得山田对基建工地这么熟练。

而此时山田丰子一进了饭店工地，完全是不停地工作。一同去的几个人，好似每个人都懂得某一个部分，谈的看的头头是道。

更让王之林吃惊的是，让他翻的一个日语单词他没法翻。这个词主要是他连听也没听过，更不用说翻译了。

喷淋？在饭店的每个房间顶上装一个淋水龙头？王之林怎么也想不通。这该上哪本字典上去找呢？

安东丰子望着一脸迷惑的王之林，向他解释：在日本，为消防起见，在酒店每间客房顶上会安装烟气感应装置，实际上又和有消防水源的水泵相连。室内一有烟气或高温，感应装置工作，水就自动地从喷头喷出。这就是喷淋。

可是，中国的饭店不仅没有这类装置，建设、施工单位连听都没听说过，文化这么高的医院院长查字典也查不出翻译处，这可让安东丰子大吃一惊。

中国在这方面的市场空白及发展可以想象。这是山田给王之林谈的观点。

在现场山田倒很少和王之林讲话，只是不停地让她们的翻译问建设方和施工方。偶尔，让王之林给她们翻译一下。

看来山田来中国投资是认真的，要不然她的调查研究怎么这样认真细致呢。看着安东夫妇一天几个小时都在工地认真工作，王之林倒真的欣赏他们的认真和细致劲儿。

过去在中国，山田可没这么能干啊。王之林一边陪她看一边在心里想。

不过这山田贼精了。王之林在想。

在长沙及去衡阳的路上，隔一段山田她们都要停下车，在集市上看一看，把王之林叫过去做翻译，问一问农民赶集及市场的价格。

在衡阳的草桥，看了一个医院之后，山田叫王之林给她和安东秀夫照了一张相。

这个医院已经是个地方医院了。

我过去就是在这儿上过班……她围着这个小医院前后左右走了一大圈，笑着对王之林说。

这是哪儿？

当年的军分区第二卫生所呀——她一遍一遍找什么东西——我住的宿舍找不到了。山田自言自语地说。

能向这个医院捐一些东西不？她问王之林。

得问他。王之林指指同去的旅游局的小林翻译。

这个……也要问上面，我不大清楚……小林的回答也含糊其词。

回到长沙后，山田也是老在街上转。像以前五一路、小吴门处的店铺、店面都进去坐一坐，她还和安东秀夫一道去看了菜市场。

一出门，她叫了王之林一声：吃碗米粉吧。

三个人找了个街边的米粉店坐了下来。

老百姓大概看出这几个客人的穿着及神情的异样，有时候回头来多看一看。山田也不在乎，照样给别人点头回礼，咧开嘴直笑。

开个超市多好。她对一旁的安东秀夫说。

什么是超市呀！王之林问山田。

就是什么都有卖。有百货，有蔬菜，还有小吃店。

呵，那可方便了。

你下次去日本看看，就知道了。山田一边喝米粉汤，一边对他说。

陪同安东夫妇去广州，是院长主动要王之林去的。

因为院长听说山田曾在本院工作过几个月，又听了王之林介绍了她们去衡阳的情况，主动请安东两口子到医院吃了一顿饭。

呵，为我们医院的老同事山田丰子回娘家，干杯！院长也是东北人，人挺豪爽。

我也是湖南军区的哩！安东秀夫也不甘示弱地说。

哦？

他是军区司令部卫生室的。王之林对院长介绍了秀夫。

那好，我也敬您一杯，院长对秀夫也举起了酒杯。解放战争期间我在绥远工作，现在的内蒙古。我们军野战医院也有两个日本同志当副院长，他们都很不错。您要没回日本，说不定是您当院长呢！哈哈！

解放战争时，我们医院院长也是日本人，我是院长助理。秀夫很自豪地介绍说。

那咱们是真正的一家人哩！院长笑了起来。

在从长沙去广州的火车上，她们唱起歌来。

是山田和安东院长先唱的，然后当然是王之林加入进来。

向前，向前，向前！

我们的队伍向太阳！

……

从日本来的年轻人，不明白他们唱什么。但是知道社长夫妇及王院长很高兴，也哼唱着加入了进来。

因为王院长的日语好，人缘又熟，山田邀请他们夫妇以及整个队伍一同去广州。王院长也乐于一同前往。

在广州，也见了好多老战友。也是喝酒呀，唱歌啊，山田夫妇天天都很高兴。

和广州地铁某公司的谈判时间最长，大概谈了三天。也是请王之林做后备翻译，还来了其他日本公司的人。其实，广州的地铁，还是刚刚在筹备。

大约关于地铁项目的事很重要吧。王之林看着山田的认真劲，心里在想。

4.6 1983年，日本琦玉县，安东病院

一晃，王之林的儿子王冬春来日本有十几天了。

早上，安东社长的电话打到寮里，社长在电话中告诉王冬春，今天是周日，想请他去家中吃晚饭。

从拿到入学手续，再到单位办手续，完了到去公安局办护照，再然后是赴北京签证。再下来是家人、同事、同学及哥们儿一次又一次的欢送宴会。

走完了八十年代中国人出国的这个流程，王冬春的身子骨都快垮了。

到日本的羽田机场，天已经黑了。在机场，只有丰瑞公司的一个职员举了一个牌。接上他，黑乎乎地上了路。

日本的高速公路也只有指示灯一亮一闪。到了东京虽然有许多霓虹灯，但他累得不行。等到了川口的安东病院时，他已经睡着了。

安东社长夫妇没有睡，在等他。说过话以后，先让他把行李送到了不远处的会社寮内，再让他到家里的厨房内吃了一碗面，就让他休息了。

这十几天，都是去接他的沟口先生带他办各种事。到学校报到，又到打工的病院仓库打了一转。工作安排，熟悉各种事务。比如，坐车、吃饭，以及在日本的注意事宜，连用水、用电、打电话也一一教他做。他真佩服安东社长及沟口先生的周到细心。

只是，王冬春怎么也没有想到，到日本只有两天他就必须上班。

在中国时一脸慈祥的安东社长，十几天来，除开那天夜里见了个面，人都看不见了。

一问沟口，才知道安东阿姨每天要去东京的集团总部上班。

可是，待她从东京赶回来川口时，他刚吃完晚饭，马上要去仓库打工了。

他的工作，是每天为医院各部门准备药品与耗材，工作时间是两小时。但加上打扫，再洗个澡，睡觉时已是十二点了。

好在王冬春是个军医院长大的孩子，对医院的设施呀什么的，比一般普通孩子要熟悉的多。

而平时在医院碰上安东院长伯伯，冬春想出于礼貌打个招呼，可院长却低个头，只看手上的病历板，好像看也没看到他似的。

早上五点，他必须到工作间，收拾下昨晚夜班的耗品。每个科室白天的卫生消耗用材，都要配运到科室。一个半小时后，吃早饭。早饭后他必须马上出门，走路、坐车，去学校的路途要用一个小时。

下午四点半，他开始往回赶。下班时人比较多，要一个多小时才能到家。这中间只有一个多小时，他要吃晚饭、做作业、背日文单词。接下来，他可以休息一二十分钟，就要上班去了。

那天，好不容易在医院看到了安东社长阿姨，谁知她碰到他，他还没开口，阿姨第一句话便是：加油，小伙子。

他还没太看清楚人，社长又不见了。

后来才知道，社长也是有急事才到安东院长办公室去的。

在长沙时，饭桌上安东阿姨讲，日本的时间珍贵，他只来日本几天，已完全明白了。

他是在长沙湘江宾馆的宴会上认识安东夫妇的。

父亲让他叫安东社长阿姨。

看到父亲母亲，还有许多医院的叔叔阿姨和日本来的这些叔伯阿姨们大声喝酒、唱歌，他很新鲜。父亲好像很久没有这样高兴了。

晚饭以后，安东阿姨叫父亲和他到房间里去，拿出了为他准备的赴日本留学的文件。

父亲告诉他，是安东阿姨主动提出为他办留学手续的。所有在日本留学的费用由她来安排，不过可以安排在她的公司做点事。到日本后先上语言学院，然后再上其他大学。

安东阿姨慢慢地对他讲述每一项文件的使用，让他有问题尽管找她。他听着她和风细雨的解释，心里觉得很温暖。

他是家中三个孩子中唯一在工厂工作的。由于高中毕业后急于出去工作，他没能上大学。

当有心的安东阿姨提出为王冬春办理赴日本留学手续时，王之林这才明白当年山田为什么把他的几个孩子问得那么详细。

在日本，他今天可是第一次在安东社长家正式吃饭。

这才是他真正中意的饭菜。炖了一大锅，又是肉又是菜，是典型的东北大火锅。还煮了一大锅饺子，最后，还有一瓶辣椒酱。

他平时早、晚在病院，中午在学校，都是在食堂叫定食。吃了十几天日本的食堂饭菜，都是放油很少的日式豆腐、酱汤，肚子里油水简直败光了。

看他狼吞虎咽的样子，安东院长哈哈大笑起来。

吃完了饭，安东阿姨笑着问他：到日本来留学，目的是什么呢？

他一股脑儿说出来，到日本是想学医，将来回中国和父亲一样当一名医生。

对，学成后一定要回国。当医生好！安东阿姨一个劲地儿称赞他。而安东院长笑眯眯的，不多说话，只是不停地给他夹菜。

多少年以后，王冬春在日本医学院毕业了，他才知道，安东阿姨为他上学操了多少心。医学专业在日本是学费最高的，一般的日本家庭的孩子，没有一定的经济条件，不轻易选择学费高的医学专业。

今天多吃一点，明天休息，阿姨和伯伯带你出去玩，还叫上林竹。

安东丰子一边为王冬春夹菜，一边告诉他明天的安排。林竹和王冬春在一个医院内长大，他认识。

社长，林竹来了。吃饭时，有人告诉丰子。

正好，正好，一起吃饭。丰子高兴地说。

林竹认识安东社长可是快有一年了。

那一天，林竹来日本也有两年了，忽然听到有人电话找的时候，都弄不大明白。听了半天，她才反应过来。因为前段妈妈告诉过她，有个琦玉的安东阿姨，在长沙和爸爸妈妈见了面，可能会给她打电话。

林竹来日本有两年多了，日语用于沟通已基本没有问题。

原来真是那个安东阿姨，电话里的声音很和蔼，她让林竹去琦玉川口的家里玩哩。

她是公费留学生。在上海同济大学上大二时，由学校推荐来日本东京工业大学读书。一晃，都好几年了，她已经读硕士了，她虽然没有自费生那种生活之忧，但日本生活节奏之快，竞争与学习压力之大，确实是她没有想到的。

来自上海同济大学，还是在读大一便作为交流学生，由国家选送到日本读书，林竹应该说是很幸运的。她们是全国各地的名牌大学集中招考过来的，又是公费班，班上这三十几个中国学生简直是天之骄子。

但随着到日本的新鲜感的消失，连续几年的三点成一线的校园读书生活，让人感到有些枯燥。

她一个人生活，也是二十才出头，由于是公费生，打工也不多，有时节假日也寂寞。到日本后，可是没有看到有什么日本人邀请你去他们家里玩的。

她不喜欢日本人同学同事之间的上班挺热情、下班冷冰冰的相处方式。

凭这一点，她挺喜欢中国人之间的人情味。

因而，安东阿姨的邀请让她有些好奇。

那天第一次去川口时，她还记得，在千叶快速线的蕨车站下车后，她一个人朝着前方走过去。不太远，她便看见“安东病院”的大幅字牌了。

她没有想到安东病院这么大一个机构的社长专门请她吃饭。听妈妈讲，安东阿姨过去也是解放军，听说是在满世界到处走动，生意做得挺大。

对这么一个阿姨，林竹可是又好奇又崇敬。

怀着这种忐忑不安的心，她敲开了安东阿姨家的门。

哇，大美人啦！……初次见面的安东阿姨，不像一般的日本人那么拘谨。一见面便拉着她的手，笑眯眯地开起玩笑来。还朝里屋喊，喂，院长，你快过来……

林竹没有想到，和安东阿姨一见面，竟听到阿姨这样开玩笑。从里屋走出来的安东院长，也是一脸的忠厚与慈祥。安东阿姨两口子完全不像她想象中的日本人那样，一想到她们和父母一样也是解放军，林竹紧张的心一下子松弛下来了。

像不像长迟呵……丰子看着林竹，突然问秀夫。

别乱说！秀夫这一次小声地吼了一下。

比长迟还漂亮！过了一会儿，秀夫很肯定地说。

什么长迟呢，阿姨？林竹还听不大明白。

吃饭，吃饭！秀夫一下岔开了话题。

哈哈！丰子大笑了起来。

到街上的中华料理吃饭，还端起了酒杯。让安东两口子吃惊的是，林竹一大口一大口地喝日本清酒竟没有一点儿事。

再来一瓶呀，再来一瓶……安东院长怕是也喝多了，一口一嚷嚷，这酒不行，不行，换上中国的老白干……

安东阿姨笑眯眯的，也不管喝多了些的院长，只顾和林竹说话。

吃了饭，又坐了一会儿，林竹要告辞了。

可安东阿姨告她，床已经铺好了，让她今天就在这儿休息。但林竹说什么也不答应，听说是因为晚自习导师有事要找林竹，安东阿姨这才没有坚持。

第二个周末早上九点，林竹还在宿舍睡觉，留学生公寓传达室又叫林竹接电话了。

又是安东阿姨。

我在你楼下呢。上次约的和王冬春一起来东京看看，我可以上来看看吗？安东阿姨不紧不慢地在电话里说，这让林竹更加手脚忙乱。

日本的留学生寮又小又挤不说，更要命的是林竹屋里有另外两个女留学生，大家白天都很忙，东西又多又乱。她赶快跳下床整理起来。

安东阿姨不管林竹如何劝阻，非要上来看一下不可。阿姨还拿了两件衣服给林竹，说是对林竹挺合适。

原来今天是安东夫妇专门来学校看一看林竹。今天，他们已经叫上了王冬春，还要带上林竹，一道去看一看横滨的市容和风景。

林竹从宿舍一看楼下，果然，安东秀夫先生已经在汽车旁向她直招手。

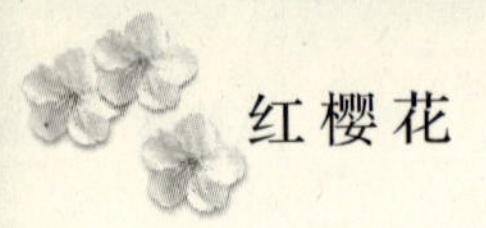

4.7　1986年，日本东京，菊町

给李瑞祥的邀请书已发出两次了，这最近的一次，是安东丰子得知李瑞祥已经从南宁军分区政委的任上退休下来以后。这一次安东丰子是认为差不多了，可从前几天的电话中，好像中国方面，李瑞祥的上级还是不批。

也算是急性子的安东丰子今天是去大藏省。

是无奈之下，安东才想到了去找这个亲戚，也就是她的儿女亲家亲戚——当今的大藏大臣竹下登。

电话中，竹下的秘书讲了，事情应该好办了，因为已经拜托了外相安倍晋太郎（后任首相安倍晋三之父）；安倍外相已经出了面，请中国的外交部门出来做工作，李先生来日本大致不会有问题了。

但是安东丰子还是要去一趟，她要当面问竹下先生才放心。

从大藏省出来，安东丰子算略略放心了。因为，在开会的竹下先生利用休息的空隙，当面给她讲了，让她放心便是。

在中国当解放军时，李瑞祥是她的顶头上司。而且他一直是管她们医院的教导员，时间有好几年。好多日籍解放军战友，听说李瑞祥要来，都眼巴巴地在盼着。

前段，已经在风传李瑞祥要来日本，好多人以为李教导员来了，直接跑到川口的安东病院看；没有来的人，询问的电话也是一个接一个。

紧锣密鼓的，真好似李瑞祥明天就要登陆日本了。

安东，李教导员何时来呀！我们大阪战友成立后援会了。

山田，来日本后我先预订两天呵！一定来我家住两天啊。

山田同志，我们长崎有十几个战友，李政委的行程不能落下长崎呵！

大家七嘴八舌，让安东夫妇头都昏了。

俗话讲，衣不如新，人不如故呀，他们离开中国，都三十多年了，这些前日本籍解放军干部、战士，都是五六十岁的人了。说真的，是想要看一下中国的老领导、老战友了。

从中国回来，好些人一直在公司、工厂工作，也不能如安东一样说走便走呀！像安东丰子这样已去了中国十好几趟的人，不说老辽东军区了，全日本几千名转业的日籍解放军，真的数不出几个来。

安东夫妇和李瑞祥在中国都见了面，喝了酒了，那是在广西的南宁。安东夫妇在柳州住了两天了，要去南宁坐飞机回广州，突然有人说李瑞祥在南宁当政委。马上打电话过去，第二天李瑞祥就派人来接她们去南宁了。

在南宁少不了叙一叙呀，又是喝酒又是见老战友。又住了三天，因为和太多人干杯，安东秀夫都醉倒了。

当时安东丰子就邀请李瑞祥来日本。

回到日本后，安东丰子第三天就给李瑞祥寄去了来日本的各项文件。但是一次次问，都还是一句老话，在研究，在研究。

第一次的邀请文件寄去了有一两年，一直到李瑞祥退休了，都没有批下来。

听说李瑞祥退休了，安东的劲又来了，一下子又给李瑞祥夫妇寄去一大堆邀请来日本的文件。

在日本，知道这事的战友们都佩服她。

也还真亏有安东丰子这么个人，这么个脾气。她要弄的事，就总会在鼓捣。到处找人，想办法。你说吧，让一个解放军的师级干部来日本，多么麻烦的事！七弄八弄，就让她整出眉目来了呀！

果然，在中国的李瑞祥来电话了，他和太太来日本的事，已获上级批准啦！

这下子，安东丰子脸上真开始露出笑容来了。

电话铃今天晚上不寻常地响了起来。

今天本来安东丰子不想见人了，刚才为老领导李瑞祥来日本之事，闹的高兴了很久，陪了几天有点累了，已经都回到家里休息了。

但这个电话也不同寻常，来电话者是沈阳的吴灵生，这家中国外贸公司的老总是丰瑞公司的常客了。两家公司往来有很多年了。

吴先生常来东京，有时候因为业务什么的，还是见个面；有时彼此没有时间便打个电话，问候一下。像他这样夜里来电话求见，一定是有要紧事。

反正是老朋友，安东就直接叫吴总上家里来了。

一问，果然是有急事。吴总公司有一批鲜活入口产品卡在空港海关，由于入口手续不全，不能办理。但由于是鲜活货，今天晚上又必须尽快通关，海关让他找一家会社为他担保，明天他再去空港补办相关手续。

安东丰子把入关手续看了一下，又问了一下情况。另外，她又打了一个电话。马上安排人去准备文件、取图章，同意为吴总的公司做担保。

真是感谢您呀。吴总不停地致谢。

不要紧，只是一点海关关税风险，小事小事。安东不让吴总说下去。

过了两天，吴总告之安东社长，海关的事处理完了，他会过来看看安东社长。

见面时吃饭，安东丰子坚持不让吴总请客埋单，因为他们既是客户又是朋友。吴总在日本，她应该尽地主之谊。

她还说起了她在辽东参加解放军的事，那些令人捧腹的故事，把吴总逗得哈哈大笑。

你在日本还有事么？临走她问吴总。因为她从吴总的眼里能感觉出来他心里还有事。

这下子吴灵生犹豫了，真说吧，怕又给安东社长添麻烦，不说吧又不放心。

原来，他儿子已办好了在日本的自费留学手续，来日本读书也有一段了。只是生活工作不太稳定，压力好大，刚巧他也在琦玉，吴灵生叫他过来见见安东社长，他都说要打工，没有时间。

那你今天不要回东京了，明天叫儿子过来一趟，见个面。安东丰子听说后，不由分说，马上就这样定下来。

打心里说，他们两个公司之间业务倒不多，安东只是认可吴灵生的为人。今天她更是看到吴灵生日夜为公司工作奔波，就更加佩服。她认识吴总多年了，自己也去了沈阳多次，吴总一直陪着她，但都没听他扯过个人生活上、物质上的啰唆事，更没有听他谈起过还有个儿子赴日本留学的事。

她觉得吴灵生很像她过去在解放军时那些干部。干工作风风火火，从不和个人的事沾边。中国要都是这样的干部，那经济也很快会发展起来。

到第二天，和吴灵生的儿子一见面，安东丰子便很快喜欢上他的朴实。

好，有你爸的样子。如果愿意，就来丰瑞公司打工呵。有你老爸的教育，你可以成为他的好帮手的。

丰子的干脆劲儿叫吴灵生父子非常开心。

吴灵生的儿子真的便一直在丰瑞会社，一干便干了四五年。

夜里，在病院值班的小枝给丰子来了个电话，说丰子老家往病院来了一个电话，让丰子赶紧回去一趟。大概是说，老家来了个中国的残留孤儿，指名找她。这中国残留孤儿是个四十多岁的女人，说不好日本话，也不说清楚事情，说是非要见一下丰子。

4.8 1986 年，日本名古屋，岐阜县，山田家

接到妈妈家的电话，丰子第二天一大早马上往岐阜赶。

妈妈虽然只是说，有点麻烦呵。口气还是平静，但是让丰子忐忑不安。

一进门，就让丰子吃了一惊。妈妈扶着一男一女两个人站了起来。

你好！一口的中国东北话，让丰子又吃惊又熟悉。丰子看到了，她们大约四十多岁，只是不停地直弯腰，向丰子问好。这一身农民一般的打扮，让

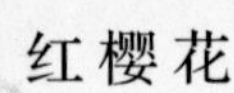

丰子明白许多了。

一口一声地叫着妈妈，还递过来一张照片。丰子一看，像被雷击了一样。照片上，一个穿旗袍的女子牵着一个五六岁的小女孩。

这不是庆子么，高木庆子！那个在中国东北和自己共过生死的姐妹。

丰子心一酸，眼泪便涌下来了。

您是山田阿姨呵，妈妈死了！……呜呜呜……那女子把照片举过头顶，一把抱住丰子，大声地哭了起来。过了一会儿，还低下身，扯了一把那个男子，一齐跪了下去。

丰子头脑中突然出现一个身影，那是一个穿海军衫学生服的小女孩，张开双臂，站在枯井的尸体堆上，呼喊着丰子和庆子。

是幸子么?

是我呵，妈妈……

这一下，丰子想起了庆子，一把抱住了幸子。

女子哭着告诉丰子，说庆子妈妈临死前说，到了日本，如果能找到您山田妈妈，才有办法找到家人。

丰子忙过去扶他们起来。

原来，那天庆子回家后，见屋里没人，以为丰子被苏军抓走了，怕又回头抓她，立即带上女孩逃走了。

逃了几天几夜，专挑静僻的山路走，好几天没吃东西。晚上实在饿极了，无奈之中去敲一个农户的门，善良的主人马上做饭。吃了点热饭，小女孩睡着了。

主人是母子俩，是个孙姓农户。劝庆子说，山里风大，白天再走吧。庆子也好困，留下来了。

谁知第二天小女孩发高烧，走不了了，一住就是半个月。

庆子见母子俩都善良可靠，听了母亲的话，不走了。再说兵荒马乱，庆子自己那天天太黑，不小心晚上又摔伤了腿，也走不动了。

这一养伤养病养了一个多月。

后来庆子跟好些无依无靠的日本女子一样，和收留她的这个农户的儿子结了婚。

从一开始，一家人对外从不说庆子是日本人，还给她编了一个从山东来逃荒的身世，庆子从此还有了一个中国名字：王玲儿。

屯里那时逃荒的媳妇不少，大家都以为庆子真的是逃难的妇女。加之山里又住的分散，邻里之间来往不多，这一住就是三十多年。

过了没多久，庆子说为她这个女孩取个中国名，叫孙秀芹。奶奶，爸妈都对她很好。家里虽然清苦，但一家人很和蔼。

后来，庆子妈妈又生了个小弟弟。

说话间，秀芹把这个同来的男子推到安东丰子面前。秀芹告诉丰子阿姨，这是妈妈庆子在中国生下的骨肉，弟弟名叫孙大明。

丰子禁不住把姐弟俩都揽在身边。

秀芹又接着说下去。

后来，到了六十年代末期，“文化大革命”期间，不知为何，庆子的日本人身份暴露了。一上集镇的街，好多人指指点点。

但庆子反正把握一条，人多时，不怎么开口说话。

乡上终于有人上门来揪斗。

奶奶急的直叫，还从门后拿出铁铲，父亲孙大山端起猎枪，死活不让乡上的人带走庆子。最后，乡政府里有人出来讲公道话，在掌握政策。最后，庆子没被带走。

天天在中国东北的山沟里种高粱，打猎；还要带两个孩子，二三十年了，庆子变成了一个粗糙而结实的中国东北农妇。

1972 年田中角荣访华。听了广播后，庆子兴奋了一整夜没睡觉。

她想回日本去看一看，探亲。于是第二天去了乡上，又去了县里。

我是日本人，出生在日本长崎，想回日本探亲。她生平第一次，大大方方地对政府说想回日本。

公安局的人都面面相觑，没有人能回答怎么办手续。

更要命的是，庆子已不记得老家的地址。

她是在东京上学时，瞒了家人，和几个同学一道上满洲，入了满铁。她只记得父母亲当时都住在长崎，为她不辞而别很生气。

在满铁时，她写过两封信，寄往长崎，都没收到回信。她以为工作几年便可以回日本，也没在意。可到此时，父母是否还在人世也不得而知。

她哪里知道，在中国一待就待了几十年。

一个好心的乡干部告诉她，她的情况可以找一下日本驻华大使馆。

她写过信去日本大使馆了，日本驻华大使馆回答她，回日本探亲，必须有日本国内亲友的邀请。如她申请恢复日本国公民的身份，也需要相关的证据、证明，如出生证、户籍证，或者满铁的档案也行。

可是，在战乱中，她的一切有关日本的个人身份证件全丢失了。“文革”中，把唯一保留的一张在日本照的全家福也烧了。

那就只能等了。

寄到长崎的信，一封封都被退回来。都注明了：地址不详，查无此人。

屋漏偏遇连天雨。

不久，庆子在地里干活时，一下子倒了下去。腿突然骨折了，一检查，是严重的骨肿瘤。没几个月，就不能下地了。原来计划去一趟北京，也去不了啦。

老实巴交的丈夫已年近六十了，天天跑上跑下，急的束手无策。

怕是积劳成疾呵，我的苦命的儿呵。庆子抱住秀芹和儿子拼命地哭。

只有三四个月，庆子就撒手人寰。这是 1973 年。

临去世前一个月，她把山田丰子告诉她的地址，以及山田父母的姓名——早已背了下来的告诉了已经二十多岁的孙秀芹。弟弟还小，只有十几岁。让她们有机会，去日本找山田阿姨。

她告诉孙秀芹，当年庆子丰子约定了，两人如果中途离散后，只要另一个人回到日本，互相一定依地址告知对方家人。

更让秀芹不敢相信的是，妈妈这一天竟告诉她，自己不是秀芹的亲生母亲。这不啻如同听到晴天霹雳一般。

不是这样！不是这样！你就是我的妈妈！只有你才是我妈妈！秀芹一边大叫着，一边抱着妈妈大哭起来。

可庆子妈妈还是丢下她和弟弟，一个人走了。

秀芹和弟弟趴在妈妈的坟冢上，哭得死去活来。

又过了十几年，好似政策松动了。

政府通过红十字会，办好了姐弟俩来日本的手续。两人赴日本的费用，也是县民政局垫支的。县里还找了个在本县生活过一些年头的，已返回日本的日侨，安排姐弟在日本的接机、找人等杂事。

因为上级有指示，这类问题要解决。领导既想解决这两姐弟的战争遗孤问题，也想为县里做一点扩大国际影响的事。当然，也不排除想通过这件事，寻找一下国际交往的渠道。

临来日本前，姐弟俩告诉已不能下地劳动的父亲，让他放心，他们一旦找到日本的亲人，就会回中国陪他。

不过，对于来日本寻找亲人，秀芹心里十分茫然。

庆子妈妈当年还有父母、弟弟、妹妹，有名字，有籍贯，还是有找到的可能。如果能找到，当然好。可是秀芹对于找到自己的生母和哥哥，真没抱太大的希望。

况且秀芹都在中国成家了，还生了一对儿女，要不是红十字会这么热心，她和弟弟是没法来了。要是找不到人，秀芹还想早些回家。她还想着丈夫儿女，以及地里的一片又一片的庄稼呢。

应该说，秀芹她已经习惯中国的生活了。

然而幸运的是，还是找到了山田阿姨。

安东丰子不管三七二十一，把秀芹姐弟先接回川口安东病院了。

丰子明白，这就是日本的残留孤儿呵。按规定，她们有资格留在日本。可是，留下来一定要有相关的手续才行啊。

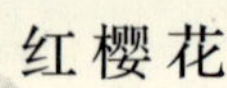

首先，要找到庆子的家人才行呵。丰子这样想。

寻找庆子和秀芹的亲人，让安东丰子费了不少心。

开始，丰子让小枝帮忙，先找了一些相关团体，比如，全日本中国残留孤儿联络会、满洲失散家属联络会，等等。

这些团体的人都很热心，他们出了一些主意，对寻找亲人提供了很多帮助。丰子从他们那儿了解到，日本政府只要确认了残留孤儿的身份，马上可以得到日本国籍，并得到很多生活照顾。

安东丰子第一步是考虑寻找庆子的家人。

这个想来很麻烦的事，最后竟没有费多少周折。

庆子留下的地址有两个：一个在长崎的父母处，一个在老家北海道的函馆。长崎的地址去了几封信，都被退了回来。

安东丰子也去了信到庆子老家函馆问询。她记得，她刚回国也给北海道去过信，但没有回音。

不过这次不同，好似秀芹她们运气不错。不到一个月，庆子在北海道函馆老家的弟弟便来电话了，并约定了和安东丰子在川口见面的时间。

庆子的弟弟叫高木健二，是个急性子的人。他已离开函馆好多年了，一直在京都工作。他从老家出门以后，由于函馆已经没有直系亲属，所以很少回去。他也是战后很多年后没有回老家，由于老家还有高木家的人，联络上了后，他也还是尽量每年回去的。所以，政府七找八找，还是找到他了。

高木健二是今年为了整修家族墓地，才回到老家的。

他听到消息马上和安东丰子联络。电话里，他核对了姐姐在满洲的情况，确认之后，他带着一家人，火速从京都赶到了琦玉。

一看到姐姐在中国的遗照，高木一家人抱着庆子的儿子大明和秀芹大哭起来。

而且，吃过饭之后，高木马上就决定带两个人先回京都。

临走时，高木全家带着大明和秀芹不停地向丰子鞠躬。

可是，去京都不久，秀芹打电话来了。从她的电话中，安东丰子听出来了，虽然生活无忧，但是，还是有些心事。

弟弟的身份解决了，已经入了日本籍了。她很高兴地告诉丰子阿姨说。

可是，丰子也听出她的困扰来了。原来，因为高木先生不能证明她的直系亲属关系，她的残留孤儿身份还颇费周折。

政府还要求她必须提供相应的文件，比如她和高木或者其他日本亲属的关系证明。

高木舅舅讲，能不能请丰子妈妈在东京找一找人，或者在日本或在中国都想一想办法呢。请您设法帮帮我。秀芹讲到这儿，抽泣起来了。

那你想怎么办？丰子问她。

我想先回川口，我喜欢在您身边工作。秀芹怯生生地说。

哦……好吧！丰子知道她的心思了。

为此，在京都住了一个多月的秀芹，又跑回丰子川口病院来了。

说到做到。她基本上是白天上班，晚上去日语补习班学习。

丰子把菅直也叫过来了。

这是庆子的孩子。丰子平静地说。

这是菅直妈妈，也是你妈妈的朋友。她是院务处长，也会中文……

菅直一把搂过秀芹，抽泣起来。孩子，住我那儿去，看到你我就像看到你妈呀……

从此之后，菅直就每天带着秀芹，一起上班，一起回家。

秀芹从此变得笑呵呵的。她逢人便说，她挺喜欢川口安东病院这边的工作和生活。她可以在病院一边做勤杂工作，一边找爸爸妈妈家的人。

对丰子而言，这心里还是有点犯难。

让秀芹待在这儿问题不大，可是能不能找到她的家人，这可是个没把握的事。

当时，丰子还记得，秀芹只有一个个人标志，可以作为线索。就是一块

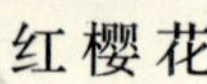

布片上，写了一个斜斜歪歪的日本名字，好像是叫铃木幸子。当时是缝在秀芹的衣服口袋里面的。

可是，孩子是在中国东北出生的，父亲是谁也不知道。母亲当年能不能回日本呢？这些可都是未知的事。

况且秀芹今年都四十五六岁了，父母要在，也有六十多岁七十岁了，也难说是不是有个三长两短呢。

想到这儿，安东忽然有了一个主意。

第二天，她去了一趟《赤旗报》。

过了几天，她把登的小广告给秀芹带回来了。

寻人启事：铃木幸子，女，45岁。1945年9月在中国东北安东和母亲与哥哥失散。铃木幸子已于今年从中国来到日本。知情者请联络。委托人：安东丰子

安东丰子把报纸启事拿给秀芹看。

秀芹笑了起来。虽然她看不懂日文，但她看见了铃木幸子几个字登在报上，心里很开心。她想，如果母亲与哥哥还健在，至少，他们有可能看到自己的消息。

谢谢你，安东妈妈！她激动的一下扑在丰子怀里。

4.9　1986年秋，日本琦玉，川口，安东病院

安东夫妇昨天一大早便出发了。由秀夫亲自开车，上成田国际机场接李瑞祥夫妇。

不过，在机场出口，让李瑞祥夫妇吓了一大跳。

一大群的人，扛着一面又一面大大的旗帜，上面都写有“小林子头战友会”“长城之友战友会”……五颜六色，猎猎飘扬。

欢迎老首长李瑞祥。

向老首长致敬。

口号声引得四周的人纷纷驻足观看。

老首长李瑞祥被大家围着，一个一个地握手、拥抱。远处有几个人挤不过去，呜呜哭了起来。

安东丰子费了好大的劲，才挤过人群，把老首长拉到车内。

一路上，第一次来日本的李瑞祥夫妇不停地问。已经现代化的日本都市风景让从中国来的客人兴奋不已。

到了安东医院，天已经麻麻黑了。一边去吃饭，李瑞祥远远地看着病院大楼，一边调侃：不错呵，山田，大楼挺气派呵。

因为李瑞祥和山田相处了好多年，和安东秀夫在中国也喝过好几次酒了，都比较熟了。加之李瑞祥本身也是个爱热闹又随和的人，所以哪怕是身处异国，李瑞祥仍然是玩笑不断。

第二天去参观安东病院。

在病房时，大家都只是一项一项设施、一个一个科室地看看，又是一大帮子人陪着，没人出声。

可一到院长室，他又开起玩笑来：山田啊，你这可是把我们第六野战医院的规章全搬过来啦……这可要收费的哩！

安东丰子听了，只是抿着嘴笑。

过去，李瑞祥是医院的教导员，一天到晚胡子拉茬的，张口就骂人，好几次骂的丰子她们女兵们哭鼻子。辽东军区第六野战医院的日本籍女兵们，看见他都怕。安东一直以为他是父辈的人，结果这次办赴日邀请手续，才知道李瑞祥还小她一岁。

欢迎的酒会上，来了好多战友，都要和他合影，把李瑞祥一下扯到这边，又一下扯到那边。

好多人开起教导员的玩笑来。

李瑞祥也不示弱，扯起东北腔来，嗓子又大又响，和饭桌上的老部下们一个个调侃起来：

荒川，你他妈的，娶了老婆也不向组织报告，我没同意呢，小心院里又开你批判会！

直木！你的女儿是我批准你们结婚生的，叫什么名？渡江子？人呢……过来给大伯看看！

好像又是高兴，又是有点醉了。

在日本这个秋风阵阵的夜晚，三十多年没有见面的中日战友，你扳我的肩，我端详着你的脸，双鬓的花白彼此都可以看到了。

有好几个人，还一把把李瑞祥抱住，七嘴八舌地叫起来。

有人还在呜咽大叫着：教导员，你怎么不早来呀，你们不知道，我们刚回国有多难。只差没当乞丐要饭了，比我们在中国难过多了！那时我真想回中国去，去找咱们第六野战医院去！

有一个人叫了起来，教导员，你什么时候去静冈？我再为你，为大家做顿饭吃！你一定要去看看，我可没给咱第六野战医院丢脸！尖叫的声音让大家吃了一惊。

一看，是当年医院伙房的铃木正川。如今，他回国也在静冈老家开了个小饭店，收入、生活都不错。儿子还在东京大学读了博士哩！

李瑞祥拍拍他的肩。他也和铃木一样，呜咽地说不出话来了。

他这一趟，在一大群老战友们陪伴下，跑了东京、大阪、神奈川、奈良、京都、长崎等十几个城市，听说了、看到了日籍解放军老战士们的创业奋斗史。

他到日本才明白，这一个个老战士们，一个个今天的社长、老总们，离开了他们生死与共、魂魄相依多年的解放军大家庭，回到日本，当年在家人、社会迷惑的目光下，多么困难！在极其艰难的社会压力、歧视下，这些解放军老战士们不低头，不屈服，终于争到了今天头顶上的这一方天地。

他们不愧是光荣的解放军战士！

当年，为了团结起来，共同奋斗，这些在第六野战医院干过，后来各自归国的日籍解放军战友，还干脆成立了一个归国战友会，名称就是以当年的第六野战医院的驻地小林子头为名，就叫“小林子头战友会”。

李瑞祥推开众人，拿起酒杯，倒满了酒，他认认真真地说：我先敬各位一杯！谢谢大家！……过去，我知道你们为了中国人民的解放事业，流过血和汗；但今天，我又知道了，你们回到日本，也吃过苦，流过泪。你们的新的生活，新的奋斗也是我们解放军的新传奇。你们不愧为中国人民解放军的老战士！我代表中国的解放军战友们，向你们全体战友，向你们小林子头战友会，致敬！我代表战友们保证：我会把你们的故事，你们的奋斗，回去告诉我们中国的战友。我们是永远不会忘记这一切的！

……

他带头端起杯，一口干完。完了，又斟上了酒，一个一个地和战友碰杯。

好哇，干！有人喊了起来。大家都一同一饮而尽。

教导员，我还要和你干一杯。平时不喝酒的松本，也走了过来，和李瑞祥碰了杯，一口干了。

好！李瑞祥毫不推让，也喝了一杯。

掌声如雷鸣般响起来了！

并不太喜欢在公众场合高声说话的安东丰子，只是一边坐着。她今天破例喝了一小杯酒，满脸通红。

有人提议唱歌。

李瑞祥很自然地站了起来。他扬了扬手，起了个调：

先是几个人跟着，接着是大家都唱了起来——

向前，向前，向前！

我们的队伍向太阳！

……

这首歌，只要是日籍解放军战士见面，不管是何时，都会来唱这首歌。

这一个个音符，是他们的青春和热血的凝聚。这些火热的汉字歌词，早已变成了他们生命的一部分。

有几个不是第六野战医院的日籍解放军老战士，今天也闻讯来参加活动了。他们很兴奋，几个人一齐过来和安东丰子社长商量，能不能接李瑞祥也去他们那儿一趟，算是一借呀！让他们医院的其他部队的战友，也看看从中国来的李瑞祥首长，也算是看到中国的老战友老首长啦！

那个和秀夫关系不错的中村正义，酒也喝了不少。端杯过来先敬了李瑞祥一杯，然后掏出名片，双手递给李瑞祥。李瑞祥一看：

全日本回想四野战友会会长中村正义

我是山梨县的，老四野 47 军的。我代表山梨县的解放军战友，邀请您去山梨县作客。

啪！中村正义双脚并拢，行了一个标准的军礼。

好……李瑞祥点头答应了下来。

在回病院的车上，安东问李瑞祥，今天看到了前田同志么？……

看到了，他跟我说了，那年，其实是他叔父烧火炕引起了医院失火，害的山田和野口坐禁闭呀！

过去了，过去了，不提了！李瑞祥哈哈大笑起来。

我和野口也不对，我们不该搞攻守同盟，害的领导查了那么久。安东丰子也笑了。

哈哈，你这个山田，狡猾狡猾的！李瑞祥用手指了指丰子，依然是爽朗地笑了。

送行的晚宴有好几桌，安排在一大片菊苑周围的酒店。酒店就叫菊苑酒店。临窗远望，金黄的秋菊，一望无际，吐蕊扬香，沁人肺腑。

几杯下肚，安东丰子携安东院长，双双端起酒杯，站起来，对李瑞祥说：老领导，我们有一个要求，你先答应我们我们就喝。

好，好！我答应，你们先坐下。李瑞祥走过来，一把把安东夫妇按下来——你们是老哥老姐呀！他用东北人特有的豪爽立刻答应了她们。

说实在的，他看到了，今天的日本是惜时如金的日本。不论是哪个战友，一个个都生活得忙碌而充实。而有着庞大企业的丰瑞集团的两位当家人安东夫妇更不用说了。

这十几天，天天鞍前马后，山田夫妇两个老哥老姐亲自为他开车，安排衣食住行，他已经深深地感受到这异国战友的情真意切了。

是这样的。老领导，我们公司有几项投资和业务在中国开展了，为了协调工作，想在中国南方开一个办事处，是广州还是深圳未最后定。您委屈一下，做我们顾问如何？

安东丰子走过来，笑眯眯地端着酒杯。

好！我答应！李瑞祥马上站起来，拍起手来。

你们不提我还要提哩。我已经退休了，有的是时间和精力。赶上了改革开放的好时机，又有你们这帮这么好的异国战友，我正好可以发挥余热。

这一次是李瑞祥叫上老伴儿，端杯走到安东夫妇面前：我们一是谢谢你们的日本之行的款待；二是预祝我们新的合作成功！

众人都鼓起掌来。

在掌声、菊香、酒香四处浓郁的日本深秋的酒宴上，四个中日战友把酒一饮而尽。

一个丰瑞会社的日本女孩，把一张烫金的文书送给安东丰子，丰子把它展了开来：

兹聘请李瑞祥先生为我社中国事务部顾问。

丰瑞株式会社

金色菊花花纹装饰下的聘书，汉字又大又醒目。

李瑞祥站了起来，双手从安东丰子手上接过聘书。转身交给老伴儿，又从老伴儿手上拿出一个小小的镜框。他高高举起来：

我今天也送给安东丰子女士和日侨战友们一个礼物，我念一下。

中国人民解放军第三陆军医院嘉奖令：兹决定对本院下列日本籍同志给予三等功记功，他们有：正排级护士菅野君代、后关照子、园田富子、花田须惠子；副连级统计员山田丰子；正连级司药山口逸男、护理主任伊藤绢江……

李瑞祥念完了这二十多个日本战友的名字，他发现自己眼眶湿了。

男儿有泪不轻弹。

念到这些名字，记起一张张笑脸。从年轻的时候，到今天白发苍苍，李瑞祥都依次览过。这些日本籍战士直至今天，对他们付出过青春的中国，对解放军，仍是赤诚之心！

这份嘉奖令将永远保存在中国人民解放军的档案库，中国人民会永远记住你们！

这是我临来日本前，专程去远在千里之外的军区档案库拿出的影印件，我送给山田丰子同志和你们大家。

李瑞祥以这句话缓缓作了结尾句。

教导员，你不要走好吗？到我们那儿住几天呀——坐在下面的几个当年的老部下花田、管野等几个女护士一齐走上来，抱着李瑞祥夫妇大哭起来。

这酒没办法喝下去了。

4.10 1987年，日本琦玉，安东丰子家

吃饭了，林竹！安东丰子看到饭快上桌了，在楼下直叫她。

今天是星期天，而且是中午十二时了。

看到林竹还不下来，安东丰子噔噔跑上楼去了。

她敲了敲林竹卧室的门，叫了一声：太阳晒到头上了，小姐。

丈夫秀夫笑眯眯地：哎，不要叫了，平时太累，让她休息一下嘛！

丰子也回了他一句：总是护着她呀，再疼爱也是人家的女儿呢。

林竹匆匆忙忙的，下楼来去盥洗室。一会儿就洗完了脸，和安东妈妈一家坐在一起吃饭了。

说是一家人，也就是安东丰子两口子。做家务的工人，一做完饭就去病

院食堂了，吃完了她再回来。

安东夫妇的两个儿子都分别成了家。儿子们的住处，一个在西早稻田，一个在菊町，都不住在琦玉川口。

对任何人，安东丰子是毫不掩饰她喜欢男孩子的。

男孩子好，好干事业！她每次都大声地跟别人讲。

她大儿子小儿子各自生了一个女儿，让她直嚷嚷没有孙子。可如今日本的年轻人，都不愿多生孩子，也不乐意和父母同住，他们老两口也没办法。

可是，两口子自从认识了林竹，就很喜欢女儿了。

林竹 1 米 65 的个儿，高挑挑的，典型的中国女孩的瓜子脸。特别是她的礼貌、谦虚，更让接触过她的人有好感。

从川口车站下来，到安东家不近不远也有好几里地。夫人每次交代说，你到了车站，给我电话，我叫司机去接你。

可是林竹一次也不曾叫安东妈妈的司机去接她。

有时候，看着她满脸红晕的，提一个大包进屋来，满头大汗，心疼得安东秀夫直埋怨，说丰子不关心中国女儿，女儿拿这么多东西，也不去车站接一接。

哈哈，老头子想女儿想疯喽！安东丰子看到院长这样护着林竹，大笑起来。

这不，她开始不停地叫林竹来家里玩，家里住。

刚开始时，是夫人——林竹后来和大多数中国留学生一样，见到安东社长，都叫夫人——每到周末便打电话，夫人让她从东工大到琦玉来吃饭，而且把要洗的东西提过来，她真的不好意思。

慢慢地，她看出老两口的真诚来。而且，夫人的儿子，一个在美国留学，一个由于太忙很少回家。她呢，一个单身留学生，周日来陪陪安东妈妈也好。

来过一两次后，她见医院洗衣服也方便，用机器，省力，干得也快。她在东工大的日本的留学生寮，实在太小，要洗了被子什么的，没地方晒，去洗衣房又太贵。从此后，她也不客气，一来夫人这儿玩，真的大包小包提着衣服、被子到夫人家来洗了。

往往是林竹人一到，衣服包一抛，医院的洗衣工就来了。林竹刚开始以为只用夫人家的洗衣机，没想是要这样交给病院洗衣房。可是次数一多了，她也习惯了。

林竹，天心阁的城楼还在不？没事的时候，夫人也问一下长沙的事。

还在呀，又整修了，那儿已成了一个公园了。

解放军刚进城时，天心阁旁边还有好长的城墙，一直到南门口。我也去过那儿好多次，有一次是部队给老百姓看病。我们几个人，后来还专门去了天心阁城楼上游玩……夫人回忆起来，眯起了眼睛。

是和安东院长伯伯一块儿去的么？林竹笑了，调皮地直追问。

哈哈，和他也去过……城墙下有一个米粉铺，那个米粉真好吃。夫人也笑了，脸上泛起了一点点红晕。

我们在长沙最喜欢去两个地方，一个天心阁，一个是岳麓山。那时候去岳麓山还要过两次轮渡。先上水陆洲，再从洲上轮渡去荣湾镇……

您记忆力真好，现在修了桥了，方便多了。岳麓山现在是大学区，我妹妹也在那儿上大学。

到后来，林竹又托夫人把妹妹林玲也办来日本留学。读书之外，林玲便在川口安东病院打一份工。从此后，林竹便更是每周必来川口。又看夫人，又看妹妹。

妹妹直笑她，夫人一家把你当女儿看哩。你不来，夫人每天直念叨你呢。

其实，在好几年前母亲节开始，林竹便开始委托花店送花了。

亲爱的妈妈：安东夫人收。

女儿林竹

妹妹来了之后，她就开始以姐妹两人的名义，在母亲节给夫人送花了。

第一次看到林竹送过来的花，安东夫人异常高兴，还特地和院长一起，把林竹叫到街上的餐厅吃了一顿饭。

后来林竹才知道，夫人和院长还专门去了学校了解林竹的学习和生活情况。

第一次让林竹难堪的是，那天院长夫妇周六来学校，照例在外请林竹吃饭，完了，夫人悄悄拿了一个信封给她。

原来，夫人到学校问过了，公费生的生活费还是有，但是稍不注意安排的话，也不太够用。因此，她们到周日打工的也很多，是收入一些补贴生活。

林竹一看便明白了夫人的意思，当然不肯收。

好好休息，多看些书，少打一些工。安东丰子悄悄对林竹说。

林竹答应明天不打工，今天便随他们夫妇去川口。但是，钱，她不想收。

你不收，便不要认我做妈妈，也是看不起我。安东夫人不由林竹分说，把信封塞在她手上。

里面是两万日元。

夫人这样讲，让林竹没有办法拒绝。

但是，林竹还是把信封和钱悄悄地留在安东夫人家了。她在客房的床头抽屉中放上了信封和钱，另外还附了一张纸条。

夫人，我麻烦您已经很不好意思，这个我是不能收的，谢谢您了。林竹

可是，第二天夫人追到学校来了，她把信封和信都带来了。

你不收下，院长叫我不要回川口，丰子很认真地说。哦，对了，我这儿还有资料要请你翻译，这也算作是翻译费吧……你这是劳动所得……她真还拿了一叠资料，交到了林竹手上。

这……夫人……接了夫人手上的这一本资料，这可真让林竹无语了。

林竹还有课，又回教室去了。

快来，我等你吃饭……

不用了，夫人，我还要一会儿才回。

我等你。

月亮已升起来了。

夫人在车内一直坐着。她望着林竹走来的方向，又执着又调皮地笑了。

她一直不下车，就是要叫林竹去吃饭。

月光下，树影婆娑。远处有人在轻轻吟唱，似是那个店里播出的歌。歌如深秋的夜仙子，从容而温柔。丰子看着林竹轻盈地走了过来，满心高兴，她仿佛看到了自己年轻的身影。她也在异国，在月儿很圆的时候，她很想家。也只能无奈地仰望，自己哼唱日本民谣，和月儿一起慢慢睡去。

哎呀，您真在这儿呀！林竹看见夫人下车，吃了一惊。

是呵，说好了在这儿等你呀。

真不好意思……林竹一想起安东夫人丢下那么一摊子事，居然等自己等了这么久，心里好不安。我以后自己来川口吧……她认真地答应了夫人。

你长得特像我一个战友，知道吗？夫人坐在车上，冷不丁突然说上了这么一句。

谁？

她叫长迟菱子，和你一样，又高挑又漂亮又能干！而且，她也是院长的战友、好朋友。

哦，她在哪儿？

她为救伤员落水牺牲了，葬在中国，我都找不到她的墓地了。她去世时才二十二岁，好可惜。……所以，我们对中国有感情呵！安东丰子罕有的叹了一口气。

林竹的眼睛有些潮湿。

她明白这是安东妈妈对她的这一份情感，也是想帮助她的一份心意。可是总这样白白地麻烦人家，还去拿什么补贴，这可不是林竹的为人性格。

从此以后，学校没有重要的活动，夫人都要求林竹来川口过周日。

而且，林竹一到川口，安东丰子就要为林竹找点事情做。要么带林竹上街转一转，给她买件衣服，要么是买一堆点心、日用品，而且一定要收下。

夫人还有理由，她笑眯眯的，让人无法拒绝：因为你来川口，耽误了打工呀，这是我给你的误工补贴。

林竹简直哭笑不得。

没别的，你妈妈不在，阿姨和伯伯就是想让你在日本过得好一些。让你好好地读好书，将来回中国去干大事，也让你父母亲高兴。安东丰子很认真地说。

林竹听了夫人这番话，开心地笑了。

林竹决定从下月起，每月最多只来安东妈妈家一次。

而且，她想多陪下安东妈妈，另外，帮安东妈妈做些力所能及的事。他们家有阿姨，但是，林竹有比阿姨更巧的长处，比如，做中国菜啦，包饺子啦，翻译资料啦，等等。反正让安东妈妈家里高兴的事，林竹都总想去做。

到后来，林竹到安东妈妈家过周日，就睡在安东妈妈家了。

可常常一大早，安东丰子就咚咚跑上楼来了。

由于昨夜睡得太晚，林竹竟一觉睡过去了，连安东妈妈上楼来，她都不知道。

等林竹的母亲来日本探亲，夫人也安排她住在川口家里，安东丰子开玩笑说：以后周日叫林竹起床就归你喽……

这可让林竹的妈妈大吃一惊，因为，在中国，林竹最爱熬夜，也最爱睡懒觉。没想到，女儿这个懒觉，睡到安东社长家来了。

你这个女儿可真好，让我常有中国菜吃。秀夫呢，常剥削她，想吃中国饺子就打电话给林竹……

不是呀，是你们照顾她太多，这可不好意思呵……比我还管的多呀！林竹的妈妈是个医学院的教授，也笑着道歉起来。

你有两个女儿，干脆送给我一个好了。丰子对林竹的妈妈眨眨眼睛。

好呵！林竹的妈妈回答得很干脆。

哈哈哈！……安东丰子这下子更加开怀大笑起来了。

4.11 1987年，日本琦玉，安东病院

王之林今天起了个大早。

按他在中国的习惯，他一出差，一大早必逛当地农副产品市场。六七十年代中国物资短缺，逛市场成了习惯。所以，他今天也想到日本的农贸市场走一走。但儿子说，晚上带他去看。他想，怕是儿子要睡懒觉吧。可晚上看什么农贸市场呢?

真的到了傍晚，安东院长两口子都还没下班，儿子匆匆赶来了，带他走了一大截路，来到一个熙熙攘攘的门口，引了他进去。

里面果然如国内差不多，尽是蔬菜摊与鱼档、肉档，所不同的只是所有蔬菜都用塑料纸包着，没有一点泥巴，干干净净。

再沿着电梯上去，上面是买各种调料和食品的地方。儿子告诉他，日本没有专门的农贸市场，人们买菜都到超市。这就是日本的超市，应有尽有。

这两天，安东让儿子放了假，专门陪他到处看了看。一处又一处的高楼让他眼花缭乱，他倒是没怎么动心。看了这超市，他倒是挺有兴趣，白天，他一个人又跑去看了一看。

要是医院或老干所门口有这么个地方那可好了。

今天，是他到日本的第十天。

为了他来日本，安东夫妇早早地便发了邀请，但是军区一直未明确批准，他也不便老是问。再说他手中的工作也多，也走不开。只等到他办了退休手续，准备进老干所了；再说他也有个明白的理由——儿子在日本留学，因此他几乎是三两天一趟往省军区跑。这不，人们也为他的执着所感动，他的赴日手续终于批下来了。

可一来这儿，他感觉着自己像上了一列快车。

刚来的几天山田和安东秀夫轮流陪他，让他在东京四处转了一两天。过了几天，两口子还一同亲自陪着他，会见了几个卫生所里的老部下老战友，天天吃喝玩游，还让儿子陪他玩了迪士尼公园。

但他看出来了，山田她们挺忙。

一周以后，他提出来，除开晚上吃饭，白天他一个人活动。因为他懂日语，白天一个人上街逛逛没问题。只有吃饭时，他才和山田与秀夫见面。

秀夫倒大都在医院，但下班通常很晚。山田却每天去东京市内上班，早去晚归，要晚上八点左右才回，所以这晚饭，一般都在八九点才吃。

有件事，他一直在琢磨，怎么给山田讲呢？

这天吃了饭后喝茶，山田把王冬青叫下来了，做了安排：

小王，这几天你就不要上班了，多陪陪你爸爸，到东京周围转一转。山田一字一句，末了，还拿出一个信封给他。

冬青一接过就知道，里面怕有一大沓日元，他连忙推开。

我是要你爸代我多买点日本的纪念品，帮我转赠医院的老战友们，这里有个名单。丰子认真地说。

王之林拿到手，点点头，本想说这个事做不来，不过又认真地说声谢谢。他真担心怕办不好买纪念品这个事。可是，他想了想，却是开口对山田讲了另外一个事情。

因为他怕没时间讲这个事了。

原来，王之林有个战友，和部队一个日本籍护士谈恋爱，两人坚决不肯分手，结婚了，只好双双转业到地方工作。这位战友姓刘，现在长沙某医院工作。

战友夫人的日本名字叫中野知惠，问题是中野和日本的家人均无法联系上了。王之林最后讲出了他战友夫妇的难处。

他想让安东夫人帮个忙，为中野医生在日本代为寻找一下亲人。

山田听了半晌没有吱声，转身去柜台上翻了点什么出来。

王之林也不好讲下去了。

呵呵，我都快成日中离散家属联络处了——安东丰子摇摇头，笑眯眯地说。

她还慢吞吞地，把一张照片的影印件放在小桌上。

这是矢野，那个由于在战争中失踪而遗留在中国的年轻人。

王之林拿过照片看了一下。

你也找人，我也找人，你也帮我找一下他吧，怕也很难了。安东跟他说。

王之林把战友太太中野知惠的资料袋递给山田，很感慨地说：她老了，也是解放军老战士呀，在中国也待了几十年了，想回日本住了。

叶落归根，谁不一样呀。山田叹了一口气，接过王之林递给她的资料袋。

儿子给你添这么多麻烦，让我真不好意思。这次又麻烦你了，老战友，实在是推不开……王之林见又为山田找了个麻烦事，双手直搓。

还想去哪儿玩玩？山田见王之林不语，便不提这个事了，只一个劲问他日本游玩的事。

太麻烦了，你们也忙，我想回国了。王之林是真心话，他来日本看到了大家都很忙碌。

哦，船津他们还想请你去静冈呢。我陪你去，有机会看一下我们家乡名古屋，还有我家乡岐阜，那儿有世界文化遗产大茅屋顶呢！……

山田边说边给船津打电话。

王之林还是决定回家了。

来日本之前，医院已正式通知他，聘请他为院里顾问，他原来不太想干了。可到了日本，一看到山田两口子工作的劲头，感受很深。

他决定回去后，马上回医院上班。

送别的家宴有两三个小时了。

王冬春要上晚班，已提前走了。

安东丰子也陪王之林吃完了饭。但到了八点多钟，听了个电话，又准备出门去了。她拍了丈夫秀夫一下：你陪好王院长，我有点事。她匆匆忙忙的，到医院去处理事去了。

秀夫和王之林都喝得差不多了，盘腿坐在榻榻米上，有点东倒西歪了。

你们所里的好兵，山田……做我的老婆……我的福气呵！秀夫一边嘀咕，一边又大喝一口酒下去。

反正是咱们医大的媳妇……王之林也附和着，口齿也不太清楚了。

她要是个男人呀，还要多干好多事呀……秀夫本来已经倒在桌子上，不说话了。突然睁开了眼，很神秘地对老同学说了一句。

王之林点点头，想说什么，也已说不上来了。

4.12　1989 年，日本东京，首相官邸办公室

二月的东京，外面好冷。屋里因为有暖气，显得暖意浓浓。

白玉兰和米兰花绽放着淡淡的清香，随着室内游动的阵阵微风，沁人肺腑。

在这儿等了好一阵，首相还没有来，安东丰子有点燥热起来。虽然有点热，只敢脱了大衣，正装的西服在身，整整齐齐，仍然是一丝不苟的穿着。

首相官邸办公室的四周，还是这么熟悉。

墙上挂着的一幅书法条幅，是首相 1988 年去北京时中国朋友送的，是中国名家的作品。听说中国的总书记知道首相有了这幅名贵的字，很高兴，还专门去配了一枚印章，找名家刻好了，也作为个人的礼品，送给首相。

今天早上，官房长官室通知她，说是下午五点至六点，首相安排了和她见面的时间。她就赶快推掉别的事，从川口赶过来了。

原先要见首相时，安东丰子都是找首相秘书安排的。因为从首相还是议员开始，到担任了大藏相，最后当了首相，因为儿女亲家亲戚的关系，她都是找秘书安排见面。

要么便是去家里。

只是去首相府邸也挺麻烦。

可是，怎么也不会像今天这样，见个面要等上个十天半个月的。

刚才，官房长官室的秘书，一个神秘兮兮的中年人，还特别嘱咐她，今天只安排了二十分钟会面。之后，首相已经安排了要见外宾，紧接着要参加宴会，所以不能多坐。

还特别又交代，今天也不能聊经济方面的事，官房长官要我一定转告您。真的是，实在对不起……

这可有点奇怪了。

这个和安东丰子说话的人，也就是新来的秘书，是她所不认识的。

丰子心里在琢磨，一定是首相府邸里有了什么特别的事了吧。

她真没有别的事。

为工作，为生意上的事，她不方便也不好意思找首相。实际上，太小的事找不上，太大的事她的公司也办不了。今天，她可是实在没有办法了才来的。

她是为秀芹的事来的。

秀芹签证又快要到期了。

好似只有几天，一眨眼的工夫，秀芹三个月签证时间便过去了。

最关键的是，秀芹来了三次日本了，大家帮忙找秀芹生父母的事，还没有一点眉目。

她必须办个手续，让秀芹留下来。要不然，在日本，老是办签证延期；回中国后，又来来回回，总是让她一个人到北京办赴日本签证，搞的秀芹都不想去北京了。

也实在是太麻烦了。

现在秀芹有点气馁了，她一见到丰子就哭。

阿姨，我想回东北种地去。

阿姨一定为你想办法，先留下来，再找你的家人。丰子也不知怎么的，就为这个向秀芹做了保证了。

可目前能做的，最好的办法，也只能找找人，让法务省先办一个永居签证了。

这样，有了永居身份，秀芹来往中国日本也方便，在日本住下去也安心。一有消息，她就可以开始去寻找家人。如实在找不到，她以后来日本也方便了。

首相匆匆走过来了。

听了丰子的话，让首相大吃一惊。原来安东丰子到首相官邸来，只为这么个事。

可是办永居身份，合不合手续呀？首相问安东。

他回过头，打算叫秘书问一下法务省。

您批了吧，我自己去找法务省，我熟一些。安东丰子拿出早已准备好的报告，笑眯眯地递给首相。

她想让首相先批了再说。

首相刚拿起眼镜，还没看报告，电话响了。秘书拿起电话一听，是官房长官室在联络会见外宾了。

她又拿出秀芹的照片来，想抓紧时间说几句。

行了，行了！首相点点头，笑了，没让她说下去。拿起笔来，在安东丰子的报告上批了几个字。

你找我批了有几个人啦，安东君？首相看她认真的样子，在开她的玩笑。一边写，也没抬头。

她也记不大清了。从首相当大藏相开始，她便找过不少这类事。

麻烦您了，最后一个，这是最后一个……丰子连忙站起来鞠躬。实在地说，给首相添麻烦，是太多了点。

你老是最后一个……首相也咧开嘴笑了。

见安东丰子收好了报告，起身准备走了，首相也让秘书准备出门了，又好似不放心，又嘱咐了安东丰子一句：和法务省好好商量一下呵！

首相还是清楚，这个事蛮特别。

在他这儿，可是从来没这么批过的。能不能办，他可不知道。

十月份的时候，报纸登出来的事，吓了丰子一大跳。

从七月份开始，东森至青森几个地域的土地，出现了大规模交易。因为涉及一些企业和金融机构，很多人来问丰子。

那儿能买么？好多人找我们出资。来人中有好多商社的社长、常务，还有几个做企业的战友。

我真的不知道……丰子坦然地回复说。

真不知道呀，我可是又想做又不敢做，要不，你也来我们这儿商量一下？

别，别……这类事，我可做不了。丰子一口回绝了。

但她还是忍不住，去问了一下首相身边的人。和她感觉的一样，大家都建议她不要插手这个事。

到今天才知道，原来，首相的身边秘书室的人，在讨论DX线新干线支线方案前，就泄露了一些支线方案的情况，用新闻界的话讲，就是外泄了情报，这才导致了支线沿途的土地交易活跃。然而，经幕僚会议讨论过的几个方案，是多方专家多年反复论证的结果，当然不可能由于土地的涨落而改变。

正式公布支线结果出来的当天，沿线土地暴涨了两倍。

夫人，您看，传闻还是真的呢，真可惜呀。

您买了没有，如果买了怎么不告诉一声呀。

真的没买？那太可惜了。

社长，真后悔买的太少了。

面对这各式各类的电话，丰子心里始终很淡定。

可是，随着情报外泄丑闻曝光后，涉及的人物锒铛入狱，政治上的地震随之而来。这条新干线支线建设的事，又变得前途未卜。而报纸上甚至又传出这条支线要停建，或者改道的坏消息。

那些关于支线建设的负面新闻一出来，沿线土地的价格自然直线急下。

到这个时候，那些人再来电话，安东丰子就会先问：是不是问土地的事，是就不要说了。

电话里一片哀鸿。

……社长，早听您的话就好了，您看……

丰子姐，您看还有什么法子没有……

……夫人，您可真要帮我……

原来，还是有不少人在沿途买了土地。

丰子一听到这些话，讲不了几句，就挂了电话。

反正她抱定了一条，无论如何，她也不会为这个事给首相室去电话。

4.13　1995 年，日本东京，安东大厦

来了，来了。在公司大楼里准备了很久的中野利子，听到同行的邹小玲喊，立即忙乱起来。

邹小玲在丰瑞会社干了有快十年了。看着她处理问题的样子，知道夫人是很喜欢她的。与其说是对她人的欣赏，不如说是对她能力与忠诚的肯定。

不过，邹小玲也闹不清为什么夫人今天这么认真。

今天来人是一位姓文的先生，是夫人多年的朋友。

这是公司一个有多年往来的客户。

前几天，还在洽谈比如对日出口的棺木和祭奠用菊花一类的生意，但是他的业务还只是在酝酿中呢，搞不清夫人为什么这样热心。

但每次这个客人来日本，夫人都会和他一道吃饭。这次听说是他和弟弟一块儿来，中野告诉邹小玲。

弟弟好像是东工大的一个学生吧。小玲答了一声。

中野也搞不清楚。只不过，昨天夫人直吩咐她，要穿好一些，这可是以前从来没有过的事。

在和对方联络后，邹小玲特地给中野打了电话，夫人让她转告中野，今天有客人来，不要离开公司。

邹小玲和中野都是医院系的。

邹小玲的父母亲在柳州某医院，而中野的父母在长沙某医院。相同的是她们的父母都是前人民解放军的卫生干部，不同的是邹的父母都是中国人，和安东夫人曾是一个部队，而中野的父母来日本前和夫人并不认识，是父亲的战友王之林介绍自己日本籍母亲来日本寻亲，才和夫人认识的。

中野的中国名字叫刘利莉。

对她们家之前的好多事，中野一直不太明白。

她爸爸、妈妈以前也是解放军转业干部，可是他们一辈子做人都小心翼翼。在医院里，上班当医生、教授，按说是不错的工作，可是，在单位内外，他们说话都从来不高声讲一句。

直到1978年，妈妈去了一趟北京，到日本大使馆，利莉才知道妈妈是个日本人。

然而妈妈仍然回不了日本。

这可让刘利莉好多年纳闷，怎么想也没想出个所以然来。

还是爸爸的战友王叔叔，到日本找了安东夫人，妈妈回日本的事，这才有了转机。

通过医院的关系，妈妈还是让夫人帮忙，帮利莉办手续来日本探亲、留学，然后在安东夫人的医院与会社工作。

这一条路邹小玲和中野是相同的。

和办事稳重而认真负责的邹小玲相同，中野利子为人也是非常踏实的。

夫人对她们两人，是没得说的。

邹小玲在会社工作有十几年了，最后，丈夫、妹妹都办来日本留学、工作了。为了方便工作，都拿了日本的国籍或居留身份。

为了中野，夫人也操尽了心。

单说她的入籍手续，都是安东夫人亲自领她去法务省办的。在这之前，她的手续因为年限不够，一直批不下来，中野的妈妈急得要命，也没有办法。

听说了中野的情况，夫人还为她入籍的事，找了当时已当了日本首相的竹下登的秘书。竹下首相因为儿女亲家的关系，被夫人缠得没有办法，因为安东丰子是老打电话，或是一见了面就不走，只好特别批了。

夫人果然是陪客人来了。

客人是三个人。除开文先生邹小玲熟悉外，另外一男一女，邹小玲都不认识。

介绍完了才知道，同来的女的是文先生的妹妹，男的是弟弟。

在公司没看好久，又陪客人去看安东病院，尔后又去看了中野的父母。说是都是湖南来的，到了日本，都要见个面才好。

到第二天夫人才问中野，对昨天那位东工大的博士印象怎么样。

你看怎么样？夫人问邹小玲。

邹小玲笑了，说：挺实在的。

我看也不错。安东夫人说。

大家都笑了出来。但中野却已红了脸。

邹小玲这才明白夫人的心。

接到安东社长的电话让文先生很吃惊。

前两天他在丰瑞会社，夫人让他一道去看桐木棺木样木——准备为订单生产的。

夫人让他和邹小玲装作客人的样子，到那条街上的桐木棺材店看样品，这种样品让他大吃一惊。

因为这种棺木其实就是一次性的告别悼念活动用的。有一张塑料玻璃片隔开一个窗口，棺木本体是用桐木板拼起来的，白净，整齐，美观。他看了以后大受启发。棺木价格也不高，他认为这个产品将来在中国国内殡葬业也一定很有市场。因为目前中国国内的逝者告别仪式所用的棺木箱，都是周转的，既不卫生又不庄重。

尤其可爱的是，夫人约好了，让他和邹小玲先聊一下，夫人再和司机走过去，也佯装客户，看看这个桐木棺材店，对不同的顾客怎么谈价。夫人在店里折腾了大半天居然对他和周小玲看也不看一下。

吃饭的时候，大家议论起刚才在棺木店的神情，都哈哈大笑。

这么幽默、机警的安东社长居然一百八十度大转弯，给弟弟做起大媒来了，这让文先生实在不可思议。

我弟弟可是太呆板吧，不会讨女孩子欢心的。文先生还是很犹豫，他怕这事办不好。

我看比你强……在日本，这样的男人好，可靠。安东社长口气坚定的很。

文先生听了个目瞪口呆。

电话那一边，夫人大咧咧地笑起来了。

说到做媒，好像安东丰子天生就有这个雅兴。

这方面林竹可是没少让夫人费心。

一看到林竹来到家中，夫人总要张罗开来。洗衣、吃饭、买礼物……都不用说了。其他的事，好像安东丰子也包了似的。

好多日本人在安东看见林竹都在问：社长，你们家闺女好漂亮，在哪儿上班啦！

安东丰子笑而不答。

到这时，平时不太言语的安东秀夫会抢过话头：是东工大的，还在读博士研究生呢……秀夫与丰子一脸灿烂的笑让客人们很惊讶。

要是客人们知道这个女儿不过是个中国女儿，恐怕会更惊讶了。

不过，私下里，安东丰子不止一次跟林竹开玩笑了。

怎么样，妈妈为你介绍一个对象怎么样？

什么呀，妈妈，我还小呀，才二十三岁呀。一讲这个林竹定会红了脸。

哎呀，你胡说什么呀，老太婆！你是老糊涂了吧！

一到这时，安东秀夫院长必定会打断老婆的话。他们夫妇因为有两个儿子，没有女儿，所以对常来常往的林竹，秀夫看她真像看自己的女儿一样。

不是，是大丸会社社长的太太，来我们家几次……

我说过不要说了。林竹赶紧跑了。

安东秀夫看见林竹已转身上楼去了，对着太太，已面带不悦了。

安东秀夫直嫌老婆操闲心。

不过，林竹是一直想跟夫人讲的，她其实在学校有了心上人了。

一同考上东工大的安徽同学朱天华，从到日本开始就在照顾林竹，读书呀、打工啦……课内课外，都像大哥哥一样。

更有兴味的是，天华每个月都要带林竹去他兼职的公司。那儿有一大帮中国留学生，几个人开了一间软件公司，没日没夜地做软件研发。天华虽只是兼职，但还是一个主要骨干。她挺欣赏天华的事业心。

天华也和好多同学一起，在安东丰子家吃过饭。不过，无论如何，林竹也不敢把和天华相恋的事告诉夫人。她既怕夫人批评，更怕远在中国的爸爸妈妈操心。

不过，为了不让夫人和院长操心，林竹准备让她们见一下天华。

来之前，她打了个电话给夫人，说要带一个客人来。

一进门，夫人和院长都惊呆了。一袭西服的朱天华身材修长，神采飞扬。而一同进来的林竹一脸笑容，如鲜花灿烂。

出去吃饭。夫人马上招呼开了。

饭桌上，夫人与安东院长不时轮换着和小朱交谈。天华也好酒量，人也豪爽。一直到秀夫院长喝得不行了，还让夫人灌下去好几杯。

夫人在饭桌上，笑眯眯地开玩笑，说小朱要娶她女儿可以，但婚礼必须在日本办，而且要由安东丰子和院长来操办！

夫人！……林竹叫了起来，闹得一脸通红跑上楼去了。

好！好！秀夫院长高兴地直叫好，端起酒杯又和天华干杯了。

这恐怕是九十年代中国留学生在日本最热闹的一场婚礼了。

安东秀夫高兴得不行，亲自一个一个打电话，好似生怕别人不知他有个博士女儿。

——我嫁女儿了，来喝杯酒吧！

喜气洋洋的安东秀夫，为请朋友喝喜酒，怕打了有百八十个电话吧！

婚礼按日本式。婚宴地点和婚仪公司都是安东丰子亲自去定的，还带着林竹和小朱去挑婚礼和服。

由于林竹的父母不能按婚礼的原定时间办好签证，而已定好的婚礼时间又不想推迟，安东丰子建议，林竹父母下一次来时，再举办一次西式或中式婚礼。

是这样天华才同意林竹去挑结婚和服。

繁华的银座，结婚礼服店内喜气洋洋。安东丰子陪着林竹，挑了一上午，挑中了一套颜色艳丽的和服。

婚礼那天，丰子就像嫁女儿一样，一大早陪林竹去和服店梳头、洗脸、化妆，足足折腾了两三个小时。

而安东秀夫，却跑上跑下地在酒店张罗，接待客人。

新娘林竹要上婚车时，看到操劳了一上午的日本妈妈，这可是个企业集团的董事长妈妈呀。丰子由于忙碌，头发都被汗水浸湿了。林竹想起来日本的种种事，心里一酸，叫了一声：妈妈……

不要哭，是好日子呀，你一哭我也要哭，脸上都化了妆呵。

林竹突然发现，比平时化妆要多一些的安东妈妈，原来这么漂亮。

盛大的婚礼让林竹和天华激动不已。

由于林竹在中国的父亲是军人，没能来得及办手续来东京，天华的父母干脆也推迟了来日本的时间。这样，这一对中国留学生的家长代表就只剩下安东秀夫和安东丰子。

婚礼在菊町酒店，婚宴开了二十多席，来了众多的中国留学生和安东夫妇的战友。

小两口满脸通红，在众多中国留学生的簇拥下，来到安东秀夫夫妇面前，恭敬地给日本的爸爸妈妈——安东秀夫、安东丰子敬下了一杯酒。

安东丰子悄悄跟新娘林竹说，把你父母接过来，我们在东京再办一场中式婚礼……

林竹幸福地笑了。

4.14　1996 年，中国北京，北京饭店

邹小玲陪夫人来北京，怕有好多次了吧。

到北京便到处吃饭，这是规矩，因为朋友实在太多了。还因为，夫人在日本照顾了多少中国朋友的孩子！中国人又讲感情，好客，能不请夫人吃饭么。

至于是因为夫人的社交才能杰出，又会做人又细心，从而让朋友们都钦佩、信任夫人，这一点就鲜有人知了。

1988 年竹下登首相访华，好多人劝安东丰子随同。那时候已安排好了行程，还联络了一些老战友在北京见面，可是医院突然有了个紧急事情，导致没有去成北京。

安东丰子一直为失去这个机会而惋惜。

终于，到 1991 年，安东夫妇随日本国会议员代表团访问内蒙古，在北京停留了好几天。

这次到了北京，夫人给邹小玲开出要打电话的名单：溥杰、张百发、吕远……

邹小玲知道溥杰是一定要见的。

溥杰老人家要是到日本，是一定要被请到皇宫里，作画、赏菊、题字，因为溥老的书法在日本很有名，溥老和其日本妻子的异国婚姻在日本也传的很有名。听日本人说，周恩来总理当年也很关心溥杰夫妇的异国家庭生活。为此，日本人都佩服周恩来总理的历史胸襟。

所以，从北京回日本后，每次溥杰去日本，夫人都会去探望，或是把溥老请来一叙。而安东丰子到中国，也一定会去溥老府上看望。那关系真是形同父女。

和张百发副市长也是交谊挺深。

1989年在北京，张百发副市长宴请了日本国会众议员代表团古贺诚一与安东夫妇时，是溥杰老先生作陪。以后张市长去日本，也忘不了和安东丰子联络。

张市长还一直尊称安东夫妇为老八路，一见面便老八路老八路叫个不停。

可是去年溥杰先生仙逝了。

那时夫人嘱咐邹小玲，一定要给溥老北京家里打电话，如果有家人，要去看一看。

古贺一诚先生是日本的老资格的众议员了，他一直在致力于日中友好。这次，也是他提出来到北京会一会老朋友，安东丰子欣然陪同他一同前来。

每天都是见政府的官员，看一些地方，忙得不亦乐乎。每次宴会上，安东丰子都要往邹小玲的碗里夹满菜。

因为，一翻译起来，便停不下来，根本没有时间吃饭吃菜。一看见有人离席不需翻译时，夫人马上叫起来：吃，快吃……一边又不停地为小玲夹菜。

中国这个习惯不好，宴会上菜太多了……毛主席说贪污和浪费是不对的……一吃完饭，回到房间，夫人一定要调侃一番。而且摇头晃脑，一点也不似刚才那个丰瑞集团的董事长。

到这时，邹小玲才能轻松地笑一笑。

只是和中国的战友们聚会时，邹小玲才轻松一点。因为大家很随意，夫人也放开了，满口是慢慢的一字一句的汉语。

偶尔，也会将打盹儿的邹小玲叫醒，用日语问她某一句中国话的讲法。

邹小玲看见夫人的战友走后，又留下一大堆资料。

又有几个人呵，她关切地问夫人。她知道是夫人的战友们又是托办赴日本留学的。

不多，四五个吧，也不一定能全办，能办多少看情况吧！夫人答了一句。

夫人在埋头打盹儿了，已经晚上十点了。但是过半个小时，广州合资公司的人还要来饭店汇报情况。

本来，昨天是在北京开了一天的会，是在北京合资公司内开的，开会前去工厂看了一下。开会的内容，是讨论北京合资公司的食品加工设备采购计划。

在会上，关于采购食品加工设备的案子，有两种意见：一种是和主设备一样，从日本进口设备；另一种意见，认为目前是采购为主设备配套的附属设备，可以尝试用中国产的，这样经济一些。

夫人听了讨论后，拍板同意使用中国产设备。因为这些附属设备要求不太高，而且耗损量大，如果用中国产的，购买维护成本会低很多。

本来，原计划是夫人要带她去广州处理广州合资公司的相关事宜；如果有时间，还想去一下南宁，看一下广西的合资工厂。但日本的会社和医院都在催夫人回去，只好取消飞广州的计划，改为在北京开会了。

在北京行程白天已安排满了，因此合资会社的会只能安排在晚上了。

邹小玲真佩服夫人的精力。在日本时，白天，她大部分时间在西早稻田和菊町的公司行政总部，不管晚上多晚回，她都坚持看川口安东病院的日报表，了解当天收支流水，看经营情况。

但第二天早上，夫人一定会准时坐上她的座车，往东京的方向去。

在中国的日程比在日本更累。

活跃的社会活动家安东丰子名气的确不小。

明天上午，还要和北京市政府的官员谈判。中午，是北京市政府为古贺一诚议员及安东夫人的送行宴会。而今晚和明晚，却是合资公司的年例会。

邹小玲真有些为夫人的健康担心了。

好在邹小玲也在夫人身边干了好些年，有些事为免麻烦邹小玲都给她挡驾了。为这事邹小玲没少挨批评。

比如合资会社的事，邹小玲就建议合资会社自己把要解决的问题打一个

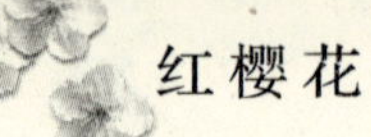

报告，让夫人先看一遍，不一定来北京。

可合资会社的李总直接报告了夫人，夫人让她们马上来北京。不过说明了，只能利用晚上的时间开会。

而且夫人马上告诉邹小玲，没去广州已是不足了，不来北京根本解决不了任何问题，办企业是不能怕麻烦怕辛苦的。

4.15　1997年，日本东京，菊町

日本的秋天，让人感觉比中国要冷一些。

满山的枫叶，在日本列岛顺山势绵延，一望无垠的，用红色花花白白的点缀着四周墨绿的山脊。

一看到枫叶，中野利子又回忆起湖南长沙的岳麓山了。

中野，电话！小玲在喊她。

中野利子今天刚上班，就接到安东社长的电话，让她把“丽的”服饰这两年全部的合同、月报、年报都找出来，送过去。

还在找合同，邹小玲又来催了，搞得中野手忙脚乱。

这一段好像尽是“丽的”有事。

说起这个合资的“丽的”服饰会社，真没让夫人少操心。

在日本，安东社长是很注意服饰业的。

她在这方面最得意的操作之一，便是在东京名噪一时的“丰瑞沙龙”。看着她的顶尖顾客群争先恐后地被来自欧洲的名师吸引，来“丰瑞沙龙”报名订做高档衣饰时，安东丰子便脸上泛出光来。

她好似看到的不是钱财，是看到一条金灿灿的河在闪光。

这条河流就是丰瑞的品牌。

中国这个市场十有八九会和日本一样，在解决了吃饭穿衣之后，会有追求品牌享受的高档消费阶层。这是安东丰子的观点。

“丽的”服饰，就是为十年以后的消费者准备的。

为合资公司，运去的都是日本最好的缝制设备、最好的生产技术及管理班子，最好的设计队伍。

但是，初期委托生产的产品样品，对方不太满意。凭着丰瑞公司的面子，客户勉强下了个小单，但货运过去了，对方又退了回来。原因是瑕疵太多，只好又重新打样。反反复复地打了好多次样，客户不耐烦了，不和“丽的”下单了，弄的生意做不成，夫人还要亲自登门，和对方讲好话。

而中方的合作者，居然想起诉这个日本客户。原因是：为打样进了原料，花了工时，往返了一个多月；来回寄样品、邮件，还推掉了一个国内订单。一句话，花了不少钱，要这个客户赔偿损失。

收到合资公司的传真让安东丰子大吃一惊。

当然，安东丰子不同意。

原因很简单：客户就是上帝。上帝满意，它一定会要你的货，打都打不走。其实对方是一个高档百货店，如果生意通道通了，会有很多订单。

倒不是这个客户有多么重要，也不是除了这个客户就拿不到单。要命的是如果对方将“丽的”的品质情况在业界传播，“丽的”将难以进入日本高档服饰市场。

更让安东丰子头痛的，是中方合作者的不以为然，他们把大部分责任都归结为：日方吹毛求疵。

这样的话，“丽的”的产品，不仅进不了日本市场，那个企业的产品定位“为未来的中国市场高档消费阶层服务”也会变成水中月，镜中花。大家的合作，只会是泡影一场。

上次为这事，在北京开会。开来开去，开了两个晚上，也不能说服中方合作者，让安东丰子头都大了。最后只好妥协，让打样的费用计入日本投资方成本，才算了事。

这次安东丰子调合同看，是因为“丽的”来了函，又要谈日本方增资的事。

就投入来看，已经不少了。

好几年了，也没有像样的订单。如果就这么维持下去，也不是不可。但是在没有效益或者看不到前景之下，再增资也并不一定是上乘之计。

本来，经历了上次的教训后，安东丰子和丰瑞大多数董事都对“丽的”统一了认识，认为“丽的”作为一个企业，企业整体素质还在提升期，要先和市场磨合一下，不妨先不要急于进入日本市场。

因此，这两年，丰瑞只从市场信息、品牌塑造方面对“丽的”下功夫。丰瑞公司一致认为“丽的”产品应先在从中国国内市场入手。

做了一段，资金的需求便出来了。

接到“丽的”的增资报告，安东丰子马上开了丰瑞的董事会。

会议的结果，是不同意“丽的”的增资方案。

大部分人的意见是：如果中方因为中国国内订单的原因要增资，那么中方可单独提出订单项目，自己增加流动资金。而日方不想增资，却应该考虑，日方权益可与该部分增加项目切割，即由中方承担该部分投入的全部责任和收益。

安东丰子无奈地接受了董事会的决议。

这个决议一定是中方合作方不乐见的，有什么反弹没有，也说不定。所以，安东丰子心里，一直为这件事忐忑不安。

但这个决议，相对于日本方对“丽的”增加投资而言，又要好一些，那样其实只会让双方的合作关系更加复杂。

果然，“丽的”的中方合作者不满意丰瑞的方案。

日方不投资，对中方投资方案项目的权益切割，实际上是因为双方经营思想理念上有了难以逾越的阻隔。这件事，也成了双方合作经营的分水岭。

事情到这一步，也是安东丰子当初没有想到的。

去深圳出差，是中野利子没想到的收获。

她从飞机上一落地到香港，就感到自己是个中国人了。虽然这里没有人讲亲切的长沙话，尽是听不懂的广东话。

过了罗湖海关，人群更加忙碌。不过香港和深圳的人忙碌是忙碌些，饭菜味道却比长沙清淡些，和日本菜的味道相近，这一点又叫她高兴又让她失望。

打通了和同学云子的电话后，云子高兴地跳了起来。

我请你吃湘菜去！

云子讲话又快又爽，当了孩子的母亲了，身段依然苗条，是个典型的急爽爽的像辣椒一样的长沙妹子。

回长沙去不，利子？云子问她。她们是同班同学，资深闺密，任何时候几乎是无话不说。

不去。夫人要她来处理“丽的”工厂的事，她正头疼呢。她简要说了一下。

怎么处理？云子睁大眼睛问她。云子可是个胆大包天的人，她是大学毕业后，不满意分配的工作，就辞职了。

云子一个人闯深圳时，就因为买不到车票，她可以从售票窗队列的最后一个人问到头一个，托他们带一张票。

之后又七换八换地找工作。

找工作，辞工作，又找工作。拖着个行李箱白天晚上地搬家，云子也记不清有几个回合了。

一直到了在现在打工的公司，碰到了这个天天追她、天天帮她的潮州小伙。不论是父母还是朋友，她谁也不说，就敢把自己嫁了。

新婚后她给中野打了个电话：我嫁了呵，利子，来深圳我和老公请你吃饭。

完了就突然哭了，一下子挂断了电话。

现在的她和老公的妹妹合伙开了个茶叶店，妹妹坐店，她管进货，悠悠的时间挺多。成天开个车，满深圳逛。

所以中野一来深圳就和她泡在一起。

难怪你不想去日本……看到成天海吃海喝的云子，中野笑了。

看不出，你挺能，赚那么多钱。中野看到她的茶叶店挺大，里面很多人喝茶买茶。

结婚后老公给了我五十万，我一边在公司上班一边开这个店，因为公司老板是他舅舅，也没事，我为公司做的销售也不少。云子对她的工作生活如数家珍，充满自豪。

难怪你不想来日本。中野笑了。当年她自作主张，想为云子办赴日本的自费留学，当时云子的拒绝让她费解。

实在地说，听说在日本一结婚，女人就要在家带孩子，云子就不想去日本了。不管莉莉怎么跟她说，还自作主张给她报了日本语言学校的名，她就是不同意去。

在歌厅里，云子请中野听歌，她一个人不时还上台客串闹一下，引得众人开怀大笑，可望着愁眉不展的中野，云子百般不解。

直到中野和她讲了深圳工厂的事。

不要紧，我明天带你去东莞玩玩。云子略有所思地说。

我哪儿也不想去，没心情。中野懒洋洋的。玩了一天，她想回去休息了。

带你去看一个日资织衣厂，过去开的，快关门了，如今挺兴旺的……我老公一个老乡和日本人合开的，我去玩过。云子说起来如数家珍。

哦，有这好的事？中野高兴地睁开眼睛了。

在东莞，让中野有了意外收获。

原来，云子带她看的这个厂，原来也是个专为日本公司加工服装的工厂。可是出了好几回质量问题后，在日本的公司，让他们去找一个在东莞的服装检品公司。也就是说，把公司预备发往日本的货再检查一遍。

哪知这个日本检品公司根本忙不过来。

联络了半个月后，这个中日合资的检品公司来了电话，很勉强地答应收下他们的货。送货的工人回来说，他们的确忙不过来，待检的货堆成山了。

奇怪的是，让这个检品公司检过的货，优良率出奇得高。

到后来，他们工厂再送检，又要拖一段时间，因为检品公司实在太忙。

以后，云子老公的朋友突发奇想，提出利用本厂的场地、人员和检品公司合作。

对方马上来了人看场地，很快达成了合作协议。

所以，除开生产服装外，工厂又和检品公司合作，开了一家合作的检品车间。又检自己工厂的货，又外接其他日资服装工厂的检品订单。

看到这个日资工厂一片兴旺，让中野万分感慨。

她认为应该以这个日资工厂为例，给安东社长写一份报告。

在中国大陆这个生气勃勃的市场，丰瑞会社是应该更贴近一点。“丽的”，应该还是有办法！她是这样想的。她想回日本后，早点告诉安东夫人。

4.16　1999 年，日本琦玉，安东病院

今天是该着长谷川由美有事。

一大早，病院都尚未上班，挂号收费处就她一个人值班。可冷不丁窜进来一个病患，捂着肚子，叫着要看医生。说了半天她大约听出了点情况，却让她为了难。

病患是个近三十岁的男人，穿的倒不十分难看，但身上已看得见污渍。可能病了有一段时期了，家里照顾一定也不周到。

病患日语不太流利，讲话有点像在病院卫生室打工的中国留学生小林。但是可以听出是肚子疼，只是他挂号时也拿不出医疗卡和钱。

长谷川琢磨他可能不一定是日本人，再则，除住院部，各科的医生也没上班。因此，她想等供应室的中国籍员工梁大姐来了再问一问病患的情况。当前的处置，只能让他在候诊的长椅躺一躺。

按说，夫人平时是不来医院的。但今天一大早，夫人一个人进病院来了。一看长椅上躺了一个人，停下步来就去问。

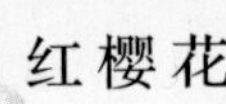

问了几句，她就叫长谷川赶快找外科的医生来。

长谷川由美看见安东社长坐在病患旁，摸病患的额头，这一下子叫长谷川慌得无地自容了。

都说安东病院的中国员工受关照，而且日本人要是欺负病院里的中国人，一定会被安东社长追究的。可是，长谷川今天看到安东社长却是这样关心病患呢。

这个病患也是中国人么？一定是，因为社长是懂中国话的呀。长谷川一边想一边有点慌乱了。

在长谷川忐忑不安中，她看见住院部外科的值班医生火急火燎的推着手术车过来了，不一会儿就把病患推走了。

过了二十来分钟，外科把检查结果给长谷川拿来了。

安东社长在院长的陪同下，一起到挂号室来看结果来了。

还好，不是大毛病呢。安东社长叹了一口气。

长谷川听着两人在交谈，好像放下心来。过了一会儿，她看见安东社长和院长走了，才敢抬起头来。

病院里的门诊部已来来往往有许多人了，挂号收费室的人也已来齐。不一会儿，电话也来了，让她去主任室一趟。

看着低头的长谷川，主任拍拍她的肩，让她坐下来。

主任讲的又慢又缓。

社长讲了，你今天做的并没大过错，按院规，没有办手续是不能收诊。但是，一个病患进了病院，又是急诊，病院就不能对他不管。社长和院长还讲了，今天要是肠穿孔怎么办啦。我已经为你承担责任了，她们也反复交代不要批评你，以后留心便是。你的岗位是病院的窗口，拜托了。主任说完了还站了起来，鞠了一个躬。

今天这个病患的诊疗费都放一起，由我交院长签字报销。主任最后又交代了一句。还说了什么，长谷川都没听清，因为她一个劲在鞠躬。

事情是过去了，但是长谷川心里不是滋味。她中午在食堂吃饭时，见了梁大姐，便和她打招呼，想下了班约她见个面。

平时梁大姐和长谷川也谈得来。而且梁大姐常常和安东社长在一起，两人有说有笑，这让许多病院的日本人迷惑不解。

梁大姐要赶回去为儿子做饭，只能在街旁的茶室坐上个把小时。

安东社长好照顾中国人呵，我今天真是倒霉死了……由美一坐下来，说到早上的事，忍不住抽泣起来。

你去问一下小枝老室长，还有松本老护士长，她们都是社长的战友呢。梁大姐笑着说。

怎么，那个年龄最大的护士长是社长的战友？由美大为不解。她一直都不明白，松本阿姨有多大了，腰都弯下去了，天天看见她在病房上班，还常常推着一大推车的衣物去洗衣房。那衣服堆的那么高，看了让人心痛。

梁大姐这才告诉由美，小枝和松本都是七十好几八十左右的人了，社长早就叫小枝和松本退休了，但她们都不干，她们几乎在安东病院干了一辈子，她们说只要能动就要在安东病院上班。

安东社长在中国当了八年的解放军，打仗时吃了很多苦，也可能受过中国人的关照吧！这些梁玉都知道，可也不能和由美这小姑娘说。反正她和安东院长对中国人确实挺关照，对自己就挺不错。

今天上班时实在太忙了。

梁玉从七点半上班，到现在十一点了连水都来不及喝一口。护理室几个老人都有重病，抢救、护理忙得不亦乐乎。

护士室来电话，是安东社长的，让梁玉去社长家一趟。

不管是在安东病院的中国留学生，还是病院的日本人，都知道夫人挺倚重梁玉梁大姐。只要是夫人来病院，或是她从公司回到家了，都会打电话来：叫梁玉来一趟。

其实都是些婆婆妈妈的事。今天是哪个留学生要办担保啦，明天又是哪个日本职员和卫生室的中国人之间有点什么争论啦。

要依梁玉看，夫人真是个操心的命。这么大个企业集团的社长，把这些个事全装在脑子里，不累么。

在夫人周围这些中国人眼里，是热心。可是除开安东病院的，外面的日本人，怕听了这些事会把眼球惊的掉下去。

梁玉自己来安东病院来都是个偶然。

刚开始是儿子小敏来日本留学，七整八整不知为何整到夫人这儿打工来了。好像是他的同学在安东病院打工，要回国了，便介绍了他来，这样便认识了夫人。

难得的是儿子做事挺认真，人又机灵，一口一个奶奶叫个不停。从不迟到，也不偷懒，夫人挺喜欢他。

到第二年，夫人干脆叫小敏住到安东病院的留学生寮里来，还为他做了保证人。

从这时开始梁玉才开始和夫人一家有电话书信往来。

这一来学校里的电话就直接打到家里来了。更让小敏惊讶的是，夫人还真是隔一段去学校参加一下家长会。

同学们听小敏奶奶长奶奶短叫个不停，又看见来接他们的轿车又新又亮，直以为小敏是个豪门公子。一看见安东丰子来接小敏，就在后面指指点点，议论纷纷。

他们却不知，小敏一下车回到病院，立马要到卫生室去当清洁工。

第二年过去了，小敏还真不赖，考上了日本有名的一所大学。

这让安东丰子当小敏的家长，也有几个年头了。

梁玉于是来日本探亲来了。丈夫还在北京家中，她自己所在的医院口腔科人手又少，领导不同意她来日本，可是她执意要看一看儿子。

当天她便去拜访了夫人，她带去了她们北京最著名的礼品——景泰蓝。

和夫人见面后的第二天，夫人笑看她，像是开玩笑似的说：你本人有没有想过来日本工作?

这个意思很明白，因为儿子上大学，去学校，有很远的路要走，小敏从此少有时间打工了。为了儿子的学习、生活，能不能考虑一下，来日本。

后来，安东丰子直说了：作为小敏的奶奶，我很希望您能留下来。

可是，工作呢？梁玉真的一点思想准备也没有。

安东病院也有牙科呵，你可以去看一看。夫人说。

可梁玉只有十五天的签证。丈夫是厂里的技术骨干，自己在科里也是数一数二的技术骨干，她一下子被这突然的邀请搞昏头了。

可是夫人越来越坚定，一个劲地做梁玉的工作。她帮过许多中国留学生，唯一的要求便是要求他们学成回国，她打心底认为小敏需要梁玉在这儿。

为了儿子，你再想想吧。安东社长又说了一句。

对于梁玉这样的人还真是让安东丰子费心，也让安东丰子喜欢。不少的中国人来日本后，都想留下来，都托人通过一些渠道找安东丰子，朋友们都知道她在这方面神通广大，有办法。

而梁玉除开认为自己年龄偏大以外，确实没有一点留在日本的思想准备。

最后安东夫人也很诚恳地告诉梁玉，儿子需要她，她安东丰子也需要她。她希望梁玉能留下来，帮帮忙，为丰瑞和安东病院这么些个中国孩子，做点工作。

夫人说，这一次先回去，和丈夫商量一下；如果她决定不来，她安东丰子也会和过去一样照顾好小敏。

的确是夫人一片诚心感动了梁玉。没过几个月，她作出决定：她和丈夫都来日本，一边工作一边照顾儿子。她们主要是不忍心让夫人老为儿子操心。

梁玉两口子都四十岁上下了，只有一点点日语基础，又要打工又要学日语。中国的医生资格在日本不能执业，一切要从头开始。

梁玉有时太累了，真想回中国去。

夫人知道了，叫她过去，指着她大骂起来：……真没出息呀你！我七十多了，还在干呀！比我的困难还多吗，要不要去看看菅直、小枝和松本……

全医院的人都知道，菅直、小枝和松本是夫人在中国解放军的战友。从1958年开始就在安东病院干护士，今年都七十多了，她们在安东病院从普通的护士分别干到院务部长、分院院长。到了七十岁以后，都从管理岗位上退下来了。

可是，让大家想不到的是，这几个安东社长的战友，安东病院的前辈、功臣，退休了居然都不愿在家里待着。

那干什么好呢？丰子看到几个老姐妹还要求工作，有点犯难。

就干护士吧！小枝和松本只要能上班，干什么都行。

菅直呢，虽然不当部长了，可还是继续协助丰子抓药局和院务。有时，菅直从外地出差一回来，先要到药局走一趟，看一看，然后才回家。

小枝和松本真的天天上班了，而且还真的在干护士。每天和小姑娘一起，在病房第一线做护理，一天要干上十个八个小时的。

梁玉和病院上下的人，看见小枝和松本就不出声了。她真的是在病院的病房天天看见小枝和松本，她们天天都在干活。手脚挺麻利，推一车衣物，上楼下楼比梁玉还要快。

梁玉没想到，在这安东病院一干就是上十年。一年又一年，全家去办签证，都是夫人开车领着去。好麻烦人！

儿子博士也毕业了，留在一个大公司做研发工作。公司为了要他满世界走旅行方便，要他入了日本籍。

那天，夫人叫梁玉去。她告诉梁玉，已经去法务省问过了，儿子入了籍，他们夫妇也居留了有十年了，要入籍很方便。

梁玉答应回去商量一下。

梁玉回去告诉丈夫，丈夫不出声了。是的，办永居也挺麻烦。过个一年两年又要夫人帮忙，又是办担保，又是去法务省，真是忙个不亦乐乎。

可是，老了再回到北京去，一想自己都成了日本人了，邻居们一问起来，该多难受呵！两人都不吱声了。

一会儿，梁玉为这个哭起来了。

就这样，过了两年，夫妻俩还是入日籍了。但是，坚决不改中国名。

这么大年岁了呵，中国人还是用中国名好。梁玉的老伴儿说。

4.17 2003年，日本琦玉县，安东丰子住宅

梁玉接到夫人的电话，耽误了好一阵子。因为手头的病患的护理正在处理，她实在走不开。

一走进夫人家里，好似气氛挺特别。夫人周围人倒是坐了不少，有两三个女孩，边抽泣边在解释。

公司一大帮人都在围着夫人，也在叙说着什么。

夫人示意梁玉坐下来，仔细听一听。

原来，这几个中国女孩都是来日本的就学生。

日本的留学体制和美国不同。因日语没有英语普及的原因，日本大学招收外国留学生，都是在日本进行日语资格考试；而学生的日语提升学习，大都是由遍布全日本的数百所日语学院完成。因此，这些学院接收的学生，日本国政府也发放签证，为和大学留学生签证相区别，称之为——就学生。

这几个女孩全是东京或琦玉日语学校的就学生，年龄有二十三四岁，衣着举止很日本化了，但日语还是不十分流畅。

原来，她们的男友，以前都是在丰瑞公司留学生寮住宿的，她们过去也来这儿玩过。尽管现在男孩子们不住这儿了，她们还是熟悉这儿。

今天是向夫人求救来了。

因为安东社长对留学生寮管得严，比如，晚上十一点要熄灯，早上六点要起床，周日也要起早床。又不准在外留宿，也不准带外人在寮内留宿。不准擅自出去打工，外出也要请假报告。总之，像部队一样管理的很严。

而且，以安东社长的观点，中国孩子来日本就是读书的。好好读几年

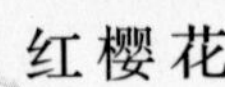

书，都要回中国去为祖国服务。

这些男孩子，都是朋友或战友介绍来丰瑞留学生寮住的，但住了一段后，虽然是免费住宿，但那几个男孩都是独生子女，受不了管束，竟不辞而别走了。

离开夫人的学生寮后，这些男女孩子们自己生活都有两年多了，生活费都靠在外面打工。因为没有去学校上学了，签证也过期了，所以不方便出境回国。

大家的情绪都比较郁闷。

白天打打工，晚上要出去玩玩。刚下班后的几个男孩子，这天晚上就在扒琴科“游戏弹子房”打弹子玩。

日本的扒琴科，其实是在一个多条弯道的弹子轨道盘内，用手控制，用钢粒弹子击打钢粒弹子的游戏。由于游戏有博彩成分，又只能是一个人玩，特别适宜于日本人沉默寡言、孤独、好斗的性格和心理，所以，它很快发展为一个让日本男女老少都沉湎其中的大众游戏。和中国的麻将一样，普及率极高。日本的大街小巷，到处是霓虹闪闪、热闹非凡的扒琴科。

当然，这扒琴科里，也是鱼龙混杂，因此警察也比较留意。

这一天，情绪郁闷的他们，鬼使神差和人发生了纠纷，年轻气盛，双方打起架来。纠纷中引来了警察，由于没有签证的原因，他们被警察局滞留了。

一查，曾经是在夫人处居住过。丰瑞会社和安东社长的身份在川口市当地很有名，警察局提出，只要夫人担保，即可放人出来。

屋内所有的公司同仁都在劝安东社长，让她不要惹这个麻烦。因为，这几个男孩子都从这儿出去两年多了，谁知道这两年多他们干了什么。况且当初他们不辞而别，弄的他们的父母都不敢面对夫人了，夫人还去蹚这个浑水干什么？

只有在一边的菅直院务大叫着，把那几个吵吵嚷嚷的日本人推出门去了。

社长，我去一趟警局吧。菅直对丰子说了一句。

安东丰子依然不语。

你说呢？安东社长问了一下梁玉。

梁玉也沉默不语了。

菅直说的对，如果不帮他们，他们会面临遣返，你不知道吗？安东社长很认真地对梁玉说。

梁玉当然明白，一遣返回国，心理打击之大可想而知。在中国，他们可能为此带来人生的很多负面影响。他们可都是背负着父母的心血和期望风风光光来出国留学的。

为此而毁了这几个孩子也有可能呵！

可是再帮他们担保，麻烦当然会很多的，还不知有什么其他后果。

梁玉心里在犹豫。

几个女孩为自己男友的不慎而焦急，而后悔，抽泣了一阵，有一个竟号啕大哭起来。

其中一女孩突然叫了起来：哦，对了。小齐说，让我们找一下安东院长。

小齐是被警察关进去的三个男孩中的一个。

梁玉瞪了她们一眼，又望了夫人一下。

院长过世了。安东社长平静地说，转到里屋去了。梁玉心里不禁涌起一股热意，忍不住眼睛里也发热、发湿。

她看到安东社长是去到内屋的中央，在看墙上秀夫院长的遗照。

秀夫去世后，她是选了一张秀夫刚从中国归国不久时的工作照挂在墙上。照片中的日子好令人回忆，那时她们正在讨论创办病院。遗照里，年轻的秀夫卷起袖子，笑着露一口白牙齿，小平头，显得英俊而有生气。

丰子猛然记起，丈夫秀夫是挺喜欢那个叫小齐的男孩的。

秀夫去年那一次是突然病倒的，有七十多了，不能和过去比了。说是头昏，一量体温，有低烧。

第二天秀夫便卧床了。之后又发现心脏不好，血色素老不正常。用药从来没有过的反应发生了，那天夜里突然胃里大出血，鲜红的血吐了半痰盂。

丰子记忆中，一辈子里秀夫似乎都没住过几天院，不舒服吃点药便好了，天天是工作。

开始是病房，后来是病房及办公室，秀夫除开看病和看书，几乎没其他嗜好。也不喜欢唱卡拉OK，不打高尔夫，下了班回到家里只看看电视。

他倒是喜欢喝两杯酒。

那时，他有时一个人在周日里，只带上小齐，单独出去吃吃饭。听说小齐还能陪他喝上一杯。

瘦小而灵活的个子，精力十足，一双不停地闪动的眼睛，是丰子对小齐的印象。

小齐是秀夫一个中国籍战友的远亲。小齐是自己办留学来日本的，后来才由秀夫的中国籍战友介绍来留学生寮住。但小齐很有个性，独立性也很强，一直坚持自己在外面打工。

小齐，为何不想在医院打工？丰子有一次问他。

外面好玩些。小齐哈哈地笑了。

听说小齐失踪了，不来丰瑞的学生寮住了，秀夫开着车，找了差不多一整夜，凌晨四五点钟才回到家。

找到了么？丰子问他。

找不到。明天再说吧。

电话铃突然响起来。

秀夫一把就抓起电话，但电话中又没了声音。

丰子记起，有一天夜里，也到凌晨两点多了，电话响了，是小齐。原来，他打工太累了，上了电车打瞌睡，车坐反了方向，太晚了，没通勤车了，回不来了。

你在什么位置？……哦，你不要动，站在那儿等我。秀夫马上起身，开车出门。从琦玉到东京去接小齐，快天亮了才回到家。

这一次，小齐最后没找着，让秀夫难过了好几天。

秀夫弥留之时，丰子问他，是回家里躺在床上，还是在病院里。

秀夫坚持要回到家里。

咽气是在一个凌晨。

他前天晚上拿出一张纸，上面有一些他没办完的啰啰唆唆的事，还有一些人的名字，一个一个地分开标明了，连某某某，是谁拜托的，地址、电话都列上了。

丰子记了起来，那上面也有小齐的名字。

这时离小齐不辞而别也快一年了。

梁玉走过去，领着这几个女孩，去向安东秀夫院长的遗像鞠躬。

作为中国人，虽然自己入了日本籍，梁玉还是觉得自己有责任帮她们。

她走过去对夫人轻轻地说：他们肯定需要你。但是，我主张您也要了解足够多的情况，不要担无谓的风险。

唉！安东社长叹了一口气。

我知道人出国的难处，我在中国就很难。没有中国人帮我，也不知道我们能不能活着回来日本，我还是想帮他们啦！

我明天和菅直院务一起去警察局，了解一下情况好了。梁玉主动地说。

安东社长点了点头。

4.18　2006 年，日本琦玉县川口市，安东丰子住宅

一大早，安东丰子从病院打了个转，回到家里，感觉很渴。从冰箱中拿出一杯凉水，一仰头喝了下去后，心里舒服了点。

她的心里尽是事。

刚才见过面的一大帮中国朋友，还在病院参观，她陪了一会儿，又匆匆和另外两个人赶回来，想找点资料给他们。她想托他们打听点事。

她拿出一个包袱，打开来。又一次把里面的信笺、相片拿了出来。

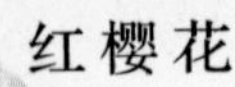

这张矢野上战场前的照片复印件，丰子拿出来无数次了。因为过了塑，放在小桌上，还是清晰无比。

还有菅直交给她的，那两个寄放在黑龙江省老乡家的小姑娘的情况介绍。每次日中友协或是中国有朋友来，她总要拿出这两封资料来。

矢野的母亲有一封致中国政府的信，信笺有点发黄了。安东丰子每次拿出来时，都是小心翼翼地，可是今天怎么也找不到了。

拜托你们关心一下。安东丰子对来访的两个中年男子点了一下头。

这是一群来自中国的朋友，他们来自辽宁省的卫生系统。另外还有一些新闻界的朋友，都是丰子的中国籍战友介绍过来的。

只要有来自中国的朋友，不管来自哪儿，安东丰子和他聊过工作或是谈天喝茶吃饭时，几乎都会找他们谈谈这个话题，她都把这些资料拿出来，想拜托别人去了解一下情况。

夫人，好不好呀，今天聊这个……难怪乎陪她过来找资料的邹小玲，都一直劝她。

这有什么不好，又不是很麻烦人的事……夫人一边打开柜门找资料，一边大咧咧的样子。

认识夫人的许多人，不管是日本人还是中国人都不理解，老太太都去世这么久了，安东夫人还找失踪的矢野干吗?

夫人，还找什么?

矢野的信呀，那天过了一下塑，不知收哪儿去了。

在这儿，是这个么?邹小玲也拿出一张过了塑的复印件。

是它。夫人笑了。

邹小玲看过这封信。不过，实话说，这封写于三十年前的信里，这个为儿子的命运日夜煎熬的母亲，是让人同情。她的呼吁真挚而凄凉。

矢野母亲的信至今天，又一个三十年过去了。矢野妈妈也已经辞世多年了，但老人至死没有能见上儿子，应是含恨而去的。

菅直寄送在中国老乡家的两个日本小姑娘，如果在世，也是六十多的老人了!

来，我给你们读一读。找到资料又返回病院去的安东丰子，又在给会议室的中国的朋友读这封信。因为他们是一些卫生界、新闻界的朋友。至于这封信，已读了多少次了，为这件事，已经托过多少人，安东丰子自己也记不清了。

这封信和信的故事让不少的人动情。

作为矢野英子，她是最无辜的。战争让她失去一切，到死也见不到儿子，真是死不瞑目。而矢野健二即便仍在人世，内心之煎熬，恐怕也不会亚于母亲吧。

生和死，矢野健二均不返回故国。作为一个儿子，明知母亲健在，他既不返回日本，也不和母亲联络。如果矢野健二健在，丰子想当面问他，到底是什么原因会让矢野健二这样绝情呢？

为弄清这个，安东丰子都会一直去寻找矢野健二的。

把矢野母亲的信交给儿子，让儿子看一看母亲临终前的话，也不负安东丰子对老人的承诺。

门口的樱花树上，红红的还有许多花朵。枝杈间停了几只小鸟，吱吱地在叫。这安静之中传来的鸟鸣，让人想起矢野英子那张笑脸。

下午安东丰子出门前，告诉了家里的米子阿姨，说下午会有客人来。

难怪一大早小鸟叫个不停哩。米子阿姨笑着回答。

安东奶奶！林竹两口子一进门，儿子小东便大呼大叫起来。

社长不在家呢！鞠躬迎接她进门的米子阿姨告诉她。她说社长出门还交代了，让林竹一家在这儿等候，她晚上要请她们全家吃饭。

小东，小东！林竹刚和米子讲话，一转眼儿子不见了。

儿子太熟悉安东奶奶家了，八成是上楼上书房玩电脑去了。林竹叹了一口气，让丈夫上楼去看住儿子，她在一楼客厅等安东夫人。

前些日子，儿子小东参加东京都少儿奥林匹克数学竞赛，获得冠军，获奖的场景在电视台播放以后，林竹接到了安东奶奶的电话。

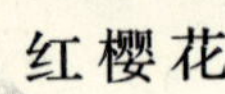

小竹，我小孙子得了奖你也不告诉我，赶快带他来玩，我要奖励他，要请你们吃饭……

夫人喜欢男孩子是有名的。

一看到小东她就会毫不掩饰她的喜爱，会哈哈笑个不停，又念叨她的老话——男孩子好，男孩子将来好干事。

夫人，你不也有孙子么？看她这么喜欢小东，林竹开她的玩笑。

我们是孙女，不是孙子……看到夫人这样的解释，众人哈哈大笑起来。

呵，来了，小东！夫人一进门便喊起来了——看奶奶给你买了什么东西……

夫人手拿一个硕大的变形金刚，朝小东一挥一舞。

爱屋及乌啊。

与其说夫人喜欢小东，不如说她喜爱林竹更贴切。

一看到林竹，她又想到丈夫秀夫。第一次见到东工大的小姑娘林竹时，秀夫和丰子都还是五十多岁的壮年。

从此，秀夫和她就目睹着林竹一步步成长。看着她和丈夫都修完博士，都进入日本软件业创业、发展。

而今天，秀夫已在天堂，只能让她代替他来呵护林竹和小东了。

夫人，这是公司股票登场的报告。林竹和丈夫朱天华，把刊登有他们华星软件上市的报纸放在安东夫人面前。

林竹和朱天华，都是华星软件株式会社的部长、董事。

安东夫人拿起报纸仔细看了好一会儿，笑了：祝贺你们呀！她点点头，平静地说。

她都八十岁了，从来眼不花、耳不鸣。但今天，仿佛眼前一片模糊。好似是泪水还是什么，这不会是眼泪吧。她可是个无数回从战场、商场的枪林弹雨中走过的人。只是，她从来不相信眼泪。

从十六岁开始，她就只身一人到中国，干什么事她只能靠自己。回到日本，她好多年找不到工作，还是靠自己。

她觉得林竹有点像年轻时的自己。

而且，很奇怪的，这一刻，她眼前又突然出现了一个人高挑的身影。呵，是长迟菱子。一想到中国，看到林竹，她就想起菱子来。

不知道为什么，她一看到在日本的中国人有成绩，她就高兴。而且她真的特别喜欢林竹，希望她做出成绩。因为林竹聪明，努力，总能给她惊喜。

我们庆祝一下……安东夫人高兴地说。她一手抱着小东，一手牵着林竹，朝门外走去。

她叫人安排，仍然是去菊苑酒店。她喜欢那儿满苑的菊花。她和秀夫，以前常爱在那儿，和朋友一块吃饭。上次送李瑞祥就是在那儿。

林竹和朱天华的第一场日式婚礼，也是在这个酒店办的。

那一次是秀夫订的地方。

婚礼办得让秀夫好开心。那天好像秀夫是喝醉了。

林竹和小朱的父母来日本后，办第二场西式婚礼秀夫又订在这儿。

不过这一次，让夫人给否决了。第二场婚礼是夫人订在新宿办的，那儿是日本最新潮、最时尚的地方，白天晚上都很热闹。

在新宿办的第二场西式婚礼，他们两家的父母及年轻人都非常喜欢。

怎么能办两场婚礼呢，中国的客人能同意么？那天秀夫还很担心地问。

没事，我们湖南人，时兴为女儿办回门酒哩！今天，我去中华街买了好多中国酒。林竹的妈妈大大方方的，爽朗得很。

众人这才哈哈大笑起来。

所以，今天到菊苑来，秀夫会更高兴。

特别是林竹和小东都在。她和秀夫没有女儿和孙子，而林竹和小东就是她们的女儿和孙子。

车子已进入菊苑酒店的车坪了。她看见好似秀夫也在前头走，还回头对着大家笑，笑脸一如这四周的菊花，特别的灿烂。

2007 年 3 月第一稿于长沙开福寺路群芳园

2007 年 12 月第二稿于日本东京新宿

2008 年 4 月第三稿修订于北京紫竹院

2008 年 10 月第四稿改于深圳桃源村

2010 年 12 月第五稿修订于长沙

2012 年 9 月第六稿修订于长沙伍家岭

2013 年 10 月金秋最后修订于长沙

后记

《红樱花》终于要出版了！

我在线装书局把一些出版事宜交清，书局李琳、马波两位主任请我吃饭，之间聊了些事，我觉得好似还没缓过劲来似的。

昨天，我去了全国对外友协大院。由全国友协的刘湘冀司长帮忙，二十多天前已将我的书稿送呈给了全国友协的原会长陈昊苏先生，想请陈会长题写书名。湖南对外友协原副会长庞力平，为此事专门陪我到了北京。让我万万没想到的是，见面后，陈昊苏会长说，《红樱花》书稿他看了好多天，哪些地方好，哪些地方不好的，他都提出了意见，甚至娓娓道来一些细节和人物。总的来说，他对书进行了鼓励，欣然题写了书名。他对我的书的认真，其实是对工作的认真，这让我非常感动。只是，书稿这几天就要进厂印刷了，也可能改动不能完全尽如人意了，这一点让我深感遗憾。

书的出版和其中的故事可谓是曲折。

1989年2月左右，我刚从湖南省军区转业到地方不到两年，计划不久前往日本。到了广州，我去看望原广州军区文化部的李大明同志，他原在广州军区文化部当干事时是分管部队文化创作骨干。他那时已写了以安东丰子等日侨解放军为题材的报告文学《总裁同志》在《解放军文艺》上发表，听说我要去日本，他主动提出为我介绍安东丰子认识。

不久我到了东京。初次见到安东丰子时，她大约60岁左右，穿着很时尚，笑眯眯的，个子不高，但很敏捷、精干。在接待我的日本公司里，她拿着当时我头一次见到的，如砖头一般的手提电话，不时地打个电话。相互介绍后，居然发现她和丈夫安东秀夫都是我们湖南省军区的战友，而且我和她都还是在湖南省军区后勤部机关工作过，这让我们之间徒增了亲切感。她大方地请我去她在琦玉县的医院做客，不过由于行程的原因，没有去成。

我后来去过日本好多次，还客居过日本一段。但直到1993年左右，我才第一次到了安东丰子的安东医院。她带我参观了她的医院、养老院、电视台。她为人务实，细心；医院和公司事务繁忙，见面时有不少的人匆忙进来汇报，她都不慌不忙，丝毫不会怠慢客人，让人印象深刻。所以实际上很多书上的叙述，是我亲身经历。

2005年，我正在日本参加名古屋世博会，我拿了一个工业园土地投资项目给安东丰子看。安东丰子也叫了她们医院一大帮日侨解放军老兵和我一起见面，聊天。她们结结巴巴地用汉语唱解放军军歌《我们的队伍向太阳》，我也一起唱，大家唱得认真而深情，场面很令人感动，在那一个时刻我感觉我好似不在异国，和她们也没有国籍和种族的差别，我和她们合了一个影。她们其中有一个好像是叫中野的老兵，很热情。她告诉了我她去中国旅行的事情。她去中国时，和中国人说到了她在中国当解放军的经历，居然没一个人知道，为此她很不理解（后来这位爽朗的阿姨成为了我书中人物日侨老兵山本小枝的原型）。

2005年回长沙后，我联系了《长沙晚报》，和《长沙晚报》记者一起采访了安东丰子几个在长沙的中国籍战友，他们都在军队干休所中安享晚年。2005年8月14日，长沙晚报在头版发表了以《一位日本老人的长沙情缘》为题的通讯，许多人为这个新闻而惊奇，许多熟悉我的人问我，你为何不为此写点东西?

我是在湖南攸县下放湘潭地区五·七干校当知青时，因创作一些小作品，于1975年被湘潭军分区作为文化创作骨干特招入伍的。从1976年调到湖南省军区后勤部工作后，一直在学习写作。到1982年时，已经发表了中篇小说《绿魂》等十几篇习作 。1988年转业后，除办杂志那几年外，一直从事经济工作，十几年未写过东西，感到没有把握。所以，一直没动笔。

但那几年又由于工作关系，去了好几次日本，一边也尝试开始了动笔。其间，为体验生活，还在安东丰子的留学生寮住了一段时间。到2007年，鬼使神差地，居然已写出了《红樱花》的初稿。

我把《红樱花》的初稿拿给了朱树诚先生（原湖南文艺出版社副社长、《芙蓉》杂志主编、小说《曾国藩》的编辑）看，他鼓励我，说文笔还不错，骨架（故事）可以，但没有肉（细节）。我又改了一些，给彭见明（现任湖南省文联名誉主席）看，他说这个小说完全可以去北京大出版社出版。还热心地打电话，帮我向好几个北京的出版社推荐，这些都给我很多鼓励。

我往来于中日两国之间很多年了，切实地感受了中日两国之间相互的困惑。而安东丰子等数千名日侨解放军的命运和故事，简直是中日两个民族命运交集中的一朵奇葩。我深知要写好这本书实在不容易。

我为了多了解史实，开始找资料。我在省军区五里牌干休所江秀章所长处看到了《第四野战军战史》，就向他借阅，最后书还弄丢了。我又找了妻弟巫江平，补了一本还给江所长。后来我又找了战友李仲文（时任湖南省军区后勤部部长），他让部里的王助理员给我去广西军区找来《第四野战军卫生工作史》，这些权威的资料对我的帮助很大。我还设法找到了安东丰子在湖南省军区工作时同住一个宿舍的两个中国籍女兵，她们后来一个在海军，一个在二炮，都退休进了军队干休所，她们给我提供了不少写作素材。当然，目前的网络上，图书馆，有关日侨解放军的的资料也很多，因为是纪实小说，为求更多更真实，我也四处搜集。为此，也收取了很多好的故事和人物充实作品。

特别要提到的是线装书局的曾凡华总编辑。凡华兄是我们湖南省军区文化创作圈子的兄长。我 1976 年在连队当战士时，第一次参加湖南省军区文化创作学习班时，凡华兄是省军区文化干事，他是学习班组织者。我调省军区后，大约是 1977 年初，他出第一本诗集《洞庭军号》，那时排版时要手工抄正，是我和另一个战友抄的。我记得那时候我们都是刚 20 岁左右的毛头小伙子，头一次看到作家诗集手稿，非常激动，彻夜抄稿乐此不疲。后来凡华兄调北京解放军报工作，直至任文艺部主任、长征出版社常务副总编辑，出了很多作品和电视剧。朋友都尊重他，视他为兄长。我 1996 年在北京筹办湖南一个大型演唱会有很多事务，他都非常帮忙，介绍好多人给我认识。

2008 年，我把小说《红樱花》给凡华兄看，他就说可以出，但他那时在中国出版工作者协会任副秘书长，也忙。他建议我做本样书去日本推广，他还帮我介绍了好几个电视剧制作机构，有一个制作机构还和我签约买我的作品改编权，合同签了。虽然最后没有实施，但是书都没出，作品改编权就卖了，当时也的确高兴了几天。

拍过很多有名电视剧的和光传媒公司的郭光荣，很看好我的书的题材，一直在督促我把书写出来。到了2010年，大家就策划用2012年中日邦交正常化40周年的契机，在日本东京做庆祝中日邦交正常化40周年的活动，并把出版我的小说《红樱花》作为项目之一 。为此，还请了老朋友刘晓冬（湖南省国际友好联络会常务副会长）出面，也惊动了湖南省国际友好联络会的主要领导，下达了活动的正式批文。同时我也和湖南的出版社谈了，他们同意出书，还想去日本做宣传，在东京搞出书仪式。

因为庆祝活动要去日本办，惊动面大，需驻日使馆支持，我为此也找了在湖南省对外友好协会任专职副会长的庞力平，和他商量，请他支持。庞力平是老八路的后代，也是我们湖南省军区的老战友，他为人非常厚道，稳重。他正好接待过好多批来湖南访问的日侨解放军，他们有的是去湘西，为牺牲而埋葬在中国的日侨解放军战友扫墓的。他当省外办新闻处长时，还曾在访问日本时，电话联络过安东丰子。庞会长也表示可以考虑支持这个活动。（他同时还热心地找来了原四野43军日籍老战士野田明的自传给我，作为我写作的参考资料）。

我找好了一个赞助商，愿意赞助这个活动。

由于众所周知的原因，活动取消了。

都是因为中日两国之间的问题。一听题材，好多出版商、电视剧制作商就摇头，躲之不及。他们宁愿出版和拍摄那些让人倒胃口的胡编滥造的打鬼子的书和电视剧，也没时间停下来思索一下，中日两国之间除了政治之外，文化上是如何交集的。加之日本有些人总是利用中日矛盾来博秀，就形成这类题材屡屡触礁的局面。

今年在无意中，经和我共同办过《湖南体育科学》杂志的邓健先生介绍，我认识了出版人向曲波先生，向总的人和他的办公室一样儒雅。邓健和向曲波都很看好我这本书的题材，他们都是湖南有名的出版商，出过不少好书。向总主动提出向北京的军队出版社推荐我的书。在这个过程中我又找了凡华兄征求意见，凡华兄很爽快地建议我，也可以考虑到线装书局来出。

就这样，凡华兄让我认识了线装书局的任梦强副总编，还有总编室李琳主任，质管部马波主任，发行部白炜主任等一批出版社同仁，他们对我的习作提出了很多中肯的意见，为书的出版付出了很多劳动。经过了他们的督促、建议和努力，才有了书稿目前的样子。

其实，上千年的中日文化交流史上，除隋唐遣唐史有数千名日本使者回到日本传播中华文化外，像这种数千名日侨解放军成为新中国文化使者的现象，也弥足珍贵。他们在战争动乱中来到中国，又在几乎是为了生存而参加中国人民军队的过程中，接受了对人民军队和新中国的认识。之后回到日本，终身从事日中友好事业，他们是中日之间文化的桥梁。这种独特的历史文化现象，不仅在日本，就是在世界范围，也是绝无仅有的。日侨解放军这个群体鲜为人知而独特的经历，其实是中国革命和人民军队的一笔历史财富，具有特殊的意义和价值，值得深入研究。

除开友情之外，对于这个题材的肯定，对于这段我们国家和军队历史共同的认识，对于当今时代的思索，包括了这些朋友做事的胆识，执着，这才是这本书能够和读者见面的根本原因。

在封面设计稿子出来后，邓健、向曲波、郝志坚等诸位朋友（他们都来自长沙著名的出书地黄泥街）以及石钰泉等诸位朋友还在长沙对封面设计反复地专门进行讨论，提出修改意见，为此付出了辛勤的劳动。

庞力平会长还以亲身工作经历，专门为我的书写了读后感。

多年的好朋友，广州军区创作室原主任节延华（1976 年参加湖南省军区文化创作学习班时，我们同住在省军区招待所一间房内，那时 5 个人一间房，0.5 元一天的房价，却有关于文学和生活的彻夜漫谈，真令人怀念）也热心帮我联系了湖南省军区原副政委黄祖示将军，请他为我的书写前言。黄祖示将军是 60 年代的全国文化名人，黄将军的爽朗，和他的大名一样名不虚传。

湖南湘绣城总经理曾应明（时任湖南省文联副主席）先生，是我二十多年的朋友，他对于企业和文化的独特眼光让我钦佩。他鼓励我多和安东丰子交往，下功夫去写这本书。他还帮助组织了 2005 年长沙晚报对安东丰子的报道文章。当听说我要为书的事拜访全国友协的领导，他马上给予了大力支持。

在我写作和出版这本书的经历中，我深感在现时代市场大潮中，当一个作家和出版商，要出一本严肃的书，多不容易！为此，我对所有帮助我出版

此书的朋友，由衷地钦佩。在此，一并感谢！

去年12月左右，经原55军的作家、好朋友林星明热心安排，已客居美国二十多年的李大明到了长沙，我们快乐相聚。他也回忆起和安东丰子相处的过去。听到我的书的出版进展情况，也为这个题材能够成书表示高兴。

前不久，打电话给在日本琦玉县的安东丰子，告诉她书即将出版的消息。她因身体不好，已卧床不再听电话。真希望她能在日本早日看到书，闻到书的油墨香，那将多么地欣慰！

作者2013年12月25日于北京紫竹院